PAUL EDMOND MARTIN

Docteur ès-lettres.
Sous-Archiviste de l'État de Fribourg.

ÉTUDES CRITIQUES SUR LA SUISSE

A L'ÉPOQUE MÉROVINGIENNE

534 - 715

Avec une carte.

GENÈVE
A. JULLIEN, ÉDITEUR
Place du Bourg-de-Four, 32.

PARIS
FONTEMOING ET Cie, ÉDITEURS
4, rue Le Goff.

1910

ÉTUDES CRITIQUES SUR LA SUISSE

A L'ÉPOQUE MÉROVINGIENNE

534-715

PAUL EDMOND MARTIN

Docteur ès-lettres.

ÉTUDES CRITIQUES SUR LA SUISSE

A L'ÉPOQUE MÉROVINGIENNE

534 - 715

Avec une carte.

GENÈVE
A. JULLIEN, ÉDITEUR
Place du Bourg-de-Four, 32.

PARIS
FONTEMOING ET Cie, ÉDITEURS
4, rue Le Goff.

1910

GENÈVE
IMPRIMERIE ALBERT KÜNDIG

A la Mémoire d'Aloys BLONDEL

Licencié ès-lettres
Élève de l'École pratique des Hautes Études
1883-1908.

INTRODUCTION

Notre première intention, en abordant l'étude du haut moyen âge, était de donner une suite au grand ouvrage que l'érudit bernois, Albert Jahn, consacra, en 1874, à l'histoire des Burgondes [1]. Dans quelques pages suggestives encore qu'un peu hâtives de conclusion, Jahn cherche à retrouver parmi les formations particularistes qui suivent la décadence carolingienne, la survivance du premier état fondé en Gaule par la dynastie de Gundeuch et de Gondebaud [2]. A première vue, il valait la peine de s'attacher, pour en faire la critique ou la justification, à cette idée simpliste, qui poursuit les conséquences de l'arrivée et de l'établissement des Burgondes à travers tous les pays qui ont successivement porté le nom de Bourgogne. Tout dernièrement, M. René Poupardin a réduit la question à ses justes proportions dans un ouvrage définitif sur les origines, l'histoire et les institutions de ce que l'on est convenu d'appeler le « second royaume de Bourgogne », fondé en 888 par le Welf Rodolfe Ier [3].

Il restait donc à faire l'histoire de la « Burgundia » sous la domination franque, royaume particulier ou circonscription territoriale des monarchies mérovingienne et carolingienne.

Une telle étude n'aurait guère abouti à établir une relation directe entre l'état barbare qu'ont conquis en 534 les fils de Clovis, et le nouveau royaume des Rodolfiens du IXme et du Xme siècle. En Burgondie, c'est surtout la Transjurane qui conserve, du VIme au VIIIme siècle, son unité

---

[1] Albert Jahn, *Die Geschichte der Burgundionen und Burgundiens bis zum Ende der I. Dynastie,* Halle, 1874, 2 vol. in-8°.

[2] *Id.,* II, p. 449 à 503.

[3] René Poupardin, *Le Royaume de Bourgone (888-1038),* Paris, 1907, in-8°, *Bibliothèque de l'École des Hautes Études, Fasc. CLXIII.*

géographique et son individualité politique [1]. En nous attachant à ses destinées, nous avons été naturellement amenés à étendre nos investigations à tout le pays soumis
aux Francs, qui forme aujourd'hui la Confédération suisse.

Jahn avait déjà minutieusement étudié la géographie
historique de la « Maxima Sequanorum » au temps de l'établissement des Burgondes et des Alamans dans cette province de l'empire romain [2]. A sa suite, nous avons suivi
les conséquences générales de l'invasion des Barbares
dans l'ancien pays des Helvètes et l'histoire des deux peuplades germaniques qui l'occupent, après qu'elles aient
reconnu l'hégémonie franque. Notre but devint de refaire,
sur des bases critiques, un chapitre de nos origines nationales, telles que les ont popularisées les grandes histoires
de la Suisse [3].

Ainsi entrepris, notre travail dut bien vite se réduire à
de moins vastes proportions ; d'une part, nous l'avons
arrêté au temps de l'avènement des maires du palais, à la
fin du principat de Pépin II ; d'autre part, nous avons
laissé aux historiens de l'Eglise le soin de nous renseigner
sur le développement des diocèses suisses, les fondations
monastiques et la christianisation du pays [4]. En passant,
nous n'avons fait que toucher quelques questions de géographie ecclésiastique, qui se rapportaient de plus près à
nos recherches.

La première partie de notre thèse est un essai d'histoire
chronologique de la Suisse à l'époque mérovingienne,

[1] Cf. Poupardin, op. cit., p. 1 à 10.

[2] Jahn, op. cit., II, p. 337 à 419.

[3] Jean de Muller, Histoire de la Confédération Suisse, trad. Monnard,
I, p. 129 à 177, Ch. LX : Temps des rois Francs de la race des Mérovingiens. Dierauer, Geschichte der Schweizerischen Eidgenossenschaft, I,
p. 28-37, Ch. 2 : Fränkische Herrschaft. Dändliker, Geschichte der Schweiz,
I, 3me éd., p. 103-107 : Fränkische Herrschaft, etc., etc.

[4] A côté des grandes histoires de l'Eglise en Allemagne, de Friedrich,
Rettberg et Hauck, de celles de Gelpke et d'Egli pour la Suisse, nous
voulons parler ici des livres de M. Marius Besson, Recherches sur les Origines des Evêchés de Genève, Lausanne, Sion et leurs premiers titulaires
jusqu'au déclin du VIme siècle, Fribourg, 1906, in-8º, Contribution à l'histoire du Diocèse de Lausanne sous la domination franque, Fribourg, 1908,
in-8º, et de l'importante étude qu'il prépare sur Saint Maurice d'Agaune.

ou mieux des pays qui forment aujourd'hui la Confédération suisse; partagés alors entre diverses provinces et
entre diverses civilisations, ils renaissent à une vie nouvelle sous l'impulsion de leurs nouveaux occupants [1].
Dans l'état fragmentaire des sources contemporaines, il
ne pouvait s'agir d'« Annales » où, année après année, nous
aurions suivi la marche continue des événements. Par ci
par là, dans les chroniqueurs, les hagiographes, les textes
diplomatiques, on trouve une brève mention, un renseignement isolé qui a trait à notre histoire. Il fallait s'attacher successivement à chacun d'entre eux, contrôler leur
valeur et en tirer parti, en les replaçant dans le cadre des
grands faits de l'époque. La forme de notre exposition
était ainsi condamnée à n'être qu'une suite de petites études de détail, sans coordination toujours naturelle, mais
dont les résultats particuliers pouvaient nous conduire à
quelques idées plus générales.

En outre, les textes locaux et relatifs aux contrées occupées par les Burgondes et les Alamans étant spécialement
rares, nous avons recherché dans l'histoire des royaumes
francs, tout ce qui pouvait se rapporter de près ou de loin
à notre pays. Nous avons tenté de définir l'existence propre des Alamans et des Burgondes, soumis aux descendants de Clovis, leur participation aux guerres des Francs
et le rôle qu'ils jouent parmi toutes les nations des trois
royaumes et de leurs dépendances. Les partages des
Mérovingiens, la lutte qu'ils soutiennent contre leurs voisins sur les frontières des Alpes, à leur cour, les rivalités
d'influence et les guerres civiles qui amènent la décadence de leur pouvoir, nous ont quelque temps retenu,
en ce qu'ils touchent aux hommes et aux choses d'au delà
le Jura. Nous nous sommes égaré, parfois, bien loin des
« pagi » riverains de l'Aar, du Rhône ou du haut Rhin,
jusqu'en Neustrie, jusque dans l'extrême Austrasie, pour
fixer la chronologie de tel roi, déterminer une date ou
examiner une source assez indirecte, afin de ne négliger

---

[1] Cf. Mommsen, *Die Schweiz in römischer Zeit, Zürch. Mitteil.*, IX, 1856,
p. 3 et 4. L'exemple de Mommsen justifie l'emploi que nous faisons du
terme de Suisse, pour une époque où il est totalement inconnu.

dans cette histoire incertaine, aucun événement qui ait pu avoir dans nos contrées sa cause ou son effet.

De cette façon, nous nous sommes efforcé d'éclaircir cette époque obscure de transition, qui achève de donner à nos anciennes provinces romaines une physionomie nouvelle, et qui les mène, à travers l'apogée et la décadence mérovingiennes, jusqu'aux débuts de l'âge où s'annonce la puissance des Carolingiens.

Dans notre deuxième partie, nous avons repris et augmenté les résultats auxquels nos recherches précédentes nous avaient amenés, pour étudier les institutions particulières à la Suisse, sous la domination franque. Les mœurs et l'organisation politique des Germains et de leurs états en Gaule ont été l'objet de multiples et importants travaux. Il ne nous restait qu'à fixer les conséquences de la conquête des pays alamans et burgondes par les rois mérovingiens, les causes qui favorisent ou qui détruisent l'existence nationale des deux peuples, et les grandes lignes de l'administration franque, en ce qu'elle pouvait avoir de particulier à nos contrées.

Nous touchions ainsi à l'origine des groupements politiques et ethniques qui se partagent la variété de la Suisse actuelle. A l'aide des seuls textes historiques, nous avons décrit l'avance progressive des Alamans vers le sud et devant eux, le recul ou l'assimilation des Burgondes et des Rhéto-romans. Nous nous sommes trouvé ainsi faire un travail semblable à celui que, tout récemment, M. Wilhelm Oechsli consacrait aux Germains, à l'époque de leur établissement en Suisse : dresser sur leurs rapports l'état de nos connaissances historiques en laissant de côté les résultats encore hypothétiques des fouilles archéologiques, de la toponomastique et de la linguistique[1].

Une géographie historique de la Suisse mérovingienne s'offrait naturellement à notre esprit, non pas comme un coup d'œil rétrospectif sur un pays qui n'arrive que bien plus tard à l'unité politique, mais comme la description de contrées, qui sont déjà alors rapprochées par des con-

---

[1] Cf. Wilhelm Oechsli, *Zur Niederlassung der Burgunder und Alamannen in der Schweiz, Jahrbuch für Schweizerische Geschichte*, XXXI, p. 226.

ditions historiques spéciales. Nous avons tenté ainsi, par
une rapide esquisse, de retracer la formation de nos frontières administratives ethnographiques et linguistiques,
et d'expliquer, à leur naissance, quelques expressions
topographiques qui subsistent encore, pour dresser, en
une certaine mesure, les prolégomènes d'une étude plus
étendue sur la Suisse carolingienne et féodale.

Nous présentons aujourd'hui le résultat de notre travail,
non pas comme une étude définive et qui règle à jamais
un grand nombre de questions longtemps discutées, mais
comme le modeste essai d'un débutant dans la pratique
de la méthode et de la critique historiques. Nous ne nous
dissimulons guère qu'un tel livre n'a guère d'intérêt que
pour nous-même qui, par son moyen, avons fait une plus
intime connaissance avec les textes, les auteurs et les plus
modernes critiques. Notre désir serait toutefois, qu'en ne
donnant rien d'absolu à nos conclusions, et en facilitant
leur vérification par la comparaison des documents qui
sont à leur base, nous puissions être d'une certaine utilité
aux chercheurs et aux érudits, dont la curiosité se préoc-
cupe des origines de notre pays.

Les manuels et les compilations de seconde main répè-
tent d'âge en âge un grand nombre d'idées fausses et de
notions toutes faites, qui ne se réclament d'aucun témoignage ancien. Nous avons tâché de nous en dégager le
plus possible et nous avons préféré aux traditions douteuses, le prudent silence que nous impose l'insondable
mystère des premiers siècles de notre civilisation. Parfois
nous tentons quelques hypothèses nouvelles ou sédui-
santes et nous osons être en désaccord avec quelques-uns
de nos plus illustres prédécesseurs [1]. On voudra bien

---

[1] On se rendra compte par un coup d'œil jeté sur notre bibliographie
et sur les notes qui accompagnent notre texte, des auteurs qui ont le plus
souvent guidé nos recherches. Nous devons dire tout particulièrement ici
que nous n'aurions pas pu entreprendre grand chose, sans les savantes
éditions et les critiques minutieuses des textes mérovingiens, de M. Bruno
Krusch, les nombreux travaux de Mommsen, qui ont trait à la transformation des provinces romaines, après l'arrivée des Germains, les suggestives études de géographie historique de M. Longnon, et les importantes
dissertations dont l'activité de M. Meyer von Knonau a enrichi la plupart
des collections de nos périodiques scientifiques suisses.

excuser de telles hardiesses et considérer qu'elles ont eu pour unique objet de nous faire trouver une solution personnelle aux nombreux problèmes qui ont retenu notre attention.

Nous ne prétendons nullement avoir échappé à toutes les chances d'erreur, encore que nous ayons longtemps cherché à assurer notre chemin vers la recherche sereine de la vérité. Si nous n'avons pas réussi à y conduire nos pas, nous estimons, malgré tout, que nous n'avons pas perdu notre temps à faire, en tâtonnant, l'apprentissage de la science, et à passionner nos études, en les consacrant au passé de notre patrie.

Notre seul regret est d'achever aujourd'hui une œuvre peu digne des maîtres qui l'ont inspirée, et de tous ceux qui, avec une bienveillance inlassable, ont suivi, aidé et favorisé nos efforts ; à défaut de toute autre gloire, ils se sont au moins acquis notre sincère reconnaissance. Nous en devons, en premier lieu, une large part à M. le professeur Francis De Crue, qui, après nous avoir initié à l'étude du moyen âge, nous a dirigé vers un domaine de recherches plus approfondies, pour nous accompagner, durant de longues années de ses conseils et de sa sollicitude expérimentée et attentive ; avec lui, M. le professeur Charles Seitz, notre premier véritable maître et M. Victor van Berchem ont accepté la tâche ingrate d'examiner notre manuscrit ; leurs observations nous ont été d'un très grand secours, de même que les fructueuses indications de M. René Poupardin, à Paris, et Marius Besson, à Fribourg [1] ; surtout, grâce à leur aide dévouée, nous avons pu mener à chef la rédaction définitive et l'impression du présent volume. Nous ne le fermerons pas sans les remercier une dernière fois, sans dire le grand exemple de méthode de travail acharné et d'érudition productive que nous ont offert les leçons de M. Ferdinand Lot, à l'École des Hautes Études, sans rappeler l'inestimable collaboration intellectuelle que nous avons perdue, avec celui dont le nom figure à la première de ces pages.

---

[1] Nous n'avons garde d'oublier ici notre ami M. Ernest Odier, qui a bien voulu se charger d'esquisser le projet de notre carte explicative.

BIBLIOGRAPHIE

1° — Sources narratives.

Acta Sancti Memmii, (*AA . SS. Aug.,* II, p. 4-12.)

Agathias, *Historiarum libri quinque,* éd. Niebuhr (*Corpus script. hist. Byz.),* Bonn, 1828, in-8°.

Agobard, *Liber adversus Legem Gundobadi,* (dans Migne, *Patrol. lat.,* CIV, col. 114 et s.).

Aimoin, *Historia Francorum,* (dans Bouquet, *Hist. de France,* III, p. 21-143).

Ammien Marcellin, *Res Gestæ,* éd. Gardthausen, Leipzig, 1874-1875, 2 vol. in-8°.

Annales Alamannici, éd. Pertz, (*Mon. Germ., SS.,* I, p. 22-30).

Annales Augienses, éd. Pertz, (*Mon. Germ., SS.,* I, p. 67-69).

Annales Bertiniani, éd. Pertz, (*Mon. Germ., SS.,* I, p. 423-525).

Annales Flaviniacenses et Lausonenses, éd. Pertz, (*Mon. Germ., SS.,* III, p. 150-152).

Annales Laureshamenses, éd. Pertz, (*Mon. Germ., SS.,* I, p. 22-30).

Annales Maximiniani, éd. Waitz, (*Mon. Germ., SS.,* XIII, p. 19-25).

Annales Mettenses, éd. Pertz, (*Mon. Germ., SS.,* I, p. 316-336).

Annales Mosellani, éd. Lappenberg, (*Mon. Germ., SS.,* XVI, p. 494-499).

Annales Nazariani, éd. Pertz, (*Mon. Germ., SS.,* I, p. 23-37).

Annales Petaviani, éd. Pertz, (*Mon. Germ., SS.,* I, p. 7-13).

Annales Sancti Amandi, éd. Pertz, (*Mon. Germ., SS.,* I, p. 6-10).

Annales Sangallenses breves, éd. Pertz, (*Mon. Germ., SS.,* I, p. 64-65).

Annales Sangallenses majores, éd. Pertz, (*Mon. Germ., SS.,* I, p. 72-85).

Annales Tiliani, éd. Pertz, (*Mon. Germ., SS.,* I, p. 6-8).

Annalium M. SS. Monasterii Disertinensis ordinis Sancti Benedicti in superiori Rhætia Confœderata Synopsis. (Manuscrit de l'abbaye de Disentis [Grisons]).

Arator, *Epistola ad Parthenium*, (dans Migne, *Patrol. lat.*, LXVIII, col. 245).

Auctarium Marcellini, éd. Mommsen, *(Mon. Germ., Auct. Ant., Chron. Min.*, II, p. 104-108).

Avitus, *Epistularum ad diversos libri III*, éd. Peiper, *(Mon. Germ., Auct. Ant.*, VI, p. 35-103).

Ausone, *Mosella*, éd. Schenkl, *(Mon. Germ., Auct. Ant.*, V, 2, p. 81-97).

Bède, *Historia Ecclesiastica gentis Anglorum*, (dans Migne, *Patr. lat.*, XCV).

Campell Ulric, *Rætiæ Alpestris Descriptio*, éd. Kind, *(Quellen z. schweiz. Geschichte*, VII).

Id., *De Rætia ac Rætis, Historia Rætica*, éd. Plattner, *(Quellen z. schweiz. Gesch.*, VIII et IX, Introd. de Wartmann, IX, p. v à xxxv).

Capitularia regum Francorum, éd. Boretius, *(Mon. Germ., Legum Sectio II*, T. I).

Cassiodore, *Variæ*, éd. Mommsen, *(Mon. Germ., Auct. Ant.*, XII).

Catalogus provinciarum Italiæ, éd. Waitz, *(Mon. Germ. SS. rer. Lang.*, I, p. 188-189).

Chronica Gallica An. CCCCLII, éd. Mommsen, *(Mon. Germ., Auct. Ant., Chron. Min.*, I, p. 646-662).

Chronicon Sancti Benigni Divionensis, éd. Bougaud et Garnier, Dijon, 1875, in-8°, *(Analecta Divionensia*, IX).

Chronicon Universale — 741, éd. Waitz, *(Mon. Germ., SS.*, XIII, p. 4-19).

Concilia Aevi Merovingici, éd. Maassen, *(Mon. Germ., Legum Sectio III*, T. I).

Conon d'Estavayer, *Monumenta Historiæ Lausannensis*, éd. Waitz, *(Mon. Germ., SS.*, XXIV, p. 774-810).

Dinamius, *Vita Sancti Maximi, Epistola Dedicatorie*, (dans Migne, *Patrol. lat.*, LXXX, col. 51).

Ennodius, *Panegyricus dictus Theoderico regi a. 507*, éd. Vogel, *(Mon. Germ., Auct. Ant.*, VII, p. 203-214).

Id., *Vita Sancti Epifani*, *(Ibid.*, p. 84-109).

Epistolæ Merovingici et Karolini ævi, éd. Gundlach, *(Mon. Germ., Epistolæ*, III).

Erchambertus, *Breviarium regum Francorum*, éd. Pertz, *(Mon. Germ., SS.*, II, p. 328-330).

Ermoldus Nigellus, *In honorem Hludowici imperatoris libri 4*, éd. Dümmler, *(Mon. Germ., Poetæ Latini ævi Karol.*, II, p. 5-91).

Eugippius, *Vita Sancti Severini,* éd. Sauppe, *(Mon. Germ., Auct. Ant.,* I, 2).

Excerpta e Menandri historia, éd. Niebuhr, *(Corpus script. hist. Byz.,* XIV, p. 279 et s.).

Flodoard, *Historia ecclesiæ Remensis,* éd. Waitz, *(Mon. Germ., SS.,* XIII, p. 409-599).

Formulæ Merovingici et Karolini ævi, éd. Zeumer, *(Mon. Germ.., Leges Sectio V).*

Fortunat, *Opera·Poetica,* éd. Leo, *(Mon. Germ., Auct. Ant.,* IV, 1).

Id., *Vita S. Germani Parisiensis,* éd. Krusch, *(Mon. Germ., Auct. Ant.,* IV, 2, p. 11-27).

Frédégaire, *Chronicon quod dicitur Fredegarii scolastici,* éd. Krusch, *(Mon. Germ., SS. rer. Mer.,* II, p. 18-368).

Id., édition du *Parisinus lat. n° 10910,* par G. Monod, *(Bibl. Éc. Hautes Études,* LXIII).

Id., *Chron. q. dic. Fredeg. Continuatio,* éd. Krusch, *(Mon. Germ., SS. rer. Mer.,* II, p. 168-193).

Gesta Dagoberti I, éd. Krusch, *(Mon. Germ., SS. rer. Mer.,* II, p. 396-425).

Grégoire de Tours, *Historia Francorum,* éd. Arndt, *(Mon. Germ., SS. rer. Mer.,* I, p. 1-456).

Id., *Liber in Gloria Martyrum, (Ibid.,* p. 484-561).

Id., *Liber vitæ Patrum, (Ibid.,* p. 667-744).

Gregorii I, Papæ, Registrum Epistolarum, (Mon. Germ. Epistolæ, I, éd. Ewald et Hartmann; II, éd. Hartmann).

Hilaire (St. Pape), *Epistolæ,* dans Migne, *Patrol. lat.,* LVIII, col. 11-31).

Jean (moine de Bèze), *Abbatiæ Besuensis Chronicon,* éd. Bougaud et Garnier, *(Analecta Divionensia,* IX).

Jérôme (St.), *Sancti Hieronymi Epistola ad Ageruchiam,* (dans Migne, *Patrol. lat.,* XXII, col. 1041-1059).

Johannis abbatis Monast. Biclariensis Chronicon, éd. Mommsen, *(Mon. Germ., Auct. Ant., Chron. Min.,* II, p. 207-210).

Jonas de Bobbio, *Vita Columbani discipulorumque ejus,* éd. Krusch, *(Mon. Germ., SS. rer. Mer.,* IV, p. 61-152).

Jordanès, *Getica,* éd. Mommsen, *(Mon. Germ., Auct. Ant.,* V, p. 118-138).

Leges Burgundionum, éd. de Salis, *(Mon. Germ., Legum Sectio I,* T. II, 1).

Lex Alamannorum, éd. Lehmann, *(Mon. Germ., Legum Sectio I,* T. V, 1).

Lex Bajuvariorum, éd. Merkel, *(Mon. Germ., Leges,* III, p. 261-487).

Lex Ribuaria, éd. Sohm, *Mon. Germ., Leges*, V, p. 205-268).

Lex Romana Rætica Curiensis, éd. Zeumer, *(Mon. Germ., Leges*, V, p. 289-444).

Lex Salica, éd. Geffcken, Leipzig, 1898, in-8°.

Liber historiæ Francorum, éd. Krusch, *(Mon. Germ., SS. rer. Mer.*, II, p. 215-328).

Liber Pontificalis, éd. Duchesne, 2 vol. Paris, 1884-1892, in-4°.

Marius d'Avenches, *Marii Episcopi Aventicensis Chronicon*, éd. Mommsen, *(Mon. Germ., Auct. Ant., Chron. Min.*, II, p. 232-239).

Miracula Sancti Martialis, éd. Holder-Egger, *(Mon. Germ., SS.*, XV, p. 280-283).

Notitia dignitatum omnium tam civilium quam militarium utriusque imperii, éd. Böcking, 2 vol., Bonn, 1839, 1853, in-8°. *Id.*, éd. Seeck, Berlin, 1876, in-8°.

Notitia provinciarum et civitatum Galliæ, éd. Mommsen, *(Mon. Germ., Auct. Ant., Chron. Min.*, I, p. 584-612).

Obituaire de l'église cathédrale de Saint Pierre de Genève, éd. Albert Sarasin, *(M. D. G., 2me Série*, T. Ier).

Olympiodorus Thebanus, Historiarum libri 22, Fragmenta, éd. Niebuhr, *(Corp. script. hist. Byz.)*, Bonn, 1829, in-8°.

Origo gentis Langobardorum, éd. Waitz, *(Mon. Germ., SS. rer. Lang.*, I, p. 1-6).

Orose, *Historiarum Libri Septem*, (dans Migne, *Patrol. lat.*, XXX, col. 663 à 1174).

Passio S. Trudperti, éd. Krusch, *(Mon. Germ., SS. rer. Mer.*, IV, p. 352-363).

Paul Diacre, *Historia Langobardorum*, éd. Bethmann-Waitz, *(Mon. Germ., SS. rer. Lang.*, I, p. 12-187).

Procope, *De Bello Gothico*, éd. Haury, vol. II.

Prosperi Aquitani chronici Continuator Havniensis, éd. Mommsen, *(Mon. Germ., Auct. Ant., Chron. Min.*, I, p. 298-313).

Ptolémée, *Géographia*, éd. Muller (Firmin Didot), Paris, 1883, in-8°.

Ratpert, *Casus Sancti Galli*, éd. Meyer von Knonau, *(St. Gall. Mitteil.*, XIII, p. 1 à 64).

Ravennatis Anonymi Cosmographia, éd. Pinder et Parthey, Berlin, 1860, in-8°.

Réginon de Prüm, *Chronicon*, éd. Pertz, *(Mon. Germ., SS.*, I,
    p. 536-612).

Regula monasterii Tarnatensis, (dans Migne, *Patrol. lat.*, LXVI,
    col. 978-986).

Regum Francorum Genealogiæ, Codex Sancti Galli n° 731, éd.
    Pertz, *(Mon. Germ., SS.*, II, p. 304).

  Id., Codex Regius Paris. n° 4409, Ibid., p. 308).

  Id., Codex Tilianus, éd. Duchesne, *(Historiæ Francorum
    Scriptores*, 1, Paris, 1636, in-f°).

  Id., Codex Bernensis, (Mon. Germ., SS., XIII, p. 724).

Series Episcoporum Constantiensium, Series Zwifaltensis, éd.
    Holder-Egger, *(Mon. Germ., SS.*, XIII, p. 325).

Sidoine Apollinaire, *Carmina*, éd. Lüttjohann, *(Mon. Germ.,*
    Auct. Ant., VIII, p. 173-264).

Sigebert de Gembloux, *Chronicon*, éd. Bethmann, *(Mon. Germ.,*
    SS., VI, p. 300-374).

  Id., *Auctarium Aquicinense*, *(Ibid.*, p. 392-398).

Silius Italicus, *Punicorum liber III*, éd. Bauer, vol. I.

Titus Livius, *Ab u. cond. liber XXI*, éd. Weissenborn, vol. IV.

Vita S. Amati episcopi Senonensis (?), *(AA. SS., Sept.*, IV,
    p. 128-131).

*Vita S. Amati, alia vita, (Catalogus cod. hag. latin. bibl. Bruxel-
    lensis*, II, p. 44-55).

Vita S. Arbogasti, (dans Grandidier, *Hist. de l'Église de Stras-
    bourg*, I, *Preuves*, n° 18).

Vita S. Balthildis, éd. Krusch, *(Mon. Germ., SS. rer. Mer.*, II,
    p. 482-508).

Vita S. Bertilæ, (dans Mabillon, *AA. SS. ord. S. Bened.*, S. III,
    1, p. 21-26).

Vita S. Boniti, (dans Mabillon, *AA. SS. ord. S. Bened.*, S. III,
    1, p. 89-100).

Vita Cæsarii episc. Arelatensis, éd. Krusch, *(Mon. Germ., SS.
    rer. Mer.*, III, p. 457-501).

Vita S. Columbani, vid. Jonas de Bobbio.

Vita S. Corbiniani auctore Aribone, (réd. de Hrotroc, Xme S.),
    (AA. SS., Sept., III, p. 281-291).

Vita S. Chrothildis, éd. Krusch, *(Mon. Germ., SS. rer. Mer.*,
    II, p. 341-348).

Vita S. Desiderii Cadurcæ Urbis Episcopi, éd. Krusch, *(Mon.
    Germ., SS. rer. Mer.*, IV, p. 547-602).

Vita S. Desiderii et S. Regnifridi, (AA. SS. Sept., V., p. 789-792).

Vita S. Eligii, éd. Krusch, *(Mon. Germ., SS. rer. Mer.*, IV,
    p. 669-742).

                                        **

Vita S. Ermenfridi, (AA. SS. Sept., VII, p. 116-123).

Vita S. Eusebiæ, (AA. SS. Mart., II, p. 452-457 et Mabillon, *AA. SS. ord. S. Ben.,* S. II, p. 984-990).

Vita S. Florentii, (dans Grandidier, *Hist. de l'Église de Strasbourg,* I, *Preuves,* n° 22).

Vita S. Fursei abbatis Latiniacensis, éd. Krusch, *(Mon. Germ., SS. rer. Mer.,* IV, p. 434-440); *Virtutes S. Fursei, (Ibid.,* p. 440-449); *Additamentum Nivialense de Fuilano, (Ibid.,* p. 449-451).

Vita S. Galli triplex, éd. Krusch, *(Mon. Germ., SS. rer. Mer.,* IV), 1° *Vita vetustissima* (p. 254-256), 2° *Vita auctore Wettino* (p. 256-280), 3° *Vita auctore Walafrido* (p. 280-337).

Vita S. Galli, auct. Wettino et Walafrido, éd. Meyer von Knonau, *(St. Gall. Mitteil.,* XII, p. 1-93).

Vita S. Germani abbatis Grandivallensis, éd. Trouillat, *(Monuments de l'Histoire de l'ancien évêché de Bâle,* I, p. 48-55).

Vita S. Johannis Reomænsis, (AA. SS. Jan., II, p. 850-862).

Vita S. Leodegarii auct. anon., (dans Mabillon, *AA. SS. ord. S. Bened.,* S. II, p. 680-698).

Vita S. Leodegarii auct. Ursino, (dans Bouquet, *Hist. de France,* II, p. 611-627).

Vita S. Lupi episc. Trecensis, éd. Krusch, *(Mon. Germ., SS. rer. Mer.,* III, p. 117-124).

Vita S. Otmari auct. Walafrido, éd. Meyer von Knonau, *(St. Gall. Mitteil.,* XII, p. 94-139).

Vita Patrum Jurensium, Romani, Lupicini, Eugendi, éd. Krusch, *(Mon. Germ., SS. rer. Mer.,* III, p. 131-166).

Vita S. Præjecti, (dans Mabillon, *AA. SS. ord. S. Bened.,* S. II, p. 640-645).

Vita S. Quinidi, (AA. SS. Febr., II, p. 829-832).

Vita S. Remigii, éd. Krusch, *(Mon. Germ., SS. rer. Mer.,* III, p. 250-341).

Vita S. Rictrudis, (AA. SS. Maii, III, p. 81-89).

Vita S. Romarici, éd. Krusch, *(Mon. Germ., SS. rer. Mer.,* IV, p. 221-225).

Vita S. Salabergæ, (AA. SS., Sept., VI, p. 521-530).

Vita S. Sequani, (AA. SS. Sept., VI, p. 36-41).

Vita S. Severini, vid. Eugippius.

Vita S. Sigiramni, éd. Krusch, *(Mon. Germ., SS. rer. Mer.,* IV, p. 603-625).

Vitæ S. Trudperti Epitome, (AA. SS. April, III, p. 426-440).

Vita S. Wandregisili (Vita sincera), (AA. SS. Jul., IV, p. 265-271); *(Vita interpolata), (Ibid.,* p. 272-281).

Vita S. Wilfridi, (auct. Eddio Stephano), (dans Mabillon, *AA.*
  SS. ord. S. Bened., S. IV, 1, p. 676-722).
*Vita S. Willibaldi sive Hodœporicon, (AA. SS. Jul.,*II, p. 500-511).
Zosime, *Historia,* éd. Bekker, *(Corp. script. hist. Byz.),* Bonn,
  1837, in-8°.

2° — Recueils de Textes Annalistiques, Diplomatiques et Épigraphiques.

Allmer et Terrebasse, *Inscriptions de Vienne en Dauphiné,* V,
  Inscriptions du Moyen âge, Vienne, 1878, in-8°.
Böhmer-Mühlbacher, *Regesta Imperii,* I, *Die Regesten des Kaiser-*
  reichs unter den Karolingern, 2ᵐᵉ éd., I et II, Innsbruck,
  1899-1904, in-4°.
Cartulaire du chapitre de N. D. de Lausanne, éd. Gingins la
  Sarraz, 1851, in-8°, *(M. D. S. R.,* VI).
Cippola, Carlo, *Monumenta Novalicensia,* I et II, Rome, 1898-
  1902, 2 vol. in-8°, *(Fonti per la Storia d'Italia).*
Corpus Inscriptionum Latinarun. V, *Inscriptiones Galliæ Cis-*
  alpinæ latinæ. XII, *Inscriptiones Galliæ Narbonensis.* XIII,
  Pars II, Fasc. 1, *Inscriptiones Germaniæ Superioris.* XIII,
  Pars II, Fasc. 2, *Milliaria Galliarum et Germaniarum.*
Diplomata Imperii, I, éd. K. Pertz, *(Mon. Germ.),* 1872, in-f°.
Diplomata Karolinorum, I, éd. Mühlbacher-Tangl, *(Mon. Germ.),*
  1907, in-4°.
Diplomata Regum et Imperatorum : Die Urkunden der Deutschen
  Könige und Kaiser Konrad I, Heinrich 1, Otto I, Otto II,
  Otto III, I et II, éd. Th. v. Sickel, *(Mon. Germ.),* 1879-1894,
  in-4°.
Egli, Karl, *Die christlichen Inschriften der Schweiz,* 1896, in-4°,
  (Zürch. Mitteil., XXIV).
Fontes rerum Bernensium, (Bern's Geschichtquellen), I, Berne,
  1877, in-8°.
Forel, F., *Régeste, soit répertoire chronologique des documents*
  relatifs à l'histoire de la Suisse romande, Lausanne, 1862,
  in-8°, *(M. D. S. R.,* XIX).
Gingins, Fr. de, *Inscription lapidaire Burgonde trouvée près*
  d'Évian en Savoie, (dans *Anz. f. schweiz. Gesch. u. Alter-*
  thumsk., 1855, p. 48-50).
Gremaud, *Documents relatifs à l'Histoire du Vallais,*I, Lausanne,
  1875, in-8°, *(M. D. S. R.,* XXIX).
Leblant, E., *Inscriptions chrétiennes de la Gaule antérieure au*
  VIIIᵐᵉ siècle, Paris, 1856, 2 vol. in-4°.

Lullin, P.-E. et Le Fort, Ch., *Régeste Genevois, ou répertoire des documents imprimés relatifs à l'histoire de la ville et du diocèse de Genève avant l'année 1312*, Genève, 1866, in-4°.

Mohr, Th. von, *Codex Diplomaticus : Sammlung der Urkunden zur Geschichte Cur-Rhätiens und der Republik Graübünden*, I, Coire, 1848, in-8°.

Id., *Die Regesten der Archive in der schweizerischen Eidgenossenschaft*, I, Coire, 1851, in-4°.

Neugart, *Codex Diplomaticus Alemanniæ et Burgundiæ Transjuranæ*, St. Blasien, 1791-1795, 2 vol. in-4°.

Pardessus, *Diplomata chartæ et instrumenta ætatis Merovingicæ*, Paris, 1843-1849, 2 vol. in-f°.

Regesta Episcoporum Constantiensium, I, éd. Ladewig et Muller, Innsbruck, 1886, in-4°.

Régeste de la Suisse romande, v. Forel.

Régeste Genevois, v. Lullin, P.-E. et Le Fort, Ch.

Thommen, *Urkunden zur Schweizer Geschichte aus Oesterreichischen Archiven*, I, Bâle, 1899, in-4°.

Thurgauisches Urkundenbuch, II, éd. J. Meyer, Frauenfeld, 1882, in-4°.

Trouillat, *Monuments de l'histoire de l'ancien évêché de Bâle*, I, Porrentruy, 1852, in-4°.

Urkundenbuch der Stadt und Landschaft Zürich, I, éd. J. Escher et P. Schweizer, Zürich, 1888, in-4°.

Wartmann, H., *Urkundenbuch der Abtei S. Gallen*, I et II, Zürich-St. Gall, 1863-1866, in-4°.

Wirtembergisches Urkundenbuch, II, Stuttgart, 1858, in-f°.

3° — Ouvrages divers.[1]

Amiet, *Das Schlachtfeld von Wangen*, dans *Anz. f. schweiz. Gesch.*, 1879, p. 197-203.

Analecta Bollandiana, XI, p. 104-110, *Bulletin des Publications Hagiographiques*.

Arnold, *Studien zur deutschen Kulturgeschichte*, Stuttgart, 1882, in-8°.

Arx, Ildefons von, *Geschichte der zwischen der Aar und dem Jura gelegenen Landschaft Buchsgau*, St. Gall, 1819, in-8°.

---

[1] Nous avons seulement consulté les ouvrages les plus importants qui traitaient de l'histoire de notre période. Sur quelques points nous sommes entrés dans plus de détails, nous attachant surtout à la bibliographie rétrospective d'historiens suisses.

Baumann, F.-L., *Schwaben und Alamannen, Ihre Herkunft und Identität*, dans *Forsch. zur deutschen Geschichte*, XVI, p. 215-277.

Id., *Die alamannische Niederlassung in der Rætia Secunda*, dans *Zeitschrift des historischen Vereins für Schwaben und Neuburg*, II, p. 172-187.

Béguelin, *Les fondements du régime féodal dans la Lex Romana Curiensis, (Berne, Dissert.)*, Paris, 1893, in-8°.

Béranek, *Massif du Grammont ou Grand Mont et question du Tauredunum*, dans *L'Écho des Alpes*, 1876, p. 189-196.

Id., *Le Tauredunum. Ibid.*, 1885, p. 148-153.

Besson, *Mémoires pour l'histoire ecclésiastique des diocèses de Genève, Tarentaise, Aoste et Maurienne*, Nancy, 1759, in-4°.

Besson, abbé Marius, *Recherches sur les Origines des évêchés de Genève, Lausanne, Sion et leurs premiers titulaires jusqu'au déclin du VIᵐᵉ siècle*, Fribourg, 1906, in-8°.

Id., *Mémoire pour servir à l'histoire de Saint Amé, premier abbé de Remiremont*, dans *Revue d'Histoire ecclésiastique suisse*, 1907, p. 20-31.

Id., *Contribution à l'histoire du Diocèse de Lausanne sous la domination franque (534-888)*, Fribourg, 1908, in-8°.

Id., *La plus ancienne mention du pays de Vaud*, dans *Revue historique vaudoise*, 1809, p. 113-115.

Bethmann et Holder-Egger, *Langobardische Regesten*, dans *Neues Archiv*, III, p. 225-318.

Binding, *Geschichte des burgundisch-romanischen Königreichs*, Leipzig, 1868, in-8°.

Bladé, *L'Aquitaine et la Vasconie Cyspyrénéenne*, dans *Annales de la Faculté des Lettres de Bordeaux*, 1891.

Blanchet, Adr., *Les Trésors de monnaies romaines et les invasions germaniques en Gaule*, Paris, 1901, in-8°.

Bochat, Loys de, *Mémoires critiques pour servir d'éclaircissements sur divers points de l'histoire ancienne de la Suisse*, II, Lausanne, 1747, in-4°.

Bonnell, II.-E., *Die Anfänge des Karolingischen Hauses*, Berlin, 1866, in-8°, *(Jahrbücher des Fränkischen Reiches)*.

Bornhak, Conr., *Das Stammesherzogtum im fränkischen Reiche*, dans *Forsch. zur deutschen Geschichte*, XXIII, p. 167-186.

Bornhak, G., *Geschichte der Franken unter den Merovingern*, Greifswald, 1863, in-8°.

Breyzig, *Die Zeit Karl Martells*, Leipzig, 1869, in-8°, *(Jahrbücher des Fränkischen Reiches)*.

Bridel, le doyen, *Notices historiques sur la ville d'Orbe et le royaume de la petite Bourgogne dans le Moyen âge,* dans *Le Conservateur Suisse,* V, 1814, p. 303 et s.

Brissaud, *Cours d'histoire générale du droit français public et privé,* Paris, 1904, in-8°.

Brunner, H., *Deutsche Rechtsgeschichte,* I, 2ᵐᵉ éd., 1906; II, 1892, Leipzig, in-8°.

Id., *Über das Alter der Lex Alamannorum,* dans *Sitzungsber. der K. preuss. Akademie zu Berlin,* 1885, p. 149-172.

Id., *Über ein verschollenes merovingisches Königsgesetz des 7. Jahrhunderts, Ibid.,* 1901, p. 932-955.

Burckhardt, Alb., *Die Gauverhältnisse im alten Bisthum Basel,* dans *Beiträge zur vaterl. Geschichte,* Bâle, 1882, XI, p. 1-38.

Burckhardt, J.-R., *Untersuchungen über die älteste Bevölkerung des Alpengebirgs,* dans *Archiv für schweizerische Geschichte,* IV, 1846, p. 3-70.

Cahannes, J., *Das Kloster Disentis vom Ausgang des Mittelalters bis zum Tode des Abtes Christian von Castelberg, 1581, (Diss. Fribourg),* Brunn, 1899, in-8°.

Caillemer, E., *Les Limites de la Sapaudia au Vᵐᵉ S.,* Grenoble et Calarona, dans *Bulletin de la Société de statistique de l'Isère,* IIIᵐᵉ Série, 2, 1871, p. 307 et s.

Id., *Épisodes de l'histoire des Burgondes,* dans *Bulletin de l'Académie delphinale,* IIIᵐᵉ Séric, T. X.

Chavannes, Sylvius, *L'Éboulement du Tauredunum,* dans *Bulletin de la Société vaudoise des sciences naturelles,* XXIV, 1889, p. 173-178.

Combes, Ed., *Éboulements,* dans *L'Écho des Alpes,* 1885, p. 60-65.

Constantin, A., *L'Éboulement du Tauredunum,* dans *Revue Savoisienne,* 1889, T. XXX, p. 211-212 et 257-261.

Cramer, J., *Die Geschichte der Alamannen als Gaugeschichte,* Breslau, 1899, in-8°, (Gierke, *Untersuchungen,* LVII).

Daguet, *Histoire de la Confédération Suisse,* Genève, Bâle, Lyon, Paris, 1880, in-8°.

Dahn, Fél., *Deutsche Geschichte,* Gotha, 1888, in-8°.

Id.., *Die Könige der Germanen,* vol. VII, 1, *Die Franken unter den Merowingern,* Leipzig, 1894, in-8°. Vol. IX, 1, *Die Alamannen,* Leipzig, 1902, in-8°. Vol. IX, 2, *Die Baiern,* Leipzig, 1907, in-8°. Vol. XI, 1, *Die Burgunden,* Leipzig, 1908, in-8°.

Id., *Urgeschichte der germanischen und romanischen Völker,* I, II et III, Berlin, 1880-1889, in-8°.

Dändliker, K., *Geschichte der Schweiz,* I, 3ᵐᵉ éd., Zürich, 1893, in-8°.

Derichsweiler, *Geschichte der Burgunden bis zu ihrer Einverleibung in's fränkische Reich,* Münster, 1863, in-8°.

Desjardins, *Géographie de la Gaule Romaine,* I et IV, Paris, **1878** et 1895, in-8°.

Diener, *Die Victoriden,* dans *Genealogisches Handbuch zur Schweizer Geschichte,* Zürich, 1900, in-4°, p. 54-55.

Digot, *Histoire d'Austrasie,* I, Nancy, 1863, in-8°.

Drapeyron, L., *De Burgundiæ historia et ratione politica Merovingorum ætate, (Thèse),* Paris, 1869, in-8°.

Id., *Essai sur l'origine, le développement et les résultats de la lutte entre la Neustrie et l'Austrasie, Ebroin et Saint Léger. Mémoires lus à la Sorbonne, Hist. et Philol,* Paris, 1868, in-8°, p. 107.

Du Cange, *Glossarium mediæ et infimæ latinitatis,* éd. Henschel, Paris, 1840-1846, 6 vol. in-f°.

Duchesne, Mgr Louis, *Fastes Épiscopaux de l'ancienne Gaule,* I, *Provinces du Sud-Est,* 2me éd., Paris, 1900, in-8°.

Id., *Saint Loup de Troie,* dans *Bulletin Critique,* 1897, p. 418-420, 1899, p. 681-685.

Id., *La vie des pères du Jura,* dans *Mélanges d'histoire d'Archéologie publiés par l'École de Rome,* XVIII, 1898, p. 3-16.

Ducis, *La Sapaudia et les Sebagini,* dans *Revue Savoisienne,* VIII, 1867, p. 37-39, 41-43, 49-52.

Id., *Les Origines de la Sapaudia, Ibid.,* IX, 1868, p. 1-2, 29-30, 67-69, 101-103.

Id., *Origine du nom de Savoie, Ibid.,* p. 9-11.

Düntzer, dans *Jahrbuch des Vereins von Alterthumsfreunden im Rheinlande,* XV, Bonn, 1850.

Dussieux, L., *Essai historique sur les invasions des Hongrois en Europe et spécialement en France,* 2me éd., Paris, Lyon, 1879, in-8°.

Egli, K., *Kirchengeschichte der Schweiz bis auf Karl dem Grossen,* Zürich, 1893, in-8°.

Eichhorn, P. Ambrosius, *Episcopatus Curiensis in Rhætia, sub metropoli Moguntina chronologice et diplomatice illustratus,* St. Blasien, 1797, in-4°.

Eichhorn, *Ueber die ursprungliche Einrichtung der Provinzialverwaltung im fränk. Reich,* dans *Zeitschrift für geschichtliche Rechtswissenschaft,* VIII, 1835, p. 301 et s.

Esmein, *Études nouvelles sur la Lex Alamannorum,* dans *Nouvelle Revue historique de droit français et étranger,* 1885, p. 689 et s.

Fickler, *Quellen und Forschungen zur Geschichte Schwabens und der Ost-Schweiz,* Mannheim, 1859, in-4°.

Fleming, Patrick, *Collectanea Sacra seu S. Columbani... Acta et Opuscula*. Louvain, 1667, in-f°.

Forel, F.-A., *Éboulement du Tauredunum*, v. *Bulletin de la Société Vaudoise des Sciences Naturelles*, XIV, 1876, p. 473.

Id., *Communication d'une lettre du comte Riant, Ibid.*, XXVI, 1891, p. xxix.

Friedrich, J., *Kirchengeschichte Deutschlands*, II, Bamberg, 1869, in-8°.

Friedrich, *Zur Geschichte des Hausmeiers Ebruin*, dans *Sitzungsberichte der philosoph. philolog. u. hist. Classe der K. Akademie der Wissenschaften zu München*, 1881, p. 42-61.

Fustel de Coulanges, *Histoire des institutions politiques de l'ancienne France : 2. La Monarchie franque*, Paris, 1888, in-8°; 3. *L'invasion germanique*, Paris, 1891, in-8°.

Galiffe, J.-B.-G., *Genève historique et archéologique*, Genève et Bâle, 1869, in-8°.

Gatschet, *Note sur l'emplacement du Tauredunum*, dans *Anz. f. schweiz. Gesch. u. Alterthumsk.*, 1866, p. 35-36.

Gaupp, *Die germanischen Ansiedlungen und Landtheilungen in den Provinzen des römischen Westreiches*, Breslau, 1844, in-8°.

Gelpke, E., *Kirchengeschichte der Schweiz unter der Franken-Neuburgundischen und Allemannen-Herrschaft*, II, Berne, 1861, in-8°.

Gingins la Sarraz, F. de, *Essai sur l'établissement des Burgundes dans la Gaule, (Memorie della reale Academia delle scienze di Torino*, T. XL, P. II, p. 189-292), Turin, 1838, in-4°.

Id., *Hist. de la ville d'Orbe et de son château*, Lausanne, 1855, in-8°.

Id., *Hist. de la cité et du canton des Équestres*, dans *M. D. S. R.*, XX, p. 1-156.

Id., *Sur l'inscription funéraire burgonde de l'an 527*, dans *Anz. f. schweiz. Gesch. u. Alterthumsk.*, 1856, p. 37-41.

Id., *Recherches sur quelques localités du Bas Valais*, dans *Mémoires de l'Institut Genevois*, III, a. 1855, p. 1-63.

Giry, A., *Manuel de Diplomatique*, Paris, 1894, in-8°.

Gisi, W., *Wangas*, dans *Anz. f. schweiz. Gesch.*, 1883, p. 101-104.

Id., *Scotingi und Warasci, Ibid.*, 1884, p. 283-292.

Id., *Pagus Aventicensis, Ibid.*, 1884, p. 235-253.

Id., *Ebrudunum Sapaudiæ*, dans *Anz. f. schweiz. Alterthumsk.*, 1885, p. 140.

Glasson, *Histoire du droit et des institutions de la France*, II, Paris, 1888, in-8°.

Grangier, L., *Les Sépultures burgondes de Fétigny*, dans *Anz. f. schweiz. Alterthumsk.*, 1882, p. 296-298.

Gröber, *Grundriss der Romanischen Philologie*, I, Strasbourg, 1888, in-8°.

Hartmann, Lud.-M., *Geschichte Italiens im Mittelalter*, I, *Das Italienische Königreich*, Gotha, 1897, in-8°. II, 1, *Römer und Langobarden bis zur Theilung Italiens*, Leipzig, 1900. II, 2, *Die Loslösung Italiens vom Oriente*, Gotha, 1903.

Id., *Iter Tridentinum*, dans *Jahreshefte des öster. Archäolog. Instituts*, II, 1899, Beiblatt 1.

Hauck, *Kirchengeschichte Deutschlands*, I, 2me éd., Leipzig, 1898, in-8°.

Havet, Julien, *La date d'un manuscrit de Luxeuil*, *Questions mérovingiennes*, *Œuvres*, I.

Id., *Les chartes de Saint Calais*, *Ibid.*

Heierli et Oechsli, *Urgeschichte Graubündens*, dans *Zürch. Mitteil.*, XXV, 1).

Histoire littéraire rédigée par les religieux Bénédictins de la congrégation de St. Maur, III, IV, VI.

Huber, *Beiträge zur älteren Geschichte Oesterreichs*, dans *Mittheilungen des Instituts für österreichische Geschichtsforschung*, II, a. 1881, p. 367-388.

Huschberg, J.-F., *Geschichte der Allemannen und Franken*, Sulzbach, 1840, in-8°.

Jaccard, H., *Essai de Toponymie*, *(M. D. S. R.*, 2me série, T. VII), Lausanne, 1906, in-8°.

Jacobs, A., *De Gallia ab anonymo Ravennate descripta*, *(Thèse)*, Paris, 1858, in-8°.

Id., *Géographie de Frédégaire*, Paris, 1859, in-8°.

Id., *Géographie de Grégoire de Tours*, dans Guizot, *Traduction de l'Historia Francorum*.

Jahn, Albert, *Geschichte der Burgundionen und Burgundiens bis zum Ende der I. Dynastie*, Halle, 1874, 2 vol. in-8°.

Id., *Alterthümer von Wangen bei Bern*, dans *Archiv. des histor. Vereins des Kantons Bern*, III, 3es Heft, p. 18-20.

Junghans, *Histoire critique des règnes de Childerich et de Chlodovech*, trad. Monod, *(Bibl. Éc. Hautes Études*, XXXVII).

Juvalt, Wolfg. von, *Forschungen über die Feudalzeit im Curischen Rætien*, Zürich, 1871, in-8°.

Id., *Die Victoriden*, dans *Anz. f. schweiz. Gesch. u. Alterthumsk.*, 1867, p. 69, 1868, p. 140.

Kaufmann, G., dans *Göttingische Gelehrte Anzeiger*, 1868, 1, p. 1001-1002.

Keller, *Die römischen Ansiedelungen in der Ostschweiz*, dans *Zürch. Mitteil.*, XII, 1860, p. 269-341.

Kiener, F., *Verfassungsgeschichte der Provence*, Leipzig, 1900, in-8°.

Krusch, Bruno, *Chlodovechs Sieg über die Alamannen*, dans *Neues Archiv*, XII, p. 289-301.

Id., *Die älteste Vita Præjecti*, dans *Neues Archiv*, XVIII, p. 629-640.

Id., *Die älteste Vita Leudegarii*, dans *Neues Archiv*, XVI, p. 565-596.

Id., *Die Chronicæ des sogenannten Fredegar*, dans *Neues Archiv*, VII, p. 247-351 et 421-516.

Id., *De annis regum Francorum*, dans *Mon. Germ. SS. rer. Mer.*, II, p. 576.

Id., *La falsification des vies des Saints Burgondes*, dans *Mélanges Julien Havet*, p. 39-44.

Id., *Zur Chronologie der Merovingischen Könige*, dans *Forsch. zur deutschen Geschichte*, XXII, p. 449-496.

Id., *Zur Florians und Lupus Legende*, dans *Neues Archiv*, XXIV, p. 533-570.

Kurth, God., *Clovis*, Tours, 1896, in-4°.

Id., *De la nationalité des comtes francs au VIme siècle, (Mélanges Paul Fabre*, Paris, 1903, in-8°).

Id., *La reine Brunehaut*, dans *Revue des questions historiques*, XXVI, 1891.

Lehmann, *Zur Textkritik und Enstehungsgeschichte des Alamannischen Volksrechtes*, dans *Neues Archiv*, X, p. 467-505.

Lehuérou, *Histoire des institutions carolingiennes*, Paris, 1843, in-8°.

Lejean, G., *La Gaule de l'anonyme de Ravenne*, dans *Bulletin de la Société de Géographie*, 1856, p. 185-266.

Levison, dans *Sybels Historische Zeitschrift*, LXXXV, p. 295.

Liebenau, Th. von, *Die Schlacht bei Bex vom Jahre 574*, dans *Katholische Schweizer Blätter*, IV, p. 484.

Longnon, Auguste, *Atlas historique de la France, Texte explicatif et Planches*, Paris, 1885-1889, in-f° et in-8°.

Id., *Géographie de la Gaule au VIme siècle*, Paris, 1873, in-8°.

Lorenz, Ernst, *Die thüringische Katastrophe vom J. 531, (Jena Diss.)*, 1891, in-8°.

Mabillon, *Annales Sancti Benedicti*, I, Paris, 1703, in-f°.

Magliari, *Del Patriziato romano dal Secolo IV al Secolo VII*, dans *Studi e documenti di Storia et Diritto*, XVIII, 1897.

Maillefer, *Histoire du Canton de Vaud*, Lausanne, 1903, in-8°.

Maillefer, *Les routes romaines en Suisse,* dans *Revue historique vaudoise,* 1900, p. 1-11, 33-48, 129-139, 161-172.

Malnory, *Saint Césaire évêque d'Arles, (Bibl. Éc. des Hautes Études,* CIII), Paris, 1894, in-8°.

Martignier et de Crousaz, *Dictionnaire historique du canton de Vaud,* Lausanne, 1867, in-8°.

Martin, Louis, *Catalogue du Médailler d'Avenches,* dans *Bulletin de l'Association Pro Aventico,* VI, a. 1894, *Supplément, Ibid.,* VII, a. 1897, p. 9-21.

Mayer, J.-G., *Geschichte des Bistums Chur,* Stans, 1907 (en cours de publication), in-8°.

Merkel, *De Republica Alamannorum,* Berlin, 1849, in-8°.

Meyer, H., *Die Römischen Alpenstrassen in der Schweiz,* dans *Zürch. Mitteil.,* XIII, p. 117-139.

Meyer von Knonau, Gérold, *Alamannische Denkmäler in der Schweiz, Historische Einleitung,* dans *Zürch. Mitteil.,* XVIII, p. 92-104, XIX, p. 47-62.

Id., *Die Beziehungen, 496, nach ihrer Niederlage geflohenen Alamannen zum ostgothischen Reiche des Theodorichs,* dans *Anz. f. schweiz. Gesch.,* 1879, p. 150-153.

Id., *Die urkundlichen Beweise betreffend die Stellung St. Gallens als königliches Kloster,* dans *St. Gall. Mitteil.,* XIII, Excurs IV, p. 239-246.

Id., *Der Besitz des Klosters St. Gallen in seinem Wachsthum bis 920, Ibid.,* Excurs II, p. 87-225.

Id., *Ueber den Arbongau und über einschlägige Stellen der Urkunde Friedrichs I für Constanz von 1155,* dans *Anz. f. schweiz. Gesch.,* 1871, p. 119-124.

Id., *Ueber den Zürichgau, Ibid.,* 1876, p. 219-220.

Id., *Nochmals der Zürichgau, Ibid.,* p. 248.

Id., *Zur Frage über die Grenze des Thurgaues gegen den Rheingau, Ibid.,* 1874, p. 17-20 et *Schriften des Vereins für Geschichte des Bodensees,* VI, 1875, p. 65-70.

Molinier, A., *Les sources de l'Histoire de France,* I, *Époque primitive, Mérovingiens et Carolingiens,* Paris, 1901, in-8°.

Mommsen, *Alpes Pœninæ,* dans *Ephemeris Epigraphica,* 1879, IV, p. 516.

Id., *Die Schweiz in römischer Zeit,* dans *Zürch. Mitteil.,* IX, p. 1-27.

Id., *Ostgothische Studien,* dans *Neues Archiv,* XIV, p. 223-249 et 451-544.

Id., *Ueber die Ravennatische Cosmographie,* dans *Berichte über die Verhandlungen der sächs. Gesellsch. der Wissenschaften,* III, Leipzig, 1851, p. 80-117.

Monod, Gabriel, *Du lieu d'origine de la chronique de Frédé-gaire*, dans *Jahrbuch für schweizerische Geschichte*, III, p. 141-163.

Id., *Études Critiques sur les sources de l'histoire mérovingienne*, I, (*Bibl. Éc. Hautes Études*, VIII).

Id., *Études Critiques sur les sources de l'histoire carolingienne*, I, (*Bibl. Éc. Hautes Études*, ClX).

Id., *Sur un texte de la compilation de Frédégaire relatif à l'établissement des Burgondes dans l'empire romain*, dans *Bibl. Éc. Hautes Études*, XXXV, p. 229-239.

Moor, Conrad-V., *Die Grafen von Currätien*, 1, *Die Victoriden*, dans *Rätia*, I, 1863, p. 81-97.

Mooser, J.-L., *Zur Grenzbestimmung des alten Rheingaus*, dans *Schriften des Vereins für Geschichte des Bodensees*, VI, 1875, p. 65-70.

Morel, Ch., *Genève et la Colonie de Vienne*, dans *M. D. G.*, XX, p. 1-97, 453-583.

Morf, *Romanen und Deutschen in der Schweiz*, Zürich, 1901, in-8°.

Muller, Jean de, *Histoire de la Confédération Suisse*, trad. Monnard, 1, Paris, Genève, 1837, in-8°.

Muralt, E. von, *Der Zürichgau*, dans Anz. *f. schweiz. Gesch.*, 1876, p. 210-212.

Nüscheler, A., *Die Letzinen in der Schweiz*, dans *Zürch. Mitteil.*, XVIII, p. 1-58.

Id., *Die Gotteshäuser der Schweiz*, II, Zürich, 1867, in-8°.

Oechsli, W., *Les origines de la Confédération Suisse*, trad. Ducommun, Berne, 1896, in-8°.

Id., *Zur Niederlassung der Burgunder und Alamannen in der Schweiz*, dans *Jahrbuch für schweiz. Geschichte*, XXXIII, p. 223-266.

Oehlmann, *Die Alpenpässe im Mittelalter*, dans *Jahrbuch für schweiz. Geschichte*, III, p. 164-189, IV, p. 163-324.

Pfister, Chr., dans Lavisse, *Histoire de France*, II, 1, *Le Christianisme, les Barbares, Mérovingiens et Carolingiens*, Livre II, *La Période Mérovingienne*, p. 117-201.

Id., *Le duché mérovingien d'Alsace et la légende de Sainte Odile*, Paris, Nancy, 1892, in-8°, (extrait des *Annales de l'Est*, 1890 et s.).

Philipon, Ed., *Les origines du diocèse et du comté de Belley*, Paris, 1900, in-8°.

Pitra, *Histoire de Saint Léger*, Paris, 1846, in-8°.

Planta, P.-C. *Das alte Rätien*, Berlin, 1872, in-8°.

Poupardin, R., *Études sur les vies des Saints fondateurs de Con-*

date et la critique de M. Bruno Krusch, dans *Le Moyen âge*, 2me série, II, 1898, p. 31-48.

Poupardin, R., *Le royaume de Provence sous les Carolingiens*, Paris, 1901, in-8°, *(Bibl. Éc. Hautes Études*, CXXX).

Id., *Le royaume de Bourgogne, 888-1038*, Paris, 1907, in-8°, *(Bibl. Éc. Hautes Études*, CLXIII).

Pray, G., *Annales Veteres Hunnorum Avarum et Hungarorum*, Vienne, 1761, in-f°.

Pupikofer, *Die Grenze zwischen dem Rheingau, Churrätien u. dem Thurgau*, dans *Schriften des Vereins für Geschichte des Bodensees*, V, 1874, p. 58-71.

Id., *Erwiderung auf die Kritiken... betreffend die rheinthalische Grenzscheide, Ibid.*, VI, 1875, p. 117-122.

Quiquerez, *Sépultures burgondes à Bassecourt*, dans *Anz. f. schweiz. Alterthumsk.*, 1877, p. 754.

Id., *Sépultures burgondes au Jura Bernois, Ibid.*, p. 755.

Id., *Antiquités burgondes à Bassecourt, Ibid.*, p. 769.

Id., *Antiquités burgondes, Ibid.*, 1879, p. 895-896.

Id., *Cimetière burgonde à Bassecourt, Ibid.*, p. 946-949.

Id., *Antiquités burgondes, Bassecourt, Ibid.*, 1880, p. 27.

Id., *Cimetière burgonde de Bassecourt, Ibid.*, 1881, p. 194-195.

Rettberg, *Kirchengeschichte Deutschlands*, II, Göttingue, 1846, in-8°.

Reymond, Maxime, *Des origines du prieuré de Baulmes*, dans *Revue hist. vaudoise*, 1905, p. 367-372.

Riant, le comte, v. Forel.

Richter, G., *Annalen der deutschen Geschichte*, I, *Annalen des fränkischen Reiches im Zeitalter der Merovinger*, Halle, 1873, in-8°.

Roget de Belloguet, *Carte du premier royaume de Bourgogne*, dans *Mémoires de l'Académie de Dijon*, 1847, p. 313-508.

Id., *Questions bourguignonnes*, Dijon, 1848, in-8°, et au T. Ier de la *Description de la Bourgogne*, de Courtepée et Béguillet, Dijon, 1847, in-8°.

Salis, L.-R. von, *Lex Romana Curiensis*, dans *Zeitschrift der Savigny Stiftung, Germ. Abth.*, VII, 1885, p. 141-172.

Sandret, L., *Sidoine Apollinaire historien*, dans *Revue des questions Historiques*, XXXII, 1882, p. 210-224.

Savigny, *Histoire du droit romain au Moyen âge*, II, trad. Guenout, Paris, 1839, in-8°.

Schiber, *Die Fränkischen und Alemannischen Siedelungen in Gallien bes. Elsass-Lothringen*. Strasbourg, 1894, in-8°.

Schmitt, Martin, *Mémoires historiques sur le diocèse de Lausanne*, I, *(Mémorial de Fribourg*, V).

Schnürer, *Die Verfasser der sogenannten Fredegar Chronik*, *(Collectanea Friburgensia*, IX), Fribourg, 1900, in-4°.

Schricker, *Aelteste Gauen in Elsass*, dans *Strassburger Studien*, II, 1884.

Schubert, H. v., *Die Unterwerfung der Alamannen unter die Franken*, Strasbourg, *(Diss.)*, 1884, in-8°.

Sécretan, *Le premier royaume de Bourgogne*, *(M. D. S. R.*, XXIV).

Seeliger, *Volksrecht und Königsrecht*, dans *Historische Viertel-jahrschrift*, I, 1898, p. 1-40.

Sickel, Th., *St. Gallen unter den ersten Karolingern*, dans *St. Gall. Mitteil.*, IV, 1865, p. 1-27.

Sickel, W., *Die Reiche der Völkerwanderung*, dans *West-deutsche Zeitschrift für Geschichte und Kunst*, IX, 1890.

Sohm, R., *Die Altdeutsche Reichs- und Gerichtsverfassung*, I, *Die Fränkische Reichs- u. Gerichtsverfassung*, Weimar, 1871, in-8°.

Stadelmann, *Etudes de Toponymie romande*, dans *Archives de la Société d'Histoire de Fribourg*, VII, p. 249-401.

Stälin, Chr.-Fr., *Wirtembergische Geschichte*, I, Stuttgart et Tubingue, 1841, in-8°.

Stälin, Fr., *Geschichte Württembergs*, I, Gotha, 1882, in-8°.

Stouff, L., *Étude sur le principe de la personnalité des lois depuis les invasions barbares jusqu'au XIIᵐᵉ s.*, dans *Revue bourguignonne de l'enseignement supérieur*, IV, 1894.

Stückelberg, E.-A., *Der Constantinische Patriziat*, *(Diss. Zürich)*, Bâle et Genève, 1891, in-8°.

Id., *Trouvailles, Pfyn*, dans *Revue Suisse de Numismatique*, 1895, p. 273-274.

Tardif, E.-J., *Les chartes mérovingiennes de l'abbaye de Noir-moutiers*, Paris, 1895, in-8°. Append. I, *La Chronologie du règne de Dagobert II*.

Tardif, J., *Etudes sur les Institutions politiques et administra-tives de la France, Période mérovingienne*, Paris, 1881, in8°.

Thibault, P.-A.-F., *L'impôt direct et la propriété foncière dans les royaumes francs*, dans *Nouvelle Revue historique de droit français et étranger*, 1907, p. 49-71, 205-236.

Troya, *Storia d'Italia del medio evo*, I, 5, Naples, 1839, in-8°.

Troyon et Morlot, *Éboulement du Tauredunum*, dans *Bulletin de la Société Vaudoise des Siences naturelles*, III, 1853, p. 281-286. Cf. Troyon, *Ibid.*, 1851.

Vacandard, *Le règne de Thierry III et la chronologie des moines de Fontenelle,* dans *Revue des questions historiques,* LIX, 1896, p. 491-506.

Vallière, E. de, *Quelques mots sur la chute du Tauredunum,* dans *Bulletin de la Société Vaudoise des Sciences Naturelles,* XIV, 1876, p. 431-439. Cf. *Ibid.,* XV, 1877, p. 210 et s.

Verdeil, *Histoire du pays de Vaud,* I, Lausanne, 1849, in-8°.

Viollet, Paul, *Histoire des Institutions politiques et administratives de la France,* I, Paris, 1890, in-8°.

Id., *Histoire du Droit Civil français,* Paris, 1905, 3me éd., in-8°.

Vogel, *Chlodwigs Sieg über die Alamannen und seine Taufe,* dans *Historische Zeitschrift,* LVI, 1886, p. 385 à 403.

Waitz, Georg, *Deutsche Verfassungsgeschichte,* II, 3me édit., Berlin, 1882.

Wattenbach, *Deutsche Geschichtsquellen,* I, 6me et 7me éd., 1893 et 1904, in-8°.

Welti, *Aargauer Offnungen, Einleitung,* dans *Argovia,* 1864-1865, p. 202-231.

Wetzel, E., *Das Zollrecht der deutschen Könige,* Breslau, 1893, in-8°, (Gierke, *Untersuchungen,* XLIII).

Weyl, Richard, *Bemerkungen über das fränkische Patriciat,* dans *Zeitschrift der Savigny Stiftung, Germ. Abth.,* 1896, p. 85-94.

Wietersheim, E. von, *Geschichte der Völkerwanderung,* IV, Leipzig, 1864, in-8°.

Witte, *Zur Geschichte des Deutschthums in Elsass,* dans *Forsch. zur deutschen Landes v. Volkeskunde,* X.

Wurstemberger, J.-L. von, *Geschichte der alten Landschaft Bern,* 1, Berne, 1862, in-8°.

Wyss, G. von, *Geschichte der Abtei Zürich. Zusätze und Anmerkungen,* dans *Zürch. Mitteil.,* VIII, p. 1-38.

Zeumer, *Ueber Heimat und Alter der Lex Romana Rætica Curiensis,* dans *Zeitschrift der Savigny Stiftung, Germ. Abth.,* IX, 1888, p. 1-52.

Zimmerli, *Die Deutsch-französische Sprachgrenze in der Schweiz,* III, Bâle et Genève, 1895, in-8°.

N.-B. — Nos feuilles étaient déjà tirées lorsque parut le travail de M. H. de Claparède, *Les Burgondes jusqu'en 443,* Genève, 1909, in-8°, qui aux pages 60 à 74 traite la question de la « Sapaudia », pour arriver à des conclusions très voisines des nôtres.

ABRÉVIATIONS COURANTES

AA. SS. : *Acta Sanctorum* (Publication des Bollandistes).

AA. SS. ord. S. Bened. : *Acta Sanctorum ordinis Sancti Benedicti* (Publication de Mabillon).

Anz. f. schweiz. Gesch. u. Alterthumsk. : *Anzeiger für schweizerische Geschichte und Alterthumskunde.*

Anz. f. schweiz. Gesch. : *Anzeiger für schweizerische Geschichte.*

Anz. f. schweiz. Alterthumsk. : *Anzeiger für schweizerische Alterthumskunde.*

C. I. L. : *Corpus Inscriptionum Latinarum.*

Corp. script. hist. Byz. : *Corpus scriptorum historiæ Byzantinæ* (Byzantine de Bonn publiée par Niebuhr).

M. D. G. : *Mémoires et Documents publiés par la Société d'Histoire et d'Archéologie de Genève.*

M. D. S. R. : *Mémoires et Documents publiés par la Société d'Histoire de la Suisse Romande.*

M. G. et Mon. Germ. : *Monumenta Germaniæ historica.*

Mon. Germ., SS. : *Monumenta Germaniæ, Scriptores.*

Mon. Germ., SS. rer. Mer. : *Monumenta Germaniæ, Scriptores rerum Merovingicarum.*

Mon. Germ., SS. rer. Lang. : *Monumenta Germaniæ, Scriptores rerum Langobardicarum.*

Mon. Germ., Auct. Ant. : *Monumenta Germaniæ, Auctores Antiquissimi.*

Mon. Germ., Auct. Ant., Chron. min. : *Monumenta Germaniæ, Auctores Antiquissimi, Chronica minora.*

Mon. Germ., LL. : *Monumenta Germaniæ, Leges.*

Patrol. lat. : *Patrologie latine* (Publication de Migne).

Reg. Gen. : *Régeste Genevois.*

Reg. Rom. : *Régeste... de documents relatifs à la Suisse Romande* (Forel.)

St. Gall. Mitteil. : *Mittheilungen zur vaterländischen Geschichte. Herausgegeben vom historischen Verein in St. Gallen.*

St. Urkundenb. : *Urkundenbuch der Abtei Sanct Gallen* (Wartmann).

Thurg. Urkundenb. : *Thurgauisches Urkundenbuch* (Meyer).

Zürch. Mitteil. : *Mittheilungen der Antiquarischen Gesellschaft in Zürich.*

PREMIÈRE PARTIE

Histoire de la Suisse sous la domination franque, à l'époque mérovingienne.

CHAPITRE PREMIER

Géographie historique de la Suisse au temps des invasions, jusqu'à la conquête franque

(534-536).

§ 1. — *Observations préliminaires.*

Dans la première moitié du VIme siècle, les contrées qui forment aujourd'hui la Confédération suisse, occupées par les Burgondes à l'ouest, par les Alamans et les anciens provinciaux Rhéto-romans à l'est, sont incorporées à la monarchie franque et passent ainsi sous la domination des rois mérovingiens ; mais cette réunion de plusieurs provinces romaines sous un seul maître germain ne donne pas au pays une unité politique ; il ne disparaît pas dans l'étendue immense du royaume franc comme une simple circonscription administrative ; il n'accepte pas une civilisation nouvelle et uniforme.

L'invasion germanique l'a partagé entre deux, ou même trois races nettement distinctes, souvent opposées, qui lui donnent au gré de leurs établissements, la langue, les mœurs, les institutions propres à chacune de ses contrées.

A l'ouest la Burgondie devient une des parties constitutives de la monarchie franque ; elle garde le nom du peuple germain qui l'occupe, même des rois particuliers, sans que, pour cela, son unité nationale subsiste ; sa romanisation avance, son peuple est chrétien ; il a gagné la plus grande partie de la terre sur l'ancien propriétaire gallo-romain, mais il n'a rien détruit, il s'est établi pacifique-

ment sur les terres de l'empire [1]. Ses rois ont régné puissants et libres de toute dépendance ; mais ils se sont
inclinés devant la grandeur de Rome et ont accepté ses
titres et ses dignités ; ils ont empêché la dépossession
complète de l'ancien habitant, ils ont renié l'hérésie
arienne ; sans doute, au moment de la chute de cette courte
dynastie, après le siècle qu'a duré le premier royaume
burgonde en Gaule, le Gallo-Romain tranquille et protégé
n'éprouve plus, pour son hôte pacifique, l'aversion prime-
sautière d'un Sidoine Apollinaire, évêque trop romain et
trop cultivé pour accepter de vivre, sans murmurer, au
milieu de ces barbares trop grands et trop blonds [2].

L'Alamannie à l'est, au contraire, a moins connu la civilisation romaine ; c'est un peuple redoutable qui l'habite,
un peuple qui depuis des siècles ravage les provinces de
l'empire et qui n'est lui, ni chrétien ni pacifique [3]. Dans
la Suisse actuelle, lors de ses incursions continuelles, il a
beaucoup détruit de villes, il a saccagé le plat pays ; lorsqu'il a franchi définitivement le Rhin pour s'établir dans
le pays qui monte du fleuve aux Alpes, il a vite fait d'ab-
sorber dans ses masses l'élément autocthone ; sauf à l'est,
en Rhétie, et dans quelques bourgades fortifiées, la culture

---

[1] Sur la question du partage des terres entre les Romains et les Burgondes v. Binding, *Geschichte des burg. roman. Königreichs*, p. 13-38 ;
Jahn, *Gesch. der Burgundionen*, p. 390-401 ; G. Kaufmann, *Kritische
Erörterungen zur Geschichte der Burgunden in Gallien, Forsch. z. deutsch.
Gesch.*, X, p. 355-396 ; Léouzon le Duc, dans *Nouv. revue historique de droit
français et étranger*, XII, 1888, p. 232-247 ; R. Saleilles, *De l'établisse-
ment des Burgondes sur les domaines des Gallo-Romains, Revue bour-
guignonne d'enseignement supérieur*, I, 1891, p. 43 à 103, 345 à 407 ; Julien
Havet, *Du partage des terres entre les Romains et les Barbares chez les
Burgondes et les Wisigoths, Revue historique*, VI, p. 87-99 ; *OEuvres*, II,
p. 38 à 51, 1896, et surtout l'ouvrage synthétique et tout récent de Dahn,
Die Könige der Germanen, XI. 1 : *Die Burgunden*, p. 27 à 53.

[2] Sur l'histoire des Burgondes avant 534 v. Derichsweiler, *Geschichte
der Burgunden bis zu ihrer Einverleibung in's fränkische Reich*; Binding,
Gesch. des burg. roman. Königreichs; Albert Jahn, *Geschichte der Burgundionen*, 2 vol.

[3] Sur celle des Alamans avant leur soumission à Clovis v. entr'autres :
Cramer, *Die Geschichte der Alamannen als Gaugeschichte*, p. 8 à 215 et
surtout Félix Dahn, *Die Könige der Germanen*, IX. 1 : *Die Alamannen*,
p. 1 à 50.

romaine disparaît de cette contrée si éprouvée, où peut-être on avait déjà désappris le latin, pour reparler le vieux celtique [1].

Et puis l'Alaman avance peu à peu, sans arrêt, dans les forêts, par les cols des Alpes; il défriche et peuple des vallées que n'ont pas toujours colonisées les Romains [2]. Même sous la domination franque, il demeure un ennemi résolu de l'empire, de l'Italie byzantine. Il garde sa langue, ses mœurs, longtemps encore sa religion, ses pratiques païennes.

Aucune puissante dynastie ne tente d'imposer à ce peuple une civilisation nouvelle. Au VIIme siècle, il se christianise, il obéit aux fonctionnaires austrasiens, mais peu à peu il regagne son indépendance, il reforme dans son nouveau pays, une patrie, sa vie nationale.

Les pays actuellement suisses, soumis au roi mérovingien, sont ainsi partagés; mais la ligne qui marque sur la carte la rencontre des deux peuples est difficile à tracer; au début d'une étude qui, à défaut de faits, recherche son principal intérêt dans la géographie historique, il importe de délimiter le royaume burgonde et la contrée alamannique; surtout il importe de saisir le mouvement général des races de notre haut moyen âge, leur pénétration progressive ou leur recul, les débuts de leur colonisation.

Nous tenterons ce travail par l'étude des textes qui permettent de retracer les étapes successives des Burgondes dans leur extension en Gaule, et l'arrivée des Alamans sur la rive gauche du Rhin; ainsi nous arriverons à situer sur la carte les provinces et les circonscriptions administratives, en laissant à d'autres disciplines que la nôtre la tâche possible ou non, de fixer pour une époque ou pour l'autre la limite ethnique des peuples.

Pour fournir à nos investigations géographiques une base solide, il nous faut rappeler ici les divisions romaines

[1] Mommsen, *Die Schweiz in römischer Zeit, Zürch. Mitteil.*, IX, p. 16-17.

[2] Sur l'établissement et la colonisation des Alamans en Suisse, v. Meyer von Knonau, *Alamannische Denkmäler in der Schweiz, Zürch. Mitteil.*, XIX, p. 40 à 51, et W. Oechsli, *Les origines de la Confédération Suisse*, p. 17 à 26. Cf. Dahn, *Die Alamannen*, p. 126-133.

du territoire suisse. La plus grande partie de la Confédération actuelle est comprise à la fin de l'empire dans la
province de la « Maxima Sequanorum » (Grande Séquanaise) dont la métropole est Besançon. Elle comprend au
delà du Jura la « civitas Basiliensium » (Bâle), la « civitas
Helvetiorum id est Aventicum » (Avenches), la « civitas
Equestrium id est Noiodunus » (Nyon). La « civitas Gena-
vensium » (Genève), qui s'étend de l'extrémité orientale
du lac Léman au Rhône jusqu'au fort de l'Ecluse, appartient à la « Viennensis » (Viennoise) dont la métropole
est Vienne. La « civitas Vallensium » (Valais), dont le
chef-lieu est à « Octodurus » (Martigny), est séparée de la
« Maxima Sequanorum » par la chaîne des Alpes Bernoises.
Elle forme avec la « civitas Ceutronum » (Tarentaise) la
« Provincia Alpium Graiarum et Pœninarum ». La Suisse
orientale rentre dans la « Rhetia Iᵃ » (Rhétie Iʳᵉ), province
dont la capitale est « Curia » (Coire). La « Rhetia Iᵃ » s'arrêtait
au lac de Constance et aux derniers contreforts des Alpes ;
au nord et jusqu'au Danube s'étend la « Rhetia IIᵃ ».
A l'ouest, la frontière de la « Rhetia Iᵃ » et de la « Maxima
Sequanorum » peut être marquée par une ligne qui, partant de l'extrémité orientale du lac de Constance se dirigerait vers le Sud en passant par « Ad Fines » (Pfyn, Thurgovie); par hypothèse on la confond ensuite avec la limite
des diocèses de Coire et de Constance en la faisant passer
entre les lacs de Zurich et de Wallenstadt. Mais on ne
peut définir avec certitude à quelle province de l'empire
appartenaient le canton actuel de Glaris et la Suisse primitive. Au sud, au moins au IVᵐᵉ siècle, toute la partie du
Tessin située au nord du Monte Cenere, le pays des
« Lepontii » et le Val Mesocco, semble avoir aussi été comprise dans la « Rhetia Iᵃ ¹ ». A la fin de l'empire, la
« Maxima Sequanorum », les « Alpes Graiæ et Pœninæ », la

---

¹ Cf. Ammien Marcellin, *Res Gestæ*, XV, 4, 1, éd. Gardthausen, p. 50;
cf. Heierli et Oechsli, *Urgeschichte Graubündens, Zürch. Mitteil.*, XXVI,
1. Heft. 1903, p. 69. Pour l'époque qui nous occupe le Tessin appartient,
autant qu'on peut l'affirmer pour une région frontière, et sans cesse dis-
putée, aux Lombards d'Italie et se détache ainsi de la Rhétie de Coire;
cf. ci-dessous, IIᵉ Partie, Ch. III.

« Viennensis » relèvent très probablement du seul diocèse et de la seule préfecture des Gaules. Les Rhéties au contraire ressortissent au diocèse d'Italie [1].

§ 2. — *Premier établissement des Burgondes en Suisse : la Sapaudia.*

Une chronique du IIIme siècle, les *Chronica Gallica an. CCCCLII*, dite aussi *Chronicon Imperiale*, attribuée long-temps à tort à Prosper Tiro, signale en ces termes l'arrivée des Burgondes sur les terres de l'empire « Sapaudia Bur-gundionum reliquiis datur cum indigenis dividenda [2] ».

A la suite des terribles guerres soutenues contre les Huns et contre le dernier grand général romain Aetius, le royaume burgonde des bords du Rhin a disparu dans la tourmente des invasions ; les débris du peuple vaincu sont accueillis sur le territoire romain et établis, très pro-bablement par Aetius lui-même, dans une région appelée « Sapaudia » [3]. Nous pourrons fixer avec les limites plus ou moins définies de cette ancienne Savoie, l'étendue géo-graphique de la première étape des Burgondes dans nos contrées. Ce ne sera pas là pourtant chose facile ; les renseignements manquent sur la signification de ce terme de « Sapaudia » à la fin de l'empire romain ; les textes sont discutables et contradictoires et l'opinion des érudits est aussi variable que peu définitive [4].

[1] V. *Notitia Galliarum, Mon. Germ. Auct. Ant.*, IX. éd. Mommsen, p. 595 ss. Nous donnons ici la graphie des noms de cités et de pro-vinces de la Gaule, telle qu'elle est contenue dans ce document. Cf. Desjardins, *Géographie de la Gaule Romaine*, IV, p. 500 ss.; *C. I. L.*, III, Pars poster., p. 707 ; Planta, *Das alte Raetien*, p. 186, et surtout Oechsli, *Zur Niederlassung der Burgunden und Alamannen in der Schweiz, Jahrbuch für Schweizerische Geschichte*, XXXIII, p. 225 à 231.

[2] *Mon. Germ. Auct. Ant.* IX, *Chronica minora*, II, p. 660 ; cf. p. 616, la préface de Mommsen. Cf. *Reg. Genev.*, p. 15. Forel, *Reg. Rom.*, dans *M. D. S. R.*, XIX, p. 9. Les textes relatifs à l'établissement des barbares en Suisse ont été réunis et classés d'une manière souvent imparfaite dans les *Fontes rerum bernensium*, I, p. 71 à 87.

[3] Jahn, *Gesch. der Burgundionen*, I, p. 380 et s.; Richter, *Annalen der deutschen Geschichte*, I, p. 21-22.

[4] Cf. Binding, *Gesch. des burg. rom. Reiches*, I, 1-7; Wurstemberger,

Il nous a donc été nécessaire de reprendre la question, encore qu'elle soit ancienne et qu'elle ait été si souvent traitée ; mais une base solide permet seule la suite de nos déductions.

La « Sapaudia » de la Chronique de l'an 452 n'est pas une nouvelle venue ; nous la trouvons déjà chez un historien de l'empire romain, Ammien Marcellin, dans un document officiel de l'empire, la *Notitia Dignitatum*. Plus tard elle apparaît deux fois encore, dans un passage de la *Vita Sancti Epifanii* d'Ennodius, dans une lettre de l'évêque de Vienne saint Avit au roi Sigismond.

On chercherait vainement ailleurs des éclaircissements sur cette primitive « Sapaudia » devenue burgonde en 443. Attachons-nous donc successivement à chacun de ces textes, en laissant pour plus tard et malgré sa priorité chronologique l'obscur et difficile Ammien, et en commençant par la *Notitia dignitatum omnium tam civilium quam mili-*

Gesch. der alten Landschaft Bern, I, p. 199 et s.; Longnon, *Géographie de la Gaule au VIme siècle*, p. 199 s. D'autres historiens des Burgondes mentionnent le fait sans essayer d'identifier le vocable géographique : Drapeyron, *De Burgundiæ historia*, p. 13; Gingins la Sarraz, dans *Memorie della reale Academia delle Scienze di Torino*, XL, p. 20. La définition de Secretan, *Le premier royaume de Bourgogne, M. D. S. R.*, XXIV, p. 55 à 67 et p. 129 est surtout négative : La « Sapaudia » terre inculte n'aurait fait partie ni de la Viennoise ni de la Séquanaise. Pour Derichsweiler, *Gesch. der Burgunden*, p. 37, la « Sapaudia » s'étend de la Durance au Sud jusque vers Yverdon au Nord. Roget de Belloguet, *Questions Bourguignonnes*, p. 265, lui assigne les pays de Vaud, de Genève, la Savoie, le Graisivaudan. Caillemer, dans *Bulletin de la Société de Statistique de l'Isère*, 3e Série, 2, 1871, p. 307, reprend les conclusions de Binding. La question a été amplement développée et traitée avec soin, ainsi que celle des rapports de la « Sapaudia » avec le peuple des « Sebajini » et les Hibères par le chanoine Ducis, dans *Revue Savoisienne*, VIII, 1867, p. 37, 41, 49, 67, 105; IX, 1868, p. 1, 9, 29 et 49. (Cf. Aug. Bernard, *Ibid.*, 1866, p. 91.) Une partie de son argumentation tombe cependant par le fait qu'il emploie un document faux publié par Besson, *Mémoires pour l'hist. eccl. des diocèses de Genève, Tarentaise, Aoste et Maurienne, Preuves* 109, p. 671; c'est un accord au sujet des limites de leurs diocèses respectifs, intervenu entre l'archevêque d'Embrun et Leporius évêque de Maurienne, qui aurait siégé ainsi au temps du roi Gontran; or Leporius ne pût être évêque avant 601-602, époque où son prédécesseur Hiconius est encore vivant, et Gontran meurt déjà en 593. Cf. Duchesne, *Fastes épiscopaux*, I, 2e éd., p. 241. Au Nord Ducis renonce à fixer les limites de la « Sapaudia ».

tarium utriusque imperii. Ce long titre désigne en effet l'annuaire officiel de l'administration civile et militaire de la dernière époque de l'empire, dont la rédaction remonte aux premières années du Vme siècle [1].

Nous trouvons dans la *Notitia Dignitatum* la liste des « præposituræ », dépôts de troupes dépendant directement du « magister militum præsentalis a parte peditum », commandant en chef de l'infanterie de l'Occident. Les quatre copies du XVme et du XVIme siècle du manuscrit primitif et disparu de la *Notitia*, manuscrit conservé jadis à Spire et qui, selon Seeck, devait avoir été écrit entre le milieu du IXme siècle et le XIme siècle, ces quatre copies s'accordent pour énumérer sous la rubrique « In Italia » les dignités militaires de l'Italie classées par province.

Les préfectures de l'Italie terminées, viennent celles de la Gaule, énumérées comme suit :

« In provincia Galliani parensi.

Præfectus classis fluminis Rhodani Viennæ sive Arelati.

Præfectus classis barcariorum Ebruduni Sapaudiæ.

Præfectus militum musculariorum, Massiliæ Græcorum.

Tribunus cohortis primæ Flaviæ Sapaudiæ Calaronæ [2] ».

La liste continue par les préfectures situées dans les autres provinces de la Gaule sous les rubriques :

« In provincia Novempopulana.

In provincia Lugdunensi Prima.

In provincia Lugdunensi Senonia ».

Puis viennent celles de l'Espagne.

L'annuaire officiel du Vme siècle place donc deux garnisons impériales en « Sapaudia »; pour identifier les localités où elles sont cantonnées, il faut d'abord déterminer de quelle province de la Gaule il s'agit et c'est ici que commencent les difficultés.

---

[1] Molinier, *Sources de l'Hist. de France*, I, 28, p. 9 : au plus tôt vers 410. Desjardins, *Géographie de la Gaule Romaine*, III, p. 487: entre 370 et 420 ; mais l'état de choses décrit par la *Notitia Dignitatum* serait déjà alors plutôt le souvenir d'une époque passée que l'exacte énumération des forces de l'empire. Voir les deux éditions de Böcking, Bonn, 1839 1853, 2 vol. avec d'amples notes, et d'Otto Seeck, Berlin 1876.

[2] *Not. Dign.*, éd. Seeck, p. 215.

« Galliani parensi » des deux manuscrits de la *Notitia* est inintelligible. Böcking a corrigé en « Gallia riparensis » et après lui Seeck a gardé cette nouvelle leçon [1]. « La Gallia riparensis » serait la Gaule riveraine du Rhône, comme la « Dacia riparensis », le « Noricus riparensis » sont des provinces riveraines du Danube. Le malheur est qu'elle n'est mentionnée nulle autre part; l'organisation administrative et militaire de la Gaule, telle que nous la fait connaître cette même *Notitia*, ne laisse aucune place à la « Gallia riparensis » : au lieu d'être, ce que réclamerait la nature de notre document, un terme précis et officiel, ce ne serait qu'une désignation géographique vague et de signification peu claire [2].

Dans cette région hypothétique on avait le choix entre plusieurs identifications qui pouvaient convenir aux localités de la « Sapaudia ». Occupons-nous d'abord d'« Ebrudunum » où réside le préfet de la flotte des « barcarii », soldats formant les équipages de légères embarcations [3].

Ebrudunum pouvait être cherché à « Ebrodunum » ou « Eburodunum » cité des « Alpes Maritimæ » aujourd'hui Embrun, ou à « Eburodunum », ou « Ebredunum », castrum de la « Maxima Sequanorum » aujourd'hui Yverdon. Les avis se partagèrent sur ces deux propositions jusqu'à ce que Jahn semblât trancher définitivement la question en faveur d'Embrun [4].

Une grave objection s'opposait, en effet, à la localisation à Embrun d'une flotte de guerre ; la Durance n'est en ce pays qu'un torrent de montagne dont les crues dévastatrices ne tolèrent sur ses bords aucune station navale [5]. Les anciens qui ont décrit la rivière provençale, en font tous un torrent furieux, difficile à franchir et menaçant sans

---

[1] *Not. Dign.*, éd. Böcking, II, p. 118; éd. Seeck, p. 215.

[2] Jahn, *Gesch. der Burg.*, I, p. 384 : la Gaule à l'est du Rhône et de ses affluents.

[3] Troupes spéciales à l'organisation impériale et que l'on retrouve en Angleterre et sur le lac de Constance.
V. *Thesaurum Linguæ Latinæ*, Berlin, 1900-1906, et Pauly-Wissowa, *Real-Encyclopædie*, 2e édit., vol. 5, au mot « barcarius ».

[4] Jahn, *Gesch. der Burg.*, I, p. 384 ss.

[5] *Not. Dign.*, éd. Böcking, II, p. 1015.

cesse le pays ; c'est ainsi qu'en parle Tite Live dans son récit de la marche d'Annibal en Gaule [1], passage dont la paraphrase métaphorique a inspiré le poète Silius Italicus [2]. C'est ainsi aussi que la chante Ausone dans sa *Mosella* [3].

A ces témoignages Jahn oppose celui de deux inscriptions qui prouveraient, tout au moins pour l'époque romaine, la navigabilité de ce fleuve incertain. La première, trouvée à Arles du côté de Trinquetaille, au bord du Rhône, rappelle le souvenir d'un marinier de la Durance « nauta druenticus [4] ». L'autre provient de Saint-Gabriel, près Arles, l'ancien « Ernaginum »; elle révèle l'existence d'une véritable corporation des mariniers de la Durance ; elle est consacrée, en effet, à la mémoire de Marcus Fronton Eupor, sévir augustal d'Aix, marin d'Arles, curateur de la corporation, patron des mariniers de la Durance et de la corporation des bateliers d' « Ernaginum » [5].

L'existence à l'époque romaine de « nautæ Druenticæ » prouve la navigabilité au moins d'une partie du cours de la Durance ; mais elle ne saurait décider de l'envoi de « barcarii » en garnison à Embrun. En effet, le cours inférieur de la rivière seul avait alors été rendu accessible aux matelots, par d'importants travaux de canalisation; on pouvait le remonter du Rhône jusqu'à la hauteur de Meyrargues (au nord d'Aix, en face de Perthuis (Portus); le cours principal était endigué et saigné par deux

[1] Tit. Liv. *Lib*. XXI, c. 31, éd. Weissenborn, vol. IV, p. 64.

[2] *Punica*, III, 466 et s., éd. Bauer, p. 64-65.

[3] *Mosella*, X, éd. Peiper, p. 140, vers 179.

[4] *C. I. L.*, XII, n° 721 :
   « Aur. Septimius Demetrianus
   Nauta Druenticus Vivus
         Sibi posuit ».

[5] *C. I. L.*, XII, n° 982. Nous donnons ici la lecture de Desjardins, *Géogr. de la Gaule rom.*, I, p. 167, n. 4 : « M. Frontoni Eupori seviro augustali coloniæ Juliæ Augustæ Aquis Sextis, naviculario marino Arelatensi, curatori ejusdem corporis, patrono nautarum Druenticorum et utriculariorum corporatorum Ernaginensium, Julia Nice, uxor, conjugi carissimo. »

« Utricularius », *Lex. de Corradini*, batelier, matelot et non fabricant d'outres selon Desjardins, *ibid.*

dérivations, dont l'une baignait « Ernaginum » (Saint-Gabriel), alors port important, et gagnait les lacs à l'est d'Arles [1].

Au contraire, en sa partie supérieure et à la hauteur d'Embrun la Durance n'a jamais pu être navigable ; actuellement son régime torrentueux ne permet pas même le flottage durant toute l'année [2].

Il est donc impossible de placer, avec Jahn, la flotte de « barcarii » de la *Notitia Dignitatum,* à Embrun, où la Durance ne pouvait en aucune façon donner asile à des embarcations militaires, même légères ; le choix semble ne plus pouvoir hésiter et se rabat sur « Eburodunum » ou « Ebredunum », Yverdon ; il y a là un lac, un « castrum » connu de la *Notitia Galliarum* [3] : à cette identification se sont arrêtés après Böcking, Desjardins, Binding et M. Longnon [4].

Une petite difficulté subsiste ; on ne se représente pas très bien cette flotte de « barcarii » isolée dans les eaux du lac de Neuchâtel, et perdue dans cette énumération des garnisons des bords du Rhône ; d'autre part, si l'on accepte la leçon « Gallia Riparensis », on peut se demander ce qu'y vient faire un « castrum » situé sur un lac du bassin du Rhin.

Toutefois ce ne sont là que des objections de détail, et nous ne serions pas autorisés à quitter Yverdon, si une autre et troisième identification, issue d'une importante correction du texte, n'avait donné une solution nouvelle au problème. C'est Mommsen qui nous la fournit, dans un article qui touche de près à la question de la « Sapaudia », et qu'il écrivit pour défendre et développer son opinion du tome III du *C. I. L.,* où il avait cherché à démontrer

---

[1] Desjardins, *Géogr. de la Gaule rom.,* I, p. 164.
[2] Joanne, *Dict. géogr. et administr. de la France* (article Durance).
[3] *Not. Gall., Mon. Germ. Auct. Ant.,* IX. éd. Mommsen, p. 597 :
Provincia Maxima Sequanorum
6 castrum Ebrodunense.
[4] *Loc. cit.*
Dahn, *Könige der Germanen,* XI, 1, p. 28, étend encore la « Sapaudia » au nord du lac Léman.

que la « Vallis Pœnina » (le Valais) avait été, dans l'organisation d'Auguste, réunie à la Rhétie [1].

Parmi les textes qui prouvent jusqu'à la fin du IIme siècle cette réunion des deux provinces, Mommsen fait appel à la description du géographe grec Ptolémée. Celui-ci place, en effet, en Rhétie les localités proches du lac de Constance Ταξγαίτιον (Burg Eschenz) et Βριγάντιον (Bregenz) ; il y joint d'autres noms de lieux qu'il faut chercher autre part :

Μετὰ δέ ταὺτας
Οὔικος   (30°15′ 45°50′)
Ἐβόδουρον   (30°40′ 45°50′)
Ὀκτόδουρον   (31°20′ 45°40′)
Δρουσόμαγος (31°30′ 40°5′) [2]

Ce sont là, sans aucun doute et comme Mommsen l'a vu des localités du Valais. Οὔικος « Vicus » est « Viviscus » de la Table de Peutinger, Vevey [3]. Ὀκτόδουρον « Octodurum », est l'« Octodurus » de la table, des itinéraires et de la Notice des Gaules, Martigny. « Drusomagus » peut être cherché dans le territoire des « Seduni » ou dans celui des « Lepontii » [4].

Mais ce qui nous importe particulièrement, c'est que Ptolémée place entre « Viviscus » Vevey, et « Octodurum », Martigny un « Ebodurum » qui doit être cherché à l'extrémité orientale du lac Léman.

Cet « Ebodurum » est-il connu d'autre part ? Mommsen fait alors appel à notre *Notitia Dignitatum* ; il remarque que des cinq « præposituræ » énumérées dans la « Gallia » dite « riparensis », les trois dépôts de ces corps d'élites que nous pouvons d'emblée identifier, Marseille, Arles, Vienne, sont situées dans la « Viennensis » ; la correction « Gallia riparensis » ne se justifie pas, la « Riparensis » étant parfaitement inconnue.

---

[1] *Ephemeris epigraphica*, 1879, vol. IV, p. 516, *Alpes Pœninæ.*
Cf. *C. I. L.*, XII, p. 20.
[2] Ptolémée, *Geographia*, éd. Muller (Firmin Didot), p. 281-282.
[3] « Viviscus » a bien fait partie au moins jusqu'au IVme s. des « Alpes Pœninæ ». Cf. *C. I. L.*, XII, p. 20 et p. 27.
Mommsen, *loc. cit.*

Les « præposituræ » sont classées par diocèses ; d'abord celles d'Italie, puis celles de Gaule, enfin celles d'Espagne ; comme Seeck le propose [1], il faut donc placer après les « præposituræ » d'Italie, le nom du diocèse suivant, c'est-à-dire « In Gallia » ou « Gallia » correspondant au titre précédent de in « Italia ». Ensuite viennent les noms des provinces ; la province dont font partie les trois villes de Marseille, Arles, Vienne est bien celle qui doit figurer en tête de la liste. On aura donc au lieu de « In Gallia riparensi » :

« Gallia ou In Gallia.

In Provincia Viennensi ».

Le territoire de Genève devenue « civitas » et partant celui de la « Viennensis », à une époque comprise entre le règne de Dioclétien et l'arrivée des Burgondes, dût gagner toute la rive sud du lac Léman jusque vers Saint-Gingolph [2].

Ainsi une localité de la « Viennensis », station d'une flotte militaire peut se placer au bout du lac ; elle ne peut être ni Embrun, cité des « Alpes Maritimæ », ni Yverdon, « castrum » de la « Maxima Sequanorum ». Ptolémée nous apprend d'autre part qu'entre Martigny et Vevey il y avait au IIme siècle après J.-C. un « Ebodurum » ; il est donc plus que probable que cet « Ebodurum » et l'« Ebrodunum » de la *Notitia* serait une seule et même localité ; une flotte de guerre sur le Léman à la fin de l'empire n'a rien d'insolite ; son point de station se place très naturellement à l'embouchure du Rhône dans lac. Nous ne tenons là qu'une probabilité et non une certitude ; mais Yverdon et Embrun étant décidément écartés, il ne nous reste guère d'autre possibilité que d'opter pour l'« Ebodurum » de Ptolémée.

Peut-on retrouver cet « Ebodurum » dans une localité connue par d'autres textes ou existant aujourd'hui encore ? Mommsen l'identifie avec le « Pennolocus » de la Table de Peutinger, de l'itinéraire d'Antonin et du géographe de Ravenne, à l'emplacement actuel de Villeneuve [3]. L'édition

[1] *Not. Dign.*, p. 215.
[2] Cf. Morel, *Genève et la Colonie de Vienne*, p. 126 et 213.
[3] *C. I. L.*, XII, p. 27.

Muller le cherche au Bouveret [1], Gisi le place à Yvorne (Evurnum) [2], Oechsli à Yvoire [3]. Peut-être nous sera-t-il possible de faire à ce sujet une nouvelle hypothèse [4]. En attendant, nous plaçons l'« Ebrudunum Sapaudiæ » de la *Notitia* à l'extrémité orientale du lac Léman et nous avons ainsi une localité de l'ancienne « Sapaudia ».

L'accord ne s'est pas fait plus complètement sur le lieu de la résidence du « Tribunus cohortis primæ Flaviæ Sapaudiæ Calaronæ ».

Böcking [5] et après lui Binding [6] repoussent l'interprétation qui se présente le plus simplement à l'esprit et qui identifie ce « Calarona » avec le « Cularo » de la Table de Peutinger et du géographe de Ravenne [7], l'actuel Grenoble.

Le vocable ancien « Cularo » disparaît en effet sous l'empire, pour faire place au nouveau nom que donne à la localité l'empereur Gratien, « Gratianopolis ». En 381 déjà, son évêque, Domninus, s'intitule « Episcopus Gratianopolitanus [8] »; « Cularo » serait dès lors sorti de l'usage; la Notice des Cités au début du Vme siècle, une lettre du pape Léon

---

[1] Ptolémée (éd. Firmin Didot), p. 282.

[2] *Anz. f. schweizerische Altertumsk.*, 1885, 5, p. 140. Gisi ne l'identifie pas avec l'« Ebrudunum » de la *Notitia* parce que la Viennensis n'aurait pas dépassé la Morge, limite de l'évêché de Genève et de celui du Valais. Nous ne sommes guère renseignés sur ces modifications de frontière; mais rien ne nous empêche d'admettre que la « Viennensis » s'est étendue jusqu'au Rhône à son embouchure dans le Léman. Cf. Besson, *Origines*, p. 2.

[3] *Zur Niederlassung*, p. 242 n. 1; cf. Heierli et Oechsli, *Urgeschichte des Wallis, Zürch. Mitteil.*, XXIV, 1896, p. 160 n. 3.

Cependant une fort obligeante communication de M. le Professeur Ernest Muret, dont la compétence en ces matières est bien connue, nous a édifiés sur les deux identifications proposées : « Ni les formes anciennes ni les formes actuelles des noms d'Yvoire et d'Yvorne ne se prêtent à être identifiées avec Ἐβρόδουρον ou Ebrudunum ». Yvoire serait plutôt le féminin du gentilice « Eburius »; « l'n d'Yvorne est incompatible avec l'hypothèse Ἐβρόδουρον et l'accent du mot ainsi que la finale patoise en *a*, ne permettent pas non plus de le rapprocher d'Ebrudunum. » (Lettre du 26 mars 1909.)

[4] V. Chap. III, ci-dessous.

[5] *Not. Dign.*, II, p. 1011 et s.

[6] Binding, *Gesch. des burg. rom. Königr.*, p. 5, n. 10.

[7] *C. I. L.*, XII, p. 273.

[8] *C. I. L.*, loc. cit.

le Grand de 450, la Cité de Dieu de saint Augustin, **Sidoine Apollinaire** connaissent « Gratianopolis » et non « Cularo ». On ne pourrait ainsi admettre que l'ancien nom de « Cularo » se soit conservé dans la *Notitia Dignitatum,* document officiel du Vme siècle ; au contraire, il faut se résoudre à chercher autre part « Calarona ».

Cette argumentation est spécieuse mais non pas définitivement probante ; l'usage des vieux noms se perpétue volontiers et même dans des documents officiels ; on ne peut absolument se persuader qu'après 381 « Cularo » soit radicalement sorti de l'usage ; des autres textes cités, la Notice des cités seule est contemporaine de la *Notitia Dignitatum,* les autres sont postérieurs ; au commencement du Vme siècle, l'annuaire officiel de l'empire, qui probablement dépeint un état de choses antérieur à l'époque de sa rédaction, peut bien employer le vieux nom de « Cularo » ; au VIIme siècle, on trouve « Curarore » dans la description du géographe de Ravenne, alors que cet anonyme, tout en employant la table de Peutinger, les itinéraires et d'autres sources anciennes, a la tendance générale de rajeunir les noms des localités et d'oublier celles qui ont disparu, plutôt que de répéter servilement les formes anciennes [1].

Ainsi on ne peut exclure définitivement, après 381, le terme de « Cularo », dans tout texte relatif à Grenoble.

D'ailleurs on n'a pas d'identification meilleure à nous proposer ; celle de Böcking [2] ne se justifie guère : elle cherche « Calarona » à Glérolles, château situé au bord du Léman près de Saint-Saphorin ; étymologiquement, il n'y a pas de rapports entre « Calarona » et Glérolles [3] ; historiquement, la présence d'une cohorte en un lieu aussi inconnu est au moins étonnante ; les inscriptions et les quelques vestiges de constructions romaines qui signaleraient à

---

[1] Molinier, *Sources,* I, n. 17, p. 6. Desjardins, *Géogr. de la Gaule Rom.,* IV, p. 193.

[2] *Not. Dign.,* II, p. 1019 ; voir l'indication d'autres auteurs suisses qui ont partagé cette erreur dans Jahn, *Gesch. der Burg.,* I, p. 385, n. 6.

[3] Glérolles dans les chartes « Glerula », « Gleyrola », « Gleroula » (1316), de « glarea » gravier avec le suffixe diminutif « olla ula ». (?) Jaccard, *Essai de Toponymie, M. D. S. R.,* 2me S^ie. VII, p. 190.

Glérolles un établissement militaire, proviennent du village voisin de Saint-Saphorin [1].

Au contraire, Grenoble est une ville notoire, une cité de la « Viennensis »; nous y pouvons placer une cohorte; son importance commence avec Gratien; Dioclétien et Maximin la fortifient [2]; à la fin de l'empire il faut la considérer comme une place forte chargée de la défense du passage de l'Isère [3]; il n'y a donc guère d'hésitation possible à identifier le « Calarona » de la *Notitia Dignitatum* avec le « Cularo » devenu vers le IVme siècle « Gratianopolis » [4].

La question de l'identification réglée, l'explication de tout le passage porte à une discussion nouvelle. Les manuscrits portent : « Tribunus cohortis primæ Flaviæ Sapaudiæ Calaronæ ». Böcking et Binding [5] ont pris « Sapaudiæ » adjectivement; Seeck [6] conjecture « Sapaudi(c)æ » et Morel [7] accepte cette leçon comme donnée par le sens. Il s'agit du tribun de la « première cohorte Flavienne Savoisienne de Grenoble », tandis que, si le sens était « de Grenoble en Savoie », il y aurait « Calaronæ Sapaudiæ ».

Cette correction n'a pas grande importance; même si « Sapaudiæ » doit être pris adjectivement, on peut conclure de l'examen du texte que, puisque la cohorte flavienne savoisienne tient garnison à Grenoble, Grenoble est en « Sapaudia »; ce surnom ne peut guère provenir d'ailleurs que de la région où cantonne ce corps de troupe [8].

En résumé, la *Notitia Dignitatum* nous permet de fixer géographiquement deux points de la « Sapaudia » : « Ebrodunum » à l'extrémité orientale du lac Léman, « Calarona » à « Cularo Gratianopolis », Grenoble.

Ces deux identifications acquises, nous grouperons tous

---

[1] Cf. *C. I. L.*, XV, nos 5528 et 165.
[2] *C. I. L.*, XII, no 2229.
[3] Morel, *Genève et la colonie de Vienne*, p. 211, n. 2.
[4] V. la bibliographie dans Jahn, *op. cit.*, p. 385, n. 5.
[5] *Not. Dign.*, II, p. 1017, cf. *Gesch. des burg. rom. Königr.*, p. 5, n. 10.
[6] *Not. Dign.*, p. 205.
[7] *Genève et la colonie de Vienne.* loc. cit.
[8] On peut ajouter en faveur de Grenoble, le fait qu'au Xme s. le « pagus Savoiensis » fait partie du territoire de son ancienne cité. V. Longnon, *Atlas historique, Texte explicatif,* p. 139-140.

les renseignements qui nous laissent encore quelques indications au sujet des limites de la « Sapaudia ».

Du côté de l'ouest nous pouvons en exclure le territoire de Lyon, cette cité n'est occupée par les Burgondes que vers 470 [1] ; ce serait aussi à cette époque que Vienne entra dans leurs possessions ; si cette date n'est qu'une hypothèse, un texte précis montre qu'en tous cas elle ne faisait pas partie de la « Sapaudia ». C'est un passage d'une lettre de saint Avit adressée, avant 516, au roi Sigismond fils de Gondebaud. L'évêque de Vienne se plaint de ce que le prince se rendant de « Sapaudia » en Provence ne s'est pas arrêté pour venir le voir ; au contraire, par des chemins inusités et détournés il a évité sa ville épiscopale [2]. La route la plus commode et sans contredit la plus courte,

---

[1] Longnon, *Géogr.*, p. 71, n. 4.

[2] *Aviti opera. Mon. Germ. Auct. Ant.*, VI, p. 93 : « Ceterum non absque scrupulo potest accipi, quod de Sapaudia itineribus exquisitis videmur ad provinciam præteriri ».

C'est le sens que nous tirons d'« exquisitus ». *Lexique* de Corradini : « diligenter quesitus, singularis, lectus, excellens. » Binding, *Gesch. des burg. rom. Königr.*, p. 6 et 7, a donné de ce texte une explication toute différente ; Avit se plaindrait, selon lui, de ce que Sigismond, se rendant de « Sapaudia » en Provence, n'a pas voulu faire le petit détour qui l'aurait amené à Vienne ; ce détour aurait consisté à suivre la voie romaine vers l'ouest à partir d'Aoste (Augustum) où les deux routes de Milan à Vienne et de Genève à Vienne se rencontrent, au lieu de continuer directement vers le sud ; la frontière ouest de la « Sapaudia » serait donc une ligne qui, partant d'Yverdon, passerait par Genève, suivrait le Jura puis le Rhône jusqu'au point où son cours se détourne vers l'Ouest, et de là se dirigerait au Sud par Aoste.

Nous ne pouvons interpréter notre texte avec tant de précision ; le sens d'« exquisitus », décide au contraire d'une autre explication ; Avit ne se plaint pas de ce que Sigismond n'a pas voulu faire le détour qui l'aurait conduit à Vienne, mais de ce que, par des chemins inaccoutumés, il a évité la ville de sa résidence. Le mot « Provincia », qui désigne chez Grégoire de Tours la « Provincia Arelatensis » et la « Provincia Massiliensis », s'applique plutôt au pays qui, situé entre le Rhône et les Alpes, n'appartient pas aux Burgondes. Cf. Longnon, *Géogr.*, p. 191. Ceux-ci n'ayant étendu leur domination sur Arles et Marseille que peu d'années à la fin du Vme siècle, la lettre d'Avitus adressée « domno Sigismundo » doit donc se dater de cette courte période où Sigismond, qui n'est pas encore roi, peut se rendre dans la « provincia » soumise alors à son père Gondebaud. Cf. Longnon, *Géogr.*, p. 72-73 ; Jahn, *Gesch. der Burg.*, p. 214-219.

encore qu'elle ne fut pas directe, devait être la voie romaine
de la vallée du Rhône ; les itinéraires des rois et empereurs carolingiens prouvent que, encore aux VIIIᵉ et IXᵉ
siècles, les voyages se faisaient en suivant ces anciennes
routes, qui, pour le pays qui nous occupe, devaient être
bien préférables à des chemins peu sûrs de montagne.

Tout ce que nous pouvons tirer de ce texte, c'est que
la « Sapaudia » ne comprend pas la cité de Vienne, et
qu'elle est distincte de la « Provincia » sans nécessairement confiner avec elle au sud [1].

Au sud, l'incertitude est encore plus grande ; il est probable qu'avant l'année 463 la domination burgonde s'était
étendue au delà du cours de l'Isère [2] ; mais il n'y a pas de
raison suffisante de faire coïncider cette occupation méridionale avec celle de la « Sapaudia ». Il semble, au contraire,
que puisque les Burgondes transplantés en « Sapaudia »
n'étaient que les débris de l'ancienne peuplade rhénane, et
que le nom de « Sapaudia » reparaît au Xᵐᵉ siècle dans le
vocable de « pagus Savoiensis » qui n'est lui-même qu'une
petite partie de la cité de Grenoble, la primitive « Sapaudia »
ne dut pas avoir une si grande extension et ne dépassait
guère au sud les limites de la cité de Grenoble. Mais il
s'agit là de simples hypothèses ; tout critère plus exact
manque.

Les limites orientales de la « Sapaudia » ne nous sont nulle
part clairement décrites ; on les a bornées à celles de la
cité de Grenoble, la Maurienne n'ayant été acquise sur les
Lombards et séparée de l'Italie qu'en 574 [3] ; pour que la
cession de Suse ait entraîné celle de la Maurienne, il faut
que celle-ci ait fait continuellement partie de la province
romaine des « Alpes Cottiæ », par conséquent de l'Italie ; il
semble, au contraire, qu'il faille la rattacher aux « Alpes
Graiæ » ou tout au moins à sa partie gauloise [4].

---

[1] Comme le conclut Jahn, *Gesch. der Burg.*, II, p. 119.
[2] Longnon, *Géogr.*, p. 71.
[3] Longnon, *Géogr.*, p. 430. Duchesne, *Fastes épisc.*, I, 2ᵉ édit., p. 240.
[4] Jahn, *op. cit.*, II, p. 327-329, a établi la probabilité de cette attribution
sur des considérations géographiques ; la frontière naturelle de la Maurienne est formée par les Alpes ; le Mont Cenis n'est pas franchi par une

Suse et la Maurienne furent réunies par Gontran en un nouveau diocèse qui dépendit de la métropole de Vienne ; elle était ainsi démembrée du diocèse de Turin dont l'évêque protesta [1], ce qui nous fournirait, au contraire, une raison de croire que la vallée de l'Arc était jusqu'alors italienne et non gauloise. Il nous faut donc rester dans l'hésitation et n'adjoindre qu'avec réserve la Maurienne à la « Sapaudia ».

La Tarentaise, d'autre part, l'ancienne « civitas Ceutronum » fait-elle partie de la « Sapaudia »? On l'a nié sur la foi d'un document du IXme siècle qui distingue comme deux circonscriptions administratives différentes, la Savoie et la Tarentaise [2] ; c'est l'acte de partage préventif que Charlemagne fait de son empire en 806 ; à son fils Louis sont attribués un certain nombre de « pagi » dans l'énumération desquels apparaissent la « Saboia », la « Morienna », la « Tarentasia » [3]. Mais cette « Saboia » carolingienne n'est pas identique à la « Sapaudia » des derniers siècles de l'empire ; elle est restreinte à la partie septentrionale du diocèse de Grenoble, et sera appelée au Xme siècle le « pagus Savoiensis » ou « comitatus Savoiensis ». Avec la brillante fortune des comtes de ce petit « pagus » primitif, la Savoie s'étendra jusqu'au lac Léman et aux Alpes [4].

Au Vme siècle il est donc loisible d'étendre la « Sapaudia » à l'est sur toute la Tarentaise.

Au nord la « Sapaudia » comprenait le territoire de la cité de Genève qui s'étendait, comme nous l'avons vu, jusque près de l'embouchure du Rhône dans le lac Léman ; là

voie romaine, on ne peut pourtant faire appel au Géographe de Ravenne qui n'est pas antérieur au VIe siècle. Après Jahn, Desjardins, *Géographie*, III. p. 325 et le *C. I. L.*, XV (carte de la « Gallia Narbonensis ») rattachent la vallée de l'Arc à la Gaule.

[1] Grég. Tur., *Lib. in Gloria Martyr.* 13, éd. Arndt, *M. G. SS. rer. Mer.*, I. p. 497.

[2] Ducis dans *Revue Savoisienne*, 1867, p. 105.

[3] *Divisio regnorum* (6 février 806). *Capitul. reg. Franc.*, éd. Boretius, I, p. 126 : « Pagum Avalensem, atque Alsensem, Cabilionensem, Matisconensem, Lugdunensem, Saboiam, Moriennam, Tarentasiam, montem Cinisium, vallem Segusianam usque ad clusas... »

[4] Longnon, *Atl. hist.*, *Texte*, p. 139-140, et *Pl.* V.

était « Ebrudunum ». Le Valais séparé par les Alpes du
reste de la « Viennensis », était pourtant en rapports cons-
tants avec la Tarentaise, puisqu'il formait avec elle la
« Provincia Alpium Graiarum et Pœninarum »[1]. Ce serait
attribuer à la « Sapaudia » une importance bien considérable que de la faire comprendre tout le territoire de cette
importante cité ; le pays donné aux Burgondes décimés
par la guerre, ne fut pas si vaste ; mais pour le Valais
comme pour la Maurienne, on ne peut s'en tenir qu'à des
probabilités.

Au nord, nous essaierons d'arriver à des conclusions
plus précises. Nous n'avons aucune raison d'étendre la
« Sapaudia », comme on le fait généralement, sur les régions
situées au delà du lac Léman et du Rhône ; en effet, pour
nous « Ebrudunum Sapaudiæ » n'est pas Yverdon.

Pourtant, il semble qu'Ammien Marcellin, dans sa description de la Gaule, ait voulu dire précisément le contraire ; nous revenons avec cet ancien officier de Constance,
qui vécut entre 350 et 390, à la plus ancienne mention de la
« Sapaudia » ; son livre nous donne un tableau de la Gaule
antérieur à sa dernière rédaction (383 à 390), et les sources
anciennes, auxquelles il puise, font de sa description celle
de l'organisation provinciale au milieu du IVme siècle[2].

Le nom de « Sapaudia » se rencontre sous sa plume,
lorsqu'il décrit le cours du Rhône à la sortie du lac de
Genève, en un passage qu'il nous faut rapporter en
entier : « unde sine jactura rerum per Sapaudiam fertur et
Sequanos longeque progressus Viennensem latere sinis-
tro perstringit, dextro Lugdunensem et emensus spatia
flexuosa Ararim, quem Sauconnam appellant (inter Germa-
niam primam fluentem) suum in nomen adsciscit, qui locus exordium est Galliarum[3] ».

Donc, pour Ammien, le Rhône, à sa sortie du lac, coule
à travers la « Sapaudia » et le pays des Séquanes, beaucoup
plus loin il fait la frontière entre la Lugdunaise et la

[1] Besson, *Origines*, p. 2. Oechsli, *Zur Niederlassung...*, p. 229.
[2] Desjardins, *Géographie*, III, p. 472 et s.
[3] *Res Gestæ*, XV, 11, 17, éd. Gardthausen, II, 74. Cf. Morel, *Genève et la colonie de Vienne*, p. 209 et n. 1.

Viennoise ; ainsi, pour que le fleuve puisse la traverser, il faut que la région nommée « Sapaudia » s'étende sur ses deux rives.

Tel est le sens que l'on peut tirer du mot à mot du texte, du reste difficile, d'Ammien ; il semble cependant que des considérations géographiques viennent donner à la phrase une toute autre signification.

Mommsen a proposé de corriger « Sapaudiam » en « præter Sapaudiam [1] ». En effet, si la « Sapaudia » s'étend sur la rive droite du fleuve, il faut, pour que le texte soit intelligible, que le pays des « Sequani » s'étende sur sa rive gauche.

Les « Sequani » d'Ammien doivent sans doute désigner la province de la « Maxima Sequanorum » organisée par Dioclétien ; chez eux, en effet, il place Besançon et Augst [2]. Or, cette province a-t-elle jamais compris un territoire situé sur la rive gauche du Rhône ?

On l'a affirmé, d'une manière toute hypothétique, en étendant à l'ouest du Jura les limites de la « colonia Equestris », la « civitas Equestrium idest Noiodunus » de la *Notitia Galliarum* [3] ; ces limites auraient correspondu à celles du diocèse de Belley au moyen âge, qui comprend en effet deux doyennés situés sur la rive gauche du Rhône [4].

Cependant, tout ce que l'on sait de la « colonia Equestris », devenue « civitas » au IIIme siècle, et tout ce que l'on peut conclure de l'existence au haut moyen âge du « pagus Equestricus » ne permet pas d'étendre la cité de Nyon au delà du Jura et lui assigne au contraire comme point frontière à l'ouest, le défilé de La Cluse sur la rive droite

[1] *Ephemeris epigraphica*, V, p. 517, n. 2.

[2] Amm. Marc. *Res Gestæ*, XV, 11, 11, éd. Gardthausen, I, p. 73 : « Apud Sequanos Bisontios videmus et Rauracos aliis potiores oppidis multis. »
Ammien place d'autre part Avenches dans les « Alpes Graiæ et Pœninæ », ce qui est une curieuse erreur. *Res Gestæ*, XV, 11, 12, *ibid.* p. 73.

[3] *Not. Gall.*, éd. Mommsen, p. 596 : « Provincia Maxima Sequanorum, 2. »

[4] Longnon, *Géogr.*, p. 188 (texte de la *Not. Galliarum*). *Atlas hist.*, *Texte*, p. 15, p. 135 n. 3 et *Pl.* II.

du Rhône [1]. Aucun texte ne permet de localiser le simple « vicus » romain de Belley dans les limites de la « civitas Equestrium », et d'identifier son évêché avec celui, qui d'après la règle générale, aurait été établi au chef-lieu de la cité [2].

Le diocèse de Belley, qui n'est qu'une création particulière du VIme siècle, ne reproduit donc pas la circonscription territoriale de la cité romaine de Nyon ; même si l'on rattache la contrée de Belley à l'ancien pays des « Sequani » [3], on n'étend pas la « Maxima Sequanorum » d'Ammien au delà du Rhône ; les acquisitions transrhodaniennes du diocèse bugiste ne remontent guère, probablement, au delà du IXme siècle [4]. C'est donc bien le Rhône qui borne au sud la « Maxima Sequanorum » et la sépare de la « Viennensis » [5]. Ainsi, si les « Sequani » d'Ammien désignent une province de la rive droite du Rhône, le texte corrigé ou non, selon Mommsen, ne peut s'entendre que de la façon suivante : « per (præter) Sapaudiam fertur et Sequanos » ; le Rhône coule entre la « Sapaudia » et la « Maxima Sequanorum ».

D'ailleurs, nous pouvons invoquer ici l'autorité d'un texte plus clair, qui nettement borne au Rhône la « Sapaudia » occupée par les Burgondes. C'est un passage de Grégoire de Tours, dont les indications reposent sur des mentions

[1] *C. I. L.*, XIII, *Pars* II, *Fasc.* I, p. 5. Voir IIme partie, ch. I : « Pagus Equestricus. »

[2] Une ingénieuse hypothèse a été développée sur ce point par M. Marius Besson, *Origines*, p. 72-73 ; elle consistait à identifier sur la foi de quelques manuscrits de la *Notitia Galliarum*, le « castrum Argentariense » situé en Séquanaise, avec Belley. Nous avons tenté d'établir que cette identification était impossible et que le « castrum Argentariense » devait être cherché à Horburg près de Colmar. Cf. *Anz. f. Schw. Gesch.*, 1907, p. 189-192 ; M. Besson s'est rangé depuis à notre avis, v. *Zeitschrift für Schw. Kirchengeschichte*, 1908, p. 55. Cf. Ed. Philipon, *Les origines du diocèse et du comté de Belley*, p. 12 à 28.

Comme le fait Philipon, *op. cit.*, p. 5 ; le *C. I. L.*, XIII, *Pars* I, *Fasc.* 1, p. 378, place au contraire Belley dans le pays des « Ambarri » rattachés à la « Lugdunensis I[a]. »

[4] Philipon, *op. cit.*, p. 39 et p. 20.

[5] Cf. *C. I. L.*, XII, p. 217, « Vienna », XIII, *Pars* I, *Fasc.* I, p. 378, « Ambarri ». *Pars* II, *Fasc.* V, p. 65, « Sequani ».

de chroniques anciennes (consularia) [1]. L'évêque de Tours nous dit qu'au temps où le roi des Francs Clodion résidait au « castrum Dispargum » en Thuringe, c'est-à-dire entre 440 et 468 [2], les Burgondes habitaient au delà du Rhône qui coule proche de la cité de Lyon [3]. Grégoire n'a pas retenu le nom de la « Sapaudia »; il rapporte seulement que dans la première moitié du Vme siècle, les Burgondes sont localisés sur ce qui est, pour lui, la rive gauche du Rhône, et qu'ils n'ont pas encore franchi le fleuve. C'est une raison décisive pour arrêter, au nord, le pays nommé alors « Sapaudia », au lac Léman et au Rhône.

Un dernier renseignement sur le maintien du nom de « Sapaudia » après l'occupation des Burgondes, à la fin du Vme et au commencement du VIme siècle, nous est fourni par la vie de saint Epifane, évêque de Pavie, composée entre 501 et 504 par Ennodius, aussi évêque de Pavie, et son disciple [4]; à la faveur de la guerre qui éclate pour la possession de l'Italie entre Théodoric, roi des Ostrogoths et Odoacre, le roi burgonde Gondebaud avait fait, vers 493, une expédition en Ligurie et avait emmené au delà des Alpes beaucoup de prisonniers de guerre. Le saint évêque de Pavie entreprit à leur suite le voyage de la Gaule et alla demander à Lyon, à Gondebaud, la délivrance des captifs; le roi accéda à son désir; en un seul jour, quatre cents personnes furent mises en liberté dans la cité de Lyon et purent rentrer en Italie [5]; il en fut de même dans toutes les cités de la « Sapaudia » et des autres provinces, de telle sorte que le nombre des prisonniers libérés par l'intervention du saint s'éleva à six mille [6]. La « Sa-

---

[1] Voir G. Monod, *Etudes critiques sur les sources de l'hist. mérov.* *Bibl. de l'Ec. des Hautes Etudes*, VIII, p. 84.

[2] Voir Longnon, *Géographie*, p. 84, cf. p. 445 ; Jahn, *Gesch. der Burg.*, I, p. 386, n. 5.

[3] *Hist. Franç.*, III, c. 9. M. G. SS. rer. Mer., I, éd. Arndt, p. 77 : « Burgundiones quoque, Arrianorum sectam sequentes habitabant trans Rhodanum, quod adjacit civitate Lugdunense. »

[4] Molinier, *Sources*, I, 225, p. 88.

[5] Ennodius, *Vita Epifani*. M. G. Auct. Ant., VII, p. 105.

[6] *Ibid.*, « identidem per singulas urbes Sapaudiæ vel aliarum provinciarum factum indubitanter agnovimus... »

paudia » reste donc une province importante du royaume
burgonde ; elle compte plusieurs « urbes » et dans la vie
d'Epifane comme ailleurs au VIme siècle, ce mot désigne
bien une ville épiscopale ou une cité romaine [1].

L'étendue de la « Sapaudia » n'est pas restreinte à celle
d'une seule cité ; on peut sans crainte ajouter au territoire
de Genève et de Grenoble celui de la Tarentaise ; la Maurienne rentrait probablement dans la même province,
encore qu'au commencement du VIme siècle elle ne puisse
être qualifiée ni d'« urbs » ni de « civitas »; les textes, serrés
d'aussi près qu'ils le peuvent être, nous laissent encore
une certaine latitude pour adjoindre à la « Sapaudia » romaine et burgonde, le Valais ou des cités qui au sud
avoisinent celles de Grenoble et de la Tarentaise. Mais
nous ne semblons pas être autorisé à en faire un si vaste
pays.

L'origine romaine de la « Sapaudia » doit être cherchée
peut-être dans la situation stratégique du pays, à la fin de
l'empire ; le pays, ravagé par les premières invasions,
aurait été repeuplé à la fin du IVme siècle par des colons
militaires, installés par les empereurs qui restaurent alors
la puissance romaine ; les routes des Alpes sont gardées ;
c'est alors que Genève, fortifiée elle aussi, serait devenue
une cité ; Grenoble pourvue de murailles dès le IIIme siècle
devient sûrement « civitas » au IVme ; la *Notitia Dignitatum* place une cohorte à Grenoble, une flotte de guerre

« Urbs » de la *Vita Epifani* désigne la « Ticinensis civitas », Pavie, *loc.
cit.*, p. 98, lignes 10 à 15, p. 199, l. 21 ; Toulouse, p. 94, l. 35 ; Plaisance,
p. 96, l. 36.

[1] L'idée a été émise par Morel, *Genève et la Colonie de Vienne*, p. 208
et s. La « Sapaudia » serait pour lui un district militaire à cheval sur le
lac et le Rhône et fait de l'unique et nouvelle cité de Genève. Nous
sommes sûr qu'il y avait plus d'une cité en « Sapaudia » ; mais il est très
possible que ce soit par l'organisation de cette région militaire que
Genève soit elle-même devenue « civitas »; ainsi s'expliquerait la grande
extension de son diocèse, au moyen âge, sur des contrées qu'elle a enlevées
à d'autres cités, les vallées du Bonnant et de Chamonix à la Tarentaise,
la rive gauche du lac de la Dranse à St-Gingolph, aux Nantuates. Quant
à Nyon rattachée depuis une très haute antiquité au diocèse de Genève,
il nous semble qu'administrativement, il formait encore un « pagus »
indépendant. Voir ci-dessous *IIme Partie, Ch. I.*

sur le Léman. On peut donc retrouver, dans les textes et dans les documents archéologiques de l'époque romaine, des traces de la création d'une région militaire, chargée de défendre les passages des Alpes, depuis la vallée du Rhône, jusqu'au passage de l'Isère, et qui est peut-être l'origine de la « Sapaudia ».

C'est là une hypothèse séduisante ; il y en a une foule d'autres que l'on a pu et que l'on pourra formuler au sujet de l'origine et de la signification du vocable « Sapaudia ». Telle n'est pas la tâche que nous nous sommes proposé. Il nous suffit de montrer que la région occupée par les Burgondes, en 443, a son centre à Genève et à Grenoble, que très probablement elle s'étend plus à l'est sur la Tarentaise et la Maurienne, peut-être plus au sud sur des cités que nous ne pouvons dénombrer ; à l'ouest, elle s'arrête là où commencent les cités de Vienne et de Lyon, au nord au Rhône et au Léman.

On admet généralement qu'à cette époque Genève fut la capitale et la résidence des rois burgondes ; à la fin du Vme siècle, Chilpéric Ier s'y trouve, soit que son frère Gundioc ait déjà émigré à Lyon et que Chilpéric règne sur l'ancienne « Sapaudia », soit qu'il s'agisse là d'un séjour seulement passager [1].

§ 3. — *Extension des Burgondes en Gaule, au Vme siècle. Incursions des Alamans sur la rive gauche du Rhin ; la Suisse libre encore de leur occupation à cette époque.*

Dans la suite du Vme siècle, les Burgondes étendent leur occupation pacifique des terres gallo-romaines sur les pays voisins de la « Sapaudia ». Leur avance progressive, vers le nord, l'ouest et le sud, peut être relevée de temps à autre dans les textes sans que l'on en puisse suivre la marche sûre. En 457 ils sortent pour la première fois de la « Sapau-

---

[1] Greg. Tur., *Liber Vitæ Patrum*, I, 5, éd. Arndt, *M. G. SS. rer. Mer.*, p. 666. *Vitæ Patrum Jurensium, Vita Romani*, c. 10., éd. Krusch, p. 149. *M. G. SS. rer. Mer.*, III. Cf. Binding, *Gesch. des burg. rom. Königr.*, II, p. 65 et s.; Jahn, *Gesch. der Burg.*, I, p. 531-532.

dia » et prennent possession d'un nouveau pays [1]. C'est une étape vers la cité de Lyon et que l'on a voulu arrêter à « Amberiacum »(Ambérieu, arr. de Belley, Ain) [2]. En tous cas, à ce moment, ils franchissent le Rhône et occupent une partie de la Ire Lyonnaise [3] ; Lyon même ne tombe en leurs mains que vers 470 [4].

En 487 ils sont arrivés jusqu'à Langres où l'évêque Aprunculus eut à souffrir de leurs persécutions [5]. Déjà vers 470, le chroniqueur goth Jordanès nous les signale comme proches de la cité de Bourges ; le roi des Bretons Riothime, vaincu dans cette ville par Euric roi des Wisigoths, s'enfuit chez les Burgondes voisins [6].

Au sud vers 463 ils sont déjà arrivés jusqu'à Die ; c'est ce que nous apprend une lettre du pape Hilaire à Leontius d'Arles. Le roi Gundioc s'était plaint au pape de la conduite de l'évêque de Vienne, qui avait disposé de l'évêché de Die, sans tenir compte des droits du métropolitain d'Arles [7]. Cette réclamation du roi burgonde prouve-t-elle que Vienne était alors aux mains des Burgondes ? On ne peut en conclure autant et M. Longnon pense, au contraire, que la métropole de la province ne devint burgonde qu'en même temps que Lyon (470) [8].

D'autres textes nous permettraient d'assigner successivement d'autres cités des bords de la Méditerranée et de

---

[1] *Continuator. Havniensis*, éd. Mommsen, *M. G. Auct. Ant.*, X, *Chr. Min.*, I, p. 305; Mar. Av., *Chron. Auct. Ant.*, X, *Chr. Min.*, II, p. 232.

[2] Binding, *Gesch. des burg. rom. Königr.*, p. 58; Longnon, *Géogr.*, p. 70.

[3] *Chron. q. dic. Fredegarii scolastici.* II, 46, éd. Krusch, *M. G. SS. rer. Mer.*, II, p. 68. Cf. Gabriel Monod, *Sur un texte de la compilation de Frédégaire relatif à l'établissement des Burgondes dans l'empire romain*, *Bibl. de l'Ec. des Hautes Etudes*, XXXV, p. 229-239.

[4] Longnon, *Géogr.*, p. 71, n. 4 et Fustel de Coulanges, *L'Invasion Germanique*, p. 450 et s.

[5] Grég. Tur., *Hist. Franç.*, III, 23, éd. Arndt, p. 86; cf. Longnon, *Géogr.*, p. 72; Binding, *Gesch. des burg. rom. Königr.*, p. 105.

[6] Jordanès, *Getica*, XLV, *M. G. Auct. Ant.*, V., p. 118; cf. Grég. Tur., *Hist. Franc.*, II, 12; Roget de Belloguet, *Quest. bourg.*, p. 108, en conclut qu'à cette date les Burgondes sont déjà arrivés vers Nevers et ont occupé Langres, Dijon, Châlons, Autun.

[7] Migne, *Patrol. latine*, LVIII, col. 27.

[8] Longnon, *Géogr.*, p. 71; R. de Belloguet, *Quest. bourg.*, p. 167.

la rive gauche du Rhône, à cette extension progressive ; il nous suffit d'en avoir établi les grandes lignes : la « Sapaudia » en 443 ; en 456 avance en Gaule, probablement dans la Iʳᵉ Lyonnaise ; en 463 le sud de la Viennoise, Vienne et Lyon en 470 ; au nord, Langres est atteint peut-être vers 460, sûrement en 487.

Jusqu'en 517, aucun texte ne nous renseigne sur leurs établissements au nord-est, dans les cités de la Séquanaise helvétique. L'époque et les conditions de leur extension entre le Jura et les Alpes, sont obscures ; on a pensé qu'ils avaient conquis le pays qui est aujourd'hui la Suisse occidentale, sur les Alamans [1] ; ou qu'au moment où ceux-ci, franchissant le Rhin, se répandaient en Helvétie, les Burgondes s'étaient alors avancés à leur rencontre pour protéger le pays confié à leur garde [2]. Quoiqu'il en soit, pour élucider cette question difficile, il nous faut quitter maintenant les Burgondes, oubliés par l'histoire, et suivre les Alamans dans leurs pérégrinations méridionales ; nous tenterons ainsi de déterminer les limites de leur occupation helvétique aux Vᵐᵉ et VIᵐᵉ siècles.

La plupart des historiens ont longtemps admis que les Alamans, cantonnés sur la rive droite du Rhin, de Mayence au lac de Constance, franchirent le fleuve en 406 et 407, au moment où un torrent de peuples dévastateurs se répand sur la Gaule ; c'est de cette époque que daterait leur établissement en Suisse [3]. Cette date reculée ne peut pourtant plus être maintenue après la critique serrée de Jahn [4] et de Fustel de Coulanges [5] : après eux nous allons étudier

---

[1] Binding, *Gesch. des burg. rom. Königr.*, p. 103.

[2] Jahn, *Gesch. der Burg.*, I, p. 501 (vers 472).

[3] Wietersheim, *Geschichte der Völkerwanderung*, IV, p. 239 ; Stälin, Chr. Fr. v., *Wirtembergische Geschichte*, p. 146 ; Stälin, P. F., *Geschichte Würtembergs*, p. 38, n. 1 ; Merkel, *De Republica Alamannorum*, p. 5 et 6 et n. 30-33 ; Burckhardt, *Untersuchungen über die erste Bevölkerung des Alpengebirgs*, *Archiv. f. Schweiz. Geschichte*, IV, p. 47 ; G. Meyer von Knonau, *Alamannische Denkmäler in der Schweiz*, *Historische Einleitung*, p. 96 ; Dändliker, *Geschichte der Schweiz*, I, 3ᵉ éd., p. 86.

[4] Jahn, *Gesch. der Burg.*, I, p. 293 et s.

[5] Fustel de Coulanges, *L'Invasion germanique*, p. 34 et s. Cf. Oechsli, *Zur Niederlassung*, p. 234 à 241.

les textes qui se rapportent à la germanisation des provinces helvétiques et essayer de trouver quelque témoignage
nouveau pour en fixer la chronologie.

Au dernier jour de l'année 406 des bandes d'Alains, de
Vandales et de Suèves franchissent le Rhin et s'abattent
sur la Gaule. Orose [1] et saint Jérôme y joignent aussi des
Burgondes; saint Jérôme mentionne les Alamans [2].

Les historiens grecs ou latins qui racontent cette terrible invasion, ne nous disent pas qu'elle fut suivie d'un
établissement de peuples en Gaule ; le seul texte qui eut
pu faire croire à un fait semblable est la lettre écrite de
Bethléem par saint Jérôme à la veuve Ageruchia. Le solitaire de Palestine fait à une veuve, à qui il déconseille un
second mariage, une peinture évidemment exagérée de
l'état de la Gaule en 409 ; beaucoup de villes ont été
détruites, entr'autres Spire, Strasbourg ; l'Aquitaine, la
Novempopulanie, la Lugdunaise et la Narbonaise ont été
dévastées [3]. Au siècle suivant ces villes sont pourtant
encore florissantes; les provinces dévastées ne sont que
longtemps après occupées par les Barbares. Il ne faut donc
tirer aucune conclusion de la prose de saint Jérôme, pour
la Séquanaise dont il ne parle pas, et pour les Alamans
qu'il mêle à la masse des envahisseurs.

Nous sommes assurés d'autre part que cette première
bande de Barbares qui passe le Rhin en 406 ne reste pas
en Gaule ; l'histoire de l'usurpateur Constantin III, racontée par Orose et les historiens grecs Zosime, Olympiodore
et Sozomène, nous en est une preuve [4]. Constantin proclamé empereur en 407 en Bretagne passe en Gaule ;
selon Orose il rejette les Barbares sur l'Espagne, selon les
trois Grecs il les bat; Zosime, Olympiodore, Sozomène, le

---

[1] *Hist.*, VII, 38. Migne, *Patrol.*, XXXI, col. 1162.

[2] *S. Hieronymi Ep.*, CXXIII, Migne. *Patrol.*, XXII, col. 1046 à 1049 ;
cf. Fustel, *L'Invasion*, p. 348 et 353.

[3] *Id.* Migne, XXII, col. 1057. « Innumerabiles ac ferocissimæ nationes
universas Gallias occuparunt. Quidquid inter Alpes et Pyrenæum est,
quod Oceano et Rheno includitur, Quadus Wandalus, Sarmatus, Halani,
Gipede, Heruli, Saxones, Burgundiones, Alemanni et o. lugenda respublica,
hostes Pannonii vastarunt. »

[4] Cf. Fustel, *L'Invasion*, p. 349 et s.

chroniqueur de Tiro Prosper s'accordent pour nous montrer Constantin maître de toute la Gaule ; Zosime nous dit même que pour en fermer tout accès aux Germains il rétablit les garnisons du Rhin [1].

Le Rhin maintenu comme frontière de l'empire, la Séquanaise, la Rhétie Ire sont encore romaines ; la restauration des retranchements rhénans ne semble pas avoir été un travail uniquement fragmentaire [2]; Constantin III a régné sur les provinces helvétiques, comme sur les autres parties de la Gaule ; les monnaies frappées à Trèves [3] par l'empereur breton se retrouvent, en effet, dans la Suisse actuelle. Un trésor, découvert en 1892 à Pfyn (Ad Fines, Thurgovie), contenait 200 pièces impériales allant d'Auguste à Constantin III [4]; cet enfouissement considérable prouve, selon la règle habituelle, que la domination romaine a subsisté dans les pays du Haut-Rhin jusqu'après le règne du dernier Constantin [5].

Une seconde invasion peu postérieure à celle de 406-407, a peut-être amené les Alamans en Suisse ; l'historien grec Sozomène nous apprend que Constantin, pour résister à un nouvel usurpateur, Gerontius, envoie son général Edobichus au delà du Rhin, pour y susciter une invasion de Francs et d'Alamans [6]; mais cette horde nouvelle est

[1] Zosime, *Historia*, VI, 3. Niebuhr, *Corpus*, p. 320 :

Διά ταύτα τοίνυν τούτοις τοίς τόποις φύλακας ἐγκατέστησε Κωνσταντίνος, ὡς ἄν μή εἰς Γαλατίαν ἀνειμένην ἔχοιεν πάροδον. Ἐγκατέστησε δέ καὶ τῷ Ῥήνῳ πᾶσαν ἀσφάλειάν ἐκ των Ἰουλιανοῦ βασιλέως χρόνων ῥᾳθυμηθεῖσαν.

[2] Wietersheim, *Völkerwanderung*, IV, p. 251 n. 1, pense qu'il s'agit d'un ouvrage peu important près de Bâle ; de plus et contrairement à ce que dit Zosime, les fortifications du Rhin n'avaient pas été abandonnées depuis Julien. Valentinien avait tenu la même ligne. Cf. Ammien, *Res Gestae* XXVIII, 2, 7.

[3] Jahn, *Gesch. der Burg.*, I, p. 298.

[4] E.-A. Stückelberg, dans *Revue suisse de numismatique*, 1895, p. 273-274.

[5] Adrien Blanchet, *Les Trésors de monnaies romaines et les invasions germaniques en Gaule*, p. 301 et passim.

[6] Sozomène, *Hist. Eccl.*, IX, 13, Migne, *Patrol. Gr.* LXVII, col. 1621-33. Puisqu'Edobichus traverse le Rhin pour aller chercher les Alamans, ceux-ci ne sont pas encore, à demeure, sur sa rive gauche. M. Meyer von Knonau (*Alamannische Denkmäler in der Schweiz*, Zürch. Mitteil., XIX, p. 63), pense qu'une partie du peuple peut avoir déjà traversé le fleuve et

battue devant Arles par l'armée d'Honorius, et toutes les
provinces qui avaient suivi la fortune de Constantin III
reconnaissent alors l'autorité de l'empereur légitime [1].

Pour Zosime, les choses se sont passées un peu autrement ; Gerontius avait soulevé les corps de troupes barbares cantonnés en Gaule; à la faveur de ce soulèvement,
les Barbares du Rhin font encore une nouvelle invasion
dans les provinces de l'empire; Zosime ne nous dit pas
ce qu'ils deviennent, mais il termine en montrant Constantin III maître de la Gaule [2]. On peut donc être certain qu'en
406-407 aucun établissement définitif de Germains sur les
terres des Gallo-Romains n'a eu lieu.

Il faut chercher plus tard le moment où la Suisse devient
alamannique et examiner successivement tous les textes qui
peuvent plus ou moins indirectement nous renseigner sur
ce grand événement.

Il n'y a rien à tirer, avec Jahn [3], du passage où Grégoire
de Tours nous dit que vers 455 les Romains habitaient
toute la région située au sud du pays des « Thoringi » jusqu'à la Loire [4]; ces « Thoringi » sont ceux de la rive gauche
du Rhin entre Cologne et la mer [5], et la partie de la Gaule
située au sud de cette première résidence des Francs,
ne peut en aucune façon comprendre l'ancien pays des
Helvètes.

L'histoire des campagnes d'Aetius contre les Germains
envahisseurs de l'empire, se prête à des conclusions plus
sûres; on ne peut, en effet, admettre qu'Aetius ait laissé
les Alamans s'établir sur la rive gauche du haut Rhin et
jusqu'aux passages des Alpes, alors que lui-même s'efforce, et non sans succès, de maintenir la domination
romaine sur le Rhin moyen et inférieur, aussi bien qu'en

---

maintient, contre Jahn, la date de 407 ; l'histoire de Constantin III ne justifie
guère cette opinion, que ne laisse pas subsister la découverte de Pfyn.

[1] Sozomène, *Hist. Eccl.*, IX, 15, Migne, *Patrol. Gr.*, LVII, col. 1625-
1626.

[2] Zosime, *Hist.*, VI, 13, Niebuhr, *Corpus*, p. 328.

[3] *Gesch. der Burg.*, I, p. 503 et n. 1, p. 386, n. 4 et 5.

[4] *Hist. Franc.*, II, 9, éd. Arndt, p. 77.

[5] Longnon, *Géogr.*, p. 166.

Rhétie [1]. En 428, il repousse les Francs ripuaires, qui s'étaient établis sur la rive gauche du bas Rhin; en 431-432 il les soumet entièrement et les accepte à titre d'alliés sur les terres de l'empire [2]; sur le Rhin moyen les Burgondes rebelles sont soumis en 435-436 [3]; en 439-440, Aetius pacifie à nouveau la Gaule [4]; en 443 il transporte les Burgondes du pays de Worms en « Sapaudia » [5]; en 445, avec Majorien, il est vainqueur des Francs; le pays compris entre la Loire et la Somme reste aux Romains [6]; en outre, en 430, la Rhétie est purgée de Barbares, par la victoire que remportent Avitus et Aetius sur les « Juthungi », alliés aux provinciaux révoltés du Norique [7]. A ce moment les armées romaines sont donc victorieuses sur le Rhin et en Rhétie : on comprend mal la liberté de leurs mouvements et les efforts heureux d'Aetius pour maintenir cette antique frontière, si les Alamans ont déjà passé le Rhin supérieur et peuvent ainsi pénétrer sans peine en Gaule, en Rhétie et jusqu'en Italie. Et d'autre part, tout ce que nous savons de l'histoire des Alamans contredit leur établissement comme fédérés dans une situation analogue à celle des Burgondes autour de Worms [8].

On a pensé, et non sans une apparence de raison, que la cession de la « Sapaudia » aux Burgondes ne s'expliquait que par l'arrivée des Alamans en Helvétie ; Rome voulait arrê-

---

[1] Jahn, *Gesch. der Burg.*, I, p. 504.

[2] *Ibid.*, p. 504 et n. 1 et 2.

[3] *Ibid.*, p. 341 et s.

[4] *Ibid.*, p. 505, n. 1.

[5] *Ibid.*, p. 380 et s.

[6] *Ibid.*, p. 505.

[7] *Ibid.*, p. 502 et n. 2. Nous ne pouvons accepter sur ce point l'hypothèse de Baumann (*Schwaben und Alamannen, ihre Herkunft u. Identität, Forsch. z. deutsch. Geschichte*, XVI, 1876, p. 230 et s.), qui fait de ces « Juthungi » les ancêtres des « Scudingi » du Jura, et de leur pays, le « pagus Scudingorum » (l'Escuens, autour de Salins, Jura), l'« Alamannia » dont parle Grégoire de Tours, *Liber Vitæ Patrum*, éd. Arndt, p. 664. Nous ne pouvons ici discuter longuement cet étrange rapprochement; nous nous contentons de renvoyer à la critique de Cramer (*Die Geschichte der Alamannen als Gaugeschichte*, p. 281 à 286), qui nous dispense de plus amples commentaires.

[8] Jahn, *ibid.*, I, p. 507.

ter leurs progrès et défendre la Gaule contre leurs invasions en établissant d'autres Barbares sur leur chemin [1]. La
« Sapaudia »[2], telle que nous l'avons délimitée répond assez
mal à cette fonction ; les Burgondes étaient d'autre part
des gardiens peu dévoués à l'empire ; fédérés incommodes
sur le Rhin [3], ils sont amenés à l'intérieur de l'empire
dans un pays moins dangereux ; depuis Arles le général
romain les surveille ; sans doute ils peuvent défendre la
Gaule et les passages des Alpes contre les Wisigoths ;
mais ils ne sont pas maintenus à la frontière dans une position d'avant-postes perpétuellement en éveil ; le danger
n'est pas imminent vers le nord-est, puisque nous les
voyons quitter leur pays de montagne pour prendre part
à la défense générale de la Gaule. En 451 ils se battent
contre Attila avec les autres peuples conduits par Aetius ;
en 456 contre les Suèves avec Avitus. L'établissement des
Burgondes en « Sapaudia » n'entraîne donc pas nécessairement l'occupation de l'Helvétie par les Alamans.

Vers 447, d'autre part, l'évèque Severus de Trèves
évangélise les populations de la Ire Germanie et nous ne
voyons pas qu'alors la situation ait été troublée sur le Rhin.

Aetius, le grand défenseur de l'empire, le vainqueur
d'Attila, est tué par Valentinien III le 21 septembre 454 ;
celui-ci, tué le 16 mars 455, est remplacé par Petronius
Maximus, qui règne jusqu'au 12 juin 455, trois jours avant
l'arrivée de Genséric à Rome. A la nouvelle de la mort
d'Aetius, Saxons, Francs et Alamans recommencent leurs
incursions, à l'intérieur les Wisigoths se soulèvent.
L'Arverne Avitus est proclamé empereur le 10 juillet 455
à Arlés ; il rétablit l'ordre en Gaule ; avec les Burgondes
et les Wisigoths, il dirige une expédition contre les Suè-

---

[1] C'est l'opinion de J. F. Huschberg, *Geschichte der Alemannen u.
Franken*, p. 575 ; Baumann, *op. cit., Forsch. z. d. Geschichte*, p. 233 ;
Meyer von Knonau, *Alam. Denkm., Zürch. Mitteil.*, XVIII, p. 96 ;
Binding, *Gesch. des burg. rom. Königr.*, p. 103 à 108 ; Wurstemberger,
J.-L., *Gesch. der Alt. Landsch. Bern*, I, p. 207.

[2] Jahn, *Gesch. der Burg.*, I, p. 380 et s.

[3] *Vita S. Germani ep. Autissiod*, II, 1, *A. A. S. S. Boll. Juillet*,
VII, p. 216.

ves dans l'été 456 ; il est battu le 17 octobre, à Plaisance, par Ricimer et Majorien, et meurt peu après. Le 1ᵉʳ avril 457 Majorien devient empereur ; Ricimer qui avait jusque-là gouverné comme maître de la milice, prend le titre de patrice et continue à exercer son pouvoir à Rome et en Italie [1].

Les troubles qui suivirent la mort d'Aetius ont-ils amené un établissement des Alamans au delà du Rhin ? L'évêque d'Arvernie, Sidoine Apollinaire, nous renseigne à la fois sur leur avance et leur recul, et il ne semble pas que, des quelques passages du panégyrique de son beau-père Avitus qui ont trait aux Alamans, on puisse tirer autre chose qu'un maintien de la frontière romaine au Rhin. Les poèmes de Sidoine, comme ses lettres, sont une des sources les plus importantes de l'histoire des invasions barbares en Gaule. Son style est diffus ; au milieu de ses lourdes périphrases et dans le labyrinthe de ses descriptions alambiquées, il est difficile de trouver la mention sûre d'un fait historique ; mais, à moins de croire, contre toute évidence, à une exagération systématique des faits et à une déformation continuelle des événements qu'il rapporte, on ne peut pas faire abstraction complète des textes qui suivent [2].

Dans le panégyrique en l'honneur de l'empereur Avitus, Sidoine retrace les maux qui accablent l'empire à la mort d'Aetius : les barbares, que n'arrête plus la terreur de son nom, se répandent sur les provinces ; « le Franc envahit la Iʳᵉ Germanie et la IIᵐᵉ Belgique ; l'Alaman se désaltère aux ondes du Rhin ; la rive droite est sa patrie, la rive gauche, il l'a conquise ; sur toutes deux il domine avec

---

[1] Jahn, *Gesch. der Burg.*, I, p. 412 et s.

[2] Cf. Molinier, *Sources*, I, p. 39 et nº 136 ; L. Sandret, *Sidoine Apollinaire historien*, *Revue des questions historiques*, XXXII, 1882, p. 210-224 ; Meyer von Knonau, *Al. Denkmäler*, p. 63, a rejeté le témoignage de Sidoine Apollinaire comme dénué de valeur et s'appuie en cela sur un ouvrage qu'il m'a été impossible de consulter : G. Kaufmann, *Die Werke des C. S. Ap. als eine Quelle f. die Geschichte seiner Zeit*, Gœttingue, 1864. Voir quelques considérations du même auteur dans *Gottingische Gelehrte Anzeiger*, 1868, I, p. 1001-1020.

orgueil [1]». C'est sans doute à un fait nouveau que Sidoine fait allusion; en même temps que le Franc, l'Alaman pousse en avant et ne se contente plus de ses anciennes demeures; son audace éclate en ce qu'il ose occuper maintenant la terre romaine, et qu'il règne sur les deux rives (utroque in agro) [2].

Mais l'empereur Maximus arrache Avitus à sa charrue et lui confie les forces de l'Occident; il est créé « magister peditum equitumque » : aussitôt les Barbares reculent. « Alaman tu choisis des députés qui aillent demander pardon de ta fureur; le Saxon cesse ses incursions; l'Elbe retient le Chatte dans ses eaux marécageuses [3]. »

L'établissement de l'Alaman sur la rive romaine du Rhin est donc passager; il s'y est précipité en une de ces invasions qui lui sont coutumières et dont il s'humilie devant le nouveau général romain; il n'a pas occupé non plus l'Alsace, puisque c'est aux coups du Franc qu'est exposée la 1re Germanie, encore romaine [4].

Bientôt, du reste, Avitus est proclamé empereur à Arles où se sont rassemblés des députés de toute la Gaule; il en est venu des Alpes Cottiennes, de la Méditerranée, il en est venu des bords du Rhin [5].

[1] Sid. Apoll. *Carmina*, VII, Vers 372 et ss.; *M. G. Auct. Ant.*, VIII, p. 212 : « Francus Germanum primum, Belgamque secundum
      sternebat, Rhenumque ferox, Alamanne, bibebas.
    Romani ripis et utroque superbus in agro
    vel civis vel victor eras. »

[2] Nous donnons à « Romani ripis » le sens de rive gauche du Rhin; si avec Cramer, *Gesch. der Alam.*, p. 185, on l'entend des deux rives du Rhin, autrefois romaines, et depuis longtemps alamanniques et que l'on attribue à l'audace des outre-Rhénans, simplement une incursion dans l'intérieur, on enlève aux vers de Sidoine leur véritable signification; la mort d'Aetius fait perdre à l'empire ses provinces frontières; l'Alaman met le pied sur la terre romaine : « Romani ripis » et sa situation différente sur chacune des deux rives est clairement exprimée : il est là citoyen, ici conquérant.

[3] Sid. Apoll. *Carm.*, VII, vers 388 et s. *M. G. Auct. Ant.*, VIII, p. 212 :
« Ut primum ingesti pondus suscepit honoris,
legas qui veniam poscant, Alamanne, furori,
Saxonis incursus cessat, Chattumque palustri
alligat Albis aqua. »

[4] Jahn, *Gesch. der Burg.*, I, p. 510.

[5] Sid. Apoll. *Ibid.*, v. 522 et s.

Ceux qui datent de la mort d'Aetius l'arrivée des Alamans
en Helvétie, ajoutent foi au premier passage de Sidoine
où le poète nous les montre sur les deux rives du fleuve
frontière ; il faut donc croire aussi l'évêque arverne, lorsque, plus loin, il dit l'Alaman repentant et Avitus proclamé empereur par la noblesse venue des points les plus
extrêmes de la Gaule. Celle-ci est encore intacte, encore
romaine, et n'a pas perdu, pour l'abandonner aux Alamans,
la Séquanaise helvétique.

Dans son panégyrique de l'empereur Majorien, Sidoine
raconte une incursion des Alamans dans la haute Italie ;
ceux-ci franchissent les Alpes et, par les montagnes de la
Rhétie, parviennent jusqu'aux plaines de Canus près de Bellinzone ; là ils sont vaincus par Burco, lieutenant de Majorien, et sa petite armée [1]. Cette invasion, en mars 457 [2],
ne prouve pas que les Alamans habitent entre les Alpes
et le Rhin, ou en Rhétie ; dès le IIIme siècle, en effet, au
temps où ils sont maintenus, sans aucun doute, au delà du
Rhin, ils poussent déjà leurs courses dévastatrices jusque
dans la haute Italie [3].

Enfin, dans son panégyrique de l'empereur Anthemius,
Sidoine dit, en parlant du Suève Ricimer qui, pendant
l'interrègne de 467, défendit l'empire contre les Barbares : « Ricimer se fait craindre, parce que le Norique

---

[1] *Carmen*, V. *Auct. Ant.*, VIII, p. 196, p. 373 et s. :
« ...conscenderat Alpes
Rætorumque jugo per longa silentia ductus
Romano exierat populato trux Alamannus
perque Cani quondam dictos de nomine campos
in prædam centum novies dimiserat hostes,
jamque magister eras ! Burconem dirigis illuc
exigua comitante manu, sed sufficit istud
cum pugnare jubes ; certa est victoria nostris
te mandare acies. »
Cf. Grég. Tur., *Hist. Franc.*, X, 3, éd. Arndt, p. 410, « ... ad Bilitionem... in campis situm Caninis. »
[2] Jahn, *op. cit.*, p. 511, n. 5.
[3] Sous Claude III en 268, sous Valentinien II. Voir Jahn, *op. cit.*, I,
p. 512, n. 2 ; M. Oechsli, *Zur Niederlassung*, p. 247, a cru pourtant pouvoir déduire de cette invasion l'occupation de la rive suisse du Rhin
en 455.

contient l'Ostrogoth, que la Gaule arrête le Mars du
Rhin [1]. »

On ne peut conclure avec autant de précision que Jahn [2],
de ce distique, que Ricimer aurait défendu le Rhin contre
les Francs en Ire Germanie, contre les Alamans en
Grande Séquanaise ; tout au moins peut-on concevoir
encore à cette époque, la Gaule comme le boulevard de
l'empire du côté des barbares du Rhin. On est ainsi pas
plus fondé à dater l'établissement des Alamans en Helvétie, des règnes d'Anthemius ou de Majorien que de la
mort d'Aetius.

Jahn qui discute et critique les textes que nous venons
de passer en revue, recule cet établissement jusqu'en 477
à la mort de Ricimer, ou déjà pendant la guerre entre Anthemius et le patrice suève [3] ; à la vérité, aucun document
ne peut établir aussi exactement cette date, et, ce n'est
qu'en constatant ce fait comme accompli, dans des textes
postérieurs, qu'il remonte à cette année, comme à la plus
propice à la chute de la domination romaine en Séquanaise. Nous allons donc voir si ce que nous savons des
Alamans et des provinces helvétiques dans les années qui
suivirent, nous permet d'accepter ces conclusions ou nous
amène à en formuler de nouvelles.

Nous ne pouvons affirmer tout d'abord, que, tant que
subsista l'empire d'Occident, les empereurs règnèrent sur
la Gaule, jusqu'au Rhin. Malgré Jahn [4] il n'y a rien d'ap-
prochant dans Procope ; l'auteur grec ne parle que de la
partie de la Gaule située sur la rive gauche du Rhône et
occupée après 476 par les Wisigoths [5].

Un passage assez obscur de Jordanès, l'historien goth
du milieu du VIme siècle, est plus explicite, encore que plus

---

[1] Sid. Apoll., *Carm.*, II, *Auct. Ant.*, VIII, p. 182, vers 378-379 :
« Noricus Ostrogothum quod continet, iste timetur
Gallia quod Rheni Martem ligat, iste pavori est. »
[2] Jahn, *Gesch. der Burg.*, I, p. 813.
[3] *Ibid.*, p. 514.
[4] Jahn, *Gesch. der Burg.*, I, p. 514.
[5] Procope, *De bello Gothico*, I, 12, éd. Haury, II, p. 65 : Ἕως μὲν
οὖν πολιτεία, Ῥωμαίοις ἡ αὐτή ἔμενε, Γαλλίας τὰ ἐντὸς Ῥοδανοῦ ποτάμου
βασιλεὺς εἶχεν.

discutable ; il s'agit des chapitres des « Getica » qui racontent les guerres soutenues par Théodemir, roi des Wisigoths, en Pannonie contre les « Suavi » du Danube [1]. En 475, le père de Théodoric, profitant de ce que le Danube est gelé, franchit le fleuve et tombe sur le dos de ses éternels ennemis.

« Le pays des Souabes était alors compris entre celui des Bavarois à l'est et celui des Francs à l'ouest ; au sud ils avaient pour voisins les Burgondes, au nord les Thuringiens. A ces Souabes, étaient joints les Alamans, qui occupaient toute l'étendue des « Alpes Erecti », d'où coulent plusieurs bruyantes rivières, affluents du Danube. » C'est dans ce pays, ainsi exactement situé par Jordanès, que Théodemir conduit, en hiver, l'armée des Goths, et qu'il met en déroute et soumet les Souabes et leurs alliés les Alamans [2].

Que faut-il entendre par les « Alpes Erecti », les Hautes Alpes où sont établis les Alamans et d'où descendent maints affluents du Danube. Ce ne sont pas les Alpes suisses ; l'Inn est la seule rivière qui y prenne naissance et qui porte ses eaux au bassin de la mer Noire ; en 473, il est encore romain comme la Rhétie Ire [3]. Ce ne sont pas non plus les Alpes de Souabe sur la rive droite du haut Danube, dans l'Algau, le bassin de l'Iller et du Lech [4]. L'expédition de Théodemir ne s'explique que si elle se passe toute entière sur la rive gauche du Danube. En

[1] Il doit s'agir là d'un rameau des peuples souabo-alamanniques établi sur la rive gauche du haut Danube. Cf. Cramer, *Gesch. der Alam.*, p. 199 ; Schubert, *Unterwerfung der Alam.*, p. 17, n. 4, tient pour des Marcomans ; Baumann, dans *Forsch. z. d. Geschichte*, XVI, p. 239-240, pour les Souabes de Hongrie.

[2] Jordanès, *Getica*, LV, *M. G. Auct. Ant.*, V., éd. Mommsen, p. 130 : « Nam regio illa Suavorum ab oriente Baibaros habet, ab occidente Francos, a meridie Burgundzones, a septentrione Thuringos. Quibus Suavis tunc juncti aderant etiam Alamanni ipsique Alpes erectos omnino regentes unde nonnulla fluenta Danubium influunt nimio cum sinu vergentia. »

[3] Ainsi se trouve reculée encore la date de 473 à laquelle Jahn, *Gesch. der Burg.*, II, p. 339-340 admettait les Alamans dans les Alpes suisses.

[4] Cramer, *Gesch. der Alam.*, p. 198.

effet, les Goths habitent en Pannonie sur la rive droite
du fleuve ; l'hiver leur permet de franchir cette barrière
aquatique ; ils tombent à l'improviste sur les Souabes, et
Théodemir conduit son armée jusque dans la région naturellement fortifiée des Alpes, où habitent leurs alliés, les
Alamans [1].

La victoire qu'il remporte entraîne la dévastation du
pays et une soumission dont les conséquences nous
sont inconnues. Si l'on place les Alamans sur la rive
droite du Danube tandis que les Souabes restent sur la
rive gauche, le passage du Danube ne s'explique plus.
Au contraire, les Alamans occupant leur pays traditionnel, l'expédition de Théodemir aboutit à une victoire dans
les Alpes de la Forêt Noire, sur la rive gauche du haut
Danube, et tout est clair. En 473, les Alamans sont
encore au delà du Rhin.

Que faut-il, d'autre part, penser des limites données
dans le texte de Jordanès aux Souabes : à l'orient les Bavarois, à l'occident les Francs, au midi les Burgondes, au
nord les Thuringiens ?

Jahn [2] et après lui Cramer [3] ont rapporté ces indications
géographiques à l'année 473, les défendant contre ceux
qui voulaient faire de ce passage une interpolation ou un
anachronisme ; dans cette phrase le mot « Suavi » désigne-
rait l'ensemble des peuples confédérés alamanniques ;
les Alamans auraient déjà en 473 pour voisins méridionaux les Burgondes ; c'est dire qu'à ce moment
ils sont déjà arrivés sur la rive gauche du Rhin en
Suisse.

Malgré l'accord des manuscrits [4], il faut reconnaître que

---

[1] Jordanès, *ibid.*, éd. Mommsen, p. 130 : « hic ergo taliterque munito
loco rex Thiudimer hiemis tempore Gothorum ductavit exercitum ; et tam
Suavorum gente quam etiam Alamannorum, utrasque adinvicem fœde-
ratas, devicit, vastavit et pene subegit. »

[2] *Gesch. der Burg.*, I. p. 514.

[3] *Gesch. der Alam.*, p. 197-198.

[4] Cf. éd. Mommsen, p. 130. Le tableau de classement des manuscrits,
établi par Mommsen, montre que les meilleurs d'entre eux descendent
au 4me degré d'un archétype primitif et n'exclut pas les chances d'interpolation. Cf. Mommsen, *Proœmium*, LXXII-LXXIII.

nous avons affaire à une interpolation [1] ; d'autre part le
présent, employé dans la phrase, au milieu d'un contexte
au passé, fait d'emblée douter de son ancienneté ; il
est inadmissible, dans cette description rapide des pays
limitrophes des « Suavi », que ce nom de peuple s'applique
à toutes les branches de la race des Alamans, alors qu'ailleurs dans Jordanès, il désigne une partie spéciale de cette
confédération germanique. Jordanès distingue expressé-
ment les « Suavi » des « Alamanni » [2] ; ailleurs il les place
sur le moyen Danube [3].

Cramer [4] a essayé d'établir que cette situation supposée
des Alamans, par rapport aux peuples voisins, ne peut être
qu'antérieure à 496 ou tout au moins aux premières années
du VI[mo] siècle. Historiquement, on ne peut arriver pour
les Francs, les Thuringiens et les Bavarois à de meilleurs
résultats que pour les Burgondes, et les renseignements
plus nombreux, que nous avons sur leur situation, indiquent encore un anachronisme ou une interpolation.

Après leur défaite par Clovis, les Alamans n'auraient
plus été bornés au nord par le pays des Thuringiens. Les
districts septentrionaux de l'ancienne Alamannie, pays
situés entre le Main et le Neckar ont été colonisés par les
Francs si intensément qu'ils ont formé plus tard la Franconie. Mais cette immigration franque, indéniable, ne s'est
pas opérée immédiatement après la défaite des anciens
habitants ; elle se fait, au contraire, peu à peu et progressivement jusque vers 650 [5] ; bien postérieurement après

---

[1] Baumann, *Schwaben u. Alam.*, p. 239-241; Schubert, *Unterwerfung*,
p. 17, n. 4.

[2] Jordanès, *Getica*. LV, éd. Mommsen, p. 130 : « Quibus Suavis tunc
juncti aderant etiam Alamanni. »

[3] *Op. cit.*, LIII, *ibid.*, p. 129. « Dalmatia Suaviæ vicina erat, ne a
Pannonios fines distabat præsertim ubi tunc Gothi residebant. » Cette
situation du pays que Jordanès nomme « Suavia » contredit l'explication
que propose M. Oechsli. *Zur Niederlassung*, p. 256 : « Suavi » désigne-
rait les Alamans soumis aux Francs. « Alamanni » ceux qui reconnaissent
l'hégémonie ostrogothique. En tous cas M. Oechsli admet que ce passage du texte des « Getica » se rapporte à un état de choses contemporain de l'auteur (551-552).

[4] Cramer, *op. cit.*, p. 198.

[5] Dahn, *Die Könige der Germanen*, IX, 1; *Die Alamannen*, p. 55 et s.

leur soumission au roi des Francs, on pouvait donc limiter
le pays des Alamans au nord par celui des Thuringiens.
Au contraire, l'arrivée des Bavarois à l'est, ne peut guère
être constatée déjà en 473 ; c'est en 488 qu'Odoacre abandonne le Danube et retire les provinciaux romains du
Norique et de la Rhétie IIme [1], et ce n'est pas avant 500 que
les Bavarois occupent définitivement le pays qui aujour-
d'hui porte leur nom [2].

L'interpolation est donc manifeste et, du texte corrompu
de Jordanès, aucune conclusion ne peut être tirée relativement à l'établissement des Alamans en Helvétie.

Dans la deuxième moitié du Vme siècle, les Alamans
apparaissent dans l'histoire comme de perpétuels envahisseurs des terres de l'empire ; c'est le moment de leur plus
grande expansion et de leur plus grande force. Mais ce
n'est que par des témoignages épars et difficiles à relier
entre eux que nous sommes informés de leurs incursions.

Ainsi, Grégoire de Tours parle d'une nouvelle invasion
en Italie ; Childéric, roi des Francs, s'allia avec Odoacre,
duc des Saxons de la Loire, pour punir les Alamans qui
avaient envahi une partie de l'Italie [3]. Cet accord des deux
chefs germains, pour agir très probablement comme alliés
de l'empire, se place entre la prise d'Angers par Childéric
après 468, et 479, année à laquelle se rapportent d'autres
événements racontés à la suite par Grégoire [4]. Mais cette
nouvelle équipée des Alamans ne nous est pas autrement
connue, non plus que leur soumission au roi Franc, conséquence d'une victoire livrée dans un pays incertain [5]. Par

---

[1] *Vita S. Severini.* XLIV, *M. G. Auct. Ant.*, I, p. 29 ; cf. Cramer,
Gesch. der Alam., p. 29.

[2] Dahn, *Die Könige der Germanen*, IX, 2 ; *Die Baiern*, p. 25.

[3] Greg. Tur., *Hist. Franc.*, II, 19, éd. Arndt, p. 83 : « Odovacrius cum
Childerico fœdus iniit Alamannusque, qui partem Italiæ pervaserunt,
subjugarunt. »

[4] Longnon, *Géogr.*, p. 175, place la prise d'Angers en 471 ; Arndt,
SS. rer. Mer., I, p. 85, n. 5, ignore les raisons qui motivent la traditionnelle répétition de cette date.

[5] Longnon, *Géogr.*, p. 84, pense que Childeric soumit alors la partie
de la Ire Belgique voisine des Alamans ; il faudrait, dans ce cas, que ceux-ci
aient déjà passé le Rhin moyen et occupé l'Alsace, ce qui est possible

contre, leur apparition en Italie, pas plus que celle de 451, ne suppose un établissement définitif dans ce pays ou sur les routes des Alpes.

La vie de saint Loup, évêque de Troyes de 430 à 479, signale une incursion d'Alamans à l'ouest, jusque dans la partie orientale de la cité de Troyes ; à la prière du saint, leur roi Gebavult rendit la liberté à des habitants du « pagus Breonensis », (le Brénois), qu'il avait emmenés en captivité [1].

Un épisode assez analogue de la vie de l'apôtre du Norique, saint Séverin, rapporté par son biographe Eugippius, a trait au respect inspiré par le saint au roi des Alamans Gibuld, qui, comme Gebavult dans la cité de Troyes, remet en liberté des prisonniers romains faits dans la région de Passau [2]. Les deux histoires, se ressemblent beaucoup, comme les noms de leurs héros ; il semble bien pourtant qu'il faille considérer les deux textes comme indépendants, et le récit de la vie de saint Loup comme authentique [3].

Avant 482, les Alamans étendent leurs incursions sur les provinces les plus éloignées de l'empire romain, sur

encore que seulement hypothétique. Cf. Jahn, *Gesch. der Burg.*, I, p. 54, n. 5.

[1] *Vita Lupi Episcopi Trecensis*, 10, éd. Krusch, *M. G. SS. rer. Mer.*, III, p. 123 : « Quippe cum ab omnibus gentium regibus eidem reverentiæ servaretur, affectus, specialius a rege Gebavulto obedientiæ fuit honor inpensus. Nam Brigonenses videlicet quos Alamannorum condam cepit immanitas, ...cunctos dempsit hostili servitio,... »

[2] Eugippius, *Vita S. Severini.* 19, éd. Sauppe, *M. G. Auct. Ant.*, I, p. 18.

[3] Mr. B. Krusch, (*SS. rer. Mer.*, III, p. 117-118 et *Neues Archiv.*, XXIV, p. 559 et s.), fait de la vie de Saint Loup un faux carolingien du VIIIme ou IXme siècle ; l'invasion des Alamans dans le Brénois lui paraît, spécialement, tirée de la vie de Saint Séverin par Eugippius ; un même roi ne pourrait apparaître, à la tête de ses bandes, à la fois à Passau et à Troyes. — Mgr. Duchesne a défendu la biographie de l'évêque de Troyes qu'il ne croit pas être de si peu de valeur ; les rapports établis par Krusch entre ce texte et le récit d'Eugippius ne lui semblent pas évidents ; cf. *Bulletin Critique*, 1897, n° 22, p. 418 ; 1899, n° 55, p. 681. La vie de Saint Loup écrite dans le but d'exalter les vertus de son héros et non dans celui de donner des événements contemporains un récit détaillé, ne peut être cependant complètement rejetée comme sans valeur.

le Norique à l'est, sur la Gaule à l'ouest ; le même roi
ravage le pays de Passau et celui de Troyes, Gibuld ou
Gebavult, vraisemblablement alors l'unique roi de tout le
peuple [1]. Mais les deux récits d'Eugippius et de la vie de
saint Loup ne parlent toujours que d'incursions et de
ravages, non d'établissements sur les terres de l'empire.

Les indications topographiques données par Grégoire
de Tours dans ses récits de la vie des fondateurs des monastères jurans, saint Romain et saint Lupicin, semblent
plus claires et plus décisives ; elles se rapportent plus
particulièrement à la Séquanaise helvétique. Saint Romain
et saint Lupicin quittent le monde pour aller mener une
vie recluse dans les solitudes du Jura ; ils pénètrent tous
deux dans ce désert qui, « voisin de la cité d'Avenches, est
situé entre l'Alamannie et la Burgondie [2]. »

La retraite des fondateurs de Condat se place vers le
milieu du Vme siècle, avant 463-464, date de la mort de
saint Romain [3]. A ce moment, le pays situé à l'est du Jura
serait aux Alamans ; en 547 Avenches est aux Burgondes,
et, au temps où écrit Grégoire, ceux-ci sont soumis aux
Francs : l'évêque de Tours n'a donc pu employer le mot
« Alamannia » pour désigner un pays occupé par les Burgondes sujets des fils de Clovis ; ce terme géographique
se rapporte à la situation de la contrée au Vme siècle. Pour
ces raisons, ce passage a été généralement admis comme
la meilleure preuve de l'établissement des Alamans en
Suisse avant 463 [4].

[1] Dahn, Könige, IX, 1, Die Alamannen, p. 50-51.
[2] Liber Vitæ Patrum, 1, éd. Arndt, SS. rer. Mer., I, p. 664 : « et
accedentes simul inter illa Jorensis deserti secreta, quæ inter Burgundiam Alamanniamque sita Aventicæ adjacent civitati... » — M. Besson,
Origines, p. 149-153, donne à « civitas » dans ce passage, le sens plus
particulier de ville épiscopale. On trouve pourtant pour « civitas » les
deux sens de ville et de territoire de la ville épiscopale. Cf. Longnon,
Géogr., p. 7.
[3] Cf. Poupardin, dans Le Moyen Age, 2e série, II, 1898, p. 31 et s.
[4] Meyer von Knonau, Alaman. Denkmäler, I, p. 64 ; Binding, Gesch. des
burg. rom. Königr., I, p. 106 et s. ; Cramer, Gesch. der Alam., p. 204 ; Longnon, Géogr., p. 167. L'explication de Baumann par l'établissement des « Juthungi » dans le Jura est inadmissible. V. ci-dessous p. 32, n. 7. M. Oechsli,
Zur Niederlassung, p. 249, reconnaît que Grég. de Tours peut s'être trompé.

En deux autres endroits du même livre, l'« Alamannia »
est encore mentionnée ; Romain et Lupicin, outre Condat
et Lauconne fondent dans cette « Alamannie » un troisième
monastère [1], qui très probablement est celui de Romainmôtier au pays de Vaud [2]; les Alamans auraient donc
dépassé le lac de Neuchâtel ; il n'y aurait aucune raison,
dans ce cas, pour ne pas les faire arriver jusqu'au bord du
lac Léman.

Cependant, cette explication du texte de Grégoire de
Tours ne nous paraît avoir qu'une apparence de solidité ;
il faut bien, au contraire, considérer le mot d'« Alamannia » comme un terme vague, employé par l'auteur de la
Vie des Pères, pour désigner les contrées transjuranes,
où se rencontrent au VIme siècle Alamans et Burgondes,
terme qui se rapporte donc à son temps et non à celui des
solitaires de saint Claude et de saint Lupicin. Nous avons
pour cela de bonnes raisons, les unes déjà utilisées par
Jahn [3]; les autres tirées d'autres textes topographiques.

On peut dire que, d'emblée, une pareille extension des
Alamans est bien improbable ; nous les avons vus contenus par les armes romaines au delà du Rhin encore au
milieu du Vme siècle ; d'autre part, les Burgondes, arrivés
en 443 jusqu'à Genève, s'étendent de là à l'ouest et au nord;
il semble peu naturel que durant la seconde moitié du
siècle, ils soient restés derrière les murs de cette ville
sans avancer du côté du nord-est.

La fondation d'un monastère en plein pays alamannique
est, d'un autre côté, inadmissible ; les Alamans sont encore
païens ; au VIIme siècle, Colomban et Gall sont mal reçus
par eux et éprouvent mille peines à les convertir ; la fondation de Romainmôtier dans une contrée qu'ils occupent

---

[1] *Liber Vitæ Patrum,* éd. Krusch, p. 665 : « Sed et his deinceps cum
Dei adiutorio ampliatis, tertium intra Alamanniæ terminum monasterium
locaverunt. » Cf. *ibid.,* 3.

[2] Longnon, *Géogr.,* p. 226. La question très discutée des origines de
Romainmôtier a été traitée en dernier lieu et d'une manière remarquable
par M. l'abbé Besson, *Origines,* p. 210 et s. Ses conclusions ont été
généralement admises dans notre exposé.

[3] *Gesch. der Burg.,* II, p. 384.

en conquérants aurait été l'épisode capital d'une mission
importante des saints jurans ; or, rien de tel ne nous est
rapporté dans les textes ; nous ne savons pas que jamais
les pieux abbés aient entrepris de convertir ce peuple voisin. Les rapports, qu'ils entretiennent avec lui, nous empêchent de croire qu'une communauté chrétienne ait pu
vivre en paix, au Vme siècle, en Alamannie.

En effet, l'histoire de saint Romain, de saint Lupicin et
de saint Oyant nous est parvenue par une tradition plus
ancienne et plus exempte de légendes que celle que nous
a transmise Grégoire. C'est la *Vita Patrum Jurensium*
œuvre d'un moine du Jura contemporain de saint Oyant [1].

Cet hagiographe du VIme siècle ne nomme pas Romainmôtier, ni aucun monastère en Alamannie, et si certains
épisodes de la vie de ses héros peuvent, avec raison, se placer au moûtier des bords du Nozon [2], ce n'est pas tant du
côté de l'outre-Jura qu'il faut chercher avec lui les Alamans. Il nous raconte, en effet, que les moines de Condat
(Saint-Claude) avaient beaucoup à souffrir des incursions
inopinées des Alamans ; ils renoncèrent. par crainte de
ces incommodes barbares, à tirer leur sel des salines
voisines de Salins et entreprirent d'aller le quérir jusqu'à
la mer Méditerranée [3].

Si, sous l'abbatiat de saint Oyant [4], au commencement

---

[1] Les conclusions beaucoup trop sévères de M. Bruno Krusch, sur
l'authenticité de cette « vita ». (*Mélanges Julien Havet*, p. 39-44 et *SS.
rer. Mer.*, III, *Proœmium*, p. 125-130) ne peuvent subsister après les victorieuses réponses de Mgr. Duchesne dans *Mélanges d'Archéologie et d'Histoire, Ecole franç. de Rome*, XVIIIe année, 1898, p. 3 à 16 et de M. René
Poupardin, dans *Le Moyen Age*, 2e Série, II, 1898, p. 31. Cf. Molinier,
Sources, I, p. 117, n°s 312, 313, 314.

[2] Besson, *Origines*, p. 210-220.

[3] *Vita patr. Jur.*, *Vita S. Eugendi*, 17, éd. Krusch, p. 161 :
« Quadam namque vice, dum diros metuunt ac vicinos Alamannorum
incursus, qui inopinatis viantibus non congressione in comminus, sed
ritu superventuque solent inruere bestiali. ad mortem aut suspicionem
mortis penitus evitandam, quæ crebro timoris jaculo totiens interimit,
quotiens timetur, e limite Tyrreni maris potiusquam de vicinis Aerien-
sium locis coctile decernunt petere sal. » Cf. pour Salins, *ibid.*, n. 2.

[4] St. Oyant est contemporain de St. Avit, 490-503 et encore vivant en
517. Cf. Poupardin, *op. cit.*

du VIme siècle, la crainte des Alamans était encore si grande, et si leurs incursions, qui peuvent venir du nord, ou du nord-est à travers le Jura, sont encore si terribles, il est impossible d'admettre qu'un monastère ait été fondé dans leur pays au Vme siècle.

Le nom d'« Alamannia » chez Grégoire ne peut désigner un pays occupé par les Alamans au temps des pères du Jura ; il faut le rapporter à l'époque où l'évêque de Tours rédige son histoire ; il ne semble pas, en effet, connaître le lieu exact où le monastère d'Alamannie fut fondé ; il le place dans ces pays d'outre-Jura où habitent alors aussi bien les Alamans que les Burgondes ; il ne distingue pas de Burgondie cisjurane et de Burgondie transjurane [1] : il appelle Alamannie ce que Frédegaire nommera « pagus Ultrajuranus ». Rien d'étonnant à cela, puisque dans des documents bien postérieurs au moyen âge, le pays de Vaud est encore compris dans l'« Alémanie »[2]. Il faut donc renoncer à faire état du *Liber vitæ Patrum* pour établir la date approximative de l'établissement des Alamans en Suisse.

La mention de l'« Alamannia » dans la loi des Burgondes, dite « loi Gombette », ne nous en apprend guère plus. L'article 14 du *Liber Constitutionum* traite des esclaves achetés en Alamannie ; il prescrit que, celui qui a racheté l'esclave d'un autre dans ce pays, en soit dédommagé par le maître de l'esclave ou garde l'esclave pour lui ; l'homme libre également racheté remboursera son prix à son acheteur[3].

On a attribué cette disposition de la loi Gombette à la première rédaction et on la suppose antérieure à 496 [4];

---

[1] Jahn, *Gesch. der Burg.*, II, p. 389.

[2] Besson, *Origines*, p. 218; voir dans *M. D. S. R.* III, n. 601, p. 812, n. 1, d'autres textes du XIVme et du XVme siècle.

[3] *Leges Burgundionum*, LVI, éd. de Salis, *M. G. Legum Sectio I*, T. II, Pars I, p. 91 : « De servis in Alamannia comparatis. (1) Si quis servum alienum in Alamannia redemerit, aut pretium dominus reddat, aut servum habeat qui redemit; quod tamen a præsenti tempore præcipimus custodiri. (2) Ceterum si ingenuus rogans redemptus fuerit, pretium suum emptor reddat. »

[4] Binding, *Gesch. des burg. rom. Königr.*, p. 106; Jahn, *Gesch. der Burg.*, II, p. 338. Salis, édit. de la *Lex. Burg.*, op. cit., p. 91, n. 1.

c'est là une simple hypothèse ; mais au cas même où elle se vérifierait, rien ne prouve que cette Alamannie où l'on va racheter les prisonniers burgondes soit nécessairement une grande partie de la Suisse. Les Alamans portent leurs courses dévastatrices loin du centre de leur pays ; les Burgondes peuvent, avant la fin du Vme siècle, s'être rencontrés avec eux, soit sur la rive gauche du Rhin dans la région de Besançon-Troyes, soit même en Suisse sur les bords du fleuve frontière, sans qu'il en résulte une occupation de la Séquanaise transjurane jusqu'à l'Aar et aux Alpes [1].

Des indications chronologiques et topographiques plus détaillées nous sont fournies par la description de l'Alamannie et de la Burgondie, de leurs fleuves, villes et frontières, par un géographe anonyme qu'on nomme le Ravennate [2]. Le texte latin de cette cosmographie ne peut être antérieur à l'époque carolingienne et date très probablement du IXme siècle ; mais, suivant Mommsen, ce n'est là qu'une traduction d'un texte grec original ; l'auteur, un moine de Ravenne aurait compilé sa description de la terre au VIIme siècle [3].

La cosmographie du Ravennate dérive certainement d'un exemplaire remanié de la Table de Peutinger ; elle se réclame pourtant d'autres sources, auteurs divers et philosophes de l'antiquité ; beaucoup de ceux-ci sont des personnages fictifs, des héros mythologiques dont les noms sont travestis. Malgré ces supercheries, on est tenté de rechercher parmi ces références, lesquelles peuvent se rapporter à d'authentiques géographes antérieurs au VIIme siècle et dont l'œuvre ne nous est point parvenue ; en essayant de les dater, on marquerait, d'après leurs indications, les différentes modifications géographiques qui se produisent

[1] Ce qu'admet Jahn, *loc. cit.*

[2] *Ravennatis Anonymi Cosmographia,* éd. Pinder et Parthey. Cf. Desjardins, *Géogr. de la Gaule Romaine,* IV, p. 192 et s.; Jahn, *op. cit.,* II, p. 441-443.

[3] Mommsen, dans *Berichte über die Verhandlungen der Königlich. sächsischen Gesellschaft der Wissenschaften,* III, 1851, p. 80-117. Cf. Molinier, *Sources,* I, 17, p. 6.

durant l'établissement des Barbares sur les terres de l'empire. Ce travail a été fait pour la Gaule par Alfred Jacobs [1].

L'anonyme de Ravenne décrit l'Alamannie en se réclamant de deux philosophes goths, Anarid et Edebald, la Burgondie d'après le philosophe romain Castorius.

Castorius aurait remanié pour son époque une carte analogue à la Table de Peutinger, et son nom aurait figuré sur cette planche à côté de ceux des consuls Lolianus et Arbitrio que le Ravennate cite également comme des philosophes. Edebald et Anarid seraient de réels géographes ou philosophes goths [2]. L'anonyme se réclame à chaque moment de ces deux auteurs qu'il reproduit avec soin ; il est bien impossible qu'il les ait complètement inventés ; leurs noms même étant fictifs, les ouvrages qu'ils représentent doivent bien correspondre aux sources employées pour élaborer la cosmographie.

Il est plus difficile cependant d'établir la date de composition de la Table de Castorius d'une part, de la description d'Anarid et d'Edebald d'autre part ; en ce qui concerne les Alamans, Anarid fixe-t-il leurs limites à la fin du Vme siècle ? En répondant favorablement à cette question, Jacobs prouvait qu'avant le VIme siècle, les Alamans avaient franchi la frontière du Rhin [3] ; il nous semble pourtant impossible de faire d'Anarid, géographe goth, ou du texte composé en Italie et que ce nom représente, une œuvre antérieure à Théodoric, le grand roi des Ostrogoths ; sous son règne, en effet, les lettres et les sciences furent de nouveau cultivées dans les villes italiennes relevées de leurs ruines, et l'on peut, seulement alors, parler d'écrivains et de philosophes goths ; Théodoric ne se débarrasse d'Odoacre qu'en 493 ; c'est donc seulement après sa victoire à Ravenne que son royaume se fonde et s'affermit en Italie, et que la civilisation de son peuple commence. Anarid est donc, en tous cas, posté-

---

[1] Alfred Jacobs, *De Gallia ab anonymo Ravennate descripta*, p. 52 à 65.
[2] Jacobs, *De Gallia...*, p. 62 à 65.
[3] *Ibid.*, p. 56.

rieur à cette date et probablement pas antérieur au VIme siècle, au temps de Cassiodore, de Boëce et de Symmaque.

Dans la description de la Gaule tirée d'Anarid, les Francs occupent la « Gallia Belgica » jusqu'à la Loire supérieure et moyenne, ce qui nous place après la victoire de Clovis sur Syagrius (493)[1]. Les Alamans occupent le Rhin depuis Mayence au nord. Anarid met en leur pouvoir trois villes de la Gaule, Langres, Besançon et Mandeure qui, dans la description de la Burgondie vraisemblablement postérieure de Castorius, appartiennent aux Burgondes[2]; on ne peut conclure du fait que Langres, Mandeure et Besançon sont alamanniques chez Anarid, et burgondes chez Castorius, que les Alamans ont été si loin dans leur occupation de la Gaule et qu'entre les deux textes se place un recul de leur avance au profit des Burgondes[3]. Langres est avant 487 au pouvoir des Burgondes[4]; Anarid, ne peut avoir écrit avant cette date ; au moment où il compose sa géographie, Langres est burgonde et c'est, par erreur, qu'il l'attribue, avec Mandeure et Besançon, aux Alamans. Sa description du pays des Alamans n'est pas forcément antérieure à leur soumission aux Francs. Les Thuringiens, comme les Alamans, ont, pour Anarid, un territoire très étendu ; ils arrivent jusqu'au Rhin et seraient ainsi encore indépendants[5]. Mais ce n'est qu'en 531 que les fils de Clovis ont été victorieux d'Hermanrich et que son pays a subi dès lors une domination partielle des Francs[6].

Aucun critère chronologique ne peut placer la description d'Anarid avant le VIme siècle, soit pour ce qui concerne toute la Gaule, soit seulement pour l'Alamannie ; au

---

[1] *Ibid.*, p. 53.

[2] V. ci-dessous, p. 51.

[3] Jacobs. *De Gallia*, p. 54; Jahn, *op. cit.*, II, p. 339; Oechsli, *Zur Niederlassung*. p. 254.

[4] V. ci-dessus, p. 27.

[5] Jacobs, *op. cit.*, p. 56.

[6] Ernst Lorenz, *Die thüringische Katastrophe, Jena Diss.*, 1891, p. 65, n. 1 et p. 68-69.

contraire, un nom de lieu emprunté par le Ravennate à
Anarid, indique qu'alors les Alamans ne sont plus complètement indépendants et qu'ils ont déjà été battus par
Clovis. C'est le nom de « Théodoricopolis » appliqué à une
ville de leur pays, et qui ne peut pas avoir été donné par
amitié pour le grand roi goth dont les Alamans auraient
recherché l'alliance [1] ; il ne s'explique au contraire que
par la médiation de Théodoric entre Clovis et les Alamans, et par le protectorat qu'il étend sur une partie du
peuple vaincu, établi sur les terres du royaume ostrogoth [2].
Ce nom de « Théodoricopolis » suffit à montrer que la description d'Anarid est postérieure à la soumission des
Alamans par Clovis.

Peut-on cependant expliquer la grande extension
qu'Anarid donne aux pays occupés par les Alamans, qui ne
sont plus alors indépendants ? L'Alsace leur appartient de
même que les districts compris entre le Main et le Neckar
et qui plus tard formèrent la Franconie. La difficulté ne
subsiste guère ; à l'époque d'Anarid (premières années du
VIme siècle ?) les Alamans, les uns soumis aux Francs, les
autres protégés par les Ostrogoths, ont encore au Nord
leur grande extension primitive ; ce n'est qu'avec le temps
que la colonisation franque leur enlèvera la Franconie et
pénétrera jusque bien avant dans la Forêt Noire [3]. Anarid
peut encore placer Mayence en Alamannie au VIme siècle ;
avant le protectorat de Théodoric l'Ostrogoth, il n'y pourrait trouver un « Théodoricopolis » ; son œuvre est donc
bien postérieure au Vme siècle [4].

La description de la Burgondie est empruntée par l'anonyme de Ravenne à la Table de Castorius ; l'époque de la
composition de celle-ci a été exactement déterminée par

[1] Jacobs, *op. cit.* p. 54-55.
[2] V. ci-dessous, p. 57 à 64.
[3] V. ci-dessus, p. 40.
[4] On peut admettre avec Jacobs, *op. cit.*, p. 58. qu'Anarid aurait écrit
avant la bataille de Vouillé, 507, à en juger par l'étendue qu'il donne à la
«Wasconia» qui serait le nom rajeuni de l'ancienne «Wisigothia». Cf. éd.
Pinder et Parthey, p. 296; M. Longnon qui publia le T. IV de la *Géogr.*
de Desjardins, p. 213, reconnaît que les formes des noms de lieux de
l'Alamannie se rapportent bien au temps de l'occupation germanique.

Jacobs [1] ; la Burgondie est, alors, encore autonome ; elle
n'est pas encore partagée entre les fils de Clovis ; elle ne
comprend plus les cités riveraines de la Méditerranée et
qui lui furent, quelque temps, annexées, à la fin du Vme siècle ; en outre, le nom de « Septimania » appliqué aux deux
rives du Rhône montre que ces régions étaient encore aux
mains des Goths ; la rive gauche fut cédée aux Francs
en 536. La description de Castorius est donc celle de la
première moitié du VIme siècle.

Ayant ainsi daté les différentes sources du géographe
de Ravenne, nous résumerons les indications qu'il nous
donne pour les Burgondes et les Alamans.

Le pays des Alamans s'étend depuis la Thuringe au nord
jusqu'à l'Italie au sud [2] ; ceci s'entend du VIme siècle, car
c'est d'après Anarid qu'il nous énumère les villes de
leur pays [3] :

« Ligonas (Langres).

Bizantia (Besançon).

Nantes (Nantua).

Mandroda (Mandeure) ».

Ensuite viennent les villes situées près du Rhin depuis
Worms, voisine de Mayence, ville franque : « Altripp,
Spire, Pforz », puis :

« Argentaria quæ modo Stratisburgo dicitur (Strasbourg)
Brezecha (Alt Breisach, Alsace), Bazela (Bâle) Caistena
(Kaisten).

Cassangita (Gansingen).

Wrzacha (Zurzach) [4].

[1] *Op. cit.*, p. 59-61.

[2] *Ravennatis Cosmographia*, éd. Pinder et Parthey, p. 230, n. 26 : « Iterum propinqua ipsius Turringiæ ascribitur patria Suavorum qua et Alamanorum patria confinalis exstitit Italiae ». Cf. Jordanès, *Getica*, v. ci-dessus, p. 38, n. 2. Cf. Jahn, *op. cit.*, p. 239 et Zeuss, *Die Deutschen und ihre
Nachbarstämme*, p. 339. Ce passage ne peut se rapporter à une occupation de l'Helvétie par les Alamans au Vme s.

[3] *Ibid.* « ego autem secundum præfatum Anaridum prænominatæ patriæ
civitates nominavi, in qua patria plurimas civitates legimus ex quibus ali-
quandas designare volumus, idest : » Nous avons adopté les identifications
de M. Longnon (Desjardins, *Géogr.*, IV, p. 212 et s.) en rapportant avec
plus de réserves celles de Jacobs. *De Gallia*, etc., p. 32 et s.

[4] Mommsen dans *Sächs. Gesellschaft der Wissenschaften*, III, p. 106 :

Constantia (Constance).

Bodungo (Bodman ? à la pointe nord-ouest du lac de Constance).

Arbore Felise (Arbon).

Bracuntia (Bregenz)».

Puis une série de villes situées près de Strasbourg « juxta supra scriptam civitatem Stratisburgo »; quelques-unes de ces localités ont été identifiées avec des localités suisses; le terme de «juxta» est, en effet, chez le Raven-nate, très vague et très large [1], et les formes de ces noms de lieu assurent l'exactitude de plusieurs des identifications proposées :

« Albisi, (Albiesriden ?) [2].

Ziurichi, (Zurich) [3].

Dueben, (Dübendorf) [4].

Crino, (Grivau) [5].

Stafulon, (Stäfa) [6].

Cariolan, (Cariolan ?) [7].

Theodoricopolis [8].

Vermegaton, (Broconagus) [9] ».

Wurzach en Wurtemberg; mais l'énumération remonte le cours du Rhin. Voir également sur ces identifications G. Lejean, dans *Bulletin de la Société de Géographie*, 1856, p. 198 à 206. Nous ne discutons que celles qui importent à l'établissement des Alamans en Suisse.

[1] «Juxta» correspondrait plus à la disposition de la carte sur laquelle l'anonyme travaille qu'à la situation des lieux. (Jacobs, *op. cit.*, p. 18.)

[2] Jacobs, *op. cit.*, p. 33; Mommsen, *op. cit.*, p. 106: Albis.

[3] Desjardins, *loc. cit.* Ce serait la plus ancienne mention sous cette forme de l'ancien « castrum Turegum » Zurich.

[4] Jacobs, *loc. cit.*

[5] *Ibid.*

[6] Jacobs, *loc. cit.*, mais Lejean, *op. cit.*, p. 205: «Stabulis» de l'Itin. d'Ant., en Alsace.

[7] Lejean, *op. cit.*, p. 304 : «Cambete» des Itinéraires et de la Table de Peutinger, (Cf. Desjardins, *op. cit.*, p. 47, 63, 126, 142.) Kembs en Alsace.

[8] Schubert, *Unterwerfung, App. I*, pense que ce nom fut donné à Windisch, qui, sous le protectorat des Ostrogoths, devint la capitale de la nouvelle Alamannie. V. ci-dessous, p. 57 et s.; les fouilles n'ont pourtant pas révélé une grande importance de la localité au VIᵉ S. Cf. Oechsli, *Zur Niederlassung*, p. 257.

[9] Bremgarten, Jacobs, *op. cit.*, p. 33: Brumath, Lejean, *op. cit.*, p. 205 Brocomagus des Itinéraires.

Il n'est peut-être pas inutile de rapporter, en même temps, les localités suisses que le Ravennate cite, d'après Castorius, en Burgondie ; cette énumération dérive directement de la Table de Peutinger et des Itinéraires [1].

Parmi les villes situées sur le Rhône Castorius cite [2] :

« Octodurum (Martigny), Tarnaias (Massonger-St-Maurice), Pennolocus (Villeneuve), Bibiscon (Vevey), Lausonna (Vidy ou St-Sulpice ?) [3]. Genua (Genève) ».

Parmi les fleuves de la Burgondie :

« Rodanus Lausonensis, in quo Rodano ingrediuntur flumina, idest :

Duba, (Doubs).

Saganna, (Saône).

Izera, (Isère).

Arab, (Saône) [4]. »

En comparant ainsi les indications fournies par le géographe de Ravenne, à celles que nous tirons d'autres textes, nous essaierons, plus loin, d'établir la limite de la Burgondie et de l'Alamannie en Suisse au VIme siècle ; il nous a suffi, pour le moment, d'établir pourquoi nous renonçons à nous servir des sources du Ravennate, pour dater l'établissement des Alamans en nos contrées, au Vme siècle.

D'ailleurs aucun texte précis ne prouve cet établissement ; nous les avons successivement passés en revue sans pouvoir en garder un seul ; nous voulons maintenant réunir et critiquer ceux qui nous permettent de placer cet événement au commencement du VIme siècle, et d'expliquer ainsi la situation respective des deux peuples qui se partagent la Suisse.

---

[1] Desjardins, *Géogr.*, IV, p. 205.

[2] *Rav. Cosm.*, éd. Pinder et Parthey, p. 236.

[3] Cf. Jacobs et Desjardins, *loc. cit.*

[4] Desjardins, *Géogr.*, IV, 206 et n. 2 : peut-être « Arab » n'est-il point un double emploi et doit-il être reconnu dans l'Aar ; il y aurait alors erreur sur le bassin hydrographique.

§ 4. — *Occupation de la Suisse orientale par les Alamans
sous le protectorat des Ostrogoths au commencement du
VIme siècle. — Recul des Burgondes déjà établis dans la
Séquanaise transjurane. — Limites de l'Alamannie et de
la Burgondie vers 535.*

Au milieu du Vme siècle les Alamans ont atteint l'apogée
de leur puissance ; leurs invasions sont lointaines et redoutables ; avec elles leur établissement sur des terres
autrefois romaines avance ; il est difficile de fixer alors les
limites de leur nouvelle patrie ; le mouvement général qui
les porte vers l'ouest a dû leur faire franchir le Rhin et
occuper l'Alsace [1] ; mais au sud, les frontières de l'empire,
le Danube et le Rhin suisse, sont encore respectées et ce
n'est que plus tardivement qu'ils occupent le pays situé
au delà de ces deux fleuves. La plupart des historiens [2] ont
cependant daté du Vme siècle l'occupation de ces contrées,
et n'ont pas tous attaché une valeur suffisante aux raisons
contraires que fit valoir, en 1881, Hans von Schubert, dans
une thèse remarquée [3]. C'est en étudiant les textes qu'il
produit et les conclusions qu'il en tire, que nous essaierons
de justifier notre point de vue.

Il serait téméraire pourtant de représenter l'ancien pays
des Helvètes jusqu'à la fin de l'empire, et même au delà,
comme un solide boulevard de l'Italie ; les courses des
bandes germaniques à travers le pays lui ont infligé des

---

[1] C'est ce qu'il faut conclure de la description de l'Anonyme de
Ravenne I). V. ci-dessus p. 51, bien que ses sources soient postérieures
au Ve siècle. Après leur défaite par Clovis l'extension des Alamans vers
l'ouest est arrêtée ; ils ne peuvent ainsi se répandre en Alsace après cet
événement, tandis qu'ils s'introduisent en Suisse dans d'autres conditions.

[2] V. encore Digot, *Hist. du royaume d'Austrasie*, p. 161 ; Planta,
Das Alte Rætien, p. 234 et s. ; God. Kurth, *Clovis*, p. 309-314 ; Dahn,
Urgeschichte, II, p. 408 et s. ; Dahn est plus réservé et semble admettre
les idées de Schubert dans *Könige*, IX, 1, p. 62. Cramer, *op. cit.*, p. 202,
admet une première pénétration en Suisse au Ve siècle, puis, p. 222-224,
une occupation complète du pays au VIe siècle.

[3] *Die Unterwerfung der Alamannen unter die Franken. Strasbourg,
Diss.*, 1881.

maux sans nombre; la prospérité romaine s'en est allée
avec la paix romaine ; le plat pays, ravagé, est dépeuplé et
laissé inculte : très probablement durant les derniers
siècles de l'empire, les bandes alamanniques, ont laissé
au delà du Rhin, quelques familles qui ont commencé
l'établissement de leur peuple dans le pays ; mais de là à
conclure à une occupation complète et nombreuse, il y a
loin. Ce que nous allons tenter d'établir, après Schubert,
c'est que la domination romaine se maintint très longtemps sur le Rhin, que la frontière du royaume d'Italie y
demeura, au moins nominalement, jusque sous les Ostrogoths, et que l'occupation définitive de la Suisse par les
Alamans ne s'opéra qu'au commencement du VIme siècle,
et sous le protectorat de Théodoric.

Il nous faut tout d'abord expliquer certains faits que l'on
relève ordinairement comme des preuves de la perte pré-
maturée des provinces helvétiques pour l'empire romain.

La rareté des monnaies des derniers empereurs a sa
cause naturelle dans la pauvreté du temps ; elle est du
reste générale en Suisse; les monnaies ne cessent pas
tout à coup à tel ou tel empereur, mais se font peu à peu
moins nombreuses dans les trouvailles [1]. Elles ne marquent donc pas, au cours du Vme siècle, un changement
subit et radical dans l'économie du pays.

Il en est de même des inscriptions romaines ; celles-ci
disparaissent avec la prospérité du pays et font déjà totalement défaut depuis Dioclétien. Des Vme et VIme siècles,
datent seules quelques inscriptions chrétiennes [2].

---

[1] Les monnaies vont jusqu'à Honorius (395-427) à Kaiser Angst
(Jahn, *Gesch. der Burg.*, I, p. 516) jusqu'à Valentinien Ier (364-375) à
l'Uetliberg (Mommsen, *Die Schweiz in röm. Zeit,* p. 13, n. 13), jusqu'à
Constantin III à Pfyn (v. ci-dessus p. 30, n. 4). Des pièces d'or de
Justinien ont été retrouvées à Muttenz et à Pratteln près de Bâle
(Mommsen, *ibid.*); à Avenches on remarque des monnaies aux effigies de
Valentinien II, Théodore, Magnus Maxime, une pièce d'Arcadius; une
pièce d'or de Justinien aurait été frappée en Gaule. (V. *Catalogue du
médailler d'Avenches,* par Louis Martin, *Association pro Aventico,
Bulletin,* VI, p. 50-51, VII, p. 21, *supplément.*)

[2] Mommsen, *Die Schweiz in röm. Zeit,* loc. cit.; C. I. L., XIII, P. II,
Fasc. I ; Egli, *Christliche Inschriften der Schweiz,* dans *Zürch. Mitteil.,*
XXIV, p. 320-336 : les inscriptions chrétiennes d'Augst prouvent que le

Enfin les documents ne prouvent pas qu'au dernier siècle de l'empire, les forts du haut Rhin aient été abandonnés par les garnisons romaines. Les dernières indications qui nous soient fournies sur l'organisation militaire de cette époque sont celles de la *Notitia Dignitatum*, l'annuaire officiel du commencement du Vme siècle. Encore qu'il soit possible qu'un document de cette sorte se rapporte à un état de choses antérieur ou plus formel que réel, il faut y relever la mention d'un « Dux provinciæ Sequanici Olitione [1] », en résidence à Besançon ou à une autre station proche du Rhin et qu'il est impossible d'identifier avec certitude ; mais l'existence d'un chef militaire important en Séquanaise, indique que la province n'est pas dépourvue de forces militaires et qu'il faut attribuer à son commandement, d'autres garnisons frontières, omises par la *Notitia* à cause de leur importance secondaire et de leurs effectifs moins nombreux.

Sous le commandement du « Dux Rætiæ », la *Notitia* mentionne une station de « barcarii » à Brégenz et une cohorte à Arbon [2]. Le lac de Constance était encore le point d'appui de la défense de la Rhétie Ire ; la Rhétie IIme, comme le Norique, est protégée par la ligne du Danube : dans la seconde moitié du Vme siècle la frontière est encore maintenue au fleuve ; les villes romaines subsistent et sont munies de garnisons jusqu'en 488 ; Odoacre alors accueille en Italie les provinciaux cédant devant la poussée des peuples germaniques et retire les troupes qui les gardaient [3]. On peut donc admettre qu'il en fut de même en

christianisme passa sans arrêt de l'ancienne à la nouvelle population ; ceci s'oppose à la destruction ou à l'abandon des villes du Rhin et suppose au contraire la subsistance de la communauté romaine et chrétienne au temps où le pays se peuple de Germains.

[1] Ed. Seeck, p. 202-203 : « Sub dispositione viri spectabilis ducis provinciæ Sequanici : Milites Latavienses Olitione. » Mommsen, *Die Schweiz in röm. Zeit*, p. 12 : Edenburg près Neu Breisach ; Desjardins, *Géogr. de la Gaule*, III, p. 492, Hollé près de Bâle, etc.

[2] *Not. Dign.*, éd. Seeck, p. 201 : « 32 Præfectus numeri barcariorum Confluentibus sive Brecantia ; 34 Tribunus cohortis Herculeæ Pannoniorum Arbore. »

[3] *Vita S. Severini auct. Eugippio*, CXX, éd. Sauppe, p. 18 ; cf. Schubert, *Unterwerfung*, p. 23.

Séquanaise et en Rhétie Ire ; les Romains se maintiennent dans les villes ; le plat pays est ravagé et abandonné
aux Alamans, sans que, pour cela, le lien qui rattache ces
extrêmes provinces à l'empire romain soit brisé.

A ces témoignages, uniquement négatifs, il faut maintenant ajouter ceux qui, plus explicites, nous permettent de
dater l'arrivée des Alamans en Helvétie et d'expliquer les
conditions sous lesquelles s'opère l'occupation définitive
du pays aujourd'hui suisse.

Nous avons d'abord recours au célèbre recueil de lettres
et de formules, composé pour les rois Ostrogoths par
Cassiodore, ses *Variæ*. Nous y trouvons une curieuse lettre,
envoyée par Théodoric à Clovis après sa victoire sur les
Alamans et dont la rédaction se place entre 502 et 507 [1].
Dans cet important document diplomatique, Théodoric
félicite Clovis de sa victoire : dans la bataille, le roi et la
noblesse des Alamans sont tombés avec une grande partie
du peuple ; une autre partie a été réduite en esclavage ;
Théodoric prie Clovis de borner sa victoire à ce succès,
d'épargner les débris du peuple vaincu qui lui ont
demandé secours et qui, pleins de frayeur, se sont réfugiés
sur son territoire [2].

---

[1] Schubert, *Unterwerfung,* p. 32 et s. ; la date de 507 adoptée par
l'édition de Mommsen, *M. G. Auct. Ant.*, XII ; *Procœmium,* p. XXXII-
XXXIII, n'est pas certaine ; elle est établie sur quelques indications du
Panégyrique de Théodoric par Ennodius, morceau littéraire où les faits
ne sont pas exposés dans leur suite chronologique, et sur le témoignage
bien postérieur et peu sûr de la chronique dite de Frédégaire, III, 2.

[2] *Variæ,* éd. Mommsen, *Auct. Ant.*, XII, p. 73 : « ...motus vestros in
fessas reliquias temperate, quia jure gratiæ merentur evadere, quos
ad parentum vestrorum defensionem respicitis confugisse. estote illis
remissi, qui nostris finibus celantur exterriti. » Théodoric appelle Clovis
son parent ; il a en effet épousé Audoflède sa sœur. Le pluriel est-il
employé par emphase ou dans une intention bien marquée ? M. Oechsli,
Zur Niederlassung, p. 254, pense que la phrase renferme une allusion
à Gondebaud et en conclut que le roi burgonde prit aussi sa part
des dépouilles des Alamans. L'intervention de Théodoric en faveur
des Alamans qui auraient fui en Burgondie s'explique assez mal. En tous
cas la présence d'un évêque de Windisch au concile d'Epaone (517) jointe
à ce texte de Cassiodore, ne peuvent suffire à prouver que les Burgondes
ont alors pris pour eux la partie de la Séquanaise occupée par les Alamans. Rien n'établit en effet que ces derniers y soient entrés en 455 et

Les survivants de la défaite alamannique ont donc cherché un refuge au delà des limites du royaume ostrogoth ;
si Clovis ose les poursuivre jusque-là, il entre dans les
états de Théodoric, déjà inquiet de ses progrès, et la
guerre entre les deux rois devient inévitable ; dans ce
cas, le ton si modéré, si diplomatique de la lettre s'explique mal ; il est bien compréhensible, au contraire, si le
pays, dans lequel on cherche les Alamans, appartient à une
région dont la situation est mal définie et que Théodoric
prétend faire rentrer dans les limites de son royaume.
C'est ce que le rédacteur de la lettre prend du reste le soin
de bien spécifier ; il rappelle que ce pays appartient au roi
ostrogoth et que, les Alamans s'y étant établis, le roi
franc n'aura rien à craindre de leur part [1].

Ce pays quel est-il ? Une idée, qui s'offre naturellement
à l'esprit, est qu'il faut le chercher dans les régions qui
s'étendent au nord des Alpes et qui font nominalement
partie du « romanum imperium » que restaure à son profit
le goth Théodoric ; en affirmant ses prétentions sur ces
anciennes provinces, il empêche les Francs, devenus dangereux, de conquérir les contrées voisines de l'Italie du
nord. Cette supposition se fortifie et devient même une
certitude, après l'examen d'un passage d'une autre lettre
des « Variæ », qui nous permet de faire rentrer dans les
limites du royaume d'Italie, toute la partie orientale de la
Suisse actuelle. C'est une lettre écrite par Cassiodore
durant sa préfecture du prétoire (533-537) et adressée au
« Canonicarius » de la Vénétie [2].

Elle demande à ce fonctionnaire du vin de la région de
Vérone pour l'usage de la table royale : « le luxe de cette
table honore en effet l'Etat ; car à toutes les spécialités
servies dans un festin, on reconnaît l'étendue des possessions du prince ; la table d'un simple particulier se garnit

que, de ce côté-là, ils aient, en suite de leur défaite par Clovis, reculé
devant le peuple de Gondebaud.

[1] *Ibid.* : « sic enim fit, ut et meis petitionibus satisfecisse videamini
nec sitis solliciti ex illa parte, quam ad nos cognoscitis pertinere. »

[2] Le « canonicarius » est, dans l'organisation impériale un agent fiscal
des domaines impériaux (Pauly Wissowa, *Real-Encyclopædie*).

des produits de l'endroit; pour la table du roi il faut rechercher ce qui excite l'admiration; ainsi la carpe viendra
du Danube, l'« anchorago » du Rhin, l'« exormiston » de
la Sicile, les douces « âcerniæ » de la mer du Bruttium, de
savoureux poissons des diverses frontières. Les envoyés
des nations étrangères, voyant tout cela, croiront que le
roi possède le monde entier [1]. »

Le Rhin est donc bien un fleuve d'une des extrémités
du royaume ostrogoth; nous pouvons même savoir jusqu'où, approximativement, son cours pouvait en former la
frontière septentrionale. L'« anchorago » est un poisson
connu en français sous le nom de « bécard [2] », en allemand de
« Hackenlachs [3] »; ce n'est pas une variété du saumon ordinaire [4], mais un saumon mâle, qui accentue un caractère
particulier aux mâles, la proéminence de la mâchoire inférieure; il est toujours de belle taille (exemples de $1^m,52$ de
long.) et peut figurer avantageusement sur la table d'un
roi; or le saumon ne remonte pas au delà de la chute du
Rhin à Schaffhouse; « il fait défaut à toutes les parties orientales du pays desservies par le cours supérieur du fleuve;
mais il s'engage dans les tributaires directs du Rhin, la
Birse, l'Aar, la Reuss, la Sarine, la Glatt, la Töss, la Thur,
pénètre jusqu'aux lacs de Zurich, Wallenstadt, Thoune,
Brienz et plus haut même [5]. »

Le bécard produit du Rhin, fleuve ostrogoth et frontière, ne peut donc avoir été pêché pour la table royale
qu'en aval de Schaffhouse; la rive gauche du fleuve, jus-

---

[1] *Variæ*, XII, 4, éd. Mommsen, p. 369 : « ...destinet carpam Danu-
vius : a Rheno veniat anchorago, exormiston Sicula quibuslibet laboribus offeratur : Bruttium mare dulces mittat acernias! sapori pisces
de diversis finibus afferantur. sic debet regem pascere, ut a legatis
gentium credatur pæne omnia possidere. »

[2] Du Cange, *Glossarium,* au mot « anchorago ».

[3] Schubert, *Unterwerfung*, p. 57.

[4] *Id.,* p. 57, n. 1.

[5] Fatio, *Faune des Vertébrés de la Suisse,* vol. V. Poissons, IIe partie. Cf. G. Asper, *Les Poissons de Suisse et la pisciculture;* Raver et
Wattel, *Atlas de poche des poissons d'eau douce de France, Suisse et
Belgique;* Brehm, *Histoire naturelle des poissons.* Je dois ces renseignements à l'obligeance de M. le Dr Pierre Revilliod.

qu'au delà de l'emplacement actuel de cette ville, appartient aux états de Théodoric [1]. On s'expliquerait mal, en effet, comment Cassiodore peut connaître l'anchorago, et le citer dans son énumération des victuailles propres à indiquer à l'étranger la grande étendue du royaume d'Italie, si vraiment le cours du Rhin ne formait pas, sur une distance considérable, la frontière nord des pays dépendants des Ostrogoths.

Les Alamans sont encore mentionnés à deux reprises dans la collection des *Variæ*. Une lettre les signale en marche à travers le Norique : ordre est donné aux habitants de cette province d'échanger leurs bœufs contre ceux des Alamans, afin de faciliter leur voyage [2]. Que font-ils alors dans cette contrée ? Il est assez difficile de le dire. L'explication qui concorde le mieux avec les autres indications du recueil, nous fera considérer ces Alamans errants à travers le Norique, comme des troupes auxiliaires, envoyées par Théodoric, contre quelque ennemi de l'est, Lombard ou Byzantin [3].

Enfin un édit de l'année 538 fait allusion à des incursions de Burgondes et d'Alamans en Emilie et en Ligurie ; à cette date ils apparaissent déjà comme des ennemis de l'Italie [4], à moins que ce ne soit là qu'un rappel des événements du règne de Théodoric [5].

Cassiodore nous a conservé encore la formule d'installation du duc des deux Rhéties ; le roi charge un de ses officiers de maintenir en ce pays la frontière contre les Barbares, de commander les garnisons et de veiller à ce que les soldats vivent en paix avec les provinciaux [6]. La

---

[1] Jusqu'à Bâle : Schubert, *Unterwerfung*, p. 57.

[2] *Variæ*, IV, 50, éd. Mommsen, p. 104.

[3] Schubert, *Unterwerfung*. p. 50 ; Mommsen, (*Auct. Ant.*, XII, Proœmium, p. XXXII-XXXIII), pense que ce sont des Alamans errants, que le roi case en Pannonie, ce qui ne s'accorde guère avec la lettre précédente et le panégyrique d'Ennodius. V. ci-dessous, p. 62.

[4] *Variæ*, XII, 28, *Edictum*, éd. Mommsen, p. 383 ; cf. Schubert, *op. cit.*, p. 57-59.

[5] Mommsen, *ibid.*, Proœmium, p. XXVIII. V. ci-dessous, ch. III.

[6] *Variæ*, VII, 3, éd. Mommsen, p. 203, *Formula ducatus Rætiarum :* « ... Rætiæ namque munimina sunt Italiæ et claustra provinciæ. » Cramer,

population romaine se maintient longtemps intacte dans une partie de la Rhétie Ire, la région de Coire. L'étendue du pays peuplé d'Alamans fugitifs et protégés par Théodoric, n'est nulle part définie avec certitude. On peut y faire rentrer les deux Rhéties romaines, auxquelles est préposé le « dux Rætiarum », et qui sont encore mentionnées dans un texte lombard du VIIme siècle [1]. Mais si nous avons des raisons suffisantes pour ne pas douter que la Suisse septentrionale et orientale en fît partie (la Rhétie Ire et même plus que ses anciennes limites à l'ouest), nous serons plus prudent en ce qui concerne la Rhétie IIme, du lac de Constance au Danube [2]. En tout cas, on peut supposer que les Alamans obéissaient d'une manière assez lointaine au duc des deux Rhéties, et que la suprématie ostrogothique sur leur peuple était plus formelle que réelle [3].

Deux autres témoignages viennent confirmer les conclusions que nous avons pu tirer de l'examen des *Variæ* de Cassiodore. Parmi les textes ostrogoths, le panégyrique de Théodoric composé en 507 par Ennodius, prêtre à Milan et, en 511, évêque de Pavie ; ce discours retrace dans une langue obscure, lourde, d'une phraséologie louangeuse, les actions glorieuses du roi d'Italie ; la louange autorise souvent l'exagération, mais on ne peut douter que les faits mêmes que le rhéteur officiel vante, devant le roi, ne soient réels ; la flatterie même poussée très loin n'expliquerait pas

---

Gesch. der Alam., p. 201, veut y voir une peinture fictive d'un état de choses disparu. Mais Dahn, *Könige*, IX, 1, p. 63, a montré que tel n'était pas le caractère des documents administratifs des *Variæ*. Cf. encore *Variæ*, I, 11, éd. Mommsen, p. 20, la lettre de Théodoric à Servatus duc des Rhéties.

[1] *Catalogus povinciarum Italiæ*, éd. Arndt, M. G. SS. rer. Langobard., I, p. 188.

[2] Après 488 elle peut avoir été occupée par les Alamans, les garnisons du Danube ne la défendant plus ; topographiquement elle est moins fermée que l'Helvétie et nous ne savons rien de prétendues fortifications maintenues à Augsbourg par les Ostrogoths. V. pour cette question, qui ne nous concerne pas directement, les rectifications apportées à un travail de Baumann par Meyer von Knonau, *Anz. f. schw. Gesch.*, 1879, p. 150 et s., et Dahn, *Könige*, IX, 1, p. 62, n. 4 et p. 64.

[3] Schubert, *Unterwerfung*, p. 66.

un travestissement complet de l'histoire du prince ; d'autre part, le règne de Théodoric nous est bien connu par de nombreuses autres sources et, de leur comparaison avec notre morceau d'éloquence, il résulte que la critique n'a pas le droit de se montrer trop sévère pour le texte d'Ennodius [1]. Or le futur évêque de Pavie n'oublie pas de citer, parmi les hauts faits glorieux du grand roi, la soumission des Alamans.

« Le peuple des Alamans, dit-il, a été admis par toi dans l'intérieur des limites de l'Italie sans dommage pour l'empire romain ; il a acquis un roi après avoir mérité de le perdre ; ce peuple, qui exerçait continuellement ses dévastations à nos dépens est devenu le gardien de l'empire latin ; il a heureusement quitté sa patrie pour gagner le sol riche de notre pays. Vous avez acquis une terre accoutumée au travail des houes et cela ne nous a coûté aucune perte. Sous toi (Théodoric) le bonheur sort de l'adversité et du danger naîtra la prospérité. Les Alamans enfin échappés à leurs roseaux s'applaudissent de cultiver une terre qu'ils aiment, parce qu'habitués à des demeures mal fermées, ils lui doivent le bienfait d'un jonc plus solide [2] ».

Les phrases n'ont pas toujours un sens très clair dans ce style tortueux ; mais les phases générales de l'événement, raconté ainsi en termes pompeux, s'expliquent grâce aux quelques passages de Cassiodore.

Le peuple des Alamans, vaincu par Clovis, passe tout entier sous le protectorat de Théodoric, sauf bien entendu,

---

[1] Cf. Schubert, *Ibid.*, p. 67.

[2] *Panegyricus*, 15 ; éd. Mommsen, *M. G. Auct. Ant.*, VII, p. 212 : « Quidquod! a te Alamanniæ generalitas intra Italiæ terminos sine detrimento Romanæ possessionis inclusa est, cui evenit habere regem postquam meruit perdidisse, facta est Latiaris custos imperii semper nostrorum populatione grassata, cui feliciter cessit fugisse patriam suam : nam sic adepta est soli nostri opulentiam, adquisistis quæ noverit ligonibus tellus adquiescere, quamvis nos contigerit damna nescire, sub te vidimus eventus optimos de adversitate generari et fieri secundorum matrem occasionem periculi, ulvis liberata gratulatur terram incolens, quæ hactenus dehiscentibus domiciliis solidioris cæni emergebat beneficio. » L'explication de cette dernière phrase et celle de Junghans, *Childeric et Chlodovech*, trad. Monod, *Bibl. Ec. Hautes Etudes*, XXXVII, p. 39 et s.

ceux qui sont directement soumis par le roi des Francs [1].
Les « termini Italiæ », le « Latiare imperium » sont les frontières anciennes de l'empire romain que Théodoric restaure ; cet empire dans l'idée du temps et dans celle de
Cassiodore s'étend bien au delà de l'Itatie proprement
dite [2] ; le Rhin maintenu alors comme frontière, la Suisse
orientale y rentre naturellement. Les Alamans occupent
une province frontière de l'empire, puisqu'après avoir été
sa terreur, ils en deviennent le gardien (custos imperii) ;
c'est un pays qui appartient nominalement au royaume
d'Italie, mais que les Ostrogoths n'ont pas occupé, puisque c'est sans perte pour eux qu'il est cédé aux fugitifs.
Tout cela s'applique parfaitement bien au pays délimité
d'après Cassiodore, et qui n'était autre que la Rhétie helvétique. De plus c'est un pays cultivé et fertile comme il
convient au plateau qui s'étend des Alpes au Danube ;
admettre que la frontière de l'Italie est aux Alpes, et que
c'est là que Théodoric cantonne ses Alamans, est incon-
ciliable avec ce que nous dit Ennodius d'un pays habitué
à la charrue et agréable à habiter. Au contraire, tous ces
détails concordent avec les indications tirées de Cassiodore
pour nous faire placer les Alamans vaincus par Clovis et
cherchant un refuge auprès de Théodoric, dans le pays
qui s'étend au nord de l'Italie, des Alpes au Rhin et au
Danube.

Cette soumission relative des Alamans au roi des Ostro
goths, n'a pas échappé également à l'historien grec Agathias de Myrine, qui écrit vers 570 l'histoire de la lutte des
Francs contre l'empire byzantin ; dans une longue digression sur les Alamans, qu'il connaît par leurs rapports avec

---

[1] L'« Alamanniæ generalitas » ne désigne que l'ensemble du peuple
resté libre ; on ne peut admettre qu'entre les Alamans soumis aux Francs
et ceux que protègent les Ostrogoths, il subsiste des Alamans entièrement libres. Cf. Schubert, *Unterwerfung*, p. 83.

[2] Ainsi à l'est les frontières du « romanum regnum » comprennent la
Dalmatie ; et parlant de la conquête de Sirmium, Ennodius dit « interea
ad limitem suum Romana regna remearunt ». *Op. cit.*, éd. Mommsen,
p. 211. L'Italie, dans l'usage des derniers siècles de l'empire comprenait au nord les deux Rhéties. Cf. Oechsli, *Zur Niederlassung*,
p. 226-227.

l'Italie et, dans leur histoire ancienne, par un auteur romain du nom d'Asinius Quadratus, il parle seulement de leur soumission à Théodoric et non de celle à Clovis ; « Théodoric, alors qu'il régnait sur toute l'Italie, nous dit-il, avait rendu ce peuple tributaire et le tenait sous sa dépendance. Au moment de la guerre entre Justinien et les Goths, les rois de cette nation cédèrent leur pays à Théodobert, petit-fils de Clovis [1] ».

Laissant pour le moment ce dernier fait, nous pouvons constater encore une fois l'importance du protectorat étendu par Théodoric aux Alamans vaincus ; il ne s'agit pas là de quelques fuyards, cherchant un refuge dans le royaume voisin, mais d'une partie considérable du peuple, capable d'occuper une vaste étendue de pays ; l'historien byzantin, bien qu'éloigné du lieu des événements, n'a pas passé sous silence cette phase de l'histoire alamannique ; même il ignore les autres conséquences de leur défaite par Clovis.

Avec ces trois témoignages distincts et d'égale valeur, Cassiodore, Ennodius et Agathias, nous avons l'époque de la complète occupation de la Suisse orientale par les Alamans : le commencement du VIme siècle ; ils prennent alors possession du pays, non en conquérants, mais en émigrants nombreux et encore redoutables, sous le protectorat du roi ostrogoth dont ils reconnaissent la suprématie.

Cette émigration vers le sud est la conséquence de leur défaite par Clovis et de la perte totale de leur indépendance, et cette dernière victoire du roi franc se place, comme l'indique la lettre du roi Théodoric, dans les premières années du VIme siècle [2].

---

[1] Agathias, *Historia*, I, 6, éd. Niebuhr dans le *Corpus script. hist. Byz.*, p. 26-27 :

Τούτους δὲ (᾽Αλαμάνους) πρότερον Θευδέριχος ὁ τών Γότθων βασιλεὺς ἡνίκα καὶ τῆς ξυμπάσης ᾽Ιταλίας ἐκρατει ἐς φόρου ἀπαγωγὴν παραστησάμενος, κατήκοον εἶχε τὸ ϙῦλον.

[2] La question de la victoire de Clovis sur les Alamans est trop difficile et trop controversée pour que nous la traitions ici à fond ; elle sort du reste des cadres de notre étude, nous nous contentons de renvoyer à Schubert et à la bibliographie qu'il en donne. Schubert, *Unterwerfung,*

Le pays qui est alors habité par les Alamans protégés par Théodoric est difficile à délimiter autrement que par des hypothèses. En Suisse nous pouvons, sans hésitation, leur assigner non seulement les hautes vallées de la Rhétie, mais le plateau, jusque sur les bords du Rhin. Au delà du fleuve il est possible que le protectorat du roi d'Italie s'étendit aussi sur les Alamans restés dans leur pays primitif et échappés ainsi au joug franc, soit sur ceux qui peuplaient déjà la rive gauche du Danube, la Rhétie IIme [1].

p. 177, distingue trois grandes batailles comme faits principaux de la lutte entre Francs et Alamans : en 496 Clovis gagne sur eux une victoire qui n'est pas décisive ; un traité intervient, les Alamans paient un tribut ; quelques années plus tard, bataille livrée à Tolbiac entre le roi des Ripuaires, Sigebert, et les Alamans ; enfin au commencement du VIme siècle victoire définitive de Clovis ; les Alamans sont soumis aux Francs, sauf ceux qui cherchent un refuge sur les terres dépendant du royaume ostrogoth. Ces conclusions tirées d'un examen très serré des textes étaient déjà à peu près celles de Düntzer, *Jahrbuch des Vereins von Alterthumsfreunden im Rheinlande*, XV, 1850. Elles ont été plus ou moins admises par les historiens notamment par Kurth, *Clovis*, p. 324 ; Huschberg, *Geschichte der Alemannen und Franken*, admet aussi deux expéditions de Clovis ; Vogel, dans *Historische Zeitschrift*, 56, a. 1886, p. 385 et s., ne conserve plus qu'une bataille qu'il place en 506 ; Krusch, *Neues Archiv*, XII, p. 289 et s., a combattu Vogel et n'admet qu'une bataille en 496 ; Dahn, *Könige*, IX, 1, p. 52-54, pense qu'on peut expliquer les faits sans supposer une seconde victoire au commencement du VIme siècle. La lettre de Théodoric, quoique postérieure, se rapporterait aux conséquences de la bataille de 496 ; de même Junghans, *Childerich et Clodovech*, trad. Monod, p. 39 à 50 et Cramer, *Gesch. der Alam.*, p. 216 à 220.

[1] Les avis sont aussi divergents sur le pays attribué alors aux Alamans par Théodoric. Waitz, *Deutsche Verf. Gesch.*, II, 1³, p. 54-59, les place à l'intérieur de l'Italie, tandis qu'au nord le pays est gagné par les Francs ; de même Meyer von Knonau, dans *Anz. f. schweiz. Geschichte*, 1876, p. 260 et s. et *Alam. Denkmäler*, p. 98 : ce ne serait qu'une petite partie du peuple que celle qui émigre au sud ; Digot, *Histoire d'Austrasie*, p. 163 et s. et Huschberg, *op. cit.*, p. 639, le fait établir par Théodoric en Norique, ce qui est absolument inadmissible ; J.-R. Burckhardt, dans *Arch. f. schw. Gesch.*, IV, p. 47 et s. dans le Vorarlberg du Nord, le Lechthal, la vallée supérieure de l'Inn ; Junghans, *op. cit.*, ne se prononce pas et Dahn, *Könige*, IX, 1, p. 55-57 semble admettre les conclusions de Schubert tout en laissant subsister de certains doutes sur la question ; pour Düntzer, *loc. cit.*, et Kurth, *loc. cit.*, Théodoric étend sa conquête jusqu'au Rhin. Chr.-F. Stälin, *Wirtembergische Gesch.*, I, p. 150-151, Cramer, *op. cit.*, p. 220 et s.,

Le reste du peuple est soumis aux Francs qui se mélangent aux Alamans de l'Alsace et colonisent au nord la contrée comprise entre le Main, le Neckar et les premiers contreforts de la montagne, pour en faire avec le temps la Franconie ; entre la Franconie et l'Alamannie alors ostrogothique, s'étend la Forêt Noire, profonde et difficile d'accès : la colonisation franque l'a à peine pénétrée, les Alamans s'y maintiennent, pour être réunis plus tard à leurs compatriotes d'outre-Rhin, et les deux branches du peuple, unifiées après 536, reformèrent la nouvelle Alamannie franque.

En suivant les Alamans dans leurs pérégrinations, nous sommes arrivé assez loin de notre point de départ ; il fallait cependant remonter assez haut dans leur histoire, pour fixer l'époque et les conditions de leur arrivée en Suisse. Nous pouvons maintenant revenir aux Burgondes.

Etablis en « Sapaudia » en 443, nous les avons vu s'étendre de là rapidement au nord ; en 487 ils sont à Langres, peut-être, déjà avant cette date. Le pays qui s'étend à l'est du Jura et qui est séparé de la « Sapaudia » par le Léman et le Rhône est libre encore de Barbares ; il est exposé aux invasions des Alamans du côté du Nord, mais il fait encore partie intégrante de l'empire ; il est donc plus que probable que les Burgondes ne se sont pas tenus bien longtemps, de ce côté-là, derrière le Rhône et le lac, et que, comme ailleurs, ils se sont avancés en Séquanaise transjurane, à la fin du Vme siècle, en tant que protecteurs des provinciaux contre le fisc et les Barbares. Ils ont occupé d'abord le Valais, puis la partie occidentale de la Suisse actuelle ; les Alamans n'ayant pas encore franchi en masse le Rhin, il ne faut plus considérer cette avance burgonde vers le nord-est, comme une conquête sur les vaincus de Clovis, ou comme une résistance à leur occupation [1], mais

Planta, *Das alte Rætien*, p. 237, jusqu'au Rhin et au Danube, sur un pays déjà occupé par les Alamans.

[1] Jahn, *Gesch. der Burg.*, I, p. 501-522 ; Wurstemberger, *Gesch. der alten Landschaft Bern*, I, p. 207-208 ; Binding, *Gesch. des burg. rom. Königr.*, p. 103-108 ; Roget de Belloguet, *Questions bourguignonnes*, p. 184-191.

comme un établissement progressif et normal dans une
province encore romaine.

Un dernier document nous renseignera sur ce point et
nous permettra d'établir les limites des Burgondes et des
Alamans au commencement du VIme siècle. En 517 le roi
Sigismond réunit à Epaone un concile des évêques de son
royaume ; les souscriptions des évêques présents aux
délibérations du synode ont, d'après une règle constante,
servi de base à la description du royaume de Burgondie.
Parmi ces souscriptions nous relevons celle de Claude,
évêque de Besançon, de Constantius, évêque d'Octodure,
de Maxime, évêque de Genève, de Bubulcus, évêque de
Windisch [1].

La présence de l'évêque de Windisch, Bubulcus au
concile d'Epaone, faisait naturellement conclure que cette
ville était comprise dans les limites du royaume burgonde.
Aussi bien Binding [2] a-t-il étendu ses frontières à l'est jusqu'à la Reuss, tandis que Jahn [3] pensait que Bubulcus,
évêque isolé dans un pays sans organisation ecclésiastique,
s'était rattaché au synode voisin des évêques du royaume
de Sigismond. On admettait alors que l'évêque de Windisch était le prédécesseur de celui de Constance, et qu'un
transfert du siège épiscopal d'une ville dans l'autre avait
eu lieu dans le courant du VIme siècle.

La souscription de Bubulcus au bas des actes du concile
d'Epaone est devenu la preuve certaine de l'extension des
Burgondes jusqu'à la Reuss, depuis que M. l'abbé Besson
a exposé, en la développant, une théorie de Mgr. Duchesne
relative aux résidences successives de l'évêque de la cité

---

[1] *Concilia Aevi Merovingici,* éd. Maassen, *Mon. Germ., Legum sectio
III, Concilia,* T. I, p. 29-36 : « Claudius in Christi nomine episcopus
civitatis. Visensionensis religi et subscripsi.

Constantius in Christi nomine episcopus civitatis Octodorensis relegi
et subscripsi.

Maxemus in Christi nomine episcopus civitatis Genuensis relegi et
subscripsi. »

[2] *Gesch. des burg. rom. Königr.,* I, p. 107. De même, Meyer von
Knonau, *Alam. Denkmäler,* p. 96.

[3] *Gesch. der Burg.,* II, p. 367.

des Helvètes [1]. Identifiant, avec raison, le Gramatius évêque d'Avenches du concile de Clermont (535), avec le Grammatius évêque de Windisch des conciles d'Orléans (541 et 549), M. Besson a établi que le siège de l'évêché avait été transféré de Windisch à Avenches après 549. En 517, le chef-lieu du diocèse qui correspond à la cité romaine d'Avenches ou des Helvètes, est Windisch ; c'est là que réside l'évêque ; plus tard le siège n'a pas été transféré en dehors des limites de la cité, à Constance, mais à Avenches, puis à Lausanne ; la règle générale d'un évêque par cité est ainsi respectée, tandis que rien ne justifiait cette anomalie de deux sièges épiscopaux simultanés, à Avenches et à Windisch.

Bubulcus qui réside à Windisch en 517 est donc l'évêque de la cité des Helvètes : sa présence au concile d'Epaone indique, sans aucun doute, qu'alors tout le pays qui forme cette ancienne cité romaine est occupé par les Burgondes, au moins jusqu'à la Reuss à l'est [2].

Sur les bords du Rhin les Burgondes ont dû se heurter aux Alamans encore indépendants ; il ne semble pas qu'ils aient jamais occupé Bâle, mais il est difficile de dire où ils se sont alors arrêtés soit au nord, soit au nord-est.

---

[1] Les recherches de M. Besson ont d'abord été exposées dans l'*Anz. f. schw. Geschichte*, 1905, n° 1 et 3 ; elles ont été discutées par M. Maxime Reymond, *Revue historique vaudoise*, 1904, p. 380-381 et *Anz. f. schw. Gesch.*, 1905, n° 2. Le livre de M. Besson, *Recherches sur les origines des évêchés de Genève, Lausanne, Sion*, a définitivement établi sa théorie, p. 140-146. Cf. pour la bibliographie détaillée.

[2] L'existence même d'un évêque à Windisch au commencement du VIme siècle s'explique mal si l'on attribue la Suisse dès 407 aux envahisseurs Alamans. Au contraire rien d'étonnant à ce qu'il ait été maintenu dans cette ville, si la province passe des Romains aux Burgondes chrétiens. D'autre part nous croyons pouvoir donner une bonne raison au transfert du siège épiscopal de Windisch à Avenches. Les Alamans entrés en Suisse peu après 500 avancent durant tout le VIme siècle vers le Sud-Ouest jusqu'à l'Aar et même au-delà ; ils se substituent aux Burgondes probablement établis en petit nombre dans le pays. Windisch est alors toujours plus détachée de la Burgondie et devient une ville alamannique, ce qui nécessite le transfert à Avenches (549-561). L'Alamannie évangélisée au VIIme siècle, on crée alors l'évêché de Constance, ou mieux, s'il existait déjà, on lui assigne une circonscription ecclésiastique plus étendue à l'ouest. V. plus loin Ch. IV, § 2.

Au contraire, en 535, au moment où les Francs mettent fin au premier royaume de Burgondie, il nous sera plus facile, en réunissant toutes les indications que nous avons étudiées, d'établir approximativement la limite des Alamans et des Burgondes en Suisse. Nous ne nous proposons pas de fixer pour cette époque une frontière ethnique ; ce travail n'est guère possible pour un temps aussi lointain et aussi mal connu, et qui n'est pas le terme des modifications apportées par les émigrations à la population suisse ; il ne suffirait pas du reste pour le tenter d'avoir recours aux seuls documents écrits ; il faudrait avoir recours à d'autres disciplines que l'histoire, telles l'anthropologie, la linguistique, la toponymie [1], l'étude des tombes germaniques et de leur mobilier, celles des sources du droit ; et les conclusions que l'on pourrait tirer d'une recherche basée sur de telles méthodes, encore en formation, ne pourraient être que très approximatives. Il nous suffira de constater que les quelques résultats atteints, dans ces nouveaux domaines, ne s'opposent en rien aux conclusions auxquelles nous sommes arrivés.

Le cours moyen et supérieur de l'Aar limite orientale du diocèse de Lausanne, est la ligne frontière, généralement acceptée, entre Alamans et Burgondes [2]. C'est bien

[1] Pour les noms de lieux les textes relatifs à la Suisse ne nous donnent presque rien aux VIme et VIIme siècle. Des vocables comme Allaman (près Rolle canton de Vaud), Allamands (à Rougemont ibid.), Allamands (près Chamosson Valais), désignent des propriétés d'Alamans. Cf. Jaccard, *Essai de Toponymie, M. D. S. R.* VII, *Introd.*, et p. 6. Ils ne peuvent indiquer une occupation complète du pays par les Alamans. Il s'agit là d'établissements locaux de date incertaine. Si tout le pays avait été alamannique, on n'aurait pas eu l'idée de distinguer ces fermes ou ces villages par cette appellation ethnique.

[2] V. la bibliographie dans Jahn, *op. cit.*, II, p. 309 et s.; Roget de Belloguet, *Carte du premier royaume de Bourgogne*, dans *Mém. de l'Acad. de Dijon*, 1847-1848, p. 350-421 : l'Alamannie s'étendrait au sud de l'Aar jusqu'à la frontière des langues, mais l'auteur se base sur des documents postérieurs ; Wurstemberg, *Alt. Landsch. Bern*, I, p. 205 à 212 : les Burgondes ont pris aux Alamans la Suisse jusqu'à la Reuss sans s'y établir ; la limite ethnique est celle des langues ; Gingins la Sarraz, dans *Memorie delle Scienze di Torino*, T. XL, 1837 (carte) : l'établissement des Burgondes s'arrête à l'Aar et au Jura, mais leur domination s'étend

jusqu'à ce fleuve, qu'au IXme siècle, Walafrid Strabon
étend l'établissement des Alamans [1] et c'est bien là, à l'époque carolingienne, le terme de la Burgondie.

Mais rien ne prouve que cette frontière était déjà nettement marquée au VIme siècle. On reconnaît, à de multiples
indices les traces d'établissements burgondes sur l'Aar et
sur sa rive droite ; ainsi dans l'Oberland bernois, sur les
bords du lac de Thoune [2], dans le Jura bernois, dans le
Porrentruy et les hautes vallées de Laufon et de Moutiers [3],
dans le centre bernois, sur la rive droite de l'Aar [4]. L'influence de la loi Gombette en matière successorale se
retrouve dans les droits coutumiers de l'Argovie et jusque
sur les bords de la Limath [5].

Ces rapprochements ne prouvent pas à eux seuls l'extension des Burgondes à l'est ; mais ils ne nous empêchent
pas d'admettre qu'ils ont franchi l'Aar au VIme siècle.

Un fait plus sûr est la germanisation d'un pays autrefois
romano-burgonde, la région comprise entre l'Aar et la
limite actuelle des langues [6] ; les Alamans depuis le mo-

---

jusqu'à Bâle, Windisch et la Reuss ; Cramer, op. cit., p. 205 donne
l'Aar comme frontière au VIIIme siècle d'après Walafrid.

[1] Vita S. Galli, Prologus, éd. Krusch, M. G. SS. rer. Mer., IV,
p. 282 : « Mixti Alamannis Suevi partem Rætiæ inter Alpes et Histrum
partemque Galliæ circa Ararim obsederunt. »

[2] Jahn, Gesch. der Burg., II, p. 402-410 : sépultures à Spiez, influences
burgondes sur le dialecte et les usages du pays.

[3] Quiquerez a fouillé de nombreuses tombes dans les villages de la
contrée ; il les attribue aux Burgondes ; si les critères sûrs manquent, on
relèvera pourtant en faveur d'une occupation burgonde du Jura, frontière
des langues, le fait que plusieurs sépultures germaniques ont été retrouvées dans d'anciennes « villæ » romaines, la nouvelle population se maintenant ainsi dans les habitations des provinciaux romains. V. Quiquerez,
dans Anz. f. schw. Alterthumskunde, 1877, pp. 754-755, 769 ; 1879, p. 895 ;
1880, p. 22 ; 1881, p. 194 ; cf. 1882, p. 296 (L. Grangier).

[4] Jahn, op. cit., II, p. 413, n. 2 : découvertes funéraires dans le canton de Berne.

[5] Welti, dans Argovia, IV, 1864-1865, pp. 212-217, 224-225, 229-230 ;
Jahn, Gesch. der Burg., II, p. 375, explique cette influence par la persistance de la loi Gombete jusqu'au XIme siècle.

[6] C'est une erreur, aujourd'hui abandonnée, que de considérer la
limite actuelle des langues comme la frontière des Burgondes et des
Alamans au VIme siècle ; l'Aar est, au IXme siècle encore, la frontière de

ment de leur entrée en Suisse ont avancé toujours plus leur colonisation vers le sud-ouest ; ils peuplent le plateau suisse et les premières vallées des Alpes et du Jura septentrional, où les Burgondes ne se sont que faiblement établis ; entre la Reuss et la limite actuelle des langues, les deux races germaniques se sont mélangées dans des proportions inconnues, mais sans doute à l'avantage des Alamans qui amènent avec eux leur langue et leurs usages.

Au milieu du VIme siècle les Alamans ne sont pas encore arrivés si loin ; nous ne savons pas exactement où ils s'arrêtent. C'est donc une frontière politique que nous établissons entre le royaume de Burgondie et l'Alamannie ostrogothique, en admettant que la Burgondie, elle aussi, dans sa partie orientale, est peuplée en grande partie d'Alamans. Nous prendrons comme base, les limites des anciens diocèses pour autant qu'elles correspondent à celles des anciennes cités romaines ; nous n'arriverons ainsi qu'à un résultat théorique, car les anciennes circonscriptions territoriales n'ont pas été nécessairement respectées, dans tous leurs détails limitrophes, par les nouveaux occupants.

Le royaume de Burgondie comprend en Suisse les cités de Genève et du Valais [1] ; les Alpes séparent la cité dont le chef-lieu est encore à Octodure (Martigny), de l'Italie dans laquelle se trouve le Grand Saint-Bernard [2] ; la cité des Helvètes est burgonde jusqu'à la Reuss [3] ; dans les Alpes la frontière est peu définie, les Burgondes n'ayant guère pénétré dans la montagne au delà du lac de Thoune, et les Alamans ne colonisant les hautes vallées que postérieurement [4].

l'Alamannie ; sa rive gauche ne se germanise que plus tard. V. plus loin IIme Partie et cf. Jahn, *op. cit.*, II, p. 601 et p. 414-416.

[1] V. ci-dessus les souscriptions des évèques au concile d'Epaone.

[2] « Summo Pennino », *Raven. Cosm.*, IV, 26, éd. Pinder et Parthey, p. 257 ; cf. Binding, *Gesch. des burg.-rom. Königr.*, I, p. 306.

[3] Le Rhin est tout entier aux Alamans.

[4] Meyer v. Knonau, *Alam. Denkmäler*, p. 96 et s., suit la Reuss et puis la petite Emme jusqu'aux Alpes ; de là il redescend dans la vallée du Rhône supérieur.

La cité de Bâle ne dût jamais appartenir au royaume burgonde; le Géographe de Ravenne cite Bâle parmi les localités alamanniques et nous pensons qu'elle subit le sort de l'Alsace, occupée à la fin du Vme siècle par les Alamans; au VIIme siècle, en effet, son territoire fait partie du duché mérovingien d'Alsace [1], distinct alors de l'Alamannie proprement dite, et dès le VIme siècle en rapports étroits avec le royaume franc d'Austrasie [2]; en 535 elle est ainsi déjà soumise aux Francs.

Pour les VIIme et VIIIme siècles, il nous sera possible de délimiter, dans le Jura, le duché mérovingien d'Alsace et la Burgondie franque [3]. Mais en 535 il nous est très difficile de dire jusqu'où les Burgondes sont allés; ils durent occuper le bassin supérieur de la Birse (Val de Delémont) pays de langue française; au VIIme siècle les ducs d'Alsace étendent leur autorité au sud, jusque sur le Sorngau, vallée de la Sorne affluent de la Birse [4], sans que pour cela on puisse conclure à une pénétration si lointaine des Alamans. A l'est l'ancienne Rauracie romaine dont est issue la cité de Bâle s'arrêtait au Jura; le diocèse de Bâle acquit au XIIme siècle, sur celui de Lausanne, la contrée qui forma le chapitre rural du Buchsgau [5]. A l'ouest elle ne comprenait que les bassins de la Birse et de l'Ill. L'Ajoie, pays de Porrentruy et de Delle, Saint-Ursanne, la partie occidentale des Franches Montagnes autour de Tramelan appartenaient primitivement à la cité et au diocèse de Besançon [6] et faisaient ainsi partie du royaume de Sigismond.

---

[1] Trouillat, *Monuments de l'histoire de l'ancien évêché de Bâle*, I, p. 48.

[2] Cf. Grég. Tur., *Hist. Franc.* IX, 36, X, 18-19; v. plus loin IIme Partie, Ch. II, *Le duché d'Alsace*.

[3] V. plus loin *loc. cit.*

[4] *Vita S. Germani Grandivallensis*, éd. Trouillat, I, p. 53.

[5] Trouillat, *Monuments, Introd.*, LXVII.

[6] Cf. *ibid.*, LXVI à LXXIII et LXXXIX, pour le détail des frontières et des modifications diocésaines aux XIIme, XIIIme, XIVme et XVIIIme siècles. V. IIe partie, Ch. II, *loc. cit.*

CHAPITRE II

Extension de la domination franque sur la Suisse.

*§ 1. — Conquête et partage du royaume burgonde
par les fils de Clovis (534).*

Après avoir décrit l'étendue du royaume de Burgondie
en Suisse au VIme siècle, il nous faut maintenant fixer la
date à laquelle ce pays fut conquis par les rois mérovingiens, et étudier en quelle mesure, le partage qu'ils firent
du nouvel état, intéresse les cités helvétiques qui recon-
naissaient l'hégémonie des derniers rois, fils de Gondebaud, Sigismond et Godomar.

Continuant l'œuvre de leur père, les fils de Clovis mettent tous leurs efforts à achever la conquête de la Gaule ;
le royaume burgonde fut le premier à disparaître pour être
ajouté aux pays sur lesquels ils règnent ; Clovis, par son
expédition de 500, leur avait montré le moyen de s'immis-
cer en Burgondie, à la faveur des querelles domestiques
de ses rois ; Sigismond, qui succède en 516 à son père
Gondebaud, leur rendit la conquête facile ; par son ortho-
doxie il mécontente les Burgondes ariens ; par le meurtre
de son fils Ségeric, il s'aliène son ancien beau-père Théodoric, le puissant roi ostrogoth d'Italie [1].

---

[1] Lavisse, *Hist. de France,* T. II, livre II, ch. Ier : *Les fils de Clovis,*
par M. C. Pfister. Cf. p. 121 à 123.

Les Mérovingiens recommencent alors la guerre et après plusieurs expéditions où la victoire ne leur fut pas toujours favorable, ils mettent fin à la dynastie de ces rois autrefois puissants et dont leur mère, Clotilde, était fille.

La première expédition à laquelle prennent part, en 523, Clodomir le roi d'Orléans, Childebert le roi de Paris et Clotaire le roi de Soissons ne fut suivie d'aucune acquisition de nouveaux territoires. Pourtant les troupes franques pénétrèrent bien avant dans la Burgondie, puisque Sigismond, vaincu avec son frère Godomar, et qui s'était réfugié au monastère d'Agaune (Saint-Maurice en Valais). fut fait prisonnier par Clodomir avec sa femme et ses enfants. Cependant les rois francs se retirent après leur victoire; Godomar, rassemblant les forces qui lui restaient, réunit les Burgondes autour de lui et récupère son royaume [1].

Pour les rois francs l'unique résultat de la campagne fut la capture de Sigismond; Godomar lui succède aussitôt; en 524 il reste à la tête de son peuple, puissant et redoutable [2].

En 524 Clodomir se dispose à marcher contre lui; malgré les conseils de pitié de saint Avit, abbé de Saint-Mesmin, il jette dans un puits Sigismond et sa famille, qu'il tenait sous bonne garde dans le territoire de la cité d'Orléans [3]; puis ayant supprimé cet ennemi peu redoutable et qu'il craignait pourtant de laisser derrière son dos, il se met en route, en appelant à son aide son frère aîné, Thierry, roi d'Austrasie ; celui-ci avait épousé la fille de Sigismond,

---

[1] Grég. Tur., *Hist. Franc.*, III, 6, éd. Arndt, p. 112 et 113 : « Discedentibusque his regibus, Godomarus resumptis viribus, Burgundionis colligit regnumque recipit. »

[2] Mar. Av., *Chron.*, an. 523, éd. Mommsen, *Chr. Minora*, II, p. 235 : « Maximo Ind. I : Hoc consuli Sigismundus Rex Burgundionum a Burgundionibus Francis traditus est et in Francia in habitu monachali perductus.» An. 524. « Justino et Opilione Ind. II : His conss. Godemarus frater Sigismundi rex Burgundionum ordinatus est. » Ce facile succès des rois mérovingiens s'explique ainsi par une défection des Burgondes.

[3] Pour le lieu de ce supplice v. Longnon, *Géogr.*, p. 346.

Suavegotta ; sans songer à venger son beau-père il répondit à son appel et joignit son armée à la sienne [1].

La bataille et ses conséquences nous sont connues par trois récits du VIme siècle, qui ne nous font pas des faits un rapport très concordant. Il importe donc de les examiner successivement, de contrôler la valeur de leurs témoignages et d'en tirer les conclusions historiques les plus satisfaisantes.

Grégoire de Tours rapporte cette bataille comme une victoire des Francs et la fait suivre d'une conquête, il est vrai passagère, de la Burgondie : Thierry et Clodomir opèrent leur jonction près de Vézéronce, dans le diocèse de Vienne [2] ; c'est là qu'ils rencontrent l'armée du roi Godomar ; les Burgondes fuient ; Clodomir trop ardent à les poursuivre se sépare de ses compagnons ; ses ennemis l'entraînent, en imitant le cri de guerre des Francs, jusqu'à ce qu'il se trouve cerné au milieu d'eux ; alors on le tue, sa tête coupée est élevée au-dessus d'une pique ; à cette vue les Francs furieux se reforment, mettent en fuite Godomar et s'emparent de son pays. Clotaire épouse la veuve de son frère ; Godomar recouvre son royaume [3].

---

[1] Grég. Tur. *Hist. Franc.*, III, 6, éd. Arndt, *loc. cit.*

[2] Département de l'Isère, arrond. de la Tour du Pin, canton de Morestel. V. Longnon, *Géogr.*, p. 426.

[3] Grég. Tur., *Hist. Franc.*. III, 6, éd. Arndt, p. 114 : « Quod Franci cernentes atque cognuscentes Chlodomerem interfectum, reparatis viribus Godomarum fugant, Burgundionis oppræmunt patriamque in suam redigunt potestatem... Godomarus iterun regnum recepit. » Le texte de Grégoire, en parlant de Thierry, dit « Ille autem injuriam soceri sui vindecare nolens. » Quatre manuscrits dont l'un le *Casinensis* 275 du XIme ou XIIme siècle est sans doute copié sur un manuscrit mérovingien (éd. Arndt, *Procœmium*), portent : « vindicare volens ». La suite de la phrase est alors incompréhensible. Le compilateur A de la chronique dite de Frédégaire, résumant dans son livre III l'histoire de Grégoire, dut avoir sous les yeux un manuscrit de la même classe ; il expliqua la contradiction en inventant les détails suivants : « Chlodomerus capite truncatur, deceptus ab auxiliis Theuderici qui filiam Sigismondi habebat uxorem. » *(Chron. Fredeg. A*. III, 35, éd. Krusch, p. 104). Son récit passa dans beaucoup de chroniqueurs du moyen âge et des temps modernes. Cf. Jahn, *Gesch. der Burg.*, II, p. 151.

Si le récit de Grégoire de Tours était le seul texte ancien où il soit fait mention de la bataille de Vézéronce,
nul doute que son témoignage aurait été accepté sans
aucune hésitation. Mais comme nous avons conservé deux
autres récits très différents de cet événement important de
l'histoire burgonde, le contrôle nous est possible et nous
oblige à rechercher, tout d'abord, si la narration de l'évêque de Tours ne renferme pas des contradictions et des
incohérences qui nous empêcheront de le préférer, sans
réserves à tout autre témoignage.

Ces contradictions et ces incohérences n'ont pas échappé
aux investigations critiques des historiens. Pourtant on
peut tenir pour certain que les renseignements donnés
par Grégoire sont généralement bons ; il a sans doute
entendu sur la conquête des récits de témoins oculaires,
peut-être entre autres ceux de son oncle saint Nizier,
l'évêque de Lyon [1] ; au moment où il écrit, une cinquan-
taine d'années le séparait de l'événement lui-même, sur
lequel il a recueilli une tradition orale certainement hostile aux Burgondes ariens ; il ne serait donc pas étonnant
de trouver chez lui une tendance favorable aux Francs,
exagérant leurs succès pour dissimuler leurs défaites [2].

Or le récit de Grégoire relatif à la bataille de Vézéronce
est déjà littérairement mal composé [3] ; l'incohérence de sa
forme ne peut être séparée du fonds même de son témoignage et suggère des remarques dubitatives qui ont pré-
cédemment été relevées ailleurs [4].

---

[1] G. Monod, *Etudes critiques sur les sources de l'histoire mérovingienne, Bibl. Ec. Hautes Etudes*, VIII, p. 102-103.

[2] Sur la partialité de Grégoire en faveur des Francs, voir Dahn,
Urgeschichte, III, p. 74 ; Monod, *op. cit.*, p. 121-122. Grégoire tient surtout à montrer la victoire des véritables croyants, secourus par Dieu, sur
les Ariens. Ainsi dans la préface du livre III (éd. Arndt, p. 109) il dit :
« Probavit hoc Godegiseli Gundobadi atque Godomari interitus qui et
patriam simul et animas perdiderint. » Il oublie que le sort de Gondebaud
n'a rien eu d'analogue avec ceux de Godegisèle et de Godomar.

[3] Longnon, *Géographie*, p. 425, n. 1,

[4] Binding, *Gesch. des burg. rom. Königr.*, p. 258, n. 891 ; A. Caillemer,
Episodes de l'hist. des Burgondes, dans *Bulletin de l'Académie delphinale*,
Série III, T. 10.

Les Burgondes fuient ; Clodomir s'égare parmi eux et
est tué ; les Burgondes à ce moment ne fuient plus ; ils
élèvent la tête du roi au bout d'une pique ; à cette vue le
courage, sans doute chancelant, des Francs se ranime ; ils
ont besoin de se reformer pour vaincre à nouveau les Burgondes ; à cet égard le « reparatis viribus » comme le
« resumptis viribus » que Grégoire emploie quelques lignes
plus haut en parlant de Godomar, indique sûrement que
l'armée mérovingienne a commencé par plier, par se
débander ; ce n'est que dans un suprême élan qu'elle vient
à bout de ces adversaires, pourtant peu redoutables, puisque depuis le commencement de la rencontre ils ne ces-
saient de se retirer et de fuir. La mort de Clodomir indique donc bien une première phase de la bataille où, malgré
les termes ambigus de l'historien, on peut reconnaître un
échec des Francs.

La suite du récit n'est pas beaucoup plus claire ; les
Burgondes sont vaincus, leur pays conquis, puis sans
aucune transition, Grégoire raconte comment Clotaire
épouse la veuve de Clodomir, et comment les enfants
du roi défunt sont remis à la garde de leur grand'mère
Clotilde : il ajoute enfin : « Godomar recouvra son
royaume ». La victoire de Thierry semble donc avoir été
de bien peu d'importance ; Godomar règne encore huit
ans ; il se maintient si longtemps, après avoir perdu momentanément tout son royaume. La critique interne du
récit de Grégoire fait ainsi naître une série de doutes sur
l'exactitude de son témoignage, et l'on se demande si c'est
vraiment une victoire qu'il faut relater dans les annales
du royaume franc, à la date de 524.

Aussi bien ne faut-il pas s'en tenir à cette attitude simplement sceptique. A la critique interne succède la critique externe qui nous est permise par l'existence de deux
autres récits contemporains et d'origines nettement distinctes.

La chronique de Marius, évêque d'Avenches, écrite en
Burgondie presque en même temps que l'*Historia Francorum* est assez brève sur la bataille de Vézéronce ; à
l'année 524 elle rapporte la bataille où Clodomir est tué,

sans dire un mot d'une victoire ou d'une conquête franque [1].

Nous irons demander plus de détails à un historien byzantin, le continuateur de Procope, Agathias de Myrine, qui commence à écrire un peu après 565 [2] ; il parle souvent de l'Occident germanique dans son histoire et, quoique spectateur éloigné, il nous conserve de ce qui s'y passe un récit qui supporte aisément la comparaison avec celui de Grégoire [3]. Au sujet de la bataille de Vézéronce la comparaison est particulièrement instructive.

Agathias n'a rien de bien glorieux à attribuer à cette occasion aux Francs ; Clodomir est tué ; à la vue de sa tête tranchée, les Francs sont frappés de crainte et de désespoir et ne veulent plus combattre ; la guerre se termine au gré et aux conditions des vainqueurs, les Burgondes ; ce qui reste de l'armée franque regagne sa patrie [4]. Ce

[1] Mar. Av., *Chron.*, an. 524, éd. Mommsen, *Chr. Min.*, II, p. 235 : « Justino et Opilione Ind. II : Eo anno (Godemarus) contra Chlodomerem regem Francorum Visecroncia prœliavit ibique interfecto Chlodomere. »

[2] Molinier, *Sources*, I, p. 83.

[3] Cf. Schubert, *Unterwerfung*, p. 93 à 125. Agathias s'occupe des Mérovingiens depuis Clovis jusqu'à Théodebald et Clotaire Ier, soit jusqu'à l'année 558 ; en le comparant avec l'*Historia Francorum* de Grégoire, on peut trouver dans ses récits trois erreurs de détail, qui ont trait à la postérité de Clodomir, aux quatre fils de Clotaire Ier, au genre de mort de Théodebert ; là Agathias a erré tandis que Grégoire est exact et bien renseigné ; autre part la concordance avec l'*Historia*, de même qu'avec la Chronique de Marius est constante et complète ; dans deux cas cependant, celui qui nous occupe et la lutte pour l'héritage de Théodebert, l'accord cesse, mais M. Schubert incline, alors, à préférer Agathias à Grégoire ; son exposition plus pauvre de détails saisit mieux les causes et l'ensemble des faits. Ses renseignements lui auraient été fournis par un Franc probablement austrasien ; en 566 Sigebert envoie une ambassade à Justinien. M. Schubert émet une hypothèse séduisante : un membre de cette ambassade peut-être Firminus comte d'Auxerre, aurait été la source de l'information d'Agathias sur les choses franques, comme de celle de Grégoire sur les choses byzantines.

[4] Agathias, *Hist.*, I, 4, éd. Niebuhr, p. 20 :

Τότε δὴ οὖν τοῦ Χλωθομήρου τὴν κεφαλὴν οἱ Βουργουζίωνες ἀποτεμόντες, καὶ τοῖς ἀμφ' αὐτὸν στρατεύμασιν ἀναδείξαντες, ψοφοδεεῖς αὐτίκα πεποίηνται ἅπαντας καὶ δυσέλπιδας, καὶ κατεάγη αὐτοῖς ἀγεννῶς τὰ φρονήματα, κατεπτηχότες τε ἦσαν, καὶ οἷοι οὐκ ἔτι ἐθέλειν ἀναμαχέσασθαι. καὶ δὴ τοῖς μὲν νενικηκόσι, ἥπερ ἄριστα αὐτοῖς ἔχειν ἐδόκει, καὶ ἐφ' αἷς ᾤοντο χρῆναι συνθήκαις, ὁ πόλεμος διελέλυτο. τοῦ δὲ Φραγγικοῦ ὁμίλου ὅ, τι ἐσέσωστο, ἄσμενοι ἐς τὰ σφέτερα ἐπανήεσαν.

n'est pas une victoire des Francs, encore moins une conquête que cette rencontre de Vézéronce aux yeux de l'historien byzantin ; les Burgondes sont les vainqueurs ; un
traité dont le détail nous est inconnu termine la guerre,
et, loin d'occuper le moindre territoire, l'armée franque est
trop heureuse de regagner sa patrie sans plus combattre.

En admettant cette version nouvelle on s'explique aisément la suite des faits et les incohérences de Grégoire ;
Godomar est victorieux ; dès lors on comprend qu'il se
soit maintenu huit ans encore dans son royaume ; le récit
de Grégoire est obscur parce que la tradition orale qu'il a
consignée dans son histoire, a de la peine à masquer sous
les euphémismes qu'elle suggère au chroniqueur, un
grave échec des fils de Clovis.

Notre conclusion sera donc en faveur du récit d'Agathias contre celui de Grégoire ; la bataille de Vézéronce,
en 524, n'est pas une victoire des Francs ; elle n'est pas
suivie d'une conquête du pays ; les Burgondes ont résisté
à cette nouvelle agression d'une manière telle, que huit
ans encore, leur roi a pu se maintenir indépendant. Quant
au traité qu'Agathias mentionne, les termes vagues dont
il se sert ne permettent pas d'en savoir plus long sur son
contenu [1]. D'ailleurs une défaite de Godomar suivie immédiatement d'une réoccupation de tout son patrimoine est
inadmissible ; en 523, Grégoire et Marius ne disent pas que
les rois francs aient gardé quoi que ce soit de la Burgondie ; ils se retirent et Godomar se maintient ; en 524, il y
aurait eu conquête, et Godomar se maintiendrait toujours
sans lutte, sans révolte ni nouveaux combats, ce qui serait
inexplicable [2].

---

[1] Binding, *Gesch. des burg. rom. Königr.*, p. 259 et Caillemer. *op. cit.*,
supposent que Thierry se serait engagé à ne plus porter les armes contre
la Burgondie, ce qui expliquerait son abstention de l'expédition suivante.

[2] C'est ainsi que Jahn, *Gesch. der Burg.*, II, p. 152 et s., explique le
récit de Grégoire de Tours qu'il préfère à Agathias, trop lointain pour
être bien informé ; il essaie en vain de fortifier le témoignage de l'auteur
de l'*Historia Francorum*, en invoquant l'accord de chroniqueurs postérieurs et qui dérivent tous, originairement, de Grégoire comme les *Gesta
Francorum*, Sigebert de Gembloux, Hermann de Reichenau etc... Pour
Drapeyron, *De Burgundiæ Historia*, p. 43, Godomar aidé par les Goths

La victoire étant restée aux Burgondes, une conquête partielle de leur pays n'est pas plus acceptable qu'une conquête passagère, et l'hypothèse de M. Longnon doit être repoussée, qui, pour expliquer l'inégalité apparente du partage du royaume conquis sur Godomar en 534, suppose que Thierry garda en 524 les cités de Langres, Besançon, Avenches, Constance (c'est-à-dire Windisch-Avenches) et le Valais [1]. La Suisse burgonde à l'exception de Genève aurait dans ce cas fait partie du royaume austrasien depuis 524. Mais, outre que cette première attribution de cités burgondes au roi survivant de Vézéronce est par elle-même impossible, le silence des textes la rendrait, si nous ne savions rien sur l'issue de la bataille, déjà difficilement acceptable. Marius d'Avenches, bien placé cependant pour savoir en quelle année son diocèse passa sous l'autorité des Mérovingiens, ne place qu'en 534 la fuite de Godomar et le partage de la Burgondie ; d'autre part aucun évêque des cités susdites n'a souscrit aux décisions du concile réuni en 533 à Orléans ; enfin l'histoire des aventures d'Attale, neveu de l'évêque de Langres, racontée par Grégoire de Tours [2] ne peut prouver qu'avant 534 la cité de Langres eut cessé de faire partie du royaume de Godomar [3]. Attale se trouvait être parmi les otages échangés à la suite d'un traité conclu entre Thierry et Childebert, et réduits en servitude à la suite d'une nouvelle rupture entre les deux frères. Attale devint l'esclave d'un barbare de la cité de Trèves ; Trèves faisant partie du royaume d'Austrasie, le neveu de l'évêque de Langres, Grégoire, est donc un otage remis par Childebert ; après une année de durs travaux serviles il parvient à s'échapper

---

aurait recouvré son royaume. Gaupp, *German. Ansiedlungen*, p. 295-296, Bornhak, *Gesch. der Franken*, p. 261, acceptent intégralement le récit de Grégoire de Tours ; au contraire Sécretan, dans *M. D. S. R.*, XXIV, p. 95, Derichsweiler, *Gesch. der Burg.*, p. 95 et 176 et surtout Dahn, *Urgeschichte*, III, p. 74, concluent à un échec des Francs.

[1] Longnon, *Géogr.*, p. 77 et ss. ; Bornhak, *op. cit.*, p. 261, suppose que Vienne fut alors occupée par les Francs.

[2] *Hist. Franc.*, III, 15, éd. Arndt, p. 122-125.

[3] Longnon, *Géogr.*, p. 80 et p. 105.

grâce au dévouement d'un esclave de son oncle ; tous deux après mille dangers se réfugient à Reims, puis reviennent auprès de l'évêque de Langres.

Cette anecdote est racontée par Grégoire bien après le récit de la chute définitive de la Burgondie ; mais comme il ne suit pas un ordre chronologique constant, on peut essayer de lui assigner sa vraie place dans la suite des événements. Thierry, avant de partir pour son expédition de Thuringe, en 531, a très bien pu s'assurer de la paix intérieure par un traité avec son frère ; comme il était en Thuringe, le bruit de sa mort se répandit ; Childebert fait alors pour s'emparer de l'Auvergne, une tentative que le retour imprévu du prétendu mort fait échouer[1] ; ce serait à ce moment, autant que nous pouvons le savoir, que le traité aurait été rompu, du fait de la trahison de Childebert et que les otages auraient été réduits en servitude[2] : Attale devient ainsi esclave en 531 et s'échappe en 532. Cette date très probable ne prouve pourtant rien, quant à la possession de Langres par les Francs avant 534 ; il faudrait en effet pour cela qu'Attale fût de nationalité lingonne, ce qui est improbable ; il faudrait surtout que Langres appartînt à Childebert, ce qui est impossible ; quatre textes sûrs, invoqués par M. Longnon lui-même, prouvent que cette cité faisait partie du royaume de Thierry[3]. Attale, otage de Childebert, ne peut pas, bien que neveu de l'évêque de Langres, être originaire de cette ville et l'histoire de sa captivité ne prouve pas qu'en 531 une partie de la Burgondie, qui aurait compris au moins le pays lingon, ait déjà été conquise par les Francs.

Au contraire, d'autres documents nous apprennent que plusieurs cités du royaume de Godomar passèrent, après

---

[1] *Hist. Franc.*, III, c. 9, éd. Arndt, p. 116-117.

[2] Richter, *Annalen*, p. 49 et n. 1 ; Longnon, *loc. cit.*

[3] Deux passages des vies de Saint Jean de Réomé (par Jonas de Bobbio VIIme siècle) et de St-Valentin (Xme siècle, valeur douteuse), la souscription de l'évêque Grégoire au Concile de Clermont (535) et l'*Hist. Franç.*, III, 35. Voir Longnon, *Géogr.*, p. 101 et p. 105 n. 1, en réponse à Bonnell, *Anfänge*, p. 203 et s., qui voulait conclure de l'histoire d'Attale à la possession de Langres par Childebert.

l'année 523, sous la domination de Théodoric, roi des Ostrogoths. Il n'est pas inutile de mentionner ici cette diminution notable des Etats laissés à ses fils par Gondebaud, afin d'établir une fois encore que les cités de Genève et du Valais ne firent pas partie de cette cession au roi d'Italie ; une ancienne erreur, perpétuée jusqu'à nos jours et reposant sur une confusion de noms, attribue aux Ostrogoths la possession de Genève de 523 à 536 [1].

Une lettre de la collection de Cassiodore, envoyée par Athalaric, successeur de Théodoric, au Sénat de Rome, à la fin de 526, retrace la carrière du général goth Tulum auquel la qualité de patrice vient d'être conférée. Elle raconte qu'entre autres campagnes heureuses, Tulum envoyé en Gaule pour protéger les cités ostrogothiques pendant la guerre franco-burgonde, put acquérir sans coup férir une nouvelle province à la République romaine [2].

Cette intervention du général de Théodoric dans les affaires de Gaule se place certainement après la défaite de Sigismond en 523. L'étude comparative des souscriptions des conciles burgondes d'Epaone en 517, de Lyon en 517-523, des conciles ostrogoths réunis de 524 à 533 par Césaire, archevêque d'Arles, nous permet de délimiter la nouvelle province acquise par Tulum ; de la présence de leurs évêques à ces derniers conciles, nous pouvons conclure que les cités de Saint-Paul-Trois Châteaux, Vaison, Carpentras, Orange, Avignon, Cavaillon, Apt, Gap, Sisteron, Embrun, en ont fait partie [3].

Aux conciles ostrogoths d'Arles (524), d'Orange (529), de Vaison (529), de Marseille (533), on trouve la souscription

---

[1] V. la bibliographie dans Jahn, *op. cit.*, II, p. 183 ; cette occupation ostrogothique. le *Reg. Genev.*, p. 21 n° 60, semble encore l'admettre.

[2] Cassiodore, *Variæ*. VIII, 10, éd. Mommsen, p. 241 : « Mittitur igitur, Franco et Burgundio decertantibus, rursus ad Gallias tuendas, ne quid adversa manus præsumeret, quod noster exercitus impensis laboribus vindicasset. adquisivit reipublicæ Romanæ aliis contendentibus absque ulla fatigatione provinciarum et factum est quietum commodum nostrum, ubi non habuimus bellica contentione periculum. »

[3] *Concilia*, éd. Maassen, p. 34, 58, 60, 61. Cf. Longnon, *Géogr.*, p. 61-62 ; Jahn, *Gesch. der Burg.*, II, p. 147, 182, 252 ; Binding, *Gesch. des burg. rom. Königr.*, p. 267 et s.; Duchesne, *Fastes*, I, 2me édit., p. 136.

d'un évêque du nom de Maxime sans indication de son diocèse [1]. On connaît par les souscriptions des conciles burgondes d'Epaone et de Lyon (517 et 518-523) un Maximus, qui est l'évêque de Genève dont parlent les lettres et les homélies de saint Avit [2]. Il n'en fallait pas plus pour identifier les deux personnages et faire de Genève une cité ostrogothique [3]. Identification illusoire, car Maxime des conciles méridionaux n'est autre que l'évêque d'Aix encore présent au concile franc d'Orléans en 541 [4].

D'autre part, un document épigraphique bien connu et souvent publié prouve, d'une manière irréfutable, qu'après 523, le territoire de la cité de Genève faisait toujours partie du royaume burgonde. C'est l'inscription funéraire découverte en 1835 à Saint Offange près Evian (commune de Lugrin, Haute-Savoie), maintenant au musée de Lausanne ; elle décore la stèle funéraire d'Onovaccus, mort le 23 août 527, à l'âge de 13 ans et 4 mois, en l'année où le roi Godomar racheta les « Brandobrigi » de leur captivité [5].

---

[1] *Concilia*, éd. Maassen, p. 38, 53, 54, 58, 61.

[2] Besson, *Origines*, p. 117 et s.

[3] Gaupp, *Germ. Ansiedl.*, p. 295-296, ajoute comme preuve de l'occupation de Genève par les Goths, la mise hors cours, dans les adjonctions à la loi Gombette, promulguées à Ambérieux, soit par Gondebaud (Jahn, *Gesch. der Burg.*, II, p. 62 et 174 et s.), soit par Godomar (Salis, *Leges Burg.*, p. 119 n. 5), de sous d'or frappés à Genève. Même si cette mesure est attribuable à Godomar, elle ne prouve en rien que Genève est alors aux Goths ; en même temps que les sous genevois, la même monnaie frappée à Valence est proscrite et Valence n'a jamais été acquise par les Goths ; la loi distingue, en outre de ces deux catégories de numéraire, les sous wisigothiques également interdits. *Leg. Burg.*, CLXXI, éd. de Salis, *M. G. Legum.*, *T. II, pars I*, p. 120 : « De monetis solidorum jubemus custodire, ut omne aurum, quodcumque pensaverit, accipiatur, præter quattuor tantum monetas hoc est : Valentiani, Genavensis prioris et Gotici qui a tempore Alarici regis adærati sunt. » Ce sont des sous mal composés ou peut-être frappés à Genève par Godegisèle. Cf. Salis, *ibid.*

[4] *Concilia*, éd. Maassen, p. 99 : « Maximus episcopus ecclesiæ Aquinsis. »

[5] *Anz. f. schweiz. Gesch. u. Alterthumsk.*, 1855, p. 48 ; 1856, p. 5 ; Leblant, *Inscr. chrétiennes*, II, p. 578 n° 683 ; Binding, *Gesch. des burg. rom. Königr.*, I, p. 262, n. 908 ; Longnon, *Géogr.*, p. 82, n. 1 ; Jahn,

Autant qu'on peut le supposer, les « Brandobrigi » peuplade inconnue des bords du Léman, avaient été emmenés en captivité par les Francs, lorsqu'ils poursuivirent Sigismond jusqu'à Agaune en 523, et rachetés par Godomar en 527. En tous cas l'inscription indique bien que c'est Godomar qui est le souverain régnant sur la cité de Genève, et non un roi ostrogoth d'Italie.

Une identification tout aussi erronée a confondu Constantius évêque d'Octodure, qui signe au concile d'Epaone[1], avec un Constantius qui apparaît aux conciles ostrogoths d'Arles (524), Carpentras (527), Orange et Vaison (529)[2]. Ce dernier Constantius étant simplement un évêque de Gap[3], l'occupation du Valais par les Ostrogoths doit être rejetée au même titre que celle de Genève.

Si nous pouvons être certain qu'après la bataille de Vézéronce, aucune partie de la Burgondie ne fut démembrée au profit des Francs, il n'en est pas moins difficile de fixer l'année de la conquête définitive. La dernière

Gesch. der Burg., II, p. 189; Caillemer, *op. cit.*, p. 407. Nous donnons le texte de l'inscription d'après Binding et Longnon :

```
[IN  HOC  TVMV]LO  RE
[QVIESCIT  BONAE]MEM
[OR]IE  ONOVACCVS
[QV]I  VIXIT  ANNS  XIII
ET  MINSIS  IIII
ETRANSIIT  X  KL
SEPTEMBRIS.
MAVVRTIO  VI
RO  CLR  CONSS
BRANDOBRIGI  RE
DIMTIONEM  A
DNMO  CVDOMA
RO  REGE  ACCE
PERVNT
            †
```

[1] *Concilia*, éd. Maassen, p. 30 : « Constantius in Christi nomine episcopus civitatis Octodorensis. » Cf. Besson, *Origines*, p. 41-42.

[2] *Concilia*, éd. Maassen, p. 38, 42, 43, 58. V. la bibliogr. dans Jahn, *op. cit.*, II, p. 326-327.

[3] Déjà présent au Concile d'Épaone. *Concilia*, éd. Maassen, p. 30 : « Constantius in Christi nomine episcopus civitatis Vappincensis relegi et subscripsi. »

campagne des fils de Clovis contre Godomar nous est racontée dans trois sources différentes de l'histoire du
VIme siècle, mais en des termes qui ne concordent pas
entre eux.

L'historien grec, Procope de Césarée, connaît la dernière guerre des Francs contre les Burgondes, comme il
connaît leurs expéditions contre les Thuringiens et les
Wisigoths : Après la mort de Théodoric l'Ostrogoth, en
526, les Francs n'ayant plus de sérieux adversaire à
craindre soumettent la Thuringe ; cette conquête d'outre-
Rhin se place en 531 ; ensuite ils marchèrent contre les
Burgondes, les vainquirent, s'emparèrent de leur roi,
soumirent son peuple et le forcèrent à les suivre dans
leurs guerres postérieures et à leur payer tribut ; plus loin,
Procope raconte le partage de la Gaule du sud entre Ostrogoths et Wisigoths, l'expédition de Childebert en Espagne, enfin la mort d'Amalaric qui survient en 531 [1].

Cette mention de la conquête de la Burgondie, bien
qu'englobée dans le récit d'événements qui datent de 531,
n'est accompagnée par elle-même d'aucune indication
chronologique. De plus Procope est le seul à nous dire
que Godomar fut fait prisonnier ; on peut donc se demander s'il ne réunit pas en une seule guerre, toutes les expéditions dirigées contre les deux fils de Gondebaud, et si
la captivité du roi dont il parle, n'est pas simplement celle
de Sigismond. Quoiqu'il en soit, ce texte intéressant pour
la nature de la soumission des Burgondes aux Francs, ne
nous renseigne ni sur la date de la conquête, ni sur le
partage opéré par les rois victorieux.

Aucune indication chronologique n'accompagne également le récit de Grégoire de Tours ; après l'expédition
de Thuringe, l'*Historia Francorum* passe à la tentative
de Childebert sur l'Auvergne, au retour de Thierry,
et arrive à la guerre de Childebert contre les Wisigoths
d'Espagne, événements qui tous se placent en l'année
532 [2] ; ensuite vient l'entreprise définitive contre la

[1] Procope, *De Bello Gothico*, I, 13, éd. Haury, II, p. 71.
[2] Richter, *Annalen*, p. 470.

Burgondie : Clotaire et Childebert décident de s'emparer de ce pays ; ils demandent à leur frère Thierry de se joindre à eux ; celui-ci refuse et pour calmer ses soldats, furieux de se voir privés de leur part de butin, il les mène piller l'Auvergne. Clotaire et Childebert marchent contre les Burgondes, s'emparent d'Autun, et, Godomar ayant été mis en fuite, occupent la Burgondie toute entière [1].

Grégoire raconte à la suite, sans ordre chronologique marqué, divers événements qui se passent chez les Francs, et termine son troisième livre par la mort de Thierry, survenue en 533-534 [2].

Il semble à première vue que les annales de Marius d'Avenches puissent facilement s'accorder avec l'histoire de Grégoire de Tours, et nous donnent enfin la date désirée. Marius place en effet la conquête de la Burgondie et la fuite de Godomar en 534 ; seulement il ajoute que les rois francs se partagent le pays, et, dans ce partage, Théodebert, fils de Thierry mort en 533-534 et qui n'était pas resté étranger à l'expédition, prend la part qui lui revient [3]. Cette campagne non plus seulement de Clotaire et de Childebert mais aussi de Théodebert, n'est donc pas la même que celle que raconte Grégoire. La prise d'Autun et l'occupation d'une partie de la Burgondie sont antérieures à 534, et ni Thierry, ni Théodebert ne prennent part à cette précédente guerre.

Les souscriptions du concile convoqué sur l'ordre des rois « très glorieux » et tenu dans la ville d'Orléans, le 23 juillet 533, nous apprennent, en effet, qu'un évêque et peut-être même deux, autrefois chefs ecclésiastiques de cités burgondes, se rattachent maintenant au synode des

---

[1] Grég. Tur., *Hist. Franc.*, III, 2, éd. Arndt, p. 118 : « Post hæc Chlotacharius et Childebertus Burgundia petere distinant... Chlotacharius vero et Childebertus in Burgundiam dirigunt, Augustidunumque obsidentes cunctam, fugato Godomaro, Burgundiam occupaverunt. »

[2] Richter, *Annalen*, p. 54.

[3] Mar. Av., *Chron.*, an. 534, éd. Mommsen, p. 255: « Paulino jun. Ind. XII : His conss. reges Francorum Childebertus, Chlotarius et Theudebertus Burgundiam obtinuerunt et fugato Godomaro rege regnum ipsius diviserunt. »

évêques francs. Les évêques, en souscrivant aux « canons » de l'assemblée, n'indiquent pas les noms de leurs diocèses ; mais Agripinus qui figure parmi eux ne peut être autre que l'évêque d'Autun qui assiste, en 538, au troisième concile d'Orléans [1]. La prise d'Autun et l'expédition racontée par Grégoire sont donc antérieures au 23 juillet 533, puisqu'à cette date, la cité n'appartient plus au royaume burgonde. Il semble que seule alors elle ait été occupée par les Francs. Parmi les évêques présents au même concile d'Orléans 533, figure également un évêque du nom de Julianus ; on a généralement reconnu dans ce Julianus l'évêque de Vienne, successeur d'Avitus [2] et qui, selon l'abbé Chevalier, aurait déjà assisté au concile burgonde de Lyon (518-523) [3]. Si cette identification était certaine, il faudrait admettre qu'aussi Vienne et peut-être Lyon, comprise entre les deux cités d'Autun et de Vienne, auraient déjà été perdues pour Godomar. Cependant, si en 533 les fils de Clovis ont vaincu Godomar près d'Autun, ils n'ont pas encore réussi malgré ce que nous en dit Grégoire, à réduire toute la Burgondie. Les Burgondes n'ont pas abandonné toute chance de salut [4] ; ils résistent jusqu'en 534.

En effet, une lettre écrite par Cassiodore au Sénat de Rome, après la mort de Thierry, avant celle d'Athalaric (2 octobre 534), et pendant sa préfecture, qui commence le 1er septembre 533 [5], parle de Godomar comme d'un prince encore indépendant [6]. Cette lettre n'est autre qu'un pané-

---

[1] *Concilia*, éd. Maassen, p. 66. *Concil. Aurelianense*, 23 Juin 533 : « Agripinus episcopus subscripsit. » *Conc. Aurel.*, 538 : « Agrepinus in Christi nomine ecclesiæ Aeduorum episcopus consensi. » Cf. Duchesne, *Fastes*, II, p. 178.

[2] *Concilia*, éd. Maassen, p. 65. *Concil. Aurel.*, 533. *Ibid.*

[3] Duchesne, *Fastes*, II, p. 178.

[4] Longnon, *Géogr.*, p. 79.

[5] Cassiodore, *Variæ*, éd. Mommsen, *Procemium*, p. xxix-xxx.

[6] *Variæ*, XI, 1, *Ibid.*, p. 329 : « ...Tutius tunc defendit regnum (Burgundio) quando arma deposuit. » Binding, *Gesch. des burg. rom. Königr.*, p. 270, n. 928, met en doute l'exactitude chronologique des faits mentionnés dans le panégyrique d'Amalasunthe ; s'il réussit à rejeter l'hypothèse de Derichsweiler suivant laquelle (*Gesch. der Burg.*, p. 96) les Goths auraient

gyrique de la reine Amalasunthe ; elle raconte que Godomar, dans le but de recouvrer ce qui lui avait été enlevé par les Ostrogoths, reconnut leur suzeraineté, en retour d'un agrandissement territorial [1].

Le désaccord de nos meilleures sources pose ainsi un problème assez compliqué : d'une part Grégoire attribue à Clotaire et à Childebert seuls, la soumission entière de la Burgondie, qui aurait résulté de la prise d'Autun, antérieure à juillet 533 ; d'autre part Marius confirmé par le passage cité de la lettre de Cassiodore, ne place la chute définitive du royaume burgonde qu'en 534 et la fait suivre d'un partage, où Théodebert eut aussi sa part.

Ce problème a arrêté presque tous les historiens de l'époque mérovingienne et les solutions les plus diverses en ont été proposées. En général, ils ont établi une distinction très nette entre les deux événements racontés par Grégoire et par Marius [2]; mais dans la difficulté de mettre en accord les deux textes, quelques uns ont supposé deux guerres [3] entre lesquelles une paix aurait été octroyée à Godomar [4]; d'autres ont admis plusieurs années de guerre dont les péripéties nous restent inconnues, et qui se terminent en 534 par la victoire des Francs [5].

On a pensé que Clotaire et Childebert vainqueurs, avaient effectué en 532 un premier partage du pays et qu'en 534, Théodebert, bien que n'ayant pas accompagné ses oncles dans leur expédition, en aurait obtenu quand même le bénéfice [6]. Dans ce cas, Marius n'aurait fait que rapporter le deuxième partage et non une nouvelle guerre [7]. Enfin,

pris une part à la guerre franco-burgonde, il n'a pas ébranlé l'autorité d'un texte aussi sûrement daté et qui s'exprime en termes clairs sur la situation de Godomar.

[1] V. ci-dessus : *note précédente*.

[2] Sauf Caillemer, *Episodes*, p. 416-417, qui, bien qu'hésitant entre les deux évêques, place la conquête à la fin de 532.

[3] Drapeyron, *De Burgundiæ historia*, p. 45-46.

[4] Derichsweiler, *Gesch. der Burg.*, p. 96.

[5] Gaupp, *Germ. Ansiedl.*, p. 295-296; Bornhak, *Gesch. der Franken*, p. 277 et 287; Secretan, dans *M. D. S. R.*, XXIV, p. 95.

[6] Dahn, *Urgeschichte*, III, p. 85; Richter, *Annalen*, p. 52 et 56.

[7] Binding, *Gesch. des burg. rom. Königr.*, p. 169-171 et n. 928.

et ce qui est plus plausible, on a admis que Grégoire ne racontait que divers épisodes d'une guerre déjà commencée vers 532 et qui ne se termine en 534, qu'avec le concours de Théodebert [1].

Il nous semble, malgré tout, qu'il n'y a pas place ici pour tant d'hésitation et que la critique de nos textes nous permet d'arriver à des conclusions qui ne laissent guère de place à tant d'hypothèses. La troisième campagne dirigée par les Francs, contre le petit royaume si longtemps convoité, se place certainement vers 532 ; Childebert est revenu de son expédition d'Espagne (531), Théodoric de celle qu'il a faite en Thuringe (531) ; Grégoire mentionne la prise d'Autun qui date d'avant le milieu de l'année 533 ; si l'on veut suivre aveuglément son texte, il faut au moins admettre qu'une fois encore, Godomar arrache à ses adversaires leur éphémère conquête ; mais rien ne nous permet de croire à un si subit revirement. Il faut bien plutôt admettre que l'évêque de Tours résume des faits postérieurs, lorsqu'il nous dit que les rois occupèrent toute la Burgondie après la défaite de Godomar.

Il est bien improbable aussi qu'après la prise d'Autun, Clotaire et Childebert se partagèrent ce qu'ils avaient conquis de la Burgondie ; Autun apparaît plus tard comme n'appartenant à aucun des deux frères, mais bien comme une cité du royaume de Théodebert, l'Austrasie [2]. Un remaniement de la première attribution des pays acquis par la victoire peut seul expliquer la possession d'Autun par le fils de Thierry Ier, et nulle part il n'est question, entre les oncles et leur neveu, d'un accord qui aurait abouti à ce nouveau partage.

Marius d'Avenches dont la chronologie est si sûre [3] et

---

[1] Longnon, *Géogr.*, p. 79 et s.; Jahn, *Gesch. der Burg.*, II, p. 68 et s. Jahn admet qu'Autun même fut repris par Godomar après 533 ce qui est bien difficile à accepter. Cf. pour la bibliographie ancienne.

[2] Fortunat., *Vita S. Germani Parisiensis*, éd. Mommsen, *M. G. Auct. Ant.*, IV, p. 13; cf. Longnon, *Géogr.*, p. 101, n. 5.

[3] Marius *(loc. cit.)* dit « Childebertus Chlotharius et Theudebertus Burgundiam obtinuerunt.» C'est en vain que Binding, *Gesch. des burg- rom. Königr.*, n. 928, essaie de prouver que le mot « obtinere » exclut dans sa

dont les renseignements concernant la Burgondie sont de
première main, ne rapporte pas seulement en 534 un partage entre trois rois mérovingiens, mais une guerre ;
c'est alors seulement que Godomar est mis en fuite ; c'est
alors seulement que les trois rois victorieux, Childebert,
Clotaire et Théodebert sont arrivés au bout de leur conquête. D'autre part, la lettre de Cassiodore est là, qui
prouve que Childebert et Clotaire ne sont pas en 532 les
paisibles possesseurs de la Burgondie.

Nous concluons donc : Clotaire et Childebert commencent vers 532 la guerre contre Godomar ; avant juillet 533
ils ont déjà remporté un important succès, la prise d'Autun. Mais ils avancent avec peine leur conquête et la Burgondie résiste désespérément. Ce n'est qu'après la mort de
Thierry Ier (533-534) [1], lorsque Théodebert a joint ses troupes à celles de ses oncles, que les Mérovingiens viennent
à bout de cet incommode pays. Godomar disparaît enfin, et
ses vainqueurs peuvent en 534 se partager ses dépouilles.

langue toute idée de conquête, qu'il exprime cette idée uniquement par
les mots de « ingredi » et d'« occupare », et qu'il faut donner à ce passage
la traduction suivante : « Childebert, Clotaire et Théodebert possèdent
en commun la Burgondie. » Les exemples mêmes qu'il nous donne sont
peu probants. « Obtinere » joint à « ingredi » indique, de son aveu même,
une conquête dans la phrase suivante : An. 574 « Eo anno iterum Langobardi
in Vallem ingressi sunt et Clusas obtinuerunt » (éd. Mommsen, p. 239).
Lorsque « obtinere » est employé seul il ne saurait avoir un sens aussi
pacifique : An. 500 « in eo proelio Godegeselus cum suis adversus fratrem
suum cum Francis dimicavit et fugatum fratrem suum Gundobagaudum
regnum ipsius paulisper obtinuit » (éd. Mommsen, p. 234). Godegisèle
ayant vaincu son frère avec l'aide des Francs lui prend de force son
royaume, il ne le garde pas en sa possession ni ne l'obtient par
droit de succession au trône. An. 555 : « Hoc anno Theudobaldus
rex Francorum obiit et obtinuit regnum ejus Chlotarius patruus patris
ejus » (éd. Mommsen, p. 236). Dans ce cas il n'y eut pas de guerre, mais
Clotaire Ier n'avait pas plus de droit que son frère à la succession de son
neveu ; il s'est emparé de l'Austrasie parce qu'il était le plus fort. (Cf.
Agathias, *Hist.*, II, 14). An. 558 : « Hoc anno Childebertus rex Francorum
transiit et obtinuit regnum ejus Chlothacarius rex frater ejus » (éd.
Mommsen, p. 237) ; dans ce cas seul il s'agit d'un simple et légal héritage selon le sens que Binding attribue seul à « obtinere ». Dans la
chronique de Marius « obtinere » a donc tout aussi bien le sens de s'emparer de force, conquérir, que celui d'entrer en possession de.

[1] Grégoire de Tours la mentionne au ch. 23 de son 3e livre.

En 532-533 il reste la place pour une conquête partielle de la Burgondie; pourtant il nous semble qu'elle ne dut pas s'étendre bien au delà de la cité d'Autun. Le « Julianus episcopus » que nous avons signalé, au concile d'Orléans de 533, n'indique son siège diocésain dans aucun des manuscrits qui ont servi à l'édition critique de M. Maassen[1]. Ce n'est guère qu'en suivant une tradition douteuse que les éditeurs et les commentateurs des actes des conciles, jusqu'aux plus récents[2], se sont accordés pour reconnaître en ce Julianus l'évêque de Vienne, successeur de saint Avit. En effet, à Orléans en 533, Julianus occupe le vingt-troisième rang parmi les évêques souscripteurs; dans tous les autres conciles de l'époque, l'évêque de Vienne ne le cède qu'aux métropolitains de Lyon et d'Arles, une fois à celui de Bourges[3]. Mgr Duchesne, après l'abbé Ulysse Chevalier a reconnu le susdit évêque de Vienne, au lieu d'en faire un évêque de Carpentras avec Maassen[4] dans le Julianus du concile de Lyon (518-523), simplement par le fait qu'il signe tout de suite après Viventiolus, évêque de Lyon[5]. La même raison nous empêche de l'identifier encore avec le Julianus, 23ᵐᵉ évêque du concile d'Orléans; ce dernier est bien plutôt un évêque de Bigorres (Tarbes), le Julianus du quatrième concile d'Orléans (541)[6], du concile provincial d'Eauze (551)[7] et que rien n'empêche de siéger déjà en 533[8]. Aussi bien, rien ne prouve que la cité de Vienne partagea en 532-533 le sort de celle d'Autun; l'avance franque en Burgondie se borne, avant 534, au territoire de cette seule cité.

[1] *Concilia*, éd. Maassen, p. 65 : « Julianus episcopus subscripsit. »
[2] Maassen, *ut supra;* Duchesne, *Fastes*, I, 2ᵐᵉ édit., p. 206.
[3] *Concilia*, éd. Maassen, p. 201 : *Concil. Clippiacense*, 626-627.
[4] *Concilia*, éd. Maassen, p. 36 : *Conc. Lugdunense*, 518-523 : « Julianus in Christi nomine consensi subscripsi ».
[5] Duchesne. *Fastes*, loc. cit.
[6] *Concilia.* éd. Maassen, p. 97, *Conc. Aurelianense*, 541 : « Julianus in Christi nomine Begoritane ecclesiæ episcopus subscripsi. »
[7] *Concilia*, éd. Maassen, p. 115 : *Concilium Aspasii episcopi metropolitani Elusani.*
[8] Cf. Duchesne, *Fastes*, II, p. 101.

La Burgondie conquise en 534, les trois rois francs se
la partagent. Marius d'Avenches est formel sur ce point ;
Clotaire, Childebert et Théodebert en ont chacun leur lot ;
il n'y a donc aucune raison de refuser sa part à Clotaire,
encore qu'on ne puisse prouver sa domination sur aucune
cité burgonde, avant qu'il ait hérité de Théodebert en 555,
de Clotaire en 558 [1]. Nous savons, il est vrai, qu'à la mort
de Thierry, Childebert et Clotaire ont essayé d'arracher à
leur neveu son patrimoine, ils échouent ; Childebert se rapproche de lui, lui fait de riches cadeaux et lui envoie une
ambassade pour lui offrir son adoption [2] ; plus tard Childebert et Théodebert dirigent en commun une expédition
contre Clotaire, qui est contraint de s'enfuir dans une forêt ;
mais sur les instantes prières de Clotilde au tombeau de
saint Martin, une tempête terrible disperse les assaillants ;
la paix est rétablie entre les rois et chacun s'en retourne
chez soi [3]. Les causes de cette guerre passagère nous sont
inconnues et il n'est guère possible d'établir un rapport
entre cet épisode légendaire, narré par Grégoire pour
exalter les vertus de son saint patron, et le partage de la
Burgondie ; cette défaite de Clotaire ne saurait prouver
contre le témoignage si sûr de Marius, que le roi de
Soissons fut frustré de ce qui devait lui revenir des dépouilles de Godomar.

Pour tenter d'établir à qui revinrent les cités suisses de
la Burgondie, il nous faut esquisser le tableau général du
partage de 534. Ce travail a été fait, avec beaucoup de
soin et d'ingéniosité par M. Longnon [4] qui a réuni et
critiqué tous les textes permettant d'attribuer chaque
cité conquise, à tel ou tel des rois mérovingiens. Malheureusement, il ne nous est plus possible d'entrer dans des
détails aussi précis que les siens. Outre les textes narratifs et hagiographiques, le principal critère qui permette
de tracer sur la carte les possessions des descendants de

---

[1] Duchesne, *Fastes*, I, p. 81, n. 1.
[2] Greg. Tur., *Hist. Franc.*, III, 24, éd. Arndt, p. 131-132.
[3] *Ibid.*, 28, éd. Arndt, p. 132-133.
[4] *Géogr.*, p. 74 à 82.

Clovis, est fourni par les souscriptions des conciles. Le concile réuni à Clermont le 8 novembre 535 pourra nous être utile ; c'est en effet un concile austrasien qui n'a réuni que des évêques du royaume de Théodebert [1]. Les conciles réunis de 533 à 557, dans le royaume de Childebert, ne comptent pas uniquement des prélats du royaume de Paris [2]; ils ne pourront nous servir à grand'chose ; il en est de même du pseudo-concile austrasien de Clermont en 519, dont le témoignage invoqué encore par M. Longnon [3] a été abandonné depuis [4]; avec lui c'est un important jalon qui nous manque.

M. Longnon, frappé du grand nombre de cités qu'il croyait pouvoir attribuer à Théodebert (Langres, Besançon, Windisch, Avenches, Nevers, Autun, Chalon, Vienne et Viviers, en tout, 9 cités sur 18), a pensé que le royaume d'Austrasie n'avait pu être à ce point avantagé au détriment des autres, que par une première occupation, par Thierry en 524, des cités de Langres, Avenches, Windisch, Besançon, le Valais [5]. Nous avons dit plus haut [6] pourquoi cette hypothèse était inadmissible; nous dirons maintenant pourquoi elle est inutile.

Le royaume de Burgondie, au moment de sa conquête, comptait en effet plus de 18 cités; les cités du midi, qui

---

[1] C'est ce qui résulte de la préface des décisions prises dans la dite réunion. *Concilia*, éd. Maassen. p. 66, *Concil. Arvernense* 535 : « Cum in nomine Domini congregante sancto Spiritu consentiente domno nostro gloriosissimo piissimove regi Theudebertho in Arverna urbe sancta synodus convenisset... », et de l'adresse de la lettre des évêques présents, *Ibid.*, p. 71 : « Domino inlustri atque præcellentissimo domno filio Theodoberto regi... »

[2] Longnon, *Géogr.*, p. 105.

[3] *Ibid.*, p. 103.

[4] *Concilia,* éd. Maassen, p. 100. Dans quelques manuscrits espagnols on trouve les dispositions du concile d'Orléans de 549, sous le titre d'*Arvernense II.* Sirmond et, après lui, les autres éditeurs des conciles ont admis un concile tenu à Clermont sur l'ordre de Théodebert, peu après celui d'Orléans, dont il confirmait les décisions ; mais sous ce titre, figurent les canons mêmes du concile d'Orléans ; il y est nettement spécifié que les évêques se réunirent dans cette ville, sur l'ordre de Childebert; on ne peut dès lors douter qu'*Arvernense II* ne soit un simple lapsus.

[5] Longnon, *Géogr.*, p. 77 et s.

[6] P. 80.

avaient passé aux Ostrogoths à la suite de l'expédition de
Tulum, lui avaient fait retour avant 533-534[1]; c'est du moins
ce qui résulte des termes mêmes de la lettre de Cassiodore citée plus haut[2] : « le Burgonde, nous dit-il, s'est hu-
milié pour recouvrer ses possessions ; il s'est donné tout
entier pour recevoir un petit pays; il préfère obéir intact,
que de résister amoindri[3] ». On n'a pas de peine à reconnaître sous ces termes, la récupération d'une petite partie
de la Burgondie (exiguum), et en même temps le rétablis-
sement entier de l'étendue territoriale du pouvoir de Godomar (integer)[4]; ainsi les dix cités de Saint-Paul-Trois
Châteaux, Vaison, Carpentras, Orange, Avignon, Cavaillon, Apt, Gap, Sisteron, Embrun, entraient en compte
dans le partage de 534, et Théodebert n'apparaît plus
comme spécialement avantagé.

D'ailleurs, même si l'on veut conserver le partage réduit
des 18 cités de M. Longnon, on ne peut pas se persuader
d'emblée que Théodebert ait reçu une beaucoup plus
grande part que les autres rois. Vienne n'ayant certainement pas été austrasienne[5] et Avenches et Windisch ne
formant qu'une seule cité[6], il n'aurait eu que sept cités au
lieu de neuf, ce qui n'exclut pas un partage relativement
régulier et équivalent.

Nous pouvons maintenant résumer ce qui nous reste
de données sûres sur le sort de chacune des cités burgondes, après 534. Langres échut à Théodebert; son évê-

---

[1] Après le 26 mai 533, où, au concile ostrogoth de Marseille, apparaissent encore les évêques d'Apt, Avignon, Vaison, St-Paul-Trois Châteaux,
Orange, Cavaillon. *Concilia*, éd. Maassen, p. 61.

[2] P. 87, n. 6.

[3] *Variæ*, XI, 1, éd. Mommsen, p. 329 : « Burgondio quin etiam ut
sua reciperet, devotus effectus est, reddens se totus, dum accepit exiguum.
elegit quippe integer obœdire quam imminutus obsistere : tutius tunc
defendit regnum, quando arma deposuit; recuperavit enim prece quod
amisit in acie. »

[4] Binding, *Gesch. des burg. rom. Königr.*, I, p. 268; Jahn, *op. cit.*, II,
p. 252-253. Pour tous deux, Avignon est aux Ostrogoths ; nous admettons
avec M. Longnon, *Géogr.*, p. 446 que la partie de la cité située au nord
de la Durance était burgonde.

[5] V. ci-dessous, p. 96.

[6] V. ci-dessus, p. 68.

que souscrit au concile de Clermont en 535 [1] ; il en est de
même pour Windisch-Avenches et pour son évêque Gramatius [2]. Pour Besançon, nous n'avons aucun renseignement ; nous pouvons penser que cette importante cité échut
aussi à Théodebert, car elle relie ses possessions austrasiennes au territoire d'Avenches ; mais son attribution au
fils de Thierry n'était pas nécessaire pour désenclaver l'ancienne cité des Helvètes ; cette dernière était déjà, au nord,
frontière de Bâle et de l'Alsace, qui, conquises par les Francs
au commencement du VIme siècle, devaient faire partie du
royaume d'Austrasie aussi bien que les cités du Rhin :
Trèves, Cologne, Metz et Toul [3]. Théodebert reçut plus
certainement Autun, Chalon [4] et Viviers, dont l'évêque
Venantius assista aussi au concile de Clermont [5]. Enfin il
faut y joindre Nevers, qui était enclavé dans les cités
austrasiennes d'Autun, de Langres, de Bourges [6] et
d'Auxerre [7].

Nous avons ainsi un certain nombre de cités qui peuvent représenter la part de Théodebert dans le partage de
la Burgondie : Langres, Windisch-Avenches, Besançon (?),
Nevers, Chalon-sur-Saône, Autun et Viviers. Peut-on y
joindre le Valais [8] ? Dans son expédition d'Italie, en 539,
Théodebert semble bien avoir passé par le Grand-Saint
Bernard ; mais la cité d'Octodure était d'autre part voisine
de celles de Genève et de Tarentaise dont le sort nous est
inconnu.

[1] *Concilia,* éd. Maassen, p. 65 : « Gregorius episcopus subscripsit. »
Cf. en outre *Hist. Franc.,* III, c. 35, et un passage de la vie de St-Jean
de Réomé cité par Longnon, *Géogr.,* p. 101 et p. 105, n. 1.

[2] *Concilia,* éd. Maassen, p. 70 : « Gramatius in Christi nomine
episcopus ecclesiæ Aventicæ subscripsi. »

[3] Longnon, *Géogr.,* p. 99 et s.

[4] Fortunat nous apprend dans la vie de St-Germain de Paris, que
Germain se rendit auprès de Théodebert à Chalon pour l'entretenir
d'une affaire relative aux domaines de l'église d'Autun. Éd. Mommsen,
M. G. Auct. Ant., IV, 2, p. 13. Cf. Longnon, *Géogr.,* 101, n. 5 et p. 104.

[5] *Concilia,* éd. Maassen, p. 70 : « Venantius in Christi nomine episcopus ecclesiæ Viraninsis subscripsi. »

[6] Longnon, *Géogr.,* p. 81.

[7] *Ibid.,* p. 98.

[8] Cf. Waitz, *D. Verf. Gesch.,* II, 2, [3], p. 147-148.

Nous ne savons presque rien sur les cités assignées à Childebert et à Clotaire. Lyon échut à Childebert ; c'est lui, en effet, qui, en 552, nomma saint Nizier à l'évêché de cette ville [1] et qui y fut le fondateur d'un hôpital [2].

Par contre Vienne revint à Clotaire ; c'est de la neuvième année de son règne qu'est datée la charte de fondation du monastère de Saint-André-le-Bas par le duc Ansemundus en faveur de sa fille Remilla [3]. On n'en peut dire autant de Belley ; une inscription funéraire, retrouvée à Brioude, date la mort du prêtre Carausus du 15e jour des Calendes de Novembre, le 3e jour de la férie, de la 46e année du règne d'un roi Clotaire ; mais ces indications chronologiques de même que la paléographie de l'inscription doivent faire rapporter cette date au règne de

---

[1] Greg. Tur., *Liber vitæ Patrum*, VIII, 3, éd. Arndt, p. 693.

[2] *Concilia*, éd. Maassen, p. 105 : *Concil. Aurelian.*, 549 ; cf. Longnon, *Géogr.*, p. 108.

[3] Pardessus, *Diplomata*, I, p. 107, no cxi ; cf. *Introd.*, p. 24-25. La donation d'Ansemundus se date ainsi de 543, les années du règne de Clotaire Ier ayant été comptées à partir de son avènement en Burgondie, 534 ; ce comput est contre tout usage, il est vrai, (Duchesne, *Fastes*, I, [2], 156, n. 1) un seul point de départ ayant servi à compter les années du règne de tous les rois mérovingiens, même dans les contrées acquises après leur premier avènement ; il nous faut admettre pourtant une exception à la règle commune, dans cette charte privée, rédigée peu d'années après la conquête, (on ne peut guère en citer qu'un autre exemple, dans les *Formulæ Andecavenses*, Krusch, *Zur Chronologie*, p. 487), après la correction faite aux calculs de Krusch par Julien Havet, *La date d'un manuscrit de Luxeuil*, Œuvres, I, p. 91 à 100, extr. de *Bibl. Ec. des Chartes*, XLVI, 1885, p. 430-439, cf. Krusch, *Zur Chronologie*, p. 460 ; c'est bien en effet, la charte d'Ansemundus qui est mentionnée dans un diplôme de Louis le Pieux du 3 mars 831, comme ayant été confirmée par les préceptes des rois Thierry et Gontran. (Bouquet, *Hist. de Fr.*, VI, p. 570, no 165, Böhmer-Mühlbacher, *Regesten*, no 883, p. 352). Avant Gontran il n'y eut pas en Burgondie d'autre roi du nom de Clotaire que Clotaire Ier. Mgr. Duchesne, *op. cit.*, p. 156, n. 1, date la charte d'Ansemundus de 666 et la place sous Clotaire II ; la confirmation de Gontran se serait rapportée à un autre monastère de St-André le Haut (?). M. Longnon, *Géogr.*, p. 424 et n. 1, tenant compte de la présence d'Hesychius, évêque de Vienne, au pseudo concile de Clermont, et d'autre part constatant, d'après notre charte, que Clotaire régna au moins 9 ans à Vienne, suppose qu'il enleva cette cité avant 553 à son neveu Théodebald et que les années de son règne sont comptées à Vienne à partir de 549 au plus tôt, de 553 au plus tard.

Clotaire II, et nous manquons ainsi de tout renseignement sur le sort de la cité de Belley [1].

Nous n'en pouvons guère dire plus sur le partage de 536; les royaumes de Childebert et de Clotaire ne touchant pas aux autres cités de la Burgondie, il faudrait attribuer à chacun d'eux un lot de cités, voisines de celles de Vienne et de Lyon; mais les considérations géographiques ne jouent guère de rôle dans les partages des rois mérovingiens; et d'autre part, dans le cas particulier, elles nous échappent; nous renonçons donc à formuler des hypothèses distributives, qui ne pourraient être qu'arbitraires [2].

En résumé, il nous reste peu de chose de certain à dire sur la Suisse; en 534, sa partie burgonde est soumise aux rois francs; le pays qui dépend des cités de Besançon et de Windisch-Avenches appartient dès lors à Théodebert et fait partie du royaume d'Austrasie.

Quant aux cités de Genève et du Valais, il nous est impossible de déterminer, avec quelque certitude, auquel des fils de Clovis elles vinrent en partage.

§ 2. — *Acquisition de l'Alamannie ostrogothique par les Francs (536).*

Deux ans après la conquête de la Burgondie, la Suisse orientale, occupée par les Alamans sous l'hégémonie des

---

[1] Leblant, *Inscript. chrét. de la Gaule*, II, p. 9 et 10; cf. Longnon, *Géogr.*, p. 82 et *Atlas hist. Texte*, p. 37, n. 1. Le 15 des Calendes de Nov. de la 46me année de Clotaire Ier serait le 18 Oct. 557; l'année 557 ayant comme concurrent 7, le mois d'Août a commencé un lundi, le 18 Oct. est un mercredi; en corrigeant XXXXVI en XXXXV on obtient, pour la 45me année de Clotaire II, le 18 Oct. 628. Or 628 a comme concurrent 5, le mois d'Oct., dont le régulier est 2, a commencé un samedi, le 18 Oct. est bien un mardi, 3me jour de la férie.

[2] M. Longnon, *Géogr.*, p. 82, attribue à Childebert : Mâcon, Genève, la Tarentaise; à Clotaire : Belley, Grenoble, Valence, Die. En rejetant l'autorité des souscriptions du pseudo concile de Clermont, 549, nous renonçons à admettre les conclusions qu'il en avait tirées et leurs conséquences géographiques, de même qu'à formuler de nouvelles hypothèses, tant sur le sort de ces cités que sur celui des pays rendus par les Goths à Godomar.

.7

rois ostrogoths, passe sous le sceptre des rois mérovingiens. Après la mort de Théodoric, le royaume d'Italie ne tarde pas à décliner et, bientôt, tombe sous les coups d'un redoutable adversaire, l'empereur Justinien. Avant d'engager cette lutte de plusieurs années, le Byzantin et l'Ostrogoth avaient tous deux recherché l'alliance des Francs.

Théodat, qui succède à Amalasunthe, avait projeté, à l'arrivée de Bélisaire en Italie, un traité avec les fils de Clovis ; il leur promet une forte somme d'argent et la cession des territoires possédés en Gaule par les Goths, mais meurt avant d'avoir pu mettre ce traité en exécution [1]. Vitigès lui succède en 536; devant le danger croissant, il réunit les principaux d'entre les Goths et leur expose la necessité où il est de mener à chef la négociation entreprise par Théodat, afin de retirer les garnisons de la Gaule et de s'en servir contre Bélisaire. Il espère attacher les Germains à son alliance, en leur concédant les cités de la Provence. Des ambassadeurs allèrent remettre aux rois francs l'or promis et les villes de la Gaule méridionale ; en retour ceux-ci promirent leur amitié et leur secours ; ils se partagèrent l'argent et les Gaules, selon le degré de leur puissance, nous dit Procope [2].

Les cités ainsi acquises ne comptaient plus, nous l'avons vu, celles que Godomar avait récupérées, peu de temps avant de perdre son royaume ; c'était pourtant un territoire important qui entrait ainsi dans le royaume franc, puisqu'il comptait les cités d'Arles, Marseille, Toulon, Aix, Riez, Fréjus, Digne, Senez, Glandève, Cimiez, Nice, Vence, Antibes, et la partie d'Avignon située au sud de la Durance. Nous n'avons pas ici à traiter la difficile question de leur partage entre Childebert, Clotaire et Théodebert; nous dirons seulement, que, même si on veut admettre avec Longnon, un partage à parts égales,

---

[1] Procope, *De bello gothico*, I, 13, éd. Haury, p. 72-75.

[2] *Ibid.* : στέλλονται τοίνυν πρέσβεις, αὐτίκα ἐς τὸ Γερμανῶν ἔθνος, ἐφ' ᾧ Γαλλίας τε αὐτοῖς ξὺν τῷ χρυσῷ δώσουσι καὶ ὁμαιχμίαν ποιήσονταί. Φράγγων δὲ τότε ἡγεμόνες ἦσαν, Ἰλδίβερτός τε καὶ Θευδίβερτος καὶ Κλοαδάριος, οἳ Γαλλίας τε καὶ τὰ χρήματα παραλαβόντες διενείμαντο μὲν κατὰ λόγον τῆς ἑκάστου ἀρχῆς, φίλοι δὲ ὡμολόγησαν Γότθοις ἐς τὰ μάλιστα ἔσεσθαι.

l'explication plus ou moins hypothétique qu'on en donnera, n'est pas rendue impossible par le fait que nous avons retranché de ces cités provençales celles que les Goths rétrocédèrent avant 534 à Godomar [1].

Procope ne nous dit rien des Alamans de Rhétie, mais Agathias nous en parle à la suite de sa copieuse digression sur les origines de ce peuple : A la mort de Théodoric, la guerre éclate entre Justinien et les Goths ; ceux-ci cherchent de quelle manière ils pourront le mieux se concilier l'amitié des Francs ; ils pensent qu'il vaut mieux se débarrasser des pays inutiles et grouper leurs efforts sur l'ennemi ; ils ne combattent plus pour la suprématie et pour la gloire, mais pour leur propre salut et le maintien de l'Italie ; ils veulent sembler libres, alors que la fatalité les oblige. C'est ainsi qu'ils abandonnent aux Francs plusieurs contrées, et aussi le peuple des Alamans ; Théodebert s'en empare et, après sa mort son fils Théodebald hérite des Alamans avec le reste du royaume [2].

---

[1] Jordanès, *Getica*, 305, éd. Mommsen, p. 136 et *Romana*, 367, éd. Mommsen, p. 48, rapporte par erreur la cession de la Provence au règne d'Athalaric et ne donne pas de renseignements sur le partage. Grégoire de Tours, *Hist. Franc.*, III, 31, éd. Arndt, p. 134-136, nous donne un récit légendaire et qui ne complète guère les indications précises de Procope. Amalasunthe, fille de Théodoric et d'Audoflède, sœur de Clovis, aurait empoisonné sa mère, puis aurait été mise à mort par Théodat. Les rois mérovingiens auraient exigé de lui une forte somme d'argent en compensation du meurtre de leur cousine. Childebert et Théodebert enlevèrent à Clotaire sa part de la somme payée. Il ne semble pas que Grégoire ait entendu par là, le partage de la somme d'argent remise par Vitigès avec toute la Provence. Mgr Duchesne, *Fastes*, I, 2me édit., p. 83, n. 2, s'appuyant sur le silence des textes qui montreraient Clotaire roi en Provence, s'autorise de ce récit légendaire pour exclure le roi de Soissons du partage des cités de la Gaule méridionale. Longnon, *Géogr.*, p. 64 et s., admet, par contre, un partage égal entre les trois rois, en s'aidant, entre autres, des souscriptions du pseudo concile de Clermont 549. Mais il semble bien qu'il faille croire, avec le dernier auteur qui se soit occupé de la question et qui ait réuni tous les textes qui s'y rapportent, Fritz Kiener, *Verfassungsgeschichte der Provence, Erste Beilage*, p. 277 et s., que la Provence ne fut pas partagée au début, mais qu'elle fut gouvernée en commun par les rois francs, au moins au VIme siècle.

[2] Agathias, *Hist.*, I, 6 et 7, éd. Niebuhr, p. 27 : ...οἱ Γότθοι... ἑτέρων τέ πολλῶν ἐξίστανται χωρίων, καὶ μὲν δὴ καὶ τὸ Ἀλαμανικὸν γένος ἀφίεσαν. οὕτω δὴ οὖν καὶ τὸ τῶν Ἀλαμανῶν ἔθνος ὑπὸ Γότθων ἀφειμένον Θευδίβερτος αὐτὸς

Autre part il répète que Théodebert, succédant à son père, soumit les Alamans et d'autres nations voisines [1].

C'est donc bien en suite du traité conclu par Vitigès que l'Alamannie ostrogothique est cédée aux Francs ; le traité se place, pour Procope, dans la deuxième année de la guerre 536-537 et avant la prise de Rome par Bélisaire, le 9 décembre 536 [2]. C'est donc à la fin de l'année 536 que le royaume franc, s'agrandit au sud en Provence, à l'est en Rhétie [3].

Théodebert, le roi d'Austrasie qui possède les cités riveraines du Rhin, et, presque sûrement aussi, l'Alsace et le pays déjà enlevé par Clovis aux Alamans, acquiert ce qui reste de cette peuplade germanique et des terres qu'elle occupe : toute l'Alamannie est ainsi englobée dans la monarchie mérovingienne ; entre le Rhin et les Alpes, les Ostrogoths ont laissé les Alamans fugitifs dans une autonomie relativement absolue ; dans la Forêt-Noire la colonisation franque ne parvient jamais ; ainsi sur les deux rives du Rhin et du Danube s'étend une Alamannie nouvelle, province du royaume d'Austrasie dont la sujétion aux fonctionnaires austrasiens évolue jusqu'à devenir, au VIIIme siècle, une indépendance presque absolue [4].

En 536 toute la Suisse actuelle, burgonde, alamannique et rhétique entre dans l'histoire mérovingienne ; nous pourrons dès lors suivre ses destinées en même temps que celle de la monarchie franque.

ἐχειρώσατο· ἐκείνου τε διαφθαρέντος, ἥπέρ μοι ἤδη ἐρρήθη, ἐπὶ τὸν παῖδα Θευδίβαλδον τῇ λοιπῇ ἅμα ὑπηκόῳ καὶ οἵδε ἐχώρουν.

[1] Agathias, *Hist.*, 4. p. 20 : Παραλαβὼν δὲ τὴν πατρῴαν ἀγγὴν ὁ Θευδίβερτος τούς τε Ἀλαμανοὺς κατεστρέψατο καὶ ἄλλα ἄττα πρόσοικα ἔθνη.

[2] Procope, *De bello gothico*, I, 14, éd. Haury, p. 75-77 ; Planta, *Das alte Rætien*, p. 255 et s., le fait postérieur au traité de Vitigès ; il confond la province appelée Σούαβια par Procope, I, 16, et d'où le général Asinarius tire une, armée pour soumettre la Dalmatie, avec la Suavia des Alamans. La Suavia de Procope est la province ostrogothique riveraine de la Save. Cf. Meyer v. Knonau, *Alam. Denkmäler*, p. 99, n. 2.

[3] Longnon, *Géogr.*, p. 104.

[4] Cf. Schubert, *Unterwerfung*, p. 179, Cramer, *Gesch. der Alam.*, p. 224 ; Dahn, *Könige*, IX, 1, p. 64-55 et ci-dessous, IIme partie, Ch. 2.

CHAPITRE III

La Suisse mérovingienne, de la conquête franque à la mort de Gontran.

536 à 593.

§ 1. — *Expéditions des Burgondes et des Alamans en Italie (536-553).*

Les faits connus et spéciaux à la Suisse, à l'époque mérovingienne, sont rares ; il ne faut toutefois pas s'en tenir à eux seuls pour tenter de faire l'histoire de cette période obscure ; il faut rechercher dans les annales générales du royaume franc tous les événements qui intéressent, de plus ou moins loin, les pays transjurans. Ainsi nous étudierons les guerres et les expéditions où les Burgondes et les Alamans jouent encore un rôle, comme peuples tributaires des Francs et qui ont pour théâtre sinon toujours la Suisse, du moins son voisinage immédiat. La géographie historique s'aidera de nombreux renseignements pour retracer les partages successifs des cités anciennement helvétiques, entre les rois successeurs de Clovis ; enfin nous nous arrêterons aux quelques traditions anciennes qui conservent en Suisse le souvenir des Mérovingiens. En groupant les indications éparses dans les documents de l'époque, nous aurons ainsi une série de

petites études fragmentaires qui constitueront tout ce
que l'on peut appeler l'histoire politique de notre pays
aux VIme, VIIme et premier quart du VIIIme siècle.

Les rois francs, à peine ont-ils soumis les Burgondes et
les Alamans, les utilisent dans les expéditions qu'ils en-
treprennent au delà des Alpes, en Italie ; autrefois les
chefs burgondes et alamans n'avaient pas arrêté leurs
incursions et leurs conquêtes à cette barrière montagneuse ; Gondebaud avait étendu un moment sa domination jusque sur la Ligurie [1] ; depuis plusieurs siècles les
Alamans pillaient périodiquement la haute Italie ; sous
l'impulsion des Francs ce mouvement vers le sud va recommencer, jusqu'au moment où un autre peuple germanique, les Lombards, occupera la péninsule et débordera
de là sur les Gaules ; alors s'établissent ces rapports
continuels et gros de conséquences politiques, entre les
pays francs et les pays italiens ; les voyages et les expéditions guerrières se succéderont à travers les cols des
Alpes, souvent par les routes de la Suisse ; ce seront
même les faits les plus importants de notre haut moyen
âge. Il n'est donc pas sans intérêt d'étudier les origines
de cette orientation nouvelle des peuples et des rois qui
se rencontrent autour des Alpes pour se battre ou pour
réunir leurs armées dans une action commune.

En 535 l'empereur Justinien commence la guerre de
vingt années qui lui donnera l'Italie et qui mettra fin au
royaume ostrogoth. Il voulut, dès l'abord, se concilier les
rois francs, qui, depuis la mort de Théodoric, entretenaient
avec leurs voisins ostrogoths des rapports plutôt hostiles ;
il leur envoie de riches présents et leur en promet d'autres, lorsqu'il les aura vus à l'œuvre dans la lutte qu'il
veut entreprendre, avec leur concours, contre les Goths
ariens ; naturellement les Francs acceptent ses cadeaux et
lui promettent leur alliance [2].

[1] Binding, *Gesch. des burg. rom. Königr.*, p. 101.
[2] Procope, *De bello Goth.*, I, 5, éd. Haury, II, p. 26. Procope nous donne
la lettre écrite par Justinien puis il ajoute : τοσαῦτα μὲν βασιλεὺς ἔγραψε·
καὶ χρήμασιν αὐτοὺς δωρησάμενος, πλείονα δώσειν, ἐπειδὰν ἐν τῷ ἔργῳ γένωνται,
ὡμολόγησεν. οἱ δὲ αὐτῷ ξὺν προθυμίᾳ πολλῇ ξυμμαχήσειν ὑπέσχοντο.

Cela ne les empêche pas, lorsqu'en 536 Vitigès en exécution du traité proposé par Théodat[1], a cédé la Provence, de se déclarer également les amis des Goths. Ils leur promettent des troupes de secours ; à vrai dire, elles ne seront pas formées de Francs, mais de guerriers fournis par les peuples qui leur sont soumis ; ils ne peuvent, en effet, conclure ouvertement un traité d'alliance contre les Grecs, puisqu'ils ont déclaré, peu auparavant, qu'ils assisteraient l'empereur dans la guerre[2].

Un passage assez obscur d'une lettre de Cassiodore pourrait faire croire que peu avant cet accord, les Burgondes s'étaient déjà répandus sur l'Emilie et sur la Ligurie et avaient ravagé ces provinces ; les Burgondes auraient dans ce cas été poussés en avant par les Francs désireux de répondre à l'attente de Bélisaire et aux premières négociations de Justinien ; de leur côté, les Alamans encore sujets des Ostrogoths, n'auraient pas oublié leurs coutumes pillardes de jadis. La lettre en question est un édit qui traite des mesures prises par le roi pour subvenir aux besoins de l'Emilie et de la Ligurie, provinces accablées par la famine ; comme toutes les chartes préfectorales des 11me et 12me livres des *Variæ*, elle a été écrite entre le milieu de 533, année où Cassiodore fut créé préfet du prétoire, et le 1er septembre 537. Elle est en tout cas antérieure à 538[3], le recueil entier ayant été composé avant cette date ; selon toutes les probabilités, elle date de 535-536, et se rapporte à des ordres donnés par le roi Théodat, mort en 536[4].

Cassiodore fait l'éloge du pouvoir royal qui sauve aujourd'hui les provinces de la famine comme il les a délivrées autrefois d'une incursion des Burgondes[5]. Il s'agit là d'un

[1] Procope, *De bello Gothico*, I, 13, éd. Haury, II, p. 72-73.
[2] Procope, I, 13, éd. Haury, II, p. 75 : …φίλοι δὲ ὡμολόγησαν Γότθοις ἐς τὰ μάλιστα ἔσεσθαι, καὶ λάθρα αὐτοῖς ἐπικούρους πέμψειν, οὐ Φράγγους μέντοι, ἀλλ' ἐκ τῶν σφίσι κατηκόων ἐθνῶν.
[3] Date que lui assigne Schubert, *Unterwerfung*, p. 58-59.
[4] Mommsen, *Auct. Ant.*, XII, *Procemium*, p. xxx.
[5] *Variæ*, XII, 28, *Edictum*, éd. Mommsen, p. 384 : « Nam cum se feritas gentilis prioris temporis animasset, Aemilia et Liguria vestra, sicut vos retinere necesse est, Burgundionum incursione quateretur gereretque bellum de vicissitate furtivum, subito præsentis imperii tamquam solis

événement assez antérieur, du temps passé « prioris temporis », et dont le souvenir, déjà effacé, vaut la peine d'être
conservé : « sicut vos retinere necesse est ». En outre cette
allusion à des entreprises répétées des Burgondes, arrêtées
par la crainte du roi goth, ne peut se rapporter au règne
du peu belliqueux Théodat; ainsi que le ton enthousiaste
de la lettre [1], elle nous fait beaucoup mieux penser à la puissance de Théodoric qui empêche Gondebaud de se maintenir en Ligurie où il s'était glissé à la faveur de la guerre
contre Odoacre. C'est donc bien au règne de Gondebaud
qu'il faut rapporter cette invasion burgonde. A côté des
Burgondes, Cassiodore mentionne les Alamans, qui récemment échouèrent dans une tentative d'incursion [2];
cette dernière preuve de la turbulence des Germains du
Rhin ne peut se rapporter à des faits aussi anciens que
ceux de l'époque de Théodoric [3]: ce sont bien les Alamans,
sujets du roi Théodat qui envahissent l'Italie et qui montrent ainsi leur indépendance vis-à-vis de leur prétendu
maître. L'époque héroïque de leurs courses aventureuses
ne s'est donc point close à leur défaite par Clovis, et les
rois francs n'auront pas de peine à les lancer à nouveau
sur les Byzantins et leurs villes d'Italie.

Le secours promis à Vitigès arriva dans la troisième
année de la guerre gréco-ostrogothique; après que Vitigès
eut essayé en vain de reprendre Rome et fut venu mettre
le siège devant Ariminum, Bélisaire pénétra habilement
dans la haute Italie; il y envoie un corps de troupes formées d'Isauriens de Thraces et de Grecs qui, débarqués à

ortus fama radiavit, expugnatum se hostis sua præsumptione congemuit,
quando illum cognovit nominatæ gentis esse rectorem quem sub militis
nomine probaverat singularem. »

[1] *Variæ*, XII, 28, *ibid.*: « quotiens se optavit de suis finibus non exire
Burgundio ne principe nostro pugnaret adverso, cuius licet præsentiam
relevatus evaserit, felicitatem tamen præcipitatus incurrit ! »

[2] *Ibid.*: « His additur Alamannorum nuper fugata subreptio quæ
in primis conatibus suis sic probatur oppressa, ut simul adventum suum
junxisset et exitum quasi salutaris ferri execatione purgata, quatenus et
male præsumentium vindicantur excessus et subjectorum non omnino
grassaretur interitus. »

[3] Mommsen, *Prooemium (loc. cit.)*.

Gênes, marchent vers le nord et franchissent le Pô à Pavie
après avoir livré un combat victorieux à la garnison ostrogothique ; ils laissent cette ville à leurs adversaires, mais,
sous le commandement de Mundilas, occupent Milan sans
coup férir et toute la Ligurie. Mundilas tient la province
par des garnisons qu'il place dans les villes des environs,
comme Bergame, Côme, Novare [1].

La perte de la Ligurie était un danger sérieux pour
Vitigès ; il envoya aussitôt contre Milan une forte armée
sous les ordres de son beau frère Urajas, et Théodebert,
le roi des Francs, lui fournit 10,000 hommes de secours ;
ce n'était pas des Francs, nous dit Procope, mais des
Burgondes ; Théodebert ne veut pas avouer qu'il prend
parti contre l'empereur ; ces Burgondes sont censés venir
de leur propre chef et non sur l'ordre du roi [2]. Réunissant leurs forces à celles des Goths ils apparaissent devant
Milan, avant que les Grecs aient pu prévoir leur arrivée ;
ils établissent leur camp et commencent un siège en règle ;
les Grecs n'ayant pas eu le temps de rassembler des vivres
dans la ville souffrent aussitôt de la disette. Mundilas avec
ce qui lui reste de soldats peut à peine occuper les murs
d'enceinte ; il dispose de 300 hommes à Milan et dissé-
mine le reste dans les villes voisines ; les habitants de
Milan sont contraints à prendre part à la défense de leur
ville. Ainsi s'annonçait ce siège qui commença dans l'hiver 537-538 [3].

La quatrième année de la guerre vit une série d'opérations, à partir du solstice d'été 538, quelques avantages de

---

[1] Procope, *De bello Gothico*, II, 12, éd. Haury, II, p. 206. La « Liguria »
des Ostrogoths et des Lombards comprend aussi les régions qui s'étendent
entre le Pô et les Alpes, voisines des Gaules. Milan et Pavie sont en
Ligurie. Cf. Paul. Diac., *Hist. Lang.*, II, 15 ; Ennodius, *Vita Epifani*,
passim.; Longnon, *Géogr.*, p. 72.

[2] Procope, *De bello Gothico*, II, 12, éd. Haury, II, p. 205 : καὶ
Θευδίβερτος δὲ οἱ, ὁ Φράγγων ἀρχηγός, ἄνδρας μυρίους δεηθέντι ἐς ξυμμαχίαν
ἀπέστειλεν, οὐ Φράγγων αὐτῶν, ἀλλὰ Βουργουζιώνων, τοῦ μὴ δοκεῖν τὰ βασιλέως
ἀδικεῖν πράγματα. οἱ γὰρ Βουργουζίωνες ἐθελούσιοί τε καὶ αὐτονόμῳ γνώμῃ, οὐ
Θευδιβέρτῳ κελεύοντι ἐπάκούοντες δῆθεν τῷ λόγῳ ἐστέλλοντο.

[3] Procope, *Ibid.*, p. 205. Après ce récit, Procope dit que l'hiver se termine et avec lui la troisième année de la guerre qu'il a décrite, 537-538.

Bélisaire, l'arrivée de Narsès, la prise d'Urbinum, le siège
d'Orvieto et la famine de l'été 539. Entre temps, Bélisaire
informé de la situation critique de Mundilas, lui avait envoyé des secours [1]; une première armée, sous les ordres
de Martinus et d'Uliaris n'osa passer le Pô et malgré les
instances de Mundilas laissa s'écouler un temps précieux,
sans agir; une seconde armée, sous les ordres de Johannès et de Justin n'opéra pas avec plus de diligence; Johannès attendit un ordre de Narsès, tomba malade en route et
n'arriva jamais devant Milan. Les assiégés, pendant ces
tergiversations, souffraient beaucoup de la faim; ils en
étaient réduits à manger toutes sortes d'animaux, des
chiens, des souris; les Barbares offrent à Mundilas une
capitulation qui assure la vie sauve à ses soldats et à leur
chef; le général byzantin accepte à la condition que cette
garantie soit étendue aux Milanais; les Barbares refusent
et les Liguriens n'ont rien de bon à attendre de leur
colère; très probablement leur inertie, peut-être même
les sympathies qu'ils gardaient à l'égard des Byzantins,
avaient permis à Mundilas de s'établir si facilement dans
leur pays.

Mundilas voulut mettre un terme à cette situation déses-
pérée en tentant une sortie; ses soldats refusèrent de le
suivre et se rendirent aux conditions proposées; il ne
leur fut fait aucun mal, mais la ville est rasée après un
horrible massacre qui ensanglanta même les autels; trente
mille hommes furent mis à mort, les femmes réduites en
esclavage et données aux Burgondes, en récompense de
leur alliance. A la suite de cette victoire les Goths repri-
rent toute la Ligurie [2].

Le récit de Procope qui nous a conservé ces chiffres, ne
semble pas exagéré, à en juger par les mentions plus
brèves de la chronique de Marius d'Avenches et du con-

---

[1] Procope, *De bello Gothico*, II, 21. éd. Haury, II. p. 240-241.

[2] Procope, *De bello Gothico*, II, éd. Haury, II, p. 246-247 : ...καὶ αὐτοὺς
μὲν οἱ βάρβαροι οὐδὲν ἄχαρι ἐργασάμενοι ἐν φυλακῇ ξὺν Μουνδίλᾳ εἶχον, τὴν δὲ
πόλιν ἐς ἔδαφος καθεῖλον, ἄνδρας μὲν κτείναντες ἡβηδὸν ἄπαντας οὐχ ἧσσον
ἢ μυριάδας τριάκοντα, γυναῖκας δὲ ἐν ἀνδραπόδων ποιησάμενοι λόγῳ, αἷς δὴ Βουρ-
γουζίωνας δεδώρηνται χάριν αὐτοῖς τῆς ξυμμαχίας ἐκτίνοντες.

tinuateur de celle du comte Marcellin [1]; tous deux rapportent cette destruction complète de Milan et de sa population italienne, et l'évêque d'Avenches n'a garde d'oublier
la part prise à la guerre par les Burgondes. Ainsi les
Goths s'établissent de nouveau solidement en Italie septentrionale, et la tentative de Bélisaire échoue sur ce point.

Justinien, ayant été informé, dans la suite, de cette catastrophe et ayant appris que la rivalité de Narsès et de Bélisaire l'avait en partie causée par des ordres contradictoires,
rappela Narsès à Constantinople [2].

La date de la prise de Milan n'est cependant pas la
même chez Procope, Marius, et le continuateur du comte
Marcellin. Marius place la destruction même de la ville
en 538 [3]. Le continuateur du comte Marcellin en 539 [4]. Chez
Procope, Bélisaire, dans la quatrième année de la guerre,
après le siège d'Orvieto, après l'hiver, donc au printemps
539, se met en marche pour gagner avec son armée le
Picenum ; en route il apprend la prise de Milan ; celle-ci
se placerait donc au commencement de 539. Procope et le
continuateur du comte Marcellin très au courant des
choses d'Italie ont sans doute raison en admettant l'année 539, Marius ne s'est d'ailleurs trompé que de quelques
mois. Le siège commencé dans l'hiver 537-538 se termine
au commencement de 539.

Peut-on ajouter quelque chose aux renseignements de
Procope et essayer de tracer l'itinéraire de l'armée burgonde qui s'en va, en 537-538, sous le commandement de
chefs encore nationaux jusqu'à Milan ? Si l'on s'en rapporte
au récit des deux expéditions postérieures que Théode-

---

[1] Cette dernière rédigée probablement en Orient, mais très au courant
des choses d'Italie. Éd. Mommsen, *Auct. Ant.*, XI, *Chr. Min.*, II, p. 42.

[2] Procope, *De bello Gothico*, II. 22, éd. Haury, II, p. 247.

[3] Mar. Av., *Chron.*, an. 538, éd. Mommsen, p. 235 : « Johannès, Ind. I,
Hoc cons. Mediolanus a Gotis et Burgundionibus effracta est ibique sena-
tores et sacerdotes cum reliquis populis etiam in ipsa sacro sancta loca
interfecti sunt, ita ut sanguine eorum ipsa altaria cruentata sint. »

[4] *Auctarium Marcellini*, an. 539, éd. Mommsen, *Chr. min*. II, p. 105 :
« II Appionis Solius, 3, Gothi Mediolanum ingressi muros diruunt prædamque potiti omnes Romanos interficiunt, Mundilam, Paulumque duces
abducunt Ravennam. »

bert, puis les Alamans dirigèrent en Italie, on peut être
sûr que le contingent des cités burgondes du roi d'Austrasie, parmi lesquelles celle de Windisch-Avenches, se
rassembla au delà des Alpes et pénétra en Ligurie par un
des cols déjà sillonnés par une voie romaine. Au haut
moyen âge la route la plus fréquentée fut, pour la partie
occidentale du massif alpin, le Grand Saint-Bernard, le
Mont Joux ; c'est en effet à lui que mène cette importante
voie romaine, qui partant de Langres et Besançon traverse
le Jura, et rejoint sur les bords du Léman celle qui vient
de Genève et Vienne [1]. Cependant l'armée envoyée par
Théodebert avait le choix entre d'autres itinéraires, en
passant sur le territoire relevant de Clotaire et de Childebert qui n'avaient aucune raison de s'opposer à sa marche.
La route du Petit Saint-Bernard, bien que moins usitée à
l'époque [2] existait dès l'antiquité romaine ; elle conduisait,
d'une part, de Genève par le lac du Bourget, d'autre part,
de Vienne en remontant l'Isère, à Aoste où elle rejoignait
la route du Grand Saint-Bernard [3]. Le Mont Genèvre ou
Pas de Suze s'atteignait, enfin, de Lyon par Vienne,
Grenoble, Briançon, en suivant toujours une ancienne
voie romaine [4] qui, en Italie, longeait le Pô, passait par
Turin et retrouvait à Cozzo, au sud-est de Verceil, celle
qui venait des deux Saint-Bernard.

Pavie n'avait pas pu être occupée par les Grecs ; mais
tout le reste de la Ligurie était entre leurs mains. Ce dernier chemin ne pouvait guère être préféré aux autres par
des envahisseurs qui devaient tenir à éviter le pays ennemi
et qui arrivèrent presque à l'improviste devant Milan. Le
Grand Saint-Bernard, par contre, route connue et directe,
les mène rapidement à leur but [5] ; il relie en outre l'Austrasie et l'Italie, et tout au moins les cités burgondes que

[1] E. Oehlmann, *Die Alpenpässe im Mittelalter, Jahrbuch für schweizerische Geschichte,* III, p. 232 et ss.
[2] Oehlmann, *Alpenpässe,* p. 187.
[3] Desjardins, *Géogr. de la Gaule Romaine,* IV, p. 167-168.
[4] Desjardins, *loc. cit.* Cf. Longnon, *Atlas Historique,* Carte II.
[5] La voie romaine conduisait directement de Verceil par Novare à
Milan. V. *C. I. L.* V. *Pars* II, carte.

nous savons certainement avoir appartenu à Théodebert comme Langres, Chalon-sur-Saône, Avenches, peut-être Besançon [1]. Il est donc très probable que ce fut par là que les Burgondes entrèrent en Italie en 537-538, mais l'absence de textes précis nous empêche d'ajouter avec certitude ce passage à la liste des traversées historiques du Valais.

En 539, Théodebert lui-même, jetant le masque se met à la tête d'une importante armée qui franchit les Alpes et descend en Italie [2]. Bélisaire assiégeait Auximum, il avait envoyé jusqu'à Dertone au sud du Pô un corps de troupes pour surveiller les mouvements des Goths réunis autour de Pavie sous le commandement d'Urajas [3] ; c'est alors que Théodebert arrive et bientôt, sans s'occuper des traités, fait la guerre à son profit ; tant qu'ils sont en Ligurie les Germains de Procope, c'est-à-dire les Francs d'Austrasie et sans doute aussi les Burgondes qui doivent le service militaire au roi d'Austrasie, se conduisent amicalement vis-à-vis des Goths ; ils craignent, en effet, que ceux-ci ne leur barrent le passage du Pô [4].

Le pont de Pavie leur est livré sans défiance, les Francs font alors un grand massacre de femmes et d'enfants, puis attaquent le camp situé sur la rive droite du fleuve et mettent en fuite les Ostrogoths dans la direction de Ravenne ; les Grecs qui occupaient les camps d'observation poussés non loin des lignes des Ostrogoths, croient à une victoire de Bélisaire ; ils sortent à la rencontre des vainqueurs et sont complètement mis en déroute par les Francs ; sans

---

[1] Théodebert pouvait cependant posséder quelques unes des cités méridionales de la Burgondie à partir de Grenoble ; le peu d'indications que nous avons pu réunir sur ces cités nous empêche de conclure avec plus de précision, la levée des auxiliaires Burgondes ayant pu être faite aussi bien là que dans les cités septentrionales relevant de l'Austrasie.

[2] *Auct. Marcellini*, éd. Mommsen, p. 106 ; Mar. Av., *Chron.*, ibid., p. 236 ; Greg. Tur., *Hist. Franc.*, III, 32, éd. Arndt, p. 136.

[3] Procope, *De bello Gothico*, II, 23, 26. Cf. Dahn, *Urgeschichte*, I, p. 262-264, III, p. 92-93.

[4] Procope, *op.cit.*, II, 25, éd. Haury, II, p. 262 : οἱ δὲ Γερμανοί, τέως μὲν ἐν Λιγούροις ἦσαν, οὐδὲν ἐς Γότθους ἄχαρι ἔπρασσον, ὅπως σφίσι μηδεμία κωλύμη ἐς τοῦ Πάδου τήν διάβασιν πρός αὐτῶν γένηται.

pouvoir regagner leurs camps ils fuient en désordre à travers la Toscane où ils annoncent la trahison de Théodebert à Bélisaire [1].

Cette fois les détails donnés par Procope nous permettent de déterminer avec plus de vraisemblance le chemin suivi par Théodebert. Il franchit, en effet, les Alpes qui séparent la Gaule de l'Italie et il parvient ainsi en Ligurie [2].

La route de Provence, le long de la mer doit être écartée d'emblée ; elle mène à Gênes, qui est, pour Procope, la dernière ville de la Toscane [3] ; c'est par là que le roi d'Austrasie revint en détruisant cette grande ville [4].

Le fait qu'il craint que les Goths ne lui barrent le passage du Pô, montre qu'il arrive du nord de ce fleuve ; d'autre part c'est à Pavie que la route qu'il a prise aboutit au fleuve et c'est là qu'il s'empare du pont et assure ainsi la liberté de ses mouvements ultérieurs. Ce n'est donc pas par le Mont Genèvre qu'il a passé ; la route qui le traversait venant d'une part de Vienne, Grenoble, Briançon et d'autre part d'Arles et de Valence [5], rencontrait le Pô à Turin pour suivre son cours sur une longue distance ; les Francs auraient donc pu s'emparer des ponts et tenter le passage bien avant Pavie. L'importance de cette ville et de son pont ne s'explique, dans le récit de Procope, que si c'est à ce point seulement, que l'armée austrasienne arrive au bord du fleuve. C'est le cas si elle a suivi la voie romaine qui, réunissant les routes des deux Saint-Bernard, conduit d'Aoste par Ivrée, Verceil, Lomello à Pavie [6]. Entre ces deux derniers cols il semble que nous ayions encore de quoi choisir. Le Petit Saint-

---

[1] Procope, *ibid.*, p. 263.

[2] Procope, *ibid.*, p. 262 : οὕτω μὲν Φράγγοι τὰς Ἄλπεις ἀμείψαντες, αἳ Γάλλους τε καὶ Ἰταλοὺς διορίζουσιν, ἐν Λιγούροις ἐγένοντο.

[3] Procope, *De bello Gothico,* II, 12, éd. Haury, II, p. 203.

[4] *Auct. Marcellini,* an. 539, éd. Mommsen, p. 106 : « II Appionis Solius. Theudebertus Francorum rex cum magno exercitu adveniens Liguriam totamque deprædat Aemiliam Genuam oppidum in litus Tyrrheni maris situm evertit deprædat ; exercitu de hinc suo morbo laboranti ut subveniat, paciscens cum Belisario ad Gallias revertitur.

[5] Desjardins, *Géogr. de la Gaule romaine,* IV, p. 167-168.

[6] *C. I. L.,* V. *Pars* II, carte.

Bernard, moins fréquenté, était atteint par deux voies
romaines; l'une partant de Genève, faisait un détour considérable sur la route directe du Mont Joux; l'autre partait,
nous l'avons dit, de Vienne ou de Lyon, cités qui n'appartenaient pas à Théodebert, et, cette fois, son armée
venait non pas seulement de Burgondie mais surtout
d'Austrasie, de son royaume de Metz. Les cités les plus
importantes, Toul, Metz, Reims, étaient en communication avec Langres, de là partait l'antique route qui, par
Besançon, Pontarlier, Orbes retrouvait, près de Lausanne,
la voie romaine de la vallée du Rhône et du Léman, près
de Vevey, celle qui venait de Bâle, Avenches, pour de là
s'engager dans les vallées alpines, jusqu'au Grand Saint-
Bernard. C'était là la voie naturelle qui reliait l'Austrasie
à l'Italie et qui aboutit en outre en Ligurie au nord du Pô
et à Pavie. Selon les meilleures probabilités ce fut celle
qu'il prit pour aller, en 539, combattre tout à la fois les
Byzantins et les Ostrogoths [1].

Théodebert ne poussa pas ses succès bien au delà du
Pô; les fièvres, le mal qui détruisit tant d'armées en Italie,
succédèrent à la disette des vivres et la dysenterie enleva
le tiers de son armée; Bélisaire lui envoya, en outre, une
lettre menaçante pour lui reprocher son manque de foi et
lui faire craindre la colère de l'empereur; le roi franc peu
rassuré et troublé par les murmures de ses soldats, re-
broussa chemin et rentra en Gaule [2].

L'expédition de Théodebert ne fut pourtant pas un simple acte de pillage; depuis ce moment nous voyons constamment les Francs jouer un rôle dans la guerre d'Italie;
ils réussissent à s'emparer d'une partie du pays, à occuper de nombreuses places fortes jusqu'au moment où
une invasion alamannique terminera héroïquement la
lutte de vingt années, entreprise par Justinien contre

[1] La cité du Valais appartenait ainsi probablement à Théodebert;
cf. ci-dessus, p. 95.

[2] Procope, De bello Gothico, II, 25, éd. Haury, II, p. 264-265; Mar. Av.,
Chron., a. 539, éd. Mommsen, p. 236; Grég. Tur., Hist. Franc., III, 32,
éd. Arndt, p. 136. Alors sans doute passant par la Provence il détruisit
en chemin Gênes. Cf. Auct. Marcellini, ci-dessus, p. 110, n. 4.

le royaume fondé, aux dépens de l'empire par, le grand
Théodoric.

A en croire en effet Paul Diacre, qui semble sur ce
point avoir utilisé une autre source que le chapitre où
Grégoire de Tours rapporte d'une façon très embrouillée
et peu exacte, les expéditions de Théodebert [1], celui-ci
aurait laissé derrière lui deux ducs qui devaient continuer
la soumission de l'Italie, Haming et Buccelin [2].

Nous les retrouverons quelques années plus tard à la
tête de l'invasion des Alamans. D'ailleurs, les rois francs
négocient avec Vitigès assiégé dans Ravenne et lui offrent
leur alliance, contre le partage de l'Italie. Mais Bélisaire
fait échouer leurs projets en négociant lui aussi avec le
roi ostrogoth [3] jusqu'au moment où il réussit à s'emparer
de Ravenne et à emmener Vitigès prisonnier à Constantinople (540).

La résistance des Goths se concentre alors au nord du
Pô, en Ligurie et en Vénétie ; bientôt Totila proclamé roi
reprend l'avantage (542) et descend dans le sud de la
Péninsule où il occupe le Bruttium, la Lucanie, l'Apulie,
la Calabre [4] ; en 546 il reprend Rome que Bélisaire réoc-
cupe aussitôt après ; mais lorsqu'en 549 le grand général
grec quitte définitivement l'Italie, la guerre n'a pas cessé ;
Totila reprend la Sicile et attaque les îles Ioniennes. Au
nord Théodebert n'est pas resté inactif ; à la faveur de la
guerre il fait occuper de nombreuses places en Italie ; les
Alpes Cottiennes que tenait auparavant Bélisaire [5] sont
en sa possession ; de même une grande partie de la Ligurie et la majeure partie de la Vénétie lui rendent tribut.

---

[1] *Hist. Franc.*, III, 32.

[2] Paul. Diac., *Hist. Lang.*, II, 2, éd. Arndt, *Mon. Germ. SS. rer.
Lang.*, p. 72 : « His temporibus Narsis etiam Buccellino duci bellum
intulit, quem Theudepertus rex Francorum cum Amingo alio duce, ad
subiciendam Italiam dereliquerat. » Cf. Richter, *Annalen*, p. 54 : ce serait
à cette première campagne de Buccelin que se rapporterait le récit de
Grég. de Tours, *Hist. Franc.*, III, 32, éd. Arndt, p. 136, qui ne sait rien
de la victoire de Narsès. Cf. *Hist. Franc.*, IV, 9, éd. Arndt, p. 146-147.

[3] *De bello Gothico*, II, 28, éd. Haury, II, p. 278-279.

[4] V. sur le détail de ces faits Dahn, *Urgesch.*, I, p. 269 et ss.

[5] Procope, *De bello Gothico*, II, 28, éd. Haury, II, p. 280.

Là les Goths ne gardent que peu de villes, et les Grecs ne se maintiennent qu'au bord de la mer [1]. Par un accord, probablement conclu avec Totila, les Francs se font garantir la paisible occupation de ce qu'ils ont pris, et lorsque la guerre sera terminée, ils partageront avec les Goths. Ils sont de nouveau leurs alliés et dès lors apparaissent comme franchement hostiles aux Grecs. A en croire Agathias, Théodebert voulait agir au delà de l'Italie même ; il préparait une guerre contre Byzance, lorsque la mort vint le surprendre au milieu de son activité. Allié aux Gépides et aux Lombards, il méditait de pénétrer à la tête de troupes considérables par la Thrace, jusque sous les murs de Constantinople, évitant ainsi Narsès retenu en Italie [2]. L'année même de sa mort, le duc franc Lanthacarius est tué dans la guerre qui continue toujours au delà des Alpes [3].

En 548, Théodebert meurt dans la quatorzième année de son règne ; avec lui disparaissait une grande énergie conquérante qui mena les Francs bien au delà de leurs frontières primitives. Son fils Théodebald encore très jeune lui succède sans difficultés, et prend possession du royaume de son père, par conséquent de l'Alamannie de la cité de Windisch-Avenches et probablement du Valais [4].

---

[1] Procope, *De bello Gothico*, III, 33, éd. Haury, p. 443, et IV, 24, éd. Haury, p. 617 : Θευδίβερτος δὲ, ὁ Φράγγων ἀρχηγὸς, οὐ πολλῷ ἔμπροσθεν ἐξ ἀνθρώπων ἠφάνιστο νόσῳ, Λιγουρίας τε χωρία ἄττα καὶ ῎Αλπεις Κουτίας καὶ Βενετῶν τὰ πολλὰ οὐδενὶ λόγῳ ἐς ἀπαγωγὴν φόρου ὑποτελῆ ποιησάμενος.

[2] Agathias, *Hist.*, I, 4, éd. Niebuhr, p. 20-23 ; Digot, *Hist. d'Austrasie*, I, p. 30 et ss., a exagéré la tendance du récit d'Agathias et utilisé d'autres documents alors mal étudiés, pour prétendre que Théodebert se fit proclamer empereur.

[3] Mar. Av., *Chron.*, an. 548, éd. Mommsen, p. 236 : « P. C. Basili ann. VII, Ind. XI. 2, Eo anno Lanthacarius dux Francorum in bello Romano transfossus obiit. »

[4] Mar. Av., *loc. cit.* : « Eo anno Theudebertus rex magnus Francorum obiit et sedit in regno eius Theudebaldus filius ipsius. » Cf. Greg. Tur., *Hist. Franc.*, III, 36, éd. Arndt, p. 138, III, 37, éd. Arndt, p. 140 : « A transitu igitur Chlodovechi usque in transitum Theudoberti computantur anni 37. Mortuo ergo Theudoberto, 4 regni sui anno, regnavit Theudoaldus filius ejus pro eo. » Clovis est mort dans la deuxième moitié de 511. (Richter, *Annalen*, p. 44-45.) Théodebert serait donc mort dans

Théodebald abandonna les vastes projets de son père, mais les Francs n'en continuent pas moins à maintenir leurs positions en Italie. Justinien envoya alors à Théodebald un ambassadeur, le sénateur Léon, pour lui demander son alliance dans la guerre gothique et la reddition des places que Théodebert avait détenu contre les traités ; le roi d'Austrasie refusa de combattre les Goths ses amis ; il contesta que son père eût rien enlevé injustement en Italie ; il avait obtenu de Totila la pleine possession de ces villes. Au reste Théodebald se déclarait prêt à restituer ce qu'on lui prouverait avoir été pris contre tout droit aux Grecs et envoya le Franc Leudardus à Byzance pour le règlement de cette affaire [1]. Que résulta-t-il de ces négociations ? Probablement rien du tout, car, en 552, lorsque Narsès pénétra dans la haute Italie, les chefs francs qui occupaient toujours les places de la Vénétie lui barrèrent le passage sous prétexte qu'il conduisait dans son armée des Lombards, les plus grands ennemis des Francs [2].

Narsès passa cependant, en longeant le littoral ; à la tête de nombreuses troupes lombardes, hérules et gépides, il parvient à Ariminum et près de là, à Tagina, il bat complètement les Goths et leur roi Totila (Juin ou Juillet 552 [3]).

De nouveau les Goths se concentrent autour de Pavie pour organiser la résistance ; ils proclament roi, Teias qui décide de pousser les Francs à la guerre et prépare ses troupes à combattre. En Vénétie les Francs défendent le pays comme s'il était le leur ; ainsi à Vérone, Valérianus, envoyé par Narsès, commençait à négocier avec la garnison, lorsque les Francs le forcèrent à se retirer [4].

Au sud la guerre devenait terrible ; les Goths désespé-

---

la seconde moitié de 548 : mais, d'autre part, Théodebert a commencé son règne en 533-534 (fin 533 com. 534 cf. Richter, *op. cit.*, p. 54) ; sa quatorzième année se termine, au plus tard, dans la première moitié de 548. Grégoire a compté, depuis la mort de Clovis, 37 ans pleins, alors qu'il fallait dire dans la 37e année écoulée depuis la mort de Clovis. Théodebert est donc mort au commencement de 548.

[1] Procope, *De bello Gothico*, IV, 24, éd. Haury, p. 618-622.
[2] Procope, *De bello Gothico*, IV, 26, éd. Haury, p. 632-633.
[3] Cf. Dahn, *Urgeschichte*, I, p. 282.
[4] Procope, *De bello Gothico*, IV, 33, éd. Haury, II, p. 632.

rés massacraient les sénateurs et les otages ; Narsès reprenait
Rome à la suite de beaucoup d'autres places et assiégeait
Aligern frère de Teias à Cumes. Celui-ci, qui accourait
pour débloquer la place est cerné et tué au pied du Vésuve
(Septembre 552[1]) ; son armée capitule et quitte l'Italie.

La soumission de l'Italie approchait et peu à peu les
résistances s'apaisaient ; au nord du Pô cependant, les
Goths qui se maintenaient indépendants envoyèrent des
ambassadeurs auprès de Théodebald pour lui demander
des secours ; ils lui représentèrent le danger que consti-
tuerait pour le royaume franc la puissance grecque établie
en Italie, et d'autre part tout le profit qu'il retirerait d'une
guerre[2]. Théodebald malade et de tempérament peu agres-
sif refusa son concours. Mais deux frères, les ducs Alamans Leutharis et Buccelin, probablement présents à la
cour du roi lors de l'entrevue de Théodebald et des envoyés goths, malgré son déplaisir, leur promettent leur
alliance. Buccelin ou Buttilin était probablement le même
personnage que ce duc laissé, selon Paul Diacre, en Italie
par Théodebert[3] ; tous deux jouissaient d'un grand pouvoir auprès des Francs ; aussi avaient-ils été placés par
Théodebert à la tête de leur peuple[4]. Ils croyaient que
Narsès ne pourrait pas résister à leur élan et qu'ils se ren-
draient facilement maîtres de toute l'Italie et de la Sicile ;
ils rassemblent une armée de Francs et d'Alamans forte
de 75,000 hommes et se préparent à lancer sur l'Italie une
nouvelle incursion[5].

L'expédition des ducs Alamans en Italie est bien con-

---

[1] Procope, *De bello Gothico*. IV, 35, éd. Haury, II, p. 675-676. Cf.
Dahn, *Urgeschichte*, I, p. 283.

[2] Agathias, *Hist.*, I, 5, éd. Niebuhr, p. 26.

[3] Cf. ci-dessus, p. 94.

[4] Agathias, *Hist.*, I, 6, éd. Niebuhr, p. 26 : Λεύθαρις δὲ καὶ Βουτι-
λῖνος, εἰ καὶ τὸν βασιλέα σφῶν ἥκιστα ἤρεσκεν, ἀλλ'αὐτοὶ ἀνεδέχοντο τὴν
ξυμμαχίαν. τούτω δὲ τὼ ἄνδρε ἤστην μὲν ἀδελφώ, καὶ τὸ γένος Ἀλαμανώ, δύναμιν
δὲ παρὰ Φράγγοις μεγίστην εἰχέτην, ὡς καὶ τοῦ σφετέρου ἔθνους ἡγεῖσθαι,
Θευδιβέρτου πρότερον παρασχόντος. Cf. Cramer, *Gesch. der Alam.*, p. 225.

[5] Agathias, *Hist.*, I, 7, p. 30 : ἔκ τε Ἀλαμανῶν καὶ Φράγγων στράτευμα ἐς
πέντε καὶ ἑβδομήκοντα χιλιάδας ἀλκίμων ἀνδρῶν ἀγείραντες, παρεσκευάζοντο τὰ
πολέμια, ὡς αὐτίκα μάλα ἐς τὴν Ἰταλίαν καὶ δή ἐμβαλοῦντες.

nue et a été souvent racontée avec détails[1] ; nous en rappellerons les faits principaux afin de dégager du récit d'Agathias ce qui peut nous intéresser pour l'histoire des Alamans, de leur situation à cette époque dans la monarchie franque, et pour celle des passages alpins.

Narsès, à la nouvelle de l'arrivée des Alamans sur le Pô, laisse à Cumes une partie de son armée; lui-même va en Toscane hâter la reddition d'un grand nombre de places fortes ; mais le meilleur de ses forces est dirigé au nord, en Emilie, pour attaquer l'ennemi nouveau, ou tout au moins, pour arrêter sa marche[2]. A Parme, déjà occupée par les Francs, un duc hérule, Fulcaris, qui s'était avancé trop loin, fut surpris avec sa troupe et massacré dans l'amphithéâtre de cette ville. Ce premier succès rallia aux ducs alamans les Goths de l'Emilie et de la Ligurie qui avaient été contraints de traiter avec les Grecs ; ils se joignent à la troupe de Leutharis et de Buccelin pour faire reculer sous leur première poussée les Byzantins jusqu'à Faventia. Bientôt Narsès les obligea à avancer de nouveau et à regagner leurs positions devant Parme[3].

Vers la fin de l'automne 553, Narsès après avoir réduit Lucques, se rend à Ravenne ; il ordonne la dislocation de ses troupes dans leurs quartiers d'hiver et donne rendez-vous à ses officiers, à Rome, au printemps, pour recommencer la campagne. Il savait, en effet, que l'été était plus préjudiciable que l'hiver aux Francs inaccoutumés au climat méridional[4]. Cependant Aligern toujours assiégé à Cumes, craignant que les Francs, victorieux n'imposent à l'Italie leur domination pour ne plus la rendre aux Goths, décida de se rendre à Narsès[5]. Celui-ci l'accueille avec joie et l'envoie à Cesena, ville assiégée par les Francs ; là, du haut des murailles, il apparut aux envahisseurs

[1] Digot, *Hist. d'Austrasie*, I, p. 300 et s.; Bornhak, *Gesch. der Franken*, I, p. 291 et s.; Stälin, Chr. Fr.. *Wirtembergische Geschichte*, I, p. 171-172; Stälin, P. Fr., *Geschichte Wurtembergs*, I, p. 230 et s.

[2] Agathias, *Hist.*, I, 18, éd. Niebuhr, p. 36-38.

[3] *Id.*, I, 14, éd. Niebuhr, p. 42-44. Cf. I, 18, p. 52.

[4] *Id.*, I, 19, éd. Niebuhr, p. 54-55.

[5] *Id.*, I, 20, éd. Niebuhr, p. 55-57.

transalpins, leur annonça qu'il avait rendu Cumes aux Grecs et que les insignes de la royauté gothique étaient maintenant entre leurs mains. Les Germains l'appellent traitre à sa nation et après en avoir délibéré, décident de continuer la guerre [1].

Au commencement du printemps 554, Narsès réunit ses troupes à Rome, tandis que les Germains, évitant la capitale, se répandent en pillards dans la péninsule et pénètrent ainsi jusqu'au Samnium. Arrivés là, les deux frères se séparent.

Buccelin, avec la plus forte partie de l'armée, se dirige le long de la mer Tyrrénienne à travers la Lucanie, le Bruttium, jusqu'au détroit de Messine. Leutharis marche dans la direction de l'Adriatique, puis traverse l'Apulie et la Calabre jusqu'à Otrante. L'armée ne cesse de faire du butin; mais les Francs respectent les églises, tandis que les Alamans, encore païens, exercent contre elles leur fureur; ils pillent les temples sans ménagements; ils enlèvent les instruments du culte, les vases et les calices d'or; non contents de cela, ils en démolissent les toits et en renversent les fondements; les sanctuaires sont souillés de sang, les moissons corrompues par les cadavres qu'ils laissent sans sépulture [2].

L'été arrive. Leutharis craignant les dangers du climat, décide de rentrer au pays en emportant le butin; il conseille à son frère d'en faire autant; mais celui-ci avait promis aux Goths de livrer avec eux une bataille décisive; assuré d'être proclamé roi, il se résout à rester [3]. Leutharis se met en marche après avoir promis à son frère de lui envoyer des secours; il arrive sans encombre jusque dans le Picenum et établit son camp près de la ville de Fano. Un corps d'éclaireurs fort de 3000 hommes tombe dans une embuscade que lui tendent Artabanès et le Hun Uldach, qui occupaient près de là, la ville de Pesaro. Ils se replient sur le camp de Leutharis, qui range

---

[1] Agathias, *Hist.*, I, 20, éd. Niebuhr, p. 58.
[2] *Id.*, II, 1, éd. Niebuhr, p. 65.
[3] *Id.*, II, 2, éd. Niebuhr, p. 66.

aussitôt son armée en bataille ; beaucoup de prisonniers
saisissent cette occasion pour fuir en emportant dans les
châteaux grecs voisins tout le butin qu'ils peuvent prendre [1].

Artabanès et Uldach refusent le combat ; les Germains
regagnent leur camp et constatent la fuite des prisonniers
et la disparition du butin ; afin de ne pas supporter des
pertes plus graves, ils décident de lever sur le champ leur
camp ; laissant sur leur droite le littoral de la mer, ils se
dirigent à travers les collines proches des Apennins et en
droite ligne du côté de l'Emilie et des Alpes Cottiennes.
Ils traversent non sans peine le Pô [2] ; arrivés en Vénétie,
ils espèrent se refaire de leurs fatigues dans la ville de
Ceneda, qui était alors entre leurs mains. Après avoir
enduré la perte de presque tout le fruit de leur pillage,
ils sont bientôt atteints de toutes les sortes de maladies
que le climat infligeait à leurs constitutions, les fièvres,
la peste. Leutharis meurt et pas un de ses soldats n'est
épargné par la contagion : aucun ne survécut [3].

De son côté, Buccelin ayant ravagé tout le pays jusqu'au détroit de Sicile, apprit au commencement de l'automne 553, que l'armée de Narsès était réunie à Rome ; il
décide de lui livrer le combat décisif et se dirige dans ce
but avec toutes ses troupes à travers la Campanie ; les
vivres étant rares, les soldats mangèrent trop de raisins
et se gorgèrent de vin nouveau, de sorte que la dysenterie commença à faire des ravages parmi leurs rangs. Buc-

---

[1] Agathias, *Hist.*, II, 2, éd. Niebuhr, p. 67-68.

[2] *Id.*, II, 3, éd. Niebuhr, p. 69.

[3] *Ibid.*, p. 70. C'était la 19me année de la guerre 553-554. Cf. Dahn,
Urgeschichte, I, p. 285-287 Paul Diacre a conservé quelques détails sur la
région où périt l'armée de Leutharis. *Hist. Lang.*, II, 2, éd. Arndt, p. 73 :
« Tertius quoque Francorum dux nomine Leutharius, Buccellini germanus, dum multa præda onustus ad patriam cuperet reverti inter Veronam
et Tridentum juxta lacum Benacum propria morte defunctus est. »
Ceneda indiqué par Agathias n'est pourtant pas situé au bord du lac de
Garde, mais passablement plus à l'est au pied des Alpes au nord de
Trévise. Leutharis, après avoir passé le Pô, se détourne de la route du
retour et va chercher, plus à l'est, un refuge dans une des villes de Venétie
occupée encore par les Francs.

celin se vit forcé de combattre au plus vite ; inquiet et sans
nouvelles de son frère, il espérait cependant vaincre grâce
à la grande supériorité numérique de son armée ; il avait
avec lui 30,000 hommes contre les 18,000 de Narsès. Près
de Capoue, au bord du Vulturne, il dressa son camp,
le fortifiia et construisit sur le fleuve un pont gardé par
une tour de bois. Narsès arrive et s'établit en face du
camp des Germains ; des fourrageurs de l'armée de Buccelin sont pourchassés par sa cavalerie qui réussit à incen-
dier la tour du pont ; le poste qui l'occupe se retire ;
furieux les Germains veulent combattre malgré les pro-
phéties de devins alamans qui annonçaient ce jour comme
néfaste pour tous [1].

La bataille s'engage bientôt, dont tous les détails nous
ont été rapportés par Agathias. Les Germains formés en
noyau fondent avec vigueur sur la phalange savamment
disposée par Narsès ; ils réussissent par leur élan à enfon-
cer les premières lignes et à pénétrer ainsi au milieu de
l'armée grecque, mais sans réussir à lui causer beaucoup
de mal. Narsès manœuvre habilement pour les cerner ;
bientôt les troupes de Buccelin sont entièrement détruites ;
le chef lui-même est tué. Les Grecs n'auraient eu que
80 morts, tandis que cinq hommes de l'armée ennemie
devaient seuls revoir leur patrie. Ce succès complet de
Narsès, exalté peut-être même exagéré par l'historien de
Myrrine, fut le dernier grand épisode de la guerre italienne [2].

Narsès acheva la soumission du pays après la défaite de
Buccelin, suprême espoir des Goths, en détruisant la garnison franque d'Ariminum, puis, au printemps de 555,

---

[1] Agathias, *Hist.*, II, 6, éd. Niebuhr, p. 77.
[2] Agathias, *Hist.*, II, 4 à 10, éd. Niebuhr, p. 71 à 88. Grégoire de
Tours signale la fin de Buccelin. *Hist. Franc.*, III, 32. Mais Paul Diacre
s'accorde avec Agathias pour raconter la destruction de son armée. *Hist.
Lang.*, II, 2, éd. Arndt, p. 73 : « ...Qui Buccellinus cum pene totam Italiam direptionibus vastaret et Theudeperto (?) suo regi de præda Italiæ
munera copiosa conferret, cum in Campania hiemare disponeret, tandem
in loco cui Tannetum (?) nomen est gravi bello a Narsete superatus
extinctus est. »

dans la 20me année de la guerre, par la capitulation de
7000 Goths réfugiés dans la forteresse de Campsae [1].

Les Francs ne disparaissent pourtant pas tout de suite
de l'Italie ; une trève intervint dans la suite, probablement
lorsque Clotaire Ier était occupé à la guerre de Saxe [2]. De
nouveau et probablement sous le règne de Gontran, une
armée de Francs, commandée par un duc qui avait depuis
longtemps fait connaissance avec l'Italie, Haming, s'allia
au comte goth Widin. Narsès triompha aisément de la
révolte [3], mais alors seulement, les Francs auraient été
définitivement chassés de l'Italie et les frontières de l'empire grec étendues jusqu'aux Alpes [4].

En l'absence d'indications précises, on ne peut faire
que des suppositions sur la route suivie par les ducs
alamans pour pénétrer en Italie ; nous ne savons où ils
ont rassemblé leur armée, mélangée d'Alamans et de
Francs probablement austrasiens. Les Alpes Cottiennes
étant alors franques, il est possible que ce soit par le
Mont-Genèvre qu'ils aient dirigé leurs bandes pillardes ;
au retour, c'est en effet de ce côté que se tourne un moment Leutharis après la perte de son butin à Fano [5]. Ils
peuvent aussi avoir traversé les Alpes par les routes romaines qui conduisent au centre même de l'Alamannie, le
Splügen, le Bernardin, le Septimer [6], en remontant la val-

---

[1] Agathias, *Hist.*, II, 13, p. 91-93. Cf. Dahn, *Urgeschichte*, I,
p. 237.

[2] *Excerpta e Menandri historia*. Niebuhr, *Corpus*, XIV, 16, p. 346.

[3] Paul. Diac., *Hist., Lang.*, II, 2, éd. Waitz, p. 73 : « Amingus vero
dum Widin Gothorum comiti contra Narsetem rebellanti auxilium ferre
conatus fuisset, utrique a Narsete superati sunt. » Cf. p. 96, n. 2.

[4] Ludo Hartmann, *Geschichte Italiens im Mittelalter*, I, p. 348 et 404.
Marius semble avoir embrouillé les événements d'Italie, sur lesquels il
est imparfaitement renseigné, en rapportant en 555 la mort de Buccelin,
en 556 une victoire importante des Francs et la même année l'occupation
par les Grecs du territoire que Théodebert avait gardé de son expédition
fugitive. Éd. Mommsen, p. 236-237.

[5] Agathias, *Hist.*, II, c. 3 ; cf. ci-dessus, p. 118.

[6] Cf. Oehlmann, *Alpenpässe*, p. 165 et s. et 216 ; peut être aussi en suivant
la voie romaine qui conduit de Feldkirch très probablement par l'Arlberg
dans la vallée de l'Adige où elle rejoignait la route du Brenner. Ceneda

lée du Rhin jusqu'au lac de Constance. Les ducs alamans rencontrant pour la première fois l'ennemi autour de Parme, cette hypothèse est également plausible, mais il est impossible de choisir avec plus de certitude l'un ou l'autre de ces passages.

Ce dernier épisode de la guerre d'Italie est aussi le dernier de l'âge héroïque des Alamans. Une dernière fois leur ardeur belliqueuse et pillarde les mène au delà des Alpes; s'il y eut de la part de leur duc une tentative du reste obscure de fonder dans ce pays une nouvelle dynastie barbare, le peuple alamannique n'y a trouvé qu'une occasion de piller et de faire du butin, suivant son ancienne tradition d'ennemi de l'empire romain.

D'autre part, la différence est encore nettement marquée entre eux et les Francs ; ils ont des chefs nationaux assez puissants pour désobéir au roi franc et pour réunir une armée qui compte même des Austrasiens ; tout en reconnaissant l'hégémonie de Théodebald, ils font la guerre pour leur compte particulier. Leur soumission leur laisse leurs particularités de mœurs et de religion, même encore une certaine indépendance politique. Leur nation, bien que tributaire des Mérovingiens, est associée amicalement à la monarchie ; aucun antagonisme de race, aucune haine traditionnelle ne la séparent de celle qui pourtant a su les vaincre. Cette situation résulterait mal d'une conquête radicale de toute l'Alamannie, et s'explique mieux par la cession pacifique, par les Ostrogoths, d'un peuple qui garde sa force guerrière, et, un moment abattu, a vite repris ses habitudes de courses et de pillage.

Dès lors, les chroniques et les annales nous donneront moins de détails que l'historien byzantin sur les Alamans, et n'auront plus, d'ailleurs, à nous conter un fait aussi important de leur histoire.

n'est pas bien éloignée de la voie romaine qui mène de Trente à Aquilée et Leutharis se serait bien égaré dans l'Est, s'il n'avait pas eu en Venétie une route qui le ramenât dans son pays.

§ 2. — *Division de la Suisse entre le royaume de Gontran (Burgondie) et celui de Sigebert Ier (Alamannie) 561. — Catastrophe du Tauredunum. 563. — Inondations et maladies.*

Théodebald, jeune homme faible et maladif, meurt dans la septième année de son règne, et plus exactement dans la première moitié de l'année 555 ; Clotaire Ier, son oncle, hérita de son royaume[1] ; Childebert, son autre oncle, réclama sa part de l'héritage, mais après une violente querelle avec son frère, vieux, malade, craignant sa puissance grandissante, il céda[2].

Bientôt il mourut à son tour et Clotaire Ier, en 558, resta seul roi des Francs sur les quatre royaumes issus du partage fait à la mort de Clovis[3]. En décembre 561, à Compiègne, dans la 56me année de son règne, le dernier survivant des quatre frères meurt[4]. Son fils Caribert essaya vainement de s'emparer de tout le royaume ; ses frères l'obligèrent à un nouveau partage, selon la coutume ; les résidences royales furent les mêmes qu'en 511, Caribert régna à Paris, Gontran à Orléans, Chilpéric à Soissons, Sigebert à Reims ; mais le détail des nouvelles parts ne reproduit pas exactement les quatre royaumes de Clodomir, Thierry Ier, Clotaire Ier et Childebert Ier [5].

[1] Greg. Tur., *Hist. Franc.*, IV, 9, éd. Arndt, p. 147 ; Mar. Av., *Chron.*, an. 555, éd. Mommsen, p. 236 : « P. C. Basili ann. XIV. Ind. III. Hoc anno Theudobaldus rex Francorum obiit et obtinuit regnum eius Chlothacarius patruus patris ejus. »

[2] Agathias, *Hist.*, II, 14, éd. Niebuhr, p. 94-95.

[3] Mar. Av., *Chron.*, an. 558, éd. Mommsen, p. 238 : « P. C. Basilii ann. XVII, Ind. VII. Hoc anno Childebertus rex Francorum transiit et obtinuit regnum ejus Chlotharius rex frater ejus. » Cf. Greg Tur., *Hist. Franc.*, IV, 20, éd. Arndt, p. 156-157 ; Agathias, *Hist.*, éd. Niebuhr, p. 95 : ... ἅπαν δὲ τὸ τῶν Φράγγων κράτος ἐς μόνον Χλωθάριον κατερρύη.

[4] Greg. Tur. *Hist. Franc.*, IV, 21, éd. Arndt, p. 158. Cf. n.   Mar. Av. *Chron.*, a. 561. éd. Mommsen, p. 237.

[5] Greg. Tur., *Hist. Franc.*, IV, 22, p. 159 : « Deditque sors Charibertum

A Gontran échut le royaume de Clodomir ou d'Orléans ;
il comprend tout l'ancien royaume de Burgondie, plus les
cités de Troyes, d'Auxerre, d'Orléans, de Bourges et
d'autres territoires qu'il acquit dans la suite, par la mort
de ses frères et le succès de ses guerres [1]. Si Grégoire de
Tours le nomme roi d'Orléans, le chroniqueur A de la compilation dite de Frédégaire, Burgonde qui vivait à Avenches
ou à Genève, lui assigne la possession de la Burgondie,
qu'il persiste à considérer comme un royaume distinct [2].

Les six conciles réunis par Gontran de 567 à 585 attestent, par les souscriptions de leurs évêques, que les cités
helvétiques continuaient à faire partie de cette Burgondie
franque.

Genève est représentée au concile de Lyon (567 ou
570) et au concile de Paris (573) par son évêque Salonius,
aux conciles de Valence (585) et Mâcon (585) par Cariatto [3].
Windisch-Avenches envoie à Mâcon (585) Marius, l'auteur
de notre chronique [4]. Sion devenu après Martigny le siège
épiscopal de la cité du Valais, délègue à Lyon (567 ou
570) un envoyé de l'évêque Héliodore [5]. Quant à Besançon,

---

regnum Childeberti sedemque habere Parisius, Gunthramno vero regnum
Chlodomeris ac tenere sedem Aurilianensem, Chilperico vero regnum
Chlothari, patris ejus cathedramque Sessionas habere, Sygibertho quo-
que regnum Theoderici sedemque habere Remensem. »

[1] Longnon, *Géogr.*, p. 120 et s.

[2] *Chron. q. dic. Fredeg. scholastici.* III, 55, éd. Krusch, *Mon. Germ. SS.
rer. Mer.*, II, p. 108 : « Gunthramnus in Burgundia regnans. » *Id.*, IV, 1,
éd. Krusch, p. 124 : « Gunthramnus rex Francorum cum iam anno 23
Burgundiæ regnum bonitate plenus feliciter regebat... »

[3] *Concilia*, éd. Maassen. *Conc. Lugdunense*, 567 ou 570, p. 141 :
« Salonius in Christi nomine episcopus civitatis Genavensis constitu-
tionem nostram relegi et subscripsi. » *Conc. Parisiense*, 573, p. 149 :
« Salunius in Christi nomine episcopus civitatis Genavinsium constitu-
tionem nostram relegi et subscripsi. » *Conc. Valentinum*, 585, p. 163 :
« Cariatto in Christi nomine episcopus civitatis ecclesiæ Genavensis
subscripsi. » *Conc. Matisconense*, 585, p. 163 : « Cariatto episcopus civitatis ecclesiæ Genavensis subscripsi. »

[4] *Ibid., Conc. Matisc.*, 585, p. 173 : « Marius episcopus ecclesiæ
Aventice subscripsi. »

[5] *Ibid., Conc. Lugdun.*, 567 ou 580, p. 173 : « Item missi episcoporum qui in eo synodo subscripserunt. Eliodori episcopi a Sedunis. »

les évêques Tétradius et Silvester sont également mentionnés parmi les souscripteurs de ces mêmes conciles[1].

La Suisse burgonde rentre donc entièrement dans le royaume de Gontran et garde du côté de l'Alamannie ses anciennes limites[2].

Le royaume de Sigebert Ier, bien qu'assez semblable à celui de Thierry Ier et de Théodebert Ier comprenait des pays nouveaux, en Aquitaine et en Provence[3]. Mais son centre était bien l'Austrasie proprement dite, l'est de la Gaule franque où le roi réside à Reims, puis à Metz. Les cités des bords du Rhin en font donc partie : Trèves, Cologne, Mayence, Worms, Spire[4]; l'Alsace appartient à Sigebert; Childebert II, son fils, réside en 589 dans le voisinage de Strasbourg[5]; ce n'est qu'à la mort de ce dernier que le pays fut séparé pour un temps de l'Austrasie et réuni au royaume de Burgondie[6]. Ainsi Bâle, ville alsacienne, dépendait de Sigebert, de même que toute l'Alamannie; en 587, Leudfried, duc des Alamans, ayant encouru la disgrâce de Childebert II, dut s'enfuir et fut remplacé par le duc Uncelin[7].

La Suisse franque dont toutes les cités étaient réunies de 558 à 581 sous un seul roi, Clotaire Ier, est de nouveau divisée en deux régions distinctes comme avant la con-

---

[1] *Concilia*, p. 141, 149, 161, 162.

[2] Longnon, *Géogr.*, p. 225 et 229, attribue la possession de la cité de Windisch à Sigebert et se fonde pour cela sur l'absence de l'évêque de cette cité aux conciles réunis par Gontran. Nous avons admis après Mgr. Duchesne et l'abbé Besson que la cité de Windisch-Avenches formait une seule circonscription ecclésiastique. La présence de Marius au concile de Mâcon entraîne donc la possession par Gontran de toute la cité anciennement burgonde. M. Besson en admettant 561 comme la date où son territoire fut démembré et où la rive droite de l'Aar fut séparée du centre de la cité, *Origines*, p. 140 et n. 8, ne s'est pas aperçu que son argumentation sur l'unité du diocèse de Windisch-Avenches, rendait purement hypothétique la date proposée par M. Longnon ; de même Oechsli, *Zur Niederlassung*, p. 260-261. Nous verrons dans la suite si l'époque de ce démembrement peut nous être mieux connue. V. ci-dessous, ch. IV, § 2.

[3] Cf. Longnon, *Géogr.*, p. 146 et s.

[4] Cf. Longnon, *Géogr.*, p. 148-149.

[5] Greg. Tur., *Hist. Franc.*, IX, 36, éd. Arndt, p. 391.

[6] *Chron. Fredegar.*, IV, 37, éd. Krusch, p. 138.

[7] *Id.*, IV, 8, éd. Krusch, p. 125.

quête ; la Suisse burgonde fait partie du royaume de
Gontran, royaume d'Orléans ou de Burgondie par extension ; la Suisse alamannique du royaume d'Austrasie,
alors de Sigebert Ier.

Nous ne saurions rien de plus sur l'histoire de notre
pays au VIme siècle si la chronique de Marius d'Avenches
ne nous avait conservé le souvenir de quelques faits locaux
d'une importance variable et que l'absence de tous autres
détails nous empêche, la plupart du temps, d'expliquer ou
de replacer dans le cadre de leurs causes et de leur conséquences.

Le premier en date de ces événements est une catastrophe géologique qui effraya vivement les contemporains et
dont la répercussion au delà du Jura en apporta la connaissance à l'historien des Francs, Grégoire de Tours :
l'éboulement de la montagne du « Tauredunum. » Nous
n'avons pas la prétention de reprendre et de renouveler
entièrement cette question tant de fois débattue ; il n'est
possible d'arriver à une solution un peu satisfaisante qu'en
faisant appel à une autre discipline que celle de la recherche historique, l'étude géologique des terrains et des
phénomènes de la physique naturelle. Le travail a été fait
à ces divers points de vue par des hommes du métier ; il
nous suffira donc de retracer les quelques phases de l'événement tel qu'il nous est connu par le récit de nos deux
chroniqueurs et d'en proposer la meilleure explication, en
nous aidant des résultats acquis par les sciences de la
nature.

Marius d'Avenches, avec sa brièveté habituelle, raconte
la catastrophe en ces termes : « La 22me année après le
consulat de Basile, la 11me indiction. En cette année, la
grande montagne du Tauredunum, sise dans le territoire
de la cité du Valais, s'écroula si subitement qu'elle couvrit un « castrum » situé non loin d'elle et des « vici » avec
tous leurs habitants ; cette chute souleva une telle agitation sur toute la surface du lac, long de 60 milles et large
de 20, qu'il se répandit sur ses deux rives, détruisit de
très anciennes bourgades (vici) en faisant périr les hom-
et le bétail, et démolit beaucoup de lieux saints avec les

ministres du culte qui s'y trouvaient; il emporta le pont de Genève, des moulins et des hommes, et pénétrant jusque dans la ville, il causa la mort de beaucoup de personnes [1]. »

Deux faits dont les causes s'enchaînent dans les annales de l'évêque d'Avenches: une montagne en Valais tombe sur un « castrum » voisin, c'est-à-dire, non sur un château, le terme est inexact, mais sur une localité « fortifiée » qui peut avoir une assez grande importance [2]. Puis, en tombant, la montagne soulève dans les eaux du lac Léman une agitation telle qu'une importante inondation ravage ses rives.

Marius, devenu évêque d'Avenches en 574, a dû être informé d'une façon particulièrement exacte sur ce phénomène extraordinaire et dont le souvenir était sans doute encore présent à tous; son témoignage étant celui d'un homme vivant dans le pays au plus dix ans après la catastrophe, a donc une valeur de tout premier ordre.

Grégoire de Tours est naturellement plus abondant en détails, qu'il nous faut rapporter et examiner de très près: « Alors, dit-il, en Gaule apparut le grand prodige du « castrum Tauredunum » ; ce « castrum » était placé au-dessus du fleuve, le Rhône: la montagne après avoir fait entendre pendant soixante jours et plus, je ne sais quel sourd mugissement, se fendit enfin, se sépara d'une

---

[1] Mar. Av., *Chron.*, an. 563, éd. Mommsen, p. 237 : « P. C. Basili anno XXII, Ind. XI. Hoc anno mons validus Tauretunensis in territorio Vallensi, ita subito ruit, ut castrum, cui vicinus erat, et vicos cum omnibus ibidem habitantibus oppressisset; et lacum in longitudine LX millium et largitudine XX millium, ita totum movit, ut egressus utraque ripa, vicos antiquissimos cum hominibus et pecoribus vastasset; etiam multa sacrosancta loca cum eis servientibus demolisset : et pontem Genavacum molinas et homines per vim dejecit et Genavam civitatem ingressus plures homines interfecit. » Sur l'expression « territurium Vallense », cf. éd. Mommsen, p. 239. Chez Grégoire « territorium », circonscription territoriale de la « civitas » équivaut au « pagus » administratif. Cf. Longnon, *Géogr.*, p. 33. Pour le nom de la cité du Valais, voir *Concilia*, éd. Maassen, p. 99. *Concil. Aurelianense.* 541 : « Rufus episcopus ecclesiæ de Vale. »

[2] Longnon, *Géogr.*, p. 15. La plupart des « castra » de l'époque mérovingienne ont gardé la même importance relative; quelques-uns sont parvenus au rang de cité.

autre montagne qui lui était proche, et s'écroula dans le
fleuve, entraînant dans sa chute des hommes, des églises
avec les richesses qu'elles contenaient et des maisons ; les
deux rives étant obstruées, l'eau remonta en arrière ; le
lieu est en effet resserré, des deux côtés, entre les montagnes dans les gorges desquelles coule le fleuve. Inondant
la partie supérieure (de la vallée) il couvrit et détruisit
ce qui se trouvait sur ses rives. L'eau s'étant accumulée,
se répandit avec impétuosité plus bas ; elle surprit inopi-
nément les hommes comme cela était arrivé plus haut,
les noya, renversa leurs maisons, fit périr les bêtes de
somme, ravagea et détruisit par une violente inondation
tout ce qui se trouvait sur ses rives jusqu'à la ville de Genève. Beaucoup rapportent que la masse d'eau était telle
qu'elle se répandit par la dite ville en passant par dessus
les murailles, ce qui n'est pas douteux, car, comme nous
l'avons dit, le Rhône coule dans ces lieux à travers les
gorges de la montagne et son cours une fois obstrué, il
ne trouve, sur les côtés, aucune issue par où se déverser ;
il rompit d'un seul coup la montagne qui s'était ébranlée
et écroulée, et ainsi occasionna un grand ravage. Après
cela, trente moines vinrent sur le lieu où le « castrum »
s'était écroulé, et fouillant la terre que la montagne avait
apportée en s'éboulant, ils trouvèrent de l'airain et du fer.
Comme ils étaient à cette occupation, ils entendirent la
montagne mugir comme auparavant. Mais tandis que leur
aveugle cupidité les retenait, la partie (de la montagne)
qui ne s'était pas encore écroulée, tomba sur eux, les en-
sevelit et les fit périr ; et ils ne furent pas retrouvés [1] ».

Grégoire de Tours est un témoin beaucoup plus éloigné
que Marius de ce qui se passe et de ce qui se raconte au
delà du Jura ; toutefois il tient une bonne source d'informations sur la Burgondie ; il connaît le lac Léman et l'a
décrit autre part [2]. Il nous présente une version différente

---

[1] *Hist. Franc.*, IV, c. 31, éd. Arndt, p. 168.
[2] Greg. Tur., *Liber in gloria martyrum*, 75, éd. Arndt, p. 538-539 :
« Extenditur autem lacus ille in longitudine quasi stadiis quadringentis,
latitudinis vero in stadiis 150. » Gontran avait envoyé un prêtre chercher
au monastère d'Agaune des reliques des saints ; à son retour le prêtre

de l'événement et remarquable par ses détails précis et
circonstanciés. Sur quelques points, il est en désaccord
avec Marius. Le « castrum » est appelé « Tauredunum » ;
il est bâti sur une montagne qui s'écroule, entraînant dans
sa chute les maisons et les églises ; la localité fortifiée et
importante de « Tauredunum » s'élève sur la montagne ;
pour Marius c'est la montagne qui porte le nom et elle
s'écroule sur le « castrum ».

L'inondation n'est plus simultanée à l'éboulement ; elle
est causée par la rupture du barrage qui retenait les eaux
du Rhône, la formation d'un lac en amont du point d'éboulement, n'est pas mentionnée par Marius. Enfin, Grégoire
connaît un deuxième affaissement de la montagne, qui
coûte la vie à trente moines, probablement venus du monastère voisin d'Agaune pour fouiller les décombres.

Avant d'essayer d'expliquer ces contradictions, ou de
faire un choix entre les deux récits de la catastrophe, nous
examinerons d'abord les points où les deux chroniqueurs
concordent, et les questions qui se sont posées pour leur
interprétation.

Il y a donc eu en l'année 563 un éboulement important
dans la vallée du Rhône. Où faut-il le placer ? Les identifications les plus diverses ont été proposées et la certitude
n'en désigne aucune d'une manière définitive. Il semble
cependant qu'en l'état actuel de la question, il ne soit plus
permis d'hésiter et que l'on puisse, sans crainte de se
tromper, désigner sur le terrain le lieu où le « Tauredunum » s'est abattu dans la vallée.

En 1855, M. de Gingins la Sarraz en rassemblant les
textes qui, dans son idée, auraient dû décider de la question en faveur d'un emplacement en amont de Saint-Maurice, a tout d'abord prouvé que l'éboulement ne pouvait
avoir eu lieu qu'en Valais, et a écarté d'emblée les hypo-

---

chargé de son précieux fardeau fut surpris sur le lac Léman par une
terrible tempête ; il opposa aux flots déchaînés la châsse qui contenait
les reliques et invoqua le secours des saints. Le vent cessa et le bateau
put gagner la rive. Grégoire tient ce récit de l'envoyé du roi de Burgondie
lui-même ; selon ce qu'il a encore entendu raconter, ce lac contiendrait
des truites qui pèsent jusqu'à cent livres.

thèses insoutenables qui le plaçaient soit à la dent d'Oche, soit en aval de Genève[1]. Cela fait, M. de Gingins argumente avec force en faveur de la Dent du Midi ; la masse qui se serait écroulée dans le Rhône, se serait détachée de la partie de cette montagne appelée Mont-Jorat ; sur le territoire d'Épinacey, au lieu dit le Bois Noir, en amont de Saint-Maurice, les traces d'un grand éboulement seraient facilement relevables ; auprès de ce village la route du Simplon a été frayée au milieu des décombres de la montagne et des roches descendues jusqu'au fleuve[2].

En outre de ces premiers indices, M. de Gingins croit avoir trouvé ailleurs des preuves péremptoires. Tout d'abord la répétition de phénomènes analogues à celui que décrit Grégoire, quoique de beaucoup moins grande importance, dans les temps modernes, en 1635, 1636 et 1835. Ensuite une tradition constante, tant orale qu'écrite, qui placerait en ce lieu la chute du « Tauredunum[3] ». Épenacey ville autrefois célèbre et que l'on prétendait être l'ancienne « Epaunum », où Sigismond réunit le Concile de 517, aurait été détruite par la catastrophe[4]. Enfin l'existence d'un fort, « castrum », voisin de St-Maurice, attestée par la règle du monastère d'Agaune, rédigée au V[mo] siècle ; ce fort ne saurait être autre que le « Tauredunum ».

La volumineuse dissertation de M. de Gingins ne laisse pourtant rien subsister de son faisceau de preuves trompeuses ; battue en brèche par une série de travaux géologiques et historiques ultérieurs, elle n'a guère été reprise

---

[1] *Recherches sur quelques localités du bas Valais*, dans *Mémoires de l'Institut genevois*, III, 1875, p. 1 à 63.

[2] *Ibid.*, p. 8.

[3] M. de Gingins ne connaît pas de mention de cette tradition avant 1666 dans l'*Histoire de Saint Sigismond roi de Bourgogne et martyr*, imprimée à Sion et rédigée par le père Sigismond Berodi.

[4] Le lieu où se tint le concile d'Épao ou Épaone doit être cherché dans le diocèse de Vienne à Albon ou St-Romain d'Albon (arr. Valence, Drôme). Cf. Jahn, *Gesch. der Burg.*, II, p. 141 et s. Le nom d'Épinacey n'a rien à faire avec « Epao » mais il serait dérivé du latin « spinetum » fourré d'épines. On trouve en effet dans les textes, en 850 : « silvam Spinaceti », en 1214 : « Spinacetum ». V. Jaccard, *Toponymie*, p. 151.

après lui [1], mais a eu le grand mérite de faire discuter les plus petits détails de la question.

L'éboulement du « Tauredunum » ne peut s'être produit au Mont-Jorat. On ne relève pas en ce lieu les traces géologiques d'un grand glissement de terrain ; les éboulis et les décombres qui s'étendent jusqu'au Rhône ne sont pas autre chose que le cône de déjection du Nant de St-Barthélemy, qui coule au fond de la combe du Jorat ; la formation de ce cône torrentiel n'a rien que de régulier et a été augmentée par les débâcles causées par le grossissement des eaux du ruisseau [2].

Les phénomènes que de Gingins croyait analogues à la catastrophe de 563 et qui se répétèrent en 1635, 1636, 1835, n'étaient que des éboulements partiels ; ils allèrent, il est vrai, jusqu'à grossir les eaux du Rhône et les refouler en arrière ; mais de telles débâcles, prennent des proportions inquiétantes, sans avoir aucun rapport avec l'immense glissement de la montagne mérovingienne.

Surtout le « Bois Noir » est trop loin du lac pour répondre à l'explication du phénomène de l'inondation raconté par Grégoire de Tours. Les eaux d'un lac formé en amont de ce point, dans la vallée, brisant le barrage qui les retient et se répandant plus loin, ne tombent pas directement dans le lac ; elles n'auraient pu, par conséquent, y causer la perturbation décrite par les deux évêques. C'est du moins ce qui résulte d'une expérience faite par Troyon et Morlot, qui ont reproduit en petit la topographie des lieux, et opéré avec des liquides de couleurs différentes la rupture du barrage et l'inondation subite de la vallée [3].

---

[1] M. F.-A. Forel et le comte Riant ont seuls placé depuis, l'emplacement du « Tauredunum » en amont de St-Maurice. *Bulletin de la Société Vaudoise des Sciences Naturelles*, XIV, 1876, p. 473, et XXVI, 1891, p. XXII.

[2] Sylvius Chavannes, dans *Bulletin de la Soc. Vaud. des Sciences Natur.*, XXXIV, p. 173 et s.; A. Constantin, dans *Revue Savoisienne*, XXX, 1889, p. 211 et s., et Gatschet, *Ueber Tauredunum*, *Anz. für schweiz. Geschichte und Alterthumsk.*, 1866, p. 85.

[3] Henri Bordier, *Traduction de l'Histoire ecclésiastique des Francs de Grégoire de Tours*, II, p. 431. Forel, dans *Bulletin Soc. Vaud. des*

Enfin la tradition constante et locale dont parle de Gingins, et qui apparaît pour la première fois en 1666, semble
révéler une origine savante plutôt qu'un souvenir populaire [1], et le passage de la prétendue règle primitive
d'Agaune n'est pas si catégorique qu'on en puisse déduire
l'existence d'un « castrum » aux environs de St-Maurice,
au VIme siècle, « castrum » où Sigismond aurait cherché
un refuge après sa défaite de 532 [2]. Du reste ce texte n'a
rien à faire avec Saint-Maurice en Valais, mais n'est autre
que la règle du monastère de Tarnat, situé sur le Rhône au
diocèse de Lyon, et rédigée vers 556 [3]. On peut donc conclure sans aucune crainte, contre de Gingins, que le Bois
Noir ne peut avoir été le lieu de l'éboulement, et que le
« Tauredunum » n'est pas le Mont-Jorat de la Dent du
Midi ; il faut chercher la montagne autre part dans les
environs et plus près du lac.

Dans la plaine du Rhône, non loin de l'embouchure du
fleuve dans le Léman, on a relevé, à la suite de recherches
géologiques commencées par Troyon et Morlot en 1851 et
continuées depuis [4], les traces d'un éboulement considérable ; des éboulis formés de calcaires jurassiques tracent
une longue bande transversale, qui s'étend de Chessel à
Noville et des Évouettes à Chambon; une série de collines,
éparses sur le sol de la vallée, marquent les restes du barrage signalé par Grégoire de Tours, barrage complété
par une seconde zone de collines nées du refoulement
du terrain même de la plaine, en outre par les forêts ra-

Sciences Natur., XIV, p. 473, explique l'inondation du Léman par un raz
de marée causé par un tremblement de terre consécutif à l'éboulement.

[1] Cf. Longnon, *Géogr.*, p. 234.

[2] *Regula monasterii Tarnatensis*, III, Migne, *Patrol. lat.*, LXVI,
p. 979. (Selon dom Calmet, rédigée vers 570, *ibid.*, p. 978) : Si quis vero a
fratribus in quocunque negotio ad civitatem aut ad castellum sive ad vicum
seniore imperante dirigitur, nisi ad illum quo destinatur non præsumat
accedere. »

[3] Bénédictins de St-Maur, *Hist. Litt.*, III, p. 249-252.

[4] Troyon et Morlot, dans *Bull. de la Soc. Vaud. des Sciences Natur.*, III,
1853, p. 281 et s., p. 286 et s.; E. de Vallière, *Ibid.*, XIV, 1876, p. 431
et s. et 1877, p. 210; S. Chavannes, *Ibid.*, XXIV, p. 173 et s.; Béraneck,
Echo des Alpes. 1876, p. 190 et s., 1885, p. 148 et s.

vagées et couchées par le vent. Des ossements d'hommes
et d'animaux, retrouvés en grand nombre attestent une
catastrophe qui détruisit et bouleversa une contrée popu-
leuse ; près de Roche, des gisements de charbon ont été
produits par les arbres abattus en rangs serrés. Il n'y a
pas à s'y tromper, l'étude géologique de la plaine du Rhône
décèle en cet endroit la présence d'un immense éboulis.
De même un semblable examen de la montagne qui
domine le fleuve et le lac sur leur rive gauche, le Grammont, a permis de décider d'où était parti cet éboulement.
Un grand cirque de roches nues s'étendant depuis le sommet du Grammont jusqu'à l'origine du ravin dit des
Evouettes, marque le vide causé par les masses effondrées ;
deux systèmes de stries différentes laissent constater deux
éboulements successifs ; ainsi se trouve vérifié le second
éboulement dont parle Grégoire ; cette partie de la mon-
tahne est appelée la « Derotchiaz », nom qui garde le souvenir d'une descente de masses rocheuses le long de la
pente.

Dès lors il est facile de se représenter la catastrophe :
« l'éboulement est parti de la sommité du Grammont (Derotchiaz) dominant le couloir des Évouettes, par lequel il
est descendu. Un quartier de montagne d'environ 10,000
pieds de puissance et situé entre 5 à 6,000 pieds de hauteur au-dessus du Rhône, se détacha, glissa sur une surface inclinée de 30° à 40° et vint se précipiter, d'abord pardessus un escarpement d'environ 1,000 pieds de hauteur
situé dans le couloir des Evouettes, pour acquérir une
force d'impulsion énorme. La masse lancée comme dans
une coulisse à la partie inférieure du couloir, fut projetée
sur la plaine du Rhône qu'elle couvrit de débris sur toute
son étendue entre Noville, Chessel, Chambon [1]. »

Ainsi l'emplacement du « Tauredunum » nous est acquis ;
c'est le Grammont d'où part l'éboulement. Nous revenons
maintenant à la première contradiction relevée entre
Marius et Grégoire ; pour Marius la montagne du « Tauredunum » tombe sur un « castrum » voisin ; pour Grégoire

---

[1] S. Chavannes, *op. cit.*, p. 176, d'après Morlot, *op. cit.*, p. 284.

le « castrum » est situé sur la montagne qui entraîne dans
sa chute des maisons et des églises. Cette divergence n'a
guère arrêté les commentateurs, qui l'ont jugée de peu
d'importance [1]; mais l'éboulement étant, ainsi que nous
pouvons maintenant le faire, nettement localisé, le récit
de Grégoire de Tours ne semble pas, sur ce point du
moins, acceptable. Un « castrum » c'est-à-dire en l'espèce,
une ville fortifiée comprenant de nombreuses maisons et
des églises, ne peut avoir été construite à une grande
hauteur, sur les flancs escarpés du Grammont, au lieu dit
actuellement la « Derotchiaz ». C'est au pied de la montagne, au bord du Rhône qu'il devait s'élever ; son nom
était sans doute celui que Grégoire lui donne aussi : « castrum Tauredunum ». Marius désigne la montagne à l'aide
d'un adjectif « mons Tauretunensis ».

A la Porte du Scex actuelle, des ruines de constructions
romaines sont peut-être les derniers vestiges de la ville
recouverte par les masses écroulées [2]. Mais, et c'est sur
ce point que les constatations géologiques permettent de
corriger l'*Historia Francorum*, c'est bien comme la chronique d'Avenches le raconte, la montagne qui s'éboule et
qui couvre de ses décombres le « castrum » voisin et
d'autres villages.

La seconde phase de la catastrophe, l'agitation des eaux
du lac et l'inondation qui en résulte, ont également donné
lieu à des explications scientifiques qui ne sont pourtant
pas aussi concluantes que l'étude géologique des éboulis.
Encore là pourtant, les choses n'ont pas dû se passer
exactement comme le dit Grégoire ; pour lui la grande
perturbation des eaux du lac est causée par la rupture du

[1] Gingins la Sarraz, *loc. cit.*
[2] Troyon et Morlot, *op. cit.*, p. 282-283. Quelques fragments de tuiles
romaines et une sculpture chrétienne tirées de l'éboulement des Évouettes,
prouvent bien que le glissement de la Derotchiaz est postérieur aux premiers siècles de l'ère chrétienne ; le « castrum » pouvait d'ailleurs être
construit sur un contrefort de la montagne et dominer le Rhône ; il est à
la fois recouvert par la montage et entraîné par sa chute. Greg. Tur.,
Hist. Franc., IV, 31, éd. Arndt : « Quod super fluvium in monte collo-
catum erat »; ainsi s'explique l'épisode des moines qui sur son emplacement creusent la terre apportée par la montagne.

barrage qui retenait les eaux du lac temporaire formé par
le Rhône ; Marius, lui, ne connaît pas ce détail et rapporte
simultanément et la chute de montagne et l'inondation du
Léman.

Cette immense agitation des eaux du lac peut elle
être causée par le déversement subit du lac temporaire,
formé dans la plaine du Rhône, entre les montagnes
et les masses accumulées du Grammont, et qui rompt sa
digue accidentelle auprès de la Porte du Scex ? M. de Vallière a prouvé techniquement et pour ainsi dire expéri-
mentalement que ce nouveau phénomène ne s'explique
pas ainsi[1] ; cet apport inattendu et considérable d'eau
n'aurait pu qu'augmenter d'une manière relativement peu
rapide le niveau du lac, sans occasionner un remous ni
une inondation si violents. Il faut en chercher ailleurs la
cause et c'est alors que les hypothèses s'offrent sans
qu'aucune certitude ne permette de faire un choix entre
elles. La vague serait une « seiche » causée par le refoulement de l'air au moment de l'éboulement[2], ou un raz
de marée amené par un tremblement de terre[3]. L'explication de M. de Vallière[4] a pour elle de serrer le texte de
Marius de très près et de conserver avec lui la simultanéité de l'écroulement de la montagne, de la formation
de la vague et de l'inondation qui en résulte[5]. Or, le
Grammont domine du côté nord le lac lui-même ; sur sa
face septentrionale on a relevé également des traces d'éboulement ; en admettant le glissement des roches à la fois
sur ses deux versants, celui de la vallée du Rhône et celui
du lac, on expliquerait par la chute de plusieurs millions
de mètres cubes de roche, d'une hauteur de 1800 mètres,
dans une eau profonde, une perturbation analogue à celle

---

[1] *Bulletin de la Soc. Vaud. des Sciences Natur.*, XIV, 1876, p. 431,
1877, p. 210.

[2] Constantin, dans *Revue Savoisienne, loc. cit.;* cf. *Bulletin de la Soc.
Vaud. des Sciences Natur.*, XV, 1877, p. 210.

[3] F.-A. Forel, dans *Bulletin de la Soc. Vaud. des Sciences Natur..*
XIV, p. 473.

[4] *Op. cit.*

[5] Mar. Av., *loc. cit.;* « et lacum in longitudine LX millium et latitudine
XX millium ita (mons) totum movit... »

qui se produisit dans les eaux du Lac Lowerz, lors de l'éboulement du Rossberg en 1806. Ainsi la vague furieuse qui balaie le pont de Genève trouverait une cause très plausible [1].

On voit que le récit de Grégoire peut être corrigé sur deux points, à l'aide de documents qui, pour n'être point écrits, n'en ont pas moins une grande valeur ; des constatations du même genre permettent au contraire de confirmer ses dires au sujet de la formation du barrage du lac intérieur, et du second éboulement. Ses renseignements ne sont donc pas du tout méprisables : il a pu confondre dans la tradition qu'il avait recueillie, le « castrum » enfoui et la montagne enfouissante ; il a réuni dans un rapport de cause à effet deux phénomènes simultanés, l'éboulement et la formation d'un lac d'une part, la vague du lac de Genève d'autre part.

Il ne nous reste plus, après l'avoir critiqué, qu'à résumer, d'après lui et d'après Marius, les grandes lignes de la catastrophe valaisanne de 564 : la montagne du « Tauredunum » s'écroule, enfouit un « castrum » et des villages, barre le fleuve ; en même temps les masses rocheuses tombant de l'autre côté dans les eaux profondes du lac y causent une perturbation qui se traduit par une immense vague inondant ses rives ; dans la vallée du Rhône un lac se forme derrière le barrage improvisé, bientôt rompu par le travail des eaux ; celles-ci viennent, en inondant à leur tour la plaine qui s'étendait jusqu'au lac, grossir le volume du Léman ; mais cet afflux subit n'a pu être la cause de la vague dévastatrice ; un second éboulement entraîne la mort des trente moines, probablement d'Agaune, et qui fouillaient dans les décombres du « castrum ». C'est à cela que se borne notre connaissance de l'éboulement du « Tauredunum ».

Nous ne quitterons pas cependant la région du Léman sans risquer une simple hypothèse. Nous avons plus haut [2]

---

[1] Cf. Béranek, dans *Echo des Alpes*, 1885, p. 153, contre Combes, *ibid.*, p. 60, qui disserte en faveur de la Dent du Midi.
[2] Cf. ci-dessus, p. 15.

cherché à localiser dans ces parages « l'Ebrudunum » de la *Notitia Galliarum* et « l'Ebodurum » de Ptolémée. Mommsen, qui ne décida pas où fut le « Tauredunum », rapproche pourtant de l'identification qu'il fait de « l'Ebrudunum Sapaudiæ » avec le « Pennoloci » des Itinéraires, le texte cité de Marius d'Avenches [1]. L'identité « d'Ebrudunum » et du « castrum » détruit, dont parle ce dernier, n'est guère possible ; Grégoire de Tours lui donnait, sans doute avec raison, le nom de « Castrum Tauredunum ». Mais ne faudrait-il pas chercher la station navale de la « Sapaudia » du IVme siècle, parmi les localités recouvertes par l'éboulement ou détruites par l'inondation de 564. Cette localité abandonnée déjà des troupes romaines, aurait ainsi disparu de la contrée et du souvenir de ses habitants [2].

Les deux textes de Marius d'Avenches et de Grégoire de Tours s'accordent d'autre part pour nous donner quelques renseignements sur la Genève d'alors. Marius nous dit que l'inondation du lac y détruisit le pont et les moulins ; déjà au VIme siècle, comme plus tard au moyen-âge, le pont du Rhône était probablement garni de moulins construits sur ses culées ; en tous cas les rives du lac et du Rhône étaient habitées. Les deux évêques s'accordent pour dire que l'eau entra jusque dans la ville [3]. Le terme

---

[1] *C. I. L.*, XII, p. 27.

[2] Le nom du hameau voisin de « Port Valais » est, ainsi que nous le fait remarquer M. le Prof. Muret, assez significatif pour avoir pu remplacer un vocable perdu, et convenir au port d'attache d'une flottille. Il faut constater cependant que les quelques maisons de ce petit chef-lieu de commune, bâties sur une colline de calcaire basique faisant partie de la chaîne du Grammont, seraient, suivant Troyon, *Bulletin de la Société Vaudoise des Sciences Natur.*, III, p. 282, en dehors des limites de l'éboulement. Le Bouveret, d'autre part, dans la même commune, possède le port le plus sûr et le mieux abrité du lac. Il resterait à faire une découverte archéologique assez importante, pour désigner avec certitude l'emplacement de la station romaine disparue.

[3] Mar. Av., *loc. cit.* : « et pontem Genavacum molinas et homines per vim dejecit et Genavam civitatem ingressus plures homines interfecit. » Grég. Tur., *Hist. Franc.*, *loc. cit.* : « Traditur a multis tantam congeriem inibi aquæ fuisse, ut in antedictam civitatem, super muros ingrederetur. »

de « civitas » désigne ici non pas le territoire de la cité,
mais la ville même où siège l'évêque ; celle-ci était construite sur la colline autour de la cathédrale et resserré
entre les murs de l'enceinte dite de Gondebaud[1]. Grégoire
tient par ouï dire que la masse des eaux soulevées était
telle qu'elle franchit même cette muraille ; la haute vague
alla déferler jusque sur le sommet de la colline, ce qui
peut nous donner une certaine idée de sa force d'impulsion[2].

Outre l'éboulement du « Tauredunum », la chronique de
Marius mentionne quelques faits locaux et les maux de
tous genres qui accablèrent le pays dans les années suivantes. C'est d'abord, en 565, une sorte de révolte des moines d'Agaune contre l'évêque du Valais, Agricola ; les
moines s'introduisirent de nuit dans la maison où se trouvait l'évêque entouré de prêtres et de laïques. Ils tentèrent
de le tuer, et comme l'entourage du prélat s'efforçait de le
défendre, beaucoup furent gravement blessés par les assaillants[3].

Les causes de cette querelle ecclésiastique et de cette
bataille qui n'avait rien de monacal, nous sont absolument
inconnues, de même que ses suites ; tout ce que nous pouvons tirer du texte toujours trop concis de Marius, avec
M. l'abbé Besson, c'est que l'évêque du Valais semble
avoir eu une maison épiscopale « domus ecclesiæ » à Saint-
Maurice, où se passe l'attentat des moines, et qu'il en faisait
une succursale de sa demeure d'Octodure[4].

---

[1] J.-B. Galiffe, *Genève historique et archéologique*, p. 29 et p. 116.

[2] Le fait rapporté par Grégoire pour estimer la quantité d'eau soulevée n'aurait rien d'étonnant, si, malgré la précision des deux chroniques,
on admet avec Gingins, *op. cit.*, qu'il ne s'agit pas de la ville haute, mais
d'un faubourg (suburbanum), comme celui où s'élevait au VIIme siècle
l'église de St-Victor et de plus, situé au bord du lac.

[3] Mar. Av., *Chron.*, an. 565, éd. Mommsen, p. 237 : « P. C. Basili ann.
XXIV, Ind. XIII. Hoc anno monachi Agaunenses iracundiæ spiritu incitati
noctis tempore episcopum suum Agricolam cum clero et cives, qui cum
ipso erant occidere nitentes domum ecclesiæ effregerunt et dum episcopum suum clerici vel cives defensare conati sunt graviter ab ipsis
monachis vulnerati sunt. »

[4] Besson, *Origines*, p. 43.

En 585 l'évêque Héliodore réside à Sion ; peut-être faut-il chercher la raison du transfert de son siège épiscopal, dans cette hostilité des religieux de St-Maurice, qui rendit peu agréable leur voisinage [1]; mais on peut l'expliquer également par les invasions des Lombards qui en 574 occupent le monastère [2].

En 566 c'est un hiver très rigoureux qui couvre la terre, pendant cinq mois et plus, d'une neige épaisse et qui cause la mort de beaucoup d'animaux [3]. Puis en 570 des maladies terribles qui accablent la Gaule et l'Italie, la variole, la dysenterie, les maladies du bétail bovin [4]. En 571 une maladie appelée la pustule, peut-être une forme de peste, dépeuple les mêmes régions et sans doute n'épargne pas les contrées du diocèse d'Avenches [5]. Enfin, en 580, une inondation du Rhône en Valais compromet les récoltes de la moisson [6].

§ 3. — *Expéditions des Lombards et des Francs dans les Alpes (569-591).*

Aux épidémies et aux catastrophes naturelles s'ajoutent, pour tout le royaume franc, les maux de la guerre civile,

---

[1] Duchesne, *Fastes,* I, 2me édit. p. 246.

[2] Besson, *ut supra.*

[3] Mar. Av., *Chron.,* an. 566, éd. Mommsen, p. 238 : « P. C. Basili ann. XXV, Ind. XIIII. Eo anno hiems valentissimus fuit, ut quinque aut eo amplius mensibus propter nivis magnitudinem terra videri non posset, ipsaque asperitas multa animalia necavit. »

[4] Mar. Av., *Chron.,* an. 570, éd. Mommsen, p. 238 : « Ann. IIII, cons. Justini iun. Aug. Ind. III. Hoc anno morbus validus cum profluvio ventris et variola Italiam Galliamque valde afflixit et animalia bubula per loca supra scripta maxime interierunt. »

[5] Mar. Av., *Chron.,* an. 571, éd. Mommsen, p. 238 : « Ann. V, cons. Justini Aug. iun. Ind. IIII. Hoc anno infanda infirmitas quæ glandula, cujus nomen est pustula, in supra scriptis regionibus innumerabilem populum devastavit. » Cf. *Hist. Franc.,* IV, 31, éd. Arndt, p. 168.

[6] Mar. Av., *Chron.,* an. 580, éd. Mommsen, p. 238 : « An. I. cons. Tiberii Constantini Aug. Ind. XIII. Eo anno mense Octobre ita in Vallensi territurio Rodanus exundavit, ut copias messium denegaret. »

dont, d'ailleurs, le contre-coup ne semble pas s'être beaucoup fait sentir, alors, au delà du Jura ; par contre la région
alpine est le théâtre des incursions d'un nouveau peuple
barbare, les Lombards, combattus de nombreuses années
par les Francs.

La guerre civile est causée par l'ambition des rois qui
depuis 573 se disputent les villes et les cités frontières ; la
lutte s'incarne en deux femmes, dont la rivalité sera la
cause des plus atroces guerres : Brunehaut, la femme de
Sigebert, la fille du roi wisigoth Athanagild, et Frédégonde, la femme de Chilpéric ; il en résulte un antagonisme fatal entre l'est et l'ouest du royaume franc, entre
l'Austrasie et ce qui sera plus tard appelé la Neustrie [1].

Parmi les faits de cette longue lutte qui intéressent notre
pays, il faut citer, en 575, le meurtre de Sigebert, assassiné
par deux esclaves de Frédégonde, au moment où, vainqueur de Chilpéric, il se faisait couronner roi du royaume
de son rival par les grands réunis à Vitry. Son fils Childebert II, âgé de cinq ans, est mis en sûreté par le duc Gonde-
vald, et maintenu dans le royaume de son père et sur les
nations qu'il gouvernait [2]. L'Austrasie est alors aux mains
des grands qui ont sauvé le roi ; mais Brunehaut, bientôt
échappée à la captivité de Chilpéric, revient se mettre à la
tête d'un parti qui résiste aux progrès de l'aristocratie, et
qui cherche son appui en Gontran, le roi de Burgondie ; la
politique des rois francs sera dès lors continuellement
balancée entre ces deux alliances ; le fils de Brunehaut,
Childebert II, hésite à accepter celle de Gontran ou celle
de Chilpéric ; Gontran cherche à maintenir l'équilibre et
soutient, également, son jeune neveu et Frédégonde, après
la mort de Chilpéric (584) ; un accord amical finit par
régner entre lui et Childebert qu'il proclame majeur à
quinze ans ; Brunehaut, rendue ainsi à toute son autorité, engage contre les grands une lutte acharnée ; le pacte

---

[1] Pfister, dans Lavisse, *Hist. de France*, II, 1, p. 132 et s.

[2] Greg. Tur., *Hist. Franc.*, IV, 51, éd. Arndt, p. 191. Childebert II
commence à régner avant le 8 déc. 575. Cf. Arndt, *SS. rer. Mer.*, I,
p. 191, n. 3 ; cf. Richter, *Annalen*, p. 74.

d'Andelot, le 28 novembre 587, réglera définitivement les
relations des deux princes et la succession dans leurs
royaumes [1].

La politique extérieure de Gontran et de Childebert,
l'intervention de ce dernier dans les affaires d'Italie et ses
expéditions au delà des Alpes, toutes, choses qui nous intéressent de plus près, seront en une étroite dépendance
des péripéties de la querelle intestine et presque ininter-
rompue.

La frontière orientale de la Gaule franque est de nouveau la ligne où se rencontrent deux peuples barbares, envahisseurs de l'empire et qui continuent la seconde époque
des invasions; un nouvel état germanique se forme en effet
en Italie. Les Lombards, retenus longtemps en Pannomie,
détruisent le royaume des Gépides; le profit de leur victoire s'en va aux Avares, et eux-mêmes, pour se débaras-
ser de ce voisinage encombrant, poussent en avant; entraînant à leur suite beaucoup d'habitants du Norique et de la
Pannonie, ils se mettent en marche pour conquérir l'Italie [2].
Le roi Alboin conduit son peuple et part pour franchir les
Alpes le 1er avril 568 [3]; il entre sans peine en Italie, le
Frioul, Aquilée, Vérone sont occupés; les Grecs se maintiennent à Ravenne; en été 569 il est en Lombardie et
s'empare de Milan le 4 septembre; la Ligurie ne résiste
guère; toutes les villes sont occupées à l'exception de celles
du littoral [4].

Les Lombards sont ainsi établis au pied des Alpes qui
séparent l'Italie de la Gaule, et leur élan de peuple encore
jeune et fort les porte immédiatement, par les cols des
Alpes, jusque dans le royaume franc. Les rois, fils de Clotaire Ier, se sont désintéressés des grands projets de Théo-

---

[1] Pfister, *op. cit.*, p. 140 et s.

[2] Cf. Ludo Hartmann, *Geschichte Italiens im Mittelalter*, II, 1, p. 13 et s.

[3] *Origo gentis Langob.*, éd. Waitz, *Mon. Germ. SS. rer. Lang.*, p. 3 :
« ...et movit Albuin rex Langobardorum de Pannonia a mense Aprilis a
pascha indictione prima. » Cf. *Hist. Lang. Codicis Gothani*, éd. Waitz,
Mon. Germ. SS. rer. Lang., p. 9, et Paul. Diac., *Hist. Lang.*, II, 7,
ibid., p. 76. Voir en outre Hartmann, *Gesch. Ital.*, II, 1, p. 32.

[4] Paul. Diac., *Hist. Lang.*, II, 25, éd. Waitz, p. 86.

debert ; l'époque des conquêtes est passée ; l'Italie byzantine ne les attire plus ; occupés alors à partager le lot de
leur frère Caribert qui vient de mourir, ils laissent arriver
et s'établir en Italie, un ennemi infiniment plus dangeux
que les Grecs ou que les Ostrogoths[1].

Cette même année 569, les Lombards sont pour la première fois signalés en Gaule ; à vrai dire ce n'est pas un
succès qu'ils remportent de ce côté ; beaucoup furent faits
prisonniers et vendus comme captifs, à en croire Marius
d'Avenches, qui, du reste, ne comprend guère encore,
l'arrivée du nouveau peuple germanique en Italie, comme
une nouvelle occupation de ce pays ; pour lui les Lombards, qu'il fait partir une année trop tard de Pannomie,
meurent en grand nombre en Italie[2].

Nous ne savons en quelle région des Alpes ou du littoral méditerranéen, les Lombards touchent pour la première
fois le sol du royaume franc ; mais nous sommes bien sûrs,
malgré ce que nous en dit l'évèque d'Avenches, qu'ils ne
périrent pas tous en Italie ; ils remportent bientôt, sur l'armée de Burgondie, une grande victoire, au cours d'une
nouvelle incursion que Grégoire de Tours est, à son tour,
seul à nous rapporter. Le patrice Amatus, qui récemment
avait succédé dans cette charge à Celsus, marche à leur
rencontre ; dans le combat qu'il engage bientôt, il est mis
en fuite et tué. La tradition rapporte que les Lombards
firent un si grand carnage des Burgondes, qu'il ne fut pas
possible de compter le nombre des victimes ; chargés de
butin ils s'en retournent en Italie[3].

---

[1] Hartmann, *op. cit.*, p. 56.

[2] Mar. Av., *Chron.*, an. 569, éd. Mommsen, p. 238 : « Anno III, cons.
Justini iun. Aug. Ind. II. Hoc anno Albœnus rex Langobardorum cum
omni exercitu relinquens atque incendens Pannoniam, suam patriam
cum mulieribus vel omni populo suo in fara Italiam occupavit, ibique alii
morbo, alii fama, nonnulli gladio interempti sunt. Eo anno etiam in fini-
tima loca Galliarum ingredi præsumpserunt, ubi multitudo captivorum
gentis ipsius venundati sunt. » Cf. Richter, *Annalen*, p. 70. Paul Diacre
emploie l'indiction grecque qui change au 1er Septembre. Marius égale l'indiction avec l'année consulaire qui commence le 1er Janvier ; cf. Mommsen,
Proœmium, *Chron. Min.*, II, p. 229; contre Monod, dans *Bibl. Hautes
Etudes*, VII, p. 162.

[3] *Hist. Franc.*, IV, 42, éd. Arndt, p. 175 : « Tantumque hunc stra-

Cette invasion désastreuse pour le royaume de Gontran et pour son armée que commande un « patrice », n'eut en tous cas pas lieu en Valais. Marius d'Avenches en aurait alors conservé le souvenir ; les assaillants ont dû pénétrer en Gaule par quelque col des Alpes Cottiennes ou Maritimes, le Petit St-Bernard ou le Mont Genèvre.

Grégoire raconte cette première défaite à l'occasion de la victoire subséquente du patrice Mummolus, qu'il place dans son récit après la mort d'Alboïn (572 mai-juin) [1]. Il est donc clair que la déroute de la troupe d'Amatus est un fait antérieur, qu'il rappelle en passant, et qui peut très bien se placer avant la date de 572. Amatus avait récemment succédé au patrice Celsus, qui meurt en 570 [2]. La date donc, de la deuxième campagne des Lombards en Gaule est 570 ou 571.

Le chemin leur étant ainsi ouvert, les Lombards ne tardent pas à revenir ; mais ils rencontrent alors une résistance victorieuse. Gontran, après la bataille qui a coûté la vie à Amatus, élève à la dignité de patrice le comte d'Auxerre, Eunius Mummolus, qui commanda dès lors, et à plusieurs reprises, avec succès, l'armée du roi d'Orléans, jusqu'au jour où il le trahit pour passer au parti du prétendant Gondovald. Cette fois les Lombards apparaissent dans le territoire de la cité d'Embrun, au lieu dit « Mustiæ Calmes » [3] ; ils sont très probablement venus par le Mont Genèvre.

Mummolus rassemble l'armée et, à la tête de ceux que Grégoire nomme les Burgondes, s'avance à leur rencon-

gem Langobardi feruntur fecisse de Burgundionibus, ut non possit colligi numerus occisorum ; onerati que præda discesserunt iterum in Italiam. » La chronique de Frédégaire, III, 67, et Paul Diacre, III, 3, sont issus de Grégoire de Tours.

[1] Bethmann et Holder Egger, *Langobardische Regesten, Neues Archiv.*, III, p. 229.

[2] Greg. Tur., *Hist. Franc.*, IV, 42, éd. Arndt, p. 175 : « Amatus patricius, qui nuper Celsi successor extiterat... » Mar. Av., *Chron.*, an. 570, éd. Mommsen, p. 238 : « Anno IV, cons. Justini iun. Aug. Ind. III. Eo anno mortuus est Celsus Patricius. »

[3] Le Plan de Fazi au confluent du Guil et de la Durance (commune de Guillestre, Hautes Alpes). Longnon, *Géogr.*, p. 457, n. 3.

tre [1] ; il les cerne en ce lieu, en faisant des abattis d'arbres et passant par les sentiers écartés de la montagne, les attaque et en tue un grand nombre ; plusieurs sont faits prisonniers et envoyés au roi, qui les garde en captivité, en divers lieux ; un petit nombre, seulement, réussit à s'enfuir et va porter en Italie la nouvelle du désastre [2].

Cette première victoire de Mummolus, citée par Grégoire après la mort d'Alboin (mai 572), ne mit pas un terme aux incursions de l'est ; peu après, et il semble même encore la même année, le patrice doit repousser des Saxons qui, venus en Italie avec les Lombards, avaient pénétré à leur suite en Provence jusque dans la cité de Riez ; une nouvelle victoire les arrête et les force à rebrousser chemin [3]. L'année suivante ils reviennent par le même chemin, au temps de la moisson. Mummolus leur barre le chemin jusqu'à ce qu'ils aient payé des dommages pour les dégâts qu'ils ont fait en route ; il les laisse ensuite passer. Au printemps suivant, ils gagnent par l'Auvergne, le royaume de Sigebert et leur patrie ; ils y sont du reste exterminés par des Souabes à qui le roi avait donné leurs terres [4].

Après ces ennemis peu redoutables reviennent les Lombards, en nombre imposant. Ils sont divisés en trois bandes commandées chacune par un duc [5]. La voie romaine du Mont Genèvre les amène en Gaule ; le duc Amo arrive jusque près d'Avignon où il occupe la « villa Macho », qui appartenait à Mummolus ; le duc de Pavie, Zaban, vient assiéger Valence ; le duc Rodanus, qui quitte la grande route à Orsières pour se diriger sur Grenoble, attaque cette ville [6].

---

[1] *Hist. Franc.*, IV, c. 42, éd. Arndt, p. 175 : « Inruentibus iterum Langobardis in Gallias, et usque Mustias calmas accedentibus quod adiacit civitati Ebredonense, Mummolus exercitum movit et cum Burgundionibus illuc proficiscetur. »

[2] *Ibid.*, p. 175.

[3] *Ibid.*, p. 176.

[4] *Hist. Franc.*, IV, 42, éd. Arndt, p. 177. Cf. V, 15, éd. Arndt, p. 206-207.

[5] Greg. Tur., *Hist. Franc.*, IV, 44, éd. Arndt, p. 178 : « Post hæc (après l'invasion des Saxons) tres Langobardorum [duces, id est, Amo, Zaban ac Rodanus Gallias inruperunt. »

[6] L'itinéraire de chacune de ces bandes est décrit avec soin par

Pour un peu de temps, tout le pays entre l'Isère, le Rhône et les Alpes est aux mains des Lombards. Mais Mummolus ne les laisse pas prendre des villes en toute tranquillité; il arrive et marche d'abord contre Rodanus, qui s'enfuit et va rejoindre Zaban à Valence. Tous deux rebroussent chemin jusqu'à Embrun, où le patrice leur inflige une sanglante défaite; ils n'ont pas d'autre chance de salut que de reprendre la route du Mont Genèvre; à Suze, un maître de la milice byzantin, qui maintenait en cette ville la puissance impériale, n'osa pas les arrèter. Amo battit à leur suite en retraite et prit par la montagne, où il laissa tout son butin [1].

Aussi bien, les Alpes Cottiennes et la Provence ne sont pas seules en but aux invasions lombardes; celles-ci s'étendent sur une grande partie des vallées alpines, et au nord jusqu'en Suisse.

Le chroniqueur A. de la chronique dite de Frédégaire ajoute, au résumé qu'il fait de l'histoire de Grégoire de Tours, des renseignements qu'il tient d'une source particulière et probablement locale. Il place après la mort du roi lombard Cleph (574) [2] la défaite des trois ducs Amo, Zaban et Rodanus [3], il y joint une autre incursion des ducs lombards Taloardus et Nuccio dans le diocèse de Sion; un grand massacre ensanglante le monastère d'Agaune; mais deux ducs francs, envoyés par Gontran taillent en pièces leur armée dans la «villa» de Bex (canton de Vaud); tous deux sont tués et seulement quarante des leurs s'enfuient en Italie [4].

Oehlmann, *Alpenpässe*, p. 156 et s., et p. 192-193; il n'y a pas de raison pour faire passer Rodanus, avec Hartmann, *Gesch. Ital.*, II, 1, p. 59 et s., par le Mont Cenis ou le Petit St-Bernard.

[1] Greg. Tur., *loc. cit.*

[2] Bethmann et Holder Egger, *Langob. Regesten*, p. 230.

[3] *Chron. Fredeg.*, A. III, 68, éd. Krusch, p. 111 : « Postea defuncto Clip, Langobardorum duces Chamo, Zaban et Rodanus Gallias inruperunt.

[4] *Chron. Fredeg.*, *loc. cit.* : « Taloardus et Nuccio duces Langobardorum per oscula in Sidonense territurio cum exercito sunt ingressi, ad monasterium sanctorum Agauninsium nimia facientes strage. Baccis villa nec procul ab ipso monasterio et duces et eorum exercitus a Wiolico et Teudofredo ducibus Gunthramni sunt interfecti, 40 tantum ex illis fugaciter Aetaliam remeantur. »

Naturellement, Marius d'Avenches n'ignore pas cet événement, qu'il peut ajouter aux malheurs du pays qu'il habite. En 574 également, après la mort de Cleph, les Lombards sont en Valais ; ils s'emparent des « clusæ », sans doute les fortifications qui défendaient le passage du Grand St-Bernard [1], et séjournent à Agaune, jusqu'à ce que l'armée des Francs vienne les battre à Bex. La même année Marius parle d'une autre victoire franque remportée sur les « Mauri » et d'autres peuples qui avaient pénétré en Provence ; il désigne sans doute ainsi, les Saxons et les succès remportés sur eux et sur les Lombards par Mummolus [2].

Un chroniqueur italien qui vivait vers 625, sous le roi Arivald, et qui continue et complète la chronique de Prosper [3] mentionne également la défaite des Lombards en Valais ; pour lui, c'est cependant le duc de Pavie Zafan qui va se faire battre à Agaune, avec la meilleure force des Lombards, et qui regagne l'Italie par la fuite, avec un petit nombre de survivants [4]. La bataille de Bex se place indubitablement en 574. Sur la foi de ce texte italien, on a généralement admis que Zaban ou Zafan, duc de Pavie [5], a pris part à deux expéditions, qui échouent misérablement en Gaule : celle qui se termine à Bex par leur défaite de 574,

---

[1] V. ci-dessous, p. 157.

[2] Mar. Av., *Chron.*, an. 574, éd. Mommsen, p. 238 : « Ann. VIII, cons. Justini Aug. iun. Ind. VII. Hoc anno Clebus rex Langobardorum a puero suo interfectus est. Eo anno iterum Langobardi in Vallem ingressi sunt et Clusas obtinuerunt et in monasterium sanctorum Acaunensium diebus multis habitaverunt : et postea in Baccis pugnam contra exercitum Francorum commiserunt, ubi ad integrum interfecti sunt, pauci fuga liberati. sed et Mauri et aliæ gentes qui in Provinciam eorum ingredi præsumpserunt ab ipsis Francis devicti sunt. »

[3] Mommsen, *Chron. Min.*, I, p. 266.

[4] *Prosperi Continuator Havniensis*, éd. Mommsen, *Mon. Germ. Auct. Ant., Chron. Min.*. I, p. 338 : « Itaque Albœno mortuo Langobardis præfuit Cleppho Anno I et VI mensibus. Quo mortuo per XII annos absque rege fuere Langobardi : tantum modo duces præerant, inter quos primus Zafan Ticinensium dux, qui Gallias aggredi conatus est et maximum robur Langobardorum super amnem Rodanum haut procul a loco Agaunensium martyrum, quem præcipue Mauricii martyris virtus illustrat, cum dedecore amisit et paucis qui ex fuga remanserat Italiam repetit. »

[5] Cf. Paul. Diac., *Hist. Lang.*, II, 32, éd. Waitz, p. 90.

et celle qui est repoussée dans le sud par le patrice Mum-
molus ; cette dernière campagne des trois ducs Amo,
Zaban, Rodanus, postérieure à la prise temporaire de
St-Maurice, daterait ainsi de l'année 575[1].

Nous pensons que la chronologie des invasions lombardes doit être autrement établie ; il est d'emblée assez
étrange que le duc Zaban, si complètement battu à Bex
en 574, soit revenu avec tant de hardiesse jusqu'à Valence
en 575 ; le continuateur de Prosper a sans doute confondu
deux événements, sur lesquels il devait être moins bien
informé que le contemporain Marius d'Avenches et que
l'ultrajuran A. de Frédégaire ; il a gardé le souvenir
d'une grande défaite des Lombards à Agaune ; il sait
d'autre part que le duc Zaban a été se faire piteusement
chasser de Gaule ; il a réuni les deux expéditions et placé
à Agaune le lieu où Zaban a été battu. Cela est d'autant
plus vraisemblable que le chroniqueur A. de Frédégaire
connaît les noms des chefs lombards qui rencontrent à
Bex l'armée de Gontran : ce sont les ducs Taloardus et
Nuccio ; Zaban n'y est pas nommé. Enfin, l'allusion de
Marius d'Avenches à d'autres victoires des Francs en Provence en 574 se rapportant aux succès de Mummolus sur
les Saxons et les trois bandes lombardes de Grenoble, de
Valence et d'Avignon, on peut tenir pour certain, que cette
même année, 574, vit en Valais l'invasion des ducs Taloardus et Nuccio et leur défaite à Bex, au sud la campagne
des ducs Amo, Zaban et Rodanus, et la victoire de Mummolus à Embrun. Cette simultanéité de deux importantes
tentatives des Lombards, pour mettre le pied en Gaule,
s'explique d'autant mieux, que ce n'est pas l'habituel défenseur des frontières du royaume de Gontran, le patrice Mummolus, qui accourt châtier les envahisseurs de la vallée du
Rhône, à Bex, mais deux ducs, Wiolicus et Teudofredus[2].
Mummolus est en effet occupé à ce moment à refouler, à

[1] Richter, *Annalen*, p. 72 et p. 75 ; Hartmann, *Gesch. Italiens*, II, 1,
p. 58, 59 et s. ; Pabst, *Geschichte des Langobard. Herzogtums. Forsch.
z. deutschen Geschichte*, II, p. 421.

[2] *Chron. Fredeg.*, A, III, 68. V. ci-dessus, p. 144, n. 4.

Embrun, la triple invasion qui menace tout le pays entre
Isère et Rhône. En admettant ainsi l'année 574 pour celle
où se placent, à la fois, les victoires franco-burgondes de
Grenoble, Embrun et Bex, et peu auparavant, le passage
des Saxons en Auvergne, nous pouvons établir selon toutes
les probabilités la suite des événements de la manière
suivante : en 570 ou 571 la défaite du patrice Amatus ; en
572 ou 573 la première victoire de Mummolus au Plan de
Fasi, après la mort du roi Alboin ; en 573 les Saxons sont
pour la première fois repoussés ; au printemps suivant ils
gagnent le royaume de Sigebert, soit la même année que
les deux grandes victoires des généraux de Gontran (574).

A Bex comme à Embrun, l'élan de la nouvelle invasion
barbare en Gaule est brisé, et la tentative des Lombards
pour s'établir en Suisse est rendue vaine par la résistance
énergique des ducs de Burgondie [1]. A leur tour, les Francs,
vont reprendre l'offensive du côté de l'Italie et le chemin
tracé par les expéditions de Théodebert ; mais une conséquence première de ces victoires fut l'occupation complète
par les Francs, de deux passages des Alpes, le Mont Genèvre et le Grand-St-Bernard ; le chroniqueur B. de Frédégaire, à côté de bien des inexactitudes, nous rapporte deux
faits dont il n'y a aucune raison de douter, l'acquisition
pour le royaume de Gontran des vallées de Suze et de la
cité d'Aoste, soit que les Lombards aient cédé ces contrées
limitrophes en composition de leurs ravages, soit qu'au
moins Suze, ait été laissée aux Francs par l'empereur grec
qui tenait encore la place [2]. Dans les années qui suivent, les
Francs cherchent à reprendre pied au delà des Alpes ; il
semble bien qu'ils y aient été comme naturellement amenés par cette possession nouvelle de deux routes importantes, et des pays qu'elles traversent. Une série de cam-

---

[1] Th. von Liebenau, *Die Schlacht bei Bex vom Jahre 574, Katholische
Schweizer Blätter*, 1899, p. 484.

[2] *Chron. Fredeg.*, B, IV, 45, éd. Krusch, p. 143 ; Richter, *Annalen*,
p. 75, n. 1, et Pabst, *op. cit.*, p. 419 et s., rejettent ce récit comme légendaire ; Hartmann, au contraire, le considère comme très acceptable dans
ces lignes générales. Cf. *Gesch. Italiens*, II, 1, p. 60 et 81. Cf. Duchesne,
Fastes, I, 2me édit., p. 240.

pagnes mènent les Austrasiens à travers les Alpes jusque dans la haute Italie ; les cols de nos ʼmontagnes ont de nouveau été passés par les armées, et dans les régions suisses, les Lombards et les Francs ont dû se rencontrer mieux et autant qu'ailleurs.

Gontran, occupé autre part et peu disposé aux expéditions hasardeuses, se contente d'avoir assuré la sécurité de ses provinces frontières. C'est l'Austrasie, où les grands gouvernent avec Childebert II, qui se lance dans une nouvelle période de timides conquêtes.

Outre les historiens francs, Paul Diacre, l'historien lombard du VIIIme siècle, connaît assez sûrement le détail de ces guerres frontières ; il a recueilli sur le Trentin le témoignage d'un auteur perdu, Secundus[1]. C'est en effet, dans cette région montagneuse que les Francs apparaissent tout d'abord, à une époque qu'il est difficile de fixer ; mais dans la suite des faits racontés par Paul Diacre, cette première campagne semble se placer après la mort de Sigebert Ier, et l'avènement d'Autharis chez les Lombards, soit approximativement en 577[2]. Les Francs occupent le « castrum Anagnis » au nord de Trente, c'est-à-dire Nano, sur la rive droite de la Noce dans le Val di Non, vallée transversale de celle de l'Adige ; ils y sont attaqués par un comte lombard du Lägerthal au sud de Trente, qui vient ravager Nano ; à son retour, au « campum Rotaliani », entre Nano et Salurn (Salurnum), il est défait et tué par le duc franc Chramnichis ; à son tour Chramnichis, descendant peu après la vallée, jusqu'à Trente, est battu près de cette localité, à Salurn, par le duc du Trentin Evin, qui chasse les Francs du pays[3].

---

[1] Secundus évêque de Trente (mort en 612), composa une histoire détaillée des Lombards utilisée par Paul Diacre. Cf. Waitz, *SS. rer. Lang.*, p. 25.

[2] Hartmann, *Gesch. Ital.*, II, 1, p. 81.

[3] Paul. Diac., *Hist. Lang.*, III, 9, éd. Arndt, p. 97 : « His diebus advenientibus Francis, Anagnis castrum quod super Tridentum in confinio Italiæ positum est, se eisdem tradidit. Quam ob causam comes Langobardorum de Lagare, Ragilo nomine, Anagnis veniens prædatus est. Qui dum cum præda revertetur, in campo Rotaliani ab obvio sibi duce Francorum Chramnichis cum pluribus e suis peremptus est. Qui Chramnichis non multum post tempus Tridentum veniens devastavit. Quem

L'arrivée de la bande franque du duc Chramnichis dans cette vallée reculée de la Noce, suppose un long et difficile voyage ; qu'ils soient arrivés dans la Valteline par une des voies romaines qui franchissaient le Bernardin et le Septimer, et que, remontant la vallée de l'Adda ils aient passé dans le Val di Non par le Ponte di Legno (Tonale Pass) [1], c'est un trajet un peu bien difficile pour une troupe armée et par des montagnes où les bons chemins ne devaient pas affluer ; ils ont dû beaucoup mieux, pénétrer par le nord dans la vallée de l'Adige et, quittant les rives du fleuve, ils ont été occuper le « castrum Anagnis » [2] ; en tous cas c'est bien de ce côté qu'ils songeaient à s'en retourner, puisque Chramnichis, après avoir ravagé le Trentin, se fait poursuivre et battre par le duc Evin à Salurn, sur la voie romaine qui remonte le cours de l'Adige.

Ainsi cette première armée austrasienne est venue, non par le Brenner, qui conduit dans le duché de Bavière et pas en Austrasie, mais par la route romaine qui, quittant à « Clunia » (Feldkirch) la vallée du Rhin, franchissait probablement l'Arlberg et remontait l'Inn qu'elle quittait pour déboucher dans la vallée de l'Adige [3] ; elle a traversé le nord de la Suisse, par la voie romaine, qui de Bâle, mène au bord du lac de Constance.

Cette avance des Francs en Italie était comme une réponse aux incursions des Lombards ; mais une alliance inattendue allait attirer plus sérieusement le roi d'Austrasie au delà des Alpes ; l'empire grec résistait aux Lombards, pour maintenir la possession de ses provinces romaines : les empereurs eurent alors recours à leurs ennemis de naguère, les Francs, pour les lancer sur le

subsequens Evin Tridentinus dux, in loco qui Salurnis dicitur suis cum sociis interfecit, prædamque omnem quam ceperat excussit. Expulsis que Francis, Tridentinum territorium recepit. » Cf. pour l'identification des noms de lieu et leur emplacement actuel : Hartmann, *Iter Tridentinum, Jahreshefte des öster. Archeologischen Institutes*, I, 1899, p. 10.

[1] Hartmann, *Gesch. Italiens*, II, 1, p. 81, n. 5.

[2] Cf. Oehlmann, *Alpenpässe*, p. 217 ; Hartmann, *op. cit.*, p. 58.

[3] Cf. Mommsen, *C. I. L.*, III, Carte V ; Oehlmann, *Alpenpässe*, p. 252 et s. ; Heierli et Oechsli, *Urgeschichte Graubündens, Zürch. Mitteil.*, XXV, 1, p. 71.

dos de leurs encombrants voisins. Déjà entre 579 et 581,
une ambassade de l'empereur Tibère avait commencé les
négociations avec Chilpéric II [1]. Son successeur, Maurice,
traite avec Childebert II, auquel il envoie 50,000 « solidi » ;
il le sollicite d'attaquer l'Italie par le nord ; dès lors, le fils
de Brunehaut, chaque fois que la paix intérieure du
royaume franc semble être assurée par un nouveau rapprochement avec Gontran, va tenter fortune de l'autre
côté des Alpes [2].

Pourtant Maurice n'obtint pas tout de suite un résultat
effectif de sa diplomatie ; une première expédition de Childebert amena la soumission apparente des Lombards, qui,
pour éviter une guerre, comblèrent le roi austrasien de
cadeaux et lui promirent fidélité et obéissance ; Childebert s'en tenant à ce succès revint en Austrasie, et l'empereur, mécontent, lui réclama en vain la somme qu'il lui
avait donnée [3].

Malgré cela les hostilités ne tardèrent pas à reprendre
contre les Lombards ; la sœur de Childebert, Ingunde,
femme d'Hermengild qui s'était révolté en Espagne contre son père le roi Léovigild, son fils Athanagild, étaient
aux mains des Grecs ; Autharis, roi des Lombards, avait
demandé en mariage une autre sœur de Childebert, que,
plus tard, on lui refusa. Enfin Brunehaut, fidèle à son
alliance avec l'empire et l'église contre les Ariens, pous-
sait son fils à continuer la guerre [4].

En 585, le roi d'Austrasie dirige une nouvelle armée sur

[1] Greg. Tur., *Hist. Franc.*, VI, 2, éd. Arndt, p. 245. Cf. Richter,
Annalen, p. 87.

[2] Greg. Tur., *Hist. Franc.*, VI, 42, éd. Arndt, p. 281. Cf. Pfister,
dans Lavisse, *Hist. de France*, II, 1, p. 151 et s.

[3] Greg. Tur., *Hist. Franc.*, VI, 42, éd. Arndt, p. 281-282. Cf. *Johannis
Abbatis Biclarensis Chronic.*, éd. Mommsen, *Mon. Germ. Auct. Ant., Chron.
Min.*, II, p. 217 ; Paul. Diac., *Hist. Lang.*, III, 17, éd. Waitz, p. 101, parle
seulement d'une paix conclue entre les Lombards et Childebert. sans
soumission de leur part ; Oehlmann, *Alpenpässe*, p. 239, pense que cette
expédition peut avoir été faite par le St-Bernard, mais tous détails topographiques manquent dans les sources.

[4] Cf. Greg. Tur., *Hist. Franc.*, VIII, 18 et 28, éd. Arndt, p. 337 et
341 ; cf. IX, 25, éd. Arndt, p. 381. Cf. Hartmann, *Gesch. Italiens*, II,
1, p. 64 et s.

l'Italie ; mais les ducs qui la commandaient se querellèrent
entre eux, et rebroussèrent chemin avant d'avoir rien
fait [1]. A en croire Paul Diacre, l'échec de l'expédition
aurait été causé par la mésintelligence des Francs et des
Alamans [2].

Le 27 novembre 587 l'accord d'Andelot avait été conclu
entre Gontran et Childebert ; la paix était définitivement
établie entre l'oncle et le neveu, et Brunehaut, maîtresse
de la politique austrasienne, engage avec son fils des négociations suivies avec Byzance ; Gontran, sollicité par son
neveu de se joindre à lui pour reconquérir la partie de
l'Italie qu'autrefois Sigebert aurait occupée, refusa d'aller
au delà des Alpes affronter les dangers de l'épidémie [3].
Childebert, assuré par l'empereur Maurice que son neveu
Athanagild, otage à Constantinople, lui serait rendu, se
mit, une fois de plus, seul en campagne ; cette fois l'expédition fut tout à fait malheureuse ; les Francs se firent infliger une défaite à nulle autre pareille, sans que l'on
sache ni où, ni comment [4]. Sur le champ, Childebert essaya

---

[1] *Hist. Franc.*, VIII, 18, éd. Arndt, p. 337 : « Childebertus vero rex,
compellentibus missis imperialibus, qui aurum, quod anno superiore
datum fuerat, requirebat, exercitum in Italia diregit... Sed cum duces
inter se altercarentur, regressi sunt sine ullius lucri conquisicione. »

[2] Paul. Diac., *Hist. Lang.*, III, 22, éd. Waitz, p. 104 : « Childebertus..., iterum adversum Langobardos Francorum exercitum ad Italiam
direxit. Contra quos dum Langobardorum acies properarent, Franci et
Alamanni dissenssionem inter se habentes, sine ullius lucri conquesitione
ad patriam sunt reversi. »

[3] Greg. Tur., *Hist. Franc.*, IX, 20, éd. Arndt, p. 378 ; cf. Hartmann,
Gesch. Ital., II, 1, p. 69 et s.

[4] Greg. Tur., *Hist. Franc.*, IX, 25, éd. Arndt, p. 382-383, la date
en est 588. Cf. Richter, *Annalen,* p. 92. Paul Diacre, *Hist. Lang.*, III,
29, éd. Waitz, p. 108, n'a rien trouvé sur cette expédition dans Secundus
de Trente ; la défaite franque ne doit guère se placer dans cette partie de
la haute Italie. Peut-être faut-il rapprocher de l'expédition manquée par
la faute des Alamans en 585 ou de l'échec de 588, ce que nous dit le
chroniqueur A de Frédégaire de la disgrâce qu'encourt le duc des Alamans Leudfried, de sa fuite et de son remplacement par Uncelenus. Dans
la chronique dite de Frédégaire cette mention se place après l'accord
d'Andelot (587), avant la conversion de Reccared (587) ; mais cette punition
semble plutôt se rattacher aux châtiments infligés aux grands d'Austrasie
qui avaient comploté contre Childebert. *Chron. Frédeg.*, A, IV, 8, éd.

de venger son échec et prépara de fortes représailles ; l'arrivée de négociateurs lombards, qui lui offraient le paiement d'un tribut et leur alliance, arrêta son ardeur belliqueuse. Sur le conseil de Gontran, il accepta de traiter, arrêta ses troupes déjà en chemin, et envoya des ambassadeurs en Italie ; il était prêt à retirer son armée si toutes les promesses étaient exécutées [1].

En Italie, la guerre un moment arrêtée, avait recommencé en 587, entre Autharis et l'exarque de Ravenne ; un accord intervient entre les Francs et l'empereur. Childebert prétendra garder les places du nord de l'Italie que son père avait encore tenues en sa possession [2] ; après les campagnes de Théodebert, de Leutharis, de Buccelin, d'Haming, il faut croire que les Francs n'avaient pas complètement perdu pied au delà des Alpes. La guerre n'est dirigée que contre les Lombards ; les prisonniers romains seront remis en liberté [3].

Dans l'été de 590 [4], Childebert réunit vingt ducs qu'il dirige sur l'Italie ; leurs bandes commencent à ravager les pays de l'Austrasie même ; puis elles se divisent en deux troupes principales, qui, chacune de son côté, traverse les Alpes. Prenant par la droite, Audevald avec sept autres ducs parvient près de Milan et y établit son camp ; le duc Olo s'avançant imprudemment jusque devant le « castrum Bilitio » de la cité de Milan, (Bellinzone), est blessé d'un coup de javelot au sein et meurt ; d'autres bandes qui fourragent dans les environs sont harcelées par les Lombards ; une bataille est tentée sur les bords de la Tresa à la sortie du lac de Lugano ; un petit nombre de Francs

---

Krusch, p. 125 : « Ipso que tempore Rauchingus et Boso Gunthramnus, Ursio et Bertefredus optematis Childeberti regis, eo quod eum tractaverant interficere, ipso regi ordenante interfecti sunt. Sed et Leudefredus Alammanorum dux in offensam ante dicti regis incidit, etiam et latebram dedit. Ordenatus est loco ipsius Uncelenus dux. »

[1] Greg. Tur., *Hist. Franc.*, IX, 29, éd. Arndt, p. 384.

[2] Greg. Tur., *Hist. Franc.*, X, 3, éd. Arndt, p. 412.

[3] *Epistolæ Austrasicæ*, Ep. 60, éd. Gundlach, *Epist. Meroving. et Karol. Aevi I, Mon. Germ. Epistolæ III*, p. 147. Cf. Hartmann, *Gesch. Italiens*, II, 1, p. 72 et s.

[4] Cf. Richter, *Annalen*, p. 94.

forcent le passage ; les Lombards n'acceptent pas le combat mais vont se réfugier dans leurs châteaux-forts, d'où il est impossible de les déloger ; les Francs reviennent, alors, à leurs camps devant Milan et attendent les ordres de l'empereur [1].

Cette première bande austrasienne a probablement passé par le Grand Saint-Bernard avec l'assentiment de Gontran ; c'est en effet la route qui conduit le plus rapidement, « par la droite », d'Austrasie à Milan [2] ; le duc Olo quitte les camps établis dans le voisinage de cette ville, pour aller chercher fortune au nord, aussi bien que ceux qui poursuivent les Lombards au delà de la Tresa ; après n'avoir pas réussi à leur enlever aucun « castrum », ils reviennent à leur poste d'attente, vers Milan [3].

C'est bien ainsi que Grégoire nous raconte les aventures de cette première troupe et des détachements qui s'en séparent en Italie ; Olo est un duc de l'armée d'Audevald ; il n'y a aucune raison pour le faire passer par le Saint-Gothard [4], passage inconnu des Romains et inusité au haut

---

[1] Greg. Tur., *Hist. Franc.*, X, 3, éd. Arndt, p. 410-411 : « Appropinquantes autem ad terminum Italiæ, Audovaldus cum sex ducibus dextram petiit atque ad Mediolanensim urbem advenit ; ibique eminus in campestria castra posuerunt. Olo autem dux ad Bilitionem huius urbis castrum, in campis situm Caninis, inportunæ accedens, jaculo sub papilla sauciatus cecidit et mortuus est..... Hic autem cum egressi fuissent in præda, ut aliquid victus adquirerent, a Langobardis inruentibus per loca prosternebantur. » Cf. *Auct. Havn. Extrema*, éd. Mommsen, *Mon. Germ. Auct. Ant.*, *Chron. Min.*, I, p. 338 : « Autharith... Longobardorum vires in Galliis fractas... restauravit, superatis Francis, qui intra Italiam diffusi populabantur, interfecto duce eorum Ollone apud Tiligonam castrum. »

[2] Le Simplon était pourtant à l'époque romaine traversé par une route qui semble avoir été d'importance secondaire. V. Mommsen, *C. I. L.*, V, 2, p. 734 et n° 6649. Cf. Meyer, *Die Römischen Alpenstrassen*, Zürch. *Mitteil.*, XIII, p. 127 et Maillefer, *Les routes romaines en Suisse*, *Revue hist. vaud.*, 1900, p. 44-45. Rien ne prouve cependant que la route partait de Genève et suivait la rive gauche du lac, les milliaires retrouvés à Hermance et à Messery provenant du territoire de Nyon. Cf. Maillefer. *op. cit.*, p. 48. Au moyen âge en tous cas, le Simplon ne fut guère fréquenté ; cf. Oehlmann, *Alpenpässe*, p. 269.

[3] Greg. Tur., *loc. cit.* : « Cum que nullum de his depræhendissent, ad castra sua regressi sunt ; ibique ad eos imperatorii legati venerunt... »

[4] Hartmann, *Gesch. Ital.*, II, 1, p. 74.

moyen âge [1], non plus que par le Bernardin, en le considérant comme le chef d'une troisième bande, qui passe
entre les deux autres [2].

L'autre troupe franque, composée de treize ducs sous
le commandement de Chedinus, passe par la gauche et
arrive à occuper quelques places fortes [3] ; elle parvient
jusqu'à Vérone, après avoir pris toute une suite de « castra » de la vallée de Trente, dont Paul Diacre, après Secundus, nous donne la liste ; ces petites villes munies de murailles s'étaient rendues de plein gré aux Francs et sans
craindre d'eux aucune trahison ; mais ceux-ci, sans souci
de leurs serments, les démolissent et emmènent les populations captives [4].

Comme en 577, les Francs, arrivant dans le Trentin, ont
descendu la vallée de l'Adige, et de là, pénétré dans les
vallées adjacentes ; ils seraient ainsi venus, de nouveau,
par l'Arlberg ; rien ne nous dit, en effet, qu'ayant franchi
le Septimer ils aient commencé leurs dévastations en partant de Còme [5], et d'autre part, l'ordre dans lequel Paul
Diacre énumère les « castra » qu'ils soumettent, n'indique
pas nésessairement la suite chronologique de leurs victoires, et ne peut établir qu'ils aient vraiment pénétré
d'abord dans le Val di Sol, en franchissant le col difficile et
inconnu du Tonale [6].

Les succès des Francs dans la région alpine ne profi-
tent guère à l'exarque de Ravenne, Romanus ; celui-ci
voulait se joindre à Chedinus et marcher avec lui sur Pavie,
où Autharis était enfermé ; l'armée d'Audevald devait arri-

---

[1] Oehlmann, *Alpenpässe*, p. 171.

[2] La colonisation romaine du massif du Gothard et de la vallée
d'Urseren, de même que l'existence d'une voie de communication entre
la Rhétie et le Valais est cependant une chose sûrement attestée.
Cf. Oechsli, *Origines*, p. 8 et 9.

[3] Greg. Tur., *loc. cit.* : « Chedinus autem cum tredecim ducibus
lævam Italiæ, ingressus est, quinque castella cœpit. »

[4] Paul. Diac., *Hist. Lang.*, III, 31, éd. Waitz, p. 111.

[5] Oehlmann, *Alpenpässe*, p. 171.

[6] V. Hartmann, *Iter Tridentinum, Jahresheft des öster. Archæolog.
Instituts*, II, 1899, *Beiblatt*, p. 1 et s. contre Huber, *Beiträge zur älteren
Geschichte Oesterreichs*, p. 368 et s.

ver en outre de Milan; le plan échoue; les ducs postés
près de Milan prétendent avoir attendu six jours un signal
des Grecs; l'exarque accuse Chedinus d'avoir commencé
à négocier avec le roi lombard; il renonce à attaquer Autharis, et va mener une campagne en Istrie. L'action commune des Francs et des Byzantins est compromise par
l'indiscipline et les intrigues des chefs militaires francs;
les Lombards n'ont pas autrement à souffrir de leur présence [1]. Après trois mois de séjour, les Francs commencent à battre en retraite devant les épidémies; la faim et
les intempéries les obligent à vendre leurs armes et leurs
vêtements, pour se procurer des vivres. Pourtant, aux yeux
de Grégoire, Chedinus rapportait au roi la soumission du
pays· que son père avait possédé, des captifs et du
butin [2].

Cette expédition fut la dernière des Francs en Italie.
Autharis envoya bientôt une ambassade pour traiter de la
paix; Gontran la reçut amicalement et l'envoya à son
neveu Childebert, qui ajourna sa réponse [3]; ce ne fut
qu'après la mort d'Autharis (5 septembre 590) que son
successeur Agilulf, (mai 591), obtint, par l'entremise de
l'évêque de Trente, la libération de plusieurs prisonniers
de guerre, que la reine Brunehaut racheta, et la paix, par
l'entremise du duc de Trente Evin [4].

L'empereur Maurice se plaignit vainement de la mauvaise conduite des ducs Francs; il réclama de Childebert
l'exécution de sa promesse, et l'envoi d'une nouvelle armée.
Peut-être eut-il plus de succès en demandant la libération
des prisonniers italiens, ainsi que cela avait été prévu dans
le traité [5]. De leur côté, les Lombards acceptent une sou-

[1] Greg. Tur., *Hist. Franc.*, X, 3, éd. Arndt, p. 410-412; *Epistolæ
Austrasicæ*, nᵒ 40, éd. Gundlach. *Epist. Merov. et Karol. Aevi, Mon. Germ.
Ep.*, III, p. 145-146. Cf. Hartmann, *Gesch. Ital.*, II, 1, p. 74 et s.
[2] Greg. Tur., *ibid.*, p. 412 : « ...subdens etiam illud, accepta sacra-
menta, regis ditionibus, quod pater eius prius habuerat, de quibus locis
et captivos et alias abduxere prædas. »
[3] Greg. Tur., *ibid.*
[4] Paul Diacre, *Hist. Lang.*, IV, 1, éd. Waitz, p. 116.
[5] *Epist. Austrasicæ*, nᵒˢ 40 et 41, éd. Gundlach. *Epist. Merov. et
Karol. Aevi, Mon. Germ. Epistolæ*, III, p. 145 et 146.

mission purement formelle aux Francs [1], mais il est bien probable que ceux-ci ne purent maintenir leurs possessions d'Italie [2].

Ces expéditions des Francs en Italie continuent les rapports de la Gaule et des régions transalpines et l'histoire des passages des Alpes, dont elles annoncent, pour plus tard, la grande importance. C'est en effet surtout pour la possession des vallées frontières, des cols et des routes que luttent les Francs et les Lombards ; c'est là qu'ils se rencontrent et qu'ils heurtent leurs poussées contraires.

Une première conséquence de cette rencontre de deux peuples toujours en guerre fut, des deux côtés, la fortification de postes importants qui surveillent les routes des Alpes. Dans les Alpes Cottiennes, Suze fut longtemps munie d'une garnison byzantine et commandait la route du Mont Genèvre [3]. Dans le Trentin, les textes et les fouilles révèlent tout un système de « castra » qui gardent l'accès des hautes vallées ; les Lombards pénètrent profondément dans les Alpes et, s'ils n'y ont pas, eux-mêmes, élevé des ouvrages, ils ont restauré et placé des garnisons dans les forts construits par les Romains et maintenus et augmentés par Théodoric et par Narsès [4].

Les routes suisses ont été certainement munies alors de semblables retranchements. Le Grand Saint-Bernard possède des « clusæ » qu'occupent les Francs et que leur enlèvent en 574 les Lombards [5]. Il faut bien considérer ces

---

[1] Greg. Tur., *Hist. Franc.*, X, 3, éd. Arndt, p. 412. Cf. *Hist. Franc.*, VI, 42 : « At Aptacharius Langobardorum rex legationem ad Guntchramnum regem cum huiuscemodi verbis direxit : Nos piissimi rex, subiecti atque fidelis vobis gentiquæ vestræ, sicut patribus vestris fuimus esse desideramus ; nec discedimus a sacramento, quod præcessoris nostri vestris decessoribus juraverunt. » Cette soumission nominale est très acceptable, malgré Dahn, *Urgeschichte*, III, p. 48, n. 1 et 2. Malgré la chronique dite de Frédégaire, IV, 45, il faut croire que le tribut fut promis et jamais payé ; cf. Pabst, *Gesch. des Langob. Herzogthums*, p. 417 et s.

[2] Hartmann, *Gesch. Italiens*, II, 1, p. 74 et s.

[3] Greg. Tur., *Hist. Franc.*, IV, 44, éd. Arndt, p. 178.

[4] Hartmann, *Iter Tridentinum*, p. 1 et s.

[5] Mar. Av., *Chron.*, éd. Mommsen, p. 239 : « Eo anno iterum Langobardi in Vallem ingressi sunt et Clusas obtinuerunt. » Le mot « clusæ » de

cluses, comme des postes fortifiés : Lorsqu'en 753, le pape
Etienne II vint chercher secours auprès de Pépin, il évita
les embûches du roi Astolphe et gagna en grande hâte les
mêmes « clusæ » alors franques, où, avec ceux qui s'y trouvaient il remercia Dieu d'avoir échappé au danger ; de là
il descendit sur Saint-Maurice [1].

Plus à l'est, nous manquons d'indications précises pour
dire jusqu'où les Lombards sont arrivés. Le « castrum Bilitio », Bellinzone, est un de leurs points importants, comme
il le fut autrefois des Romains [2] ; des trouvailles, d'origine
lombarde, faites près de là prouvent qu'ils ont occupé la
partie méridionale du Tessin [3] ; mais aucun texte ne nous
renseigne sur des fortifications élevées par les Lombards
ou les Francs au Saint-Gothard [4]. Le passage n'est alors
traversé par aucune voie importante ; son utilisation certaine au moyen âge n'est que bien postérieure [5] ; il est
même peu probable que ce col pût être, alors, un objet de
litige entre Francs et Lombards ; ce n'est qu'au XVme siècle
que les documents y situent des ouvrages de défense, des
« letzi » [6].

Au contraire, l'importance des voies romaines du Bernardin, du Julier, du Septimer, du Splugen dut être alors
égale à celle des routes maintenant françaises ou autri-

Marius n'est pas le synonyme d'« oscula » de la chronique dite de Frédégaire, III, 68, éd. Krusch, p. 111, il indique bien, pour le St-Bernard, des
fortifications. Cf. Du Cange, *Glossarium,* au mot « clusa » ; Oehlmann,
Alpenpässe, p. 178 et p. 240 ; cf. la note suivante.

[1] *Liber Pontificalis,* éd. Duchesne, I, p. 447, Stephanus II, 24 :
« Unde et cum nimia celeritate, Deo prævio, ad Francorum coniunxit
clusas. Quas ingressus, cunctis qui eo erant confestim laudes omni-
potentis Deo reddedit, et cœptum gradiens iter, ad venerabile monasterium sancti Christi martyris Mauricii... »

[2] Cf. ci-dessous, p. 129, n. 1.

[3] Hartmann, *Iter Tridentinum,* p. 14.

[4] Burckhardt, *Untersuch. über die erste Bevölkerung des Alpengebirgs, Archiv f. schweiz. Geschichte,* IV, p. 55. Burckhard fait fortifier
le Gothard par les Lombards, des deux côtés, entre 576 et 584 ; il leur
donne aussi, en 602, le Tessin, la Valteline et même Urseren, nous ne
savons sur la foi de quels textes.

[5] Oehlmann, *Alpenpässe,* p. 276.

[6] A. Nüscheler, *Die Letzinen in der Schweiz. Zürch. Mitteil.,* XVIII,
1, p. 26.

chiennes ; l'époque des Lombards n'y a pas laissé de souvenirs bien précis ; peut-être la forteresse de Castelmur dans le Val Bregaglia (le « Murum » de l'Itinéraire d'Antonin), dont les fondations sont romaines et l'existence attestée au XIme siècle[1], a-t-elle été alors occupée par eux, comme les bourgs du Trentin.

§ 4. — *Rapports de Gontran avec les cités suisses de la Burgondie franque, Genève, Avenches-Lausanne, Sion, (561-593).*

Si les guerres de Childebert II en Italie intéressent l'histoire des passages alpins, si en outre, en une occasion, elles nous renseignent sur la part prise par les Alamans dans le contingent de guerre de l'Austrasie, les rares campagnes de Gontran n'ont que des rapports lointains avec les cités suisses de la Burgondie.

Le patrice Mummolus à la tête de forces importantes va défendre à deux reprises les cités de Tours et de Poitiers contre les entreprises de Chilpéric II ; une première fois, dans la guerre que le roi d'Austrasie Sigebert soutient, de 573 à 575, contre son frère de Neustrie, son allié Gontran lui donne le puissant concours de son habile général, qui va reconquérir ces deux villes[2] ; une seconde fois, en 576, après la mort de Sigebert, Gontran défend pour son neveu Childebert la même Touraine ; Mummolus va remporter, à Limoges, une importante victoire sur le duc Didier qui commande l'armée de Chilpéric. Le patrice rentre ensuite par l'Auvergne en Burgondie[3].

En 583, c'est Gontran lui-même contre lequel se liguent

---

[1] A. Nüscheler, *Die Letzinen in der Schweiz. Zürch. Mitteil.*, XVIII, 1, p. 32.

[2] Greg. Tur., *Hist. Franc.*, IV, 15, éd. Arndt, p. 179-180. Cf. Richter, *Annalen*, p. 72.

[3] *Hist. Franc.*, V, 13, éd. Arndt, p. 201. Cf. Richter, *Annalen*, p. 77.

un moment Chilpéric et le jeune Childebert. La cité de Bourges est ravagée ; à Melun le roi de Burgondie arrête Chilpéric et le force à la paix [1]. En 584, Gontran à la mort de son frère, le redoutable Chilpéric, entre avec une armée à Paris [2]. Il prétend garder pour lui les cités de Tours et Poitiers et rassemble en 585 toutes les nations qui composent son armée ; la plus grande partie avec les gens de Bourges et d'Orléans s'en va réprimer une révolte de la ville mal soumise de Poitiers [3]. Mais ces guerres civiles, qui emmènent dans l'est le contingent des cités burgondes, n'abondent pas en détails sur la part prise à ces expéditions par les habitants d'outre-Jura.

A l'extérieur, les tentatives dirigées par Gontran contre la Septimanie, occupée par les Wisigoths, échouent successivement en 585 et en 589. La première de ces deux campagnes dirigea sur Nîmes le contingent des cités situées sur la rive gauche de la Saône et du Rhône. Les Burgondes y figurent, peut-être encore, en corps particulier [4] ; mais l'armée ne remporta aucun succès et se décima dans sa marche en retraite, après avoir exercé, en pays ami comme en pays ennemi, les pires déprédations [5]. La même année 585 et dans sa première moitié, le roi d'Orléans eut à réprimer dans le Midi l'importante sédition qui rassembla autour du prétendant Gondovald beaucoup de personnages importants, évêques et ducs, et des forces menaçantes. Cet épisode fort connu de l'histoire franque a eu, pour la cité de Genève, une petite conséquence qui nous force à rappeler brièvement les faits.

Gondovald, fils illégitime de Clotaire Ier, avait été, après de romanesques aventures, appelé de Constantinople, par un parti de grands austrasiens qui lui offraient une couronne. Débarqué à Marseille, il attendit quelques temps l'instant propice pour se déclarer et l'issue des querelles des grands qui lui montraient des dispositions hostiles ou

---

[1] *Hist. Franc.*, VI, 31, éd. Arndt, p. 271. Cf. Richter, *Annalen*, p. 80.
[2] *Hist. Franc.*, VII, 5, éd. Arndt, p. 293.
[3] *Hist. Franc.*, VIII, 24, éd. Arndt, p. 306.
[4] V. ci-dessous, IIme partie, Ch. Ier.
[5] Greg. Tur., *Hist. Franc.*, VIII, 28-30, éd. Arndt, p. 341-345.

amicales ; la mort de Chilpéric II fit éclater la conspiration,
plusieurs personnages importants passèrent à son parti,
entre autres le patrice Mummolus, qui avait abandonné, on
ne sait pour quels motifs, le service de Gontran, et le duc
austrasien Didier de Toulouse ; Gondovald commença à
gagner du terrain dans le Limousin ; le 5 décembre 584 il
y est proclamé roi à Brives-la-Gaillarde [1].

Gontran rassemble alors son armée et en dirige la
meilleure partie sur Poitiers. Gondovald renonce à attaquer cette ville ; le meilleur accueil lui est fait dans le
Midi ; les cités et les ducs passent à son parti. Cependant
l'armée du roi d'Orléans arrivait sur la Dordogne ; Gontran refuse de traiter avec ce rival, dont la fortune semblait
un moment prospère ; il remet au bourreau ses envoyés ; il
proclame son neveu Childebert majeur, le déclare une fois
encore son héritier. Dès lors Gondovald n'ayant plus
aucun appui à attendre de la part du jeune roi d'Austrasie,
est abandonné par ceux mêmes qui l'ont jusqu'alors
soutenu [2].

Il se réfugie dans la ville forte de Saint-Bertrand-de-
Comminges où un siège en règle commence sous la direction du duc Leudeghyselus [3]. Mummolus le trahit et l'engage à se rendre, en lui assurant qu'aucun mal ne lui sera
fait ; le prétendant se rend à l'armée assiégeante, tandis
que Mummolus l'abandonne pour essayer de sauver sa
tête. Le comte de Bourges Ollo le précipite dans le fossé
qui entoure la ville et le frappe de sa lance ; mais sa cui-
rasse le protège, il se relève et cherche à gagner la hauteur ; le comte Boson lui lance alors une pierre à la tête
et le tue. Le peuple se livra sur son corps aux pires ou-
trages et le laissa sans sépulture, au lieu où il était mort ;
la ville fut rasée, la population massacrée, les trésors

[1] Greg. Tur., *Hist. Franc.*, VI, 24, éd. Arndt, p. 263-264 ; VII, 10,
p. 296-297.
[2] Greg. Tur., *Hist. Franc.*, VII, c. 32, et c. 33, éd. Arndt, p. 312-314 ;
VII, 26, p. 306-307, VII, 27-28, p. 307-308, VII, 30-31, p. 310-312.
[3] Greg. Tur., *Hist. Franc.*, VII, 35 à 39, éd. Arndt, p. 325-320.
Cf. sur Gondovald, Pfister, dans Lavisse, *Histoire de France*, II, 1,
p. 142 à 144 et Richter, *Annalen*, p. 82 à 85.

pillés [1]. Le duc Leudeghyselus revient au camp, avec Mummolus et les principaux chefs de la révolte, et envoie secrètement des messagers à Gontran pour lui demander ce qu'il fallait faire d'eux. La réponse fut de les punir de mort [2].

Un de ces messagers, ou peut-être simplement le premier qui fut annoncer à Gontran la mort de Gondovald, était son « spatarius » Cariatto, l'officier qui portait son épée [3] ; en récompense de cette bonne nouvelle, il reçut l'évêché de Genève [4].

Comme tel il souscrit déjà aux décisions du concile de Valence, le 22 juin 585 [5], ce qui place la chute de Gondovald avant cette date [6].

Les sources générales de l'histoire franque s'en tiennent, pour les cités burgondes de la Transjurane, à ces renseignements approximatifs de Grégoire de Tours, lors de l'expédition de 585, et au petit épisode de la sédition de Gondovald, raconté par le chroniqueur A de Frédégaire.

Gontran laisse en Burgondie le souvenir d'un souverain presque national, bon et humble avec les prêtres et les leudes, généreux envers les pauvres, et dont le règne fut encore une époque de prospérité et de calme, au moins relatifs [7]. Résidant plus à Chalon-sur-Saône qu'à Orléans,

[1] Greg. Tur., *Hist. Franc.*, VII, 38, éd. Arndt, p. 318-319.
[2] *Idem.* VII, 39, éd. Arndt, p. 319 : « Igitur Leudeghyselus rediens ad castra cum Mummolo et Sagittario, Chariulfo vel Waddone, nuntios occulte ad regem diregit, quid de his fieri vellit. At ille capitale eos jussit finiri sententiam. »
[3] Waitz, *D. Verf. Gesch.*, II, 2, [3], p. 75.
[4] *Chron. Fredeg.*, A, III, 89, éd. Krusch, p. 117 : « Gundoaldus a Bosone duce factione Combeninsim urbem de cacumine rupis inpingetur, ibique deruptus moritur. Cariatto spatarius Gunthramni, qui hanc rem prodedit hujus vecissitudinem repensionis episcopatum Genavensum adsumpsit. » Ce n'est donc pas comme le dit le *Reg. Gen.*, nᵒ 71, pour avoir dénoncé au roi la conjuration de Gondovald, que Cariatto reçut l'évêché de Genève.
[5] *Conc. Valentinum* (585 juin 22). *Concilia*, éd. Maassen, p. 163 : « Cariatto in Christi nomine episcopus ecclesiæ Genavensis subscripsi. » Cf. Besson, *Origines*, p. 134-135.
[6] Probablement déjà avant le 1ᵉʳ mars. Schnürer, *Die Verfasser*, p. 19.
[7] *Chron. Fredeg.*, A, IV, 1, éd. Krusch, p. 124 : « Gunthramnus rex Francorum cum iam anno 23 Burgundiæ regnum bonitate plenus feliciter

11

il dût être en rapports avec les églises et les monastères
de la Suisse burgonde ; il semble qu'il les honorât de donations et qu'il en fît, à d'autres églises, de biens sis sur le
versant oriental du Jura. Pourtant lorsqu'il s'agit de
retrouver des mentions vraiment historiques relatives à
Gontran dans les évêchés suisses, nous ne nous trouvons
en face que de vagues traditions.

L'obituaire de l'église cathédrale de Saint-Pierre de
Genève prouve qu'au XIVme siècle, époque où le manuscrit
a été copié sur un texte plus ancien, l'anniversaire de sa
mort était encore commémoré dans cette église ; chose
remarquable, les plus anciens anniversaires du recueil ne
remontent guère au delà du XIIme siècle, et celui du roi
Gontran est le seul qui soit aussi ancien [1].

Les rapports de Gontran et de l'église de Genève sont
attestés par la nomination de Cariatto ; l'inscription de son
nom dans l'obituaire de la cathédrale est peut-être dû à
d'autres circonstances, qui nous sont du reste inconnues ;
il ne saurait suffire à prouver qu'il aurait fait reconstruire
la basilique de Saint-Pierre [2]. Les historiens qui lui ont
attribué cette réédification se sont appuyés sur des textes
fort douteux et des traditions légendaires dont a fait justice la critique avisée de M. l'abbé Besson ; Gontran peut
avoir fait quelques donations à Saint-Pierre ; mais les
ruines découvertes dans les substructions de la cathédrale
proviennent plutôt d'une basilique construite en pierre
par le roi Sigismond que d'un édifice attribuable à
Gontran [3].

Pour l'évêché de Lausanne, l'ancien « martyrologue » de
la cathédrale, utilisé au XIIIme siècle par le grand prévôt
Conon d'Estavayer, pour la composition du cartulaire de

regebat, cum saeerdotibus utique sacerdus ad instar se ostendebat et
cum leudis erat aptissimus, ælymosinam pauperibus large tribuens, tante
prosperetatis regnum tenuit, ut omnes etiam vicinas gentes ad plenitu-
dinem de ipso laudis canerent. »

[1] *Obituaire de l'église cathédrale de Saint-Pierre à Genève,* éd.
Albert Sarasin. *M. D. G.,* 2me série, T. Ier, p. 93 : « A VIIo Kalendas
Aprilis. Obiit rex Gondrandus, pro cujus anniversario viginti solidi. »

[2] *Ibid.,* p. X.

[3] V. Besson, *Origines,* p. 81 à 86.

l'église, rapporte avec exactitude le jour et le lieu de la mort du roi Gontran, le souvenir de ses donations aux églises, et, avec une faute d'une année, le synchronisme de la mort du roi et de celle de l'évêque d'Avenches-Lausanne, Marius [1].

Le même scribe, qui sur l'ordre du grand prévôt compile la chronique des évêques de Lausanne et a tiré de l'ancien martyrologue, à propos de l'évêque Marius, la date de la mort de Gontran qu'il ajoute en marge, résume une donation plus précise du roi [2]. Nous la reproduisons tout au long, afin d'en avoir plus présents, tous les éléments nécessaires à sa critique.

«In pago Awenticense seu Lausannense beati Marii tempore sanctus Guntrannus rex Francorum et Burgondionium dedit sancto Sigoni speluncam que dicitur Balmeta, sitam prope ecclesiam sancti Desiderii, cum terminis in cartulario Beate Marie determinatis. Dedit etiam ad eundem locum in Ornie mansos tres, aput Daliens mansos 5, aput Ollens mansos 8, in Tolochina mansos 4, in

---

[1] *Cartulaire de N. D. de Lausanne,* publié par Gingins la Sarraz. *M. D. S. R.,* VI, les parties générales publiées à nouveau par Waitz sous le titre de *Cononis Monumenta Historiæ Lausannensis, Mon. Germ. SS.,* XXIV, p. 774 et s. V. Éd. Waitz, p. 794 note. Cf. éd. Gingins, p. 30 : « De Sancto Guntranno in martyrologio Beate Marie Lausannensis, quod vocatur regula, ita scriptum invenitur : 5. Kal. Aprilis aput urbem Cabilonensium depositio Guntranni regis Francorum, viri religiosi, qui ita se spiritualibus actionibus mancipavit, ut relictis seculi pompis, thesauros suos ecclesiis et pauperibus erogaret. Eo anno quo obiit beatus Marius, obiit et rex Guntrannus. Regnavit autem annos 26. » Cf. *Chron. Fredeg.,* A, IV, 11, éd. Krusch, p. 127 : « Anno 33 regni Guntramni. Eo anno quinto Kal. Aprilis ipse rex moritur ; sepultus est in ecclesia sancti Marcelli in monasterio quem ipsi construxisset. » Gontran est mort en 593. V. ci-dessous p. 175, Marius en 594. Cf. Besson, *Origines,* p. 179.

[2] L'annotation marginale, relative à Gontran, comprend l'analyse de l'acte que nous étudions et, à sa suite, les indications chronologiques tirées du martyrologue. Elle complète le passage de la Chronique des Evêques relatif à Marius ; l'écriture est celle du scribe même de la Chronique des Evêques (Stadtbibliothek de Berne : *Ms. B.,* 219, fo V à XII), mais d'une autre encre : fo V, cf. éd. Gingins, p. 30 n. 2 ; la même main se retrouve dans le livre des anniversaires, fo CXXXI à CXXXVI, éd. Gingins, p. 633 à 668 ; sans doute celle d'un ecclésiastique quelconque travaillant sous les ordres de Conon. Voir fo CXXXI : « Hec fecit scribi Cono, prepositus lausannensis sic scripta erant in regula Beate Marie. »

Radiniaco mansum 1, in Romanel mansum 1, in Aples mansos 2. Acta aput Chalun civitatem in atrio Sancti Marcelli martyris, 12 Kalendas Martii anno Domini 600, regnante Guntranno rege feliciter anno V[1]. »

C'est là, l'analyse d'un diplôme de Gontran, que le scribe ajoute, après la première rédaction de la chronique des évêques, aux faits relatifs à l'épiscopat de Marius. Il faut tout d'abord rechercher d'où provient cette analyse. Le compilateur indique lui-même sa source : le *Cartularium Beate Marie,* où l'étendue du domaine concédé était tout au long décrite. Mais qu'est-ce que ce *cartularium Beate Marie ?*

Le grand prévôt du chapitre lausannois, Conon d'Estavayer, fait rédiger entre 1202 et 1240 un cartulaire de l'Eglise de Lausanne, qui est, à proprement parler, plus qu'un recueil des titres et des chartes de son église ; il comprend une chronique abrégée de l'histoire générale, du pontificat de Grégoire le Grand à la mort d'Othon IV, un pouillé de l'évêché de Lausanne, des Gestes des évêques, depuis saint Prothais jusqu'en 1240, à la suite desquels vient un polyptique des biens du chapitre de la cathédrale de Notre-Dame de Lausanne ; dans les Gestes et le Polyptique on a intercalé un grand nombre de copies de chartes et de diplômes ; pour clore le livre, un calendrier contient la liste des anniversaires célébrés dans l'Eglise[2].

Le 18 juillet 1235, un incendie avait détruit une grande partie des archives de la cathédrale ; l'ancien cartulaire ou recueil des actes des évêques, des diplômes des empereurs et des rois, et des chartes des particuliers, avait alors disparu. Conon, voulant garder le souvenir des faits importants qui y étaient consignés, fit rédiger son important recueil historique et diplomatique, à l'aide de sources qu'il nous indique avec soin ; d'abord les extraits qu'il avait faits lui-même du cartulaire disparu ; puis les mentions qu'il avait trouvées dans d'autres manuscrits, dans le calendrier de la cathédrale, et dans certaines chroniques ; enfin, il com-

---

[1] Éd. Waitz, p. 794, Gingins, p. 30.
[2] Gingins, Introduction, *M. D. S. R.,* VI, p. vi et s. Cf. Molinier, *Sources,* II, p. 140, n° 1639.

plète ses renseignements par ce qu'il peut connaître de la tradition orale et digne de foi[1].

Or, le *liber quidam domni episcopi*, qui, par la description même qu'en donne Conon, est un cartulaire de l'évêché de Lausanne, est certainement identique au *Cartularium Beate Marie* dont est extraite la courte analyse relative à un diplôme de Gontran. Le prévôt du chapitre dit avoir fait lui-même des extraits de ce *liber*, avant sa disparition en 1235 ; dans le cours de son recueil, nous rencontrons une série de mentions relatives aux évêques de Lausanne, aux revenus du chapitre, des chartes du Xme siècle copiées par lui-même, ou sur son ordre en 1225, 1230 et 1235 ; chaque fois, il indique, comme sa source, un manuscrit qu'il nomme *vetus Kartularium, antiquuum Cartularium beate Marie, antiquissimum Cartularium Beate Marie Lausannensis, Antiquissima cartularia sancte Marie Lausannensis*, et qu'il cite comme un document qui n'existe plus[2].

Ce *vetus cartularium* contenait donc, en outre des chartes relatives à l'église de Lausanne, un polyptique de ses re-

---

[1] *Cononis Monum. Hist. Laus.*, éd. Waitz, p. 793. Cf. éd. de Gingins, p. 27 : « Anno ab incarnatione Domini 1235, quia liber quidam domini episcopi Lausannensis fuit perditus, in quo quedam carte episcoporum Lausannensium erant scripte antique, et etiam regum et imperatorum et quorundam aliorum Christi fidelium, Cono prepositus Lausannensis, dolens si omnia que in dicto libro scripta erant caderent a memoria, quedam, sicut in eo scripta invenit et in quibusdam aliis libris et Kalendario Beate Marie Lausannensis et in quibusdam cronicis redegit in scriptis ad memoriam futurorum, et etiam quedamque ad honestis viris fide dignis audivit. » Parmi ses sources qu'il ne désigne pas plus clairement ici, nous reconnaissons, ailleurs, un « quidam liber Beate Marie Lausannensis », éd. Waitz, p. 724, éd. Gingins, p. 28, qui n'est autre qu'un manuscrit des *Annales Flaviniacenses et Lausannenses*. Cf. Waitz, *ibid.*, p. 777, les épitaphes des évêques, des chartes, et le martyrologue de Lausanne : « in veteri regula Lausannensi », éd. Waitz, p. 794, éd. Gingins, p. 29.

[2] *Id.*, éd. Gingins, p. 74 : « C. prepositus lausannensis invenit in cartulariis Beate Marie lausannensis quod Beatus Marius suscepit episcopatum... » *Ibid.*, p. 34-35, éd. Waitz, p. 797 : « Eius (Armanni episcopi) facta plurima scripta erant in veteri Kartulario et David predecessoris sui », de même pour les évêques : Jérôme, Boson, Libon, Magnerius et Eginolfus (ce dernier siège de 968 à 985). Cf. éd. Gingins, p. 53, 129, 207, 237, 374.

venus et des mentions annalistiques relatives aux évêques ;
Conon reconstitue en partie, dans son nouveau cartulaire,
la matière de l'ancien.

Le scribe qui a ajouté, à la première rédaction du nouveau recueil, l'analyse du diplôme de Gontran, a ainsi
travaillé sur une copie du *liber domni episcopi* alors
perdu, copie extraite autrefois par les soins de Conon,
peut-être aussi retrouvée après la première composition
de l'ouvrage ; il n'est pas impossible même qu'il résume
de mémoire les termes d'une ancienne lecture.

Nous pouvons ainsi nous représenter les opérations
successives qui ont fait du prétendu diplôme primitif de
Gontran, l'analyse informe que nous en avons. Il fut une
première fois copié tout au long, ou tout au moins écrit
en entier dans l'ancien cartulaire, qui n'était pas antérieur
au 10ᵐᵉ siècle ; le scribe de Conon se réclame de ce document où la description de la donation est plus amplement
détaillée ; il a été ensuite copié par Conon et résumé par
le compilateur qui, vu le manque de place, n'a pas pu le
reproduire en entier ; il se peut aussi que le prévôt en ait
déjà fait une analyse ou qu'il le rappelle de mémoire à
son copiste. Par cette suite de copies et de transcriptions
plus ou moins exactes, l'original, s'il a jamais existé, ou
tout au moins la première forme connue de l'acte a été
profondément altérée et extraordinairement résumée. Nous
ne pouvons donc appliquer à la brève notice qui nous en
reste, les règles d'une absolue et sévère diplomatique.

C'est ainsi qu'un des compilateurs quelconque des deux
cartulaires peut très bien avoir ajouté aux mots de « in-
pago Awenticense », l'explication de « seu Lausannense ».
Le « pagus Aventicensis » est seul connu de l'époque mérovingienne et disparaît même des documents postérieurs [1].

De même, le titre du roi « Sanctus Guntrannus rex Francorum et Burgundionum » tout à fait inadmissible comme
intitulation d'un diplôme original, peut être, lui aussi, l'œuvre d'un rédacteur peu scrupuleux ; le texte primitif aurait
porté : « Guntramnus rex Francorum ». La forme romane

[1] V. ci-dessus, IIᵐᵉ partie.

des noms de lieux serait, dans un acte mérovingien, un grave anachronisme. Ce n'est toutefois pas à l'annotateur du cartulaire de Conon qu'on peut imputer ce rajeunissement des formes topographiques; copiant une phrase du martyrologue, il a conservé les mots : « Aput urbem Cabilonensium »[1], tandis qu'il écrit comme date de lieu de la donation de Gontran « Acta aput Chalun civitatem ». Le prévôt du chapitre, dans les actes copiés de sa main, conserve la forme latine des noms de localités. C'est donc le scribe de l'ancien cartulaire disparu qui revêt ces vocables des formes qui lui sont contemporaines, d'autant plus qu'il n'a pas pu toutes les identifier. « Ornie » est Orny (canton de Vaud, district de Cossonay); en 1105, nous avons encore « Orniacum »[2]. « Daliens » est Daillens (district de Cossonay), désigné en 1100 par les noms de « villa Dalletis »[3]. « Ollens » est Oulens (district d'Echallens); « Tolochina » est Tolochenaz (district de Morges); « Romanel » se retrouve dans cinq localités du canton de Vaud : Romanel sur Morges, Romanel à Rances, Romanel sous Mont, Romanel entre Arnex et Bofllens[4]. « Aples » est Apples (district de Morges), pour lequel nous avons « Aplis » en 1009, 1125, 1148[5]. Par contre, « Radiniacum » a conservé sa forme latine; probablement le scribe n'a-t-il pas retrouvé, plus que nous, une localité répondant à ce vocable[6]. Mais du fait que cette seule forme ancienne nous a été conservée, tandis que toutes les autres ont été rajeunies, nous pouvons reconnaître que le rédacteur du premier cartulaire avait un texte plus ancien sous les yeux et par conséquent antérieur au Xme siècle. Il n'a en tous cas pas inventé de toutes pièces le diplôme de Gontran.

[1] V. ci-dessus, p. 163, n. 1.
[2] Jaccard, *Toponymie*, p. 320; en 1011, on avait déjà pourtant « Ornei ».
[3] *Ibid.*, p. 217.
[4] *Ibid.*, p. 391.
[5] *Ibid.*, p. 10.
[6] « Radiniacum » ne peut être « Rances » ni « Ranges » mais aurait donné « Radigny » ou « Radignier ». Cf. Jaccard, *op. cit.*, p. 376; on a voulu y reconnaître aussi le nom ancien de Saint Saphorin sur Morges, qui relève de l'abbaye de Joux dès avant 1177. Cf. Reymond, *Des origines du prieuré de Baulmes. Revue hist. vaudoise*, 1905, p. 369, n. 1.

Le même scribe n'a guère mieux compris qui était le destinataire du privilège de Gontran, « Sanctus Sigo ». Ce n'est pas un personnage [1], mais un monastère. A vrai dire, nous ne connaissons aucun établissement religieux de ce nom. Les martyrologes ont conservé le nom d'un saint Sigo qui doit être identifié avec saint Sequanus, solitaire et fondateur, avant 580, d'un monastère de Burgondie, au lieu où s'élève aujourd'hui le bourg de Saint Seine (arrondissement de Dijon, Côte-d'Or) [2].

Saint Seine est connu par un miracle raconté par Grégoire de Tours ; trois hommes que le roi Gontran avait fait enchaîner à la suite d'un vol et qui s'étaient réfugiés au tombeau du saint, furent délivrés de leurs fers, au milieu de la nuit, tandis qu'une grande lumière inondait la basilique ; le roi frappé de crainte les rendit à la liberté [3]. Le monastère fondé par le saint, au lieu dit « Sicaster » (Sestre) dans le « pagus Magnimontensis », le pays de Maimont, est désigné au IXme siècle sous le nom d'« Abbatia Sanctæ Mariæ et Sancti Sequani confessoris [4] » et dans une série de chartes du XIIme et du XIIIme siècle conservées dans le cartulaire de l'abbaye : « Monasterium Sancti Sequani [5] ».

Nous n'avons retrouvé nulle part les termes de « monasterium Sancti Sigonis » ; mais nous pouvons par analogie nous assurer que cette forme a pu exister et qu'elle a été en usage à l'époque mérovingienne et même au delà. La

---

[1] Martin Schmitt, *Hist. du dioc. de Lausanne, Mémorial de Fribourg,* V, p. 182. « Dedit etiam ad eundem locum » se rapporte évidemment à « Sanctus Sigo » dans notre texte.

[2] *A. A. SS. Sept.,* VI, p. 32 et s. *Vita Sancti Sequani* et commentaire des Bollandistes.

[3] Greg. Tur., *Liber in Gloria Confessorum,* 86, éd. Arndt, p. 804.

[4] *Gallia Christiana,* IV, *Instrumenta,* col. 134, an. 887 : « abbatiam Sanctæ Mariæ et sancti Sequani confessoris in pago Magnimontensi, eo in loco qui Sicaster antiquitus nuncupatus est. » Cf. *ibid.,* col. 695, et Longnon, *Géogr.,* p. 214-215.

[5] *Cartulaire de l'abbaye de Saint Seine au diocèse de Langres.* Copie du XVIIIme siècle. *Bibl. Nation. Paris.,* ms. lat. 9874, passim (l'original du XIIIme siècle, contenant 86 actes du IXme au XIIIme siècle, est aux Arch. départ. de la Côte d'Or, à Dijon, H. 165 ; cf. Stein, *Bibliogr. des Cartulaires,* p. 490).

rivière Seine « Sequana », qui porte le même nom que le monastère de Burgondie, est appelée dans des textes du VI^mo, du VII^mo et du VIII^mo siècle « Sigona », « Segona », « Secona » aussi bien que « Sequana »[1].

Cette forme intermédiaire aurait été également employée pour désigner l'abbaye, dont le patron était lui-même appelé Sequanus et Sigo ; désuète dès le IX^mo siècle, elle ne se trouve plus dans les chartes ; le rédacteur de l'ancien cartulaire ne la connaissait pas ; il l'a reproduite telle quelle, sans savoir quel monastère elle pouvait désigner.

En résumé, l'altération de la forme des noms de lieux est attribuable au premier copiste du cartulaire ; le texte qu'il avait sous les yeux gardait les formes latines et anciennes des vocables topographiques, telles que celles qui ont résisté à une identification « Radiniacum » et « Sanctus Sigo ».

Si la critique ne peut donc s'en prendre, ni à la mention du « pagus Lausannensis », ni au titre du roi, ni à la forme romane des noms de villages, qui sont des interpolations et des altérations du texte primitif, elle reprend tous ses droits en face de la date de l'acte, qui, dans le cartulaire de Conon apparaît nettement comme copiée textuellement ou rapportée fidèlement d'un document diplomatique :

« Acta aput Chalun civitatem in atrio Sancti Marcelli martyris, 12 Kalend. Martii anno Domini 600 regnante Guntranno rege feliciter anno V ».

La date des diplômes mérovingiens est annoncée par « datum » et non par « actum » ; le lieu est généralement à l'ablatif ; si l'on trouve des mentions plus précises du lieu où la donation a été faite, elles désignent simplement la « villa » ou le « palatium » où le roi réside ; les diplômes connus des rois n'offrent aucun exemple d'une indication analogue à « in atrio Sancti Marcelli »[2] ; mais la date du lieu est rejetée à la fin de l'acte, après la formule d'appréciation[3].

---

[1] Greg. Tur., *Hist. Franc.*, VI, 25, *Chron. Fredeg.*, (A et B), IV, 20, 24, 25, 79. Diplôme de Childebert II : éd. Pertz, *Mon. Germ.*, *Diplom.* I, n° 89. *Vita S. Willibaldi*, 1, *A. A. SS. Boll. Jul.*, II, p. 503.

[2] Pertz, *Mon. Germ.*, *Diplom.*, I, n° 87, p. 60, Childebert III : « Compendio villa nostra »; n° 82, p. 73, Chilpéric II : « Compendio palatio nostro »; n° 94, p. 84, Thierry IV : « Pontegune in palatio nostro ».

[3] *Ibid.*, exemples : n° 81, p. 73, Chilpéric II : « In Dei nomine Com-

L'année de l'incarnation ne figure jamais dans les diplômes authenthiques ; les années du règne sont exprimées d'une manière subjective : « anno tanto regni nostre », le roi prenant la parole du commencement à la fin de l'acte. Le mot « feliciter » ne se rencontre que dans la formule d'appréciation qui termine le texte : « In Dei nomine feliciter » ; on trouve parfois cette formule abrégée et confondue avec l'indication du lieu ; mais jamais le mot « feliciter » ne s'égare dans le comput des années du règne [1].

La date est du reste chronologiquement fausse : la cinquième année du règne de Gontran est 565-566 ; en 600 Gontran n'existe plus ; il est mort le 28 mars 593 [2].

Même en attribuant le plus d'interpolations possibles au copiste du premier cartulaire, la forme « Chalun », l'année de l'incarnation, les autres termes de la date ne peuvent avoir été autrement que copiés sur le prétendu original ; dans ce cas, une expression comme celle de « actum » au lieu de « datum », le compte des années du règne à la manière objective, l'emploi mal à propos de « feliciter », suffisent à prouver qu'il s'agit, en l'espèce, d'un faux. L'acte qui sert de base aux copies et à l'analyse de nos cartulaires ne peut prétendre à être considéré comme un diplôme original et authentique de Gontran.

Nous n'acceptons pas par conséquent, comme la mention historique d'un fait vrai, cette prétendue donation par Gontran au monastère de Saint-Seine de la grotte nommée la Baumette, située près de l'église de Saint-Didier, avec ses dépendances et d'autres manses de terre situées à Orny, Daillens, Oulens, Tolochenaz, Radiniacum (?) Romanel, Apples.

La grotte est la Baumette de Saint-Loup (commune de Pompaples, district de Cossonay) ; elle s'ouvre au milieu d'une parois de rochers à pic qui domine la rive gauche de la petite rivière du Nozon ; près de là l'église Saint-

pendio feliciter » ; n° 77, p. 69, Childebert III : « Mamaccas feliciter » ; n° 73, p. 65, Childebert III : « Carraciaco feliciter ».

[1] Cf. pour la diplomatique mérovingienne : Giry, *Manuel de Diplomatique*, p. 709-711.

[2] Cf. ci-dessous, p. 175.

Didier passe après le XVme siècle sous le vocable de Saint-Loup [1]. En 814, Louis le Pieux fait donation à l'église de Lausanne d'une « cellula » appelée « Balmeta », située près de la rivière de la Venoge, et construite en l'honneur de saint Didier, en outre, de ses possessions à Ferreyres, de la villa d'Eclépens avec la région du Maurmont [2]. La Baumette de Saint-Didier qui, selon le cartulaire, aurait été donnée au VIme siècle par Gontran au monastère de Saint-Seine serait devenue dès lors une dépendance de l'abbaye, un oratoire dans la grotte, près de laquelle des moines auraient vécu en reclus. Au contraire, au IXme siècle, elle fait partie des biens du fisc et est attribuée par Louis le Pieux au chapitre de Lausanne. Au XIIme siècle, l'église Saint-Didier dépend de l'abbaye d'Ainay au dio-

[1] Martignier et de Crousaz : *Dict. Hist. du Canton de Vaud*, p. 559; Jaccard, *Toponymie*, p. 407. La prétendue donation de Gontran est bien celle d'une grotte « spelunca »; il est pourtant à remarquer qu'en 814, la « cellula » qui se nomme « balmeta » et qui est construite en l'honneur de St-Didier, c'est-à-dire, alors, un petit monastère ou simplement une chapelle, semble bien avoir été située sur la rive droite du Nozon, du côté de la Venoge; c'est là en effet que des documents postérieurs signalent l'église St-Didier ou St-Loup. Cf. Max. Reymond, *Origines du prieuré de Baulmes*, Rev. hist. vaud., 1905, p. 371. Nous croyons cependant qu'il s'agit d'un seul et même établissement : l'oratoire primitif peut avoir été dans la Baumette de St-Loup; transféré dans la suite au lieu où s'élevait l'église St-Didier, il garda le nom de « balmeta », diminutif de « balma », grotte.

[2] 28 Juillet 814. Böhmer Mühlbacher, *Rég.*, n° 509, Gingins, *Cartulaire de N. D.*, éd. Gingins, p. 238 : « ...placuit nobis ad matrem ecclesie sancte marie lausonne propter congregationem inde consistentium ad supplementum eorum aliquid de rebus proprietatis nostre concedere atque per hoc preceptum nostrum confirmare. Id est quandam cellulam que est in eodem pago lausonne super rivulum qui vocatur venobia nuncupante balmeta que est constructa in honore sancti desiderii unacum villa que dicitur scepedingus. habentem plus minus colonicas. XX. cum domibus et edificiis mancipiis. colonis. terris. pratis. silvis. aquis. aquarumque decursibus. » Cf. une autre copie de l'acte, *ibid.*, p. 240, avec des variantes. M. Reymond, *op. cit.*, p. 369-370, reconnait dans les 20 collonges dépendant de la cellule de St-Didier, les 20 manses données par Gontran au monastère de St-Seine. Ce ne serait qu'un seul domaine fiscal dont la propriété est transférée, par Louis le Pieux, au Chapitre de Lausanne. Celui-ci possède en effet des droits sur les églises de Daillens, Tolochenaz, Oulens. Mais en 814 la « cellula » et ses 20 collonges font partie du fisc royal « de rebus proprietatis nostre ».

cèse de Lyon ; plus tard, l'abbaye du lac de Joux en possède le patronat [1].

Aucun document ancien n'établit donc une relation entre la Baumette de Saint-Loup et le monastère de Saint-Seine ; au IXme siècle, elle appartient au fisc. Si l'on accepte comme authentique la donation de Gontran, il faut admettre que l'abbaye bourguignonne fut frustrée au VIIme ou au VIIIme siècle de ses droits sur cette lointaine dépendance transjurane ; le domaine et la « cellula » firent retour au fisc. Mais l'absence de toutes autres indications nous empêche d'expliquer l'origine de cette légendaire donation qui ne nous est connue que par l'analyse d'un acte faux, ou de rechercher si le monastère lingon avait quelques prétentions justifiées sur des biens situés dans le diocèse de Lausanne.

En résumé, la mention de Gontran, dans le Cartulaire de Conon d'Estavayer du XIIIme siècle, se rapporte à un diplôme d'un ancien cartulaire perdu et pas antérieur au Xme siècle. Ce diplôme, si peu qu'il nous soit connu, doit être rejeté comme un acte faux ; la donation dont il conservait le souvenir ne peut être considérée comme un fait certain. Mais tous les éléments nous manquent pour représenter les conditions dans lesquelles le faux a été élaboré, son but, et sa valeur historique.

Les aumônes et les libéralités de Gontran atteignirent au moins un monastère suisse, pour lequel le roi de Burgondie semble avoir eu un respect tout particulier, le monastère de Saint-Maurice d'Agaune en Valais. Aucun acte ancien ni aucune mention de cartulaire ne conserve le témoignage de donations en terre ou de privilèges spéciaux ; nous savons seulement par Grégoire de Tours que Gontran envoya des cadeaux aux frères du monastère valaisan afin d'obtenir d'eux des reliques des saints [2].

---

[1] Reymond, *op. cit.*, p. 372 et n. 1.

[2] Greg. Tur., *Liber in Gloria Martyrum*, 75, éd. Arndt, p. 538 : « Cum autem Gunthramnus rex ita se spiritalibus actionibus mancipasset, ut, relictis sæculi pompis, thesauros suos ecclesiis et pauperibus erogaret, accedit, ut, misso presbitero, munera fratribus qui sanctis Agaunensibus deserviunt, ex voto transmitteret, præcipiens presbitero ut ad eum rediens sanctorum sibi reliquias exhiberet. »

Enfin, si nous ne savons rien de précis sur les donations de Gontran en Suisse, en faveur du monastère de Saint-Seine en Burgondie, la chronique d'un autre monastère spécialement enrichi par le pieux roi, Saint-Bénigne de Dijon, a conservé le souvenir des propriétés qu'elle avait alors acquises de l'autre côté du Jura [1].

Gontran avait institué à Saint-Bénigne la psalmodie perpétuelle comme elle était alors en usage à Saint-Maurice d'Agaune ; pour maintenir cette institution de même que l'ordre monastique, il avait décrété que les abbés de Saint-Maurice seraient également titulaires de celui de Saint-Bénigne, de telle façon que les deux monastères ne formassent ensemble qu'une seule congrégation [2]. Cette mesure ne semble guère avoir été mise en exécution, encore que le chroniqueur nous cite un abbé Apollinaire qui réunit sous son abbatiat les maisons de Saint-Bénigne, de Saint-Maurice et de Saint-Èvre de Toul [3].

Quoi qu'il en soit, l'abbaye dijonnaise aurait acquis alors plusieurs domaines sur la route de Saint-Maurice, possessions que l'abbé et sa suite auraient utilisées pour s'arrêter et loger dans les étapes de ses voyages [4]. Au cours des temps, par la violence des occupants, l'injustice des rois et divers autres événements, elle perdit ces biens qu'elle avait donnés en précaires [5].

Le chroniqueur peut encore nous donner une liste des

---

[1] La chronique de Saint-Bénigne, rédigée par un moine de l'abbaye, avant 1031, est pourtant utilisable pour l'époque mérovingienne, à cause des sources anciennes et tout particulièrement des titres du monastère que l'auteur a utilisés. Molinier, *Sources*, II, p. 88, n° 1359.

[2] *Chron. S. Benigni Divionensis*, éd. Bougaud et Garnier, *Analecta Divionensia*, IX, p. 29 et 30. Cf. Bouquet, *Hist. de France*, III, p. 469.

[3] *Chron. S. Benigni, ibid.*, cf. p. 30, n. 2, il s'agirait plutôt de l'unité spirituelle plutôt que de l'unité de gouvernement ; le texte marque également l'introduction de la règle de Saint-Benoît à Saint-Bénigne.

[4] *Chron. S. Benigni*, éd. Bougaud et Garnier, p. 30 : « Quapropter hic patronus noster sanctus Benignus illis in partibus plurima conquisivit terrarum prædia per illud tempus ut ineundo et redeundo Abbates eorumque fideles ad hospitandum haberent suæ possessionis loca. »

[5] *Chron. S. Benigni*, éd. Bougaud et Garnier, p. 32 : « ... quæ in præstariam data, possidentium violentia, aut Principum injustitia, ac temporum variis eventibus sunt amissa. »

« vici », des « villae », des églises et des hommes que
l'abbaye possédait ainsi et qui s'étageaient le long de la voie
romaine qui mène de Besançon en Valais par le Jura; sur le
versant occidental du Jura, dans le département actuel du
Doubs, il nomme Pontarlier, Bulles, Roche-sur-la-Loue ou
Parrecey, Salins [1]. Au delà de la montagne, les habitants
du bourg d'Orbe rapportaient en son temps, que leur église
de Saint-Bénigne avait autrefois dépendu de la grande
abbaye dijonnaise [2].

La chronique de Saint-Bénigne ne connaît donc qu'une
tradition assez lointaine sur les domaines donnés par
Gontran et situés dans les cités de la Burgondie suisse;
à son époque l'abbaye aurait acquis des biens le long de
la route d'Agaune [3]; à Orbe une église Saint-Bénigne était
considérée comme une ancienne dépendance de l'abbaye
cisjurane du même nom. Il n'y a donc rien là qui nous
renseigne sur une prétendue nouvelle fondation d'Orbe
par Gontran, et sur un travail de réparation de la voie
romaine conduit sous son ordre [4].

Au moyen âge on peut ainsi retrouver dans les textes
suisses des traditions et des mentions de genres divers qui
attestent le souvenir longtemps conservé de Gontran dans
le pays. A quels faits ces vagues indications se rapportent-
elles, c'est ce qu'il est impossible de dire plus amplement.

[1] Cf. *Chron. S. Benigni. ibid.*, les identifications données par les éditeurs, p. 31, n. 2.

[2] *Chron. S. Benigni*, éd. Bougaud et Garnier, p. 32 : « Si quidem
juxta vicum, qui nuncupatur Urba, est ecclesia sancti Benigni nomine
sacrata, quam ferunt ejusdem loci incolæ pertinuisse quondam ad jus
istius Ecclesiæ. »

[3] Il ne s'agit que de « terras cum prædia », pas même de monastères
(Bougaud et Garnier, *op. cit.*, p. 31, n. 2), et encore moins d'hôtelleries
ou d'hospices construits de distance en distance par Gontran, pour les
religieux et les pèlerins, depuis Saint-Maurice jusqu'à Dijon ; cf. Gingins
la Sarraz, *Hist. de la Ville et du Château d'Orbe*, p. 8-9 ; le même, *op. cit.*,
p. 207, n. 18 et 19, retrouve la mention de ces propriétés données à Saint-
Bénigne dans le Cartulaire de Conon d'Estavayer; le rédacteur du
XIIIme siècle aurait mis « S. Sigoni » pour « S. Benigno ». La situation
même des 20 manses de la Baumette de Saint-Loup rend cette hypothèse
impossible.

[4] Gingins la Sarraz, *op. cit.*, p. 7 et s. et Verdeil, *Hist. du Canton
de Vaud*, p. 20.

CHAPITRE IV

La Suisse mérovingienne de l'avènement de Childebert II à la mort de Dagobert Ier (593-639).

§ 1. — *Réunion de l'Austrasie et de la Burgondie sous Childebert II (593-596). — La chronique dite de Frédégaire. — Brunehaut et ses petits-fils : Théodebert II, roi d'Austrasie, Thierry II, roi de Burgondie. — Extension du royaume de Thierry sur la Suisse alamannique (590-610-11).*

La mort de Gontran, roi d'Orléans ou de Burgondie, le 28 mars 593 à Chalon-sur-Saône [1], amène de nouveau et

---

[1] *Chron. Fredeg.*, A, IV, 14, éd. Krusch, p. 127 : « Anno 33 regni Gunthramni. Eo anno quinto Kal. Aprilis ipse rex moritur; sepultus est in ecclesia sancti Marcelli, in monasterio quem ipsi construxerat. » M. Bruno Krusch qui a rétabli de l'ordre dans la chronologie si embrouillée des Mérovingiens n'a pas réussi pourtant à déplacer la date généralement admise pour la mort de Gontran, et à la fixer une année plus tôt, en 592. Les arguments développés dans son magistral article des *Forschungen zur deutschen Geschichte*, XXII, p. 453 et s., *Zur Chronologie der Merovingischen Könige*, ont été depuis habilement refutés. M. Krusch arrivait à l'année 592 par une série de calculs et de recherches : 1° ayant établi par la chronique de Frédégaire, l'année 613, comme étant la 18me du règne de Thierry II, il remontait ainsi jusqu'à la mort de Gontran, qui se trouvait tomber en 592. M. Schnürer, *Die Verfasser der sogen. Fredegar-Chron.*, p. 12 et s. et p. 26 et s., a démontré qu'en calculant ainsi, d'après la chronique de Frédégaire, on arrivait vraiment à 593. Le

pour trois ans, seulement, la réunion de la Burgondie et de
l'Alamannie suisses sous un même sceptre. Childebert II
roi d'Austrasie hérite de son oncle et gouverne pour un

compilateur A de Frédégaire fait concorder les années du règne avec
celle du calendrier; l'année de la mort de Gontran est pour lui à la fois
la 33me de son règne et la 1re de celui de Childebert; le commencement
de l'année étant au 1er mars, il part de là pour compter régulièrement
les années du règne. 2o M. Krusch, relevant dans le dit compilateur A
de nombreuses erreurs chronologiques, tente de les sérier pour établir
que la faute du texte ci-dessus doit être de 2 ans, (31me année de Gontran
et non 33me). Le tableau dressé par Schnürer, *op. cit.*, p. 27, montre que
de telles inexactitudes ne peuvent être soumises à une gradation régulière. 3o A de Frédégaire mentionne, *Chron.*, IV, 15, dans la 3me année de
Childebert II, une comète qui, d'après une chronologie chinoise, aurait été
observée en janvier 593. J. Havet, *Questions mérovingiennes, Les Chartes
de Saint-Calais, OEuvres*, I, p. 37, repousse une donnée aussi incertaine que celle-ci, tirée de la chronologie encore mal étudiée des comètes.
Contrairement à l'avis de Krusch, une éclipse rapportée par A, *Chron.*,
IV, 13, dans l'année qui précède la mort de Gontran, ne peut être celle
du 23 sept. 591, mais bien celle du 19 mars 592. Krusch, *De Annis Regum
Francorum, SS. rer. Mer.*, II, p 576, a renoncé à sa preuve par la comète
dite de 593. Il maintient pourtant 592 et s'aide d'un nouvel argument. Le
IVme livre du *De Virtutibus S. Martini.* de Grégoire de Tours, raconte
une série de miracles survenus principalement le jour de la mort du saint.
M. Krusch en les datant établit que chaque année de 588 à 593 est pourvue
de son miracle ou même de plusieurs; si l'on admet 593 pour l'année de
la mort de Gontran, on n'aura plus de miracle pour l'année 592; celui que
Grégoire place « tempore autem quo post obitum gloriosissimi regis
Gunthramni, Childebertus rex Aurelianensim urbem adivit », *De Virtutibus*, 37, éd. Arndt, p. 659, tombant en 593. Cependant rien ne prouve que
Grégoire ait absolument tenu à ne pas laisser une année vide d'un fait aussi
admirable et si propre à exalter les vertus du saint, patron de son église;
il se peut très bien qu'en 592 rien d'extraordinaire ne se soit produit, qui
ait pu faire croire à une intervention de Saint Martin. Si l'on tient absolument à avoir un miracle par année, on ne peut avec certitude dire qu'aucune autre action du saint racontée en ce IVme livre, ne puisse se dater
de 592. Le miracle précédant celui de la mort de Gontran est placé au
temps où Platon devient évêque de Poitiers. *Ibid.*, 32, p. 658. « Nec illud
silere puto, quod hoc tempore cum Plato episcopatum Pectavæ urbis
adeptus est, virtus sancti fuit ostensa. » Or, Platon arrive à l'épiscopat
en 591-592. Cf. Duchesne, *Fastes*, II, p. 83.
  Il ne reste en faveur de 592 que la date de l'épitaphe de Bertegiselus
trouvée à Guilherand près Valence (Drôme), Krusch, *SS. rer. Mer.*, II,
p. 134, n. 7; cf. LeBlant, *Inscr. Chrét.*, II, no 474, p. 174-175 : « Idas Kalendas Novembras annum quartum renum domini notri Teodorici riges,
indicciune dudecema. » La 1re année du règne de Thierry II ne tombant pas dans la 12me indiction, Krusch : lit « annum quartum denum ».

temps l'Austrasie et la Burgondie [1]. Suivant une clause du pacte d'Andelot, celui des deux rois qui mourrait le premier et sans enfants laissait au survivant son royaume [2].

Childebert II recueillait ainsi la récompense de sa fidélité à son oncle Gontran, fidélité longtemps chancelante et finalement victorieusement maintenue, grâce à sa mère Brunehaut. Son règne en Austrasie et Burgondie fut de courte durée et, à part l'échec d'une tentative contre son cousin de Neustrie Clotaire II et sa mère Frédégonde en 593 [3], sans faits saillants.

La 12me indiction correspond, dans les années du règne de Thierry, à sept. 608-sept. 609 ; si en oct.-nov. 608, Thierry règne depuis plus de 13 ans, il a dû monter sur le trône au plus tard dans les mêmes mois, en 595, et comme il succède à Childebert, qui meurt dans la quatrième année qui suit la mort de Gontran, ce dernier a dû lui-même mourir en 592. Si c'est vraiment de Thierry II qu'il s'agit, pour en arriver là, il faut admettre une première correction du texte ; il faut également compter avec l'indiction byzantine qui se prend à partir du 1er sept., et qui est bien généralement employée au VIIme siècle en Occident : mais comme, dans notre inscription une faute d'un mois ou de deux est très possible, qu'en outre le système des indictions n'est pas toujours exactement suivi (cf. Levison, *Hist. Zeitschrift*, LXXXVII, p. 291), nous préférons au léger doute jeté sur le comput traditionnel par la correction de M. Krusch, la chronologie de A de Frédégaire, interprétée par M. Schnürer et l'éclipse du 19 mars 592 placée par le même A dans la 32me année de Gontran (Havet, *loc. cit.*), qui décident presque indubitablement de la question en faveur de 593. Ajoutons en outre avec M. Schnürer, l'élévation d'Agilulf comme roi des Lombards que A de Frédégaire mentionne dans la 31me année de Gontran. « Ipsoque anno Ago dux in Aetalia super Langobardus in regno sublimatur » *Chron.*, IV, 13, éd. Krusch, p. 127. Autharis est assassiné à Pavie le 5 sept. 590. La reine Théodolinde sur la demande des Lombards, choisit comme roi Agilulf, l'Ago de Frédégaire, et l'épouse au mois de novembre. Cf. Paul. Diac., *Hist. Lang.*, III, 35, éd. Waitz, p. 114. Mais ce n'est qu'en mai 591 qu'il est proclamé roi par tout le peuple à Milan. *Ibid.* : « Sed tamen congregatis in unum Langobardis postea mense Maio ab omnibus in regnum aput Mediolanum levatus est. » Pour toutes ces raisons nous conservons l'ancien comput qui fait mourir Gontran le 28 mars 593, dans la 33me année d'un règne commencé en 561, et nous en déduirons pour la suite les conséquences qu'il faudra.

[1] *Chron. Fredeg.*, A, IV, 14, éd. Krusch, p. 127 : « Regnum eiusdem Childebertus adsumsit. »

[2] *Mon. Germ. Capitularia*, I, éd. Boretius, p. 13 et Greg. Tur., *Hist. Franc.*, IX, 20, éd. Arndt, p. 374-377.

[3] *Chron. Fredeg.*, A, IV, 14, éd. Krusch, p. 127. A de Frédégaire ne mentionne qu'une défaite du duc de Champagne, Quintrio, par Clotaire

A défaut d'événements particuliers au pays du Jura et des Alpes, il faut signaler à ce moment un grand changement dans l'historiographie mérovingienne et locale. La chronique de Marius s'arrête en 581, l'Histoire des Francs de Grégoire de Tours prend fin en 590. Pour remplacer à la fois, cette source de renseignements régionaux et cette narration plus générale des destinées du royaume franc, nous avons maintenant la chronique désignée sous le nom d'un auteur légendaire, Frédégaire.

Longtemps considérée comme l'œuvre d'un seul homme [1], cette chronique du VIIme siècle a été divisée en trois rédactions différentes par M. Krusch [2]. Les résultats unanimement acceptés de son important travail ont été dernièrement modifiés, sur quelques points, par les recherches minutieuses, ingénieuses et plus hypothétiques de M. Schnürer [3]; elles nous serviront à interpréter le texte des anonymes, chaque fois que nous aurons recours à lui. Nous ne pouvons faire autrement, comme introduction, que de récrire brièvement cette page de l'historiographie suisse en admettant généralement les résultats acquis par les travaux de M. Krusch et développés, avec quelques changements, par M. Schnürer.

La chronique dite de Frédégaire est donc l'œuvre de trois auteurs nettement distincts. Le premier, A, est un Burgonde originaire du « pagus Ultrajoranus » ou, peut-être, de Genève. Il écrit après 624 les trois premiers livres de la chronique et jusqu'au chapitre 42 du quatrième. Ses sources sont, pour cette dernière partie, des annales bur-

---

et un grand massacre des deux armées ; à en croire le récit légendaire et d'ailleurs suspect du très postérieur *Liber Historiæ Francorum*, 36, éd. Krusch, p. 304-306, les armées d'Austrasie et de Burgondie auraient été alors sérieusement battues à Soissons, par Frédégonde, Clotaire et leur duc Landericus. Cf. Paul. Diacre, *Hist. Lang.*, IV, 4, éd. Waitz, p. 117.

[1] En particulier par Jahn, *Geschichte der Burg.*, II, p. 520-522, et par Gabriel Monod, *Du lieu d'origine de la chronique de Frédégaire, Jahrbuch für Schweizerische Geschichte*, III, p. 141 à 163.

[2] Bruno Krusch, *Die Chronicæ des sogenannten Fredegar, Neues Archiv.*, VII, p. 247 à 351 et 421 à 516.

[3] Gust. Schnürer, *Die Verfasser der sogenannten Fredegar-Chronik, Collectanea Friburgensia*, IX, 1900.

gondes rédigées selon Krusch, peut-être à Avenches. Schnürer y voit une source X, l'histoire des guerres de Thierry II et de Théodebert II, favorable à Brunehaut, et dont A, adversaire de la vieille reine, transforme la tendance. L'identification de A avec un personnage connu du temps ne peut être tenue pour certaine[1]. Sa personnalité peut cependant jusqu'à un certain point se définir ; A est un ennemi passionné de la grand'mère des rois Thierry et Théodebert ; il a été en rapports avec son puissant adversaire, le maire du palais de Burgondie, Warnachaire, et avec les moines de Luxeuil.

Le second compilateur, B, est aussi un burgonde originaire du « pagus Ultrajoranus », mais il écrit au sud de la Loire en 642 ; il reprend le livre de son prédécesseur, l'augmente de quelques annotations de caractère légendaire, et le continue jusqu'à son temps. Moins passionné que A, il se montre également burgonde et particulariste et dut être en rapports avec le maire du palais Flaochat.

Le troisième anonyme, C, est un Austrasien vivant peut-être à Metz et qui travaille vers 658 ; il augmente la chronique d'extraits tirés de la vie de saint Colomban par Jonas de Bobbio, et d'autres renseignements sur l'histoire austrasienne, burgonde et wisigothique ; il faut lui attribuer la composition des chapitres 84 à 88 du quatrième livre, dans lesquels il révèle son caractère austrasien et ses attaches au maire du palais Grimoald[2].

Les deux premiers auteurs de la chronique de Frédégaire étant originaires des cités de la Burgondie suisse,

---

[1] Voir sur les efforts faits dans ce sens par Schnürer, qui notamment voulait reconnaître dans A, Agrestius, moine à Luxeuil et adversaire de l'abbé Eustase, successeur de Colomban, le compte rendu de Krusch, dans *Neues Archiv*, XXVI, p. 266.

[2] Sur la composition générale de l'ouvrage, Schnürer a modifié les conclusions de Krusch, sur les points suivants : Le travail de A va non jusqu'au chap. 39, mais jusqu'au chap. 42 ; il s'arrête donc en 613. La composition des chapitres 43 à 83 revient donc à B. A est également l'auteur du livre III de la chronique, le résumé de l'histoire des Francs de Grégoire de Tours. Cf. Levison, *Historische Zeitschrift*, LXXXVII, p. 295 ; Wattenbach, *Deutschlands Geschichtsquellen*, I, 7me éd., p. 104-117 ; Molinier, *Sources*, I, p. 63 et s., n° 197.

il faut s'attendre à trouver dans leur récit, la mention de faits locaux, comme dans la chronique de l'évêque Marius. Seulement au lieu de brèves notes annalistiques, nous avons maintenant affaire avec une histoire composée d'une façon beaucoup plus générale et suivant des tendances préconçues, qui ont souvent travesti la réalité des faits. Les choses qui se passent au delà du Jura seront replacées, plus ou moins, dans le cadre des grands événements de la Burgondie et de l'Austrasie ; les compatriotes des deux anonymes retiendront plus longuement leur attention, de même que tous les personnages, princes ou grands qui ont passé ou vécu non loin d'Avenches, de Genève ou de Sion.

Nous aurons ainsi à suivre les destinées du royaume franc, pour rencontrer et expliquer les faits, plus ou moins importants, qui ont eu pour théâtre la Burgondie transjurane.

Childebert II meurt dans la quatrième année de son règne en Austrasie et en Burgondie, entre le 1er mars et le mois de juillet 596 [1]. Les deux royaumes sont ne nou-

---

[10] *Chron. Fredeg.*, A, IV, 16, éd. Krusch, p. 127 : « Quarto anno, post quod Childebertus regnum Guntramni acciperat, defunctus est... » La 4me année du règne de Childebert en Burgondie est selon le comput de A, 1er mars 596-1er mars 597. Une lettre du pape Grégoire I adressée « Theodorico et Theudeberto fratribus regibus Francorum » datée de juillet 596, montre que ses fils avaient, déjà alors, succédé à Childebert II. *Greg. I Papæ, Regist.*, VI, 49, éd. Ewald et Hartmann, *Mon. Germ. Epistolæ*, I, p. 423. Julien Havet, *Questions mérovingiennes*, IV, *Les Chartes de St-Calais, OEuvres*, I, p. 106, n. 3, a pensé qu'ils avaient été proclamés rois du vivant de leur père, car un décret de Childebert II est daté du dernier jour de février de la 22me année de son règne, c'est-à-dire du 28 février 597. *Capitularia*, I, éd. Boretius, p. 15 : « Datum secundum Kal. Marcias anno vicesimum secundum regni nostri. Colonia feliciter. » Childebert serait ainsi encore vivant à cette date. Mais Krusch, *De Annis Regum...*, SS. rer. Mer., II, p. 577, garde le texte du manuscrit de Leyde (*Lugdun. Bat. Voss. G.*, 119, fol. 87) et du texte de Baluze, qui portent XX au lieu de XXII. Le décret mentionne en effet les décisions prises dans cinq champs de Mars consécutifs, dont le premier aurait été tenu à Andernach « Kalendas Marcias anno vicesimo regni nostri », et le dernier à Cologne la 22me année du même règne ; il saute aux yeux que ces dates de règne sont fausses, cinq champs de Mars n'ayant pu être tenus en trois ans. Krusch corrige la date du premier « anno XX » en « anno XꞀ

veau séparés et partagés entre les deux jeunes fils du roi
défunt, Théodebert II qui règne en Austrasie, Thierry II,
d'un an plus jeune et âgé alors de 19 ans, en Burgondie [1].
La part de Théodebert est le royaume primitif de son
père, celle de Thierry le royaume d'Orléans de Gontran ;
pourtant ce dernier acquiert d'importantes cités dans l'est
et particulièrement en Suisse, l'Alsace et le Thurgau, qui
sur l'ordre de Childebert, sont réunis à la Burgondie [2].

Brunehaut joue alors un rôle important dans les deux
royaumes, où ses petits-fils, encore jeunes, ne songeaient
guère encore à se soustraire à son influence. Avec elle les
hostilités continuent contre la Neustrie, où règne Clotaire
II, et contre sa mère, l'implacable ennemie de la sœur de
Galswinthe, Frédégonde. Mais la première année de son
règne, Thierry perd Paris et plusieurs cités voisines, et
c'est en toute paix que Frédégonde meurt un an plus
tard [3].

Avec la quatrième année de Thierry II (599-600) le chroniqueur A de Frédégaire nous ramène dans son pays,
pour nous conter un de ces phénomènes physiques qui
étonnent vivement les imaginations sensibles des gens du
moyen âge, et qui se revêtent, dans leurs récits, de détails
merveilleux. Une source chaude se répandit dans le lac de
Thoune ; elle y causa une telle ébullition que beaucoup
de poissons furent cuits [4]. Ce n'est là qu'une très ancienne
mention de cette région de l'Aar, où se rencontrent bientôt

(15) regni nostri »; il a donc été tenu à Andernach, dans la 15me année de
Childebert; le cinquième, celui de Cologne, tombe donc, suivant la leçon
de Baluze dans la 20me année du règne, c.-à-d. le 28 février 595. Childebert est donc bien mort en juillet 596, année où ses fils sont qualifiés de
rois.

[1] *Chron. Fredeg.*, ibid. : « ...regnumque eius filii sui Teudebertus et
Teudericus adsumunt. Teudebertus sortitus est Auster, sedem habens
Mittensem ; Teudericus accipit regnum Gunthramni in Burgudia, sedem
habens Aurilianes. »

[2] V. ci-dessous, p. 186 et s., la discussion du texte de Frédégaire relatif
à cette modification de frontières.

[3] *Chron. Fredeg.*, A, IV, 17, éd. Krusch, p. 128.

[4] *Id.*, IV, 18. éd. Krusch, p. 128 : « Anno 4 regni Theuderici... Eo
anno aqua caledissima in laco Duninse quem Arola flumenis influit, sic
validæ æbullivit, ut multitudinem pissium coxisset. »

les Burgondes et les Alamans, mais le chroniqueur ne
nous en dit rien de plus que cet extraordinaire échauffe-
ment de l'eau du lac.

La même année, le maire du palais de Thierry meurt et
laisse toute sa fortune en aumônes aux pauvres [1]. Cet
homme important, du nom de Warnachaire, fut un des bien-
faiteurs de l'église de Genève [2]. A ce titre il mérite l'attention du moine ultrajuran, peut-être genevois, de Luxeuil.
Ses successeurs la retiendront aussi, surtout parce que,
devenus alors les véritables chefs de l'administration
franque, ils accapareront le pouvoir des rois faibles ou
trop jeunes, et que, même lorsqu'un seul prince réunira
tous les lots de cités de ses ancêtres, ils rappelleront, en
Burgondie, l'unité ancienne du pays de Gontran [3].

En 599-600, Brunehaut vient résider en Burgondie auprès de Thierry II et exerce une influence constante sur
le gouvernement de son petit-fils ; elle a peut-être rencon-
tré alors une résistance victorieuse chez les grands de
l'Austrasie ; mais il n'est guère possible qu'elle ait été
chassée par eux de la cour de Théodebert II [4]. Avant cette

[1] *Chron. Fredeg.*, A, IV, 18, *loc. cit. :* « Eo anno Warnecharius maior
domi Teuderici transiit, qui omuem facultatem suam in alimuniis paupe-
rum distribuit. »

[2] Cf. *Id.*, IV, 22, éd. Krusch, p. 129 et ci-dessous, p. 184, n. 2.

[3] L'ancien intendant de la maison et des biens du roi est devenu le
personnage le plus important du royaume ; à la cour son autorité s'étend
sur les jeunes gens qui y vivent, sa juridiction sur tous ceux qui s'y
trouvent ; dans le conseil des grands il occupe la première place ; au
dehors, comme administrateur des biens du fisc, il dispose de revenus
considérables, il a la richesse qui crée le pouvoir et la surveillance de
presque toutes les branches de l'administration. Cf. Waitz, *D. Verf. Gesch..*
II, 2 [3], p. 83 à 100.

[4] D'après A de *Frédégaire*, IV, 19, éd. Krusch, p. 128, Brunehaut
chassée par les Austrasiens, aurait été recueillie dans la campagne d'Arcis
sur Aube par un pauvre homme, et conduite auprès de Thierry, qui la
reçut avec de grands honneurs. C'est là une de ces légendes malveillantes
répandues sur l'histoire de la vieille reine. Cf. Kurth, *La Reine Brunehaut, Revue des Questions historiques*, 1891, p. 43 et s.; Schnürer, *Die
Verfasser*, p. 32; le *Liber Historiæ Francorum,* 37, éd. Krusch, p. 306,
témoignage bien postérieur et plus suspect encore, raconte seulement
que Childebert II avait lui-même placé Thierry II en Burgondie sous la
tutelle de Brunehaut. Si cette décision n'est guère imputable à Childebert,
son effet n'en est pas moins atteint après 599-600.

date les deux frères règnent dans une sorte d'indivision, sous la tutelle de leur grand'mère ; après la quatrième année de leur règne, l'un reste seul à la tête de l'Austrasie, l'autre, avec le conseil de Brunehaut, régit la Burgondie [1]. Mais l'union des deux frères, comme celle des deux royaumes, n'est pas encore brisée ; l'aïeule est toujours considérée comme la maîtresse ou, tout au moins, comme la surveillante de la politique et de l'administration [2], et les deux jeunes rois continuent en commun les hostilités contre le fils de Frédégonde. Clotaire II, vaincu l'année suivante, à Dormelles sur l'Orvanne, abandonne ses conquêtes précédentes et la plus grande partie de son royaume [3].

En Burgondie, Brunehaut semble avoir continué sa politique hostile à l'aristocratie [4]. En 602-603, le patrice Aegyla est mis à mort [5]. La même année, qui est la septième du règne de Thierry II, le récit de la découverte solennelle des reliques de saint Victor dans la basilique bâtie en son honneur, à Genève, par Sédeleube, fille de Chilpéric roi burgonde, et sœur de Clotilde, nous signale la présence de Thierry II dans cette ville. C'est en effet en sa présence, à ce que nous dit le compilateur A, peut-être bien témoin oculaire de la scène [6], qu'une miraculeuse lumière brillant tout à coup au milieu de l'église, où un songe avait conduit le bienheureux Hyconius, évêque de Maurienne, révéla le

---

[1] Jusqu'en 599 le pape Grégoire Ier dans ses lettres s'adresse aux deux rois à la fois. Cf. *Greg. Regist.*, IX, 215 et 226, éd. Hartmann. *Mon. Germ. Epistolæ*, II, p. 201 et 217. En 601 il leur écrit séparément. *Greg. Regist.*, XI, 47 et 50, *Ibid.*, p. 319 et 323.

[2] Grégoire Ier s'adresse toujours à elle et lui soumet les mêmes demandes qu'à ses petits-fils. *Greg. Reg.*, XI, 48 et 49, XIII, 7, *Ibid.*, p. 321 et p. 371.

[3] *Chron. Fredeg.*, A, IV, 20, éd. Krusch, p. 128. Cf. Longnon, *Géogr.*, p. 137 et p. 252.

[4] Cf. Waitz, *D. Verf. Gesch.*, II, 1[3], p. 186 ; mais on ne peut dire avec Richter, *Annalen*, p. 99, qu'il se forme pour elle un parti gallo-romain, contre elle un parti germanique ; le rôle des races n'a guère été un facteur important de la querelle. V. la suite.

[5] Pour A de *Frédégaire, Chron.*, IV, 21, éd. Krusch, p. 129, Aegyla est un innocent que Brunehaut fait tuer dans le but de réunir ses biens à ceux du fisc. Mais dans d'autres cas, il parle en termes analogues de condamnations légitimes. Cf. Kurth, *La reine Brunehaut*, p. 51-52.

[6] Schnürer, *Die Verfasser*, p. 39.

lieu où gisait enfoui le corps du saint [1]. Thierry II, dans cette visite à l'église ainsi honorée de saint Victor, fit de multiples donations à la basilique et la confirma dans la possession des biens que lui avait laissés le maire du palais Warnachaire [2]. Ainsi se fondent le renom et la fortune du futur monastère.

Le maire du palais de Burgondie qui avait succédé à Warnachaire était un Franc du nom de Bertoald, dont A de Frédégaire vante la modération, la sagesse et le courage [3]. Au dire de l'anonyme, il fut sacrifié à l'un des favoris de la vieille reine. C'était un gallo-romain, du nom de Protadius, qui avait acquis une grande influence dans le palais de Tierry II. A la mort du duc Wandalmarus, qui réunissait au delà du Jura plusieurs cités en une circonscription administrative désignée sous le nom de «pagus Ultrajoranus», la faveur de Brunehaut l'éleva au rang de patrice. Comme tel, il augmenta le gouvernement ducal de Wandalmarus d'un petit pays sis sur le versant occidental du Jura et qui, démembré de la cité de Besançon, s'appellera plus tard en français l'Escuens, le «pagus Scodingorum», autour de Salins [4].

Bertoald trouva bientôt, (fin de 605), la mort dans une expédition dangereuse sur les bords de la Seine, où Thierry l'avait envoyé percevoir les impôts. Protadius fut alors, et

---

[1] *Chron. Fredeg.*, A, IV, 22, éd. Krusch, p. 129. Voir à propos de Saint Victor et de ses reliques, Besson, *Origines,* p. 112 à 117.

[2] *Id., loc. cit.* : « Ibique princeps Theudericus presens aderat, multisque rebus huius ecclesiæ tribuens, maxemam partem facultates Warnacharii ibidem confirmavit. » C'est aussi l'interprétation du *Reg. Genev.*, n° 74.

[3] *Chron. Fredeg.*, A, IV, 24, éd. Krusch, p. 130 : « Eo quoque tempore Bertoaldus genere Francos maior domus palacii Teuderici erat, morebus mensuratus, sapiens et cautus, in prilio fortis, fidem cum omnibus servans. »

[4] *Id., loc. cit.* : « Anno 9 Teuderici (604-605). Cum jam Protadius genere Romanus vehementer in palacium ab omnibus veneraretur et Brunechildis stubre gratiam eum vellit honoribus exaltare, defuncto Wandalmaro duci, in pago Ultraiorano et Scotingorum Protadius patricius ordenatur instigatione Brunechilde. » L'âge avancé de Brunehaut démontre l'inexactitude des calomnies de A. Pour le titre de « patricius » et l'étendue du « pagus Ultraioranus » voir IIᵐᵉ partie, ch. Iᵉʳ.

toujours grâce à la faveur de la vieille reine, élevé à la
haute dignité de maire du palais [1] ; mais la haine des
grands, qu'il méprisait et sur lesquels il faisait peser les
dures prétentions du fisc, le poursuivit plus violemment
encore que par le passé [2]. Une de ces séditions nombreuses en cette époque d'indiscipline militaire, lui coûta la
vie ; l'armée levée par Thierry, pour marcher contre son
frère Théodebert, se rebella à Quiersy-sur-Oise, massacra
le maire, et força le roi à la paix et à la retraite [3].

L'ancien patrice juran eut comme successeur à la mairie
du palais un gallo-romain prudent et modéré du nom de
Claude [4]. Cela n'empêcha pas Brunehaut de poursuivre de
sa vengeance les meurtriers de son protégé et d'obtenir
leurs cruels châtiments [5]. Malgré cet incident, son influence se maintenait à la cour de Bourgondie et travaillait à la
conservation de la paix entre les deux jeunes rois, ses
petits-fils, que de nombreuses causes d'inimitié avaient
déjà armés l'un contre l'autre [6].

La 13me année de Thierry II, Brunehaut tenta une entre-

[1] *Chron. Fredeg.*, A, IV, 24, 25, 26, éd. Krusch, p. 130-131. V. à ce
propos Kurth, *La reine Brunehaut*, p. 50, qui fait ressortir les incohérences du récit de A ; sa grande animosité contre Protadius l'amène à
dénaturer les faits.

[2] *Chron. Fredeg.*, A, IV, 27, éd. Krusch, p. 131. Cf. Waitz, *D. Verf.
Gesch.*, II, 2³, p. 192 et n. 1. A de Frédégaire reproche à Protadius son
avidité à enrichir le fisc et sa propre fortune, son mépris des grands et
sa corruption. Il est assez difficile de tirer de son appréciation tendan-
cieuse, une conclusion relative au rôle éphémère du maire de Burgondie.
Il semble qu'il fut seulement un serviteur énergique et zélé du roi et de
son administration.

[3] *Chron. Fredeg.*, A, loc. cit. Cf. Kurth, *La reine Brunehaut*, p. 46
et s. et Schnürer, *Die Verfasser*. p. 48.

[4] *Chron. Fredeg.*, A, IV, 27-28, éd. Krusch, p. 132. Claude qui devient
maire la 11me année du règne de Thierry, soit 606-607, est au contraire
très estimé du chroniqueur A, qui le dit homme sage, aimable et spirituel,
actif, patient, bon conseiller, instruit dans les lettres, fidèle et amical
pour tous.

[5] *Chron. Fredeg.*, A, IV, 28-29, éd. Krusch, p. 132.

[6] A la suite de la campagne manquée où Protadius avait trouvé la
mort, une paix défavorable à la Burgondie, avait été conclue. Cf. Kurth,
op. cit., p. 51 ; en outre Théodebert intriguait contre son frère auprès
du roi des Wisigoths et de Clotaire II, *Chron. Fredeg.*, A, IV, 31, éd.
Krusch, p. 132.

vue avec la reine d'Austrasie Blichilde ; mais les Austrasiens empêchèrent la femme de Théodebert II de se rendre au rendez-vous proposé (608-609) [1]. Deux ans plus tard, les hostilités reprenaient. Théodebert se jette sur l'Alsace et la ravage ; ce pays, dont le nom apparaît pour la première fois dans les textes, avait été en effet démembré de l'Austrasie, sur l'ordre de Childebert, et joint au royaume de Thierry, qui y avait été élevé [2]. On décida alors de se réunir à Selz en Alsace et d'y liquider, avec le concours des grands, les questions litigieuses. Théodebert eut recours à la force ; il surprit son frère presque sans armée, à la tête d'une grande troupe armée d'Austrasiens [3]. Thierry, terrifié, fut forcé de souscrire à un traité qui lui enlevait l'Alsace et d'autres territoires frontières, objets de réclamations constantes, le pays des « Suggentenses », des « Turenses », des « Campanenses » [4].

Il s'agit de savoir quelles contrées sont désignées ainsi

[1] *Chron. Fredeg.*, A, IV, 35, éd. Krusch, p. 134.

[2] *Chron. Fredeg.*, A, IV, 37, éd. Krusch, p. 138 : « Anno 15 regni Theuderici (610-611), cum Alesaciones ubi fuerat enutritus, preceptum patris sui Childeberti tenebat, a Theudeberto rito barbaro pervadetur. »

[3] *Ibid.* A assigne à Thierry une troupe de 10,000 hommes. Pour M. Schnürer, *Die Verfasser*, p. 58 et s., il aurait été surpris sans armes ; A aurait atténué le procédé abominable de Théodebert et la défaite de Thierry, tels qu'ils étaient décrits dans sa source X.

[4] *Ibid.* : « Quod cum undique Theudericus ab exercitum Theudeberti circumdaretur, quoactus atque conpulsus Theudericus, timore perterritus, per pactionis vinculum Alsatius ad parte Theudeberti firmavit ; etiam et Suggentensis et Turensis et Campanensis, quos sæpius repetibat, idemque amisisse visus est. » Schnürer, *Die Verfasser*, p. 60, fait de « Theudericus » le sujet de « quos sæpius repetibat », c'est Thierry qui, dans la suite, réclame ces pays. L'imparfait montre qu'il s'agit de faits antérieurs ; ces trois « pagi » étaient l'objet de revendications de la part de Théodebert, car ils avaient été détachés de l'Austrasie, comme l'Alsace. Le sens est ainsi beaucoup plus clair et l'explication de M. Schnürer, *op. cit.*, p. 61, n'est plus nécessaire, qui interprète le texte de cette façon : dans le traité, l'Alsace seule était comprise ; dans la suite, des discussions éclatèrent au sujet de ses frontières ; Théodebert exagère les dispositions du traité à son avantage, de là des disputes, jusqu'à la guerre de 612. Le passage rapporté ci-dessus ne laisse pourtant guère de doute : Thierry cède à la fois l'Alsace et les trois autres territoires. Après ce traité, seulement, les deux frères se séparent. « Regressi uterque ad sidebus propriis. »

sous les noms de leurs habitants, et d'arriver à quelques
renseignements plus précis sur les limites de l'Alamannie
et de la Burgondie en Suisse, particulièrement de la mort
de Childebert II à cette année 610-611. Deux opinions générales proposent à ces vocables géographiques deux
séries d'identifications opposées. L'une, avec les anciens
historiens de l'Alsace, cherche ces trois « pagi » dans la
haute-Alsace ; elle reconnaît dans les « Suggentenses », les
habitants du Sundgau alsacien, dans les « Turenses », ceux
d'une circonscription divisionnaire du duché alsacien qui
aurait tiré son nom de la rivière Thur (Haut-Rhin), les
« Campanenses » seraient les populations de la « campania »
de la ville romaine d'Augst, ou mieux celles d'un autre
« pagus », de deuxième formation qui aurait emprunté son
nom au village de Kembs, le « Cambete » des Itinéraires [1].

L'autre opinion, s'en tenant au texte de Frédégaire,
cherche ces trois « pagi » ailleurs qu'en Alsace, et les identifie sans peine avec le Sundgau de la cité de Toul, le
Saintois lorrain, le Thurgau suisse, et la partie méridionale de la cité de Troyes en Champagne [2].

Au fond, toute la théorie alsacienne avec Schricker part
d'un point de départ totalement erroné, pour se lancer
ensuite dans des suppositions que rien ne permet de véri-
fier. Les « Turenses », dit-elle, ne peuvent être les habitants
du Thurgau suisse, car ce « pagus » faisait partie du royaume

---

[1] Cette théorie a été longuement développée après Schœpflin et
Grandidier, Jacobs, *Géographie de Frédégaire*, Bonnell, *Die Anfänge*,
p. 219, n. 7, par Schricker, *Aelteste Gauen in Elsass*, *Strassburger Studien*, II, 1884, p. 394 et s.; elle a été admise par Krusch, *SS. rer.
Mer.*, II, p. 138, n. 4 ; par Schnürer, *loc. cit.* et par Besson, *Origines*,
p. 160, n. 7. Roget de Belloguet, *Questions Bourguignonnes*, p. 182,
cherche aussi après Grandidier les « Campanensis » autour de Montbéliard, d'après des analogies avec des noms de lieux que l'on retrouve
un peu partout ; il y joint sans raison, l'Ajoie (Elsgau). V. IIme partie,
Ch. II.

[2] Longnon, *Géogr.*, p. 138 et n. 1 ; Pfister, *Le duché mérovingien
d'Alsace et la légende de Ste-Odile*, p. 7, extrait des *Annales de l'Est.*,
1890, p. 438, n. 1. Cf. Oechsli, *Zur Niederlassung*, p. 262-263 ; Gisi, dans
Anz. f. schw. Gesch., 1883, p. 101, a proposé de lire « Tulenses » au lieu
de « Turenses ». Les manuscrits n'offrent cependant aucune variante.
Cf. éd. Krusch, p. 138.

de Théodebal, à l'époque de la querelle, et jusqu'en 612.
C'est ce qui ressort de l'activité missionnaire de Colomban,
qui, chassé des états de Thierry II, s'en vint évangéliser
les Alamans de la Suisse orientale. L'identification séduisante du Thurgau suisse ainsi écartée, la recherche se
restreint aux limites de la haute-Alsace.

Or la vie de Colomban, par son disciple Jonas moine
de Bobbio, ne nous apprend rien de pareil. Le saint irlandais est expulsé de Luxeuil par Thierry, après vingt ans
de séjour dans les Vosges, et trois ans avant que Clotaire II
devienne seul roi, c'est-à-dire en 610. Un miracle retient
au port de Nantes la barque qui devait ramener Colomban
dans sa patrie; il revient en Neustrie et se réfugie auprès
de Clotaire II [1]. C'est lors de son séjour à la cour neustrienne que Jonas rapporte la querelle qui éclate entre les
petits-fils de Brunehaut, au sujet des limites de leurs
royaumes, c'est-à-dire l'entrevue de Selz et la prise de l'Alsace [2]. Clotaire donne au saint le moyen de gagner l'Italie
en traversant le royaume de Théodebert et les Alpes [3].

Le roi d'Austrasie le reçoit avec de grands égards et
lui donne à choisir dans ses états un lieu propice pour s'y
retirer; Colomban désigne la ville ruinée de Bregenz, au
bord du lac de Constance, et que Jonas situe en Germanie [4]. Il y parvient en remontant le Rhin, mais le séjour de
ces ruines au milieu d'un peuple hostile ne lui plaît
guère; il en fait cependant le centre de son activité missionnaire au milieu des Alamans, jusqu'au jour où, selon
sa prophétie, Thierry étant mort, et Clotaire seul roi des
Francs, il gagne la haute-Italie [5]. Ainsi, selon le plus

---

[1] Jonas de Bobbio, *Vita Columbani*, I, 20-23, éd. Krusch, *Mon. Germ.
SS. rer. Mer.*, p. 90 à 98. Cf. *Ibid.*, Krusch, p. 92 et n. 3.

[2] Id., *Vita Columbani*, I, 24, éd. Krusch, p. 98 : « Morante ego pœnes
Chlotharium, lis oritur inter Theudebertum et Theudericum. Disceptan-
tibus utrique de regni termino, uterque ad Chlotharium legatos dirigunt,
uterque adversum postulat. »

[3] Id., *Vita Columbani*, I, 25, éd. Krusch, p. 99.

[4] Id., *Vita Columbani*, I, 27, éd. Krusch, p. 101 : « ...inquisitum locum
quem favor omnium reddebat laudabilem, intra Germaniæ terminos,
Reno tamen vicino, oppidum olim dirutum quem Bricantias nuncupabant. »

[5] Id., *Vita Columbani*, I, 27-30, éd. Krusch, p. 101 à 108.

ancien biographe de Colomban, Jonas, qui écrit après 641,
le fondateur de Luxeuil ne se rend en Alamannie qu'après
que Théodebert ait arraché l'Alsace à son frère ; il ne le
conduit pas en Thurgau, mais seulement à Bregenz, d'où,
sans doute, il évangélise aussi les habitants de la rive
gauche du Rhin.

La tradition postérieure de saint Gall, telle qu'elle apparaît au IX^{mo} siècle, dans la biographie du disciple de
Colomban, écrite avant 824 par le moine Wetti [1], donne
aux Irlandais un autre itinéraire qui semble être connu
par des témoignages locaux et dignes de foi. Colomban et
ses compagnons arrivent en Suisse et remontent la Limmat
jusqu'au « castrum » de Zurich ; de là ils gagnent l'extrémité orientale du lac, le village de Tuggen [2] ; c'est là que
commence leur ministère et ce n'est qu'après avoir été
mal reçus par les païens du lieu, qu'ils arrivent sur les
bords du lac de Constance, à Arbon, où un prêtre Willimar
les reçoit ; alors seulement ils apprennent l'existence de
Bregenz et vont s'y établir [3].

Même si l'on admet ce récit, on ne peut s'étonner de
voir les fugitifs de Luxeuil traverser ainsi ce qui dut être
alors le « pagus Turensis » [4], qui vient d'être enlevé à
Thierry pour faire retour à l'Austrasie. La base même du

---

[1] Les vies de saint Gall de Wetti (816-824) et de Walafrid Strabon
(833-834), augmentent l'histoire de Colomban et de ses disciples de beaucoup de légendes. Mais la source de Wetti est une vie plus ancienne,
dont un fragment a été retrouvé par Egli et qui date de la fin du
VIIIme siècle, après 771. Cf. Krusch, SS. rer. Mer., IV, p. 232-233.

[2] Wetti, Vita S. Galli, 4, éd. Krusch, p. 259 : « Igitur optio ei a
rege dabatur, si alicubi aptun locum experiretur. Inqua inquisitione venerunt ad fluvium Lindimacum quem sequendo adierunt castellun Thure-
gum vocatum. Inde etenim adierunt villam vulgo vocatam Tuccinia, quæ
in capite ipsius laci Tureginensis est sita. Placuit ille locus, sed inco-
larum displicuit pravus usus. »

[3] Id., Vita Galli, 5, éd. Krusch, p. 260. Le récit des hagiographes de
St-Gall est donc en contradiction avec celui de Jonas de Bobbio. Leur
œuvre a comme but de montrer l'indépendance primitive du monastère
de l'autorité des évêques de Constance. Dans ce sens ils ont inventé des
variantes et faussé les faits. Mais l'itinéraire des disciples de Colomban
n'intéresse pas leur tendance ; il se peut donc que sur ce point ils aient
connu des témoignages locaux qu'ignorait l'italien Jonas.

[4] Sur le Thurgau voir IIme partie, Ch. II.

raisonnement négatif de Schricker est ainsi supprimée : les textes relatifs à Colomban ne s'opposent en rien à l'identification des « Turenses » de la chronique de Frédégaire avec les habitants du Thurgau suisse.

Les identifications proposées par ceux qui renoncent au pays qui tire son nom de la rivière Thur, affluent de la rive gauche du Rhin et qui coule entre les lacs de Constance et de Zurich, n'ont en outre rien qui les désigne d'une façon plus que problématique. Schricker, connaissant une autre Thur dans la haute-Alsace, invente un « pagus » inconnu des textes et qui se serait étendu sur les rives de la rivière alsacienne. Les deux autres régions acquises par Théodebert doivent ainsi se trouver dans les environs. Les « Suggentenses » sont les habitants du Sundgau alsacien, celui-là bien connu par les textes postérieurs [1] ; seulement il comprend toute la partie méridionale de l'Alsace et, par conséquent, les subdivisions imaginaires du Thurgau et du Kembsgau, et son nom s'explique par opposition à celui du Nordgau, la Basse-Alsace [2].

Les « Campanenses », suivant Schricker, peuplent un « pagus » tout aussi inconnu que le Thurgau alsacien ; ce serait, plutôt que la « campania » d'Augst, le Kembsgau, appelé ainsi du village de Gross Kembs, en français Chambiz, le « Cambete » de la Table de Peutinger ; le malheur est que cette circonscription divisionnaire du Sundgau, si elle avait jamais existé, n'aurait pu porter ce nom, l'ethnique tiré du latin « Cambete » aurait été « Cambetenses » et jamais « Campanenses » [3].

On voit donc sur quel peu de fondement reposent les identifications de la théorie alsacienne, à quelles impossi-

---

[1] Voir Longnon, *Géographie*, p. 138.

[2] Pfister, *Duché mérovingien d'Alsace*, p. 7, ou *Annales de l'Est*, p. 438, n. 1 ; Cramer, *Gesch. der Alamannen*, p. 530 et s., qui admet les identifications de Schricker, se tire de la difficulté en considérant le Sundgau, le Thurgau, le Kembsgau, comme des centenies du Sundgau pris dans son sens plus étendu ; l'emploi du même vocable pour désigner deux circonscriptions différentes, se retrouve ailleurs (Alpgau). Toutefois Cramer n'a pas plus de textes que Schricker à citer, à l'appui de sa géographie systématique.

[3] Longnon, *Géogr.*, p. 133, n. 1.

bilités elles se heurtent. De plus, elles supposent et confirment à la fois une première hypothèse tout aussi discutable. Le texte de A de Frédégaire distingue assez nettement l'Alsace et les trois « pagi » : « Alsatius ad parte Theudeberti firmavit ; etiam et Suggetensis, et Turensis et Campanensis ». Comment pouvoir alors retrouver ces régions frontières de l'Austrasie et de la Burgondie dans l'Alsace même ?

C'est que Schricker a préalablement admis, qu'au VIIme siècle le nom d'Alsace ne s'étend pas encore sur la haute-Alsace moderne ; le « pagus Alsacinse », l' « Alsatius » de Frédégaire, le « pagus Alsacinse » du cartulaire de l'abbaye de Wissembourg (695) est le même territoire que le « Tractus Argentoratensis » romain, le pays de la cité d'« Argentoratum » (Strasbourg). Il ne s'étend pas au delà de l'Eckenbach au sud ; le nom d'Alsace n'aurait gagné les sources de l'Ill et la cité de Bâle qu'au VIIIme siècle [1].

Cette conclusion de Schricker ne s'autorise encore une fois que du silence des textes ; presque aucune localité de la haute-Alsace ne serait située dans le « pagus Alsacinse » avant la fin du VIIIme siècle ; la première qui y est mentionnée, l'abbaye de Murbach, apparaît en 727 ; de 727 à 750, seule elle continue à être désignée comme appartenant à l'Alsace ; de 750 à 760, à deux reprises, des localités du Sundgau sont à leur tour localisées dans le « pagus Alsacinse » ; de 760 à 770, cette désignation topographique est quatorze fois utilisée. Ce ne serait, donc, qu'au cours du VIIIme siècle, grâce au développement du duché d'Alsace et de pieuses fondations, que ce vocable nouveau prend toute son extension méridionale.

Cette explication du sens primitif du mot Alsace et de son évolution, est hâtive, vu le petit nombre de chartes relatives à la haute-Alsace, avant 750 [2]. Le silence des textes diplomatiques, absolu quant au Kembsgau et au Thurgau de Schricker, n'est pas aussi significatif lorsqu'il s'agit du « pagus » d'Alsace.

---

[1] Schricker, *op. cit.*, p. 339 et s.
[2] Cf. Pfister, *loc. cit.*

Un recueil de documents anciens concernant les possessions de l'abbaye de Wissembourg, les *Traditiones Wizemburgenses,* remonte jusqu'au VIIme siècle ; il ne cite comme appartenant au «pagus Alsacinse», aucun village situé au sud de l'Eckenbach, très probablement pour la bonne raison que le monastère ne possédait rien au delà du «Landgraben» [1].

D'autre part, avant 750, les documents s'expriment avec plus de clarté qu'on ne veut bien le dire. Outre Murbach, situé dans le « pagus Alsacinse», en 727 [2] et en 728 [3], Pfetterhausen (Haut-Rhin, canton d'Hilfingen) près de Beurnevesin, à la frontière française, est indiqué « in pago Alsacins... » en 732 [4], également « Grosinhain », qui est bien plus Grusenheim (Haut-Rhin, canton d'Andolsheim) de Pfister que le Grasendorf de Schricker, en 736 [5].

Avant 750, les textes sont pauvres, et les indications topographiques rares ; mais il y en a assez et de certaines pour établir que dès le commencement du VIIIme siècle, l'Alsace a déjà pris sa complète extension, jusqu'en Suisse, au sud.

Au reste, le pays situé sur la rive gauche du Rhin entre le fleuve et les Vosges, dut recevoir son nom et le nom de son peuple dès le temps de l'invasion alamannique [6]. Au VIme siècle, il est distinct de l'Alamannie proprement

[1] Cf. Pfister, *loc. cit.*

[2] Diplôme de Thierry IV, éd. Pertz, *Diplom.*, I, n° 95, p. 85 ; Pardessus, II, n° 542, p. 351 ; Trouillat, *Monuments de l'Histoire de l'évêché de Bâle*, I, n° 33.

[3] Trouillat, *Monuments.* n° 34 ; Pardessus, n° 543, p. 352. Confirmation de toutes les donations faites à l'abbaye, par Widegerne, évêque de Strasbourg.

[4] Donation du comte Eberhard et de son épouse Emeltrude à l'abbaye de Murbach, des églises élevées en l'honneur de S. Marie et de S. Dizier ou de S. Andoce dans le lieu nommé « Petrosa ». Trouillat, *Monuments,* n° 36, Pardessus, n° 550, p. 363 : « Basilicas in honore S. Mariæ et S. Desiderii seu S. Andocii in loco nuncupante Petrosa, quen ex alode in portione contra germano meo Leudefrido duce accipimus, situm in pago Alsacins... » Petrosa est Pfetterhausen et non Steinbach près de Cernay. Cf. Trouillat, *Monuments,* p. 74, n. 1 ; Pfister, *Duché d'Alsace*, p. 30.

[5] Précaire d'Hildefred en faveur de l'abbaye de Murbach. Pardessus, n° 558, p. 369. Cf. Pfister, *op. cit.*, p. 26.

[6] Pfister, *Le duché d'Alsace*, p. 8.

dite. Au VIIme, les anciennes cités de Strasbourg et de Bâle, réunies, forment un duché dont le centre est dans la basse-Alsace, et qui étend son influence, déjà vers 660, sur les vallées du Jura-Bernois. Le premier duc sûr, Gondoïn (vers 634-656), fonde l'abbaye de Moutiers-Grandval au diocèse de Bâle ; plus tard nous connaissons Boniface vers 663, Adalric ou Atic, qui après 674 ravage la vallée de la Sorne (Sorngau), Adalbert et Liutfrid qui est encore vivant en 739 ; après lui, le duché d'Alsace disparaît ; les Carolingiens n'envoient plus que des comtes dans le pays ; c'est pourtant à cette époque et au moment où elle n'avait plus de sens, qu'apparaît l'expression de « ducatus Helisacensis », « ducatus » subsistant ainsi dans le sens de « pagus » [1].

En résumé, dès le milieu du 7me siècle, l'unité administrative des deux cités de Bâle et de Strasbourg est prouvée par l'existence de ducs qui étendent leur autorité jusque dans le Jura Bernois ; tant que dure ce duché, qui n'est autre que le duché mérovingien d'Alsace, les documents ne nous font connaître qu'un seul comte dans les deux cités [2]. M. Schricker concède que l'augmentation méridionale du duché a étendu ainsi, sur des contrées nouvelles, le nom d'Alsace. Mais déjà, vers 650, cette augmentation est une chose accomplie ; dès l'origine, les ducs alsaciens dominent au sud de l'Eckenbach. Malgré le silence des textes, nous pouvons affirmer que bien avant 727, déjà au VIIme siècle, le « pagus Alsacinse » comprend aussi bien la haute que la basse-Alsace. Le compilateur A. de Frédégaire désigne par les termes de « Alesaciones » et d' « Alsatius » le pays dont l'unité géographique et ethnographique est alors certaine, dont l'unité administrative, par l'établissement d'un duché, est au moins probable, entre 624 et 650.

Nous en concluons qu'aucune des raisons utilisées par les partisans de la théorie alsacienne n'a de valeur et qu'il

---

[1] Sur le duché d'Alsace et ses ducs, cf. *Vita S. Germani Grandivallensis*, 4, 6, 7, dans Trouillat, *Monuments*, p. 51 à 55, Pfister, *Le duché d'Alsace*, p. 10 à 23 et IIme partie ci-dessus, Ch. II.

[2] Pfister, *op. cit.*, p. 10.

13

faut se résoudre à chercher hors de l'Alsace, prise même dans son sens moderne, les contrées que Théodebert arracha à Selz, à son frère Thierry. Elles ne sont du reste pas difficiles à trouver dans les textes mérovingiens.

Les «Suggentenses» sont les habitants de la partie méridionale de la cité de Toul, le Saintois lorrain, le pays autour de Pont-Saint-Vincent, que les auteurs A. et C. de Frédégaire connaissent tous deux[1]. La cité de Toul faisait primitivement partie du royaume d'Austrasie ; Childebert en ayant démembré une partie pour grossir le patrimoine de son fils, le roi de Burgondie, les revendications de Théodebert s'expliqueraient ainsi tout naturellement[2].

Les « Campanenses» tirent leur nom de la « Campania », la Champagne, souvent citée par Grégoire de Tours ; en l'occurence, il faut l'entendre des habitants de la cité de Troyes ; la Champagne, austrasienne sous Thierry Ier, fut divisée en 561. Troyes passa à Gontran, Reims et Châlons-sur-Marne à Sigebert Ier ; on comprend ainsi que le roi d'Austrasie ait eu quelques raisons de la réclamer toute entière pour son royaume[3].

Quant aux «Turenses», il faut indubitablement les chercher dans le Thurgau suisse, qui, primitivement, s'étendait de la Reuss au lac de Constance, et formait ainsi tout le pays, distinct de l'Alsace, occupé dans l'ancienne Rhétie romaine par les Alamans[4]. De cette région frontière, ainsi que de l'Alsace, la volonté de Childebert II avait augmenté la Burgondie franque.

Nous pouvons ainsi fixer les résultats acquis par ce long débat, pour la géographie historique de la Suisse. De 596 à 610-611, Thierry II règne sur toute la Suisse, burgonde et alamannique, réunie pour un temps à l'ancien royaume

---

[1] *Chron. Fredeg.*, A, IV, 35, éd. Krusch, p. 134 : « placetus inter Colerinse et Sointense fiætur. » *Id.*, C, IV, 87, éd. Krusch, p. 165 : « Aenovales comex Sogiotinsis cum paginsebus suis. »

[2] Cf. Jacobs, *Géographie de Frédégaire*, p. 230; Longnon, *Atlas Hist. Texte*, p. 118; Pfister, *Le duché d'Alsace*, p. 7.

[3] Cf. Longnon, *Geogr.*, p. 138, p. 195-197, p. 595.

[4] Pour l'étendue du Thurgau mérovingien, voir ci-dessous, IIme partie, ch. II.

de Gontran. En 610-611, un coup de main de Théodebert
restitue à l'Austrasie ses anciennes frontières en Alsace
et en Alamannie.

§ 2. — *Incursion des Alamans dans le* « .*pagus Aventicensis* ». — *Défaite des comtes transjurans à Wangen
(610-611).* — *Thierry II seul roi en Austrasie et Burgondie.* — *Sa mort (612-613).* — *Mort de Brunehaut et de
Sigebert II (613).*

La même année 610-611 est signalée par une nouvelle incursion d'Alamans dans la Burgondie transjurane, qui
continue, sans doute, les hostilités des deux frères et des
deux royaumes. Les Alamans envahissent le « pagus Aventicensis », le pays de la cité d'Avenches ; l'importante circonscription administrative, dont la défense était confiée à
un duc et qui comprenait les territoires de la Suisse burgonde, le « pagus Ultrajoranus », est ravagé ; les comtes du
pays, parmi eux Abbelenus [1] et Herpinus rassemblent
l'armée et tentent d'arrêter les pillards. La rencontre
eut lieu à l'endroit appelé « Wangen ». Les Transjurans
furent battus, mis en fuite et perdirent beaucoup de monde.
La cité d'Avenches fut livrée aux incendies, les hommes
emmenés captifs, et les Alamans chargés de butin s'en re-
tournèrent, sans être autrement inquiétés, dans leur pays [2].

[1] Nous connaissons un Abbelenus, évêque de Genève, en 626-627,
qui soutient Agrestius, moine de Luxeuil, pour M. Schnürer, A de
Frédégaire, dans sa lutte contre l'abbé Eustase, et sa résistance à la règle
de Colomban. Cf. Jonas, *Vita Columbani discipul. ejusd.*, II, *Vita
Eustasii*, 9, éd. Krusch, p. 123 ; Maassen, *Concilia*, p. 206. Peut-être le
comte transjuran devint-il dans la suite évêque de Genève.

[2] *Chron. Fredeg.*, A, IV, 37, éd. Krusch, p. 138 : « His diebus et
Alamanni in pago Aventicense Ultraiorano hostiliter ingressi sunt ; ipsoque pago predantes, Abbelenus et Herpinus comitis cum citeris de ipso
pago comitebus cum exercito pergunt obviam Alamannis Uterque
falange Wangas iungunt ad prelium. Alamanni Transioranus superant,
pluretate eorum gradio trucedant et prosternunt, maximam partem terri-

Cet épisode curieux de la lutte entre l'Austrasie et la Burgondie franques intéresse à plusieurs points de vue la Suisse occidentale et sa géographie historique ; il nous renseigne quelque peu sur la position respective au VIIme siècle des Alamans et des Burgondes. Il nous faut, tout d'abord, par la critique interne du texte de Frédégaire identifier le lieu de la bataille.

« Wangas » est-il véritablement un nom de lieu ? On en a douté grâce à la construction incorrecte de la phrase, d'une variante indiquée par Du Cange et au silence des chroniqueurs postérieurs et particuliers aux contrées helvétiques [1].

La dernière édition du pseudo Frédégaire permet d'établir le texte sans que son interprétation laisse la place au plus petit doute. Le manuscrit le plus ancien de la chronique, celui dont dérivent tous les autres, le *Parisinus*

---

turio Aventicense incendio concremant, plurum nomirum hominum exinde in captivitate duxerunt ; reversisque cum predam, pergunt ad propriam. » Schnurer, *Die Verfasser*, p. 84 et 85, n. 2, distingue la part de A dans ce récit qu'il a dù augmenter de détails locaux étrangers à sa source X ; celle-ci n'aurait porté qu'« His diebus et Alamanni in pago Aventicense Ultraiorano hostiliter ingressi sunt ». Sur le « pagus Ultraioranus ». V. IIme partie, Ch. II.

[1] Dr. W. Gisi, *Wangas, Anz. f. schweiz. Geschichte*, 1883, p. 101-104. Du Cange indique l'interprétation d'un scribe au mot «Wangas»: «Uterque falangæ Wangas jungunt ad prælium : ad marginem scriptum : alias Ordines. » *Glossarium*, éd. Henschel, VI, p. 903. « Jungere » ne pourrait en effet signifier dans le latin du VIme au VIIme siècle « pervenire ». Hermann de Reichenau et Aimoin de Fleury n'ont pas reproduit l'indication de la localité. Gisi corrige alors « Wangas » en « rangas » ; il obtient ainsi « phalangæ rangas jungunt = ordines ou acies jungunt ». Dahn, *Urgeschichte*, III, p. 587, n. 6, voit également dans « Wangas » un nom commun ; il entre dans la composition de beaucoup de noms de lieux, signifie côté, étendue, et peut s'employer aussi pour désigner les rangs d'une armée. Strohmayer, *Der Kanton Solothurn*, p. 266, cité par Gisi, *op. cit.*, p. 102, comprend « Wangas » comme une arme de jet ; « vanga, æ », fém. en bon latin, pioche hoyau, selon Du Cange, *Glossarium*, VII, p. 732, aurait été employé pour désigner une arme d'un genre inconnu, peut être en forme de foussoir, ou des foussoirs employés comme armes par des paysans. Cette expression qui se rencontre dans un texte de 1198 est inadmissible à l'époque mérovingienne et incompatible avec ce que nous savons de l'armement des guerriers francs. Il ne donne du reste aucun sens. « Ranga » n'existe pas en bas latin.

latin. N° 10,910 du VIIme ou du VIIIme siècle [1] porte :
« uterque falange Vuangas iungunt ad prelium » [2].

L'emploi des termes « jungere ad prelium » pour indiquer l'engagement d'un combat, est fréquent chez les trois auteurs de Frédégaire. « Jungere » se rencontre également avec l'indication du lieu à l'accusatif [3]. La phrase est donc parfaitement claire et peut se traduire ainsi : « Les deux troupes engagent le combat à « Wangæ ». Enfin, il n'y a rien à tirer d'auteurs postérieurs comme Hermann de Reichenau ou Aimoin, qui compilent Frédégaire dans un but littéraire et sans apporter d'informations d'autre provenance.

Wangas est une localité du « pagus Aventicensis Ultrajoranus » ; c'est un vocable qui se retrouve dans de nombreuses chartes suisses, et que l'on peut identifier pour la région de l'Aar et du Jura, avec trois villages actuels : Wangen sur l'Aar (canton de Berne), Nieder et Ober Wangen (commune de Köniz, près de Bümplitz, canton de Berne), Wangen (district d'Olten-Gösgen, canton de Soleure).

En faveur de cette dernière localité, station de la voie romaine de Soleure à Augst, on a invoqué une prétendue tradition qui n'a pour elle que les mentions légendaires de la chronique de Réginon de Prüm et d'Aimoin de Fleury [4].

---

[1] Krusch, *SS. rer. Mer.*, II, p. 9.

[2] G. Monod, dans *Bibl. Hautes Etudes*, LXIII, p. 132, l. 24.

[3] *Chron. Fredeg.*, A, III, 21, éd. Krusch, p. 101 : « Cumque uterque phalangiæ certamine jungentes, dixitque Chlodoveus... » B, IV, 64, p. 152 : « ut hii duo imperatores singulare certamine coniungerent... » A, III, 71, p. 112 : « hii tres germani Sigybertus, Gunthramnus et Chilpericus Trecas junxerunt. » A, IV, 20, p. 128 : « Ipso que anno Teudebertus et Teudericos reges contra Clotharium regem movint exercitum, et super fluvio Aroanna nec procul a Doromello vico prilium confugentes junxerunt. » A, IV, 25, p. 130 : « Nos duo singulare certamen, si me expectare deliberas, reliqua multetudine procul suspinsa, iungamus ad prilium. » B, IV, 90, p. 167 : « Willebadus æ contra tela priliæ construens, quoscumque potuit adunare, falangis uterque in congressione certamenes jungent ad prilium... » Cf. Schnürer, *Die Verfasser*, p. 85, n. 2 et Krusch, *SS. rer. Mer.*, II, *Lexique*, p. 572-573.

[4] Ildefons von Arx, *Geschichte des Buschgau*, p. 15; Amiet, *Das Schlachtfeld von Wangen, Anz. f. schweiz. Gesch.*, 1879, p. 197 et s. Le

Des tombes de l'époque ont été retrouvées dans les environs, à Wangen, Hägendorf et Oensigen; mais elles n'indiquent pas nécessairement un champ de bataille. Des trouvailles aussi importantes désignent également Nieder et
Ober Wangen, à six kilomètres au sud de Berne ; il semble
que ce village, peuplé à l'époque romaine, ait subsisté lors
des occupations alamanniques et burgondes [1]. Les tombes
ne certifient pas non plus en ce lieu l'existence d'un
champ de bataille, mais la haute antiquité du village peut
justifier la mention de son nom par A de Frédégaire.
Quant à Wangen sur l'Aar et Aarwangen, rien de spécial
n'arrête le choix sur eux.

Ainsi si l'hésitation est encore permise entre les Wangen soleurois et bernois [2], le lieu de la défaite des comtes
ultrajurans se place en tous cas non loin de l'Aar et nous
donne ainsi une précieuse indication sur les limites orientales du « pagus Ultrajoranus » qui ne s'arrête pas, de ce
côté, au grand affluent du Rhin [3].

L'invasion des Alamans à l'instigation de Théodebert II
et la bataille de Wangen, sont des épisodes de l'avance
continuel du peuple alaman vers le sud-ouest et du refoulement des Burgondes devant lui; au commencement du
VIme siècle, les Alamans franchissent le Rhin et se répandent déjà à l'ouest, dans une province nominalement rattachée au royaume burgonde; dès lors, ils avancent peu à

passage de Réginon, cité par Amiet, *Chronicon*, éd. Pertz, *Mon. Germ. SS.*,
I, p. 550, se rapporte à la victoire de Thierry sur Clotaire à Dormelles sur
l'Orvanne (Seine et Marne); on y trouve rien d'une prétendue tradition, au
IXme siècle, de l'Aar teint de sang. Les indications topographiques
d'Aimoin relatives aux cluses du Jura, ne sont que des enjolivements de
style. Cf. *Hist. Franc.*, éd. Bouquet, *Hist. de France*, III, p. 114.

[1] A. Jahn, *Alterthümer von Wangen bei Bern, Archiv des hist. Vereins
des Kantons Bern*, III, 3, p. 18 et s. Cf. Forel, *Regeste, Introd.*, M. D.
S. R., XIX, p. XLII, n. 1.

[2] Pour la bibliographie ancienne voir Jahn, *op. cit.*, II, p. 415, n. 1 ;
Oechsli, *Zur Niederlassung*, p. 264-265 : Wurstemberger, *Gesch. des alt.
Landsch. Bern*, p. 276, ne se prononcent pas : Wangen pourrait avoir aussi
disparu. Les *Fontes rerum Bernensium*, p. 176, admettent les conclusions
d'Amiet et hésitent entre Wangen sur l'Aar et Wangen (Soleure).

[3] V. IIme partie, ch. Ier.

peu, colonisant le plateau, remontant les vallées jusqu'à
la limite actuelle des langues.

L'incursion de 610-611, révèle une de leurs brusques
poussées ; alors ils sont encore au delà de l'Aar, même de la
Reuss ; ils ravagent le pays d'Avenches qu'ils n'ont pas
encore peuplé entièrement, dans sa partie occidentale, et
s'en retournent dans leurs pays emmenant captifs des Burgondes et des Gallo-romains. Suivant leurs habitudes anciennes, ils apparaissent en pillards dans une contrée
où ils ne laissent que la terre. Mais il est possible de
mettre en relation avec cette nouvelle campagne deux faits
dont les causes doivent être cherchées dans le domaine
des hypothèses.

Le premier est le démembrement de la cité épiscopale
de Windisch-Avenches-Lausanne et la création d'un évêché de Constance. Nous avons admis, avec M. Besson, le
transfert du siège primitif de Windisch à Avenches, puis
à Lausanne[1]. A Constance, il nous faut aller jusqu'au
VIIIme siècle pour trouver un évêque certain[2]. Cependant,
peu après 610-611, des textes hagiographiques signalent
un évêque dans la région du lac de Constance. Jonas de

---

[1] La tradition qui place le transfert de l'évêché de Windisch à Constance
sous l'évêque Maximus (550? 583?), en tous cas à une époque où toutes
les cités helvétiques appartiennent au même roi franc (Clotaire Ier, 558-
561, ou Childebert II après 593), est encore suivie par Ladewig et Müller,
auteurs des *Regesta Episcoporum Constantiensium*, I, p. 2. La liaison
entre Windisch et Constance est établie, selon eux, par une inscription
qui rappelle la participation prise à la reconstruction de l'église de
Windisch par Ursinus, cité dans le catalogue des évêques de Constance.
Or ce catalogue, le *Series Ep. Const. Zwifaltensis*, éd. Pertz, *Mon. Germ.*,
SS., XIII, p. 325, manuscrit du 12me siècle, contient beaucoup de noms
fabuleux, entre autres (cf. *Reg. Ep. Const.*, p. 4) Johannes I, Optardus,
Pictavus, Severius, Astropius, Johannes II, Boso. D'autre part l'inscrip-
tion de Windisch, Egli, *Die Christliche Inschriften der Schweiz, Zürch.
Mitteil.*, XXVI, n° 47, « † In Onore SE | Martini ECP. | Ursinos Eb. |
Escubus it. de | Tibaldus † Lin | cvlfvs ficit | » doit être rejetée au
IXme siècle. Ursinus serait un simple chorévêque, continuant à résider à
Windisch. Cf. Egli, *loc. cit.* et *Kirchengesch. der Schweiz*, p. 127. Avec
lui disparaît la preuve de l'identité des évêchés de Constance et de
Windisch.

[2] Audoin, 708? à 736, *Reg. Episc. Const.*, p. 5.

Bobbio parle d'un « quidam pontifex » qui vient au secours de Colomban et de ses compagnons, souffrant de la faim à Bregenz [1]. Les vies de saint Gall légendaires et postérieures (VIIIme, IXme siècles) sont informées d'une manière à la fois plus suspecte et plus précise. Pour elles, Gaudentius, évêque de Constance, meurt vers 613 [2]; saint Gall refuse alors la dignité épiscopale et fait élire à sa place le diacre Johannès [3] qui, plus tard, dirigera lui-même les funérailles du pieux solitaire [4]. Enfin, Boson opère dans la seconde moitié du VIIme siècle une translation des reliques du saint [5].

Il ne s'agit là que de renseignements assez peu sûrs; mais l'accord de la vie de Colomban, des vies de saint Gall et d'un catalogue de Constance du XIIme siècle, indiquent au moins la probabilité de l'existence d'évêques à Constance dès le VIIme siècle [6].

Or, rien ne justifie mieux le démembrement de la primitive cité épiscopale d'Avenches et la création d'évêques à Constance, que l'invasion de 610-611 ou mieux l'avance progressive des Alamans vers l'ouest, dont elle est, elle-même, une des conséquences. L'unité de la cité de Windisch-Avenches est brisée; entre la Reuss et l'Aar, les Alamans s'établissent; ils sont païens et hostiles aux Burgondes voisins; pour avancer leur évangélisation, on établit au milieu d'eux un évêque, qui réunit dans son diocèse les anciennes communautés chrétiennes des villes comme Constance, Arbon, et les Alamans païens du plat pays. Ceux qui habitent la partie orientale du diocèse d'Avenches lui sont ainsi naturellement rattachés avec leur pays, mais la fixation des frontières diocésaines de Lausanne et de Constance dut se régler dans la suite et à une époque inconnue.

Les textes ne nous permettent ici qu'une nouvelle hypo-

---

[1] *Vita Columbani*, I, 27, éd. Krusch, p. 103.
[2] Wetti, *Vita Galli*, 14, éd. Krusch, p. 264.
[3] *Id.*, 16, 17, 18, 19, 20, 24 et 25, éd. Krusch, p. 265-267 et 269-270.
[4] *Vita Galli Vetustissima*, 5, éd. Krusch, p. 253.
[5] Wetti, *Vita Galli*, 36, éd. Krusch, p. 277.
[6] Cf. *Reg. Episc. Const.*, p. 2 et 3.

thèse ; nous tentons simplement ce rapprochement des faits de l'histoire politique avec ceux de la géographie ecclésiastique[1].

Outre cette progression des Alamans vers l'ouest, nous pouvons peut-être, en suivant une tradition du VIIIme siècle, rattacher à leur apparition en 610-611 dans les contrées du Jura, l'établissement d'une partie d'entre eux dans un nouveau pays. Suivant la vie de saint Ermenfroid[2], les «Warasci», habitants du Varais, pagus secondaire de la cité de Besançon, avec la ville épiscopale même, comme chef-lieu[3], seraient venus de l'orient, d'une contrée inconnue des bords du Rhin, et se seraient établis au delà du Jura après avoir vaincu les Burgondes[4]. C'est là que sous Clotaire II et après 613, Eustase, successeur de Colomban à Luxeuil, les convertit à la foi chrétienne[5].

S'agit-il de la victoire de Wangen ou d'une invasion antérieure ? C'est ce qu'il est impossible de dire. Le chroniqueur A de Frédégaire dit bien, textuellement, que les Alamans rentrèrent chez eux en 610-61. Mais il se peut

[1] M. l'abbé Besson, *Origines.* p. 140, admet après Longnon, et avec réserves la date de 561 comme celle du démembrement de la cité d'Avenches-Windisch.

[2] L'auteur est Egilbert, prévôt de Cusance en Bourgogne, qui écrit avant 732 ; la vie est éditée d'après deux copies d'un manuscrit qui ne serait pas antérieur au XVme siècle, l'une de Bolland, l'autre de Chifflet. Toutes deux assez fautives ont comme archétype un manuscrit ayant appartenu à François Souzet, curé de Dampvaux. Cf. *AA. SS. Sept.*, VII, p. 114.

[3] Voir Poupardin, *Le Royaume de Bourgogne*, p. 201-202.

[4] *Vita S. Ermenfredi. AA. SS. Sept.*, VII, p. 117 : « Temporibus igitur Clotarii regis Francorum beatus vir Eustasius, Luxoviensis monasterii abbas, jubente S. Columbano antecessore suo, progrediens Warescos ad fidem Domini nostri Jesu Christi convertit ; qui olim de pago qui dicitur Stadevanga qui situs est circa Regnum[1o] flumen, partibus Orientis fuerant ejecti, quique contra Burgundiones pugnam inierunt, atque in pugnam reversi victores quoque effecti, in eodem pago Warescorum consederunt. » 1o Var. *Ms. de Bolland*, « Rhenun ». Il faut cependant remarquer que Zeuss, *Die Deutschen und ihre Nachbarstämme*, p. 584-585, gardant la leçon du manuscrit de Chifflet lit « Regnum » au lieu de « Rhenum ». Les « Warasci » seraient ainsi les « Naristi » ou « Varisci » de Dion, Cassius, venant des bords de la Regen en Bavière.

[5] *Vita Columbani eiusque discipulorum*, II, *Vita Eustasii*, 8, éd. Krusch, p. 121.

qu'une partie d'entre eux ait passé alors le Jura pour s'établir dans la région du Doubs[1].

La tradition de l'hagiographe est ancienne encore que vague ; elle ne laisse place qu'à une timide hypothèse.

Ces deux provocations de Théodebert, la prise de l'Alsace, le ravage du pays d'Avenches, hâtèrent le dénouement de l'ancienne querelle des deux frères. Thierry n'eut de repos avant d'avoir trouvé le moyen de se venger[2]. En 611-612, il traite avec Clotaire II pour s'assurer de sa neutralité, et l'année suivante il marche contre l'Austrasie ; l'armée de Théodebert est défaite près de Toul et le roi fuit au delà des Vosges ; à Tolbiac, ses dernières forces sont anéanties et lui-même, prisonnier, disparaît bientôt de la scène politique[3].

Thierry II reste ainsi seul maître des royaumes de Burgondie et d'Austrasie. Il meurt en 613, comme il s'apprêtait à attaquer Clotaire II pour lui enlever le duché de Dentelin ; le roi de Neustrie avait en effet occupé ce territoire comme prix de sa neutralité dans la guerre contre l'Austrasie[4].

Brunehaut est alors seule aux prises avec le fils de son implacable ennemie, Frédégonde ; à Metz, elle s'efforce de faire proclamer roi l'aîné des fils de Thierry II, Sigebert, âgé d'une dizaine d'années[5]. Mais l'Austrasie, la première, fait défection et se livre à Clotaire. Le maire de Burgondie, Warnachaire, chargé de tirer des troupes fraîches de la Thuringe, temporise et mérite une condamnation à mort[6].

---

[1] Cette hypothèse a été proposée par M. Longnon dans son cours professé au Collège de France dans l'année 1906-1907 : *Origine ethnique de la population française.*

[2] *Chron. Fredeg.,* A, IV, 37, éd. Krusch, p. 138.

[3] *Chron. Fredeg.,* A, IV, 37-38, éd. Krusch, p. 138-137. Cf. Jonas, *Vita Columbani,* I, 28, éd. Krusch, p. 105; cf. Schnürer, *Die Verfasser,* p. 68; Kurth, *La reine Brunehaut,* p. 67.

[4] *Chron. Fredeg.,* A, IV, 38-39, éd. Krusch, p. 139-140.

[5] *Chron. Fredeg.,* A, IV, 39, éd. Krusch, p. 140. Sigebert était né la 7me année du règne de Thierry, 602-603. Cf. *Chron. Fredeg.,* A, IV, 21, éd. Krusch, p. 129.

[6] *Chron. Fredeg.,* A, IV, 40, éd. Krusch, p. 140-141 ; cf. Schnürer, *Die Verfasser,* p. 77-79; Kurth, *La reine Brunehaut,* p. 74.

Une formidable conspiration réunit alors autour de lui, tous les grands de Burgondie, évêques et leudes ; tous, dans leur haine contre Brunehaut, décident d'exterminer sa race et de mettre Clotaire sur le trône ; aussi lorsque l'armée des deux royaumes du jeune Sigebert rencontra sur l'Aisne, près de Châlons, les troupes de Clotaire grossies de nombreux transfuges austrasiens, la défection était-elle prête à éclater grâce aux machinations de Warnachaire, du patrice Aletheus, des ducs Rocco, Sigoald et Eudila, ce dernier du « pagus Ultrajoranus ».

A un signal donné, l'armée de Sigebert tourna le dos et rentra dans son pays ; les Austrasiens regagnèrent leurs foyers sans être inquiétés ; les Burgondes furent poursuivis sans hâte jusque sur la Saône ; des quatre fils de Thierry II, un seul, Childebert, réussit à échapper [1].

Le parti de Warnachaire et de presque tous les grands de Burgondie acheva sa trahison en livrant la vieille reine à son vainqueur. Brunehaut avait cherché un refuge au delà du Jura. Nous ne savons si elle avait accompagné Sigebert à l'armée ; mais la retraite de celle-ci est bien marquée ; Clotaire, sans la presser, la suit, de l'Aisne à la Saône ; en continuant dans cette direction par la voie romaine, on arrive dans le « pagus Ultrajoranus », cette extrême Burgondie où, entre le Jura et les Alpes, Sigismond avait déjà fui autrefois devant les fils de Clovis. C'est en effet de la « villa » d'Orbe que le comte palatin Herpo, plus tard, duc du même « pagus Ultrajoranus », amène Brunehaut, avec sa petite fille Theudelane, pour la remettre à Clotaire, à Renève sur la Vingeanne, près de Dijon (Côte-d'Or, arr. de Dijon) [2].

---

[1] *Chron. Fredeg.*, A, IV, 41-42, éd. Krusch, p. 141.

[2] *Chron. Fredeg.*, IV, 42, éd. Krusch, p. 141 : « Factionem Warnachariæ maioris domus cum reliquis maxime tutis procerebus de regnum Burgundiæ Brunechildis ab Erpone comestaboli de pago Ultraiorano ex villa Orba una cum Theudelanæ, germana Theuderici, producitur et Chlothario Rionava vico super Vincenna fluvio presentatur. » M. Krusch, *Neues Archiv.*, VII, p. 445, pense que la « villa » d'Orbe n'est pas le lieu où elle s'est réfugiée, mais bien celui d'origine du comte Erpo ; il rapproche

On connaît l'affreux supplice de la reine ; Clotaire exhale sa haine contre elle, l'accuse d'avoir amené la mort de dix rois francs, la fait torturer pendant trois jours. Enfin on l'attache par les cheveux un pied et un bras à la queue d'un cheval fougueux, qui dans sa course éperdue rompit son corps membre après membre. Sigebert et Corbus, fils de Thierry, furent tués ; Mérovée, que Clotaire avait tenu sur les fonds baptismaux, eut la vie sauve et vécut longtemps encore en Neustrie [1].

Ainsi disparaît toute la race longtemps puissante de Sigebert d'Austrasie. Brunehaut occupe une trop grande place dans l'histoire mérovingienne pour pouvoir être ainsi définie sur les dernières années de sa vie. Son rôle en Burgondie, sous Thierry II, fut de maintenir la force du pouvoir contre les empiétements de l'aristocratie et l'indiscipline des armées ; elle meurt victime des haines que l'ambition des rois, la cupidité des grands, la longue guerre entre la Neustrie et les pays de l'Est avaient suscitées [2].

ce passage d'un autre de la chronique de Frédégaire, B, IV, 90, éd. Krusch, p. 167 : « Eo certamine citiris primus Bertharius comis palatiis, Francus de pago Ultraiorano, contra Willebado confligit. » Dans cette dernière phrase l'attention est attirée, cependant, sur la nationalité de Berthaire ; dans le texte relatif à Brunehaut, les faits sont nettement situés : « et villa Orba » d'une part, « Rionava vico » d'autre part. Orbe est d'ailleurs une station romaine, et une « villa regia » carolingienne. V. IIᵐᵉ partie, Ch. Iᵉʳ. Cf. Jahn, *Gesch. der Burg.*, II, p. 467 ; Monod, *Du lieu d'origine*, p. 151 ; Kurth, *La reine Brunehaut*, p. 76 ; Schnürer, *Die Verfasser*, p. 79, n. 4.

[1] *Chron. Fredeg.*, A, IV, 42, éd. Krusch, p. 141.

[2] Sur Brunehaut voir Pfister dans Lavisse, *Hist. de France*, II, p. 148-149, et Kurth, *La reine Brunehaut. loc. cit.* En tous cas en Burgondie, la grand'mère de Thierry II n'obéit pas à un parti pris de race, favorisant les Gallo-Romains contre les Germains, comme le voulait Drapeyron, *De Burgundiæ Historia*, p. 87-90. Fustel de Coul., *La Monarchie franque*, p. 642, ne lui attribue pas même une opposition systématique aux grands ; il n'y a pas lutte entre deux systèmes politiques mais entre des intérêts, des passions, des influences contraires.

§ 3. — *Clotaire II seul en roi en Neustrie, Austrasie et Burgondie (613-614 à 622-623). — Troubles dans le « pagus Ultrajoranus » (613-614). — Dagobert Ier roi d'Austrasie (622-623). — Mort de Clotaire II (629-630).*

De nouveau les différentes parties du royaume franc sont réunies sous un seul roi. Clotaire II, devenu roi de Neustrie à la mort de son père, Chilpéric, et à l'âge de quatre mois, à la fin de l'année 584 [1], vainqueur de Brunehaut et de Sigebert II, restait seul souverain dans toute l'étendue des pays soumis à la domination franque (après le 1er septembre 613) [2]. Pourtant, sous un roi unique, il ne cesse pas d'y avoir trois royaumes [3]; à la tête de chacun d'eux un maire du palais qui dirige son administration. En Neustrie Landri occupait déjà cette fonction [4]; en Burgondie, Warnachaire la conserve, et le roi, qui lui devait la victoire, s'engage par serment à ne pas le déposséder de sa charge, sa vie durant; en Austrasie, Rado est appelé à la mairie [5].

Clotaire, dont le compilateur A de Frédégaire, ennemi juré de Brunehaut, vante les qualités de douceur et de modération [6], doit son élévation dernière à la révolte des

[1] Greg. Tur., *Hist. Franc.*, VII, 7, éd. Arndt, p. 295, après le 1er sept., avant le 18 oct. 584; cf. Krusch, *Zur Chronologie*, p. 458; Giry, *Diplomatique*, p. 711.

[2] Krusch, *Zur Chronologie, loc. cit.*

[3] *Chron. Fredeg.*, A, IV, 42, éd. Krusch, p. 142; Jonas, *Vita Columbani*, I, 29, éd. Krusch, p. 106 : « Funditus ergo radicitusque deletam Theuderici stirpem, Chlotharius potitus est trium regnorum solus monarchiam. »

[4] *Chron. Fredeg.*, A, IV, 25, éd. Krusch, p. 130.

[5] *Chron. Fredeg.*, A, IV, 42, éd. Krusch, p. 142.

[6] *Chron. Fredeg.*, A, *loc. cit.* : « Iste Chlotharius fuit patienciæ deditus, litterum eruditus, timens Deum, ecclesiarum et sacerdotum magnus numeratur, pauperibus ælimosinam tribuens, benignum se omnibus et pietatem plenum ostendens, venacionem ferarum nimium assiduæ utens et posttremum mulierum et puellarum suggestionibus nimium annuens. Ob hoc quidem blasphematur a leudibus. »

optimates austrasiens et des « Burgundæfarones ». Son
règne n'en est pas, pour cela, le commencement de la puissance régionale de l'aristocratie et ne favorise guère le
particularisme des diverses races qui peuplent l'empire
des Francs. Au commencement du VIIme siècle, le
pouvoir central ne subit encore aucun amoindrisse-
ment [1].

On peut signaler, sous Clotaire II et sous ses successeurs,
des assemblées de grands laïques et d'évêques qui prennent assez d'importance pour désigner, plus tard, les
maires du palais et juger des contestations, entre les princes eux-mêmes [2]. Mais cette réunion de fonctionnaires et
de bénéficiaires du roi [3], ce « placitum generale » nombreux, par la suite d'hommes de toute condition qu'y amènent les participants, et agitée souvent de querelles et de
batailles, n'a rien de populaire ni de particulièrement national. Il fonctionne comme un organe de l'administration, un conseil de cour, sans témoigner d'aucune velléité

---

[1] La plupart des historiens des institutions mérovingiennes jusqu'à
Waitz et surtout ce dernier, *D. Verf. Gesch.*, II, 2 ³. p. 235 et p. 388 et s.,
date de 614 la participation des grands au gouvernement. Au mois d'octobre
de cette année Clotaire réunit à Paris un concile de 79 évêques francs,
(cf. *Concilia*, éd. Maassen, p. 185-190) ; leur délibération terminée il joint
à leur conseil, celui des grands laïques et promulgue une série d'importantes mesures législatives, réunies sous le nom d'*Edictum Chlotarii II*,
614. *Capitularia*, I, éd. Boretius, p. 21-23. Ces mesures destinées à assurer
la paix, le bon fonctionnement de la justice et de l'administration après
une longue période de guerres, ne marquent aucune concession de la part
du roi. En particulier la puissance de l'aristocratie locale n'est en aucune
mesure consacrée et raffermie par l'introduction d'une nouvelle pratique
dans le recrutement des fonctionnaires provinciaux, les comtes, qui, suivant Waitz et ses prédécesseurs, auraient dès lors été choisis parmi les
grands propriétaires de la cité. Le véritable sens des articles de 614
désigne au contraire un affermissement du pouvoir central. C'est ce qu'a
prouvé l'interprétation minutieuse de Fustel de Coulanges, *La Monarchie franque*, p. 621 et s. Le synode ayant réuni tous les évêques du
royaume de même que les optimates et les fidèles du roi, on est pas plus
fondé à attribuer à ses décisions un caractère burgonde et particulariste
comme le voulait Drapeyron, *De Burgundiæ Historia*, p. 108.

[2] Cf. Waitz, *D. Verf. Gesch.*, II, 2 ³, p. 237.

[3] Les « Burgundæfarones » en particulier n'ont rien d'une noblesse
nationale burgonde, mais ne sont que les fidèles du roi et ses serviteurs
spéciaux. Fustel, *La Monarchie franque*, p. 633, n. 7.

d'opposition ou de révolte ; il ne se tient et délibère
que sur l'ordre et la convocation expresses du roi [1].

Tout de suite après l'avènement de Clotaire II un nouvel
épisode de l'histoire du « pagus Ultrajoranus » prouve
bien, en effet, que le pouvoir royal n'avait rien perdu de
son énergie à réprimer les tentatives de révolte dans les
parties les plus lointaines de la monarchie.

Clotaire, devenu roi en Burgondie, envoie comme duc
dans le « pagus Ultrajoranus » le Franc Herpo, sûrement
le même personnage que le « comestabuli » qui arracha
Brunehaut à sa « villa » d'Orbe [2]. Le pays semble avoir été
alors assez agité, car le nouveau duc dut s'efforcer de
rétablir la paix ; il se heurta à une opposition dangereuse,
fomentée par un parti qui comptait d'importants personnages, le patrice Aletheus, de race burgonde, l'évêque de
Sion, Leudemundus, le comte Herpinus, qui avait combattu
les Alamans à Wangen ; la révolte éclate et amène la mort
du duc Herpo [3].

Le roi Clotaire, qui résidait alors dans sa « villa » de
Marlenheim en Alsace avec la reine Bertrude, rétablit la
paix et fit mettre à mort beaucoup de ceux qui avaient pris
part au mouvement [4]. Le compilateur B de Frédégaire
nous raconte alors une seconde conjuration qui aurait
menacé le roi lui-même. L'évêque de Sion, Leudemundus,
se rendit auprès de la reine et, d'accord avec le patrice
Aletheus, lui proposa une trahison ignominieuse ; Clotaire devait mourir dans l'année ; Leudemundus transpor-

---

[1] Cf. Fustel, *op. cit.*, p. 630 et s.

[2] *Chron. Fredeg.*, A, IV, 43, B, éd. Krusch, p. 142 : « Cum anno 30,
regni sui in Burgundia et Auster regnum arepuisset, (613-614), Herpone
duci genere Franco locum Eudilanæ in pago Ultraiorano instituit. »
Herpo est élevé à la dignité de duc et non à celle de patrice. Wurstemberger, *Alte Landschaft Bern*, I, p. 280, confond ces deux titres.

[3] *Chron. Fredeg.*, B, IV, 43, éd. Krusch, p. 142 : « Qui dum pacem in
ipso pago vehementer arripuisset sectari, malorum nugacitate reprimens,
ab ipsis pagensibus, instigante parte adversa, consilio Aletheo patricio et
Leudemundo episcopo et Herpino comite per rebellionis audatiam Herpo
dux interficetur. »

[4] *Chron. Fredeg., loc. cit.* Schnürer, *op. cit.*, p. 80, remarque avec raison que cette répression ne peut s'appliquer à l'Alsace où aucune révolte
ne nous est signalée ; le roi fait citer les coupables à son tribunal.

terait dans sa ville de Sion, lieu très sûr, tous les trésors
du roi qu'il pourrait emporter sans attirer l'attention.
Aletheus était prêt à répudier sa femme pour épouser
Bertrude ; il était de la race royale des Burgondes et
pourrait ainsi s'emparer du royaume [1]. La reine à l'ouïe
de ces paroles s'enfuit en pleurant dans sa chambre.
L'évêque, se rendant compte que ses imprudentes paroles
menaceraient sa sécurité, s'enfuit de nuit à Sion, puis,
de là, jusqu'auprès d'Eustase, abbé de Luxeuil. Dans la
suite le pieux abbé le réconcilia avec le roi et lui fit
rendre sa cité [2].

La conduite de Leudemundus est au moins étrange
et peut bien lui avoir été attribuée par un bruit calom-
nieux [3]. Il y a dans le récit de B des invraisemblances ;
le caractère d'un personnage ecclésiastique s'oppose
à sa participation à une semblable conjuration, surtout
lorsqu'on lui met dans la bouche des paroles si opposées
à la sainteté du mariage prêchée par l'Eglise ; d'autre part,
la naïveté avec laquelle il dévoile son projet et la facilité
du pardon qui lui est imparti sont bizarres.

Il est bien possible que Leudemundus intervint en
faveur des condamnés, auprès de la reine, et que son intervention, mal venue de Clotaire, le compromit de telle façon
que la rumeur publique lui attribua, dans la conjuration, un
rôle exagéré [4]. Toutefois, il n'est pas possible de l'inno-
center totalement de la part prise au meurtre du duc
Herpo ; le compilateur B de Frédégaire le cite parmi les
grands qui excitent les « pagenses » à la révolte. Son com-
plice Aletheus se tira moins bien d'une accusation qui
semble justifiée ; appelé bientôt par le roi, en sa « villa »
de Mâlay-le-Roi (Yonne, c^on de Sens), il fut sur-le-champ
condamné à mort [5].

---

[1] *Chron. Fredeg.*, IV, 44, éd. Krusch, p. 142.
[2] *Id., loc. cit.* : « Aletheos esset paratus, suam relinquens uxorem,
Bettethrudem reginam acceperit ; eo quod esset regio genere de Burgundionibus, ipse post Chlotharium possit regnum adsumere. »
[3] Cf. Schnürer, *Die Verfasser*, p. 81 et s.
[4] Cf. Schnürer, *loc. cit.*
[5] *Chron. Fredeg.*, B, IV, 44, éd. Krusch, p. 143 : « Chlotharius Maso-

Il est assez difficile de définir la nature des troubles du
« pagus Ultrajoranus », en présence d'un récit qui s'inspire
plus de la tradition régnante dans l'entourage du roi que
d'une claire connaissance des faits. Toutefois, il est indéniable qu'il y ait eu dans la contrée un mouvement particulariste, dont le chef était le patrice Aletheus, descendant des anciens rois burgondes[1]; l'arrivée d'un nouveau duc, de nationalité franque, est le signal d'un
petit soulèvement local, dirigé par un évêque et par un
comte des cités transjuranes; les gens s'accommodent
mal d'obéir à un duc pris dans l'entourage du nouveau roi,
et très probablement parmi ceux qui ont trahi la reine
Brunehaut. On est tenté de retrouver ainsi, dans les esprits,
un reste d'attachement à la dynastie qui vient de disparaître et qu'explique, d'autre part, le refuge cherché par la
grand'mère de Thierry II à Orbe; les intrigues de grands
ambitieux utilisent à leur profit ces sympathies qui n'ont
plus de but, et les désordres, qui en résultent, sont plus un
dernier épisode de la guerre de la Neustrie et des descendants de Sigebert Ier, qu'une tentative d'émancipation de la
Burgondie ancienne[2]. Cependant le fait même que le bruit
d'une restauration de l'ancienne royauté de Sigismond et
de Godomar a pu alors se répandre à la cour, montre bien,
qu'au commencement du VIIme siècle, tout souvenir de
l'ancienne indépendance et toute velléité d'y revenir n'ont
pas absolument disparu du pays du Jura et des Alpes.

Le récit de la chronique de Frédégaire semble d'autre
part impliquer que Clotaire lui-même est venu de sa villa
de Marlenheim rétablir la paix dans les cités de la Burgondie suisse; après avoir raconté son projet à la reine,
Leudemundus s'enfuit dans la nuit à Sion[3]; la reine et le

---

laco villa cum procerebus resedens, Aletheum ad se venire precepit. Huius
consilium iniquissimum conpertum est; gladium trucidare jussit. »

[1] Cf. Schnürer, *op. cit.*, p. 81.

[2] Cf. Jahn, *Gesch. der Burg.*, II, p. 470-471 et ci-dessous, IIme partie,
ch. I.

[3] *Chron. Fredeg.*, B, IV, 44, éd. Krusch, p. 142 : « Leudemundus
cernens se huiuscemodi verbis habere periculum, fugaciter per nocte
Sedunis perrexit. » Cf. Id., B, IV, 43, *loc. cit.* : « Chlotharius com in
Alesacius villa Marolegia cuinomoto cum Bertethrudæ regina acces-

roi n'étaient donc pas bien éloignés de cette ville, probablement, au cœur même du « pagus Ultrajoranus ».

Quelle que soit l'importance du mouvement qui amène
la mort du duc Herpo, il semble bien qu'un certain malen-
tendu se soit alors élevé entre Clotaire II et les « Burgundæfarones », auxquels il devait tant. En 616-617, il réunit à
Bonneuil-sur-Marne (Seine, c⁰ⁿ de Charenton-le-Pont) les
évêques et les leudes spéciaux à la Burgondie ; là il prend
des décisions conformes à leurs justes demandes [1].

Peut-on rapprocher de ces réclamations, la répression,
antérieure au moins de deux ans, des révoltes de l'Ultra-
jorane ? A-t-on débattu alors de l'envoi de ducs tels
qu'Herpo, qui suscitent dans leurs provinces des révoltes
locales, en voulant y faire régner la paix ? Nous n'en savons
rien et nous ne pouvons dire quelles mesures sortirent de
l'entrevue de Bonneuil [2]. Cependant, il faut le remarquer,
rien de révolutionnaire dans les procédés des évêques et
des leudes, qui ne se réunissent que sur l'ordre du roi ;
ils ne lui imposent en rien leurs désirs, mais obtiennent,
de sa propre volonté, une réponse favorable à leurs
prières.

L'accord des leudes de Burgondie avec Clotaire II sem-

---

serat, pacem insectans, multos iniqui agentes gladio trucidavit. » IV,
44 : « Leudemundus... ad Bertetrudem reginam veniens... » Le texte ne
s'oppose pas à ce voyage de Clotaire au sud.

[1] *Chron. Fredeg.*, B, IV, 44, éd. Krusch, p. 143 : « Anno 33 regni,
Chlothariæ Warnacharium maioris domus cum universis pontificibus
Burgundiæ seo et Burgundæfaronis Bonogillo villa ad se venire precepit ;
ibique cunctis illorum justis peticionibus annuens, preceptionibus
roboravit. »

[2] Il n'y a aucune raison pour rattacher à cette assemblée, comme
tente de le faire Waitz, *D. Verf. Cesch.*, II, 2³, p. 198, n. 2 et p. 235, n. 2,
l'édit connu sous le nom de « *Chlotarii II Præceptio* », *Capitularia*, I,
éd. Boretius, p. 18-19. Les dispositions qui y sont contenues concernent
les pays de Neustrie où le droit romain est en vigueur. Cf. Boretius, *op.
cit.*, p. 18 ; on peut du reste hésiter à l'attribuer à Clotaire II et en
faire une *præceptio* de Clotaire Iᵉʳ. Cf. Fustel, *La Monarchie franque*,
p. 626, n. 1. Encore moins peut on faire remonter à cette date, la promulgation du *Pactus Alamannorum* ou de la *Lex Alamannorun*, comme le
font les *Fontes rerum Bernensium*, I, p. 178. Cf. IIᵐᵉ partie ci-dessous, ch. II.

ble, du reste, avoir été parfait, après la répression sanglante
de la rébellion d'outre-Jura. En 626-627, le puissant maire
du palais Warnachaire mourut. Son fils Godinus épousa
sa belle-mère et tenta, peut-être ainsi, de conserver à sa
famille les charges de son père [1]. Clotaire eut vite fait de
se débarrasser de lui en le faisant assassiner [2]. La même
année, les grands et les leudes de Burgondie réunis à
Troyes, en réponse aux demandes de Clotaire, déclarent
qu'ils ne veulent plus choisir parmi eux de maire du palais,
mais qu'ils préfèrent traiter directement avec le roi [3]. Warnachaire aurait pris en Burgondie une influence extraordinaire ; sa puissance ne pouvait qu'inquiéter un roi fort
et énergique, qu'importuner les leudes, qu'il éloignait de
plus en plus du pouvoir central [4]. Il n'y avait aucun avantage à laisser subsister entre eux un intermédiaire gênant
et qui pouvait devenir plus dangereux encore. La disparition passagère du chef de l'administration franque en
Burgondie, ne fut donc pas une victoire de l'aristocratie ;
la royauté était encore assez indépendante pour se passer
d'un auxiliaire, sous la tutelle duquel elle allait bientôt
tomber.

Les leudes de Burgondie n'en demeurèrent que plus
fidèles. En 627-628 une nouvelle assemblée des évêques et
de tous les grands de Neustrie et de Burgondie, à St-Ouen-
sur-Seine, est troublée par de graves désordres ; deux
bandes opposées, formées des serviteurs et des partisans
de deux optimates ennemis, allaient en venir aux mains
sur la colline de Montmartre. Clotaire fait appel aux « Burgundæfarones » pour forcer les deux parties à se soumettre à son jugement, et rétablit ainsi la paix dans le « placitum » [5].

Outre ces quelques rares indications de la chronique
de Frédégaire qui nous renseignent, bien imparfaitement,

---

[1] Pfister, dans Lavisse, *Hist. de France*, II, p. 151.
[2] *Chron. Fredeg.*, B, IV, 54, éd. Krusch, p. 147.
[3] *Chron. Fredeg.*, B, IV, 54, éd. Krusch, p. 148.
[4] Drapeyron, *De Burgundiæ Hist.*, p. 104, exagère le rôle de Warnachaire en disant. : « Burgundiæ vere rex suffectus est. »
[5] *Chron. Fredeg.*, B, IV, 55, éd. Krusch, p. 148.

sur l'état politique de la Burgondie franque, le règne de Clotaire II est marqué par un nouveau partage de la monarchie mérovingienne. En 622-623 le royaume d'Austrasie est reconstitué ; Clotaire y envoie son fils Dagobert, mais pour régner sur une Austrasie restreinte du côté de l'ouest à l'Ardenne et aux Vosges et privée de ses anciennes dépendances en Aquitaine et en Provence [1]. L'Alsace et l'Alamannie furent pourtant, dès ce moment, détachées des possessions de Clotaire II pour augmenter celles de Dagobert Ier [2].

Cependant, ni le nouveau roi, ni les Austrasiens, habitués depuis longtemps à vivre sous un prince particulier, ne pouvaient se contenter de cette demi-mesure. En 625-626, une discussion éclate entre Clotaire II et son fils, à Saint-Ouen-sur-Seine, trois jours après le mariage de Dagobert. Des arbitres tranchent le différend : l'Austrasie reprend ses limites anciennes à l'ouest, mais ses dépendances en Aquitaine et en Provence demeurent à Clotaire [3].

Clotaire II, après avoir régné 46 ans en Neustrie et 16 ans en Burgondie, meurt à Paris laissant à son fils l'héritage considérable de trois royaumes [4].

---

[1] *Chron. Fredeg.*, B, IV, 47, éd. Krusch, p. 144 : « Anno 39 regni Chlothariæ Dagobertum, filium suum, consortem regni facit eumque super Austrasius regem instituit, retinens sibi, quod Ardinna et Vosacos versus Neuster et Burgundia excludebant. » Dagobert devient roi avant le 8 avril 623. Krusch, *Zur Chronologie*, p. 466.

[2] L'Alsace et l'Alamannie sont certainement situées au-delà des Vosges, par rapport au roi Clotaire et à sa cour à Paris, ou par rapport à B de Frédégaire. Pourquoi les rattacher encore avec Longnon (cf. *Atlas Hist., Texte*, p. 41) au royaume de Clotaire II, *Atlas Pl. IV*.

[3] *Chron. Fredeg.*, B, IV, 53, éd. Krusch, p. 147 ; cf. Longnon, *Atlas Hist., Texte*, p. 41.

[4] *Id.*, B, IV, 56, éd. Krusch, p. 148 : « Anno 46 regni sui Chlotharius moritur et suburbano Parisius in ecclesia sancti Vincenti sepellitur. » Sa mort se place après les premiers jours d'octobre 629 et avant le 8 avril 630. Cf. Havet, *Quest mér.*, IV, *OEuvres*, II, p. 438, n. 2 ; Krusch, *Zur Chronologie*, p. 458.

§ 4. — *Dagobert Ier seul roi en Burgondie et Austrasie
(629-630 à 633-634). — Sigebert III roi en Austrasie (633-
634). — Mort de Dagobert Ier (639). — La tradition de
la délimitation de l'évêché de Constance.*

Dagobert, à la nouvelle de la mort de son père, rassemble l'armée de ses leudes d'Austrasie ; ses envoyés le font
reconnaître en Burgondie et en Neustrie ; bientôt il reçoit
à Reims les hommages des évêques et des leudes de Burgondie [1]. La Neustrie, avec son frère Caribert, lui oppose
quelque résistance. Dagobert n'en rompt pas moins avec
l'usage de partager le patrimoine royal ; seul il s'empare
des trésors de son père, et seul il règne dans toute l'étendue des pays soumis aux Francs [2]. Sur le conseil d'hommes sages, il ne concéda à Caribert qu'une part bien infime
de territoire, une sorte de marche sur les Pyrénées avec
Toulouse comme résidence, et, qu'à la mort de son frère,
(631-632) il réunit de nouveau à ses Etats [3].

Dagobert, sous lequel les premiers ancêtres des Carolingiens commencent leur fortune, avec Pépin l'Ancien,
son maire du palais, et Arnoul, évêque de Metz, son conseiller [4], maintient en Burgondie comme en Alamannie le
pouvoir absolu des Mérovingiens. Tous les événements
de son règne, connu et populaire, marquent, qu'avec lui,
la dynastie atteint à l'apogée de son autorité. A peine proclamé et reconnu, il part pour un voyage, qui se borne
pourtant aux cités de l'ouest du Jura, Langres, Dijon,

---

[1] *Chron. Fredeg.*, B, IV, 56, éd. Krusch, p. 148-149 : « ...Cumque
Remus venisset, Soissionas peraccedens, omnes pontefecis et leudis de
regnum Burgundiæ inibi se tradedisse nuscuntur. » M. Schnürer, *Die
Verfasser,* p. 99, n. 1, ne semble pas avoir mis en avant des raisons
suffisantes pour modifier le texte et mettre cette assemblée à Paris.
[2] *Chron. Fredeg.*, B, IV, 57, éd. Krusch, p. 149.
[3] *Chron. Fredeg.*, B, IV, 67, éd. Krusch, p. 156.
[4] Cf. Bonnell, *Die Anfänge*, p. 93 et s.

Chalon, Auxerre, et assure le maintien de l'ordre et la régularité de l'administration. Les grands et les évêques de Burgondie sont remplis d'une saine terreur en le voyant ainsi agir énergiquement au milieux d'eux, rendre la justice d'une ville à l'autre, compatir aux misères des pauvres et ordonner, sans plus de formes, la mort de ses ennemis [1].

Le chroniqueur B de Frédégaire lui reprochera cependant, un peu plus loin, son avidité, dépourvue de scrupules, à remplir les trésors du fisc en dépouillant les églises et les leudes de leurs biens [2]. Il semble un peu prématuré de parler à ce propos d'une enquête sur les biens du fisc, aliénés en faveur d'églises ou de fidèles, et d'une confiscation des domaines légués aux évêchés, aux abbayes et aux particuliers [3]. Au moins peut-on dire qu'il ne respecta guère les assurances de ses prédécesseurs et de l'édit de 614, relatives à la paisible possession des domaines concédés par les rois ; il réprima probablement l'usurpation des terres du domaine royal et, à l'exemple de Clotaire Ier et de Caribert [4], il s'efforça de restaurer sa fortune, c'est-à-dire celle du fisc, en prélevant une partie du revenu des églises [5]. En tous cas, plus sévère, plus audacieux que

[1] *Chron. Fredeg.*, B, IV, 58, éd. Krusch, p. 149-150. M. Schnürer, *Die Verfasser*, p. 100 et s., reconnaît dans ce tableau élogieux de l'activité de Dagobert siégeant à son tribunal sans trève ni repos, la part de l'auteur C, qui plus que B, tend à abaisser les grands et s'attache aux épisodes des origines carolingiennes.

[2] *Chron. Fredeg.*, B, IV, 60, éd. Krusch, p. 151 : « ...cum omnem justitiam quem prius dilixerat fuisset oblitus, cupiditates instincto super rebus ecclesiarum et leudibus sagace desiderio vellit omnibus undique expoliis novos implere thesauros. »

[3] Pfister, dans Lavisse, *Hist. de France*, II, 1, p. 159. Le seul texte qui parle d'une enquête sur les biens des établissements religieux et de la confiscation de la moitié d'entre eux, est un passage des *Miracula S. Martini Abbatis Vertaviensis*, 7, éd. Krusch, *SS. rer. Mer.*, III, p. 564 et s., œuvre assez légendaire du IXme siècle. Cf. Molinier, *Sources*, I, p. 161, n° 582 ; Richter, *Annalen*, p. 159.

[4] Greg. Tur., *Hist. Franc.*, IV, 2, éd. Arndt, p. 142 ; cf. Bayet, dans Lavisse, *Hist. de France*, p. 234-235.

[5] *Chron. Fredeg.*, B, IV, 80, éd. Krusch, p. 162 : « Facultatis pluremorum, que jusso Dagoberti in regnum Burgundiæ et Neptreco inlecete fuerant usurpate et fisci dicionebus contra modum iusticiæ redacte, consilio Aegane, omnibus restaurantur. Cf. Waitz, *D. Verf. Gesch.*, II, 2 [3], p. 332.

Clotaire, il maintient en Burgondie les pratiques énergiques, même arbitraires, de la justice et de l'administration franques.

Au dehors, Dagobert défend le prestige des Mérovingiens et l'intégrité du royaume par des expéditions importantes et qui emmènent sur les frontières, le contingent des cités burgondes et le peuple des Alamans, commandés par un duc.

Ainsi en 631-632, le duc Crodobert avec les Alamans remporte un succès sur le nouvel ennemi de l'est, les Slaves-Wendes, réunis en un puissant état, sur l'Elbe, par le Franc Samo ; en cette occasion, une autre bande formée de Lombards fut victorieuse, tandis que l'armée austrasienne échoua complètement, dans son attaque sur le « castrum Wogatisburc », sur l'Elbe et fit une piteuse retraite [1].

En même temps, l'armée de Burgondie intervient chez les Wisigoths d'Espagne, pour mettre sur le trône le prétendant Sisenand et revenir chargée de butin [2]. En 636-637, elle retourne sur les Pyrénées où de perpétuelles révoltes des Wascons ravageaient l'ancien royaume de Caribert [3] ; cette fois, c'est le référendaire Chadoindus qui la commande ; la composition de l'armée, dirigée par dix ducs, dont huit de race franque, un Gallo-Romain, un Saxon, et par le patrice Willibad, n'a à cette époque plus aucun caractère ethnique [4]. Les hautes vallées de la montagne sont saccagées ; un seul des ducs y disparaît dans une embuscade ; les autres pillent le pays, incendient les villages et assurent à Dagobert la soumission de la Wasconie [5].

---

[1] *Chron. Fredeg.*, B, IV, 68, éd. Krusch, p. 154-155, le texte parle bien des « Langobardi »; leur présence à cette expédition franque étant surprenante, Zeuss, *Die Deutschen...*, p. 637-638, a corrigé en « Bajoarii ». Hartmann, *Gesch. Italiens im Mittelalt.*, II, 1, p. 236, n. 9, a expliqué cependant la participation des Lombards à cette guerre.

[2] *Chron. Fredeg.*, B, IV, 73, éd. Krusch, p. 157-158.

[3] *Chron. Fredeg.*, A, IV, 21, éd. Krusch, p. 129; B, IV, 54, éd. Krusch, p. 148.

[4] Cf. ci-dessous, IIme partie, ch. I.

[5] *Chron. Fredeg.*, B, IV, 78, éd. Krusch, p. 160.

Les expéditions des Wendes de l'Est forcèrent toutefois Dagobert à un nouveau partage de ses états et au règlement prématuré de sa succession. Une expédition en 632-633, au delà du Rhin, puis la remise de la garde de la frontière aux Saxons [1] n'empêchent pas les Slaves d'envahir encore en 633-634 la Thuringe. Dagobert se résout alors à rétablir le royaume d'Austrasie, qu'il avait déserté pour résider à Paris ; à Metz, dans une assemblée de grands et d'évêques, avec l'assentiment de tous les optimates du royaume, il proclame son fils Sigebert, âgé de 3 ans, roi d'Austrasie, lui fixe sa résidence en cette ville, le pourvoit largement de richesse, et lui donne comme conseillers et régents, Cunibert, évêque de Cologne, et Ansegisèle, maire du palais et fils d'Arnoul. Dès lors les Austrasiens mirent plus d'énergie à la résistance aux Wendes [2].

En 634-635, Dagobert eut de sa femme Nantilde un fils, qui sera plus tard Clovis II ; sur le conseil des Neustriens, un traité intervient alors entre le roi et son fils d'Austrasie ; les grands de Sigebert, évêques et leudes, jurèrent de l'observer ; il fut ainsi imposé aux Austrasiens par la Neustrie, et le partage de la monarchie à la mort de Dagobert fut réglé d'avance. La Burgondie et la Neustrie revenaient à Clovis ; l'Austrasie, égale en population et en superficie, restait à Sigebert avec toutes ses dépendances, sauf le duché de Dentelin (Brie, Valois, Soissonnais) et la Wasconie, duché particulier de la Neustrie. Cette division de la monarchie franque fut mise en exécution après la mort de Dagobert, sous les règnes austrasiens de Sigebert III (633-34-656), Childéric II (663-673), Dagobert II (676-679 ?) [3]. Les dépendances de l'Austrasie comprennent sûrement l'Alsace et l'Alamannie, qui sont déjà à Sigebert et, par conséquent, distinctes en Suisse, de la Burgondie réunie à la Neustrie.

Dans la dix-septième année de son règne, Dagobert,

[1] *Chron. Fredeg.*, B, IV, 74, éd. Krusch, p. 158,

[2] *Chron. Fredeg.*, B, IV, 75, éd. Krusch, p. 158-159, Sigebert III commence à régner fin de 634. Cf. Krusch, *Zur Chronologie*, p. 471.

[3] *Chron. Fredeg.*, B, IV, 76, éd. Krusch, p. 159 (la 12me année de Dagobert). Cf. Longnon, *Atlas Hist., Texte*, p. 45.

frappé de dysenterie dans sa « villa » d'Épinay, se fit trans-
porter dans la basilique de Saint-Vincent, à Paris. Sentant
sa fin approcher, il fit venir Aega qui semble avoir succédé
à Pépin l'ancien en qualité de maire [1]. Il lui recommande
la reine Nantilde et son jeune fils, Clovis, qui pourront
gouverner énergiquement avec son appui [2]. Peu après il
mourut, le 19 janvier 639 [3].

Il nous reste à étudier une tradition qui fait de Dagobert l'organisateur de l'évêché de Constance et qui, comme
pour Gontran, semble révéler l'existence d'un diplôme
émané de sa chancellerie. Le nom de Dagobert est en effet
deux fois mentionné dans un diplôme de Frédéric Ier Barberousse, du 27 novembre 1155, par lequel il confirme à
l'église de Constance tous les biens et les droits qu'elle a
acquis jusqu'alors ; il délimite le diocèse, les domaines
de l'évêque et du chapitre, l'étendue des forêts épiscopales et d'autres donations [4].

Ce diplôme, dont la forme excellente ne donne aucune
prise à la critique [5], a pourtant été suspecté pour des raisons de critique externe [6]. La question de son authenticité
ne nous arrêtera pas ; interpolé ou non, le diplôme de
Barberousse peut reproduire la teneur de documents par-

---

[1] Pépin devenu odieux aux Neustriens, probablement parce qu'il
tendait à ramener Dagobert en Austrasie (Bonnell, *Anfänge*, p. 100),
quitte, en 630-631, la mairie du palais et s'en va, avec Sigebert, auprès de
Caribert, *Chron. Fredeg.*, B, IV, 61, éd. Krusch, p. 151 ; à la mort de
Dagobert, il retourne en Austrasie auprès de Sigebert III, dont il gouverne alors le palais, *Id.*, C, IV, 85, p. 164. Au moment de sa retraite de
Neustrie, Aega semble lui avoir succédé ; au moins il acquit une grande
influence auprès des Neustriens. B, IV, 62, p. 151 : « Aega vero a citeris
Neptrasiis consilio Dagoberti erat adsiduus. »

[2] *Chron. Fredeg.*, B, IV, 79, éd. Krusch, p. 161.

[3] *Gesta Dagoberti*, I, 42, éd. Krusch, *SS. rer. Mer.*, II, p. 421. Cf. Krusch,
Zur Chronologie, p. 418 ; Havet, *Quest. Mérov.*, IV, *OEuvres*, T. I,
p. 139, n. 1.

[4] *Wirtembergisches Urkundenbuch*, II, p. 95 et s., n° 352. Cf. Neugart,
Codex Diplomaticus, II, n° 866 ; Joh. Meyer, *Thurgauisches Urkundenbuch*, II, 1882, n° 42.

[5] Cf. le *Fac-similé du Thurg. Urkundenbuch*.

[6] P.-F. Stälin, *Geschichte Würtembergs*, I, p. 87 ; Meyer v. Knonau,
dans *Anz. f. schweiz. Geschichte*, 1871, p. 119.

faitement authentiques ; c'est seulement aux mentions relatives au roi mérovingien que se bornera notre étude.

Dans la délimitation du diocèse de Constance le diplôme impérial s'exprime d'une manière détaillée et qu'il nous faut reproduire tout au long :

« In primis distinguentes terminos parrochie inter Constantiensem episcopatum ceterosque adiacentes, sicut ab antecessore nostro, felicis memorie Tageberto rege, tempore Marciani, Constantiensis episcopi, distinctos invenimus; videlicet versus orientem, inter Constantiensem et Augustensem episcopatum, sicut Hillara fluvius cadit in Danubium, ad deinde usque Ulman villam nostram. Versus aquilonem vero inter episcopatum Wirzeburgensem et Spirensem usque ad marcham Francorum et Alemannorum. Ad occidentem vero per silvam Swarzwalt in pago Brisgowe inter Argentinensem episcopatum usque ad fluvium Bleichaha, qui dirimit Mortenowe et Briskowe ; inde per decursum ejusdem aque usque ad Renum fluvium. Inter Basiliensem vero episcopatum, ubi fluvius predictus Bleichaha cadit in Rehnum, et sic per ripam Rheni inter pretaxatam silvam Swarzwalt usque ad flumen Are ac deinde inter Lausanensem episcopatum per ripam Are usque ad lacum Tunse, inde ad Alpes, et per Alpes ad fine Retie Curiensis ad villam Montigels [1] ».

Ainsi, suivant une tradition du XIIme siècle, Dagobert, au temps de l'évêque Martianus, aurait établi les frontières de l'évêché de Constance de la façon suivante : à l'est l'évêché de Constance est borné par l'évêché d'Augsbourg; l'Iller forme la frontière jusqu'à son confluent avec le Danube, puis le Danube lui-même, jusqu'à Ulm. Au nord s'étendent les deux diocèses de Wurzbourg et de Spire; leurs limites du sud et celles du diocèse de Constance correspondent à la ligne où se rencontrent les Francs et les Alamans. A l'ouest, la Forêt-Noire sépare l'évêché de Constance de celui de Strasbourg jusqu'à la Bleich, qui coule entre l'Ortenau et le Brisgau ; la frontière suit alors cette rivière jusqu'au Rhin ; elle se conti-

[1] *Wirtemb. Urkundenbuch.* II, p. 95.

nue, par le fleuve, entre le diocèse de Constance d'une
part, celui de Strasbourg, puis celui de Bâle, d'autre part,
jusqu'à son confluent avec l'Aar. Au sud-ouest, c'est l'Aar
qui arrête le territoire rattaché à la juridiction de l'évêque de Constance, du côté de l'évêché de Lausanne, jusqu'au lac de Thoune ; puis par les Alpes, la frontière arrive
jusqu'à Montlingen, dans le Rheinthal (canton de St-Gall),
où elle se confond avec celle de la Rhétie de Coire.

La question qui se pose à la lecture de ce texte est celle-
ci : cette description territoriale était-elle contenue dans
un diplôme original de Dagobert ou dans une copie de
cartulaire, un vidimus postérieur, présenté à l'empereur
Frédéric Ier par le chapitre de Constance ? Les mots « ab antecessore nostro felicis memorie Tageberto rege distinctos invenimus » semblent l'indiquer [1]. Pourtant on ne peut
admettre que la rédaction du diplôme de 1155 a été faite
sur la base d'un texte d'origine mérovingienne, sans se
heurter à de graves difficultés.

Le précepte de Dagobert aurait été délivré à la requête
ou sous l'épiscopat de Martianus. Or, la chronologie, d'ailleurs assez mal établie des évêques de Constance, ne permet guère de placer l'époque de son épiscopat au temps
de Dagobert Ier.

La liste des évêques de Constance telle qu'elle nous est
connue par la *Series zwifaltensis* contenue dans un manuscrit de Stuttgart du XIIme siècle, place Martianus entre
les évêques Gaudentius et Johannès [2]. Les dates approximatives de Gaudentius et de Johannès peuvent être éta-
blies d'après les vies de saint Gall, qui, malheureusement,

---

[1] Friedrich, *Kirchengeschichte Deutschlands,* II, p. 561 et s., admet
un diplôme de Dagobert; pour J. Meyer, *Thurg. Urkundenbuch,* II, p. 145,
n. 2, les mots « distinctos invenimus » n'indiquent pas nécessairement un
précepte de Dagobert; mais on ne peut refuser d'y voir un indice en faveur
d'une délimitation par le dit roi. Enfin pour Hauck, *Kirchengeschichte
Deutschlands,* I, 2me éd., p. 331, le précepte de Dagobert aurait été utilisé, en tous cas, sous une forme corrompue et postérieure.

[2] Pertz, *Mon. Germ., SS.* XIII, p. 325 : « Maximus, Ruodelo, Ursinus,
Gaudentius, Martianus, Johannes I... etc. » Cette liste traditionnelle con-
tient d'ailleurs beaucoup de noms inconnus et que la critique a rejetés.
Cf. ci-dessus, p. 199, n. 1.

ne nous donnent pas sur les rapports des solitaires irlandais et des évêques de la ville voisine, des indications dénuées de toute suspicion.

Selon le moine Wetti, Gaudentius meurt vers 613[1]. Saint Gall refuse alors la dignité épiscopale et prépare pour cette charge, le diacre Johannès qui est élu vers 615, le 15 novembre, et qui meurt vers 640[2]. Les auteurs du *Régeste* des évêques de Constance ont montré que ce récit étant légendaire, on ne pouvait en conclure à une interruption de trois ans dans la succession épiscopale : l'absence de tout prélat de Constance au concile de Paris (614), n'entraîne, d'autre part, pas nécessairement une vacance du siège[3]. Pendant les trois ans qui séparent la mort de Gaudentius de l'avènement de Johannès Ier, il faut placer un évêque que les vies de saint Gall veulent ignorer. La *Series zwifaltensis* nous en offre à propos un, qui est Martianus, placé entre Gaudentius et Johannès Ier. Les dates approximatives étant 613-615, il ne peut dès lors plus être contemporain de Dagobert Ier [4].

Il subsiste pourtant un doute ; un bréviaire de Constance, résumant quelques passages de la légende de saint Trudpert, rappelle que ce fut l'évêque de Constance, Martinus, qui consacra la basilique construite en Brisgau par le saint, après un voyage à Rome, en 640[5]. En acceptant l'autorité de ce texte, il faudrait changer l'ordre du catalogue et faire vraiment de Martianus un contemporain de Dagobert[6].

[1] Wetti, *Vita S. Galli*, 14, éd. Krusch, p. 264. Cf. *Regesta Episc. Const.*, p. 3-4 : Gaudentius.

[2] Id., *Vita S. Galli*, 19, éd. Krusch, p. 266. Cf. 20 et 24-25, éd. Krusch, p. 267 et p. 269-270, et *Reg. Episc. Const.*, 6 : Johannès.

[3] *Reg. Episc. Const.*, 5 : Martianus.

[4] *Reg. Episc. Const.*, 5 : Martianus ; Hauck, *Kirchengesch. Deutschl.*, I [2], p. 330.

[5] *Vitæ S. Trudperti Epitome ex Breviario Constantiensi, AA. SS. April.*, IV, p. 421 : « Ecclesiam præterea suis manibus ac laboribus magnis ædificare aggressus opere formaque notabili perfecit, quam sanctorum Apostolorum Petri et Pauli nomine Martinus Constantiensis Episcopus solenni ritu consecravit. »

[6] Friedrich, *Kirchengesch. Deutschl.*, II, p. 561 et s. Johannès est encore vivant à la mort de St. Gall, *Vita Galli vetustissima*, 5. Boso est

Le bréviaire de Constance du XVme siècle, ne justifie pas une telle correction à la liste du XIIme siècle. Il ne représente qu'une version tardive des légendes déjà falsifiées de saint Trudpert, et toutes les autres vies du saint ne donnent aucune date aussi précise et aucun nom d'évêque de Constance, lors de la consécration de l'église de la Forêt-Noire [1].

Le catalogue de Stuttgart, confirmé par le silence significatif de la tradition de saint Gall, indique, selon les meilleures probabilités, que Martianus ne fut pas contemporain de Dagobert et s'oppose aux indications du diplôme de Frédéric Barberousse. A vrai dire, on ne peut arriver à des dates certaines pour les évêques du VIIme siècle, à l'aide de ces seuls textes, dont l'un est déjà corrompu par la légende hagiographique et l'autre n'a été composé qu'au XIIme siècle. Il n'en reste pas moins que, dans l'état actuel de la question, on doutera fortement de l'existence d'un diplôme de Dagobert Ier en faveur de l'évêché de Constance, au temps d'un évêque qui lui est notoirement antérieur.

D'autre part, les termes mêmes d'un document mérovingien ne transparaissent absolument pas dans la description des limites du diocèse de Constance en 1155. S'il est

évêque 40 ans après cette mort. *Vita Galli auct. Wettino,* 36. On ne peut arriver ainsi, avec le *Reg. Episc. Const. loc. cit.* qu'à des dates hypothétiques pour Johannès 615? 640?, et pour Boso 640? 676?, ce qui n'interdit pas d'intercaler entre eux un nouvel évêque. Gelpke, *Kirchengesch. der Schweiz.* II, p. 278, tout en attribuant à la légende, le rôle de Dagobert, conserve à cette date, l'évêque Martianus.

[1] Les deux plus anciennes versions A et B de la vie de Saint Trudpert, ne remontent pas au-delà du IXme siècle ; au XIIIme siècle une nouvelle rédaction apparaît, falsifiée par les moines dans le but de glorifier les ancêtres des Habsbourg. Cf. Krusch, *Passio Thrudperti Martyris Brisgoviensis, SS. rer. Mer.,* IV, p. 352. La vie éditée par Henschen, *AA. SS. April.,* III, p. 426-440, et provenant d'un manuscrit du monastère de Saint Trudpert, contient la version C. Cf. Krusch, *op. cit.,* p. 356. Là seulement il est fait mention de la construction d'une église, sous la dédicace de St-Pierre et St-Paul, apôtres. Cf. *Acta S. Trudperti,* I, 17, *AA. SS., April.,* III, p. 429. L'évêque Martinus ou Martianus n'y est pas nommé. Le bréviaire de Constance augmente encore les interpolations de la vie falsifiée du XIIIme siècle, et ne peut se réclamer d'une tradition ancienne. Cf. *Reg. Episc. Const.,* p. 3 et 4 : Martianus.

vrai que « marcha Francorum et Alemannorum » peut
aussi bien être la frontière des Francs et des Alamans,
vers 640, que celle de la Franconie et de la Souabe du
XIIme siècle [1], s'il est encore possible qu'Ulm ait été une
« villa » du roi d'Austrasie [2], on ne peut nier que la mention
de l'évêché de Wurzbourg, fondé en 714, ne soit un anachronisme flagrant dans un texte diplomatique du VIIme
siècle ; surtout la forme des noms de lieux ne peut être
celle d'aucun diplôme des rois de la première race ; elle
date d'une époque postérieure même à Dagobert III (711-
715) [3].

Le dispositif du diplôme de 1155 se rapporte donc au
temps de Frédéric Barberousse, et l'hypothèse d'un précepte de Dagobert Ier, qui sert de base à sa rédaction, ne
peut guère être maintenue, si ce n'est en admettant qu'il
fut transmis au XIIme siècle, sous une forme corrompue et
remanié et interpolé dans sa forme nouvelle.

Une explication beaucoup plus naturelle rétablit la véritable signification du « sicut ab antecessore nostro Tageberto rege distinctos invenimus ». Sans doute les limites
du diocèse de Constance ont dû être fixées au moment où
l'église s'implante fortement chez les Alamans; les
« champs décumates » n'avaient pas encore été attribués
aux évêchés voisins, et celui de Constance ne dépassait
pas le Rhin ; cette opération doit dater d'une époque où
les missionnaires irlandais ont déjà bien avancé leur œuvre et peut être difficilement reculée au delà de la première moitié du VIIme siècle [4]. Mais, dire au XIIme siècle
qu'elle fut l'œuvre de Dagobert, ce n'est pas faire autre

---

[1] Pour Friedrich, *loc. cit.*, le terme de « Marcha Francorum et
Alemannorum » était dans le précepte de Dagobert; Frédéric Ier le
complète par « inter episcopatum Wirzeburgensem et Spirensem. »

[2] Joh. Meyer, *Thurg. Urkundenbuch*, II, p. 146, n. 2.

[3] Il ne faut donc pas plus songer à Dagobert II, comme le voulait
Rettberg, *Kirchengesch.*, I, p. 105. Cf. Wartmann cité par Egli, *Kirchengeschichte der Schweiz*, p. 60, n. 1. M. Wartmann est également d'avis
que la chancellerie de Frédéric Barberousse n'était plus en état de lire
les diplômes mérovingiens.

[4] Chr.-Fr. Stälin, *Wirtembergische Geschichte*, I, p. 187; Hauck,
Kirchengesch. Deutschl., I[2], p. 330.

chose que d'attribuer à l'état actuel du diocèse une très
haute antiquité, et que de suivre la tradition générale qui
fait de Dagobert, en Allemagne, le premier organisateur
de l'Etat et de l'Eglise [1].

Ainsi son souvenir est resté attaché à la restauration
de l'église de Mayence, aux origines de celles de Worms
et de Spire, de l'évêché de Strasbourg (?) [2]. Ainsi Ratpert,
compulsant au IXme siècle son *Casus Sancti Galli*, fait-il
remonter à un « camerarius » de Dagobert la famille des
comtes d'Arbon [3].

En somme, il faut renoncer à attribuer l'organisation du
diocèse de Constance à un diplôme de Dagobert Ier qui
servirait de base à celui de Frédéric Ier en 1155 ; l'œuvre
de Dagobert dans les contrées alamanniques ne peut être
absolument niée, mais elle se fonde uniquement sur une
tradition courante au moyen âge et dont il est impossible
de contrôler la valeur historique.

Le diplôme de Frédéric Barberousse attribue une
seconde délimitation de frontières à Dagobert, celle de la
Burgondie et de la Rhétie de Coire. Le dispositif décrit, à
la suite des frontières du diocèse, l'étendue de la forêt
d'Arbon, qui appartient à l'église de Constance. Au sud-
est, le domaine forestier de l'évêque s'arrête à la Sentiser
Alp, de là sa limite orientale suit, du côté du nord-est, la
chaîne de montagnes qui forme aujourd'hui, à peu près,
la frontière du canton d'Appenzel, jusqu'au Rhin, plus
loin elle longe le fleuve jusqu'au lac de Constance. Le
point où elle atteint la vallée du Rhin est marqué par une
lune, qui fut sculptée sur l'ordre de Dagobert et en sa
présence, au sommet d'une roche, pour marquer la frontière entre la Burgondie et la Rhétie de Coire [4]. En 1155

---

[1] Meyer von Knonau, *Ratperti casus S. Galli*, St-Gall. *Mitteil.*, XIII,
p. 6, n. 9.

[2] J. Meyer, *Thurg. Urkundenbuch*, II, p. 144, n. 22.

[3] *Ratperti casus*, éd. Meyer von Knonau, p. 6 : « Talto vir inlustris,
Tagoberti scilicet regis camararius et postea comes ejusdem pagi. »

[4] *Wirtemberg. Urkundenbuch*, II, p. 95 : « Præterea sunt termini
foresti Arbonensis..... inde ad alpem Sambatinam inde per firstum usque
ad Rhenum, ubi in vertice rupis similitudo lune jussu Dageberti regis,

on peut donc voir, sur un rocher du Rheinthal, un signe
de bornage que la tradition attribue à Dagobert, lors d'un
règlement de frontières, entre la Burgondie et la Rhétie.
L'emplacement doit en être cherché au Saint-Annenberg,
près de Montlingen [1]. C'est là, en effet, que Dagobert aurait arrêté le territoire du diocèse de Constance du côté
de celui de Coire [2]. On peut donc réunir en une seule les
deux traditions, celle de la délimitation du diocèse et celle
de la fixation des frontières burgondes ; mieux que dans
un précepte, on retrouve, au XIIme siècle, des documents
attribuables au règne de Dagobert dans des bornes semblables à la roche lunaire de Montlingen.

La tradition qui représente le roi, faisant graver en sa
présence un signe en forme de lune sur ce rocher, révèle
d'emblée son caractère légendaire ; aucun autre texte ne
nous rapporte un voyage de Dagobert en Alamannie ; ce
silence du chroniqueur n'exclut pas la possibilité d'un
passage du roi par la vallée du Rhin [3], mais la puérilité du
travail qu'on lui attribue, permet de suspecter la valeur
historique d'un tel souvenir.

D'autre part, baser sur ce document une si lointaine
extension de la « Burgundia » ne répond guère à la géographie des provinces mérovingiennes ; ce que nous savons
des Burgondes ne permet pas de croire qu'ils ont pénétré
si loin à l'est. Il faudrait alors supposer que ces contrées
alpines faisaient nominalement partie du royaume franc

---

ipso presente, sculpta cernitur ad discernendos terminos Burgundie et
Curiensis Rhetie, inde per medium Rhenum usque in lacum... » Cf.
J. Meyer, *Thurg. Urkundenb.*, II. p. 151, notes.

[1] J. Meyer, *Thurg. Urkundenb.*, II, p. 151, n. 3. Cf. Pupikofer, *Die
Grenze zwischen Rheingau, Churrätien und Thurgau*, p. 58-67, contre
J.-L. Mooser, *Zur Grenzbestimmung des alten Rheingaus*, p. 90-100, qui
le place à Mondstein.

[2] *Wirtemb. Urkundenb.*, II, p. 95 : « et per Alpes ad fines Retie
Curiensis ad villam Montigels. »

[3] J. Meyer, *loc. cit.*, ne renonce pas à la valeur historique de ce
rappel au souvenir de la présence de Dagobert. Avant lui déjà l'importance
de cette tradition avait été vainement défendue par Pupikofer et Mooser
contre Meyer von Knonau, dans les *Schriften des Vereins für Geschichte
des Bodensees*, VI, 1875, p. 66, 112-126 et 121-122.

de Burgondie, ou mieux, que Dagobert ayant laissé l'Austrasie à Sigebert, aurait conservé, pour lui, le pays à l'ouest
du Rhin et l'aurait ainsi rattaché à la cité voisine de la
Burgondie suisse, Avenches-Lausanne [1]. Une telle hypothèse cherche en vain sa justification dans la chronique
de Frédégaire, dont les auteurs notent pourtant avec soin
les changements de frontières dans les partages des rois ;
d'autre part, des textes des VIIIme et IXme siècles, comme
les vies de saint Gall, parlent du diocèse de Constance,
pour leur époque aussi bien que pour le VIIme siècle,
comme d'une partie de l'Alamannie.

Par contre, la signification des vocables géographiques
de « Burgundia » et d'« Alamannia », au XIIme siècle, montre que le rédacteur du diplôme de Frédéric Ier dépeint
les contrées voisines de Constance, telles qu'elles sont de
son temps, alors qu'il se réclame d'une délimitation de
Dagobert.

Du XIIme au XIIIme siècle, le mot « Burgundia » sert, en
effet, à désigner le pays au sud du Rhin, par opposition au
reste de la Souabe ; le mot « Alamannia » est restreint à la
Souabe transrhénane ; plusieurs textes souabes et même
suisses situent alors en « Burgundia », l'« Argowe » et le
« Zurichgowe » [2]. Dagobert, à qui l'on attribue cette fixation des frontières de la Burgondie, se trouve avoir affaire
avec la Bourgogne des XIIme et XIIIme siècles [3].

La conclusion qui s'impose dès lors est qu'il ne faut pas
se servir des traditions contenues dans le diplôme de 1155
pour faire la géographie historique de la Suisse à l'époque
mérovingienne ; la lune de Montlingen a donné aux contemporains de Barberousse l'idée d'une œuvre ancienne
d'un grand roi, à qui la légende prête beaucoup ; ils ont

---

[1] Wurstemberger, *Alte Landschaft Bern*, I, p. 283-284, placerait ce
partage de Dagobert, lors de son voyage en Burgondie en 629-630.
Childebert II a en effet rattaché au royaume de Thierry II, roi de Burgondie, la même contrée voisine du lac de Constance, qui est le pagus
des « Turenses ». Cf. ci-dessus. p. 194.

[2] J. Meyer, *Thurg. Urkundenb.*, II, p. 133. Cf. Wyss, *Gesch. der
Abtei Zürich, Zürch. Mitteil.*, VIII, *Anmerkungen*, p. 18 et s.

[3] Cf. Wyss, *loc. cit.*

fait remonter à son époque les orignes des frontières et des pays, telles qu'ils les connaissaient et les avaient toujours connues. Aussi bien faut-il se garder, sur la foi d'une tradition qui ne peut se réclamer d'aucun fondement historique, de donner à la Burgondie franque le Rhin comme frontière orientale.

CHAPITRE V

La Suisse mérovingienne
sous les derniers rois descendants de Dagobert Ier
et sous les maires du palais,
jusqu'à la mort de Pépin II (639-715).

§ 1. — *Règne de Clovis II en Burgondie (639-657). — La reine Nantilde, le maire Erchinoald. — Lutte entre le maire de Burgondie Flaochat et le patrice Willibad (642). — Mort de Sigebert III (656). — Règne de Grimoald, fils de Pépin l'Ancien, en Austrasie (656-663)*[1].

Dagobert mort, les dispositions arrêtées, de son vivant, pour le partage de son héritage sont mises en exécution. Sigebert III continue de régner en Austrasie ; en Neustrie et Burgondie, Clovis II succède à son père ; suivant la coutume, tous les leudes de ses deux royaumes se rassemblent dans la « villa » de Mâlay le Roi et l'élèvent sur

---

[1] *Sources :* La chronique dite de Frédégaire s'arrêtant avec l'année 642, la seule source générale, pour l'histoire des trois royaumes francs, sera dès lors les *Gesta regum Francorum*, désignées par leur dernier éditeur, M. Krusch, sous le nom de *Liber historiæ Francorum*. L'auteur A, moine à Rouen ou à Paris, travaille vers 727 sans employer de documents écrits, sauf pour le règne de Clovis II ; avant 700 son témoignage qui est celui d'un Neustrien narrateur de légendes, est très suspect ; sous sa plume le terme de « Franci » désigne les Neustriens, par opposition aux

le pavoi[1]. Le roi est encore mineur ; durant les trois premières années de son règne, la reine Nantilde, veuve de
Dagobert, exerce une sorte de régence, cependant
qu'Aega, le maire neustrien, dirige l'administration du
palais et du royaume[2]. Premier des grands de Neustrie,
Aega n'engage pas encore la lutte contre eux ; les éloges
que lui décerne le chroniqueur B de Frédégaire, le dépei-
gnent comme un homme modéré, riche, juste et instruit ;
beaucoup le craignent à cause de son avidité ; mais il ne
cherche pas à satisfaire une ambition personnelle, pour
gouverner en maître sous un roi mineur, et pour écarter
de lui l'influence des grands dont il est toujours le représentant. Le maire de Neustrie est en fait aussi maire du
royaume de Burgondie ; dans l'ancien état de Gontran, la
charge était vacante, mais ces deux parties de la monarchie
franque, unie dès lors pour longtemps, ont la même administration dont, sauf une interruption de quelques années,
le maire du palais neustrien est le chef.

Ainsi Aega contribue-t-il à réintégrer dans leurs propriétés, réunies au bien du fisc par Dagobert, tous ceux
que le père de Clovis II avait dépouillés, aussi bien en
Neustrie qu'en Burgondie[3]. Les pratiques sévères d'un
gouvernement fort et énergique comme celui de Dagobert ne persistent guère sous un roi mineur, une reine
comme régente et un maire ami des grands ; ces derniers

« Austrasii » et aux « Burgundiones ». Peu d'années après 727, un second
auteur B, Austrasien de la rive gauche du Rhin, revoit son récit sans y
faire de très importantes adjonctions. Le premier continuateur du pseudo
Frédégaire, Austrasien qui travaille après 736 pour Childebrand, frère
de Charles Martel, a remanié les chapitres 43 à 52 du *Liber Historiæ,* en
le complétant au point de vue de l'histoire de la maison carolingienne.
Cf. Krusch, *Mon. Germ. SS. rer. Mer.,* II, p. 214 et s.; Molinier, *Sources,*
I, p. 64 et 66; Wattenbach, *D. Geschichtsquellen,* I, 7me édit., p. 141.

[1] *Chron. Fredeg.,* B, IV, 79, éd. Krusch, p. 161.

[2] *Id.,* IV, 79 et 80, *loc. cit. :* « Aega vero cum rigina Nantilde quem
Dagobertus reliquerat, anno primo regni Chlodoviæ, secundo et imme-
nente tertio eiusdem regni anno condigne palacium gobernat et regnum.
Aega vero citiris primatebus Neustreci prudencius agens et plenitudenem
pacienciæ inbutus, cumtis erat precellentior… »

[3] *Chron. Fredeg.,* B, IV, 79. Cf. ci-dessus, p. 214, n. 5.

commencent à faire triompher leurs intérêts dans les conseils de cour.

Aega meurt en 641. Son successeur continue son gouvernement paisible ; c'est Erchinoald, un parent de la reine, que le chroniqueur B de Frédégaire tient dans un aussi bon renom ; il était doux et simple, plein de bonne volonté envers les prêtres et envers tout le monde ; il recherchait la paix et ne montrait ni orgueil, ni cupidité [1]. C'est assez nous dire qu'il fut un maire ami des grands et des évêques et qu'il ne fit aucune tentative pour augmenter son pouvoir personnel, ses richesses ou celles du fisc.

Il n'en allait pas de même en Austrasie, où la famille carolingienne continuait à se maintenir à la mairie ; la jalousie des grands s'oppose à la prospérité grandissante des descendants d'Arnoul et de Pépin l'Ancien ; ce dernier étant mort en 640, son fils Grimoald, malgré sa grande influence, vit s'élever contre lui un certain Otto « baiulus » du roi Sigebert et fils du « domesticus » Uro. Grimoald, allié à l'évêque Cunibert de Cologne, cherche à se débarrasser de ce rival et à s'emparer de la charge de son père [2]. Ce fut un duc des Alamans, Leutharius (Leuthar) qui le secourut en cette occurence ; il tua Otto, et Grimoald put ainsi, et par la force, devenir maire du palais de Sigebert, en 643 [3]. Le duc d'Alamannie est donc, à ce moment-là, parmi les partisans des Pipinnides et joue un rôle à la cour d'Austrasie, avant de devenir un adversaire dangereux de la dynastie nouvelle.

La quatrième année de Clovis II, soit en 642-643, la reine Nantilde réunit à Orléans tous les grands, évêques et ducs du royaume de Burgondie [4]. Il s'agissait de rétablir dans ce pays la dignité de maire, en faveur d'un

---

[1] *Chron. Fredeg.*, B, IV, 83, 84, éd. Krusch, p. 163 : « Tanta in suo tempore pacem sectans fuit, ut Deum esset placebelem. »

[2] *Chron. Fredeg.*, C, IV, 85-86, éd. Krusch, p. 164. Cf. Bonnell, *Anfänge*, p. 107.

[3] *Chron. Fredeg.*, C, IV, 88, éd. Krusch, p. 165 : « Anno decimo regno (643), Sigyberti Otto, qui adversus Grimoaldo inimicicias per superbia tomebat, faccionem Grimoaldo a Leuthario duci Alamannorum interfecetur. »

[4] *Chron. Fredeg.*, B, IV, 89, éd. Krusch, p. 165.

Franc du nom de Flaochat, qui semble avoir appartenu à l'entourage de la reine et qu'elle avait fiancé à sa nièce Raimberte. Les optimates de Burgondie avaient, d'accord avec Clotaire II, renoncé à un maire particulier à leur royaume ; ni le pouvoir royal, ni les tendances d'indépendance des grands n'avaient d'intérêt au maintien de cette dignité. Aussi la reine Nantilde eut-elle quelque peine à leur faire accepter l'installation d'un fonctionnaire qui pouvait devenir leur maître ; elle les gagna un à un et leur fit admettre son choix. Mais c'est bien elle qui nomme le maire ; elle ne fait que consulter, avec un peu plus d'insistance que de coutume les grands, comme c'était l'usage pour tout acte important du gouvernement [1].

Il n'est pas très facile de déterminer quel fut le rôle de Flaochat dans le royaume de Burgondie ? Etait-il placé à la tête de l'administration pour réprimer les tentatives d'indépendance des grands, ou bien ne faut-il voir dans son élévation qu'une faveur de la reine Nantilde ? En tout cas, les derniers épisodes de sa carrière, que le chroniqueur B de Frédégaire a dû suivre de très près, sont curieux à examiner pour donner une certaine idée de la situation des anciens pays burgondes au VIIme siècle.

Nous savons tout d'abord que Flaochat était intimément lié avec Erchinoald et que dans leurs hautes fonctions, ils se prêtaient mutuellement secours [2]. Erchinoald ne gouvernant pas d'une manière hostile aux grands, nous ne pouvons prêter à Flaochat des intentions politiques bien différentes. Aussi bien le maire de Burgondie ne s'affranchit pas du contrôle des optimates ; les ducs et les évêques tiennent à empêcher un accroissement dangereux de

[1] *Chron. Fredeg.*, B, IV, 89, éd. Krusch, p. 165-66 : « Ibique cumtus Nantildis sigillatem adtragens, Flaogatum genere Franco maiorem domus in regnum Burgundiæ aelectionem pontevecum et cumtis docebus a Nantilde regina hoc gradum honoris stabilitur, neptemque suam nomini Ragnoberta Flaochadum disponsavit. Cf. Fustel, *La Monarchie franque*, p. 81, n. 2 ; la reine demande à chacun des grands son avis, sans que cela implique que l'élection du maire leur appartient ; « ælectio » est un terme vague qui ne correspond pas au moderne « élection ». Cf. Dahn, *Urgeschichte*, III, p. 653, sur le sens de « adtragens ».

[2] *Chron. Fredeg.*, B, IV, 89, éd. Krusch, p. 166.

son pouvoir; ils consignent par écrit les promesses du maire, qui s'engage à maintenir chacun d'eux dans ses honneurs [1].

Cela ne l'empêche pas du reste de se servir de son autorité pour satisfaire ses haines personnelles. Nommé maire, il parcourt le royaume à la façon de Dagobert, montre une grande activité et réunit le « placitum » des ducs et des leudes [2]. Le pouvoir et les richesses d'un de ses anciens ennemis, le patrice Willibad, lui portent ombrage; celui-ci était un personnage important, enrichi de rapines, au dire du chroniqueur B, et rendu orgueilleux par la masse de ses biens et l'importance de sa charge [3].

Au mois de mai 642, Flaochat réunit à Chalon-sur-Saône un grand nombre d'évêques et de ducs de Burgondie, pour y traiter des affaires du pays. Willibad s'y rendit aussi, mais s'apercevant des mauvaises intentions du maire à son égard, il ne voulut pas se présenter au palais du roi, malgré la suite nombreuse qui l'accompagnait. Flaochat sortit alors à sa rencontre pour l'attaquer; son frère Amalbert voulut intervenir et empêcher la bataille; Willibad le retint comme otage et put ainsi sortir de cette situation périlleuse. La querelle fut apaisée par les soins d'autres médiateurs, mais Flaochat n'en projeta que plus violemment la mort de son rival [4].

Au mois de septembre de la même année et probablement après la mort de la reine, que le chroniqueur mentionne entre les deux événements, le roi Clovis II vint à Autun avec Erchinoald, Flaochat et quelques grands de Neustrie et donna l'ordre à Willibad de venir en sa pré-

---

[1] *Chron. Fredeg. loc. cit.* : « Flaochadus cumtis ducibus de regnum Burgundiæ seo et pontefecis per epistolas, etiam et sacramentis firmavit, uni cuique gradum honoris et dignetatem seo amicitiam perpetuo conservarit. »

[2] *Ibid.*

[3] *Chron. Fredeg.*, B, IV, 90, éd. Krusch, p. 166 : « Willebadus cum esset opebus habundans, et pluremorum facultates ingenies diversis abstollens, ditatus inclete fuissit et inter patriciatum gradum et nimiæ facultates ælacionem superbiæ esset deditus, adversus Flaochadum tumebat, eumque dispicere quonaretur. »

[4] *Ibid.*

sence [1]. Le patrice connaissant les dispositions du maire
à son égard, celles de son frère Amalbert, des ducs Amalgarius et Chamnelenus, rassembla tout une armée levée
dans son patriciat, la circonscription qu'il était chargé
de gouverner ; de plus il prit avec lui tous les grands et
les hommes courageux qu'il put réunir [2]. Trompé par les
paroles rassurantes du « domesticus » Ermenric, envoyé à sa
rencontre par le roi et les deux maires, il arriva jusque
dans la région d'Autun et arrêta son camp non loin de la
ville ; l'évêque de Valence, Ailulfo, et le comte Gyson, qu'il
envoya dans Autun pour savoir ce qu'il s'y passait, furent
retenus par Flaochat. Le lendemain, une bataille en règle
s'engage sous les murs de la cité. Flaochat, Amalgarius
et Chramnelenus emmènent avec eux tous les ducs de
Burgondie, venus probablement sur l'ordre du roi pour
tenir un nouveau « conventus » ; Erchinoald entraîne à sa
suite les Neutriens ; Willibad range en bataille ceux qui
l'accompagnaient et les deux partis en viennent aux
mains. Les Neustriens et la plus grande partie des ducs
de Burgondie se tiennent pourtant à l'écart, en specta-
teurs, et refusent de se joindre aux ennemis du patrice.
Flaochat aidé des duc Amalgarius, Chramnelenus et Wan-
delbertus, reste maître de la place après avoir tué une
grande partie des hommes du Burgonde et leur chef lui-
même [8]. Cette scène sanglante renouvelle les luttes pri-
vées qui, sous un roi peu énergique comme Clovis II,
troublent les délibérations du « conventus » royal. En 627-
628, Clotaire II avait forcé les partisans de deux grands
neustriens à la paix grâce à l'intervention de ses leudes
de Burgondie [4]. Ici le roi n'intervient pas ; il laisse son
maire assouvir sa vengeance et les ducs de Neustrie re-

[1] *Chron. Fredeg.*, B, IV, 90, éd. Krusch, p. 167.
[2] *Ibid.* : « Willibadus cernens inimicum consilium Flaochado et
germano suo Amalberto, Amalgario et Chramneleno ducebus de suo
interetu fuisse initum, colligens secum plurema multetudinem de patriciatus sui termenum, etiam et ponteveces seo nobelis et fortis quos congrecare potuerat, Augustedunum gradiendum iter... »
[8] *Ibid.*
[4] *Chron. Fredeg*, B, IV, 55, éd. Krusch, p. 148. Cf. ci-dessus,
p. 211.

gardent les combattants, sans prendre parti ni pour l'un, ni pour l'autre.

A première vue, on pourrait croire qu'il s'agit encore d'une résistance des Burgondes à la domination du maire franc, lutte de races issue de la persistance du sentiment national en Burgondie [1]. Willibad est de race burgonde [2], Flaochat, son frère Amalbert et Amalgarius sont francs ; quant à Chramnelenus, il est gallo-romain ; nous retrouvons en lui, un des ducs de l'expédition de Dagobert contre les Wascons et très certainement, le même personnage que le duc des pays voisins de Besançon qui restaure, dans le « pagus Ultrajoranus », le monastère de Romainmôtier [3]. Parmi les partisans de Flaochat nous trouvons encore le comte du palais, Berthaire, originaire du même « pagus Ultrajoranus » ; il est lui de nationalité franque et engage une sorte de combat singulier avec le burgonde Manaulfus [4].

Pourtant la guerre n'est pas générale et selon les termes mêmes du chroniqueur B de Frédégaire, elle est l'aboutissement de la haine particulière de deux hommes et de la rivalité de deux hauts fonctionnaires [5]. Willibad, bien que burgonde et à la tête d'une troupe levée dans une partie inconnue de l'ancien royaume de Sigismond, n'est pas le chef d'un mouvement particulariste qui menace le roi et le pouvoir central. Clovis II a peut-être pris ombrage de sa trop grande influence et laisse agir Flao-

---

[1] Jahn, *Gesch. der Burg.*, II, p. 473.

[2] *Chron. Fredeg.*, B, IV, 78, éd. Krusch, p. 160 : « Willibadus patricius genere Burgundionum », de même Manaulfus, un de ses partisans. V. ci-dessous, p. 235.

[3] Cf. ci-dessus, p. 215, et ci-dessous, IIme partie, ch. I. *Chron. Fredeg.*, B, IV, 78, éd. Krusch, p. 160 : « Amalgarius... ex genere Francorum, Chramnelenus ex genere Romano. » Tous prennent part à l'expédition dirigée par Dagobert contre les Wascons.

[4] *Chron. Fredeg.*, B, IV, 90, éd. Krusch, p. 167 : « Eo certamine citiris primus Bertharius comis palatiis, Francus de pago Ultraiorano, confligit. Adversus quem frendens Manaulfus Burgundio exiens deinter citiris cum suis adversus Bertharium priliandum... »

[5] *Chron. Fredeg.*, B, IV, 89, éd. Krusch, p. 166 : « Flaochadus... priorem inimiciciam, qua cordis arcana dio celaverat, memorans, Villebadum patricium interfecere disponebat. »

chat, l'ami de son maire de Neustrie, Erchinoald. Les autres Neustriens et les ducs de Burgondie restent à l'écart
du conflit ; le danger n'est pas même si grand qu'il nécessite une violente répression comme dans les troubles qui
causent au delà du Jura la mort du duc Herpo ; il n'y a
pas là de révolte ni de conjuration, mais seulement une
querelle privée entre deux puissants « seniores » suivis
de leurs « vassi », et qui se liquide à la façon d'une petite
guerre, déjà féodale.

Une autre source ancienne, de tendances opposées au
chroniqueur B, qui est très probablement un clerc de
l'entourage de Flaochat, n'attache pas au meurtre de Willibad une plus grande signification. L'auteur de la vie de
saint Cyran[1] fait remonter à Flaochat toute la responsa-
bilité de son antagonisme contre Willibad. C'est lui seul
qui dans son orgueil et avec l'appui du roi, trame la mort
de son ancien pupille[2].

Des luttes d'intérêt et d'ambition, l'arbitraire et l'indépendance grandissante des grands, voilà tout ce que nous
apprend un épisode comme celui de la petite bataille
d'Autun ; il n'y a rien là qui puisse faire conclure à une
tentative libératrice des Burgondes ou à leur situation
particulière, dans la monarchie franque.

Le chroniqueur B, raconte à cette occasion, avec détails, la part prise dans le combat par quelques-uns de ses
compatriotes du « pagus Ultrajoranus ». Le comte du palais, Berthaire, bien que Franc originaire d'une des cités
transjuranes, est des premiers à se ruer contre le patrice ; le Burgonde Manaulfus sortant des rangs du parti
adverse vient combattre avec lui. Il avaient tous deux autrefois été unis par les liens de l'amitié. Berthaire le re-

---

[1] Vie refaite au IXme ou au Xme siècle, sur un texte du VIIme ou du
VIIIme siècle. Cf. Krusch, SS. rer. Mer., IV, p 603 et s.

[2] *Vita Sigiramni abbatis Longoretensis*, 13, éd. Krusch, p. 623 :
« Verumiam sepedictus Flaucadus..., cum secularibus diviciis esset redi-
mitus et in carnali voluptate per omnia deditus nec ne in regis palatio
sublimatus, adversus quendam virum christianissimum suumque primum
alumnum nomine Willibadum, elatus videlicet fastu superbie, eundem
neci ut traderet, cepit insistere. Quo etiam tandem devicto regisque
consultu superato ac mortuo. »

connaissant, lui dit : « Viens sous mon bouclier, je te déli-
vrerai de ce danger », et sans défiance il lève l'arme défen-
sive qui le couvrait ; Manaulfus le frappe alors traîtreusement à la poitrine et ceux qui le suivent entourent le comte,
trop avancé au-devant des siens, et le blessent grièvement.
Chaudebo, son fils, le voyant en péril de mort, arrive à la
course pour le secourir ; il jette à terre Manaulfus d'un
coup de lance et tue tous ceux qui avaient assailli son
père. « Ainsi, en fils fidèle et avec l'aide de Dieu, il délivra son père Berthaire de la mort [1]. » Cette courte narration,
intéressante pour la personnalité du chroniqueur B, nous
fait connaître les noms des grands du royaume de Burgondie, appartenant à la partie actuellement suisse, mais
elle en dit bien peu sur l'état de nos contrées à l'époque
mérovingienne.

Willibad mort, les ducs de Neustrie et de Burgondie,
qui n'avaient pas pris part au combat, ne se gênèrent pas
pour piller les tentes des évêques et de tous ceux qui
avaient suivi le parti du patrice ; ils prirent beaucoup d'or
et d'argent.

Flaochat ne fut débarrassé de son rival que pour aller
mourir à onze jours de là, à Saint-Jean de Losne ; le chroniqueur B ne lui décerne, en terminant, pas beaucoup
plus d'éloges qu'à Willibad ; tous deux, nous dit-il, qui
s'étaient autrefois juré amitié sur les saintes reliques,
s'étaient fait haïr par leur cupidité à l'égard des populations dont ils avaient l'administration ; leur mort délivra
une multitude de gens de leur oppression [2].

En Austrasie, Sigebert III meurt au commencement de
l'année 656 [3]. Sa mort fut pour les Pipinnides l'occasion
d'une tentative d'établir d'une façon durable leur pouvoir
sur le trône d'Austrasie. Cette tentative échoua-t-elle ou
fut-elle couronnée d'un succès partiel et éphémère ? C'est
ce qu'il n'est pas très aisé de savoir et ce qu'il importe
d'établir pour fixer la géographie administrative de l'Ala-

---

[1] *Chron. Fredeg.*, B, IV, 90, éd. Krusch, p. 167.
[2] *Chron. Fredeg.*, B, IV, 90, éd. Krusch, p. 167-168.
[3] Krusch, *Zur Chronologie*, p. 471-473.

mannie suisse, dépendante du royaume d'Austrasie au VIIme siècle.

A la mort de Sigebert, le maire du palais, Grimoald, fait tondre son fils Dagobert encore enfant; il l'exile en Irlande et lui substitue son propre fils. Les Neustriens ne peuvent supporter cette atteinte au droit de la dynastie; ils enlèvent Grimoald et le soumettent au jugement de Clovis II. Grimoald, qui méritait la mort, fut jeté en prison à Paris et y mourut après avoir enduré de multiples souffrances. C'est au moins le récit du *Liber historiæ*[1], récit qu'ont admis la plupart des historiens[2]. Mais il est permis de douter de la valeur du témoignage de l'auteur du *Liber*, moine neustrien assez mal au courant des affaires d'Austrasie, et qui n'est pas exempt de détails fabuleux et de mentions d'événements complétement fictifs[3]. On ne pourrait faire autrement que de le croire en cette occasion, surtout puisqu'il nous parle de la captivité du fils de Pépin l'Ancien à Paris, où il a peut-être vécu, s'il n'était pas possible de lui opposer un autre texte, plus exact quant à la chronologie des rois. C'est ce que M. Krusch a fait, en invoquant à son aide, les catalogues des rois mérovingiens épars dans beaucoup de manuscrits[4]. Parmi eux, cinq catalogues publiés par Pertz et par André Duchesne dérivent d'un même type, dressé par un Austrasien sous le règne de Pépin[5]; ils constituent une source ancienne, nettement austrasienne et, malgré quelques fautes de dates, préférable au témoignage neutrien du *Liber*[6].

De ces cinq catalogues, trois nous intéressent particu-

---

[1] *Lib. hist. Franc.*, 43, éd. Krusch, p. 316.

[2] Cf. Dahn, *Urgeschichte*, III, p. 660-661; Pfister, dans Lavisse, *Hist. de France*, II, p. 164. Pour Dahn et pour Pfister, ce sont les grands austrasiens qui livrent Grimoald à Clovis II; il n'y a pas de doute pourtant que l'auteur du *Liber* désigne bien par « Franci », les Neustriens. Richter, *Annalen*, p. 167-168; Bonnell, *Anfänge*, p. 112.

[3] Cf. ci-dessus, p. 227, n. 1; voir entre autres au chap. 41, éd. Krusch, p. 311, la guerre imaginaire de Dagobert contre les Saxons.

[4] Krusch, *Zur Chronologie*, p. 473 et s.

[5] Pertz, *Mon. Germ. SS.*, II, p. 304.

[6] Krusch, *op. cit.*, p. 472.

lièrement. Le *Codex Sancti Galli* n° *731*, écrit la 26ᵐᵉ année de Charlemagne, dit simplement :

« Regnavit Segobertus, annus 22.

Regnavit Heldobertus, annus 7.

Regnavit Heldericus, annus 15 [1].»

Mais dans le *Parisinus, 4409 f*° *125*, manuscrit du IXᵐᵉ siècle, nous trouvons :

« Sigobertus regnavit annos 23.

Childebertus id est adoptivus Grimaldus regnavit annos 7.

Childricus regnavit annos 14 [2]. »

Enfin un manuscrit ayant appartenu à Jean du Tillet et édité par Duchesne porte :

« Sigeberthus nepus suus regnavit annos 23.

Childebertus adoptivus filius Grimoaldi regnavit annos 7.

Childricus regnavit annos 14 [3]. »

A ces trois catalogues, Krusch joint un manuscrit provenant de Saint-Remi, de Reims, maintenant à Berne, le *Bernensis* n° *83* ; il contient encore une liste des abbés de Saint-Vaast et va jusqu'au règne de Louis le Pieux ; les années de cet empereur ont été ajoutées postérieurement à la liste qui est, elle, d'une main du IXᵐᵉ siècle. Les variantes apportées par ce dernier texte sont les suivantes :

«Regii Sigebertus, annos 23, hucusque Hildebertus adoptivus, annum 1.

Grimoaldus [nothus], annos 7.

Hildericus, annos 14 [4]. »

Pour expliquer ces divergences, Krusch propose une correction plus simple que celle de Pagi qui, dans le catalogue de Jean du Tillet, lisait à la suite du nom de Grimoald « menses » au lieu d'« annos », et plaçait ainsi, conformément au *Liber historiæ*, la mort de Grimoald en 656. « Childebertus adoptivus filius Grimoaldi, annos 7 » indique

---

[1] Pertz, *Mon. Germ. SS.*, II, p. 308.

[2] *Ibid.*

[3] Duchesne, *Historiæ Franc. Script.*, I, p. 781.

[4] *Mon. Germ. SS.*, XIII, p. 724.

une lacune, par le fait que Childebert ne peut pas être le fils adoptif de Grimoald ; on la complète facilement par le *Parisinus, 4409, f° 125 :* « Childebertus id est adoptivus Grimaldus regnavit annos 7. » Le catalogue du Tillet devient alors : « Sigeberthus, nepus suus regnavit annos 23.

Childebertus adoptivus, id est Grimoaldus regnavit annos 7. »

Il manque encore les années de ce Childebert que les autres catalogues donnent pour fils adoptif de Sigebert III. C'est le manuscrit de Berne, qui, quoique postérieur, reproduit le plus exactement le catalogue primitif, lorsqu'il donne à Childebert une année de règne et à Grimoald sept années.

Le texte primitif de la liste austrasienne des rois est ainsi rétabli et s'oppose au récit du *Liber historiæ ;* Childebert n'est plus le fils de Grimoald, mais celui du roi défunt, ou tout au moins passe pour tel ; la tentative du fils de Pépin n'échoue pas dès son début, puisqu'aussi bien il se maintient en Austrasie, non pas sept années, tous les catalogues faisant régulièrement une erreur d'une année, mais six années.

On pourrait cependant hésiter entre le récit suspect du *Liber* et les mentions plus sûres des divers catalogues, si d'autres raisons ne militaient en faveur du règne de six ans de Grimoald. En effet, dans ce dernier cas, le maire austrasien ne meurt qu'en 663, et c'est précisément en cette année que les Austrasiens reçoivent, sans résistance, le jeune roi Childéric, fils de Clovis, que sa mère, la reine Baltilde envoie, avec l'aide de quelques grands, régner sur eux[1]. Grimoald vient de mourir, l'Austrasie a besoin d'un maître, et c'est sans peine qu'un Mérovingien récupère le royaume de l'Est.

---

[1] *Vita S. Balthildis,* A, 5, éd. Krusch, *Mon. Germ., SS. rer. Mer.,* II, p. 487 : « Tunc etenim nuper et Austrasii pacifico ordine, ordinante domna Balthilde, per consilium quidem seniorum receperunt Childericum, filium eius, in regem Austri. » Cf. *Liber Hist.,* 45, éd. Krusch, p. 317, et Krusch, *Zur Chronologie,* p. 481 ; la vie a comme auteur un contemporain, moine au monastère de Chelles, fondé par la reine. Cf. Molinier, *Sources,* I, p. 139, n° 439, et Krusch, *SS. rer. Mer.,* II, p. 475.

Toutefois, d'autres documents prouvent soit que Grimoald ne prit pas le titre de « rex », soit qu'il ne garda pas pour lui toute l'Austrasie et ses dépendances. Nominalement c'est Clotaire III qui est seul roi des Francs de 657 à 663 ; c'est au moins lui qui garde la Provence austrasienne jusqu'à cette date, où Childéric II devient roi d'Austrasie. Un diplôme de Clovis III, de 691, confirme, entre autres, un précepte de lui, concédant à l'abbaye de Saint Denis la possession d'une partie des revenus du fisc sur la cité de Marseille[1]. De même toute la cité de Reims ne fut pas maintenue sous la dépendance du maire austrasien ; la vie de saint Nivard, évêque de Reims, attribuée à Almann d'Hautvillers (IXme S.)[2] mentionne en faveur de la dite église une donation de Clovis II, qui comprend des propriétés sises à Mailly sur la Vesle (Marne, arrond[t]. de Reims, c[on] de Verzy) et reprises par le roi après la défaite de quelques infidèles[3]. Clovis II a eu à lutter dans le territoire de Reims contre des ennemis inconnus ; il semble que ces « quidam infideles sui » désignent parfaitement les partisans de Grimoald et sont une allusion à une petite guerre entre la Neustrie et l'Austrasie rebelle, et dont la cité frontière de Reims a été le théâtre.

[1] Pertz, *Diplomata*, I, p. 54, n° 61 ; Pardessus, II, p. 224, n° 425.
[2] La *Vita Nivardi*, est la source du chapitre correspondant de l'*Historia ecclesiæ Remensis*, de Flodoard. Cf. Molinier, *Sources*, I, p. 139-140, n° 440.
[3] Flodoard, *Hist. eccl. Rem.*, 7, *De Sancto Nivardo*, *Mon. Germ. SS.*, XIII, p. 455 : « Preceptum etiam immunitatis a Childeberto rege super teloneis et quibusdam tributis ecclesiæ Remensi obtinuit (Nivardus). Cui quoque Ludovicus rex sub ecclesiæ suæ nomine res quasdam in Malliaco super fluvium Vidulam, quas quibusdam infidelibus suis ejectis receperat, auctoritatis suæ precepto concessit. Huius etiam tempore tradidit Grimoaldus vir illuster Sancto Remigio villas suas Calmiciacum et Victuriacum. » M. Krusch, *Zur Chronologie*, *loc. cit.*, voit un ordre chronologique rigoureux dans l'énumération de ces diverses donations : le fait que celle de Grimoald est citée en dernier lieu, prouve qu'après que Clovis II ait repris une partie de la cité de Reims, il règne encore en Austrasie, sans même porter le titre de duc. On peut laisser de côté cet argument qui n'a rien de décisif ; le moine rappelle à l'occasion des libéralités de Clovis II, celles de Grimoald, sans dire à quelles dates elles s'exercèrent. « Huius etiam tempore » est vague : au temps de Saint Nivard, mort vers 680.

Ainsi donc, suivant en cela M. Krusch, nous opposons aux renseignements chronologiques du *Liber historiæ* toujours détestables en ce qui concerne l'Austrasie, les mentions plus précises du catalogue du VIIIme siècle, reproduit avec des variantes dans nos quatre manuscrits ; la coïncidence de l'avènement de Childéric II au moment de la mort de Grimoald, et l'allusion à une guerre, autour de Reims, du diplôme relaté par la vie de saint Nivard, confirment ce dernier témoignage.

De 656 à 663, Grimoald, maire du palais, règne seul en Austrasie et par conséquent autant que nous pouvons le savoir, les cités suisses de l'Alamannie et de l'Alsace ne dépendent pas, pendant ce temps, de Clovis II, roi de Neustrie et de Burgondie seulement[1].

D'ailleurs le règne de Clovis II n'est plus signalé par aucun événement qui intéresse la Burgondie suisse. Les sources de l'histoire du VIIme siècle sont maintenant terriblement fragmentaires et les scribes de la chronique de Frédégaire ne sont plus là pour augmenter le récit des faits, de détails relatifs aux pays d'outre-Jura.

Des pestes ravagèrent le royaume franc. Clovis eut de sa femme, la Saxonne Baltilde, trois fils, Clotaire, Childeric et Thierry[2]. Erchinoald occupe la mairie et Clovis règne pacifiquement et sans guerres[3]. On ne signale plus de maire particulier à la Burgondie ; déjà alors celui de Neustrie tient lieu d'intermédiaire entre le roi et les

---

[1] Il n'y a pas lieu de tenir compte relativement à l'épisode de Grimoald, des récits de la *Vita Sancti Remacli*, d'Hériger, abbé de Lobbes (990-1007), dans les *Gesta Episcoporum Leodiensum*, 54, *Mon. Germ. SS.*, VII, p. 1887-1888, comme l'ont fait Warnkœnig et Gérard, *Hist. des Carolingiens*, I, p. 163. Hériger a comme source le *Liber Historiæ*. Cf. Wattenbach, *D. Geschichtsquellen*, I, 7me édit., p. 428 ; Molinier, *Sources*, I. p. 156, n° 549 et Dahn, *Urgeschichte*, III, p. 660, n. 3, p. 661, n. 4 ; de même pour la *Vita S. Romarici*, 8, éd. Krusch, p. 224. Cf. Krusch, *SS. rer. Mer.*, IV, p. 214.

[2] *Liber Hist. Franc.*, 44, éd. Krusch, p. 316.

[3] *Continuat. Fredeg.*, 1, éd. Krusch, p. 168. Il faut d'ailleurs préférer aux légendes répandues sur Clovis II par le *Liber Historiæ loc. cit.*, les indications plus succinctes du premier continuateur de Frédégaire.

grands du royaume de Burgondie[1] ; plus tard, en effet, Ebroin remplit ces deux fonctions après qu'Erchinoald eut réuni les deux palais, ou mieux les deux administrations[2].

En 657, Clovis II meurt. Les Neustriens proclament roi son fils Clotaire III, encore enfant[3].

§ 2. — *Clotaire III, roi en Neustrie et Burgondie. — Childéric II, roi en Austrasie (663). — Régence de la reine Baltilde. — Le maire Erchinoald. — Ravage du Thurgau par le comte Otwin (610-650). — Invasion des Huns Avares dans la Rhétie de Coire (670?).*

Pendant les premières années de Clotaire III, c'est sa mère, la reine Baltilde, une Saxonne, ancienne esclave d'Erchinoald, qui gouverne ; elle s'entoure d'hommes actifs et d'évêques pieux comme Crodobert, évêque de Paris, saint Ouen, évêque de Rouen, plus tard Ebroin, maire du palais ; elle exerce la régence de son fils, d'accord avec les grands et maintient la paix dans le royaume[4]. Libérale envers les pauvres et les églises, aimée des grands, des évêques et de tout le peuple, elle montre de l'activité et de la sagesse, et choisit avec discernement ses conseillers et ses hauts dignitaires[5].

Son biographe nous dit que, sous son règne, la concorde

---

[1] Pfister, dans Lavisse, *Hist. de France*, II, p. 165 ; Richter, *Annalen*, p. 169 ; Dahn, *Urgeschichte*, III, p. 663.

[2] V. ci-dessous, p. 249.

[3] *Liber Hist. Franc.*, 44, éd. Krusch, p. 317, *Continuat. Fredeg.*, 1, éd. Krusch, p. 168 ; la date de la mort de Clovis II se place entre le 11 septembre et le 16 novembre 657. Cf. Krusch, *Zur Chronologie*, p. 664 ; Havet, *Questions Mérovingiennes*, III, *OEuvres*, I, p. 99.

[4] *Liber Hist. Franc.*, 43 et 44, éd. Krusch, p. 315 et 316.

[5] *Vita S. Balthildis*, 5, éd. Krusch, p. 487. Cf. *Vita S. Bertilæ*, 4, dans Mabillon, *AA. SS. ord. S. Bened.*, S. III, 1, p. 23 ; la vie de Sainte Bertile, première abbesse de Chelles morte vers 702, est presque contemporaine. Cf. Molinier, *Sources*, I, p. 146, n° 478.

se maintint dans les trois royaumes et que les Neustriens
et les Burgondes furent réunis [1]. Il faut sans doute entendre par là, la réunion des deux mairies, comme des deux
royaumes ; les pays de l'ouest et du sud s'unissent et forment un même état, souvent opposé à l'Austrasie qui reste
indépendante. En 663, Baltilde envoie son fils Childéric II
régner sur le royaume que la mort de Grimoald laisse
libre [2].

Le règne de Baltilde est une dernière époque de paix
et de concorde, tout au moins pour la Neustrie et la Burgondie ; la reine et son maire Erchinoald vivent en paix
avec les grands ; ceux qui entourent le palais les assis-
tent de leurs conseils, sans opposer leurs ambitions et
leurs intérêts ; moins que jamais il ne peut être question
d'une lutte des races et d'une indépendance partielle des
Burgondes, et ce calme éphémère retarde l'affaiblissement
prochain de la royauté.

Le nom d'Erchinoald se retrouve dans des textes hagiographiques de l'Alamannie suisse ; la tradition de saint
Gall le mêle aux ravages exercés dans le Thurgau par un
certain « præses Otwinus » ; elle conserve le souvenir de
faits purements locaux, mais que l'on a voulu rattacher à
l'histoire générale des royaumes francs ; la chronologie
imprécise de ces petits événements nous amène à en
parler, à cette place, et à rechercher si c'est vraiment le
maire du palais de Neustrie qui intervient chez les « Turenses » austrasiens. C'est le récit d'un miracle accompli
au tombeau de saint Gall qui donne à ses biographes
l'occasion de parler, du reste avec peu de clarté, de faits
historiques beaucoup plus intéressants.

La vie la plus ancienne du disciple de Colomban, écrite
à la fin du VIIIme siècle, après 776, ne connaît pas cet épisode ; on ne le trouve que dans la rédaction du moine
Wetti (816-824) et dans son remaniement par Walafrid

---

[1] *Vita S. Balthildis*, 5, éd. Krusch, p. 487-488 : « Burgundiones vero
et Franci facti sunt uniti. Et credimus, Deo gubernante, iuxta domnæ
Balthildis magnam fidem ipsa tria regna tunc inter se tenebant pacis
concordiam. »

[2] *Ibid.*, cf. ci-dessus, p. 238, n. 1.

Strabon (vers 833-834)[1]. Or nous savons combien est suspect le témoignage de ces deux vies, tradition monacale,
formée 100 ans après la mort du saint sur le tombeau
duquel s'élève la fameuse abbaye, et où les faits historiques sont entourés d'un épais tissu de légendes ; bien
plus, tout ce que les moines racontent des rapports primitifs de leur maison avec les évêques de Constance a
été inventé par eux pour prouver leur indépendance ori-
ginelle du pouvoir de l'ordinaire[2]. Il n'en reste pas moins
qu'en dehors de cette intention intéressée à fausser l'histoire de saint Gall et de ses disciples, la tradition rapportée par les hagiographes conserve le souvenir de faits
locaux, de détails typiques, qu'il n'y a guère de raison de
repousser en bloc comme fictifs et mensongers[3].

Dans l'occurence, Wetti et Walafrid Strabon rapportent qu'une quarantaine d'années après la mort de saint
Gall, le pays subit une grande désolation. Un certain
« præses Otwinus », à la tête d'une grande armée, ravage
une partie du Thurgau : il incendie Constance et Arbon ;
ses satellites égorgent une grande quantité d'hommes,
emmènent les femmes et les enfants captifs, détruisent le
bétail et les récoltes[4].

[1] Cf. Molinier, *Sources*, I, p. 144-145, n° 470 ; Krusch, *SS. rer. Mer.*,
IV, p. 233-234.

[2] Krusch, *SS. rer. Mer.*, IV, p. 239 et s. Cf. Th. Sickel, *St. Gallen
unter den ersten Karolingern*, St. Gall. Mitteil., IV, 1863, p. 1-27 ; Meyer
von Knonau, *Die urkundlichen Beweise betreffend die Stellung St. Gallens
als königliches Kloster*. Id., XIII, 1872, *Excurs*, IV, p. 239 et s. et XV,
1877, *Excurs*, I, p. 470 et s. ; Meyer von Knonau, *Vita et miracula S. Galli*,
préface de son édition dans les *St. Gall. Mitteil.*, XII, 1870, p. XIII et s.

[3] Meyer von Knonau, *Vita et miracula S. Galli*, Préface.

[4] Wetti, *Vita Galli*, 35, éd. Krusch, p. 276 : « Post quam vero XL
annos fuit sepultus, veniens Otwinus præses cum exercitu magno, crudelitate successus, devastavit aliquam partem pagi Durgaugensis. Constantiam et Arbonam succendit igne, satellitibus eius multitudinem virorum
jugulantibus mucronis in ore mulieres cum parvulis duxere captivas ;
pecora vero et fruges devastare innumeras. » Cf. Walafrid Strabon,
Vita Galli, II, 1, éd. Krusch, p. 313 : « venit Otwinus partium earumdem
potestate præditus. » L'année de la mort de Saint Gall est inconnue ;
on la fixe approximativement vers 627 ; les indications de la *Vita* ne
peuvent être admises ; elle fait vivre ses personnages au-delà de l'âge
possible (Meyer v. Knonau, *Vita Galli*, p. 44, n. 155) ; de même le

Les habitants du pays d'Arbon, au bord du lac de
Constance, le « pagus Arbonensis », viennent alors chercher, autour du tombeau du saint, des cachettes pour leurs
richesses ; ils les enfouissent sous la terre et, pour masquer les traces de leur travail, ils sèment en ce lieu
diverses graines. L'ennemi, après avoir achevé son ravage
de la contrée, suit la piste de ceux qui se sont enfuis
vers la montagne ; il trouve dans la « cella » de saint
Gall une grande foule de fugitifs des deux sexes ; il
les charge de liens et emmène les jeunes gens en captivité [1].

C'est alors qu'entre en scène un certain Erchanoldus ou
Erchonaldus, que Wetti appelle « quidam tribunus », et
Walafrid Strabon « præfecti vicarius » [2]. Erchanoald réside
dans le voisinage ; il apprend ce qui se passe dans la solitude où le pieux Irlandais a autrefois fixé sa demeure ; il
sait que des miracles se sont produits sur son tombeau ;
mais il n'en a cure ; il accourt, entre dans l'oratoire et
demande à un paralytique, qu'il y rencontre, où les fugitifs
du voisinage d'Arbon ont mis leur or, leur argent et leurs
vêtements, car on n'a rien pu saisir sur eux ; le paralytique révèle une première cachette où l'on trouve de l'argent ; puis Erchanoald, avec sept jeunes gens, se met à
fouiller le lieu même où le corps du saint repose ; ils mettent à jour le cercueil ; mais au moment même où ils vont
le profaner, une panique terrible s'empare d'eux ; ils fuient
vers les portes du sanctuaire où ils se donnent mutuelle-
la mort. Erchanoald se frappe la tête au chambranle d'une

ravage du Thurgau ne peut se placer 40 ans après la mort de Saint
Gall, puisque ses compagnons Maginald et Théodore sont encore vivants.
(Meyer v. Knonau, *Vita Galli*, p. 56, n. 115.) On a proposé au lieu
de XL annos de lire XI ou XV. (Cf. Rettberg, *Kirchengesch. Deutschl.*,
II, p. 571) ; mais ces corrections sont hypothétiques et la mort de Saint
Gall n'étant guère fixée, il convient de garder le choix entre l'une des
années comprises entre les deux termes de 610 et 650.

[1] Wetti, *Vita Galli*, 35, éd. Krusch, p. 276.

[2] Id., éd. Krusch, p. 277 : « Quæ per diligentiam Erchanoldi cuiusdam
tribuni sunt prodita, cui propter vicinitatem omnia ipsius heremi fuerunt
nota. » Walafrid, *Vita Galli*, II, 1, éd. Krusch, p. 313 : « Erchonaldus
autem præfecti vicarius... »

porte; il tombe sans connaissance, on l'emporte; mais il est gravement puni de son impiété : toute une année il est en proie à des douleurs intolérables, il perd ses cheveux, sa peau se détache, ses ongles tombent; la maladie lui inflige une difformité dont il ne se guérit pas [1]. Ainsi s'affirme la puissance du saint outragé et l'éclat du miracle pour lequel Wetti a raconté, tout au long, l'incursion d'Otwin dans le Thurgau.

Y a-t-il quelque rapport avec l'Erchanoald qui viole la « cella » de saint Gall et l'Erchinoald maire du palais de Neustrie ? On l'a pensé, et, en identifiant ces deux personnages, on a cru pouvoir compléter par les vies de saint Gall quelques brefs renseignements de la chronique dite de Frédégaire [2]. Le chroniqueur C rapporte que dans la lutte de rivalités qui éclate, à la cour d'Austrasie, entre le fils de Pépin, Grimoald, et le « baiulus » Otto, c'est le duc des Alamans Leuthar qui intervient pour tuer le compétiteur du futur maire [3]. Otto ne serait autre que l'Otwinus de la vie de saint Gall; aidé d'Erchinoald de Neustrie, il va attaquer le duc Leuthar en Alamannie. Dans cette guerre, le Thurgau est ravagé, mais Otto est tué et Erchinoald bat avec peine en retraite. L'événement se placerait ainsi entre 640 et 650.

L'accord ne peut aussi facilement s'établir entre deux sources qui diffèrent aussi totalement. Wetti ne parle pas de Leuthar; il ne dit rien d'une défaite d'Erchinoald ou d'Otto; il ne connaît qu'une expédition pillarde autour de Constance, dirigée par un certain Otwinus.

D'autre part, Otwin, « præses » ou plus vaguement « partium earundem potestate præditus », Erchanoald, « quidam tribunus » ou « præfecti vicarius » ne sont pas de si hauts personnages; Otwin n'est qu'un comte d'un « pagus » voisin et Erchanoald un centenier ou un officier d'un comte, soit d'Otwin lui-même, soit de tel autre

[1] Wetti, *Vita Galli*, 35, éd. Krusch, p. 276-277.
[2] Friedrich, *Kirchengeschichte Deutschlands*, II, p. 571 et s., après Neugart, *Episcopatus Constantiensis*, I, p. 26.
[3] *Chron. Fredeg.*, C, IV, 88, éd. Krusch, p. 165, cf. ci-dessus, p. 229, n. 3; la dixième année de Sigebert III, soit 643.

fonctionnaire de l'Alamannie [1]. Il faut donc renoncer à
établir une corrélation quelconque, entre la prise de pos
session de la mairie austrasienne par Grimoald, aidé du
duc Leuthar, et le ravage du Thurgau par le comte Otwin [2].
La désolation de la contrée d'Arbon et de Constance n'est
due qu'à une petite guerre locale, exercée par l'avidité
d'un fonctionnaire pour des causes qui nous restent inconnues [3].

Faut-il y voir un épisode de l'antagonisme qui dut réellement exister entre les Alamans nouveaux venus et l'ancienne population romaine [4]. Les envahisseurs seraient
des Alamans, et les habitants du pays d'Arbon qui fuient
dans la montagne, des Gallo-Romains. Un certain souvenir
de cette lutte qui suit l'établissement des Germains dans
le pays subsisterait, en effet, au IXme siècle, si nous en
croyions les paroles que Wetti met dans la bouche de ceux
qui accompagnent Erchanoald. Au moment où ils décou-
vrent le cercueil du saint, ils s'écrient : « Ces Romains sont
habiles ; ils ont caché leurs richesses dans ce cercueil » [5].
Mais c'est à cette très vague allusion à la ruse des « Romani » ou des « Rhetiani » que se bornent les éclaircissements des hagiographes sur les malheurs qu'endure, au
VIIme siècle, le pays évangélisé par les solitaires irlandais.

Sous la régence de la reine Baltilde, Erchinoald meurt ;
les grands neustriens, après en avoir délibéré, choisissent

---

[1] Sur Otwin et Erchanoald et leurs fonctions, v. IIme partie ci-dessous, ch. II.

[2] Cf. Meyer v. Knonau, *Vita Galli*, p. 57, n. 166 ; Gelpke, *Kirchengeschichte der Schweiz*, II, p. 281 ; Dahn, *Könige der Germanen*, IX,
1, *Die Alamannen*, p. 258 ; *Regesta Episc. Const.*, 4, 5 : Boso.

[3] Cf. Meyer v. Knonau, *loc. cit.*

[4] Gelpke, *Kirchengesch. der Schweiz*, II, p. 281 : après Dagobert les
anciennes hostilités recommencent entre les Francs-Alamans et l'ancienne
population du pays.

[5] Wetti, *Vita Galli*, 35, éd. Krusch, p. 277 : « Isti Romani ingeniosi
sunt, ideo sub loculum bona sua absconderunt. » Walafrid, *Vita Galli*, II,
1, éd. Krusch, p. 316 : « Quia isti Rhetiani calliditate naturali abundant
videamus ne quippiam sub hac arca occulti remaneat. » Toutefois M. Meyer
von Knonau, *op. cit.*, p. 58, n. 171, voit seulement dans ces paroles une
saillie qu'il faut attribuer à la tradition ou au biographe et qui ne correspond pas à la réalité des faits.

comme maire du palais Ebroin [1]. Mais il est bien probable que la reine ne se laissa pas imposer un homme qui ne
lui convenait pas ; à côté des évèques Crodobert et saint
Ouen, Ebroin est cité parmi les grands qui, après la mort
de Clovis II, aident le jeune roi Clotaire et sa mère, à
maintenir la paix dans le royaume [2], et ce n'est qu'après la
retraite de Baltilde que le nouveau maire joue un rôle
important.

Clotaire III devenu majeur, la veuve de Clovis II quitte
la cour et se retire au monastère de Chelles en Brie,
qu'elle avait elle-même fondé [3]. Les diplômes nous la
montrent encore aux affaires en 663-664 [4] ; peu après, son
fils reste seul avec son trop puissant auxiliaire Ebroin.

Avant de suivre les événements de la cour de Neustrie
qui intéressent les destinées de la Burgondie, nous res-
terons dans l'extrême Austrasie pour y relever, dans une
tradition de valeur historique douteuse, l'apparition de
nouveaux envahisseurs dans les Alpes suisses.

Les Huns Avares, arrivés en Europe au milieu du VIme
siècle, demeurent jusqu'à la fin du VIIIme siècle, les adversaires redoutables de l'empire byzantin, de même que les
voisins incommodes des états francs de l'est. Etablis sur
les bords de la mer d'Azoff, ils suivent les Lombards dans
leur mouvement d'invasion ; alliés avec eux pour la destruction du royaume des Gépides, ils se fixent, après leur
départ pour l'Italie, dans les contrées autrefois romaines
de la Dacie et de la Pannonie. Sous leurs rois ou khans,
ils ne tardent pas à pousser de là leurs courses dévastatrices jusqu'aux pays frontières de l'Austrasie ; Sigebert Ier

---

[1] *Lib. Hist. Franc.*, 45, éd. Krusch, p. 317 : « Eo tempore, defuncto
Erchonoldo maiorum domo, Franci in incertum vacellantes, prefinito consilio, Ebroino huius honoris altitudine maiorum domo in aula regis
statuunt. »

[2] *Vita S. Balthildis*, 5, éd. Krusch, p. 487.

[3] *Vita S. Bertilæ*, 4, dans Mabillon, *AA. SS. ord. S. Bened.*, S. III, 1,
p. 23. Cf. *Vita S. Balthildis*, 10, éd. Krusch, p. 495. Sa retraite semble
bien avoir été amenée par un désaccord avec les grands, mais les textes
ne nomment pas Ebroin. Cf. Dahn, *Urgesch.*, III, p. 669-670, n. 1.

[4] Pertz, *Diplomata*, I, nos 38, 39, 40, p. 35 à 38 ; Pardessus, II, nos 336,
337, 343. p. 114, 115, 121.

doit déjà les repousser en 562, comme ils attaquaient la
Gaule, et vainqueur, conclut avec eux une paix éphémère [1].
Vers 565-566, ils font déjà une seconde tentative sur l'Austrasie; Sigebert cette fois est vaincu, mais il réussit à les
subjuguer par d'habiles paroles, et se lie à leur khan par
une paix qui doit durer autant que lui-même [2].

Après la mort de Childebert II, en 596, les Avares reviennent de Pannonie, en Thuringe, et font une guerre
terrible aux Francs; Thierry II et Théodebert II les arrêtent en leur donnant de l'argent et obtiennent qu'ils rentrent dans leur pays [3]. Les Slaves-Wendes, qui leur étaient
soumis, s'émancipent de leur tutelle, avec leur roi de race
franque Samo et, à leur tour, menacent sans cesse les
frontières de l'Austrasie, jusqu'à obliger Dagobert Ier à
diriger contre eux de difficiles campagnes [4]. Vers 630, le
chroniqueur C de Frédégaire cite les Avares à côté des
Slaves comme les ennemis acharnés des peuples dépendant des Francs, sur les frontières de l'Austrasie, et
que protège l'énergie de Pépin l'Ancien, les Thuringiens
et les Bavarois [5].

C'est toutefois par le sud, par l'Italie, qu'ils auraient
pénétré jusque dans les Alpes de Rhétie. Leur alliance
avec les Lombards ne se prolonge pas au VIImo siècle;
vers 625, le khan des Avares, à la tête d'une grande armée,
ravage la Vénétie et tue le duc de Frioul [6]. Quelques échecs
éprouvés en Orient sur la frontière byzantine et la défection des Slaves de Samo les empêchent un moment de
continuer plus avant leurs incursions en Italie. Mais c'est
le roi des Lombards, Grimoald, qui les attire de nouveau
au delà des Alpes. Le duc Lupus de Frioul ayant par ses
exactions et ses violences mérité le châtiment du roi, se

---

[1] Greg. Tur., *Hist. Franc.*, IV, 23, éd. Arndt, p. 159.
[2] Id., *Hist. Franc.*, IV, 29, éd. Arndt, p. 165. Cf. Richter, *Annalen*, p. 67.
[3] Paul. Diac., *Hist. Lang.*, IV, 11, éd. Waitz, p. 120.
[4] *Chron. Fredeg.*, B, IV, 48, éd. Krusch, p. 144, cf. ci-dessus, p. 215.
[5] *Chron. Fredeg.*, C, IV, 58, éd. Krusch, p. 150.
[6] Paul. Diac., *Hist. Lang.*, IV, 37, éd. Waitz, p. 128. Cf. Hartmann, *Gesch. Italiens*, II, 1, p. 210-211 et n. 9, p. 235.

révolta contre lui [1]. Grimoald déchaîne contre lui les
bandes des Avares conduites par leur khan ; après quatre
jours d'une rude bataille sur la Wippach, en Carinthie,
le duc Lupus fut tué ; ses troupes se réfugièrent dans les
châteaux voisins et les Avares, maîtres du pays, se mirent
à le parcourir et à le ravager, portant sur tout le Frioul
leurs rapines et leurs incendies [2]. En vain Grimoald leur
intima l'ordre de cesser leurs déprédations ; ils déclarèrent
qu'ils ne quitteraient plus le Frioul, que leurs armes leur
avaient conquis [3].

Le roi dut lever son armée et, à la tête de forces peu
considérables, marcha contre eux ; il réussit à inspirer
aux envoyés du khan une grande frayeur, en leur faisant
croire, par une ruse, qu'il allait les attaquer à la tête de
forces considérables. Le roi des Avares, reculant devant
une bataille qu'il croyait dangereuse, quitte alors l'Italie
avec ses bandes [4].

Cette rapide incursion des Huns aurait-elle dépassé les
limites du royaume lombard et atteint sur le versant méridional des Alpes la vallée du Rhin supérieur et la Rhétie
de Coire ? C'est tout au moins ce que rapporte l'histoire
traditionnelle du monastère de Disentis au canton des
Grisons.

La légende fait remonter la création de l'abbaye, aujour-
d'hui bénédictine, à un disciple de Colomban, saint Sige-

---

[1] Paul. Diac., *Hist. Lang.*, V, 17 et 18, éd. Waitz, p. 151.

[2] *Id.*, V, 19 et 20, éd. Waitz, p. 152 : « Avares vero per omnes eorum
(reliqui qui remanserunt) fines discurrentes cuncta rapinis invadunt vel
subposito igni conburrunt. »

[3] *Id.*, V, 20, *loc. cit.* : « Qui per aliquot dies hoc facerent, a Grimoaldo eis mandatum est ut iam a devastatione quiescerent. »

[4] Paul. Diac., *Hist. Lang.*, IV, 21, éd. Waitz, p. 152. La chronologie
du récit de Paul Diacre est vague ; Grimoald règne sur les Lombards de
662 à 671. Hartmann, *Gesch. Ital.*, II, 1, p. 254 et p. 277, n. 12, place la
guerre du Frioul avant l'année 668, où, au mois de juillet la proclamation
d'un édit complémentaire de celui de Rotharis, semble indiquer que la
paix est rétablie dans toute l'étendue du royaume. G. Pray, *Annales
Veteres Hunnorum*, p. 261, lui assigne 669-671, entre la mort de
Constantin II, juillet 669, mentionnée par Paul Diacre avant la rébellion
du duc Lupus *(Hist. Lang.*, IV, 12, éd. Waitz, p. 150), et la mort de
Grimoald 671.

bert et place à ses origines le martyr d'un noble du pays, saint Placidus, protecteur du solitaire irlandais. Malheureusement l'incendie du monastère, en 1799, a détruit ses archives et n'y a laissé aucun document écrit qui puisse éclairer les origines de son histoire. En laissant de côté la question de la fondation de Disentis, on peut cependant tenter l'étude des textes et des traditions qui gardent le souvenir d'une destruction du monastère par les Huns Avares, en 670.

Le premier et peut-être le plus ancien de ces textes est représenté par le récit de la translation des corps des saints, patrons de l'abbaye, contenu dans un ancien manuscrit de Disentis, aujourd'hui disparu, mais dont une copie du XVIIme siecle existe encore à la Bibliothèque Nationale de Paris [1]. L'auteur anonyme qui rédige cette appendice à la vie de saint Sigebert et de saint Placidus retrace brièvement l'histoire du monastère dans les années qui suivirent la mort de ses premiers fondateurs.

Une invasion de Hongrois, appelés Huns, compromet bien vite l'œuvre qu'ils ont entreprise ; tous les moines présents à Disentis sont tués ; le pillage est complet et, après le passage des Barbares, la vallée redevient un désert inhabité [2]. Pourtant l'abbé Adalbero, successeur

---

[1] *Mns. lat. 13790*, provenant de Saint Germain, le manuscrit (papier, 42 feuillets, 16 cm. larg., 20 cm. de long) contient : 1º une vie de Saint Sigebert et de Saint Placidus « ex ms. codice ejusdem monasterii » (Disentis), fº 1 à fº 11 vº ; 2º l'« appendix ad vitam præcedentem » qui nous intéresse soit : « De Translatione Reliquiarum SS. Placidi et Sigisberti, de eversione Monasterii Disertinensis, eiusdemque restitutione et de quorundam eidem factis Donationibus », tout cela, « Ex Ms. Cod. perantiquo eiusdem Monasterii », fº 11 vº à fº 25 ; 3º Les « Notæ et Observationes » du bénédictin Adalbert de Funs, relatives à ces deux textes, fº 25 rº à fº 33 ; 3º Des Hymnes et Séquences de Placidus et Sigebert, fº 33 à fº 35 ; 4º Les vies des Sts Ursicin et Adalgott, évêques de Coire et abbés de Disentis, « ex proprio diœcesano » avec les notes d'Adalbert de Funs. Ce manuscrit est sans contredit « le présent papier de quelques saints de son abbaye » que l'abbé de Disentis envoie à Mabillon en 1684, par l'entremise de l'abbé de Mariastein. *Bibl. Nat., Mns. franç. 19650*, fº 118.

[2] *Mns. lat. 13790*, fº 11 : « Post hæc impia gens Ungarorum, qui Hunni vocati sunt, de vagina suæ crudelitatis educta, in servos Dei Sanctos, qui habitabantur in Desertina, graviter est grassata. Nam omnes, quos

de Sigebert avait été averti du danger qui allait fondre sur la Rhétie. Il avait transporté en lieu sûr, à Zurich, les corps des saints patrons, et le trésor de l'église [1]. Les Huns que poursuit la vengeance divine, sont bientôt exterminés près de Disentis, et les vénérables reliques des saints regagnent leur sépulture [2]. Il n'en résulte toutefois pas la restauration immédiate du monastère ; sous Charles Martel, un miracle révéla aux soldats d'une armée franque traversant le pays, l'existence d'un sanctuaire abandonné, en ce lieu. Le maire du palais en fut étonné ; dans la suite, son fils Pépin aurait fait de grandes donations au monastère, qui semble alors avoir repris vie [3].

La date même de l'apparition des Avares en Rhétie n'est pas donnée dans le récit de l'anonyme. C'est un autre manuscrit de Disentis, d'ailleurs inconnu, qui l'indiqua au bénédictin Adalbert de Funs [4] et par son entremise à Mabillon [5].

La destruction du monastère par les Avares se trouve mentionnée en des termes presque identiques, dans les

in Monasteriis invenerunt gladio peremerunt ; et ablatis rebus omnibus locum prius habitabilem desertum fecerunt. »

[1] *Mns. lat. 13790,* f° 12. La description du trésor a été publiée par Mabillon, *Annales ord. S. Benedicti.* I, p. 506, et par Th. v. Mohr, *Codex diplomaticus,* n° 27. Cf. Friedrich, *Kirchengesch. Deutschl.,* II, p. 634, et Rettberg, *id.,* p. 112.

[2] *Mns. lat. 13790,* f° 12 v° : « Postea vero Hunni omnes qui Cœnobium everterant, vindicante Deo occisi sunt... *(lac.)* ...occisi in Desertinam. Et hunc iterum venerabilia ossa Sanctorum Placidi et Sigisberti relata fuerunt in locum suum Desertinam. »

[3] *Mns. lat. 13790,* f° 12 et s. L'anonyme rapporte à la suite les donations faites au monastère par Pépin, le comte lombard « Wido de Lomello et Sparewaria » et le testament de l'évêque de Coire, Tello, qu'il transcrit intégralement. Cf. Mabillon, *Annales Benedictini,* II, p. 707.

[4] *Mns. lat. 13790,* f° 30 : « Accidit autem hæc Desertinæ clades Anno Christi 670 III Non. Augusti, ut habet vetustissimus liber Ms. hujus Monasterii. »

[5] *Annales Benedictini.* I, p. 304. Adalbert III de Funs fut abbé de Disentis de 1696 à 1716. Mabillon, *op. cit.,* p. 504, se conforme, dans son grand ouvrage, à ses indications. Il les complète seulement en disant que les Huns périrent « a Rætis circumventi » et en parlant du retour de l'abbé Adalbero : « Reversus Turego, Adalbero abbas cum aliquot monachis, reliquias sacras loco restituit, ac monasterium resarcire pro modulo curavit. »

leçons de l'office des saints Sigebert et Placidus, contenues dans le Bréviaire de Coire de 1520[1]. Ce bref passage a servi indirectement de source aux Bollandistes[2]. Il est en étroite dépendance avec le récit de la translation des reliques[8]; mais le Bréviaire de Coire perd même le souvenir des Huns pour ne plus parler que d'une incursion de Hongrois[4].

Sans faire la critique détaillée des textes inédits du manuscrit de Paris, on peut facilement s'assurer que l'histoire de Disentis ne possède pas sur l'invasion des Avares en Rhétie une source bien ancienne.

Le récit de la translation des reliques confond en effet les Huns avec les Hongrois: « gens Ungarorum qui Hunni vocati sunt ». Or les Hongrois n'apparaissent dans l'Europe occidentale qu'à la fin du IX[o] siècle et prolongent leurs incursions pendant tout le X[o] siècle. Les chroniqueurs les désignent alors à l'envi sous les termes de « Hunni, Huni, Ungeri, Ungari, Ungares, Agareni, Avari, Vandales », etc.[5] Le seul fait qu'un scribe a pu confondre les

---

[1] *Breviarium Curiense. Pars Aestivalis*, f⁰ Goth, 2 col., 109 fol. imprimé à Augsbourg chez G. Ratdolt 1520. (Coire, Archives de l'Evêché, *XI G. 1132)* f⁰ 114, *Lectio 6* : « Post hoc impia gens ungarorum de vagina sue crudelitatis educta in servos dei sanctos qui habitabant in desertina graviter est grassata. Nam omnes quos in monasterio invenerunt : gladio peremerunt. Et ablatis rebus omnibus : locum prius habitabilem : desertum fecerunt. »

[2] *AA. SS. Jul.*, III, p. 238. Sollerius l'auteur du commentaire sur les saints de Disentis ne fait que reproduire le *Curiense officium proprium* « ex quo lectiones olim desumpserat Colganus, a Keneto cum Bollando communicatas, quas hic sua manu descriptas reliquit, Patricius vero Flemingus Commentario ad vitam S. Columbani num. 81 inseruit. » L'ouvrage de Patrick Fleming (1599-1631) a été édité par Sirinus à Louvain en 1667.

[3] Fleming, *Collectanea Sacra*, p. 321, dit en effet : « Hæc ex illo Breviario ad 11 Julii, quibus consonant ex quæ de eisdem leguntur in quodam ejusdem monasterii M S. Codice. » Il s'agit évidemment du manuscrit dont celui de Paris est la copie.

[4] Un bréviaire du XVme siècle de la bibliothèque d'Einsiedeln *(Breviarium antiquum. Pars Aestivalis*, N⁰ 80), mentionne brièvement dans ses leçons de Placidus et Sigebert la destruction du monastère en ces termes : f⁰ 368 : « Post hoc Ungari locum istum destruxerunt ut nemo inhabitaret. »

[5] Cf. Dussieux, *Essai historique sur les invasions des Hongrois*, p. 18-19.

« Hunni » avec les « Ungari », indique déjà un texte postérieur au IX⁰ siècle. Mais la date plus précise qu'il faut
assigner à la translation des saints Placidus et Sigebert
peut se déduire d'un autre passage du texte. L'anonyme
résume les donations faites au monastère par le comte
Wido de Lomello ; il renvoie, pour le détail de l'énumération, à un récent diplôme de confirmation de l'empereur Frédéric Barberousse [1] rédigé à Roncaglia en
1154 [2]. L'auteur compulse donc les archives de Disentis
dans la seconde moitié du XII⁰ siècle; la tradition qu'il
recueille sur des faits qui se sont passés cinq siècles
avant lui, n'a donc pas grande valeur. En tous cas il
semble impossible de remonter à un document écrit antérieur à ce tardif XII⁰ siècle.

En effet, les textes liturgiques issus du manuscrit de
Paris, et ce dernier texte même, ne représentent pas la
seule forme de la tradition relative à l'apparition des Huns
en Rhétie. D'autres documents disparus et provenant du
monastère, en donnaient un récit parfois plus détaillé et
quelque peu divergent [3].

Il ne nous est malheureusement pas permis de contrôler
l'authenticité ou l'ancienneté des sources qui ont fourni
ses renseignements à Eichhorn, l'auteur de l'*Episcopatus
Curiensis* de 1797 [4]. Selon les indications qu'il a tirées des
archives de Disentis, il note les différences de sa tradition avec celle que rapporte Mabillon. C'est ainsi que
l'abbé Adalbero aurait lui-même subi le martyr en 670;

---

[1] *Mns. lat. 13790*, fⁿ 13 vⁿ : « ...et alia multa prædia contulit Sanctis
Sigisberto et Placido Desertinæ Patronis, quæ in præcepto Friderici
Imperatoris, quod nuper fecit, recitantur. »

[2] Eichhorn, *Episcopatus Curiensis*.

[3] Ainsi le « vetustissimus liber » qui donnait la date de 670. Cf. ci-
dessus, p. 251, n. 4.

[4] Le père Ambrosius Eichhorn tient ses renseignements sur Disentis
du bénédictin Augustin a Porta, qui, sous l'abbatiat de Colomban Sozzio
(1764-1785), « antiquas monasterii sui monumenta, quæ plura post fata
adhuedum solertissime lustravit, atque in seriem chronologicam redegit. »
Episcopatus Curiensis, p. 219. Cette relation de Aug. a Porta, avec le
travail du doyen P. Fintan, se retrouve à la base de l'*Historia Monasterii
Dissertinensis* du Tome VII des *Miscellanea* de Van der Meer, au Stifts-
archiv d'Einsiedeln.

le lieu de la bataille où les Huns, surpris, furent tous exterminés lui est en outre connu ; c'est le village de Disla, à
une demi-heure de Disentis, où des trouvailles de lances
et de flèches enfouies dans la terre, indiquent un champ
de bataille[1]. Enfin le troupeau des frères survivants demeure sans abbé et sans direction pendant environ 60 ans,
jusqu'à la nouvelle fondation par Charles Martel, qu'Eichhorn fixe entre 715 et 725[2]. Quoi qu'il en soit des nou-
veautés de cette forme de la tradition monastique, il ne
semble pas qu'elle se réclame de documeuts plus anciens
que le récit de la translation des reliques.

On peut dire à peu près la même chose du manuscrit de
parchemin provenant de Disentis, que le père de l'histoire
grisonne, le réformateur Ulric Campell, consulte avant
1573[3]. A vrai dire, le contenu de ce manuscrit nous est assez
mal connu par l'usage qu'en a fait Campell ; il en tire des
récits de guerre du XIVe et du XVe siècle ; pour le haut
moyen âge, une tradition légendaire qui attribue au roi
Pépin, vers l'année 750, la construction du château d'Hohentrims en provient également[4]. Il ne peut s'agir en la

---

[1] Eichhorn, *Episcopatus Curiensis*, p. 221-222 : « Paucis ab excisa
Desertina diebus Rhæti ex fuga collecti latrocinantes Hunnos in campo
Disla qui dimidia hora distat, quum nihil sinistri opinarentur, adorsi
ferme omnes trucidarunt paucis fuga elapsis. Non ita pridem rustici
dictum campum fodientes lancearum cuspides tela ensiumque fragmenta,
commissæ olim pugnæ testes eruerunt. »

[2] *Loc. cit.*

[3] Ulric Campell, *Liber I, Rætia Alpestris Topographica Descriptio*, 5,
éd. Kind, dans *Quellen z. schweiz. Geschichte*, VII, p. 25 : « Liber quidam
membranaceus pervetustus, olim annis hinc retro supra 42 a Desertinense
cœnobio nescio qua occasione ablatus, quem Davosii vidimus apud
D. Andream Fabritium... » Campell termine le premier livre de son grand
ouvrage sur la Rhétie, la *Topographica Descriptio*, en mai 1573 ; il a vu
le manuscrit de Disentis, donc avant cette date, chez le pasteur Andreas
Schmidt de Davos, ancien religieux du monastère ; il n'a pas dû consulter
les archives de Disentis. Cf. Wartmann, *Einleitung. Quellen zur schweiz.
Gesch.*, IX, p. xxvii à xxx.

[4] Campell, *Liber I Rætiæ Descriptio*, éd. Kind, p. 25 : « Liber quidam
membranaceus... ...testatur, quod arx alta Trirupes (castrum Hohentrims
vocat ille) constructa olim sit circa annum Domini 750 per illustrissimum
dominum regem et principem Pipinum, patrem Caroli Magni imperatoris. Ita habent eius verba. » Du même « membranaceus Disertinensis »
Campell tire pour l'année 1350 la mention assez obscure d'une bataille

matière d'annales anciennes, ni d'une chronique, et le nom
d'Hongrois, confondu avec celui des Huns, assigne à cette
composition une époque tardive [1]. Campell rapporte,
d'après cette source, non seulement la destruction de
Disentis par les Huns, mais la dévastation de toute la
Rhétie par ces envahisseurs, bientôt exterminés aux environs du monastère, en 670 [2].

à Tavanasa, *(Liber II, Historia Rætica*, 27, éd. Plattner, dans *Quellen
z. schweiz. Gesch.*, VIII, p. 349). Pour l'année 1352 deux récits de
guerres, dont l'une entre le comte Rodolphe de Montfort et le baron
Walther de Belmont, (*Id.*, 27, éd. Plattner, p. 351). Pour l'année 1450,
l'expédition de Jean de Rechberg dans la vallée de Schams, (*Id.*, 36, éd.
Plattner, p. 525). En outre le même « liber membranaceus » semble
avoir contenu le registre des armoiries de la noblesse des Grisons et des
notes généalogiques, dont celles de la famille de Schauwenstein jusqu'en
1499. L'identité des deux manuscrits n'est pas très sûre. Campell les
indiquent d'une façon vague. *Liber I, Rætiæ Descriptio*, 4, éd. Kind, p. 27,
expédition de Rod. de Montfort 1352 : « Hæc in libello quodam insignium
nobilitatis Ræticæ in libro membranaceo Disertinensis cœnobii vetusti. »
Id., 15, éd. Kind, p. 97, généal. des Schauwenstein : « invenimus in
libello de insigniis nobilitatis Ræticæ, quos deinceps mox ponemus. » Mais
Liber II, 27, éd. Plattner, p. 351, même expédition de 1352 : « ut liber
pergamenus supradictus diserte testatur. Eodem item libro et alio quo-
piam libello, qui Ræticæ vetustioris nobilitatis insignia fere continet
depicta, referentibus illo ipso anno... » Cf. sur la question Wartmann, *Einleitung*, p. LIX-LX et n. 62. En 1635 l'abbé Aug. Stœcklin retrouve et utilise
ce manuscrit chez Georges Saluz, pasteur à Coire, depuis il a disparu.
Cf. Cahannes, *Das Kloster Disentis*, p. 4.

[1] Wartmann, *Einleitung*, p. LIX-LX, admet que les notes relatives
à l'histoire du XIVme et du XVme siècle représentant une bonne tradition, peuvent avoir été écrites sur les pages blanches d'un ancien
manuscrit. Il est cependant impossible de croire à l'existence d'un bien
ancien texte, aucun autre renseignement sur le haut moyen âge n'en
provenant, que la mention légendaire de la construction d'un château par
Pépin.

[2] Ulric Campell, *Liber I, Rætiæ Alpestris Descriptio*, 3, éd. Kind,
p. 13 : « Ut vero plura de Disertina Rheno proxima dicamus, perhibet
liber quidam vetustus, quod olim sub anno Domini 670, quum Hunni totas
has regiones vastarint, ad internecionem occisi sunt juxta Disertinam. »
Id., *Lib. II, Historia Rætica*, 9, éd. Plattner, p. 85 : « Sub anno 670,
nescio sub quo jam dictorum episcoporum, forte Constantio et comite
Victore Rætiæ præside, totam terram istam (haud dubie Rætiam hodie
fœderatam) vastatam fuisse vetustus quidam liber manu scriptus membranaceus, olim a monasterio Disertinensi ablatus, testatur, idque ab
Ungaris qui Hunni vocati fuerint, quique occisi sint occisione in Disertina; sic regionem vocat quæ hodie Disentis dicitur. »

On le voit, plusieurs textes de compositions assez diverses, mais de même provenance, attestent l'invasion des Avares en Rhétie. Aucun pourtant ne se révèle comme sûrement antérieur au XII° siècle; la date même de l'événement, 670, qui cadre fort bien avec le récit de Paul Diacre, peut provenir d'une adjonction postérieure à cette époque; elle ne figure en tous cas pas dans la rédaction qui semble la plus ancienne, celle de la translation de Sigebert et de Placidus[1].

Dans l'état si fragmentaire des sources de Disentis, et tant que la question même des origines du monastère n'est pas éclaircie[2], il convient de réserver son jugement sur le fait même de sa destruction en 670. Il n'y a rien d'impossible à ce que la Rhétie, comme l'Italie, ait déjà eu à souffrir des Avares, au VII° siècle; la bande aurait pu pénétrer dans la vallée du Rhin, en venant du Trentin par l'Arlberg[3], ou après sa retraite du Frioul, par la Bavière[4]. En tous cas, les Rhéto-Romans n'ont eu alors affaire qu'à une fraction minime de l'armée déchaînée sur l'Italie, par l'imprudence de Grimoald.

Les courses perpétuelles de ce peuple slave en Italie et, au nord, en Bavière et en Thuringe prennent plus d'importance sous les Carolingiens, au VIII° siècle. A l'époque

[1] Les historiens des XVIIme et XVIIIme siècles, comme Mabillon, *Annales Benedict.*, I, p. 504 et Adalbert III de Funs, l'auteur du *Synopsis Annalium Monasterii Disertinensis,* manuscrit de l'abbaye de Disentis, f° 14 et 15, et *Bibl. Nat., Ms. lat. 13934* (cf. Cahannes, *Das Kloster Disentis*, p. 9), ont mêlé au texte de la *Translatio* qu'ils corrigeaient, les indications de Paul Diacre, rapproché ainsi la destruction de Disentis du ravage du Frioul par les Huns Avares, et donné, par ce moyen, à leur récit une apparence de valeur.

[2] Nous nous proposons d'étudier et de publier ultérieurement les textes inédits de Paris.

[3] Les Avares peuvent en effet s'être dirigés, en partie, sur la Rhétie après leur victoire en Carinthie; mais ils ne semblent pas être parvenus assez loin en Italie pour avoir passé le Bernardin ou le Splugen. Paul Diacre dit qu'ils parcoururent toutes les « fines » du Frioul. Il ne dit rien du Trentin. Cf. ci-dessous, p. 249, n. 2.

[4] Pray, *Annales Veteres*, p. 261, date l'incursion de 671, en admettant que les Avares sont revenus après leur échec en Italie; la peur de Grimoald les fait rentrer chez eux sans passer par la Rhétie.

mérovingienne, elles ne font que menacer les frontières
orientales de l'Austrasie et annoncer ce mouvement, toujours plus accusé, des peuples du Danube vers l'ouest.
S'ajoutent-elles, déjà alors, aux invasions des Lombards
pour sillonner les routes des Alpes et porter l'insécurité
au cœur même du pays, encore tout romain, de la Rhétie ?
Une tradition monastique, qui semble ne s'être fixée
qu'au XII° siècle, seule l'affirme. Pour être crue aveuglément, elle demande une confirmation, que l'absence d'autres textes anciens ne lui donnera probablement jamais.

§ 3. — *Ebroin et saint Léger. — Mort de Clotaire III (673). —
Avènement de Thierry III en Neustrie et Burgondie. —
Révolte des grands. — Childéric II, seul roi dans les trois
royaumes. — Sa mort (675). — Retour de Thierry III en
Neustrie et Burgondie (676). — Règne de Dagobert II en
Austrasie (676-679). — Ebroin maire du palais. — Re-
connaissance de Thierry III par Pépin II.*

La royauté mérovingienne, si puissante encore avec
Dagobert I°ᵉʳ, entre dans la seconde moitié du septième
siècle en pleine décadence ; des compétitions d'ambition
et d'intérêts entretiennent dès lors et presque sans trève
une guerre civile qui ruine le pouvoir central, en même
temps qu'elle décime l'aristocratie des leudes et des hauts
fonctionnaires. Les règnes éphémères et sans éclat des
derniers Mérovingiens préparent l'avènement d'une dynastie nouvelle, celle des maires austrasiens de la race
de Pépin l'Ancien.
Nous ne pouvons entrer dans le détail de ces événements, qui n'intéressent que très indirectement les pays
d'outre-Jura. Il nous faudra pourtant retracer les partages
successifs de la monarchie, en ces temps troublés, et nous
arrêter, tout d'abord, aux querelles sanglantes qui séparent les grands de Burgondie et de Neustrie, en deux

17

partis ennemis, celui du maire Ebroin, et celui de l'évêque
d'Autun, Léger. Le grand renom de ces deux personnages
ne nous conduira pas à refaire ici toute l'histoire de l'audacieux précurseur des Pipinnides et du célèbre martyr
burgonde. Tout ce que nous voulons savoir se résume
dans le caractère de leur activité et de leur antagonisme.
Peut-on y retrouver l'opposition de deux races, et, de cette
façon, se renseigner sur la situation des pays autrefois
burgondes et soumis aux Francs en 534? Enfin peut-on
rattacher aux péripéties de cette lutte célèbre, quelques
événements plus particuliers à l'Alsace et à la Burgondie
suisse[1]?

Après la retraite de la reine Baltilde, la mairie du palais
est aux mains d'un homme énergique du nom d'Ebroin.
qui, par son administration stricte et probablement arbitraire, inspire une grande crainte aux optimates[2]. Parmi

[1] La source la plus importante pour l'histoire d'Ebroin et de Saint
Léger est la *Vita Sancti Leodegarii*, dont nous avons trois rédactions :
1º une vie primitive, A, rédigée peu après la mort de Léger, par un moine
de Saint Symphorien d'Autun, à la sollicitation de l'évêque Ermenaire,
et retrouvée fragmentairement par Krusch dans le *Ms. lat. 17002* de la
Bibl. Nat. Paris ; 2º une seconde rédaction de A, par Ursinus moine de
Saint Maixent de Poitiers, qui travaille au moins 60 ans après la mort
de Léger et, pour Krusch, dans la seconde moitié du VIIIme siècle ; sa
compilation, B, a été considérée comme la vie originale jusqu'aux travaux
de Krusch (1891) : 3º un anonyme, C, a réuni les deux textes pour en faire
une biographie qui se dit, elle aussi, originale ; comme il se contente de
mettre bout à bout les extraits de A et de B, sans les retoucher (sauf
peut être en ce qui concerne la translation du corps du saint), c'est dans
son texte, édité par Mabillon, *AA. SS. ord. S. Bened.*, S. II, p. 680 et s.
et reproduit par Bouquet, *Hist. de France*, II, p. 611 et s., qu'il faut
rechercher la vie primitive A, une courte partie, encore inédite, en ayant
été publiée par Krusch, *Neues Archiv*, XVI, p. 593 et s. La vie A, sauf
quelques rares passages de B, est la seule dont il faille tenir compte et
qui n'ait pas encore été falsifiée par les exagérations issues de la légende
du saint et de ses miracles. Cf. Krusch, *Die älteste Vita Leudegarii*.
Neues Archiv, XVI, p. 565-596 ; *Analecta Bollandiana*, XI, p. 103-110:
Molinier, *Sources*, I, p. 138-139, nº 426 ; Wattenbach, *D. Geschichtsquellen.*
I, 6me éd., p. 111 et s.

[2] *Vita Leodegarii*, C. (A), 2, éd. Bouquet, p. 612. L'anonyme noircit
Ebroin d'accusations semblables à celles que porte le chroniqueur B de
Frédégaire, contre Willibad, et qui semblent sans aucun doute exagérées :
cupidité notoire, corruption dans l'exercice de la justice, grande sévérité
à l'égard des grands.

ces mécontents, se distingue en premier lieu Léger, neveu de l'évêque Didon de Poitiers et investi, par la faveur
de la reine Baltilde, du siège épiscopal d'Autun[1]; révéré
dans son diocèse, il ne laisse toutefois pas d'avoir des ennemis dans le royaume, des grands, jaloux de sa justice
et de sa prospérité[2]; surtout il résiste au maire de Neustrie et de Burgondie, et, alors que tous plient devant lui,
il méprise ses menaces[3].

Les termes vagues dont se sert l'hagiographe pour nous
dépeindre ainsi les caractères de ces deux personnages
déjà ennemis, ne nous indiquent, à l'origine de leur conflit, pas autre chose que deux ambitions qui se heurtent et
deux influences qui se partagent la faveur des optimates.

Ebroin, dès l'abord, est l'ennemi des grands, dont la
participation aux actes du gouvernement avaient augmenté
sous Aega et sous Erchinoald; il suscite des haines parmi
eux, en se posant comme un intermédiaire inévitable et
tout puissant, entre les leudes, les grands fonctionnaires,
et le roi; surtout il met le comble à son impopularité en
prenant une mesure que l'hagiographe qualifie de tyrannique. Il interdit à qui que ce soit de venir du royaume
de Burgondie au palais, sans son ordre; ainsi, il peut, sans
contrôle, infliger les condamnations à mort et les fortes
amendes[4]. En agissant ainsi, Ebroin n'assure pas une pré-
pondérance neustrienne dans l'administration du royaume,
ni ne se montre particulièrement hostile aux ducs et aux
évêques de Burgondie[5]. Il ne peut, en effet, chasser de

---

[1] *Vita Leodegarii,* C. (A), 1, éd. Bouquet, p. 621. Léger a eu probablement des biens et des ancêtres en Burgondie, mais nous ne pouvons
affirmer qu'il soit lui-même de race burgonde. Cf. Tardif, *Chartes de
Noirmoutiers,* p. 11.

[2] *Vita Leodegarii,* C. (A), 1, *loc. cit.*

[3] *Vita Leodegarii,* C. (A), 3, *loc. cit.*

[4] *Vita Leodegarii,* C. (A), 3, *loc. cit. :* « Tyrannicum enim dederat
tunc Edictum, ut de Burgundiæ partibus nullus præsumeret adire Palatium, nisi qui ejus accepisset mandatum. Tunc de metu prioris fuerunt
omnes suscepti, quod hoc excogitaverat ad suum facinus cumulandum,
ut aut quosdam capitis amissione damnaret, aut dispendia facultatum
infligeret. »

[5] Dahn, *Urgeschichte,* III, p. 682; Bonnell, *Anfänge,* p. 114. Pour
Drapeyron, *De Burgundiæ Historia,* p. 119-121, et *Essai sur l'origine et*

l'entourage du roi les « proceres palatii », les « aulici »
qui y sont venus résider et prendre part à son conseil sur
son ordre seulement, ou, si le roi est mineur, sur l'ordre
du maire [1]. Il ne peut pas davantage exclure les « optimates » de la Burgondie du « conventus generalis »,
réunion convoquée dans une des « villae » royales par
le roi lui-même; aucun grand n'est jamais venu à une
de ces assemblées, s'il n'y était appelé par le roi[2], et
l'innovation d'Ebroin n'aurait en ce sens rien de nouveau,
ni de révolutionnaire.

Il y a une autre raison pour laquelle chaque grand isolé,
évêque, duc, comte, ou chaque particulier peut venir au
palais lorsqu'il le désire. C'est pour s'y faire rendre la
justice suprême que le roi, entouré de ses dignitaires et
conseillers, rend à tous, justice de recours contre les sen-
tences du juge du « mallus in pago », ou même justice
directe, que l'on peut réclamer en refusant de comparaître
devant le juge ordinaire, ou que le roi lui-même se réserve,
en évoquant à lui les litiges privés et les contestations
entre évêques et comtes[3].

Ce droit d'user de la justice « in palatio », Ebroin le
refuse à la Burgondie; il n'admet au tribunal du roi

les *résultats de la lutte entre la Neustrie et l'Austrasie, Ebroin et
St-Léger*, p. 107, Léger est le chef des évêques germaniques et de la
Burgondie soulevée contre Ebroin et la Neustrie.
[1] Fustel de Coulanges, *Monarchie franque, Le Palais*, p. 135 et s.,
p. 141 et 163. L'anonyme ne dit pas, en outre, que la mesure s'applique
aux évêques et ducs seuls, mais à toute personne venant de la Burgondie.
[2] Cf. Fustel, *op. cit., Du Conseil des rois Mérovingiens*, p. 87 et s.
[3] Fustel, *op. cit. Le Pouvoir judiciaire du roi. Le Tribunal du roi*,
p. 331 et s. Les textes législatifs désignent bien le fait de réclamer
la justice du roi, par les termes de « ad regem, ad regis præsentiam. »
Lex Ribuaria, XXXVIII, éd. Sohm. p. 233, *Lex Salica*, XVIII (1), XLVI,
LVI, éd. Geffcken, p. 19, 47, 56. Il faut surtout rapprocher du texte de
l'anonyme « adire Palatium », un passage d'un autre hagiographe, qui
traite justement d'un procès évoqué à lui par le roi. L'évêque mis en
cause « ad palatium properat. » Cf. *Vita S. Præjecti*, 11, dans Mabillon, *AA.
SS. ord. S. Bened.*, S. II, p. 643. Cf. *Formulæ Andegavenses*, 1, éd. Zeumer,
p. 4, *Turonenses*, 45, ibid., p. 159, *Marculfi præfatio*, I, ibid., p. 37,
Form. Arvernenses, ibid., p. 29, *Cartæ Senonicæ*, 13, ibid., p. 190. Les
formules opposent à la justice du comte s'exerçant « in pago », celle du
roi qui se rend « in palatio ».

que les causes qu'il veut bien entendre ; ainsi, les pouvoirs
des ducs, comtes et centeniers, qui dépendent du maire,
ne sont plus tempérés par un droit de recours ; par l'entremise de ses fonctionnaires, le maire dispose à son gré
de la vie des personnes et de leurs biens. L'impopularité
de la mesure s'explique aisément, de même que la crainte
qu'elle répand dans les esprits. Le maire échappe ainsi au
contrôle du palais, où le roi et les grands qui l'entourent,
peuvent tempérer son bon plaisir et protéger ses ennemis
contre son arbitraire.

Cette soumission de la justice au maire neustrien n'est
pas dirigée contre la seule race burgonde ; la « Burgundia » mérovingienne n'est pas une appellation ethnique et
le royaume qu'elle désigne est peuplé de Gallo-Romains,
de Francs, comme de Burgondes[1]. Ce n'est donc qu'en
matière administrative qu'agit Ebroin ; il augmente son
autorité en se substituant, sur un point, au roi ; tout au
plus réussit-il à accentuer ainsi la réunion de la Neustrie
et de la Burgondie, en faisant disparaître, dans le royaume
de Gontran, l'exercice d'une mairie et d'un gouvernement
particuliers[2].

L'animosité était donc grande contre Ebroin, lorsqu'en
673 Clotaire III mourut ; son frère Thierry III lui succède
en Burgondie et Neustrie, tandis qu'en Austrasie, Childéric II, installé déjà auparavant par la reine Baltilde, a
comme premier conseiller, et probablement comme maire
du palais, un duc Wulfoald[3].

Ce changement de règne entraîna bien vite la chute
d'Ebroin. Le maire s'avisa, en effet, de ne pas convoquer
les optimates pour la reconnaissance solennelle du nouveau roi ; beaucoup, qui s'étaient mis en route, reçurent

---

[1] V. ci-dessous, IIme partie, ch. Ier. Surtout les grands, évêques et ducs,
adversaires d'Ebroin appartiennent aux trois races et, en majeure partie, à la race franque.

[2] Cf. Pfister, dans Lavisse, *Hist. de France*, II, p. 165.

[3] *Lib. Hist. Franc.*, 45, éd. Krusch, p. 317, *Contin. Fredeg.*, 2, éd.
Krusch, p. 168. Clotaire III meurt entre le 11 mars et le 16 avril 673.
Cf. Krusch, *Zur Chronologie*, p. 459 ; Havet, *Quest. Mérov.*, III, *Œuvres*,
I, p. 99.

l'ordre de rebrousser chemin, et craignent alors que leur
chef ne se réserve d'agir contre le jeune prince que, suivant la coutume, il devait proclamer publiquement, pour
la gloire du pays[1]. Ebroin viole, encore ici, un droit acquis par les grands, et supprime la cérémonie de l'élévation sur le pavois, qui confirmait au nouveau souverain
l'obéissance de ses sujets, et reconnaissait, au moins pour
la forme, aux Francs, leur fidélité et leur soumission
volontaires[2]. Cette fois, Ebroin semble affirmer son intention d'écarter complètement les grands du gouvernement
et de substituer plus entièrement sa volonté à celle du roi.

La conspiration qui lui résiste alors, et qui l'envoie en
exil, au monastère de Luxeuil, éclate aussi bien en Neustrie qu'en Burgondie. Tous, en haine de lui, appellent
Childéric II, qui accourt en Neustrie avec son maire
Wulfoald. Thierry III, tondu comme Ebroin, est relégué
à Saint-Denis[3].

Le caractère de cette rapide révolution se marque dans
une série de garanties, que ceux qui ont appelé Childéric
en Neustrie, se font donner, par l'unique roi des trois
royaumes. Elles n'entraînent aucune concession du pouvoir royal, ni ne proclament l'indépendance particulière
de la Neustrie et de la Burgondie. Elles tendent seulement à maintenir dans le pays, l'ordre, l'observation de la
loi et l'administration anciennes. L'exercice de la justice,
selon le droit et la coutume de chaque pays, est assurée,

---

[1] *Vita Leodegarii* C. (A), 3, éd. Bouquet, p. 613 : « Sed cum Hebroinus
ejus fratrem germanum, nomine Theodericum, convocatis Optimatibus
sollemniter, ut mos est, debuisset sublimare in regnum, superbiæ spiritu
tumidus eos noluit deinde convocare... »

[2] Cf. Fustel de Coul., *La Monarchie franque, De l'élévation sur le
pavois et du serment de fidélité*, p. 50 et s.

[3] *Vita Leodegarii*, C. (A), 3, éd. Bouquet, p. 613. *Lib. Hist. Franc.*,
45, éd. Krusch, p. 317 : « Eo tempore Franci adversus Ebroinum insidias
preparant, super Theodoricum consurgunt eumque de regno deiciunt. »
« Franci » pour l'auteur du *Liber* indique les Neustriens. Nulle part Léger
n'apparaît comme le chef de la conspiration. Childéric II commence à
régner en Neustrie et Burgondie en 673 (entre le 11 mars et le 15 mai).
Cf. Krusch, *Zur Chronologie*, p. 479-480 ; Havet, *Quest. Mérov.*, III,
Œuvres, I, p. 99.

telle que l'ont rendue jusqu'à présent les juges[1]. Les
« rectores », c'est-à-dire les ducs et les comtes, ne doivent
pas s'introduire d'une « provincia » dans l'autre[2]. Les
fonctionnaires provinciaux sont ainsi maintenus dans
leurs circonscriptions et doivent se conformer à la pratique du droit[3]. Enfin, on se prémunit contre le retour
de tentatives comme celles d'Ebroin, en amoindrissant
l'importance de la charge du maire du palais, également
dangereuse pour un roi trop faible, et pour les grands
qui tiennent à leur influence dans les affaires du royaume.
Aucun des palatins ne pourra devenir le maître des autres;
à leur tour les grands occuperont la plus haute fonction
de l'état[4].

La victoire des grands n'aboutit qu'à les garantir contre
la tyrannie possible du maire, mais elle ne s'attaque en
rien aux prérogatives royales; elle demande simplement

[1] *Vita Leodegarii*, C. (A), 4, éd. Bouquet, p. 613 : « Interea Hilderico
Regi expetunt universi, ut talia decreta per tria quæ obtinuerat regna, ut
uniuscujusque patriæ legem vel consuetudinem observaret, sicut antiqui
judices conservavere. » Il ne s'agit là que de l'affirmation du principe de
la personnalité des lois, au Gallo-Romain le droit romain, au Burgonde la
loi Gombette, etc., (Cf. *Præceptio Chlotarii*, I, 4 et 13, *Capitularia*, I, éd.
Boretius, p. 18-19), principe constant au haut moyen âge; donc aucune
tendance particulariste neustrienne ou burgonde, comme le veulent Waitz,
D. Verf. Gesch., II, 2³, p. 413 n. 1, et Bonnell, *Anfänge*, p. 115.

[2] *Vita Leodegarii*, C. (A), 4, éd. Bouquet, p. 613 : « ... et de una Provincia Rectores in aliam introissent, »; « rector » dans ce passage de la
Vita Leodegarii est le fonctionnaire préposé à la « provincia », opposée
à la « patria »; il désigne donc les comtes et les ducs fonctionnaires du
« pagus ».

[3] Pas plus que l'*Edictum Chlotarii* de 614, les « decreta » de Childebert II n'assurent à chaque cité des fonctionnaires (comtes) indigènes;
le texte ci-dessus ne concerne en rien leur recrutement, malgré Waitz,
D. Verf. Gesch., II, 2³, p. 403, n. 1, et Dahn, *Urgesch.*, III, p. 686.

[4] *Vita Leodegarii*, C. (A), 4, éd. Bouquet, p. 613 : « ... neque ullus ad
instar Hebroini tyrannidem assumeret, et postmodum sicut ille contuber-
nales suos despiceret : sed dum mutua sibi successione culminis habere
cognoscerent, nullus se alii anteferre auderet. » C'est bien là le sens qu'il
faut donner à ce texte assez obscur. Cf. Waitz, *D. Verf. Gesch.*, II, 2³,
p. 403; Dahn, *Urgesch.*, III, p. 681; Richter, *Annalen*, p. 171; l'explication de Dahn, par la concession aux grands du droit de déposer le maire
qui leur est hostile (cf. Bonnell, *Anfänge*, p. 115), ou d'empêcher l'hérédité de la charge, s'écarte trop du sens littéral.

le maintien de l'ordre et le respect de la loi dans les trois royaumes [1].

A la cour de Childéric, Léger, qui dut être parmi les ennemis d'Ebroin, un des personnages les plus considérables, excerce sur le jeune roi une influence prépondérante [2]. Tout de suite ses anciens ennemis reforment contre lui une faction qui pousse le roi à révoquer les édits qu'il a promulgués et favorise son inexpérience. L'évèque d'Autun se défend, en reprochant à Childéric d'être revenu si vite sur ses premières décisions et d'avoir épousé, contre les canons, la fille de son oncle [3]. Il défend ainsi la sage administration que la chute d'Ebroin a ramenée dans le royaume ; surtout il lutte pour maintenir à la cour son influence sur le jeune roi.

Son crédit, déjà chancelant, est compromis dans une affaire de caractère privé, et d'importance minime. Hector, patrice de la Provence de Marseille, était venu à la cour pour un procès ; il demande à Léger d'intervenir pour lui auprès du roi, et fournit ainsi à ses ennemis, un prétexte pour le renverser ; ils accusent en effet Hector et Léger d'une conjuration contre le roi, pour usurper le pouvoir [4].

Cette accusation semble n'avoir reposé sur aucun fondement. Hector était en contestation au sujet d'un héritage, avec l'évèque d'Arvernie, saint Priest ; le biographe de ce saint, naturellement ennemi du patrice et de son protecteur l'évèque d'Autun [5], nous a raconté tout au

---

[1] En résumé, rien d'une aristocratie laïque ou d'une féodalité ecclésiastique, ni d'un mouvement particulariste neustrien et burgonde dont Léger serait le chef, comme le veut Drapeyron, *Essai sur les luttes*, p. 106 et s., et *De Burg. Hist.*, p. 126.

[2] *Vita Leodegarii*, C. (A), 4, éd. Bouquet, p. 613 : « Sanctum igitur Leodegarium, ..., secum adsidue retinebat in Palatio. » Ursinus a prétendu contre toute possibilité qu'il fut alors maire du palais. *Vita Leodegarii*, B, 5, éd. Bouquet, p. 629. Cf. Krusch, *Die älteste Vita Leodegarii*, loc. cit.

[3] *Vita Leodegarii*, C. (A), 4, loc. cit. : « ...Hildericum cœpit arguere, cur consuetudines patrias, quas conservare preceperat tam subito immutasset. »

[4] *Vita Leodegarii*, C. (A), 4 et 5, éd. Bouquet, p. 613-614.

[5] La *Vita Præjecti* est plus ancienne que la vie A, de Saint Léger. Cf. Krusch, *Die älteste Vita Præjecti, Neues Archiv*, XVIII, p. 629-640.

long comment Priest, amené devant le roi, y gagne, d'un seul coup, la faveur de la reine, des grands et même de Childéric, et triomphe sans peine des prétentions d'Hector[1]. Il ne nous dit rien d'un complot contre la vie du roi ; il ne nous explique pas les causes qui poussent Hector et Léger à fuir subitement d'Autun, où Childéric était venu fêter solennellement l'anniversaire de Pâques. Tout au plus peut-on déduire de son récit qu'une certaine fermentation agite un moment l'entourage du roi. Saint Priest, hier accusé, devient tout d'un coup un sauveur. Les évêques et les prêtres, de l'aveu du roi et des grands, lui demandent de célébrer lui-même les Vigiles de Pâques « pour le salut du roi et la paix de l'Eglise[2] ».

Dailleurs, à peine soupçonnés, Hector et Léger fuient sans opposer la moindre résistance. L'évêque d'Autun, calomnié auprès du roi, apprend de sa bouche qu'il lui est devenu suspect, sans savoir pour quelle raison[3]. Il est vrai qu'il se sent un peu vite menacé de mort, pour n'avoir pas eu quelque chose à se reprocher. Mais il ne compte sur aucun puissant parti pour le défendre ; tout au plus il craint qu'Hector ne se laisse aller à quelque outrage contre le roi ; il craint surtout pour ceux qui sont venus à Autun, pour le défendre et l'entourer. Pour éviter un massacre, il se décide à fuir[4]. Le patrice, de son côté, disparaît, surtout parce qu'il a perdu la confiance du maire Wulfoald[5].

On le voit, les causes qui déterminent cette double fuite sont assez obscures ; l'hypothèse d'une nouvelle révolution fomentée par Léger n'est guère admissible ; tout au plus peut-on lui prêter quelques desseins ambitieux ; en tous cas, il est assez puissant pour susciter des haines et des jalousies parmi les grands, mais il ne rallie autour de

---

[1] *Vita S. Præjecti*, 10-13, dans Mabillon, *AA. SS. ord. S. Bened.*, S. II, p. 643-644.

[2] *Vita S. Præjecti*, 11, éd. Mabillon, p. 641 : « pro statu Regis, vel pace Ecclesiæ. » Cf. Krusch, *Älteste Vita Præjecti*, p. 632.

[3] *Vita Leodegarii*, C. (A), 5, éd. Bouquet, p. 614-615.

[4] *Ibid.*

[5] *Vita S. Præjecti*, 12, éd. Mabillon, p. 644.

lui, qu'un petit nombre d'acolytes qui ne peuvent, même à Autun, dans sa ville épiscopale, assurer sa sécurité personnelle.

A peine en fuite, Hector est poursuivi, rejoint et tué après une énergique défense. Sa suite est dispersée sans grande peine. Léger, bientôt arrêté, garde peut-être encore quelques sympathies, parmi les optimates. Les personnages les plus importants du palais, les évêques et les prêtres décident le roi à le reléguer à Luxeuil sans lui infliger la honte d'une déposition solennelle [1].

Sans nous arrêter plus longtemps à cette première période de l'activité de l'évêque d'Autun, nous pouvons nous assurer sans peine qu'il ne se livre autour de lui et sous sa direction aucune lutte de races, même aucune nouvelle guerre civile [2]. Des querelles d'intérêts, des complications d'ambitions et d'influences, parmi les grands de l'entourage du roi, un évêque qui joue à la cour le rôle d'un grand personnage laïque et qui domine un instant l'esprit du roi, bientôt compromis et sacrifié à la défiance jalouse des autres optimates, c'est tout ce que l'on pourra tirer des textes que nous avons rapidement passés en revue [3].

A Luxeuil, Léger se retrouve avec son ancien adversaire, Ebroin; tous deux se réconcilient [4], mais de nouveaux événements allaient leur donner, en même temps que la liberté, l'occasion d'opposer encore leurs rivalités acharnées.

Childéric II, bientôt odieux aux Neustriens, qui l'ont appelé eux-mêmes, est assassiné avec la reine en 675 dans

---

[1] *Vita Leodegarii,* C. (A), 5 et 6, éd. Bouquet, p. 615.

[2] Léger seul, en effet, est en cause, avec le patrice Hector. Autour d'eux, on ne peut relever aucun parti de grands burgondes (Bonnell, *Anfänge,* p. 116, Jahn, *Gesch. der Burg.,* II, p. 473), d'évêques germains ni de Gallo-Romains de la Provence. (Drapeyron, *Essai sur les luttes,* p. 173, *De Burg. hist.,* p. 126.)

[3] Les événements d'Autun précèdent de peu la mort de Childéric II, 675 (11 sept.-14 déc.). Cf. *Vita Leodegarii,* 7, éd. Bouquet, p. 615; ils se placent donc à Pâques 674 ou 675. Cf. Tardif, *Chartes de Noirmoutiers,* p. 40, n. 3 : 22 avril 675.

[4] *Vita Leodegarii,* C. (A), 7, éd. Bouquet, p. 615.

la forêt de Cuise[1]. Ce meurtre n'a rien d'une vengeance du prétendu parti de Léger; les Neustriens supportent mal un roi d'Austrasie; en outre, le jeune prince n'a plus l'autorité suffisante pour tenir en respect les palatins et les punir à son gré[2]. La mort de Childéric déchaîne sur tout le pays la guerre civile; ceux qu'il avait fait emprisonner reparaissent, exercent partout leurs fureurs; les comtes et les ducs sont divisés par des haines continuelles[3]; il n'y a plus de roi, plus de pouvoir central; chacun agit selon son bon plaisir et sans scrupules.

Cette fois les grands se groupent en deux partis contraires, autour de deux chefs. Les ennemis de Léger n'ont pas désarmé et continuent leurs machinations contre lui[4]. De son côté, l'évêque d'Autun reprend toute son influence; le respect qu'il inspire gagne à sa cause deux ducs qui l'avaient tiré du monastère, et d'autres grands leurs voisins, donc des optimates de Burgondie; tous s'associent pour sa défense, conspirent entre eux et décident de mettre hors d'état de nuire les ennemis de Léger, jusqu'à ce qu'ils aient rétabli la paix et mis sur le trône Thierry III[5]. L'occasion, le désir de paix groupent ainsi autour d'un homme célèbre et autrefois puissant, les grands de Burgondie, qui veulent la fin de cette anarchie; les Neustriens donnent comme maire au nouveau roi, Leudesius, fils d'Erchinoald; Léger et son frère Garin sont d'accord avec eux, en ce qui

---

[1] *Lib. Hist. Franc.*, 45, éd. Krusch, p. 318. Childéric II meurt en 675 entre le 11 sept. et le 14 déc. Cf. Havet, *Quest. Mérov.*, III, *OEuvres*, I, p. 99. Le meurtrier est un grand du nom de Bodilo qu'il a fait fustiger sans jugement. Le maire Wulfoald fuit en Austrasie.

[2] *Vita Leodegarii.* C. (A), 7.

[3] *Vita Leodegarii.* C. (A), 7, éd. Bouquet, p. 616 : « Hi vero, qui Rectores regionum esse debuerant, continuis odiis se invicem cœperunt lacessere. » « rector » semble ici avoir un sens plus étendu que celui de comte; « regio » en effet, ne désigne pas une circonscription nettement définie, sauf lorsqu'il est accompagné d'un adjectif ethnique, « regio Rhedonica, Turonica, = pagus ». Cf. Waitz, *D. Verf. Gesch.*, II, 1[3], p. 407, n. 1, II, 2[3], p. 37, 42, n. 1; Longnon, *Géogr.*, p. 37. L'anonyme signale alors une comète qui apparut en 676, août-nov. Cf. Krusch, *Zur Chronologie*, p. 480.

[4] *Vita Leodegarii.* C. (A), 7.

[5] *Vita Leodegarii.* C. (A), 8, éd. Bouquet, p. 616.

concerne la Burgondie [1]. Les choses en reviennent donc à ce qu'elles étaient sous Clovis II et la reine Baltilde; un maire en Neustrie qui n'est point hostile aux grands, l'union des deux royaumes maintenue avec la paix et Léger reprenant toute son influence en Burgondie. Les évêques et les grands proclament Thierry, puis rentrent en Burgondie; chacun regagne sa demeure sans se douter de l'effroyable guerre qui va bouleverser leurs projets [2].

Ebroin de son côté, est sorti du cloître; il abandonne la suite de Léger et groupe autour de lui tous les mécontents, tous les anciens ennemis de l'évêque d'Autun, tous ceux qui sont tenus à l'écart du palais.

En Austrasie ils proclament un enfant qu'ils disent fils de Clotaire III, donnent en son nom des ordres aux comtes et se débarrassent de ceux qui ne leur obéissent pas [3]. La façon dont Ebroin agit, dès lors, prouve bien que, pas plus que Léger, il n'est à la tête d'une race ou qu'il obéit à des préoccupations de politique générale. Il cherche un appui chez les Austrasiens qui l'ont naguère chassé de Neustrie ; à la tête de ses armées nous trouvons des ambitieux de toutes les parties du royaume, les évêques Didon, de Chalon-sur-Saône, Albon, de Valence, le duc de Champagne, Waimer, Adalric, un grand austrasien, peut-être le duc d'Alsace qui veut mettre la main sur le patriciat de Provence [4]; il combat les Neustriens aussi bien que les Burgondes; l'union des grands autour de Leudesius et de Léger, le gêne ; ses ennemis sont ceux qui s'opposent à son ambition et à son retour à la mairie.

---

[1] *Lib. Hist. Franc.*, 45, éd. Krusch, p. 318 : « Franci autem Leudesio, filio Erchonoldo, in maiorum domato palacii elegunt. Eratque ex Burgundia in hoc consilio beatus Leudegarius Augustudunensis episcopus et Gærinus frater ejus consentientes. » Cf. *Contin. Fredeg.*, 2, éd. Krusch, p. 169. On ne connait guère les noms des partisans de Léger, sauf celui de l'évêque de Lyon, Genès, comme lui, ayant autrefois servi la reine Baltilde à la cour. Cf. *Vita Balthildis*, 4 et 14, éd. Krusch, p. 486 et 501.

[2] *Vita Leodegarii*, C. (A), 10, éd. Bouquet, p. 618.

[3] *Vita Leodegarii*, C. (A), 8, éd. Bouquet, p. 616 : « ...in nomine sui Regis quem falso fecerant præcepta Judicibus dabant. Tunc qui eos volens noluit, aut si non fuga latenter discessit, gladi internecione deperit.»

[4] Cf. *Vita Leodegarii*, C. (A), 10 et 11, éd. Bouquet, p. 118. Cf. ci-dessous, p. 269, n. 4.

A la tête d'une forte armée d'Austrasiens, il fond sur la Neustrie, met en fuite Thierry et Leudesius ; à Crécy en Ponthieu, le roi tombe en son pouvoir. Leudesius est mis à mort, le prétendu fils de Clotaire abandonné. Ebroin reprend sa place au palais [1] et les optimates semblent le recevoir sans grande résistance [2].

En même temps, Didon, Albon et le duc de Champagne Waimer, agissent en Burgondie et vont mettre le siège devant Autun, où Léger refuse de croire à la mort simulée de Thierry et de rompre la fidélité qu'il lui doit. Pourtant, après un jour de combat et pour éviter le pillage de la ville, il se rend, et le duc Waimer regagne la Champagne en l'emmenant prisonnier [3].

Didon et un certain duc Adalric continuent leur route au sud, dans le but de s'emparer du patriciat de la Provence ; mais ils échouent devant Lyon, où l'évêque Genès et son peuple défendent vigoureusement la ville [4].

La carrière de Léger est terminée ; jusqu'au jour où Ebroin le fait exécuter, il subit une longue suite de souffrances et de tortures [5] ; les Neustriens qui se sont grou-

---

[1] Lib. Hist. Franc., 45, éd. Krusch, p. 319, cf. Contin. Fredeg., 2, éd. Krusch, p. 119. L'auteur du Liber ne connaît qu'une partie de la guerre menée par Ebroin et ses partisans, la rapide action du maire en Ponthieu et le meurtre de Leudesius. L'auteur de la vie de Saint Léger rapporte au ch. 8 la mort de Leudesius ; il la place à « Noviento villa jam recuperato regno tunc Theodericus residebat securus » (éd. Bouquet, p. 611 ; Nogent les Vierges, Oise, cant. de Creil, arr. de Senlis ; cf. Tardif, Chartes de Noirmoutiers, p. 4). Il ne suit d'ailleurs pas un ordre chronologique constant ; au ch. 8, Thierry est attaqué par Ebroin, au ch. 9, siège d'Autun et prise de la ville, au ch. 10 et 11, tentative sur Lyon et la Provence, au ch. 12, Ebroin est de nouveau maire du palais. Il est probable que la chute de Léger à Autun permet à Ebroin de reprendre possession de la mairie. En tous cas la guerre en Neustrie et le siège d'Autun semblent simultanés.

[2] Vita Leodegarii, C. (A), 12, éd. Bouquet, p. 619.

[3] Vita Leodegarii, C. (A), 9 et 10, éd. Bouquet, p. 617-619.

[4] Vita Leodegarii, 11, éd. Bouquet, p. 619 : « Desiderius vero cognomine Diddo una cum Adalrico Duce, quem ipsi volebant Patricium esse Provinciæ, ad Patriciatum subjugandum perrexerunt usque ad Lugdunum, ut ita exinde abducerent Genesium sicut de Augustiduno dudum expulerant Leodegarium. »

[5] Léger d'abord aveuglé, est recueilli par le duc Waimer. Ebroin l'accuse du meurtre de Childéric II : Garin est lapidé, Léger, le visage

pés autour de lui et de Leudesius sont tués ou dispersés, condamnés à la prison ou privés de leur fortune [1]. Ce parti éphémère, formé dans le but de conserver l'ordre, le pouvoir central et de rétablir la paix, est anéanti ; jamais du reste, ni dans sa formation, ni dans son activité, il n'a révélé des tendances particularistes et burgondes [2].

Ebroin, maître des deux royaumes de Neustrie et Burgondie, y fait régner la paix en anéantissant ses ennemis : craignant qu'il ne surgisse d'entre eux un nouveau rival, il décime les optimates, tuant les uns et forçant les autres à fuir chez les nations étrangères en abandonnant leurs biens [3]. Il ordonne une sorte d'amnistie qui fut surtout, pour lui et ses compagnons, l'occasion de garder les dépouilles de leurs ennemis [4].

mutilé, est remis aux mains d'un certain Waringus qui, à son tour, lui donne asile. Après deux ans de séjour dans un monastère, Ebroin le fait comparaître devant un synode d'évêques qui le dépose solennellement ; sur l'ordre du maire, il est bientôt décapité et très vite, des miracles illustrent son tombeau et répandent au loin sa légende. Cf. *Vita Leodegarii*, C. (A), 12-14, éd. Bouquet, p. 619 et s. La date de sa mort est incertaine ; avec Ursinus on aboutit à 678 (Duchesne, *Fastes*, II, p. 180) ; d'après la vie de St-Philibert, Ebroin meurt fin 683, et, d'après Ursinus, Léger trois ans avant lui, ce qui donnerait au contraire 680. Sa fête est au 5 octobre ; cf. Krusch, *Älteste Vita Leudegarii*, p. 589, n. 3.

[1] *Lib. Hist. Franc.*, 45, éd. Krusch, p. 319. *Contin. Fredeg.*, 2, éd. Krusch, p. 169-170.

[2] Bonnell, *Anfänge*, p. 116, Jahn, *Gesch. der Burg.*, II, p. 473. Drapeyron, *Essai sur les luttes*, p. 107 et s., *De Burg. Hist.*, p. 120-143, fait de Léger, le chef du clergé germanique, cette idée provient de ce qu'il le prend pour alsacien d'origine, et parent du duc Adalric, grâce aux légendes répandues par la vie de Ste-Odile ; il abuse aussi de la règle posée par Augustin Thierry et qui consiste à reconnaître la race des personnages aux noms qu'ils portent, règle qui peut avoir sa valeur pour le Vme siècle, mais n'est plus si absolue à la fin du VIIme siècle. A la fin du VIIIme siècle, toute distinction a disparu par la prédominance de l'élément germanique. Cf. Giry, *Diplomatique*, p. 356-357. De plus en appliquant la méthode de Drapeyron, on trouverait dans les deux camps des Germains et des Gallo-Romains.

[3] *Vita Leodegarii*, C. (A), 12. Le récit de l'anonyme concorde sur ce point, malgré ses exagérations verbales, avec le *Liber Hist. Franc.*, 45.

[4] *Vita Leodegarii*, C. (A), 12, éd. Bouquet, p. 619 : « ...continuo tale dedit Edictum, ut si quis quid cuiquam, dum in turbatione fuerat, intulisset dispendium vel prædam, nullius ex hoc generaretur calumnia. » Si l'on veut appeler cette mesure une amnistie, avec Dahn, *Urgesch.*, III,

Pourtant il ne triomphe pas encore dans toute l'étendue des trois royaumes ; au nord, les Austrasiens, un moment ses alliés, se donnent bientôt un roi particulier, et les pays soumis aux Francs sont de nouveau partagés, pour quelques années, entre les royaumes de Neustrie et de Burgondie, sur lesquels Thierry III règne avec Ebroin comme maire, et d'Austrasie, où se maintient Dagobert II.

A la faveur de la guerre, le fils de Sigebert III, exilé autrefois en Irlande par Grimoald [1], est revenu en Gaule. Le *Liber historiæ*, même le continuateur de Frédégaire, ne disent rien de ce détachement momentané de l'Austrasie ; c'est la vie d'un évêque anglais, saint Wilfrid d'York, qui nous a conservé l'histoire du roi exilé et de son retour à la liberté [2].

Wilfrid, entreprenant un voyage à Rome, est obligé de passer par la Frise pour éviter la Neustrie où ses ennemis ont indisposé Ebroin contre lui ; dans le courant de l'année 679, il est auprès du roi Dagobert, en Austrasie [3] : celui-ci le reçoit avec de grands honneurs, en reconnaissance de ses bienfaits. Dagobert avait, en effet, vécu en exil jusqu'à l'âge d'homme ; ses anciens amis et ses proches ayant eu connaissance par des marins de son existence, envoyèrent des messagers à Wilfrid, lui demandant de l'amener d'Irlande, pour en faire un roi. L'évêque d'York accueillit le jeune prince, le pourvut d'argent et d'une importante suite, et l'envoya ainsi en Austrasie.

A son tour, Dagobert lui prouve sa reconnaissance en lui offrant le siège épiscopal de Strasbourg ; puis, comme il refuse, le laisse continuer sa route sur Rome, avec l'évêque Déodat comme guide, et après l'avoir honoré de riches présents [4].

---

p. 695 et n. 5, il faut en tous cas avouer qu'elle ne profite qu'aux partisans d'Ebroin, partout vainqueurs.

[1] *Lib. Hist. Franc.*, 43, éd. Krusch, p. 316.

[2] L'auteur est son disciple Eddius Stephanus. Cf. Wattenbach, *D. Geschichtsquellen*, I, 7me édit., p. 148-149.

[3] E.-J. Tardif, *Les chartes mérovingiennes de l'abbaye de Noirmoutiers. Append. I. La Chronologie du règne de Dagobert II*, p. 52.

[4] *Vita S. Wilfridi, auct. Eddio Stephano*, 27, dans Mabillon, *AA. SS.*

L'élévation de Dagobert au trône d'Austrasie n'a pu
s'accomplir qu'après la mort de Childéric II et la tentative
d'Ebroin de faire un roi du prétendu Clovis, fils de Clotaire III ; les Austrasiens ne sont guère gagnés par cette
imposture ; ils acceptent sans peine Dagobert, que ses parents, peut-être sa mère la reine Himnechilde, et ses
amis, peut-être le maire Wulfoald, font revenir d'Irlande [1].
Son avènement doit se placer en 676, entre le 2 avril et le
30 juin [2].

Son autorité s'étendit non seulement sur l'Austrasie
proprement dite, mais aussi sur des cités frontières
comme Reims, et sur les dépendances austrasiennes du
sud de la Loire [3]. Toutefois, si son nom est reconnu dans
ces contrées comme celui d'un roi, le centre de sa puissance semble avoir été dans les vallées du Rhin et de la
Meuse, ses résidences à Metz, Trèves et les « villæ » des
environs [4]. L'Alsace avec Strasbourg lui appartient, et il
faut lui assigner sans doute l'Alamannie, dépendance
austrasienne des mêmes régions. La Suisse est donc de

ord. S. Bened., S. IV, 1, p. 691. L'évêché de Strasbourg était vacant par
la mort d'Arbogast, 21 juin 678. Cf. Tardif, op. cit., p. 52.

[1] Cf. Tardif, op. cit., p. 43 et n. 3.

[2] Tardif, op. cit., p. 44 et n. 1. Cette date est obtenue à l'aide de
deux actes, l'un du 1er juillet, l'autre du 1er avril suivant, datés de la
2me année de son règne, et conservés dans la pancarte de Cunaud, monastère dépendant de Poitiers. Les messagers et les démarches ayant dû
prendre un certain temps, on ne peut placer l'événement avant le printemps
676, après la mort de Childéric II.

[3] Ainsi à Châlons sur Marne, les actes de St-Memmius, évêque de
Châlons, récits de miracles survenus au tombeau du saint par un témoin
oculaire, datent un de ces miracles : « in anno secundo sub imperio
Dagoberti regis (ipse qui post longam pressuram reversus est ad propria
regna). » AA. SS. Aug., II, p. 7. De même pour le « pagus Remensis »
où se trouvent les biens que Dagobert II, la 4me année de son règne,
donne au monastère de Stavelot-Malmédy : Pertz, Diplom., I, p. 42, n° 45 ;
Pardessus, II, p. 176, n° 385 ; à Poitiers, l'évêque Ansoald date ses actes
des années de son règne ; à Clermont, à Marseille des monnaies sont frappées à son effigie. Cf. Tardif, op. cit., p. 44-45.

[4] Dagobert II fait en effet des donations au monastère de Stavelot-
Malmédy. Cf. Pertz, Diplom., I, p. 42, n° 45 ; Pardessus, II, p. 176, n° 385.
Mais le diplôme qui attribue Baden-Baden au monastère de Wissembourg, doit être attribué à Dagobert III (cf. Stumpf, dans Historische Zeitschrift, XXIX, p. 385), non à Dagobert II (Tardif, loc. cit., Pertz, loc. cit.)

nouveau divisée entre les deux royaumes pendant son règne de quatre années.

De son règne, nous ne connaissons qu'un seul fait important, une guerre contre Thierry, qui ravage les frontières de la Burgondie et de l'Austrasie, spécialement dans le pays de Langres, et qui nous est connue par un récit du biographe de sainte Salaberge, abbesse de Laon[1]. L'événement n'est pas daté, mais on peut retrouver des allusions à cette nouvelle guerre, dans deux diplômes de Thierry III ; le premier du 15 septembre 677, confirme en les atténuant, les peines portées contre Chramlinus, évêque intrus d'Embrun, par le synode de Mâlay, réuni pour le salut de l'église et la confirmation de la paix[2] ; le second, du 4 septembre 676, donne au monastère de Bèze en Bourgogne les biens confisqués du duc Adalric, qui s'est joint aux Austrasiens pour combattre le roi et ses fidèles[3]. C'est donc peu après son avènement que Dagobert II en Austrasie eut à soutenir une guerre contre Thierry III.

Au retour de Wilfrid de Rome, dans l'été 681[4], l'évêque d'York est en grand danger chez les Francs ; une troupe armée conduite par un évêque vient à sa rencon-

---

En Alsace des légendes ont conservé son souvenir (cf. Tardif, *op. cit.*, p. 48, n. 4) ; mais comme elles manquent généralement de données chronologiques, on peut tout aussi bien les attribuer à Dagobert Ier qu'à Dagobert II. Cf. *Vita S. Florenti*, dans Grandidier. *Hist. de l'Eglise de Strasbourg*, Preuves, n° 22, cf. p. 199 et s., et Schmidt, *Hist. du Chapitre de St-Tomas de Strasbourg*, p. 3 et s., p. 283 et s.; *Vita S. Arbogasti*, dans Grandidier, *op. cit.*, Preuves, n° 18 : vie du Xme siècle par l'évêque Utto. Cf. Molinier, *Sources*, I, n° 439, p. 139 et Rettberg, *Kirchengesch. Deutschl.*, II, p. 63-65.

[1] Cf. Bouquet, *Hist. de France*, III, p. 607 et Molinier, *Sources*, I, p. 150, n° 501.

[2] Pertz, *Diplom.*, I, p. 44, n° 48 : « Dum et episcopos de rigna nostra, tam de Niuster quam et de Burgundia, pro statu æcclesiæ confirmatione pacis ad nostro palatio Maslaco villa jussemus advenire,... » Dahn, *Urgesch.*, III, p. 697, y voit un rappel à la lutte d'Ebroin et de Léger.

[3] Pertz, *Diplom.*, I, p. 43, n° 46 : « ...qualiter Adalricus dux Deo sibi contrario nobis infidelis apparuit et se Austrasiis consociavit, ut adversum nos et nostros fideles scelera sua, si dominus Deus permisisset, exercuisset... » Pour les dates de ces diplômes et la chronologie de Thierry III v. ci-dessous, p. 276, n. 3.

[4] Il assiste au concile tenu à Rome le 27 mars 680. Cf. Tardif, *op. cit.*, p. 53.

tre ; son chef lui reproche d'avoir pris part à la restauration du pouvoir de Dagobert II et menace de le conduire
devant le maire du palais ; le saint échappe pourtant et
réussit à regagner, sans dommage, l'Angleterre. A ce
moment, son ami le roi d'Austrasie a été tué par la ruse des
ducs et avec le consentement des évêques [1]. Cette rébellion
qui supprime Dagobert II, après près de quatre années de
règne, nous est mal connue: il fut victime soit des Pippi-
nides, soit des intrigues d'Ebroin, qui avait gardé des
intelligences en Austrasie et qui réunit à ce moment
les trois royaumes francs, sous le sceptre de son roi
Thierry III. Il est également possible que le maire Wulfoald se soit maintenu jusqu'alors au palais d'Austrasie,
comme sous Childéric II [2].

Le règne et la personne de Dagobert II sont donc bien
mal connus ; on ne peut en tirer qu'une conclusion certaine, relative à la géographie des états francs du VIIme
siècle, c'est que de 676 à 679 l'Austrasie et ses dépendances d'Alsace et d'Alamannie ont un roi particulier, et
échappent à l'influence d'Ebroin et à la domination de
Thierry III.

Thierry III et son maire ne sont pas rentrés sans peine
en possession du royaume de l'est ; la mort de Dagobert II, la disparition de Wulfoald donnent à la puissante
famille des descendants de Pépin l'Ancien et de saint Arnoul l'occasion de reprendre une influence compromise
par la tentative éphémère de Grimoald. Dans les années
qui suivent, ils relèvent l'Austrasie, affaiblie par les guer-

---

[1] *Vita Wilfridi*, 31, éd. Mabillon, p. 663 : « ...ibique nuper amico suo
fideli Dægbertho Regi per dolum Ducum et consensu Episcoporum (quod
absit) insidiose occiso... » Mabillon d'après le récit d'Eddius place cette
mort entre le commencement d'oct. 679 et la fin de mars 680, *Annales
Benedictini, Præfat.*, n° 206 et n. 41. M. Tardif, *op. cit.*, p. 55. arrive à
une date plus précise. Dagobert II est honoré comme Saint à Stenay
(Meuse). (V. sa vie légendaire du XIme siècle, au T. IV des *SS. rer. Merov.*
de Krusch, p. 511-514, cf. Molinier, *Sources*, I, p. 137, n° 438.) D'autres
documents hagiographiques font mourir ce saint Dagobert roi, au cours
d'une chasse dans la forêt de Woëwre, le 10 des Calendes de janvier, donc
le 23 déc. 679.

[2] Cf. Tardif, *op. cit.*, p. 52. 53, 55 et s.; Richter, *Annalen*, p. 174.

res, les invasions des Wendes, la perte de la Thuringe, peut-être celle de l'Alamannie. Deux ducs dominent alors sur la région des Francs Ripuaires, Pépin dit de Landen, fils d'Ansegisèle fils d'Arnoul et d'une fille de Pépin [1], et Martin, très probablement son frère [2].

Cette restauration de la dynastie des maires austrasiens amène une nouvelle guerre avec Ebroin, qui soutient ici la légitimité de Thierry III et ses droits sur l'Austrasie. Pépin II et Martin, à la tête d'une forte armée austrasienne, attaquent le roi neustrien et son maire ; ceux-ci réunissent leurs troupes ; près de Laon, une première grande bataille se livre pour préparer le triomphe des Carolingiens ; mais ceux-ci son vaincus et mis en fuite ; Ebroin les poursuit et ravage le pays ; à Laon, avec l'aide de l'évêque de Reims, Reolus, il réussit à s'emparer par ruse, de Martin, qui s'était réfugié dans la ville, et le fait mourir. Pépin s'enfuit en Austrasie [3].

Ebroin obtint probablement la reconnaissance de Thierry III, en Austrasie ; mais Pépin s'y maintient, et le maire neustrien ne réussit pas à faire de ce pays, qui sous ses duc nationaux était devenu comme un état à part [4], une simple dépendance de la Neustrie. Cette victoire permet d'apprécier toute la puissance de l'ancien ennemi de Léger, qui, resté seul maître au palais, défend avec énergie le pouvoir royal et l'intégrité de la monarchie contre les tentatives carolingiennes et le détachement des pays austrasiens. Il réussit, au moins, à maintenir la Neus-

---

[1] Böhmer Mühlbacher, *Reg.*, p. 5.

[2] Cf. Friedrich, *Zur Geschichte des Hausmeiers Ebruin*, p. 61.

[3] *Lib. Hist. Franc.*, 46, éd. Krusch, p. 312 ; *Contin. Fredeg.*, 3, éd. Krusch, p. 170. L'auteur du *Liber* marque bien que l'attaque de Pépin et de Martin eut lieu après la mort de Childéric II et de Dagobert II, par les mots « decedentibus regibus » ; en outre « decedente Wulfoaldo » indique que le maire de Childéric II s'est maintenu bien après lui et sous Dagobert II. Le lieu de la bataille est « loco nuncupante Lucofao », le Bois royal du Fays près Laon pour Bonnell, *Anfänge*, p. 123, n. 2. Lavaut entre Laon et Soissons pour Jacobs. Cf. Böhmer Mühlbacher *Reg.*, p. 5, et Dahn, *Urgesch.*, III, p. 706, n. 1. La date est imprécise 680 ?. Böhmer Mühlbacher, *loc. cit.*

[4] Longnon, *Atlas Hist., Texte explicatif*, p. 42-43.

trie et la Burgondie fortement unies, soutient la légitimité
de la dynastie mérovingienne et arrête un moment les
progrès de la famille des ducs et des maires carolingiens[1].
Mais la haine qu'il avait suscitée par son oppression des
grands de Neustrie l'empêcha de continuer son œuvre.
L'un d'eux, Ermenfredus, qu'il avait dépouillé d'une
fonction fiscale et menacé de mort, réunit une troupe
d'acolytes, l'assassine traîtreusement à la porte de sa maison, puis s'enfuit en Austrasie auprès de Pépin[2]. Ebroin
disparaît ainsi, entre 679 et 681[3], et laisse le champ
libre aux Carolingiens.

§ 4. — *Ebroin et la Burgondie.* — *L'évêque saint Amé
de Sion.* — *Ravage du Sorngau par le duc d'Alsace,
Adalric et les Alamans (676).*

L'histoire des rois qui se succèdent si rapidement en
Neustrie et en Burgondie, des partages qu'ils font de la
monarchie franque et des guerres soutenues par Ebroin,
nous a entraînés bien loin des régions du Jura et des Alpes. Il nous a suffi, pour y revenir, de fixer en passant le
rôle de Léger, qui ne peut à aucun titre être tenu pour le

---

[1] Bonnell, *Anfänge*, p. 121-125; Tardif, *Chartes de Noirmoutiers*,
p. 58.

[2] *Lib. Hist. Franc.*, 47, éd. Krusch, p. 320, *Cont. Fredeg.*, 4, éd.
Krusch, p. 170. Le fragment de la *Vita Leodegarii*, A, du *Ms. lat., Bibl.
Nat. Paris*, nº 17002, publié par Krusch, *Neues Archiv*, XVI, p. 595,
s'arrête au moment où le meurtrier d'Ebroin l'attend pour le tuer.

[3] Krusch, *op. cit.*, p. 590, place cette mort d'après la vie de Saint Phili-
bert, en 685. Mais une charte insérée dans la vie de Saint Condède, moine
à Fontenelle, datée de la 7me année de Thierry III et de la 2me de l'abbatiat de Saint Ansbert à Fontenelle, est contresignée du maire du palais
qui est déjà Waratton. Cette charte appartient à l'année 681. Contrairement aux computs de Krusch et de Julien Havet, les années du règne de
Thierry III doivent être prises dans toute l'étendue du royaume franc à
partir de son premier avènement le 15 mai 673. Cf. Vacandard, *Le règne
de Thierry III et la chronologie des moines de Fontenelle, Revue des
questions historiques*, LIX, p. 491 et s., p. 505, n. 1.

chef d'un parti burgonde. Le caractère de l'œuvre d'Ebroin est plus complexe ; il ne peut s'agir ici de la retracer dans tous ses détails ; mais de ce que nous avons étudié de lui jusqu'à présent, nous pourrons facilement arriver à une conclusion qui nous éclairera sur la situation des pays burgondes, à la fin du VIIme siècle.

Ebroin après avoir été le chef occasionnel d'une bande d'ambitieux et de mécontents, s'empare du pouvoir et en demeure le maître incontesté et absolu. Ses ennemis sont alors les optimates, qui ont pris l'habitude d'entourer le roi et de se disputer leur influence sur le gouvernement. Il brise sans retour la force grandissante de cette aristocratie de fonctionnaires : il maintient ainsi toute sa force au pouvoir central, qui passe d'ailleurs, avec lui, du roi au maire ; il conserve dans leur intégrité les royaumes francs et leurs dépendances et empêche la désagrégation rapide d'une société déjà compromise. Dans cette œuvre, qui précède celle des Carolingiens, il se montre surtout personnellement avide du pouvoir et de ses jouissances ; il rompt, sans arrière pensée, avec des habitudes de gouvernement consacrées par l'usage et attaque sans scrupules les biens et les personnes des grands [1].

Aussi en restaurant pour un temps le pouvoir du Mérovingien, il semble avoir plus obéi à son ambition qu'à des calculs de sagace politique [2]. A l'égard de la Burgondie, Ebroin n'agit en aucune manière comme un Franc neustrien, hostile à un prétendu particularisme burgonde [3]. Il combat contre les grands, évêques, ducs ou comtes

---

[1] Cf. Waitz, *D. Verf. Gesch.*, II, 2 ³, p. 402.

[2] V. notamment Bonnell, *Anfänge*, p. 117 ; Drapeyron, *Essai sur les luttes*, p. 107 ; Pfister, dans Lavisse, *Hist. de France*, II, p. 165 ; Friedrich, *Zur Gesch. des Hausmeiers Ebruin*, p. 45.

[3] Cf. outre Drapeyron, *De Burg. Hist.*, p. 119 et s., Jahn, *Gesch. der Burg.*, II, p. 475 ; Gelpke, *Kirchengesch. der Schweiz*, II, p. 18, qui fait de tous les désordres en Burgondie des mouvements nationaux : p. 9, l'affaire de Protadius, p. 11, la rébellion contre le duc Herpon, p. 16-17, la lutte entre Willibad et Flaochat. Voir, par contre, les excellentes observations de Pfister, *op. cit.*, p. 165 : les trois royaumes ne représentent pas des principes différents ; la haine des races n'est pas la cause des guerres civiles.

dans les deux royaumes ; seulement, en écartant du palais d'autres influences que la sienne, il accentue l'union de la Neustrie et de la Burgondie ; il fait à tout jamais disparaître, dans ce dernier royaume, un maire particulier, une administration séparée ou tout au moins un groupement d'optimates qui le représente devant le roi.

La lutte d'Ebroin contre les évêques et les ducs, la guerre déchaînée dans les provinces par ses partisans ont sans doute étendu leurs effets sur les cités transjuranes. Peu de souvenirs cependant surgissent de cette époque troublée ; seuls deux faits imparfaitement connus et obscurément racontés indiquent que la Burgondie et la haute Alsace, aujourd'hui suisses, ne furent point alors épargnées.

Tout d'abord à la liste des évêques et des saints qui eurent à souffrir de la tyrannie du maire, il faut joindre un évêque de Sion, saint Amé.

La vie de sainte Rictrude, première abbesse de Marchiennes, morte vers 687, composée en 907 par Hucbald, moine de Saint-Amand qui la dédie à Etienne, évêque de Liège [1], nous a conservé le souvenir de la réclusion, dans un monastère des Flandres, d'un saint Amé, condamné par Thierry III ; accusé d'infidélité, ce personnage était alors évêque d'une cité qu'il s'agit de définir, et qui, suivant les manuscrits, est appelée tantôt Sens, tantôt Sion. Thierry l'avait confié à la garde d'Ultanus, abbé de Péronne ; à la mort d'Ultanus, sa prison, ou mieux sa résidence forcée, fut transférée au monastère de Bruel-Merville près de Douai, dans le diocèse d'Arras ; l'abbé en était alors Maurontus, fils de sainte Rictrude, qui le reçut avec vénération et qui trouva en lui un modèle de vertu et de sainteté [2].

---

[1] Molinier, *Sources*, I, p. 152, n° 523. La vie ancienne avait disparu lors des invasions normandes ; une vie en vers fut plus tard composée par Jean, moine de Saint Amand et dédiée à Erluin, évêque de Cambrai (996-1012).

[2] *Vita S. Rictrudis, AA. SS. Maii*, III, p. 79-81 : commentaire de Papebroch ; l'édition est faite sur un manuscrit de Marchiennes et deux manuscrits de Saint Omer, et collationnée sur le texte de Mabillon. *Ibid.*, p. 87, *Vita S. Rictrudis*, II, § 24 : « ...Qui beatus vir (Amatus), electus et

Les Bollandistes assignent à Amé l'« episcopatum urbis Senonensium » ; Mabillon, dont l'édition procède d'un manuscrit de Marchiennes, écrit au contraire « episcopatum urbis Sidunensium » [1]. Le choix entre les deux variantes serait facilement réglé par le classement des manuscrits d'une édition critique ; en son absence il convient de chercher ailleurs, les raisons qui doivent décider entre Sens et Sion.

Au moyen âge, on n'a guère hésité et saint Amé, évêque de Sens, se retrouve dans plusieurs autres textes hagiographiques. Une vie entière, consacrée à sa gloire, raconte comment il fut appelé au siège archiépiscopal de Sens par les évêques des cités voisines, aux acclamations du clergé et du peuple et contre son gré. Le biographe s'étend ensuite sur son exil à Péronne, puis à Merville, dont il devint abbé à la mort de Maurontus. Après sa mort, ses reliques, transportées à Douai, ont maintenu son culte dans cette ville [2].

Mais la vie de saint Amé, dit de Sens, ne saurait décider de la leçon à admettre dans la vie de sainte Rictrude ; sa composition est notoirement postérieure et moins digne de foi que l'histoire de l'abbesse de Marchiennes ;

sublimatus ad Episcopatum urbis Senonensium, eo tempore quo Theodoricus Rex iniquam exercebat tyrannidem, insimulatus falso quasi de infidelitate apud ipsum, in Perrona monasterio sito in oppido Virmandorum, cui sanctus præerat Abbas Ultanus, subire jussus est exilium. »

[1] Mabillon. *AA. SS. ord. Bened.*, S. II, p. 947, note c : « lege Senonensium quod ex ipsius sancti Vita aliisque Auctoribus constat. » De même Migne. *Patrol. lat.*, CXXXII, p. 842, col. 2.

[2] *Vita S. Amati, AA. SS. Sept.*, IV, p. 128-131, éditée d'après un manuscrit d'Arras. *Ibid.*, p. 128, *Vita S. Amati*, 2 : « Unde Domino nostro non sustinente tantam lucernam sub modio latere, sed ut posita supra candelabrum in domo Domini luceret, de medio sublato Senonensium archiepiscopo, evocatis ad pastorem ibidem eligendum vicinarum urbium episcopis, B. Amatus eligitur et licet invitus, acclamante clero et populo in episcopum sublimatur. » Une autre vie a été éditée par les Bollandistes d'après les nos 52 et 71 du *Codex Bruxellensis 7482*, le no 44 du *Codex Bruxel. 7460*, tous deux du XIIIme siècle, et sur une copie de leur collection. Cf. *Catalogus Codicum Hagiogr. biblioth. regiæ Bruxellensis*, II, p. 44-45. Cf. *ibid.*, p. 48, *Vita S. Amati*, 12 : « Interea tempore vocationis suæ determinato, Senonensium episcopus terrenis rebus exemptus ad Christum fuit arcessitus. »

l'auteur ne tient aucun renseignement particulier sur son héros, et n'a pas connu de sources anciennes ; il ne fait qu'amplifier ce qu'il tient d'Hucbald de Saint-Amand et ne peut lui être préféré [1].

Il en est de même de la vie de sainte Eusébie, fille de sainte Rictrude, morte vers 673 et abbesse à Hamay, près de Marchiennes ; elle connaît aussi Amé comme un « antistes Senonensium » [2]. Son témoignage aurait plus d'importance si, comme les Bollandistes [3], on en faisait un texte ancien, ou même si, avec Mabillon [4], on l'attribuait au même Hucbald de Saint-Amand. Mais le biographe de sainte Eusébie fait lui-même allusion à un écrit qui semble être la vie même de sainte Rictrude ; il s'étonne en effet d'y avoir cherché en vain un miracle attribué, par la tradition populaire, à la sainte [5]. L'ouvrage serait ainsi tiré, au Xme siècle, de l'œuvre hagiographique d'Hucbald [6].

Tous les auteurs de ces quelques vies des saints du nord procèdent les uns des autres et ne font que répéter ce qu'ils ont trouvé, dans un des manuscrits de la vie de sainte Rictrude, où le copiste a écrit « Senonensium » à la place de « Sidunensium ». Sigebert de Gembloux a repro-

---

[1] Cf. Molinier. *Sources*, I, p. 140, n° 444 ; *AA. SS. Sept.*, IV, p. 123. *L'Histoire littéraire*, par les Bénédictins de St-Maur, IV, p. 192, avant l'édition des Bollandistes, considérait le texte comme antérieur au IXme siècle, parce qu'il ne faisait pas mention de la translation des reliques à Douai et de la destruction de Merville par les Normands. Mais la vie des *Acta Sanctorum* parle de cette translation à Douai.

[2] *Vita S. Eusebiæ*, 6, *AA. SS. Mart.*, II, 1, p. 453 : « Cui (Mauronto) exemplar singulare in justitia et sanctitati, S. Amatum Dominus in collegium dignatus est addere, ut incohaberet speculum perfectioris vitæ. Hic primum Antistes Senonensium apud Theodoricum Regem alterum suis temporibus Neronem, in servorum Dei persecutione, de infidelitate insimulatus et a sua Sede exiliatus eidem Mauronto Dei famulo fuerat commendatus. »

[3] *AA. SS., Mart.*, II, 1, p. 450 et s.

[4] Mabillon, *AA. SS. ord. S. Bened.*, S. II, p. 984-990.

[5] *Vita S. Eusebiæ, AA. SS. Mart.*, II, 1, p. 454 : « Est apud vulgus hoc quidem in opinione, quod ab eo ruminatur ex antiquitatis traditione : et mirum cur qui alia scripsere, hoc eo modo posterorum subtraxerunt notitiæ. »

[6] Bénédictins de St-Maur. *Hist. Litt.*, VI, p. 258-260.

duit cette erreur dans sa chronique, lorsqu'il place, à tort, l'exil de saint Amé en 672, avant l'avènement de Thierry III[1]. Son continuateur, un moine d'Anchin en Artois, pour certaines parties de son œuvre utilise la même source que Sigebert, mais la résume d'une autre façon[2]. Il nous donne une date plus acceptable, 685, et accuse Ebroin de la punition du saint, sans que nous puissions savoir d'où il a tiré cette indication[3]. Aux XIᵐᵉ et XIIᵐᵉ siècles, on ne connaît donc plus en Artois et en Flandres qu'un seul saint Amé, l'évêque de Sens.

Un seul texte garde toute sa valeur, celui de la vie de sainte Rictrude, et nous oblige à choisir entre ses deux leçons « urbis Senonensium » et « urbis Sidunensium ». Pour l'interpréter il nous faut rechercher si saint Amé peut prendre place dans le catalogue des évêques de Sens. Vers 668 nous savons que le siège est occupé par Emmo, qui reçoit chez lui le moine Hadrien, envoyé en Angleterre avec l'archevêque Théodore[4] ; en 677, Landebertus assiste au synode de Mâlay[5] ; entre eux deux, il y aurait juste place pour Amatus. Son nom toutefois ne figure dans aucune des listes anciennes et concordantes qui nous donnent la succession des évêques de Sens[6] ; ce n'est qu'à partir du XIIᵐᵉ siècle qu'on l'intercale dans certains catalogues, et encore entre Lupus et Mederius, entre 614 et 627, avant la naissance de Thierry III[7].

---

[1] *Sigeberti Chronicon, Mon. Germ., SS.*, VI, p. 326 : « 672, Amatus episcopus Senonensium a rege Theodorico gravi et inrevocabili exilio diu tribulatur. »

[2] Wattenbach, *D. Geschichtsquellen*, II, 5ᵐᵉ édit., p. 147 et n. 1, Bethmann, *Mon. Germ., SS.*, VI, p. 279.

[3] *Sigeberti auct. Aquicinense, Mon. Germ., SS.*, VI, p. 392 : « 685, S. Amatus a Theodorico rege consilio Ebroini exiliatur. »

[4] Bède, *Hist. Eccl. Angl.*, IV, 1, dans Migne, *Patrol. lat.*, XCV, p. 174. Cf. Duchesne, *Fastes*, II, p. 413.

[5] Pertz, *Dipl.*, I, p. 44, nᵒ 48, Pardessus, II, p. 178, nᵒ 388. Duchesne, *Fastes*, II, p. 413, date ce synode de Mâlay de 680. Landebertus souscrit une charte mancelle de l'année 683.

[6] Duchesne, *Fastes*, II, p. 391 ; Besson, *Mémoire pour servir à l'histoire de Saint Amé premier abbé de Remiremont, Revue d'hist. eccl. suisse*, 1907, I, p. 21.

[7] Besson, *loc. cit.*

A Sion, d'autre part, le souvenir de saint Amé ne s'est pas tout à fait perdu. Un martyrologue, vu par Gremaud aux archives de Valère, et qu'il attribue au XIIme siècle, contenait la mention « Idus Septembris, sancti Amati presbiteri et abbatis Romerici et pontificis Sedunensis [1]. Il y a là une confusion entre saint Amé évêque, et saint Amé premier abbé de Remiremont et moine à Saint-Maurice, qui meurt peu après 630 et dont on a une vie bien différente de celle du prétendu évêque de Sens [2].

Malgré cette erreur, le martyrologue de Gremaud, texte indépendant des vies de saints flamands, prouve bien qu'au XIIme siècle la tradition a conservé à Sion le souvenir d'un évêque du nom d'Amatus. Il trouve toute la place voulue dans la série des évêques de Sion, tandis qu'il n'arrive que comme un intrus au XIIme siècle dans les listes anciennes de Sens. La bonne leçon du passage plus haut cité de la vie de sainte Rictrude est donc bien « urbis Sidunensium ». Saint Amé, dont les malheurs nous sont racontés par Hucbald et par le compilateur de la vie qui porte son nom, est donc bien un évêque de Sion [3]. Exilé, même emprisonné, sur l'ordre de Thierry III sur une accusation d'infidélité, il s'ajoute aux autres grands ecclésiastiques qui ont eu à souffrir du gouvernement tyrannique d'Ebroin. Toutefois, ce n'est que dans une chronique du XIIme siècle, que nous voyons pour la première fois le nom du maire mêlé à l'histoire de son martyr. Le peu que nous en savons suffit à nous montrer l'action d'Ebroin s'étendant jusque dans les cités lointaines de la Burgondie suisse.

Il faut rattacher aussi aux guerres qui suivent la mort de Childéric II, et aux luttes des partis groupés autour d'Ebroin et de Léger le martyr d'un autre saint, honoré en Suisse et, ce qui nous intéresse plus, une invasion des

---

[1] *M. D. S. R.*, XVIII, p. 250, n. 3 et XXIX, p. 13, n° 19 : « et pontificis Sedunensis » est peut-être une interpolation ; Besson, *op. cit.*, p. 21, n. 6.

[2] Besson, *op. cit.* Cf. Krusch, *Vita Amati, SS. rer. Mer.*, IV, p. 215-221.

[3] Duchesne, *Fastes*, I, 2me édit., p. 246 ; Gremaud, *M. D. S. R.*, XVIII, p. 485 et XXIX, n° 19 ; Besson, *Mémoire*, p. 20-21 et p. 21, n. 6. Cf. *Revue hist. eccl. suisse*, 1908, II, p. 71-72.

Alamans dans une petite vallée du Jura bernois. Ces faits, d'un caractère tout local, ont de grands rapports avec les ravages du Thurgau par Otwin et Erchanoald racontés par les vies de saint Gall. Ils nous sont connus par une source meilleure que les biographies de Wetti et de Walafrid Strabon; c'est la vie de saint Germain, moine à Remiremont et à Luxeuil sous l'abbé Waldebert, et placé par son maître à la tête du monastère que fonde à Moutiers-Grandval, dans le Jura, le duc d'Alsace, Gondoïn [1].

Après Gondoïn et Boniface, le nouveau duc d'Alsace s'avise de faire reconnaître violemment son autorité dans les vallées reculées du Jura; il reproche aux habitants du pays, où se trouve le monastère, d'avoir été rebelles à son prédécesseur; ceux-ci protestent contre cette accusation ou peut-être résistent à l'oppression du duc, dont la colère atteint spécialement les hommes du Sorngau, la vallée de la Sorne, affluent de la rive gauche de la Birse sur laquelle était bâti Moutiers-Grandval; il ordonne aux centeniers de la vallée de venir devant lui et les jette en prison. Puis à la tête de bandes d'Alamans, il envahit la contrée, au lever du soleil; on annonce alors à saint Germain que la vallée va être prise entre deux troupes ennemies; Cathalmundus y pénètre par le nord, Adalric par un autre côté. Alors, prenant avec lui les reliques des saints et, comme seul compagnon, le bibliothécaire du monastère, Randoald, il se rend au devant du duc pour arrêter sa marche en avant [2].

---

[1] L'auteur en serait Bobbolène, moine de Luxeuil ou de Grandval, et qui a lui-même connu des contemporains du saint. Cf. Molinier, *Sources*, I, p. 158, n° 503; la meilleure édition est celle de Trouillat, *Monuments de l'Histoire de l'ancien évêché de Bâle*, I, p. 48-55.

[2] *Vita S. Germani Grandivallensis*, 6, éd. Trouillat, p. 53, « (Chatalricus sive Caticus) cœpit nequiter opprimere populum illum vicinii monasterii; cœpit eos imputare quod ejus antecessori semper rebelles fuissent. Illis vero protestantibus, quod nefas erat quod eis imputabatur, multis modis eos affligere conabatur... Caticus... assumpsit secum phalangos Alamannos gentis bellicosæ. » Pfister, *Le duché mérovingien d'Alsace*, p. 16, dit qu'ils furent levés dans le voisinage du lac de Constance; il semble plutôt qu'il s'agit des Alamans de son duché, les « Alesaciones ». Pour Pfister, Adalric remonte le cours de la rivière

Il trouve le duc Adalric près de la basilique dédiée à saint Maurice, dans le voisinage de Courtetelle (canton de Bern, district de Delémont) [1] tenant conseil avec le comte Eric [2]. Il lui reproche sa cruauté qui, en le poussant à ravager le pays, compromet la prospérité du monastère, et s'en retourne en refusant de lui donner la main ; son intervention a été inutile : toute la vallée est à feu et à sang, les maisons brûlent et le saint ne peut qu'implorer sur ce désastre, le secours de Dieu [3]. Puis, comme il regagne le chemin de Moutiers, il est dépouillé par des hommes « pleni dæmonio » auxquels il parle doucement ; l'un d'entre eux le tue ; c'était la veille de la fête de la Chaire de saint Pierre (21 février) [4].

Cet épisode de l'histoire de l'Alsace bâloise, qu'un moine nous raconte, parce qu'il illustre le martyr d'un pieux abbé, est un de ces rares traits de mœurs qui donnent à l'époque sa réelle physionomie ; l'arbitraire des ducs s'exerce pour le malheur des populations ; les fonctionnaires mérovingiens, alors presque indépendants, sont mal contenus dans leurs violences. D'autre part, sur la frontière ethnique des Alamans et des Burgondes, c'est un exemple de plus des hostilités qui continuent entre les deux peuples, sous la domination franque ; provoquées ou conduites par quelque roi ou quelque duc, les bandes alamanniques se jettent, encore vers la fin du VIIme siècle, sur le pays burgonde, où les habitants, affaiblis et paisibles résistent mal à leur ancien ennemi.

Enfin le ravage du Sorngau trouve sa place dans la suite

depuis Delémont, Cathalmundus le descend, arrivant du nord ; il serait venu ainsi de Porrentruy par les Rangiers. Sur le Sorngau, v. IIme partie, ch. II.

[1] Trouillat, *Monuments*, I, p. 53, n. 5.

[2] *Vita S. Germani*, 6, éd. Trouillat, p. 53. Le comte Eric est un comte d'Alsace et non comme le dit Trouillat, *op. cit.*, p. 53, n. 6, le légendaire Etichon fils d'Atic. Cf. IIme partie, ch. II.

[3] *Vita S. Germani*, 6, éd. Trouillat, p. 54 : « Ille vero videns quod nihil proficeret, sed per totam vallem cernens tanquam a luporum morsibus vicinos monasterii laniari et domus eorum incendio concremari, flevit diutissime et manus psalmasque in cœlum tendens dicebat : Vide Domine ne sileat, quia gens barbara ingressa est super nos. »

[4] Cf. Pfister, *op. cit.*, p. 17.

des événements que nous avons racontés à propos d'Ebroin
et de saint Léger. Ce duc d'Alsace, que Bobbolène appelle
Chatalricus ou Caticus, joue alors un rôle important dans
le royaume franc.

La vie de saint Léger cite parmi les grands qui assiè-
gent l'évêque, à Autun, et qui vont ensuite attaquer Lyon,
un duc du nom d'Adalricus ou Chaldaricus [1]. C'est sans
doute le même qu'un certain duc Adalricus, dont les biens,
confisqués à la suite de son infidélité et de son alliance
avec les Austrasiens, sont donnés en 676 par Thierry III
au monastère de Bèze en Bourgogne [2]. Le fait que cet
Adalric possède des biens, probablement situés en Burgondie, ne prouve pas qu'il appartient à ce pays ; on peut
très bien le considérer comme un haut fonctionnaire
austrasien, possessionné en Burgondie, qui reconnaît
Thierry III et passe ensuite à Dagobert II [3]. D'autre part,
le duc d'Alsace Chatalricus ou Caticus de la vie de
saint Germain apparaît déjà en mars 675, dans un diplôme
de Childéric II en faveur du monastère de Saint-Grégoire
en Alsace ; le roi, attribuant à son abbé Valedius les
hommes de deux villages alsaciens, s'adresse au duc
Chadichus et au comte Robert [4].

---

[1] *Vita S. Leodegarii*, C. (A), 11, éd. Bouquet, p. 619 : « Desiderius
vero cognomine Diddo una cum Adalrico Duce, quem ipsi volebant
Patricium esse Provinciæ, ad Patriciatum subjugandum perrexerunt
usque ad Lugdunum. » L'édition de Mabillon que reproduit dom Bouquet,
indique, *AA. SS. ord. S. Bened.*, S. II, p. 159 : « alias Chaldarico ». Le
manuscrit de la vie A, *Bibl. Nat. ms. lat. 17002*, f⁰ 102 v⁰, col. 2, porte
« cum Chalda(l)rico duce... », l'*l* est gratté.

[2] Diplôme de Thierry III, sept. 676 : *Besuensis Abbatiæ Chron.*, éd.
Garnier et Bougaud, p. 247. Pertz, *Dipl.*, I, p. 43, n⁰ 46 : « ... omnibus
patefactum est qualiter Adalricus dux Deo sibi contrario nobis infidelis
apparuit et se Austrasiis consociavit, ut adversum nos et nostros fideles
scelera sua, si dominus Deus permisisset, exercuisset... » Les localités
appartenant à Adalricus et attribuées au monastère : « res nominatas
Fiscafelinis una cum appenditiis suis et adiacentiis et cum colonica
Trevario et quicquid supradictus Adalricus de quolibet adtracto ibidem
tenuit et possedit... » n'ont pas été identifiées.

[3] Tardif, *Chartes de Noirmoutiers*, p. 51. n. 2, Adalricus est qualifié
d'« infidelis » non pas de « rebellus ».

[4] Pertz, *Dipl.*, I, p. 29, n⁰ 30, Pardessus, II, p. 158, n⁰ 368 :
« Childericus rex Francorum v. inl. Chadicho duce, Rodeberto comite. »

Une nouvelle identification se propose ainsi; le duc
d'Alsace qui ravage le Sorngau n'est pas différent du duc
qui se joint à Autun aux ennemis de Léger et à qui l'on
promet le patriciat de la Provence; grand austrasien qui,
à la suite du duc de Champagne Waimer, suit le parti
d'Ebroin, il lâche plus tard Thierry III et se rallie à Dagobert II; le roi de Neustrie, pour le punir, confisque les
biens qu'il possède en Burgondie et qui peut-être lui ont
été autrefois conférés pour gagner son appui[1]. Cette identification est d'autant plus plausible que des manuscrits
de la vie de saint Léger donnent bien la double ortho-
graphe du nom du duc alsacien, Adalricus et Chadalricus[2].

Adalric est duc d'Alsace en 675; rien ne prouve qu'il

[1] Pfister, *Le duché d'Alsace*, p. 15, n. 1, affirme cette identification
comme certaine, contre Schœpflin et après Mabillon, *Ann. ord. S. Bened.*,
I, p. 537, Pitra, *Hist. de St-Léger*, p. 229, Digot, *Hist. d'Austrasie*, III,
p. 247. Adalricus dans la vie de Saint Léger, devait être nommé patrice
de la Provence et non, comme le veut M. Pfister, maire du palais du
royaume de Burgondie. Il ne faut pas tenir compte des indications légendaires de la Vie de Sainte Odile et de la Chronique d'Ebersheim *(Chronicon Novientense)*, qui tendent à faire d'Adalric ou Etichon un descendant
des maires du palais Leudesius et Erchinoald, et un parent de Saint Léger.
Cf. Tardif, *Chartes de Noirmoutiers*, p. 51, n. 2, et Pfister, *Le duché
d'Alsace*, p. 60-61, 82-85.

[2] Adalricus et Chadalricus dans la vie de St-Léger; Chatalricus ou
Caticus dans la vie de St-Germain; Chadichus dans le diplôme de Childéric II. Il faut cependant remarquer que le moine Jean qui écrit en 1119
la chronique du monastère de Bèze, en compulsant la chronique de Saint
Bénigne de Dijon et en analysant les chartes de ses archives (Molinier, *Sources*, II, p. 89, n° 1368), fait du duc Adalric puni par Thierry III, le fils d'un
duc de Burgondie, Amalgarius, fondateur du monastère de Bèze. Ce dernier aurait eu en outre comme enfants, Waldalenus, premier abbé de Bèze,
et Adalsinda, abbesse d'un monastère du diocèse de Besançon. Cf. *Besuensis
Abbatiæ Chronicon*, éd. Bougaud, p. 233 et 238-239. Cet Amalgarius est
très probablement le duc de race franque que nous rencontrons, sous le
règne de Dagobert, dans la chronique dite de Frédégaire; en 629-630 il tue
à St-Jean de Losne, Brodulf, oncle de Caribert, *Chron. Fredeg.*, B., IV, 58;
en 631 il est envoyé en ambassade auprès de Sisenand roi des Goths, *Id.*,
IV, 73; il apparaît en outre parmi les ducs de l'armée de Burgondie, envoyée
contre les Wascons, *Id.*, IV, 78, et parmi les sectateurs de Flaochat,
Id., IV, 90. Toutefois, il est très probable que le moine Jean, au XIIme siècle, rencontrant dans le diplôme de Thierry III le nom d'un duc Adalric
possédant des biens dans le voisinage de Bèze, en ait fait lui-même un
fils du duc Amalgarius, fondateur du monastère.

soit déjà en possession de cette fonction avant cette
date ; le ravage du Sorngau a donc eu lieu vers ce temps-
là ; on peut même le rapprocher des troubles qui suivent
la mort de Childéric II, des exactions commises par les
ducs et les comtes et que le biographe de saint Léger nous
a rapportés en termes sombres [1]. Dans ce cas-là, la mort
de saint Germain se placerait le 21 février 676, Childéric
étant mort en 675 (11 sept.-14 déc.) [2].

§ 5. — *Les derniers maires en Neustrie et Burgondie.* — *Bataille de Tertry (687).* —*Pépin II, maire dans les trois royaumes.* — *Situation de la Burgondie et de l'Alamannie à son avènement.* — *Quatre campagnes contre les Alamans (709-712).* — *Maires carolingiens et rois mérovingiens jusqu'à la mort de Pépin (715).*

Ebroin mort, la route est ouverte aux Carolingiens ; un
nouveau maire du palais est installé sur l'ordre du roi, et
après que les grands en eurent délibéré [3]; c'est un « vir
inluster» du nom de Waratton qui semble avoir tenu,
entre les grands de Neustrie, dont il est, et le roi, dont le
rôle est toujours aussi effacé, la place intermédiaire d'Erchinoald.

Waratton maintient la paix avec Pépin dont il a reçu
des otages [4] ; le duc austrasien reconnaît alors certainement Thierry III, qui, ainsi que l'attestent les diplômes,
réunit les trois royaumes de Neustrie, Burgondie et Austrasie [5]; mais sa soumission est toute formelle ; en fait il

[1] *Vita S. Leodegarii*, C. (A), 8, éd. Bouquet, p. 616 : « Hi vero, qui Rectores regionum esse debuerant, continuis odiis se invicem cœperunt lacessere : et dum Rex tunc non stabilitus in culmine, quod unicuique rectum videatur in propria voluntate, hoc agebat sine formidine disciplinæ. »
[2] Pfister, *op. cit.*, p. 17, n. 1 : vers 675.
[3] *Lib. Hist. Franc.*, 47, éd. Krusch, p. 321.
[4] *Loc. cit.*
[5] Diplôme de Thierry III pour Saint Denis (sans date). Pertz, *Dipl.*, I, p. 46, nº 51: Pardessus, II, p. 187, nº 397 : « per regna Deo pro-

occupe l'Austrasie comme un duc indépendant au même degré que les ducs de Thuringe, de Bavière et d'Alamannie ; graduellement ils ont tous relâché les liens qui les unissaient au pouvoir central du roi mérovingien [1].

C'est probablement cette reconnaissance tacite de son indépendance par le palais de Neustrie qui indispose contre son père, le fils du maire Waratton, Ghislemar. Celui-ci, homme hardi, actif et instruit, ne se contente plus de seconder son père dans l'exercice de sa charge ; il le supplante et devient à sa place maire de Neustrie et de Burgondie [2]. Le pouvoir royal n'a plus assez de force pour garder le maire de son choix ; l'aristocratie, brisée par sa longue lutte contre Ebroïn, ne dispose plus d'assez d'influence pour exercer seule le gouvernement, dont le roi se montre incapable ; jusqu'alors son avis avait été toujours consulté lors de l'élection des maires ; maintenant un grand peut, par un coup de main, s'imposer à leur volonté et à celle du roi. Aucune résistance durable ne s'oppose plus, en Neustrie et en Burgondie, à l'ambition des ducs austrasiens.

Ghislemar reprend, en effet, les hostilités contre Pépin ; à Namur, par une ruse, il lui tue plusieurs hommes importants, plusieurs de ses leudes [3]. Mais il disparaît à son tour sans qu'on sache comment, ni que l'on puisse exactement savoir ce qu'il voulait faire. Son père Waratton reprend la mairie [4] ; la Neustrie et l'Austrasie semblent avoir vécu en paix jusqu'à sa mort.

Après lui, les Neustriens, divisés et hésitants, font un maire de son gendre Berchaire, et les textes ne disent même plus si le roi donna sa sanction à cette nomination [5].

picio nostra, tam in Niustreco quam Austrea vel in Burgundia... » Cf. Bonnell, *Anfänge*, p. 124.

[1] Bonnell, *Anfänge*, p. 124 et s.

[2] *Lib. Hist. Franc.*, 47, éd. Krusch, p. 321. *Contin. Fredeg.*, 2, éd. Krusch, p. 170.

[3] *Lib. Hist. Franc.*, 47, éd. Krusch, p. 321, *Contin. Fredeg.*, 4, éd. Krusch, p. 171.

[4] *Lib. Hist. Franc.*, 47 ; la date approximative de la mort de Ghislemar est 681. Böhmer Mühlbacher, *Reg.*, p. 5.

[5] *Lib. Hist. Franc.*, 48, éd. Krusch, p. 322 : « Franci nempe in diversa tendentes, vacellabant. Interdum Bercharium quondam statura pusillum

Berchaire a dès le commencement eu des adversaires parmi les grands ; il les méprise, se passe de leur amitié et de leurs conseils ; comme Ebroin, et comme Ghislemar, il cherche à gouverner le palais en se passant d'eux [1]. Le résultat de cette antipathie ne se fit pas longtemps attendre ; une conspiration se forme contre lui ; de grands personnages, comme Audoramnus, comme l'évêque Reolus de Reims, qui jadis avait livré Martin à Ebroin, à Laon [2], se tournent alors du côté de Pépin ; ils échangent avec lui des otages, lui jurent un pacte d'amitié et l'excitent contre Berchaire et son parti [3]. Pépin et les Austrasiens attaquent une dernière fois Thierry III et son maire ; cette fois ils sont vainqueurs à Tertry sur l'Omignon (Somme, arr. de Péronne), en juin 687 [4].

Cependant la bataille ne décide pas définitivement de la fortune des descendants d'Arnoul et de Pépin ; tout le royaume franc ne tombe pas d'un seul coup entre leurs mains, comme plus tard le veulent les annales et les chroniqueurs carolingiens ; Berchaire continue à occuper la mairie ; il est encore en charge le 30 octobre 688 [5] ; il faut qu'à l'instigation de sa belle-mère Ansflède, peut-être grâce aux machinations de Pépin, il soit tué, pour que ce dernier devienne seul maire des trois royaumes [6].

Alors Pépin s'établit fortement en Neustrie. Drogon, son fils, qui reçoit le duché de Champagne, épouse la fille d'Ansflède, très probablement la veuve de Berchaire, qui

sapientia ignobilem, consilio inutile, in maiorum domato oberrantes statuunt Franci in invicem divisi. »

[1] *Contin. Fredeg.*, 5, éd. Krusch, p. 171. Cf. Pfister, dans Lavisse, *Hist. de France*, II, p. 167.

[2] *Lib. Hist. Franc.*, 46, éd. Krusch, p. 312.

[3] *Contin. Fredeg.*, 5, éd. Krusch, p. 171.

[4] *Lib. Hist. Franc.*, 48, éd. Krusch, p. 322. *Contin. Fredeg.*, 5, éd. Kruch, p. 171. Pour la date cf. Krusch, *SS. rer. Mer.* II, p. 322, n. 5.

[5] Diplôme de Thierry III pour Saint Denis : Pertz, *Dipl.*, I, p. 51, n⁰ 57, Pardessus, II, p. 204, n⁰ 410 : « ad suggestionem precelse regine nostre Chrodochilde seo et inlustri viri Berchario, maiorem domos nostre... »

[6] *Lib. Hist. Franc.*, 48, éd. Krusch, p. 323 : « ...post hæc Pippinus Theuderico rege cœpit esse regimine maiorem domus. » Cf. Bonnell, *Anfänge*, p. 126, n. 7. Berchaire avait épousé Adaltrude, fille de Waratton et d'Ansflède.

19

appartient à une riche et considérable famille austrasienne [1]. Lui-même s'empare des trésors de Berchaire,
laisse Norbert, un de ses fidèles, auprès du roi et retourne en Austrasie [2].

L'avènement des Carolingiens est dès lors possible. Leur
famille s'établit presque sans retour dans la mairie des
trois royaumes. L'aristocratie, victorieuse de la royauté
à Tertry, mais trop faible en Neustrie et en Burgondie,
pour retenir et exercer le pouvoir, s'est donné un maître :
la grande dynastie austrasienne « assurera la reconstitu-
tion du pouvoir royal franc et l'unité du royaume [3] ».

Avec l'installation de Pépin dans la mairie des trois
royaumes commence l'histoire de la dynastie carolingienne ; les rois Mérovingiens se succèdent encore, sans
gloire et sans importance, sur le trône de Clovis, et les
descendants de Pépin l'Ancien et d'Arnoul ont encore à
lutter, pour assurer leur domination sur toute la monarchie
franque. Le premier rôle leur appartient désormais, et il
ne reste plus, pour clore une étude restreinte à l'époque
mérovingienne, qu'à retracer les années du principat de
Pépin II ; ainsi apparaîtra le terme de l'évolution qui fait
de la Burgondie, une simple province du royaume et qui
force, au contraire, les rois de la nouvelle race à faire rentrer dans l'ordre l'Alamannie, devenue, au commencement
du VIIIme siècle, un duché indépendant.

Pépin II, victorieux, est donc rentré dans son Austrasie,
qu'il gouverne comme un état particulier. Thierry III règne
sur la Burgondie et la Neustrie, assisté de Norbert,
l'homme de Pépin qui semble avoir représenté auprès de
lui le maire du palais, le vrai maître [4].

---

[1] Cf. Krusch, *SS. rer. Mer.*, II, p. 323, n. 3 ; Bonnell, *Anfänge*,
p. 127, n. 6 et Dahn, *Urgesch.*, III, n. 3.

[2] *Lib. Hist. Franc.*, 48, éd. Krusch, p. 323.

[3] Pfister, dans Lavisse, *Hist. de France*, II, p. 168.

[4] Norbert n'a pas porté le titre de « maiordomus », il est appelé
« vir inluster » dans les diplômes. Pertz, *Dipl.*, I, p. 58, l. 35 et l. 45.
Dans un diplôme de Childebert III, du 8 avril 696, pour l'abbaye de
Tussonval, dépendance de Saint Denis, il souscrit comme un référendaire.
Pertz, *Dipl.*, I, p. 61, n° 69, Pardessus, II, p. 236, n° 436 : « † Childe-

Pépin commence l'œuvre de ses successeurs, maires. rois et empereurs ; à l'intérieur, il restaure le pouvoir royal et l'affranchit, déjà en sa personne, de l'aristocratie palatine et de celle des fonctionnaires. A l'extérieur, il entreprend les guerres qui assureront les frontières du royaume et leur extension et qui feront rentrer dans la soumission, les peuples qui, sous leurs ducs nationaux, s'étaient peu à peu affranchis de la tutelle franque, les Bavarois, les Thuringiens. les Alamans [1].

La Burgondie est maintenant complètement unie à la Neustrie et sans unité nationale ; au moment où Pépin substitue son autorité à celle du roi, elle ne bouge pas. C'est à tort que l'on a voulu chercher dans un passage de la vie de saint Bond, évêque d'Arvernie [2]. le souvenir d'une révolte des Burgondes [3] ; un conflit a simplement éclaté entre l'évêque de cette ville, probablement Godinus et un duc, qualifié du titre de « dux Burgundionum » et qui doit être considéré comme le fonctionnaire qui administrait quelques cités du royaume de Burgondie, dont le « pagus Lugdunensis ». L'ancien évêque réconcilia les deux adversaires, adoucit la tyrannie du duc, et assura l'obéissance de l'évêque au pouvoir laïque [4].

En Alamannie, au contraire, les ducs, encore en 643 fi-

---

berthus rex subscripsi, † Nordeberthus optulit. » Cf. Stumpf, *Ueber die Merovingischen Diplome, Hist. Zeitschrift.* XXIX, p. 365.

[1] Cf. Dahn, *Urgesch.,* III, p. 713 ; Bonnell, *Anfänge,* p. 126, 129, 131.

[2] Cf. Duchesne, *Fastes,* II, p. 38. Saint Bond succède à son père Avitus II en 691 ; après une dizaine d'années il abdique l'épiscopat et, après divers séjours à Manlieu, Rome, Lyon, il meurt dans cette dernière ville. La vie est ancienne et a été écrite à la demande d'Adelphius, abbé de Manlieu et d'Eucherius. compagnons du saint. Cf. Molinier, *Sources,* I, p. 142, nº 454.

[3] Richter, *Annalen,* p. 181, n. 1 ; Jahn, *Gesch. der Burg.,* II, p. 473-474.

[4] *Vita Sancti Boniti,* 29, dans Mabillon, *AA. SS. ord. Bon.,* S. III, p. 95 : « Cum Arvenorum gleba relicta Lugdunensem pervenisset in urbem, ibique ab opere solito non vacans, ipsius urbis Præsulem atque Burgundionum Ducem, rebellemque Principem suo adiit consultu, ut et hunc fidelissimum et illum ex tyrannide placidum redderet, ac fidei vinculo connexis firma stabilitatis jura manerent. » Les *Annales Mettenses* de la fin du Xᵐᵉ siècle, *Mon. Ger. SS..* I, p. 321, appellent Drogon le duc de Champagne « dux Burgundionum ».

dèles à la famille des Pépin, s'affranchissent totalement
de la suprématie des rois mérovingiens ; les rois ont laissé
s'opérer ce détachement progressif comme celui des Bavarois et des Thuringiens ; les maires carolingiens sont des
ducs austrasiens que les ducs alamans considèrent comme
des égaux. Pépin II commence la guerre pour faire reconnaître la primatie de sa famille, aussi bien que pour rétablir la soumission des Alamans aux Francs[1].

Après la mort du duc Gotfried, qui semble avoir été
assez fort pour n'être pas inquiété[2], les armées franques
franchissent le Rhin[3]. En 709, Pépin dirige une première campagne contre le duc Villari[4]. Le résultat n'en
dut pas être très concluant, car l'année suivante il recom-
mence.

Pendant deux années consécutives, Villari se défend
avec énergie ; en 711, un certain Waléric conduit contre

---

[1] *Erchamberti Breviarium.* éd. Pertz, *Mon. Germ. SS.*, II, p. 327 : « Illa
namque temporibus ac deinceps Cotefredus dux Alamannorum cæterique
circumquaque duces noluerunt obtemperare ducibus Francorum, eo quod
non potuerint regibus Meroveis servire, sicuti antea soliti erant ; ideo se
unusquisque secum tenuit, donec tandem aliquando post mortem Cotefridi
ducis Carlus cæterique principes Francorum paullatim ad se revocare
illos, arte quo potuerant studuerunt. » Les « circumquaque duces » sont
les ducs de Bavière et de Thuringe. Cf. Dahn, *Könige*, IX, 1, 66, n. 6.
Le Bréviaire d'Erchambert n'est pourtant qu'une compilation, par un
moine souabe du IXme siècle, des sources antérieures, surtout du *Liber
Historiæ*. Cf. Molinier, *Sources*, I, p. 249, nᵒ 809 ; Wattenbach, *D. Geschichtsquellen*, I, 6me édit., p. 260.

[2] Chr.-Fr. Stälin, *Wirtemb. Gesch.*, I, p. 179.

[3] Godfried meurt en 709, probablement au commencement de l'année.
Annales Laureshamenses, éd. Pertz, *Mon. Germ. SS.*, I, p. 22 : « 709. ver-
nus durus et deficiens fructus, et Gotafridus mortus. » *Ann. Alaman.*, loc.
cit., « 709 (710), annus durus, et deficiens fructus Gotefrid moritur. » Cf.
Ann. Nazariani. ibid., p. 23 ; *Ann. Augienses, ibid.*, p. 67 ; *Ann. S. Gall.
Majores, ibid.*, p. 73 ; *Ann. S. Gall. breves., ibid.*, p. 64 : 708. Cf. pour
le classement des annales carolingiennes, G. Monod, *Etudes Critiques sur
les sources de l'Histoire carolingienne. Bibl. Ec. hautes Etudes*, CXIX,
p. 77 à 102 ; Wattenbach, *D. Geschichtsquellen*, I, 7me édit., p. 154.

[4] *Lib. Hist. Franc.*, 49, éd. Krusch, p. 323-324 : « Pippinus quoque
multa bella gessit contra Ratbodem gentilem vel alios principes, contra
Suevos vel quamplurimas gentis. » *Annales S. Amandi*, éd. Pertz, *Mon.
Germ., SS.*, 1, p. 6 : « 709, quando Pippinus perrexit in Suavis contra
Vilario. » Cf. *Annales Tiliani, ibid.*, p. 6 ; *Ann. Petaviani, ibid.*, p. 7.

lui l'armée franque; en 712, un évêque, dont les annales
ne nous ont pas conservé le nom [1].

L'effet des quatre campagnes de Pépin contre les Alamans ne fut pas définitif, car les hostilités persistèrent
sous Charles Martel. Les Annales de Metz ont naturellement, au X° siècle, exalté les deux guerres menées par
Pépin II lui-même; d'après elles, elles auraient abouti à
des victoires et au ravage du pays [2]; mais il faut se méfier
de ce témoignage postérieur et partial [3], et croire plutôt,
que la lutte prit fin, grâce à une soumission éphémère et
apparente des Alamans, ou qu'elle fut arrêtée par la maladie de Pépin.

Ces guerres furent pourtant sanglantes; la tradition de
Saint Gall nous a conservé le souvenir des maux qui
s'abattirent alors sur le pays; l'Alamannie fut ravagée et
beaucoup de captifs furent emmenés comme esclaves.
Les fugitifs s'étaient rassemblés dans le « pagus Arbonensis » et de là plusieurs avaient cherché un refuge autour de la « cella » de saint Gall. L'ennemi les poursuvit
jusque-là et cinq soldats, pénétrant dans l'oratoire du saint,

---

[1] *Annales Petaviani*, éd. Pertz, *Mon. Germ. SS.*, I, p. 6 : « 710, iterum
Pippinus perrexit in Suavis contra Wilaro. » Cf. *Ann. Tiliani; Ann.
Petaviani, ibid.*, p. 6 ; *Ann. Laureshamenses*, éd. Pertz, *Mon. Germ., SS.*, I,
p. 22 : « 710, Pippinus migrat in Alamauia. » Cf. *Ann. Mosellani, Mon.
Germ. SS.*, XVI, p. 494 ; *Chronicon Universale 741, Mon. Germ., SS.*,
XIII, p. 17 ; *Ann. Alamannici*, éd. Pertz, *Mon. Germ., SS.*, I, p. 22 : « 710
(711), Pippinus perrexit in Alamanniam. » Cf. *Ann. Nazariani*, éd. Pertz,
Mon. Germ., SS., I, p. 23 ; *Ann. Augienses, ibid.* p. 67 ; *Ann. S. Gall.
breves.*, éd. Pertz, *Mon. Germ., SS.*, I, p. 64 : « 710 (709, VII), Pippinus Alamanniam ingreditur. » Ces dernières annales à partir de celles de Lorsch,
ne connaissent qu'une seule expédition de Pépin. *Annales S. Amandi*, éd.
Pertz, *Mon. Germ., SS.*, I, p. 6 : « 711, quando Walericus duxit exercitum
Francorum in Suavis contra Vilario. » « 712, quidam episcopus duxit
exercitum Francorum in Suavis contra Vilario. » Cf. *Annales Tiliani,
ibid. ; Annales Petaviani, ibid.*, p. 7. L'« Anepos episcopus » de
l'édition Duchesne et de la Chronique d'Adon comme l'« Ansoaldus
episcopus» de Neugart, *Episcop. Const.*, I, p. 50, proviennent d'une faute
de lecture. Cf. Bonnell, *Anfänge*, p. 131, n. 5 ; Stälin. *Wirt. Gesch.*, I,
p. 50 ; Pertz, *Mon. Germ. SS.*, I, p. 6, n. a.

[2] *Annales Mettenses*, éd. Pertz, *Mon. Germ., SS.*, I, p. 321.

[3] Cf. Molinier, *Sources*, I, p. 286, n° 948 et Bonnell, *Anfänge*, p. 118-
120 et 157 et s.

se saisirent de femmes, qui s'y étaient réfugiées, et les emmenèrent captives en « Francia [1] ».

Cette petite scène décrite par les hagiographes montre que le contre-coup de la guerre se fit sentir sur la rive gauche du Rhin, et que les batailles, entre les Francs et Villari, eurent lieu non loin des bords du lac de Constance [2]. Ainsi s'annoncent, pour la Suisse, les péripéties de la longue résistance des derniers ducs Alamans aux Carolingiens.

Sous Pépin, plusieurs rois se succèdent qui, comme Thierry III, restent dans l'ombre du palais, et se contentent de faire figurer leurs noms dans les diplômes; avec eux la monarchie franque ne subit plus aucun partage. Thierry III meurt en 690, entre le 11 mars et le 15 mai [3]. Son fils Clovis III, encore enfant, lui succède et règne quatre ans, de 691 à 695. Childebert III, son frère, lui succède [4]. Norbert meurt après 696 et Pépin, maître du royaume, délègue son second fils, Grimoald, comme maire du roi Childebert III [5].

Cependant la mort des deux fils de Pépin paraît compromettre un moment la prospérité croissante des Carolingiens. Drogon, le duc de Champagne, meurt en 708 [6]. Grimoald, qui semble s'être concilié les Neustriens par sa bonté et sa justice [7], disparaît aussi : il est assassiné par un païen, très probablement un Frison, dont son père a

---

[1] Wetti, *Vita S. Galli*, 37, éd. Krusch, p. 278, Walafrid; *Vita S. Galli*, II. 3, éd. Krusch, p. 314 : « Post multum vero tempus misit Pippinus maiordomus exercitum copiosum ad devastandam Alamannorum provinciam, et iterato Francorum ditioni subjugandum. »

[2] Pfister, dans Lavisse, *Hist. de France*, II, p. 169.

[3] *Lib. Hist. Franc.*, 49, éd. Krusch, p. 323. *Contin. Fredeg.*, 6, éd. Krusch, p. 172. Cf. Vacandard, *Le règne de Thierry III*, p. 497.

[4] *Lib. Hist. Franc.*, 49, éd. Krusch, p. 323. *Contin. Fredeg.*, 6, éd. Krusch, p. 172. Cf. Krusch, *Zur Chronologie*. p. 489.

[5] *Lib. Hist. Franc.*, 49, éd. Krusch, p. 323. Cf. ci-dessus, p. 290, n. 4. Norbert meurt entre 697 et 701 pour Krusch, *SS. rer. Mer.*, II, p. 323, n. 6; entre 697 et 702 pour Böhmer Mühlbacher, *Reg.*, p. 11.

[6] *Lib. Hist. Franc.*, 49. Au printemps 708 : cf. Bonnell, *Anfänge*, p. 130, n. 2; Böhmer Mühlbacher, *Reg.*, p. 9.

[7] *Lib. Hist., Franc.*, 50, éd. Krusch, p. 323 : « Eratque ipse Grimoaldus maiorum domus pius, modestus, mansuetus et justus. »

vaincu le peuple, à Saint-Lambert de Liège, comme il se rendait auprès de Pépin malade à Jupille sur la Meuse [1]. Presque en même temps, après dix-sept ans d'un règne effacé, Childebert III meurt, le 14 avril 711 ; son jeune fils Dagobert III lui succède [2].

Pépin dispose maintenant comme un roi du majordomat héréditaire dans sa famille ; c'est un mineur qu'il fait maire du palais [3] ; le fils illégitime de Drogon, Theudoald, est imposé par lui aux Neustriens [4].

Ce faible rejeton des maires austrasiens ne tarde pas à être renversé et tué par les Francs ; mais Pépin peut mourir, il laisse d'une autre femme que Plectrude, un fils Charles, qui sera Charles Martel [5] et qui décidera définitivement de l'avenir de sa race.

Pépin II, atteint depuis longtemps de fièvre, meurt le 16 décembre 715 dans la « villa » de Jupille sur la Meuse [6].

---

[1] *Lib. Hist., Franc.*, 50, et *Contin. Fredeg.*, 7, éd. Krusch, p. 173. Avril 711 ; cf. Böhmer Mühlbacher, *Reg.*, p. 12 ; Bonnell, *Anfänge*, p. 129.

[2] *Lib. Hist. Franc.*, 50, éd. Krusch, p. 324. Cf. Krusch, *SS. rer. Mer.*, II, p. 172, n. 7 et Böhmer Mühlbacher, *Reg.*, p. 7.

[3] Cf. Breysig, *Die Zeit Karl. Martells*, p. 4.

[4] *Lib. Hist. Franc.*, 50, éd. Krusch, p. 325 : « Theudoaldum vero, iubente avo, in aula regis honorem patris, sedem sublimen instituunt. » Cf. *Cont. Fredeg.*, 6, éd. Krusch, p. 178 et *Lib. Hist. Franc.*, 49, éd. Krusch, p. 323.

[5] *Lib. Hist. Franc.*, 49, éd. Krusch, p. 323. Cf. Böhmer-Mühlbacher, *Reg.*, p. 12.

[6] *Lib. Hist. Franc.*, 50, éd. Krusch, p. 323. *Cont. Fredeg.*, 8, éd. Krusch, p. 173, Cf. Böhmer Mühlbacher, *Reg.*, p. 9.

DEUXIÈME PARTIE

Les Peuples. Le Pays. L'administration franque.

CHAPITRE PREMIER

La Burgondie et la Transjurane.

§ 1. — *Les conséquences de la victoire des Francs en 534*
et la situation des Burgondes dans la monarchie méro-
vingienne. — L'armée et les impôts. — Possessions du
fisc royal en Burgondie. — Persistance des lois natio-
nales.

Il nous faut maintenant déterminer à l'aide des faits que
nous avons chronologiquement rapportés, jusqu'ici, et
en nous éclairant de quelques autres textes, quelle fut à
l'époque franque la situation du pays occupé par les Burgondes, à l'est du Jura, dans la Suisse actuelle. De même
que pour l'Alamannie, nous ne faisons ici qu'une étude
des documents écrits, relatifs aux institutions et à la géographie historique de nos contrées : nous laissons de côté
les renseignements que pourraient nous fournir les découvertes archéologiques et les théories de la toponomastique, à l'aide desquelles on pourrait tenter une description complète de leur état social et de leur civilisation [1].
Une première question se pose dont l'intérêt est capital.
La Burgondie conserve-t-elle à l'époque franque quel-

---

[1] Voir ci-dessus, notre Introduction.

ques restes de son ancienne indépendance et l'histoire de
la Transjurane aux premiers siècles du moyen âge, peut-
elle s'expliquer par le maintien d'une vie et d'un sentiment national ?

L'étude des conséquences de la conquête mérovingienne et de la situation des Burgondes aux VIme et VIIme
siècles nous permettra de répondre à cette question.

C'est l'historien grec Procope, qui nous renseigne le
mieux, sur la soumission du peuple vaincu en 534, par les
fils de Clovis. « Les Francs, nous dit-il, ayant soumis les
Burgondes, les forcèrent à prendre part désormais à leurs
guerres, en tant que peuple asservi ; ayant assujetti tout
le pays que les Burgondes habitaient, ils lui imposèrent
leur tribut » [1].

L'imposition du service militaire est donc en premier
lieu, suivant Procope, la conséquence de la victoire des
Francs ; en effet, tout de suite après leur défaite, les
Burgondes apparaissent dans les expéditions que poussent
les rois mérovingiens, au delà de leurs frontières. Alors
ils forment un contingent spécial, distinct du reste de
l'armée et formé en une troupe nationale, qui prête, comme
celui d'une nation sujette, son concours aux rois francs [2].

Ceux-ci engagés par de précédents traités avec l'empereur ne peuvent intervenir directement en Italie, en faveur
du roi ostrogoth ; ils promettent à ce dernier allié, le secours d'une de leurs nations sujettes [3]. Et ce sont 10,000
Burgondes envoyés par Théodebert Ier, qui vont avec les
troupes de Vitigès assiéger la garnison byzantine de Mi-

---

[1] Procope, *De bello Gothico*, I, 13, éd. Haury, II, p. 71 : ... αὐτοὺς (Βουρ-
γουζίωνας) δὲ κατηκόους ποιησάμενοι ξυστρατεύειν τὸ λοιπὸν σφισιν ἐπὶ τοὺς πολε-
μίους ἅτε δορυαλώτους ἠνάγκαζον, καὶ τὴν χώραν ξύμπασαν, ἢν Βουργουζίωνες τὰ
πρότερα ᾤκουν, ὑπογείσιαν ἐς ἀπαγωγὴν φόρου ἐκτήσαντο. Cf. éd. Niebuhr,
p. 69.

[2] L'armée des rois burgondes n'était pas composée que de guerriers
burgondes, mais, comme celle des rois francs, comptait les « clarissimi »
gallo-romains dans ses rangs. Cf. Thibault, *L'impôt direct et la propriété
foncière dans les royaumes francs*, *Nouvelle Revue historique de droit
franc et étranger*, 1907, p. 207.

[3] Procope, *De bello Gothico*, I, 13, éd. Haury, II, p. 75 : ... οὐ Φράγγους
μέντοι ἀλλ' ἐκ τῶν σφισι κατηκόων ἐθνῶν.

lan ; en 537, ils ne sont pas censés venir sur l'ordre du roi des Francs, mais de leur propre mouvement ; les apparences sont ainsi sauvées et la violation du traité qui lie les fils de Clovis à l'empereur, n'est pas encore flagrante [1]. Quelques années après la conquête, le peuple burgonde qui s'est vaillamment défendu, conserve, de cette façon, une certaine autonomie, son organisation militaire propre. Il sert en tant que nation tributaire des Francs.

Mais cette situation privilégiée ne se maintient guère au delà de 537. Le terme de « Burgundiones » ne s'applique plus, longtemps, à la nation guerrière des Burgondes [2].

Sous Gontran, ce sont des chefs désignés par le roi qui commandent les Burgondes ; le patrice Mummolus, vainqueur des Lombards, en 574, est un Gallo-Romain originaire d'Auxerre et fils du comte de cette ville [3]. Les ducs, qui repoussent à Bex une autre invasion lombarde, sont nommés par le chroniqueur A. de Frédégaire, ducs de Gontran [4]. Peut-être qu'à la fin du VIme siècle les Burgondes forment encore, dans l'armée du roi d'Orléans, un contingent à part [5]. En tout cas, au VIIme siècle, toute dis-

---

[1] Procope, *De bello Gothico.* II, 12, éd. Haury, II, p. 205. Cf. ci-dessus, p. 103.

[2] Cette distinction est bien marquée dans la chronique de Marius. L'évêque d'Avenches rapportant la prise de Milan dit : « Mediolanus a Gothis et Burgundionibus effracta est », éd. Mommsen, p. 235 ; dans la suite, il ne fait plus mention que de l'« exercitus Francorum » et des « Franci ». C'est à eux qu'ont affaire les Lombards, parvenus en 574 jusqu'à Bex, et les populations entrées en Provence et repoussées par Mummolus : « et postea in Baccis pugnam contra exercitum Francorum commiserunt », « ab ipsis Francis devicti sunt », éd. Mommsen, p. 235.

[3] Greg. Tur., *Hist. Franc.*, IV, 42, éd. Arndt, p. 175.

[4] *Chron. Fredeg.*, A, III, 68, éd. Krusch, p. 111 : « ...a Wiolico et Teudofredo ducibus Gunthramni... »

[5] C'est ce qu'indiquent plusieurs passages de Grégoire de Tours, *Hist. Franc.*, IV, 42, éd. Arndt, p. 175 : « Mummolus exercitum movit et cum Burgundionibus illuc proficiscetur... » *Ibid.* : « Tantumque tunc stragem Langobardi fecisse de Burgundionibus. » Ailleurs Grégoire parlant de l'armée de Gontran ne dit rien des « Burgundiones. » *Hist. Franc.*, V, 13, éd. Arndt, p. 201 : « Mummolus vero patricius Guntchramni regis cum magno exercitu usque Lemovicinum transiit. » En 585 lors de l'expédition de Gontran en Espagne, il décrit la levée de l'armée qui

tinction ethnique a disparu dans l'armée levée dans le
« regnum Burgundiæ », qui ne correspond plus exactement à l'ancien royaume burgonde [1].

Un passage de la chronique dite de Frédégaire ne nous
laisse aucun doute sur ce point ; il s'agit de la description de l'armée que Dagobert envoie, en 636-637, chez les
Wascons. Le roi en confie le commandement au référendaire Chadoindus, qui a sous ses ordres dix ducs, avec
les contingents de leurs « pagi », huit de race franque, un
Gallo-Romain, un Saxon, en outre le patrice Willibad [2] qui
est burgonde, et un certain nombre de comtes qui ne dépendent pas du commandement supérieur d'un duc [3].

se forme en deux troupes. La première est formée des « gentes »
d'outre-Rhône, d'outre-Saône et d'outre-Seine, jointes aux Burgondes.
Hist. Franc., VIII, 30, éd. Arndt, p. 343 : « Tunc commoto omni
exercitu regni sui, illuc dirigit. Gentes vero quæ ultra Ararem Rho-
danumque et Sequanam commanebant, cum Burgondionibus iunctæ,.. »
Pour Grégoire de Tours les cités appartenant à Gontran et situées au
delà du Rhône et de la Saône, proviennent toutes de l'ancien pays occupé
par les Burgondes. Le contingent fourni par elles ne peut être formé que
de Gallo-Romains, peut-être des quelques Francs établis en ces contrées.
Grégoire semble donc bien les distinguer des « Burgundiones ». L'autre
bande est composée des levées faites dans les cités de Bourges, Saintes,
Perrigueux, Angoulême et les autres cités de Gontran. *Ibid.* : « Similiter
et Byturigi, Sanctonici cum Petrocoricis, Ecolesenensibus vel reliquarum
urbium populum, qui tunc ad antedicti regis imperio pertenebant,... »
Ce groupement indique bien que l'organisation régulière de l'armée se
répartit par les territoires des cités, sans distinction de races. Cf. Fustel
de Coul., *La monarchie franque*, p. 291 et s. ; Boutaric, *Institutions militaires de la France avant les armées permanentes*, p. 58.

[1] V. ci-dessous, § 2.

[2] Le patrice Willibad n'est pas le chef des troupes burgondes, comme
le veulent Jahn, *Gesch. der Burg.*, I, p. 102, n. 3, Derichsweiler, *Gesch.
der Burg.*, p. 99. Cf. ci-dessus, p. 215.

[3] *Chron. Fredeg.*, B, IV, 78, éd. Krusch, p. 159-160 : « Dagobertus
de universum regnum Burgundiæ exercitum promovere iobet, statuens eis
capud exercitus nomen Chadoindum referendarium, qui temporibus Theuderici quondam regis multis priliis probatur strenuos. Quod cum decem
docis cum exercetebus, id est Arinbertus, Amalgarius, Leudebertus,
Wandalmarus, Waldericus, Ermeno, Barontus, Chairaardus ex genere
Francorum, Chramnelenus ex genere Romano, Willibadus patricius ex genere
Burgundionum, Aigyna genere Saxonum, exceptis comitebus plurimis,
qui docem super se non habebant, in Wasconia cum exercito perrixsissent,
et totam Wasconiæ patriam ab exercito Burgundiæ fuissit repleta. »

La répartition de l'armée est alors nettement territoriale; les chefs sont en grande majorité de race franque; le contingent ne se distingue plus selon les races particulières, mais le ban, publié dans les « pagi », groupe autour des comtes, puis autour des ducs, les troupes de la région ; réunies sous le commandement d'un chef, qui dans le cas particulier est le référendaire, dans d'autres cas le roi lui-même, un patrice ou un duc, à partir du VIIme siècle presque toujours le maire du palais [1], elles forment l'armée d'une des trois parties de la monarchie franque, le « regnum Burgundiæ ».

Le soi-disant privilège des Burgondes [2] a donc rapidement disparu ; tout comme les Gallo-Romains, ils sont maintenant enregimentés dans l'armée, levée par provinces, et qui n'a plus aucun caractère ethnique. C'est ainsi qu'au VIIme siècle et depuis, ils prennent part aux expéditions et aux guerres des rois de la première race [3].

Relativement au paiement de l'impôt, le texte de Procope demande aussi une explication. Parmi les revenus du roi, les textes de l'époque mentionnent plusieurs tributs que paient des peuples et des rois soumis et vaincus.

Les rois mérovingiens ont reçu le paiement d'un tribut annuel ou tout au moins la promesse d'un tel paiement de rois et de peuples encore indépendants, qui se concilient, par ce moyen, l'alliance franque ou s'évitent des guerres dangereuses. Ainsi, avant la chute du royaume de Burgondie, Godegisèle s'est procuré le secours de Clovis contre son frère Gondebaud, en lui promettant un tribut payable chaque année [4]. Par une même promesse, qui ne reçut jamais son exécution, Gondebaud obtint que Clovis retirât les troupes franques envoyées contre lui [5]. Les

---

[1] Pfister, dans Lavisse, *Hist. de France*, II, p. 192.

[2] Daguet, *Hist. de la Confédération Suisse*, 7me édit., p. 50 ; Jahn, *Gesch. der Burg.*, I, p. 102.

[3] Cf. *Chron. Fredeg.*, B, IV, 78, éd. Krusch, p. 160 : « Exercitus vero Francorum, qui de Burgundia in Wasconia accesserat. »

[4] Greg. Tur., *Hist. Franc.*, II, 32, éd. Arndt, p. 93.

[5] *Id.*, éd. Arndt, p. 95 ; Binding, *Gesch. des burg. rom. Reiches*, p. 161, doute de la véracité du récit ; l'exemple n'en est pas moins topique.

Lombards chassés des Gaules ont payé, jusque sous Clotaire II, un tribut de 12,000 sous aux rois francs et leur ont cédé le territoire de deux cités, Aoste et Suse, pour mettre un terme à la guerre et obtenir l'alliance de Gontran [1].

Une telle sorte de tribut n'entraîne pas la soumission de celui qui le paie ; les peuples et les rois qui y sont réduits n'en restent pas moins indépendants. Il en est de même pour les fortes sommes, les grosses amendes que d'autres nations, aussi indépendantes, paient, en composition des dommages qu'ils ont causé aux Francs [2]. Ainsi les Bretons qui ont ravagé la cité de Nantes [3], les Saxons, pillards sur les frontières de la Thuringe [4], le roi ostrogoth Théodahad pour le meurtre d'Amalaswinte [5].

D'autres tributs sont, par contre, le résultat de la défaite infligée à certaines peuplades et suivant l'usage germanique, caractéristiques d'une soumission relative.

Telle est la situation des races germaniques qui, sur les frontières orientales, reconnaissent l'hégémonie franque ; les Saxons paient un tribut de 500 vaches par an, de Clotaire Ier à Dagobert Ier [6]. Au sud, les Wascons, toujours rebelles, sont soumis à un duc et rendus tributaires par Thierry II et Théodebert II [7]. Une légende rapportée par le chroniqueur A. de Frédégaire veut même qu'un duc franc ait administré un temps la Cantabrie et fait rentrer dans le trésor, le produit d'un tribut pris sur ce pays [8].

Mais toutes ces peuplades frontières ne sont pas dans une dépendance complète des rois mérovingiens ; le paiement d'un tribut n'implique pas la possession du pays par

---

[1] *Chron. Fredeg.*, B, IV, 45, éd. Krusch, p. 143.

[2] Cf. Dahn, *Könige*, VII, 1, p. 156.

[3] Greg. Tur., *Hist. Franc.*, IX, 18, éd. Arndt, p. 372.

[4] *Chron. Fredeg.*, A, III, 51, éd. Krusch, p. 107.

[5] Greg. Tur., *Hist. Franc.*, III, 31, éd. Arndt, p. 134-136.

[6] Greg. Tur., *Hist. Franc.*, IV, 14, éd. Arndt, p. 151 ; *Chron. Fredeg.*, B, IV, 74, éd. Krusch, p. 158 ; pour les Thuringiens v. Waitz, *D. Verf. Gesch.*, II, 2 [3], p. 255 ; pour les Bavarois, *op. cit.*, p. 330, n. 1 ; pour les Alamans, v. ci-dessous, ch. II.

[7] *Chron. Fredeg.*, A, IV, 21, éd. Krusch, p. 129.

[8] *Id.*, A, IV, 33, éd. Krusch, p. 133. Cf. Dahn, *Könige*, VII, 1, p. 120 et p. 177, n. 3.

ceux-ci[1]; elles subsistent, comme groupements ethniques,
et le lien qui les unit à l'administration des fonctionnaires
francs, se dénoue progressivement, au moment de la décadence mérovingienne.

Il n'en est pas de même des Burgondes, qui se distinguent des autres sujets francs, moins encore sur ce point
que pour l'organisation de l'armée. Procope spécifie bien
que c'est le pays, occupé auparavant par les Burgondes
qui est soumis au paiement de l'impôt[2]; et par cela il faut
entendre leur incorporation complète au système d'impôts
en vigueur dans le reste de la Gaule soumise aux Francs[3].

Aucun texte ne nous parle en effet d'un tribut payé
ultérieurement à la défaite de 534, par les Burgondes, en
tant que nation soumise et dépendante. Mais de nombreux
passages des chroniques et des diplômes, nous montrent
la Burgondie franque, régie selon les mêmes dispositions
financières que celles qui amènent au fisc, soit au trésor
du roi, les revenus de l'Austrasie et de la Neustrie.

Sans aucun doute le fisc mérovingien s'attribue les revenus du fisc dépossédé des rois burgondes. Le fonctionnement de ce dernier nous est assez mal connu. Un passage de la Loi Gombette signale la persistance de l'impôt
foncier romain; ici le tiers des prestations incombant à
l'ancien « possessor » romain, reste dû après le partage;
les « tertiæ » sont également payables par le Burgonde
acquéreur de la terre du Romain[4]. En fait d'impôt indi-
rect, la même loi conserve le droit de gîte imposé aux
habitants, pour les envoyés des autres nations et pour
l'« hospes »[5]. Les rois de l'ancienne Burgondie avaient, très

---

[1] Dahn, *Könige*, VII, 1, p. 158.

[2] Procope, *De bello Gothico*, I, 13, éd. Haury, p. 71 : καὶ τὴν χώραν
ξύμπασαν, ἣν Βουργουζίωνες τὰ πρότερα ᾤκουν, ὑπογείσιαν ἐς Ἡ ἀπαγωγὴν φόρου
ἐκτήσαντο.

[3] Dahn, *Könige*, VII, 1, p. 159, n. 7.

[4] *Lex Burgund.*, LXXIX, éd. Salis, p. 103. Cf. Thibault, *L'impôt direct*,
p. 38 et s. ; Dahn, *Könige*, XI, 1, p. 189-193, expose des vues un peu différentes sur le fisc des rois burgondes. Le « census » aurait en une certaine
mesure disparu, au moins pour le Burgonde.

[5] *Lex Burgund.*, XXXVIII. Cf. Fustel de Coul., *Monarchie franque*,
p. 259.

20

probablement, conservé les douanes romaines et perce-
vaient, en outre, les nombreuses amendes judiciaires, pré-
vues par les diverses clauses pénales de la Loi Gombette
et de la Loi romaine des Burgondes.

Toutes ces ressources, contributions directes ou indi-
rectes, sont régulièrement mises à profit par les Mérovingiens, détenteurs d'une partie ou de tout le territoire occupé par les Burgondes. Le « tributum » ou « census »,
l'impôt foncier, la « capitatio terrena » est perçue en Burgondie franque comme ailleurs. L'« *Edictum Chlotarii II* »
de 614, qui a sa valeur pour les trois royaumes, supprime
toute aggravation illégale du « census »[1]. La ville de
Lyon, grâce à une ancienne concession de l'empire romain,
respectée par les rois francs, était exemptée d'impôts[2].

Les douanes et péages sont perçus de la même façon,
en Burgondie qu'en Neustrie et en Austrasie[3]. Plusieurs
textes, spéciaux à la Burgondie, parlent des péages inté-
rieurs et des agents du tonlieu[4]. En outre, nous connaissons les postes douaniers de Valence, de Lyon, de Chalon-sur-Saône[5], probablement maintenus depuis l'époque
impériale par les rois burgondes[6]. Il en est enfin de même
du droit de gîte, étendu aux fonctionnaires; un concile
relatif aux affaires ecclésiastiques de la Burgondie, tenu
à Chalon-sur-Saône sous Clovis II, entre 639 et 654, pro-
teste contre son excercice illicite, dans les paroisses et les
monastères, par les « judices publici »[7].

---

[1] *Edictum Chlotarii*, 8, *Capitularia*, I, éd. Boretius, p. 22. Cf. Fustel
de Coul., *op. cit.*, p. 266.

[2] Greg. Tur., *De Gloria Confessorum*, 62, éd. Arndt, p. 784. Cf. Fustel,
op. cit., p. 281.

[3] Exemption des droits de péage et de transport, accordée par
Thierry III au monastère de Saint Denis. Pertz, *Dipl.*, I, p. 46, n° 51 :
« ipso tilloneo de omnia carra ipsius monastirie domni Diouinsi, tam
carrale quam navigale per regna Deo propicio nostro, tam in Neustreco
quam Austreo vel Burgundia. »

[4] *Concilia*, éd. Maassen, p. 155 : *Concilium Matisconense*, 581. *Capitularia*, I, éd. Boretius, p. 22; *Edictum Chlotarii*, 614, 9.

[5] *Gesta Dagoberti*, 18, éd. Krusch, p. 406; *Supplementum Form. Marculfi*, 1, *Immunitas*, éd. Zeumer, *Mon. Germ. Formulæ*, p. 107.

[6] Cf. Fustel, *Monarchie franque*, p. 281.

[7] *Concilia*, éd. Maassen, p. 210 : *Concilium Cabilonense*, 11.

Sans vouloir traiter la question si controversée des impôts et des revenus du fisc mérovingien[1], nous pouvons d'emblée conclure de ces quelques textes, que le pays gagné par les Francs sur les Burgondes est administré, financièrement, de la même façon que les autres régions de la Gaule. Nulle part il n'est fait mention d'une contribution acquittée par les Burgondes, en tant que peuple soumis ; mais de nombreux textes sont relatifs aux revenus du roi mérovingien, provenant des impôts directs ou indirects, que ses fonctionnaires lèvent dans leur pays comme ailleurs, soit que plusieurs impôts romains, conservés durant l'invasion, n'aient fait que changer de percepteurs, soit que d'autres aient été restaurés et augmentés par les comtes francs.

Les faits confirment donc le trop bref passage de Procope et le commentent avec plus de détails. Après 534, la Burgondie est absolument soumise au régime financier de la monarchie franque ; le trésor du roi en tire ses revenus, par le moyen des impôts établis et fonctionnant, au moins en principe, dans le reste de la Gaule neustrienne et austrasienne. Aucune contribution spéciale ne conserve au peuple burgonde une sorte d'unité administrative. Le Burgonde se perd dans la masse des contribuables, que sont les habitants, de races diverses, de la Gaule franque.

L'historien grec ne parle à propos de la soumission des Burgondes que du service militaire et de l'impôt. La conquête n'est pas plus amplement décrite par Grégoire de Tours[2]. Il faut essayer de développer ces trop succintes indications, à l'aide d'analogies mieux connues et par la connaissance mieux établie des usages militaires des Francs.

La défaite de Godomar fut très probablement suivie d'un pillage de la Burgondie et d'un partage du butin, en-

---

[1] V. sur la question, Fustel, *Monarchie franque*, p. 242 et s.; Pfister, dans Lavisse, *Hist. de France*, II, p. 188 et s.; Waitz, *D. Verf. Gesch.*, II, 2 [3], p. 246 et s.; Dahn, *Könige*, VII, 1, p. 79 et s.; Thibault, *L'impôt direct*, p. 49 et s.

[2] *Hist. Franc.*, III, 11, éd. Arndt, p. 118 : « Chlotacharius vero et Childebertus... Burgundiam occupaverunt. »

tre les rois vainqueurs [1]. Mais le silence des chroniqueurs semble indiquer que l'acharnée résistance du frère de Sigismond et de son peuple empêcha les Mérovingiens de traiter, sans aucun ménagement, le pays conquis ; il n'y eut en tout cas, en 534, rien de comparable à l'horrible pillage de l'Auvergne par les soldats de Thierry Ier, en 532 [2].

Le droit de la guerre pour les nations germaniques ne comporte aucune confiscation du sol ; le pillage et le partage du butin s'exerce sur les objets mobiliers, l'or, l'argent, les troupeaux, les esclaves même [3], mais la terre est laissée à celui qui l'occupe, et nous pouvons être absolument sûrs que les Francs ne procèdent pas en Burgondie, à un partage nouveau ou à une dépossession des anciens maîtres de la terre ; en Auvergne, les Francs ne laissent que la terre, qu'ils ne peuvent porter avec eux [4]. L'état social des pays occupés en Gaule par les Burgondes et où ceux-ci partagent la terre avec les Gallo-Romains ne change pas, par suite de la conquête franque. Il n'y a pas, après 534, un établissement général et régulier des Francs dans ces contrées.

Il y a pourtant toute une catégorie de biens meubles et surtout immeubles qui, par suite de la victoire des rois francs, changent de propriétaire : ce sont les possessions du fisc royal burgonde, son trésor qui, comme ses revenus, changent de destinataire ; surtout son domaine territorial vient se joindre aux propriétés déjà considérables du fisc mérovingien ; issu des biens du fisc romain [5], il

---

[1] Voir sur le butin et son partage, Waitz, *D. Verf. Gesch.*, II, 2³, p. 294 ; Dahn, *Könige*, VII, 1, p. 157 ; Fustel, *Monarchie franque*, p. 539.

[2] Greg. Tur., *Hist. Franc.*, III, 11, éd. Arndt, p. 118, *De Virtutibus S. Juliani*, 23, éd. Arndt, p. 574.

[3] Cf. Greg. Tur., *Hist. Franc.*, II, 27, III, 7, 11, éd. Arndt, p. 88, 114, 118. Cf. Waitz, *loc. cit.*

[4] Greg. Tur., *De Virtutibus S. Juliani*, éd. Arndt, p. 574 : « .. neque maioribus neque minoribus natu aliquid de rebus propriis est relictum præter terram vacuam, quam secum barbari ferre non poterant. » Cf. Fustel, *Monarchie franque*, p. 539.

[5] Jahn, *Gesch. der Burg.*, I, p. 84 et n. 3, et 85 n. 1 ; sur le domaine royal burgonde, voir *Lex Romana Burg.*, VI, 5, éd. Salis, p. 129, *Lex Burg.*, XXXVIII, 8, éd. Salis, p. 70, L, 1, 3, 5, éd. Salis, p. 81-82, *Lex*

est augmenté de ceux devenus vacants, par l'effet de la
guerre, biens des Burgondes tués ou prisonniers, biens
confisqués dans la suite, pour cause de rébellion[1]. Le roi
mérovingien détient ainsi un grand nombre de terres en
Burgondie, qu'il administre comme celles qu'il a déjà acquises sur le fisc impérial, et dont les revenus s'ajoutent à
ses autres ressources.

Malheureusement les textes sont trop peu nombreux
pour nous permettre d'établir quelles furent, en Suisse, les
possessions des Mérovingiens; les transformations apportées dans le régime de la propriété à la fin de l'époque
mérovingienne et à l'avènement des Carolingiens, ne permettent pas de baser une semblable enquête sur les textes
postérieurs; les diplômes de donations en faveur de particuliers n'étant pas conservés, cette recherche est également impossible pour les biens qui, en Suisse, à l'époque
carolingienne, sont connus comme appartenant au fisc
royal[2].

La transmission des biens de la dynastie burgonde, à la
dynastie mérovingienne n'en est pas moins certaine. Quelques exemples suffisent à en établir les conséquences.
C'est ainsi que Gontran, qui a fait de Chalon-sur-Saône
sa résidence habituelle, en Burgondie, et y fonde le monastère de Saint-Marcel, dût y avoir des possessions doma-
niales[3]. Près de Dijon, il possède la « villa » de Larrey
(sur l'Ouche, arr. de Dijon, Côte d'Or) qu'il donne, avec
toutes ses dépendances, au monastère de Saint-Bénigne
de Dijon[4]. Au delà du Jura, la « villa » d'Orbe était une
résidence des rois, plus tard un palais carolingien et,

Burg. Prima Constitutio, 4, éd. Salis, p. 31, Lex Romana Burg., III, 2,
VI, 5, VIII, 2, XXXI, 1, éd. Salis, p. 127-129, 131-150.

[1] Cf. Waitz, D. Verf. Geschichte, II, 2, [3], p. 317-318; Dahn, Könige,
VII, p. 157.

[2] Voir Poupardin, Le royaume de Bourgogne, p. 191 et s.

[3] Greg. Tur., Hist. Franc., VII, 21, VIII, 1, 11, IX, 3, 13, éd. Arndt,
p. 302, 326, 331, 359, 369. Chron. Fredeg., A, IV, 14, éd. Krusch, p. 121.

[4] Un diplôme de Clotaire III (663), rend à Saint Bénigne la villa
d'« Elariacum » concédée autrefois au monastère par Gontran et usurpée
depuis par des hommes du pays. Pertz, Dipl., I, p. 38, n° 41; Pardessus, II, p. 131, n° 349.

de ce fait, appartint très probablement au fisc mérovingien[1].

Mais les biens du fisc sont souvent aliénés en faveur d'établissements religieux, aussi en faveur de particuliers, par des donations en bénéfice à des comtes ou à quelque autre fonctionnaire, aux fidèles «antrustions» du roi[2]. De là vient que dès l'époque mérovingienne beaucoup de Francs, ducs, comtes ou évêques sont possessionnés en Burgondie ; dans le « pagus Ultrajoranus » un comte du palais, de race franque, Berthaire, est signalé par le chroniqueur C. de Frédégaire, au VIIme siècle[3].

Par suite d'aliénations successives et de transmissions par héritages, un certain nombre de Francs s'établissent sur les terres de l'ancien royaume de Burgondie qui, primitivement, n'avaient pas été partagées[4]. La chronique du monastère de Bèze, en Bourgogne, nous a conservé le souvenir de pareilles donations. Le duc d'Alsace, Adalric, avait reçu des biens en Burgondie ; par suite de son infidélité, Thierry III les lui reprend pour les transmettre au monastère[5]. Un autre duc, que le moine de Bèze veut être le père d'Adalric, le Franc Amalgaire[6], avait reçu de Dagobert Ier, en bénéfice, les «villæ» d'Au-

---

[1] C'est à Orbe que Brunehaut et Theudelane, sœur de Thierry, sont prises par le « comesstaboli » Erpo. *Chron. Fredeg.*, IV, 42, éd. Krusch, p. 141. Cf. Poupardin, *Royaume de Bourgogne,* p. 185, n. 7 et ci-dessus, p. 203.

[2] Cf. Dahn, *Könige,* VII, 1, p. 105-106. Ainsi Mummolus avait reçu de Gontran (munere regio) la villa Macho au territoire d'Avignon, probablement St-Saturnin (Vaucluse). Greg. Tur., *Hist. Franc.,* IV, 44, éd. Arndt, p. 178. Cf. *ibid..* n. 1 et Longnon, *Géographie,* p. 446.

[3] *Chron. Fredeg.*, B, IV, 90, éd. Krusch, p. 167 : « Bertharius comis palatiis, Francus de pago Ultraiorano. »

[4] Voir l'énumération des textes qui signalent encore des Francs Saliens en Bourgogne aux IXme et Xme siècles, dans Stouff, *Etude sur le principe de la personnalité des lois depuis les invasions barbares jusqu'au XIIIme siècle, Revue bourguignonne de l'enseignement supérieur,* IV, p. 4, n. 3.

[5] *Besuensis Abbatiæ Chronicon,* éd. Bougaud et Garnier, p. 247. Pertz, *Dipl.,* I, p. 43, n° 46. Cf. ci-dessus, p. 285.

[6] Cf. *Chron. Fredeg.*, IV, 58, 73, 78. Amalgarius est parmi les ducs de l'expédition de Dagobert en Wasconie ; cf. éd. Krusch, p. 160 : « Amalgarius... ex genere Francorum. »

trey et de Bouhans (Haute-Saône, arr. de Gray) avec leurs
dépendances [1].

De tels exemples manquent pour la Suisse burgonde ;
mais d'une manière générale, en Bourgogne, sur les deux
versants du Jura, à l'origine des propriétés laïques et ecclésiastiques, il dut y avoir de semblables aliénations des
biens du fisc [2] ; elles ont pour conséquence d'amener des
Francs, ou de possessionner des familles de fonctionnaires,
dans un pays où l'élément franc n'a guère pénétré, d'une
autre manière.

Les Burgondes soumis aux Francs conservent l'usage
de leurs lois nationales : c'est là un fait constant à l'époque
barbare et qui résulte du principe de la personnalité des
lois ; la Burgondie n'a pas été favorisée sur ce point plus
qu'aucune autre région soumise aux Francs ; les lois des
nations barbares supposent, en effet, la personnalité ; chaque individu est soumis à la loi de sa race, non à celle du
pays dans lequel il séjourne [3].

Pas plus que l'occupation et le partage des terres d'une
nation soumise, l'imposition, à tous les habitants des trois
royaumes, de la loi franque, n'était dans les usages germaniques ; le Franc, le Gallo-Romain, le Burgonde, l'Alaman, libres ou non, sont justiciables selon les dispositions
de leurs lois particulières ; ce principe apparaît, après la
conquête de 534, dans la Loi des Francs Ripuaires [4], et
s'exprime dans tous les textes de l'époque mérovingienne.

La formule de nomination d'un duc ou d'un comte dans
un « pagus » rappelle que le nouveau fonctionnaire doit
gouverner le peuple qui lui est soumis, Francs, Romains

[1] *Bes. Abbat. Chron.*, éd. Bougaud et Garnier, p. 238-239.

[2] Il est pourtant impossible de distinguer si, dans de telles donations,
il s'agit de biens royaux proprement dits ou de « villæ » dont le roi transfert simplement les impôts au cessionnaire. Cf. Viollet, *Hist. des Institut.
politiques*, I, p. 320.

[3] Paul Viollet, *Hist. du droit civil Français*, 3me édit., p. 102.

[4] *Lex Ribuaria*, A, XXXI, 3 et 4, éd. Sohm. *Mon., Germ., Leges*, V,
p. 224. La première partie de la Loi des Ripuaires date du VIme siècle.
Cf. Viollet, *op. cit.*, p. 117.

et Burgondes selon la loi de chacun [1]. La *Præceptio
Chlotarii II* impose aux juges l'observation de la norme
de l'ancien droit [2]. Après l'expulsion d'Ebroin en 673,
Childéric II, par ses « decreta » ne fait que renouveler
les mêmes prescriptions, qui sont les bases mêmes de
l'exercice de la justice [3].

Aussi la loi des Burgondes, dite loi Gombette, garde-t-
elle toute sa valeur à l'époque franque ; sous les Carolingiens, les Burgondes qui s'en réclament sont appelés
« Gundobadi » ; malgré les violentes attaques de l'évêque
de Lyon, Agobard, qui réclame de Louis le Pieux l'aboli-
tion des pratiques barbares qui en sont issues [4], on la
trouve encore en vigueur aux Xe et XIe siècles [5]. Son influence ne fut pas étrangère à la formation des droits régionaux des pays occupés par la race burgonde, et les ju-
ristes en retrouvent les traces dans les anciens droits
cantonaux de la Suisse [6].

On a voulu voir une marque de la soumission des Burgondes aux Francs, dans l'introduction, dans leur loi, des
dispositions de la loi franque relatives au « wehrgeld »
pour le meurtre de l'homme libre. Les Burgondes auraient
été, ainsi, dans une situation inférieure aux Francs et considérés comme des individus appartenant à une race de
moindre valeur [7]. Il n'en est rien ; le principe de la personnalité des lois n'a pas même été atteint sur ce point.
Le « wehrgeld », usage germanique étranger au droit
romain, a été introduit par Gondebaud, non par Thierry Ier,

---

[1] *Marculfi Form.*, I, 8, *Carta de ducatu et patriciatu et comitatu*,
éd. Zeumer, *Mon. Germ. Formulæ*, p. 47.

[2] *Præceptio Chlotarii II*, 4 et 13. *Capitularia*, I, éd. Boretius, p. 18.

[3] *Vita Leodegarii*, C. (A), 4, éd. Bouquet, p. 613. Cf. ci-dessus,
p. 263.

[4] Agobard, *Liber adversus Legem Gundobadi*, 7, 10, 14, dans Migne,
Patrologie lat., CIV, col. 117, 120, 126.

[5] Brissaud, *Cours d'hist. générale du droit français public et privé*,
p. 84 et n. 1; Stouff, *Etude sur le principe de la personnalité*, p. 3; Jahn,
Gesch. der Burg., I, p. 192, n. 3. Cf. Dahn, *Könige*, XI, 1, p. 106-107.

[6] Jahn, *Gesch. der Burg.*, I, p. 192-193, n. 1, II, p. 465-466.

[7] Troya, *Storia d'Italia del medio evo*, I, 4, App., p. 39 et I, 5, p. xviii;
cf. Jahn, *Gesch. der Burg.*, I, p. 191.

dans la loi romaine des Burgondes [1]. Jusqu'à la fin du
VIII° siècle, en cas de meurtre, c'est la loi du coupable
qui fixe la peine; c'est aussi elle qui règle la composition
envers la partie lésée; ce n'est qu'au VIII° siècle qu'une
nouvelle doctrine « plus conforme à la nature juridique de
la composition, apparaît »; dans divers textes, la composition est alors fixée par la loi de la victime; mais encore à
l'époque carolingienne les deux doctrines sont en antagonisme [2].

On ne trouve donc guère, à l'époque mérovingienne, un
texte qui marque, au point de vue juridique, la soumission
et l'infériorité des Burgondes vaincus par les Francs [3].
Mais le maintien de leurs lois s'explique par un principe
constant à l'époque barbare, non par une condition spéciale de leur dépendance.

§ 2. — *Etendue du « regnum Burgundiæ ». — Le sens du
mot « Burgundia » à l'époque mérovingienne.*

Les Burgondes, de même que les Gallo-Romains, se
mêlent aux nationalités diverses du royaume franc. L'époque mérovingienne et l'époque carolingienne ont connu
cependant une « Burgundia » et un « regnum Burgun-

---

[1] *Lex Romana Burg.*, II, 5, éd. Salis, p. 126 : « ...et quia de preciis
occisorum nihil evidenter Lex Romana constituit, dominus noster statuit
observandum... » Un manuscrit du Xme siècle, le *Montispesulanus schol.
medic.*, *H. 131* a : « domnus noster Theodericus rex Francorum. » C'est
une adjonction erronnée en place de « Gundobaudus ». Cf. Savigny, *Hist.
du droit romain au moyen âge, trad.* Guenout, I. p. 12, n. *a;* Salis,
Mon. Germ. Legum Sectio II, Pars. I, p. 126, n. 6.

[2] Stouff, *Etude sur la personnalité des lois*, p. 298-299.

[3] La Loi des Ripuaires fixe pourtant un tarif des « wehrgeld » pour le
meurtre des étrangers; le meurtre du Franc demande une composition de
200 sous, celui du Romain de 100 sous, de même pour le Burgonde,
l'Alaman, le Frison, le Bavarois, le Saxon. Mais la loi ne s'applique qu'au
Franc de race ripuaire. *Lex Ribuaria*, XXXVI, 1, 2, 3, 4, éd. Sohm,
p. 229. Cf. Derichsweiler, *Gesch. der Burg.*, p. 98 et n. 49.

diæ » ; la présence de ces termes dans les textes a pu faire
croire au maintien de l'ancien état burgonde, comme région ethnique et administrative, même comme royaume
particulier quoique dépendant[1].

Après la mort de Clotaire Ier, qui régnait sur la totalité de
la monarchie franque, un nouveau partage attribua à Gontran l'ancien royaume de Clodomir, avec Orléans comme
capitale[2]. C'est ce nouveau territoire que l'auteur A de
Frédégaire appelle le « regnum Burgundiæ » ou la « Burgundia[3] », et dès lors ce vocable géographique est régulièrement appliqué à un des trois royaumes francs[4].

Mais il ne faut pas s'y tromper ; Gontran, en recevant sa
part de l'héritage paternel, ne restaure pas l'ancien
royaume de Gondebaud ou de Sigismond ; il ne règne pas
sur une Burgondie ethnique, c'est-à-dire sur un pays occupé exclusivement par le peuple burgonde, établi à côté
de l'ancien propriétaire gallo-romain[5].

Les partages de la monarchie franque ont été opérés
pour des raisons diverses et selon les besoins de l'instant,
la plupart du temps suivant les exigences d'un nombre variable d'héritiers au patrimoine royal, et sans tenir compte
des circonstances géographiques et ethniques[6]. Ainsi
le noyau primitif du « regnum Burgundiæ » de Gontran,
qui, sous la première race, se modifie à loisir, s'augmente et
s'étend au hasard des conquêtes et des guerres, comprend
non seulement tout l'ancien royaume de Sigismond, mais
aussi des cités qui n'ont jamais été occupées par les Bur-

---

[1] Jean de Muller, *Hist. de la Confédération Suisse*, I, p. 131 ; Daguet,
Hist. de la Conféd. Suisse, 7me édit., p. 50 ; Derichsweiler, *Gesch. der
Burg.*, p. 98 et s. ; Waitz, *D. Verf. Gesch.*, II, 1³, p. 424 ; Bornhak, *Gesch.
der Franken*, p. 288, n. 2 ; Jahn, *Gesch. der Burg.*, I, p. 96.

[2] Greg. Tur., *Hist. Franc.*, IV, 22, éd. Arndt, p. 159.

[3] *Chron. Fredeg.*, A, IV, 1, éd. Krusch, p. 124 : « Gunthramnus rex
Francorum cum iam anno 23 Burgundiæ regnum bonitate plenus feliciter
regebat... »

[4] *Chron. Fredeg.*, A, IV, 15 et 16, éd. Krusch, p. 127 : « regnum
Gunthramni in Burgudia. » C, IV, 89, éd. Krusch, p. 165 : « Aurelianes
in Burdiæ regnum » ; *Lib. Hist. Franc.*, 37, éd. Krusch, p. 306, etc.

[5] Comme le voulaient Jahn, *Gesch. der Burg.*, I, p. 469 ; Drapeyron,
De Burg. Hist., p. 48.

[6] Cf. Waitz, *D. Verf. Gesch.*, II, 1³, p. 153.

gondes, comme Troyes, Auxerre, Bourges et Orléans, la capitale[1]. L'extension vers le nord-ouest de ce royaume, « désigné sous le nom de Bourgogne parce que l'ancienne Bourgogne y était presque entièrement comprise », se marque pendant toute l'époque mérovingienne[2]; sous les Carolingiens, en 837, un texte officiel désigne parmi les plus septentrionaux des « pagi » de la Bourgogne, des territoires bien éloignés des frontières mêmes de l'ancienne Burgondie[3].

Le « regnum Burgundiæ » des Mérovingiens est donc une partie intégrante du royaume franc; l'élément burgonde, guère plus nombreux que l'élément gallo-romain, s'y rencontre avec l'élément franc. Tantôt uni à la Neustrie, plus rarement à l'Austrasie[4], à partir du règne de Clovis II (639) il n'est plus guère séparé de la Neustrie. Son administration est confiée à un maire particulier qui, avec la reine Baltilde, devient le même que celui du palais neustrien[5].

Rien dans sa constitution ne le distingue de cette Neustrie. Il est inutile de chercher dans les textes quelques preuves d'une organisation particulariste burgonde, le maintien d'une administration spéciale à un pays qui, pour s'appeler « Burgundia, » n'est pas le même que la Burgondie de Sigismond et de Gondebaud[6]. L'aristocratie de grands fonctionnaires, des évêques et des leudes, qui y joue un rôle important, n'a en effet rien de national.

---

[1] Longnon, *Géogr.*, p. 125 et s. Il faut pourtant remarquer que les partages augmentent l'ancienne Burgondie, mais ne la démembrent pas. Cf. Poupardin, *Le royaume de Bourgogne*, p. 2.

[2] Longnon, *Atlas Hist., Texte explic.*, p. 47. Cf. Planches III et IV.

[3] Longnon, *Atlas Hist., Texte explic.*, p. 47. *(Annales Bertiniani 837)*. Ce sont : le Gâtinais, l'Étampois, le Chartrais, le Parisis, le Troiesin, le Briennois, le Perthois, le pays de Bar-le-Duc, le Blésois, l'Ornois et le Toulois.

[4] Sous Childebert II et Thierry II.

[5] *Vita S. Balthildis*, 5, éd. Krusch, p. 487 et s. Cf. ci-dessus, p. 242.

[6] Ce que n'ont pas remarqué Jahn, *Gesch. der Burg.*, I, p. 96 et Drapeyron, *De Burgundiæ Hist.*, p. 46. Derichsweiler, *Gesch. der Burg.*, p. 99, voulait aussi que l'*Edictum Chlotarii* ait rendu la Burgondie tout à fait indépendante. Cf. ci-dessus, p. 206, n. 1.

Les fonctionnaires que les rois francs envoient dans les
cités de l'est sont de races diverses, mais rarement de nationalité burgonde; au VIme siècle, sur quatre comtes appartenant à des cités de l'ancienne Burgondie, quatre sont
gallo-romains [1]. Au VIIme siècle la description, dans la chronique de Frédégaire, de l'armée levée en « Burgundia »,
nous indique avec soin la nationalité des chefs ; les comtes
indépendants d'un duc ne sont pas nommés, mais les ducs
eux-mêmes sont classés par race ; sur dix, huit sont francs,
un romain, un saxon, en outre un seul Burgonde qui porte
le titre de patrice [2] Les maires du palais de Burgondie ne
sont peut-être jamais burgondes [3]. Les « Burgundæfarones » fidèles du roi, leudes, évêques et grands du pays,
dont nous avons étudié le rôle dans les assemblées, au VIme
et au VIIme siècle [4], sont en minorité burgondes. Ce sont
des fonctionnaires ou des hommes du roi, ses serviteurs
spéciaux [5]. Ils n'ont rien de commun avec une noblesse
autochtone qui maintiendrait sous les rois francs, les prétentions particularistes des Burgondes et le sentiment
national d'une race qui résiste à la domination franque [6].

En résumé, l'ancienne Burgondie disparaît et se fond
sous la domination franque, en une nouvelle Burgondie,
royaume issu d'un partage motivé par diverses circonstances et qui ne s'attarde pas au respect d'une nationalité.
Le pays est traité comme telle autre partie de la monarchie
franque, neustrienne et austrasienne. Le peuple, qu'il

---

[1] Godefroy Kurth, *De la nationalité des comtes francs au VIme siècle,*
Mélanges Paul Fabre, p. 25. Nous retranchons de sa liste les deux comtes
d'Auxerre qui n'appartiennent pas à l'ancienne Burgondie.

[2] *Chron. Fredeg.,* B, IV, 78. V. ci-dessus, p. 302, n. 3.

[3] Les deux Warnachaires, *Chron. Fredeg.,* IV, 18, 40, 42, 44, 45, 54,
sont peut-être francs, peut-être burgondes. Bertoaldus est franc. *Chron.*
Fredeg., IV, 24. Flaochat aussi. *Id.,* IV, 89, Claudius et Protadius gallo-
romains. *Id.,* IV, 24, 28. Cf. ci-dessus passim.

[4] Cf. ci-dessus, p. 206, n. 3.

[5] Fustel de Coul., *Monarchie franque,* p. 633, n. 1.

[6] Lehuérou, *Hist. des Institutions Carolingiennes,* p. 556-557, n. 1;
Jahn, *Gesch. der Burg.,* II, p. 470-474; Drapeyron, *De Burgundiæ Historia,*
passim. La seule tentative de révolte fut peut-être la timide conspiration
du patrice Aletheus et de l'évêque de Sion, Leudemundus, en 613. Voir
ci-dessus, p. 209.

soit de race burgonde ou gallo-romaine est imposé de la
même manière que celui du reste de la Gaule ; les hommes
de race burgonde gardent, en vertu d'un principe général,
l'exercice de leur droit personnel ; mais dans l'organisation de l'armée ou de l'administration aucun privilège ne
les distingue.

La « Burgundia » mérovingienne n'est pas une région
purement ethnique ; les Burgondes y habitent, continuent à
se mélanger avec les anciens occupants du pays et subissent
profondément l'influence romaine ; de leur côté ils n'exercent sur leurs cités qu'une influence germanique bien
atténuée ; sans doute on trouve à l'époque mérovingienne,
et plus tard encore, des usages et des mœurs qui sont la
caractéristique d'un pays auquel ils ont laissé au moins leur
nom [1]. Mais l'individualité politique de la Burgondie n'existe
plus qu'au sens administratif et elle est celle d'une Burgondie modifiée et étendue. L'histoire de la nation burgonde est bien terminée en 534.

Sous les Mérovingiens, c'est, pour la « Burgundia »
franque ou pour la Suisse, l'histoire d'une région qu'il
faut faire, non celle d'un peuple.

Au moyen âge, le lent travail de la fusion des races et
de la formation des nationalités s'opère ; ce travail intérieur n'est encore qu'en préparation aux époques mérovingienne et carolingienne ; on en chercherait en vain le
reflet dans les textes contemporains. A plus forte raison
ne faut-il pas essayer d'expliquer les faits historiques en
Burgondie, et ce que l'on voudrait être leur évolution
continue, par des facteurs qui leur sont complètement

---

[1] Ainsi on relève dans les inscriptions de la Burgondie, l'usage de
dater par « consulat et postconsulat », jusqu'au commencement du
VIIme siècle ; ce comput importé de l'empire romain s'augmente, à l'époque
franque, du nom du roi. Cf. Jahn, *Gesch. der Burg.*, I, p. 156 ; Le Blant,
Inscriptions Chrétiennes, I, *Préf.*, p. LXIII-LXXI ; un dernier exemple date
de 628. Le Blant, *op. cit.*, II, n° 397, A. On ne peut guère dire avec Jahn,
op. cit., I, p. 201, que la langue burgonde se maintint encore longtemps
dans les parties peu peuplées de Francs et de Romains. Cf. Gröber,
Grundriss der romanischen Philologie, I, p. 506. Cependant M. Stadelmann
s'est appuyé sur une loi de la phonétique germanique, pour prouver
qu'entre le milieu du VIIIme et le commencement du IXme siècle, se place

·étrangers, comme le « sentiment national » et le « désir de liberté » d'un peuple qui a alors perdu toute unité [1].

La conclusion de notre étude sur la Burgondie sera qu'il faut bannir de son histoire la nation de race et l'idée du groupement ethnique, et s'interdire de relier à travers l'âge mérovingien l'ancien état burgonde de Gondebaud et de Sigismond, aux formations territoriales postérieures qui, à la suite de la décadence carolingienne, portèrent le nom de Bourgogne [2].

§ 3. — *Les Patrices Mérovingiens.* — *Valeur et signification du titre de « patricius » en Burgondie aux VIme et VIIme siècles.*

Le titre de « patricius » qui s'applique, dans les textes mérovingiens, tantôt à des chefs d'armée du « regnum Burgundiæ », tantôt à des fonctionnaires civils et militaires du royaume de Gontran et de ses successeurs, a été expliqué de bien des manières différentes par les historiens et les savants qui se sont occupés des institutions franques. Cette dénomination est usitée aussi en Provence et semble s'appliquer à un fonctionnaire de caractère bien défini ; mais les contradictions surgissent, lorsque l'on s'efforce de trouver, pour ce terme, une même signification dans toutes

l'époque de l'extinction de l'idiome burgonde en nos contrées ; cf. *Archives de la Société d'Histoire du canton de Fribourg.* VII, p. 348-353. D'ailleurs il n'est pas dans notre tâche de rechercher ici les influences exercées par les Burgondes en Suisse, au point de vue philologique (noms de lieux et de famille), (cf. Jahn, *op. cit.*, I, p. 201, II, p. 397 et 402 et Gröber, *loc. cit.)*; au point de vue juridique, (cf. Jahn et sa bibliographie, *op. cit.*, I, p. 192-193, n. 1, II, p. 465-466) non plus qu'en tout ce qui touche les origines de notre civilisation, (cf. Jahn, *op. cit.*, I, p. 60, 196-198, II, p. 503.)

[1] Cette erreur est commune à tous les anciens auteurs : Jean de Muller, *Hist. de la Confédération Suisse*, I, p. 131 et s.; Loys de Bochat, *Mémoires critiques*, II, p. 205 à 208 ; encore à Lehuérou, *Institut. Carol.*, p. 587 ; Derichsweiler, *Gesch. der Burg.*, p. 106 ; Jahn, *op. cit.*, II, p. 468, 477 et s.

[2] Cf. Poupardin, *Le royaume de Bourgogne*, p. 1 et p. 8-9.

les régions du « regnum Francorum » et à toutes les époques où il est en usage.

La théorie la plus simple et la plus généralement admise
est celle qui met les « patricii » au même rang que les
« duces »; plusieurs considèrent ces deux qualifications
comme absolument synonymes; le titre tout romain de
« patricius » aurait servi à désigner spécialement les
« duces » de Burgondie et de Provence, où on l'emploie
avant la conquête franque. Cette opinion a surtout été
défendue par Sohm[1]. Dahn semble s'en être fait à deux
reprises l'écho[2], cependant que, postérieurement, il expo-
sait des vues plus détaillées. Les deux grandes histoires
du droit et des institutions de Brunner[3] et de Viollet[4] ne
diffèrent guère sur ce point. L'historien suisse Dändliker
fait aussi simplement du patrice, le chef de plusieurs circonscriptions comtales[5].

L'examen approfondi de textes divers et souvent contradictoires avait, bien auparavant, empêché Du Cange[6]
et Eichhorn[7], d'accepter la synonymie absolue des deux
termes de duc et de patrice. Pour Du Cange, le patrice
est à la tête d'une « provincia », tout comme un duc et un
comte, mais la dignité apparaît comme la première dans
la hiérarchie mérovingienne et ne doit pas être confondue
avec celle de « majordomus »[8]. Pour Eichhorn, c'est aussi
le titre d'une dignité suprême, mais que revêtent des ducs
comme des maires du palais; c'est donc une désignation
honorifique, plus que celle d'une fonction.

[1] R. Sohm., *Die Fränkische Reichs- u. Gerichtsverfassung*, p. 455, § 18.
[2] Dahn, *Deutsche Geschichte*, p. 613, *Urgeschichte*, III, p. 146, n. 3.
[3] Brunner, *Deutsche Rechtsgeschichte*, II, p. 156-157.
[4] P. Viollet, *Hist. des institutions*, I, p. 297. de même, Pfister, dans
Lavisse, *Hist. de France*, II, p. 181.
[5] K. Dändliker, *Geschichte der Schweiz*, I, 2me édit., p. 102; de même
Jacobs, *Géographie de Frédégaire* et Fustel de Coul., *Monarchie franque*,
p. 219.
[6] Du Cange, *Glossarium*, éd. Henschen : au mot « patricius ».
[7] Eichhorn, *Ueber die ursprüngliche Einrichtung der Provinzialverwaltung im fr. Reich*, *Zeitschrift f. geschichtliche Rechtswissenschaft*,
VIII, p. 301.
[8] Du Cange a donné la liste fondamentale des patrices mérovingiens
sans distinguer encore les régions où on les trouve.

Il fallait, dès lors, tenir compte de ces restrictions, basées sur des textes précis, et reconnaître qu'à plusieurs reprises les patrices ne peuvent pas être considérés comme de simples ducs, par le rang auquel la hiérarchie administrative les place. Le patrice n'a pas sous ses ordres des ducs, mais son titre le fait honorifiquement supérieur à ce dernier. L'opinion de Glasson[1], de Tardif[2], de Schrœder[3], a été sur ce point nouvellement défendue et complétée par Weyl, qui, rejetant quelques textes douteux, a maintenu sur la foi de deux passages de Grégoire de Tours irréfutables, l'identité des fonctions du « dux » et du « patricius[4] ».

Le travail de Weyl, très solide en soi-même, laisse de côté beaucoup de textes qui ne peuvent s'accorder d'une explication si plausible, et ne tient compte, après tout, que du témoignage de Grégoire de Tours; il n'a pas été pour nous satisfaire entièrement. Sans négliger les résultats qu'il a obtenus pour la Burgondie, nous avons été amenés à exposer des vues plus compliquées et légèrement divergentes.

D'autre part, la définition donnée par Eichhorn au titre de patrice, désignation honorifique qui peut s'appliquer à tel ou tel fonctionnaire mérovingien, a été reprise de divers côtés; on admet que, dans certains cas, le roi ne donnait ce titre que comme une désignation de rang; dans d'autres cas, au contraire, le sens d'une fonction était attaché au mot « patricius ». Waitz cherche l'origine du titre en Burgondie et en Provence; dans cette dernière province, il désigne le chef du pays; autre part et dans des circonscriptions plus grandes que de simples « pagi », il est employé comme le titre honorifique du gouverneur d'un pays, dont la population est plutôt romaine. Le fait que des ducs en sont revêtus,

[1] Glasson, *Hist. du droit et des institutions*, II, p. 349.

[2] J. Tardif, *Etudes sur les Institutions politiques et administratives de la France, Période mérovingienne*, p. 104-105.

[3] Schröder, *Lehrbuch der deutschen Rechtsgeschichte*, 2me édit., p. 131.

[4] Richard Weyl, *Bemerkungen über das fränkische Patriciat, Zeitschrift der Savigny Stiftung*, Germ. Abt., XVII, p. 85 à 94.

ne prouve pas, cependant, que les fonctions soient identiques[1]. Ces distinctions sont encore bien vagues, elles sont plus clairement exprimées par Dahn[2], qui classe les patrices francs en deux catégories, ceux qui sont décorés d'une désignation purement honorifique, ceux qui occupent une fonction particulière, « actio » « honor » ; ces derniers se rencontrent en Provence et en Burgondie ; le « patricius Burgundiæ », le chef de la Burgondie, réside à Orléans, mais le territoire de son « patriciatus » ne comprend pas toute la Burgondie. En dernier lieu, Magliari[3] a laissé de côté les patrices honoraires et personnels, et donné à ceux qui ont porté ce titre, des fonctions importantes de gouverneur d'une « provincia », « Arelatensis, Massiliensis ou Burgundia ». Leur pouvoir est civil et militaire, leur charge est la plus haute de l'état.

La classification proposée par Dahn a été appliquée par Kiener[4] à tous les textes qui mentionnent des « patrices » et aboutit à une liste chronologique qui distingue les « patrices personnels », les « patrices de Burgondie », les « patrices de Provence ». Le travail si minutieux de Kiener a servi de base à nos recherches, et nous ne présentons guère que quelques légères rectifications à ses conclusions.

Pour lui, l'usage romain de donner le titre de « patricius » à toutes sortes de fonctionnaires, à la cour et dans les provinces, persiste sous les Mérovingiens ; mais dans deux cas, la désignation d'un rang devient le titre d'une fonction : en Provence, où le patrice, plus puissant qu'un duc, gouverne la « provincia Arelatensis » et la « provincia Massiliensis », réunies ou séparées suivant les par-

---

[1] Waitz, *D. Verf. Geschichte*, II, 2[3], p. 49, n. 2 et 3, 50, n. 1 et 2, 51, n. 7. En Provence, le patriciat aurait eu cela de particulier qu'il n'aurait pas de comtes sous son administration ; cette théorie développée par Kiener, *op. cit.*. a été combattue par Weyl, *op. cit.*, et par Krusch. Voir plus loin.

[2] Dahn, *Könige*, VII, 2, p. 168.

[3] Magliari, *Del Patriziato romano dal Secolo IV al Secolo VIII, Studi e documenti di Storia e Diritto*, XVIII, p. 204 et s.

[4] F. Kiener, *Verfassungsgeschichte des Provence*, p. 255.

tages des rois en Burgondie et en Austrasie[1]; en Burgondie, où le « patriciatus Burgundiæ » a pris une grande importance et une signification toute spéciale[2]. Elle serait là une fonction de la cour du roi ; attachée à aucune circonscription territoriale, elle est en liaison étroite avec la personne du roi, qui change à son gré le patrice, lorsqu'il monte sur le trône ; le patrice est différent d'un duc, en ce qu'il est constamment à la guerre et sur tous les points de la frontière ; son rôle à la cour est prépondérant, alors qu'il n'est qu'exceptionnel pour un duc. C'est donc une charge militaire, instituée pour la défense perpétuelle du pays ; l'activité du patrice s'étend à toute la Burgondie, car l'un d'eux est appelé « patricius Burgundiæ » ; le « patriciatus » n'est pas la circonscription administrative, mais le district militaire, d'où il tire son armée, province où il peut en outre avoir l'administration civile[3]. Cette fonction, purement militaire, est peut-être issue de l'ancien « magister militum » titre qu'avec celui de « patricius » avaient porté les anciens rois burgondes.

Cette définition ne s'accorde pourtant pas avec tous les textes rapportés et comparés les uns avec les autres ; elle est assez extraordinaire et assez exceptionnelle pour nécessiter de plus amples explications. Nous n'avons pas pu la conserver, telle que Kiener nous la propose, mais nous relevons dans ses conclusions, la grande importance militaire du patrice en Burgondie, au moins au VIme siècle.

Ce « patricius Burgundiæ » chef seulement militaire de Kiener, a été considéré bien auparavant comme un organe spécial du gouvernement mérovingien ; ce serait un haut personnage préposé à la Burgondie soumise en 534, et gardant au pays conquis, par son titre et ses fonctions, une survivance de l'ancienne indépendance. Le titre avait été porté par les rois dont la dynastie venait de disparaître ; le peuple vaincu, mais devenu sujet sur les bases

---

[1] Kiener, *op. cit.*, p. 51 et s.
[2] *Op. cit., Beilage,* IV, *Patriciatus Burgundiæ,* p. 266 et s.
[3] Ce qui serait contraire à l'organisation militaire franque ; la levée de l'armée se fait par les ducs et les comtes, dans les « pagi »; comment expliquer alors ce district spécial du « patriciatus »?

d'une convention, n'était pas positivement absorbé dans la population des royaumes francs; il gardait à sa tête un patrice particulier qui le gouvernait au nom du Mérovingien.

Cette idée d'une liberté, conservée malgré la défaite, a été admise avec faveur par les historiens suisses : Loys de Bochat[1], Jean de Muller[2], encore par Jahn[3], Daguet[4], tout récemment par Maillefer[5]. Elle est soutenue ailleurs par Bornhak[6]. Drapeyron[7]. Dahn[8].

Mais la confusion dans laquelle sont tombés la plupart des historiens suisses est plus grande; le patrice est un fonctionnaire exceptionnel et que les Burgondes conservent comme un adoucissement à leur soumission; en même temps c'est un gouverneur régional, qui apparaît en plusieurs points différents. Jean de Muller partageait la Burgondie entre un duc, qui gouvernait la Basse Bourgogne, et un patrice, pour le pays montagneux, peuplé en majorité d'habitants de l'ancienne race, la Savoie, la Haute-Bourgogne, Genève et les contrées où se trouvent Berne, Fribourg et Soleure[9]. Puis, après la trahison de Mummolus, Gontran divise ce pouvoir dangereux; il y aurait dès lors trois patrices, un dans la Haute Bourgogne, un dans la région alpestre, un sur les bords de l'Aar[10]. Jean de Muller a entraîné derrière lui presque tous les historiens suisses, à l'aide d'un passage de la chronique dite de Frédégaire, où le gouverneur du « pagus Ultrajoranus » porte réelle-

---

[1] *Mémoires critiques pour servir d'éclaircissements sur divers points de l'histoire ancienne de la Suisse*, II, p. 180 et 193.

[2] Jean de Muller, *Hist. de la Confédération Suisse*, I, p. 131 et s.

[3] Jahn, *Gesch. der Burg.*, II, p. 466 et n. 5. Jahn constate cependant qu'après Gontran, le nom de patrice fut appliqué en Burgondie à des fonctionnaires régionaux, avec le pouvoir ducal et le titre de « dux ».

[4] Daguet, *Hist. de la Confédération Suisse*, 7me édit., p. 50.

[5] Maillefer, *Hist. du Canton de Vaud*, p. 78, les confond d'ailleurs avec les maires du palais. Cf. *ibid.*, n. 1 et 2, une liste incomplète.

[6] Bornhak, *Geschichte der Franken*, p. 288, n. 1.

[7] Drapeyron, *De Burg. Hist.*, p. 49.

[8] Dahn, *Könige*, VII, 2, p. 168.

[9] Jean de Muller, *op. cit.*, p. 131.

[10] *Op. cit.*, p. 138, 144 et n. 67.

ment le titre de « patricius » [1]. Ils ont confondu les ducs
mérovingiens de ce « pagus », avec tous les autres patrices
des textes de la Burgondie ; la Transjurane aurait été ainsi
gouvernée par des ducs ou patrices, dont la résidence
était fixée à Orbe, et dont on dressait des listes fantaisistes [2].
L'accord presque unanime des érudits suisses n'a pas peu
contribué à embrouiller la question, déjà compliquée, du
patriciat franc et à obscurcir les origines du duché de
Transjurane.

On voit que les opinions sont aussi nombreuses que
divergentes, sur la signification du terme de « patricius »
en Burgondie ; les définitions proposées ont successivement pris des sens différents, dont les uns se complètent
et les autres se contredisent. Chaque nouvelle solution
du problème apportait quelque satisfaction meilleure,
mais aucune ne répondait à toutes les époques de la domination franque, ni à tous les textes discutés. Il nous a
donc paru nécessaire de refaire une recherche, peut-être
d'intérêt minime, mais que l'étude de la Burgondie transjurane réclamait.

A notre avis la seule manière de traiter ce difficile problème, en tenant compte de tous les textes et en expli-
quant leurs apparentes contradictions, est d'étudier l'institution du patrice, chonologiquement, siècle après siècle
de l'époque mérovingienne. Il faut en effet nous souvenir
qu'un mot peut avoir changé de sens en deux siècles,
qu'un même titre peut avoir été successivement appliqué
à divers fonctionnaires, et qu'une fonction peut avoir
évolué depuis ses origines, étendu et varié ses attributions.

Remontons d'abord aux origines et essayons de saisir
la signification du titre de « patricius », avant de le voir

[1] *Chron. Fredeg.*, A, IV, 24, éd. Krusch, p. 136.
[2] Bridel, le doyen, *Notices historiques sur la ville d'Orbe et le royaume
de la petite Bourgogne dans le moyen âge*, Le Conservateur Suisse,
V, 1814, p. 303 et s.; Gelpke, *Kirchengesch.*, II, p. 5 et s.; Daguet, *op.
cit.*, p. 50; Maillefer, *loc. cit.*; Forel, *Introduction au Régeste romand*,
M. D. S. R., XIX, p. xxxix; Martignier et de Crousaz, *Dict. hist. du
Canton de Vaud*, article Orbe, p. 679.

s'établir dans les textes narratifs, épigraphiques et législatifs de l'époque franque.

Le terme est essentiellement d'origine romaine. Tel que
les nations barbares ont pu le connaître en pénétrant toujours plus avant sur les terres de l'empire, il est un titre
honorifique qui accorde certains privilèges, mais aucune
compétence administrative ou militaire. Constantin Ier introduit dans la constitution impériale, en donnant un sens
nouveau au titre ancien de « patricius », la noblesse personnelle et seulement viagère ; il est délivré par l'empereur à ceux qui ont revêtu une fonction appartenant à la
première classe des magistratures ; dans les derniers siècles de l'empire, ceux qui le portent, sont de grands dignitaires, membres du « consistorium », des consuls, des
préfets, des « magistri militum ». Mais tous ceux qui en
ont été honorés n'ont pas, de ce fait, augmenté les compétences de leurs fonctions ; ils entrent seulement dans la
nouvelle noblesse de l'empire, qu'ils ne transmettent pas
à leurs descendants, et qui leur donne seulement quelques
privilèges, comme le droit de préséance, dans le vote du
Sénat[1].

L'empire d'Orient perpétue la noblesse personnelle
créée par Constantin, et attachée au titre de « patricius » ;
à Byzance, aux siècles qui nous occupent, on rencontre
cette dignité honorifique ; il est bien possible, qu'alors
le patrice, dans certains cas, ait été muni de très hautes
compétences et que son titre n'ait plus été un simple
honneur, mais la qualification d'une importante fonction,
celle de représentant de l'empereur et de chef suprême dans
une de ses provinces[2]. En tous cas, les textes de l'époque
font mention d'un « patricius Africæ » et d'un « patricius
Italiæ », expression nouvelle et bizarre, qui trouve peut-
être son explication dans l'abréviation courante du titre

---

[1] Pauli, *Real Encyclopædie der Alterthumswissenschaft*, V, p. 1234;
Mommsen, *Ostgotische Studien, Neues Archiv*, XIV, p. 483-484; Magliari,
Del Patriziato romano, loc. cit.; E.-A. Stückelberg, *Der Constantinische
Patriziat*.

[2] Cf. Magliari, *op. cit.*, p. 153 à 194.

trop long de « præfectus prætorio Africæ ou Italiæ et patricius [1] ».

Sans vouloir rien décider dans cette controverse byzantine, il nous suffira de remarquer que l'usage de Constantinople prêtait à quelque amphibologie, et que, même s'il n'était alors qu'honorifique, le titre de « patricius » suivi d'un nom de province, indiquait une fonction à l'étranger peu rompu aux subtilités de la hiérarchie impériale. C'est ainsi, en tous cas, que les auteurs A et B de la chronique de Frédégaire, ont considéré les patrices byzantins [2], reflétant en cela l'idée que l'on s'en faisait dans le royaume franc au VIIme siècle.

Le titre de « patricius », en tant qu'honneur insigne, a été conféré par la cour de Byzance à des rois germaniques, tels que Théodoric l'Ostrogoth, Odoacre, et Sigismond roi de Burgondie [3]. De ces rois il a passé à quelques-uns de leurs fonctionnaires, et c'est ainsi que nous le voyons apparaître sur le sol de la Gaule, et utilisé par les peuples barbares installés sur les terres de l'Empire.

Théodoric, le grand roi ostrogoth d'Italie, qui restaure et maintient, pour ses sujets romains, les formes du gouvernement impérial, s'est conformé, sur ce point, comme sur d'autres, aux usages de la constitution des empereurs; le titre de « patricius » dont les *Variæ* de Cassiodore nous révèlent le sens [4] demeure chez les Ostrogoths, sous Théodoric et ses successeurs, un simple honneur; comme par le passé, le roi le confère aux hauts fonctionnaires qui ont rendu de grands services, et, chose curieuse, les Romains seuls sont admis à la noblesse patriciale; les Goths en sont exclus.

L'usage introduit par Théodoric est constant; il subit seulement une exception tout à fait isolée et qui s'explique aisément; sous Athalaric, roi enfant, au moment où le

[1] Mommsen, *Ostgot. Stud.*, p. 484, n. 4; Stückelberg, *op. cit.*, p. 39. Cf. Du Cange, *Glossarium*, éd. Henschen : p. 112.

[2] Voir plus loin.

[3] Cf. Jahn, *op. cit.*, I, p. 157-158, n° 1.

[4] Cassiodore, *Variæ*, VI, 2, *Formula Patriciatus*, éd. Mommsen, p. 175 et *passim*.

pouvoir royal court un réel danger, la création d'une nouvelle fonction assure le maintien de l'organisation de
Théodoric, celle des « patricii præsentales » que revêtent
ensemble, un Goth et un Romain, comme pour symboliser
l'union des deux éléments du royaume ; le Goth est un
ancien soldat Tulum, le Romain Liberius, alors « præfectus
Prætorio Galliarum » ; leur commandement extraordinaire
est analogue à celui qu'exerçait auparavant le « magister
præsentalis militum » ; il rompt doublement avec la tradition : jusqu'alors aucun Goth ne pouvait être patrice,
aucun Romain chef militaire. Mais sauf cet exemple tout
à fait particulier, le terme ostrogoth de « patricius » correspond à un honneur, non à une fonction [1].

C'est porté par un fonctionnaire ostrogoth que le titre
de « patricius » réapparaît en Gaule, après la chute de
l'empire romain. Théodoric rétablit en quelque sorte, à
Arles, la préfecture des Gaules qui avait été autrefois
transférée de cette ville à Trèves ; l'administration des
cités provençales qu'il a soumises, est confiée à un « præfectus Prætorio Galliarum », chef des affaires civiles concernant les Romains, les Goths restant cantonnés militai-
rement sous les ordres de leurs « comites [2] ». Ce « præfectus Prætorio Galliarum » est un fonctionnaire assez
important, pour prendre rang parmi les « patricii », tel
Liberius que les textes appellent « patricius Liberius
præfectus Galliarum [3] ».

Après lui la transition s'opère ; même lorsque la Provence aura été cédée aux Francs, les fonctionnaires, placés
par leurs rois à la tête des cités du Midi, garderont ce
titre tout romain de « patricius » ; jusqu'au VIIme siècle,
on garde d'autre part le souvenir de la préfecture d'Arles [4].
Ce maintien du titre de patrice aux fonctionnaires francs
de la Provence, est une chose certaine ; nous le trouvons

[1] Mommsen, *Ostgot. Stud.*, p. 506-507 ; Magliari, *op. cit.*, p. 195 à 203.
[2] Kiener, *Verf. Geschichte der Provence*, p. 9 et s.
[3] Cf. Mommsen, édition des *Variæ* de Cassiodore, *Mon. Germ.*, *Auct.
Ant.*, XII. p. 330 et *Index Personnarum*, p. 495.
[4] *Vita S. Boniti*, 1, dans Mabillon, *AA. SS. ord. S. Bened.*, III,
p. 90.

porté par deux personnages qui avaient occupé dans ce pays de hautes fonctions publiques, sans que nous puissions dire s'ils ont appartenu à l'administration ostrogothique, à l'administration franque ou même à toutes les deux, et, à la faveur d'une identification toute naturelle, nous pouvons affirmer que l'un des deux garda son titre de « patricius », lorsqu'il revêtit, à la cour du roi austrasien, les fonctions de « maire du palais ».

Une inscription acquise au XVIIme siècle, par Peiresc (Nicolas-Claude Fabri) et provenant de la Gayole près de Tourbes, (Var, arr. et c^{ton} de Brignoles) nous fait connaître un Ennodius « præclarus rector », qui après avoir rempli des fonctions patriciales « patricia cingola » renonça au monde pour se vouer à la vie religieuse [1].

La croix qui précède l'épitaphe ne se trouve pas en Gaule avant 503 [2] et Ennodius est certainement différent du célèbre évêque de Pavie, mort en 521 et originaire de la Gaule du sud; mais il appartient peut-être à la même illustre famille [3]. L'absence d'une date précise nous empêche de placer Ennodius parmi les « præfecti » ostrogoths, prédécesseurs ou successeurs de Liberius, ou parmi les « rectores » francs. C'est ce dernier terme, nous le verrons, qui désigne le plus souvent au VIme siècle, les fonctionnaires francs de la Provence, et c'est aussi la dignité de « patricius » qui les honore.

Un autre « patricius » nous est connu à Arles; c'est le Parthenius dont Saint-Césaire guérit un esclave [4]. Saint-Césaire, évêque d'Arles, n'est mort qu'en 542; la Provence est cédée aux Francs sous son épiscopat; il nous est de

---

[1] *C. I. L.*, XII, p. 47, n° 338 :
+ STEMMATE PRECIPVVM TRABEATIS FASCIBVS ORTVM
INNODIVM LETI HIC SOPOR ALTVS HABET
QVI POST PATRICIA PRECLARVS CINGOLA RECTVR
SVBIECIT X̄R̄I COLLA SVBACTA IOGO.

[2] Cf. Le Blant, *Inscr. Chrét.*, II, p. 496, n° 628.

[3] *C. I. L.*, ibid.

[4] *Vita Cæsarii episc. Arelat.*, I, 49, éd. Krusch, p. 476 : « Evenit etiam ut illustrissimi viri Parthenii patricii puer, qui prædatus servis ceteris a domino suo præcipuus habebatur, per quandam nequissimam temptationem sæpius in terram alienato sensu corrueret. »

nouveau difficile de dire si Parthenius est un patrice ostrogoth ou un patrice franc; en tous cas, membre d'une
grande famille gallo-romaine de la Gaule méridionale,
neveu d'Ennodius de Pavie et de Ruricius [1], il apparaît à
Arles comme pratice, avant 542; nous pouvons dans la
suite, presque sûrement suivre sa fortune à la cour des
nouveaux souverains de la Provence; en 544, le rhéteur
Aratus « subdiaconus Romanus » dédie son livre *De
Actibus Apostolorum* à un « Parthenio magistro officiorum atque patricio » et les vers de la dédicace nous révèlent, sous ce titre, un grand personnage de la cour mérovingienne [2]. « Le magister officiorum », sous la plume d'un
rhéteur latin n'est autre que le « majordomus » franc [3].
Parthenius, patrice à Arles, est devenu maire du palais
d'Austrasie, tout en gardant, selon l'usage romain, sa
qualification patriciale. Nous le retrouvons enfin, sans
aucun doute, dans le Gallo-Romain Parthenius qui, après
la mort de Théodebert, en 548, est tué par les Francs,
irrités contre lui, parce qu'au temps du roi défunt il les
avait soumis au « tributum [4] ».

[1] Cf. Malnory, *Saint Césaire évêque d'Arles, Bibl. Hautes Etudes*,
CIII, p. 100, 117, 161 et n.

[2] *Aratoris Epistola ad Parthenium*, dans Migne, *Patrologie lat.*,
LXVIII, col. 245 :
« Domino inlustri magnificentissimo atque præcelso Parthenio magistro
officiorum atque patricio Arator subdiaconus. »
Id., vers 13 et s. :
« Tu facunde sonas Rhodani, Rheníque catervas
Regia dulcisonum te probat aula virum
Te multis opulentia quidem Germania doctum
Suscepit, et patrio gaudet amore tibi. »

[3] Waitz, *D. Verf. Geschichte*, II, 2 [3], p. 192, n. 2.

[4] Greg. Tur., *Hist. Franc.*, III, 36, éd. Arndt, p. 138. Voir sur Parthenius, Kiener, *Verf. Gesch. der Provence*, p. 255. n° 2 et p. 258, n° 15.
Kiener range également parmi les patrices francs de la Provence, un
« Aurilianus patricius » dont un esclave est guéri au tombeau de Saint
Victor à Marseille. Grégoire de Tours rapporte ce miracle dans le *Liber
in gloria Martyrum*, 76, éd. Arndt, p. 539, sans nous donner de date; en
tous cas, il s'agit d'un événement bien antérieur, puisqu'il nous dit que
l'esclave, ainsi guéri, devint, dans la suite, abbé du monastère de Saint
Victor. « Qui in tantum fidei merito roboratus est, ut deinceps, humiliatis
capillis, abbatis sortitus ordinem, monasterio uni præponeretur. » Donc,
on ne peut guère savoir s'il s'agit d'un patrice ostrogoth ou franc.

Les textes relatifs à Ennodius et à Parthenius établissent ainsi la persistance du titre de « patricius », dans la Provence ostrogothique, puis franque en 536, en tant qu'honneur personnel conféré au chef de la province.

Les patrices de l'époque franque étant aussi nombreux en Burgondie, on a voulu chercher leur origine dans quelque titre en usage dans l'ancien royaume burgonde. Les rois, ont en effet eux-mêmes porté le titre de « patricius ». Gondebaud l'a reçu de Rome, en plus de celui de « magister militum », que portent avant lui Chilpéric et Gundioch, en 472 avant d'être roi ; Sigismond, après la mort de son père l'obtient de Byzance ; comme prince il revêtait la qualité militaire de « comes[1] ».

Les textes ne nous autorisent pas, d'une manière concluante, à penser que le patriciat fut également remis en circulation par les rois burgondes, parmi leurs fonctionnaires ; quelques inscriptions peuvent être relevées sur des tombeaux de Gallo-Romains, qui occupent sous leur administration des dignités qu'il est difficile de déterminer ; ce sont en effet des titres tout romains qui les désignent, soit que ces titres aient été réellement utilisés par les rois barbares subissant l'influence des usages de l'empire, soit que les rimeurs d'épitaphes aient traduit par d'anciennes expressions des fonctions nouvelles.

L'évêque de Vienne Pantagathus, qui occupe déjà son siège épiscopal au concile d'Orléans de 538[2], est désigné par son épitaphe comme ayant occupé la « quæstura regum », avant d'avoir pris les insignes sacerdotaux[3]. De même, l'évêque Hesychius II, signalé au concile d'Orléans

---

[1] Jahn, *Gesch. der Burg.*, I, p. 157, 158, n. 1 ; W. Sickel, *Die Reiche der Völkerwanderung, Westdeutsche Zeitschrift für Geschichte u. Kunst,* IV, p. 232, n. 74 ; Binding, *Gesch. des burg. rom. Königr.*, I, p. 81-82, 84-88 ; Kiener, *op. cit.*, p. 270.

[2] Duchesne, *Fastes Episc.*, I, 2me édit., p. 206.

[3] Inscription provenant de l'église Saint Georges de Vienne. Le Blant, *Inscr.*, II, p. 102, n° 429 :
FASCIBVS INSIGNIS RELIGIONE POTENS
ARBITRIO REGVM QVÆSTVRÆ CINGVLA SVMPSIT.
Cf. Allmer et Terrebasse, *Inscriptions de Vienne*, V, p. 80.

de 549[1] avait auparavant été également « quæstor regum[2].

Cette fonction de « quæstor palatii » empruntée à la constitution impériale par Théodoric l'Ostrogoth[3], n'apparaît guère dans d'autres textes burgondes ou francs. Par les dates de leur épiscopat, les deux évêques, surtout Pantagatus, n'ont pu être que fonctionnaires burgondes, avant d'arriver au siège primatial de Vienne, à moins que, suivant un usage fréquent, ils n'aient reçu leur charge pontificale au palais, directement du roi, et qu'il ne faille voir, dans l'expression « quæstor regum » qu'un latinisme traduisant l'expression de « majordomus » au même titre que le « magister officiorum ».

On se heurte à beaucoup d'incertitudes lorsque l'on veut attribuer sur la foi de textes aussi vagues, telle institution à tel des royaumes barbares nouvellement constitués en Gaule ; la seule conclusion que nous en puissions tirer est que les deux inscriptions de Vienne attestent l'usage de titres romains sur le territoire de l'ancien royaume de Burgondie. La signification de ces titres a pu varier.

Un autre Pantagathus est signalé par une inscription, qui se lisait autrefois dans la cathédrale de Vaison, comme ayant occupé dans le pays des fonctions judiciaires[4] ; il mourut en 515 et appartenait ainsi, certainement, à la cité burgonde de Vaison. Son titre est celui de « rector » dont l'interprétation est très élastique[5]. Mais la nature de ses attributions le désigne bien comme un comte de Vaison[6].

---

[1] Duchesne, *loc. cit.*
[2] Le Blant, *Inscr.*, II, 413, p. 74 :
    QVISQVE MVNDANIS TITVLIS PERACTIS
    QVÆSTOR ET REGVM HABILIS BENIGNVS.
Cf. Allmer et Terrebasse, *op. cit.*, V, p. 84.
[3] Mommsen, *Ostgot. Stud.*, XIV, p. 453-459.
[4] Le Blant, *Inscr.*, II, 492, p. 218. Cf. p. 228 :
    MILITIA SI FORTE ROGES QVAM GESSERIT ILLE
    INVENIES QVOD IVRA DEDIT IVSTISSIMA SANXIT
    ARBITRIIS NAM CVSTOS PATRIÆ RECTORQVE VOCATVS
    A PATRIA REXIT QVONIAM PROMPTISSIMA CIVES
    LIBERTATE ANIMI.
[5] Cf. Le Blant, *Inscr.*, II, p. 228 ; Waitz, *D. Verf. Gesch.*, II, 2[3], p. 26.
[6] Jahn, *Gesch. der Burg.*, II, p. 202, n. 1.

Ainsi, dans l'ancienne Burgondie, on relève l'usage de titres romains qui vont se retrouver à l'époque franque ; vainement on cherche parmi les textes, celui de « patricius » ; mais celui de « rector » s'y trouve et va bientôt réapparaître, accompagné de la qualification de « patricius ».

Nous ne pouvons établir avec plus de certitude les origines du titre de « patricius » à l'époque franque ; il existait à Rome en tant que qualification honorifique ; il existe encore à Byzance et a peut-être passé, dans l'usage, du sens d'honneur à la qualification de la fonction de celui qui appartient au patriciat ; il existe dans le royaume ostrogoth d'Italie comme simplement honorifique ; il reste attaché ainsi aux administrateurs romains de la Provence ostrogothique ; en Burgondie, on le trouve parmi les titres du roi, mais rien ne prouve qu'il ait déjà désigné tel ou tel de ses fonctionnaires.

Quelle est la signification du mot « patricius » à l'époque franque, après 534 et encore au VIᵐᵉ siècle ?

En Provence, nous continuons à le relever dans les textes, non comme la simple appellation du chef de la « provincia [1] », mais comme le titre honorifique de ce fonctionnaire, tandis que cette primitive signification est sans doute en train de se perdre. Il ne désigne pas encore la fonction qu'il occupe ; il reste une qualification honorifique attachée à sa personne [2]. C'est dans ce sens que l'emploient les écrivains francs de l'époque.

[1] Même en admettant avec Longnon, v. ci-dessus, p. 99, et contre Kiener, op. cit., p. 24 et 248, le partage de la Provence entre les trois rois francs, Théodebert, Childebert et Clotaire, en 536, on peut considérer qu'elle ait été administrée alors, en leurs noms, par un seul fonctionnaire supérieur. A partir de 561, toutes les fois que la Burgondie et l'Austrasie ont des rois différents, la « Provincia » est divisée en deux parts, la « Provincia Massiliensis » dépendance austrasienne, la « Provincia Arelatensis » dépendance burgonde ; à la tête de chacune d'elles, un fonctionnaire, austrasien pour Marseille, burgonde pour Arles. V. sur le détail de ce partage et les époques où il s'opère, Kiener, op. cit., p. 24 et s. et 247 et s.

[2] C'est ce que nous semble ne pas avoir compris Kiener, op. cit., p. 55 et s., lorsqu'il signale, dès le VIᵐᵉ siècle, l'institution du patriciat comme spéciale à la Provence ; ce n'est qu'au VIIᵐᵉ siècle qu'on peut vraiment

Le terme exact et précis dont Grégoire de Tours se sert, pour désigner le représentant du roi mérovingien à la tête de l'administration de la « Provincia », est « rector provinciæ », lorsqu'il s'agit spécialement de la Provence marseillaise de « rector provinciæ Massiliensis », en outre, en une occasion, il le désigne sous le titre de « præfectus [1] ». Il n'emploie jamais le terme de « patricius provinciæ », encore que le mot de patrice subsiste au sens purement honorifique [2].

Le poète Fortunat, dont le séjour en Gaule commence en 560, se sert des mêmes expressions que Grégoire de Tours, pour chanter les vertus des fonctionnaires austrasiens de la Provence de Marseille; il les nomme « Mas-

constater son existence, et encore ses caractéristiques sont moins bien définies que ne croit l'avoir établi Kiener; cf. plus loin.

[1] Nous réunissons les passages de Grégoire de Tours à l'aide de Kiener, qui avait déjà fait ce travail, pour dresser sa liste des patrices de Provence, op. cit., p. 255 et s. Hist. Franc., IV, 43, éd. Arndt, p. 177 : « In regno autem Sigiberti regis, remoto ab honore Iovino rectore Provinciæ, Albinus in loco eius subrogatur. » VI, 11, éd. Arndt, p. 255 : « Sed dum ad regem Childebertum ambularet, (Dinamius) cum Iovino ex præfectum a Gunthramno rege deteneri jubetur. » VI, 7, éd. Arndt, p. 253 : « Post cuius obitum (Ferreolus episc. Ucecensis) Albinus ex præfecto per Dinamium rectorem Provinciæ consilium suscepit episcopatum. » VI, 11, éd. Arndt, p. 255 : « Apud Massiliense vero urbe Dinamius rector Provinciæ graviter insidiari Theodoro episcopo cœpit. » VIII, 43, éd. Arndt, p. 354 : « Anno quoque duo decimo Childeberti regis Nicecius Arvernus rector Massiliensis provinciæ vel reliquarum urbium, quæ in illis partibus ad regnum regis ipsius pertinebant, est ordinatus. »

[2] Grégoire de Tours lui-même l'emploie. Ainsi en parlant de l'« Aurilianus patricius » du Liber in gloria Martyrum, 76. V. ci-dessus. p. 329, n. 4; de même pour Nicetius, Hist. Franc., IX, 22, éd. Arndt. p. 380 : « His enim diebus Theodorus episcopus ad regem abierat, quasi aliquid contra Nicetium patricium suggesturus... » L'appellation courante était donc « N patricius », la désignation de la fonction « N... rector Provinciæ ». La preuve que « patricius » n'égale pas « rector » ni même « præfectus », va se déduire des passages suivants de Fortunat. De plus Jovinus déposé par Sigebert est nommé « ex præfectus », tandis qu'Aeghyla Calomniosus, après avoir été dépouillé de ses fonctions de chef de la « provincia Arelatensis », en 585, Hist. Franc., VII, 30, éd. Arndt, p. 345, est encore désigné par A de Frédégaire, sous le titre de « patricius »: Chron. Fredeg., A, IV, 21, éd. Krusch, p. 129.

siliæ auctor rectorque » et « rector provinciæ[1] ». La dédicace d'une de ses petites pièces, à Jovinus, est significative :
il le qualifie de « inluster ac patricius et rector provinciæ[2].
Le « patricius » est ici notoirement une désignation honorifique, qui s'ajoute à celle de « vir inluster », le titre
général et habituel des grands du royaume.

Les textes tirés de Grégoire et de Fortunat s'accordent
donc pour montrer qu'au VIme siècle le terme de « patricius » s'applique comme une désignation honorifique aux
« rectores Provinciæ[3] ». Il n'a pas encore passé de l'hon-

---

[1] Fortunat, *Opera Poetica*, éd. Leo, *Mon. Germ. Auct. Ant.*, IV, p. 156,
Carmina, VII, 5, *De Bodegisilo duce*, v. 19 :
    « Massiliæ ductor felicia vota dedisti
    suum rectoremque laude perenue refert; »
le titre de « dux » qui figure en tête de la pièce, comme de celle du *Carmen*,
6, *ibid.*, p. 158, ne doit pas faire conclure d'emblée à l'identité du « rector
Massiliæ » avec un « dux ». Bodegisilus n'est plus alors à Marseille, mais
il occupe une haute fonction en Germanie, c.-à-d. en Austrasie, cf. *Carm.*,
5, vers 21 à 24; d'autre part le terme poétique de « ductor » n'est pas
l'équivalent du « dux ». Cf. Kiener, *op. cit.*, p. 56-57.

[2] Fortunat, *Carmina*, VII, 6. éd. Leo, p. 165 : « Ad Jovinum inlustrem
ac patricium et rectorem provinciæ. » L'épitaphe d'Eucheria, femme du
patricius Dynamius, qui reposait probablement dans l'église St-Hippo-
lyte d'Arles et que Kiener, *op. cit.*, p. 261, n. 27, place comme gouverneur dans la « Provincia Arelatensis » vers 590, est particulièrement
instructive. Le Blant, *Inscr.*, II, p. 515, n° 641, v. 19 :
    PATRICIVM TE CVLMEN HABET
    TV RECTOR IN ORBE ES...
Cf. Greg. Tur., *Hist. Franc.*, X, 2, éd. Arndt, p. 409 : « Evantius filius
Dinamii Arelatensis. »

[3] Nous ne voulons pas ici discuter en détails la théorie de Kiener sur
les patrices de Provence; au VIme siècle ces « rectores » ne sont encore
que des « patricii » honorifiques; ont-ils des fonctions différentes de celles
des « duces »? On peut déjà alors douter que « dux » égale « rector »; le
passage ci-dessus de Fortunat ne le prouve pas, pas non plus celui de
Grég. de Tours que Kiener, *op cit.*, p. 57, explique par une négligence.
Hist. Franc., VIII, 30, éd. Arndt, p. 345 : « Hæc audiens rex, Leudeghyselum in loco Calomniosi cognomento Aegilanis ducem dirigens,
omnem ei provinciam Arelatensim commisit. » Leudeghyselus était déjà
« dux » : *Hist. Franc.*, VII, 37, 39, 40, VIII, 20. Le texte n'exclut pas la
possibilité qu'il ait changé de titre, en changeant de circonscription administrative. D'autres « duces » comme Gontran Boson, duc d'Auvergne et
le « dux Gunthramni regis » que Grégoire de Tours nous signale en 582
à Marseille, *Hist. Franc.*, IV, 24, éd. Arndt, p. 264, n'y exercent qu'un
commandement passager, pour réprimer l'insurrection du prétendant

neur à la fonction, et ceci n'est pas contredit par l'usage
de désigner le personnage qui le porte, simplement par
son nom, suivi du qualificatif « patricius », sans indiquer
plus amplement la fonction que ce patrice remplit[1].

Cependant pour les patrices de la Provence, la confusion qui, en suite de l'usage courant, transporte au titre
purement honorifique, l'idée d'une fonction, va s'opérer
dès la fin du VIme siècle et, comme à Byzance, le mot de
« patricius », suivi du nom de la province, désignera le fonctionnaire préposé à l'administration de cette province.
Grégoire et Fortunat distinguent encore cette nuance de
signification; mais en dehors de la monarchie franque, la
chancellerie du pape emploie, à partir de 593, pour désigner le fonctionnaire franc qui est le chef de la Provence,
le terme d'ailleurs peu exact de « patricius Galliarum » ou
« patricius de Gallia »[2].

Gondovald. Cf. Kiener, *op. cit.*, p. 260, n° 23, p. 261, n° 25. Pourtant le
terme de « præfectus », que Grégoire applique à deux reprises aux « rectores » de la Provence, semble bien sous sa plume être équivalent de celui
de « dux ». En parlant de Narsès, il dit : *Hist. Franc.*, V. 19, éd. Arndt,
p. 216 : « dux Italiæ » et VII, 36, éd. Arndt, p. 316 : « præfectus Italiæ ».
A moins de prendre « dux », dans ce passage, en son sens général de commandant militaire, on peut admettre avec Weyl, *Bemerkungen*, p. 83 et s.
et note p. 96, l'équation « rector = præfectus », « præfectus = dux »,
donc, « rector = dux ».

[1] Ainsi le patricius Dinamius appelé par Grégoire « rector Provinciæ »,
Hist. Franc., VI, 7, éd. Arndt, p. 253, et très probablement l'auteur des
deux vies des Saints Marius et Maximus, (Kiener, *op. cit.*, p. 259-260,
n° 22), se nomme simplement « patricius », dans l'épître dédicatoire de
ce dernier ouvrage, à Urbicus évêque de Riez (584-589), *Vita S. Maximi,
Epistola Dedicat.*, dans Migne, *Patrol. lat.*, LXXX, col. 51 : « Domino
beatissimo Patri Urbico Papæ Dinamius Patricius salutem. »

[2] Dans deux lettres du 14 déc. 556 et du 13 avril 557, adressées à
l'évêque d'Arles Sapaudus, le pape Pélage Ier parle simplement du « filius
noster patricius Placidus », ou du « filius noster magnificentissimus
vir patricius Placidus », père de l'évêque. *Epistolæ Arelatenses
Genuinæ*, 49 et 53, éd. Gundlach, p. 73 et 77. Mais Grégoire Ier adresse
plusieurs lettres à trois « patricii Galliarum ». *Gregorii I Registrum*, III,
33, éd. Hartmann, p. 191, avril 593 : « Gregorius Dinamio patricio Galliarum. » Cf. *Id.*, VI, 6, p. 385, 595 sept., IV, 37, p. 272, juillet 594, VII,
12, p. 454, 596 oct., VII, 33, p. 482, juillet 597. V. 31, p. 312, 15 avril
595 : « viro glorioso Arigio patricio ». VI, 56, p. 430, juillet 596 :
« Gregorius Arigio patricio de Gallia ». Cf. IX, 21, éd. Hartmann, p. 196,

Ce n'est encore qu'une confusion ; les textes francs ne
la font pas encore ; mais bientôt l'usage continuel de joindre au mot de « patricius », l'idée d'une fonction, va donner
naissance à une nouvelle institution ; alors le « patricius »
sera pour les Francs mêmes, un fonctionnaire ; sa circonscription administrative ne sera pas une vague province
qui peut paraître à l'évêque de Rome la survivance de
l'ancienne « Gallia », mais un « patriciatus » nettement
défini.

L'emploi du titre de « patricius » comme une distinction
honorifique, entré dans l'usage de la cour franque, ne
semble pas avoir été limité à la seule Provence. On le
trouve en Burgondie, après la conquête par les fils de
Clovis.

Une inscription de Vienne nous apprend que Namatius,
qui meurt en 559, et qui fut évêque après Hesychius, encore en charge en 549 au concile d'Orléans[1], avait été
avant son épiscopat « præsul patriæ et rector » et qu'il était
décoré du titre de « patricius » ; il rendait la justice à plusieurs cités réunies[2]. Sous les titres de « præsul patriæ »
et de « rector », nous reconnaissons en Namatius, un duc
en Burgondie, qui réunissait, sous son autorité, plusieurs
« pagi » administrés par des comtes[3].

En dehors de la Provence et de la Burgondie[4], l'usage

---

599 juillet. XI, 43, p. 316, 601 juillet 22 : « Gregorius Asclipiodoto Patricio Gallorum. »

[1] Duchesne, *Fastes*, I, 2ᵐᵉ édit., p. 206.

[2] Le Blant, *Inscr.*, II, p. 97, nᵒ 475 :
VT TENVIT TVMVLO POSITVS NAMATIVS ISTO
QVI CVM IVRA DARET COMMISSIS VRBIBVS AMPLIS
ADIVNCTA PIETATE MODIS IVSTISSIMA SANXIT
PATRICIVS PRÆSUL PATRIÆ RECTORQVE VOCATVS.
Cf. Allmer et Terrebasse, *Inscr. de Vienne*, V, p. 89.

[3] Les ducs francs ne semblent pas avoir exercé la justice eux-mêmes ;
le tribunal du « pagus » est laissé au comte ; mais on parle fréquemment
de la justice des ducs ; cf. Waitz, *D. Verf. Geschichte*. II, 2³, p. 51 ; « patria »
n'est pas synonime de patrie, mais équivaut au latin « regio ». Namatius
n'est pas forcément originaire de Vienne, mais il semble que c'est là qu'il
a revêtu les fonctions de duc. Cf. Le Blant, *Inscr.*, II, p. 99.

[4] Nous ne pensons pas qu'il faille ranger avec Kiener, *op. cit.*, p. 255,
nᵒ 1, Secundinus (peut-être le grand de Théodebert dont Grégoire nous

de l'honneur personnel du patriciat n'apparaît nulle part.
Il est cependant bien possible qu'il ait été plus pratiqué
que les textes ne nous en ont laissé de souvenirs.

Dès le VIme siècle cependant, avant Gontran, et surtout
sous son règne, le titre de «patricius» a désigné dans le
«regnum Burgundiæ» une fonction de nature spéciale.
Nous connaissons quatre de ces «patricii» qui se sont
succédés dans leur charge et que, par la nature de leur activité aussi bien que par les termes précis qui les désignent, nous sommes forcés de différencier des patrices
honoraires de la Provence et d'ailleurs.

Grégoire de Tours nous parle pour la première fois de
ces patrices à l'occasion de la formation du «regnum» de
Gontran; le roi, ayant déposé le patrice Amatus, donne à
Celsus l'«honor patriciatus»[1]. Il s'agit de déterminer la
nature de cette magistrature, en retraçant l'activité des
personnages qui l'ont occupée.

Avant 561, il y avait déjà dans la partie du royaume de
Clotaire Ier qui échoit à Gontran, c'est-à-dire l'ancienne
part de Clodomir, roi d'Orléans, augmentée de toute l'ancienne Burgondie, un «patricius», le Gallo-Romain Agricola. Il ne faut pas conclure tout de suite des paroles de
Grégoire, qu'il n'y avait qu'Agricola qui portât ce titre, et
que la magistrature était uniquement burgonde. L'historien des Francs peut avoir omis de parler de ses collègues,
mais en continuant l'histoire des successeurs du premier
patrice déposé par Gontran, on reconnaît sans peine que
ces «patricii» revêtent une fonction d'un caractère tout
particulier.

raconte les hauts faits et les malheurs entre 539 et 548, *Hist. Franc.*, III,
33, éd. Arndt, p. 1368, dans la liste des patrices dits personnels. Il ne
nous est connu en effet que par un texte purement falsifié, le récit d'un
miracle, ajouté sous Charlemagne à la vie de Saint Jean de Réomé de Jonas
de Bobbio, par un auteur anonyme B. Le « Secundinus Patricius » ne se
trouve que dans un remaniement de B par un troisième auteur, C, qui se
dit, mensongèrement, le premier compilateur d'une vie du saint. Cf. *AA.
SS. Jan.*, II, p. 862, *Vita S. Johannis Reomænsis*, I, 2. Cf. Molinier,
Sources, I, p. 119, n° 325 et Krusch, *SS. rer. Mer.*, III, p. 503-504.

[1] *Hist. Franc.*, IV, 24, éd. Arndt, p. 159 : « Cum autem Gunthramnus
rex regnum partem, sicut fratres sui obtenuisset, amoto Agræcola patricio, Celsum patriciatus honori donavit... »

22

Nous retrouvons vers 568, le patrice Celsus à la tête de l'armée que Gontran envoie pour reprendre Avignon, injustement enlevée par des troupes levées en Auvergne sur l'ordre de Sigebert. Celsus récupère Avignon et va battre l'armée des comtes arvernes sous les murs d'Arles [1]. Il meurt en 570 [2] et est remplacé par un certain Amatus, comme lui, sans doute, gallo-romain. Amatus est également un chef d'armée ; en 571, il marche à la rencontre des Lombards qui ont franchi les Alpes ; l'armée de Burgondie, placée sous ses ordres, est complètement vaincue, et lui-même tué [3]. Les Lombards s'étant retirés, Gontran fait venir auprès de lui le comte d'Auxerre, Eunius Mummolus, et lui confère les fonctions de patrice [4].

Grégoire de Tours nous retrace en quelques lignes la carrière de ce personnage important et qui reparaît à maintes reprises dans son récit ; fils de Peonius, comte d'Auxerre, et originaire de cette cité, il se substitue à son père, comme celui-ci l'avait envoyé auprès du roi, avec des présents, pour se faire confirmer dans sa charge. De là,

---

[1] *Hist. Franc.*, IV, 30, éd. Arndt, p. 165 : « Quod cum Gunthramnus rex comperisset, Celsum patricium cum exercitu illuc dirigit. Qui abiens, Avennicam urbem abstulit. Accedens [autem] Arelate et vallans eam, inpugnare exercitum Sigiberthi, qui infra murus contenebatur, cœpit. »

[2] Mar. Av., *Chron.*, an. 570, éd. Mommsen, p. 238 : « Eo anno mortuus est Celsus patricius. » Un manuscrit du IXme siècle *(Parisinus 2832,* f° 115) nous a conservé l'épitaphe de Silvia, mère du patrice Celsus, dont les trois derniers vers ont été retrouvés en une inscription de St-Pierre de Vienne, maintenant au musée de cette ville. Silvia qui mourut en 579, nous y est dit au v. 11 :

> « natorum splendore potens, subfulta vigore
> gaudebat partu se reparasse patres
> unde sacerdotii claro dotatus honore
> et Celsum meruit cernere patritium. »

C. I. L., XIII, p. 260, n° 2094. Cf. Le Blant, *Inscr.*, I, p. 320, n° 222 et II, n° 438 A.

[3] *Hist. Franc.*, IV, 42, éd. Arndt, p. 175 : « Igitur prorumpentibus Langobardis in Galliis, Amatus patricius, qui nuper Celsi successor extiterat, contra eos abiit, cummissumque bellum, terga vertit ceciditque ibi.

[4] *Ibid.* : « Quibus discedentibus Eunius qui et Mummolus arcessitus a rege, patriciatus culmine meruit. »

s'avançant par degrés, il parvint enfin au sommet des honneurs [1].

Mummolus remplace Amatus à la tête de l'armée de Burgondie; il inflige une sanglante défaite aux Lombards, qui ont reparu, en 572, sur le territoire de la cité d'Embrun [2]. La même année, il repousse des Saxons, qui, à la suite des Lombards, avaient pénétré en Provence; ces Saxons reviennent un an après; Mummolus les arrête, exige d'eux une réparation pécuniaire des dommages qu'ils ont causé au pays, et les laisse ensuite passer en Auvergne sur les terres du royaume de Sigebert [3]. En 574, lors de la grande invasion des trois ducs lombards, Mummolus rejette au delà des Alpes, après sa victoire d'Embrun, Amo, Zaban et Rodanus, et arrête ainsi l'élan des envahisseurs [4].

Gontran n'emploie pas seulement son patrice à la défense de la Burgondie, voisine de l'Italie; il le met à la tête de ses armées sur d'autres points de son royaume; ainsi lorsqu'il s'allie à Sigebert pour reprendre à Chilpéric les deux cités de Tours et de Poitiers, que ce dernier avait enlevées au roi d'Austrasie, à la mort de Caribert (567), c'est Mummolus que les deux frères choisissent pour mener la campagne, et c'est encore lui qui remporte, de ce côté, une victoire utile, et va soumettre Poitiers [5]. Mummolus reparaît en 576; Chilpéric avait envoyé son fils Clovis envahir la Touraine et l'Anjou, qui appartenaient à Childebert II, fils de Sigebert. Gontran défendit

---

[1] *Hist. Franc.*, IV, 42, éd. Arndt, p. 175 : « Eunius quoque cognomento Mummolus a rege Guntchramno patriciatum promeruit... Hic etenim Peonio patre ortus Audissiodorensis urbis incola fuit... Ex hoc vero gradatim proficiens, ad maius culmen efectus est. » V. Aimé Cherest, *Notice sur Eunius Mummolus comte d'Auxerre et patrice de Bourgogne, Bull. soc. sciences de l'Yonne*, XI, p. 15 à 49.

[2] *Hist. Franc.*, IV, 42, éd. Arndt, p. 175.

[3] *Ibid.*

[4] *Hist Franc.*, IV, 44, éd. Arndt, p. 178.

[5] *Hist. Franc.*, IV, 45, éd. Arndt, p. 179 : « Multa enim Mummolus bella gessit, in quibus victur extetit ». « ...conjunctus rex ipse cum Guntchramno fratre suo, Mummolum elegunt, qui has urbes ad verum dominium revocare deberet. »

les cités de son neveu; il dirigea son patrice Mummolus,
avec une grande armée, jusqu'à Limoges, qui, faisant partie
du douaire de Galswinthe, avait été attribuée à Brunehaut. Mummolus engagea là une grande bataille contre le
duc Didier; il perdit cinq mille des siens, mais la victoire
lui resta, Didier s'enfuit à grand'peine, laissant sur le
champ de bataille, vingt-quatre mille hommes de son
armée; Mummolus revint en Burgondie par l'Auvergne,
qu'il ravagea [1].

En 581, Mummolus semble avoir encouru la disgrâce
de son roi; sans qu'aucun des chroniqueurs nous dise les
causes de sa fuite, il quitta brusquement le royaume de
Gontran et alla chercher un refuge à Avignon, qui appartenait alors à Childebert [2]. Dès lors, il devint un adversaire
redoutable de son ancien maître; il s'engage dans l'équipée du prétendant Gondovald, prend part à son élévation
sur le pavois, en 584, à Brives-la-Gaillarde, et soutient
avec lui le siège de Saint-Bertrand-de-Comminges. Voyant
qu'aucun espoir ne restait à son faux roi, il trahit Gondovald, se rend au duc Leudeghyselus, et, sur l'ordre de
Gontran, après une énergique résistance, il est tué dans
le camp de l'armée de Burgondie [3]. Ses trésors, qui semblent avoir été considérables, furent livrés par les soins
de sa femme Sidonie à Gontran [4].

Mummolus fut donc un personnage considérable, riche
et influent, groupant autour de lui de nombreux fidèles,
et qui prête à Gondovald l'important concours de son appui et de ses talents militaires. Tous les textes parlent de
lui en le désignant sous l'épithète de « patricius » [5]. Gré-

---

[1] *Hist. Franc.*, V, 13, éd. Arndt, p. 201 : « Mummolus vero patricius
Guntchramni regis cum magno exercitu usque Lemovicinum transiit et
contra Desiderium ducem Chilperici regis bellum gessit. »

[2] *Hist. Franc.*, VI, 1, éd. Arndt, p. 245; Mar. Av., *Chron.*, an. 581,
éd. Mommsen, p. 239 : « Eo anno Mummolus patricius cum uxore et
filiis et multitudine familiæ ac divitiis multis in marca Childeberti regis
id est Avinione confugit. »

[3] Greg. Tur., *Hist. Franc.*, VII, 10, 27, 28, 31, 34, 36, 38-39, éd.
Arndt, p. 296, 307, 308, 312, 314, 317, 319.

[4] *Hist. Franc.*, VII, 40, éd. Arndt, p. 320.

[5] Voir outre Grégoire et Marius, *Vita S. Quinidi Episc. Vasionensis*,

goire de Tours emploie continuellement cette expression ;
il la développe en l'appliquant à Mummolus sous la forme
de « patricius Guntchramni regis » [1]; en quatre passages
irréfutables, il parle de lui comme d'un « duc » [2].

Faut-il conclure d'emblée qu'alors le terme de « patricius » équivaut à celui de « dux ». Cela serait aller un peu vite
en besogne. Grégoire de Tours emploie en effet dans une
grande majorité de cas le terme de « patricius » pour désigner Celsus, Agricola, Amatus et Mummolus, tandis qu'il
ne l'applique jamais aux innombrables personnages qu'il
qualifie de « duces ». La chronique de Marius fait également avec soin la distinction entre les ducs francs, qu'elle
connaît, et les deux patrices, dont elle a conservé les
noms, Celsus et Mummolus [3]. Par contre, elle emploie les
deux termes l'un pour l'autre, lorsqu'il s'agit du patrice
byzantin et grand général, Bélisaire [4]. Aucun texte officiel,

AA. SS. Febr., II, p. 832 : « Quidam Patricius, cui nomen est Mom-
molo », panégyrique qui n'est peut-être que du VIII° siècle. Cf. Molinier,
Sources, I, p. 126, n° 363.

[1] Hist. Franc., V, 13, éd. Arndt, p. 201 : « Mummolus vero patricius
Guntchramni regis. » Cf. Ibid. : « Desiderium ducem Chilperici... »

[2] Hist. Franc., VI, 24, éd. Arndt, p. 264. Gondovald muni de soldats
de cavalerie par l'évêque Théodore de Marseille, se joint à Mummolus :
« Ab eodem etiam acceptis æquitibus, Mummolo duce coniunctus est. »
VI, 1, p. 245, le synode réuni à Lyon en 581 par Gontran s'occupe de la
fuite de Mummolus à Avignon : « Sinodus ad regem revertitur, multa de
fuga Mummoli ducis, nonnulla de discordiis tractant. » VI, 26, p. 265,
discours placé dans la bouche de Gontran Boson : « Mummolus, inquid,
dux tuus, ipse suscepit eum... » VII, 34, p. 314, Gondovald recule devant
l'armée de Gontran : « Igitur Gundovaldus cum audisset sibi exercitum
propinquare, relictus a Desiderio duci, Garonnam cum Sagittario episcopo, Mummolo et Bladasti ducibus atque Waddone transivit... » La
signification de ces passages relevée par Weyl, Bemerkungen, p. 89,
semble avoir échappé à Kiener.

[3] Mar. Av., Chron.; an. 570, éd. Mommsen, p. 238 : « Celsus patricius »; an. 581, p. 239 : « Mummolus patricius ». Marius désigne toujours
les ducs francs par les mots « dux Francorum ». An. 548, p. 237 : « Lanthacarius dux Francorum »; an. 555, p. 237 : « Buccelenus dux Francorum » (duc des Alamans); an. 565, p. 237 : « Magnacarius dux Francorum »;
an. 573, p. 238 : « Eo anno Væfarius dux Francorum obiit », (« Dux
Ultrajoranus », cf. Chron. Fredeg., IV, 13).

[4] Id., an. 534-540, p. 235-236 : « Eo anno Belesarius patricius... »;
an. 547, p. 230 : « Eo anno resumptis viribus Belesarius dux. »

formule ou diplôme, ne nous permet de décider la question, au moins pour le sixième siècle.

L'expression de « patricius Guntchramni regis » ne nous autorise pas à conférer à Mummolus et à ses prédécesseurs, le titre de « patricius », comme un honneur personnel ; il s'agit bien d'un « dux », mais d'un duc d'une nature particulière et dont l'appellation exacte est « patricius »; Mummolus et ses prédécesseurs sont des « duces », mais tous les « duces » ne sont pas « patricii ».

Les quatre « patricii » qui se succèdent dans le royaume de Burgondie, sont des chefs d'armée ; nous les voyons toujours exercer un commandement militaire, nous les voyons même ne faire que cela ; ils ne sont pas affectés à la défense spéciale d'une frontière ; le roi les envoie à l'est, à l'ouest ou au sud, là où l'invasion du voisin nécessite leur intervention ; ils ne sont pas les chefs des seuls Burgondes, car l'armée du royaume de Gontran n'est pas une armée ethnique ; eux-mêmes sont gallo-romains et non burgondes [1].

Les patrices de Gontran sont supérieurs aux autres ducs; Grégoire de Tours les place au sommet de la hiérarchie franque; il appelle leurs fonctions « patriciatus culmen »; un comte, pour devenir patrice, parcourt les divers échelons des dignités; sans doute il a été duc; promu au patriciat, il arrive au faîte des honneurs : « Gradatim proficiens ad maius culmen effectus est ». Le patrice est le chef désigné des grandes expéditions et des fortes armées. Ce qui le différencie d'un simple duc, c'est que nulle part nous ne le trouvons attaché à une circonscription territoriale ; la plupart des ducs de Grégoire de Tours peuvent être localisés dans un « ducatus »; les patrices, au contraire, sont très mobiles ; nous les voyons agir, sortir ou rentrer avec leur armée « in Burgundiam » ou « a regno

---

[1] D'Agricola à la fuite de Mummolus, l'armée des Burgondes n'a pas d'autre chef; plus tard le roi Gontran semble commander lui-même son armée, *Hist. Franc.*, VII, 14, éd. Arndt, p. 306 ; au siège de Comminges c'est le duc Leudeghyselus qui est le chef de son armée, *Hist. Franc.*, VII, 37, p. 317 et s. ; autre part d'autres duces. *Hist. Franc.*, VII, 35, p. 315.

Guntchramni»[1]. Au VIme siècle, il n'est pas encore question d'un « patriciatus » en tant que division administrative du pays.

Il y a eu pourtant des « duces » sans « ducatus », dans l'entourage du roi, des membres de son tribunal, des chefs de son armée[2]. Le premier de ces ducs, le chef suprême de l'armée, est, pour nous, le patrice; c'est lui que le roi délègue à la tête de ses troupes, comme plus tard il y placera tel haut fonctionnaire, un référendaire, un connétable, le maire du palais[3]. Au VIme siècle, le chef désigné d'avance est le patrice.

Cette définition du « patrice », duc supérieur aux autres ducs, spécialement militaire, distingué par un titre particulier, est la seule qui s'accommode de la diversité des textes qui nous ont conservé le souvenir de cette éphémère fonction[4]. On voit que nulle part on ne l'appelle patrice de Burgondie, et que rien n'autorise à en faire un représentant du roi parmi les Burgondes, pour conserver au peuple soumis quelque semblant d'autonomie; le patrice, comme du reste tous les fonctionnaires mérovingiens, dépend directement du roi; il est nommé par lui; il commande des soldats de toutes races.

---

[1] Greg. Tur., *Hist Franc.*, V, 13, éd. Arndt, p. 201, VI, 1, p. 245.

[2] Waitz, *D. Verf. Gesch.*, II, 2, [3], p. 100-101. Soit qu'ils soient momentanément sans « ducatus », soit qu'ils soient attachés à la cour.

[3] Cf. Pfister, dans Lavisse, *Hist. de France,* II, p. 192.

[4] Il est à remarquer que les passages où Grégoire de Tours nomme Mummolus « dux », se rapportent tous à des événements postérieurs à sa fuite à Avignon. Mummolus s'est appelé « patrice », tant qu'il est vraiment le général de Gontran; disgracié et banni il n'exerce plus son commandement, il peut être considéré comme un simple « dux ». C'est la restriction que nous apportons à l'affirmation de Weyl, *Bemerkungen,* p. 90 et s. : « patricius = dux »; le patrice est bien un duc, mais c'est un duc plus haut placé que les autres et qui, comme chef militaire, est nommé « patricius ». Ainsi Marius d'Avenches traduit « patricius » en parlant de Bélisaire, par « dux », dans le sens de chef, de général, tandis qu'il distingue toujours, autre part, « patricius » et « dux Francorum ». Sans admettre, avec Glasson, *Hist. du Droit,* I, p. 356, que le même personnage ait pu porter les deux titres, et sans expliquer les textes de Grégoire, par une inadvertance, nous pouvons facilement admettre que Mummolus, après sa fuite à Avignon, n'était plus le général, le patrice, de Gontran.

Peut-on expliquer de plus près ce titre passager et militaire ?

Nous avons dit par quelles voies le mot était entré dans l'usage du sud de la Gaule, après la chute de l'empire romain ; dans son emploi général, cette désignation honorifique s'appliquait à quelques grands généraux. Aetius, le défenseur des Gaules, est décoré de ce titre par l'auteur A de Frédégaire[1]. Son souvenir pouvait encore être vivant au VIme siècle. Surtout les grands généraux byzantins avec lesquels les troupes franques, burgondes et alamanniques se sont rencontrées en Italie, Bélisaire et Narsès, étaient des « patricii ». Marius d'Avenches se sert de ce qualificatif pour les désigner, et, avec Grégoire, le fait plus ou moins improprement synonime de « dux »[2]. Il ne nous semble pas impossible que Clotaire Ier et Gontran, qui a été en rapport avec la cour de Byzance, aient donné au chef de leurs armées le titre que portent les célèbres généraux des empereurs d'Orient, et qu'ainsi ils en aient fait la désignation d'une fonction[3].

Nous arrêtons à Mummolus la série des quatre patrices du royaume de Burgondie, que nous considérons comme

---

[1] Dans la partie empruntée à Idace, il est nommé « dux », autre part « patricius ». Cf. *Chron. Fredeg.*, éd. Krusch, p. 43, 73, 89, 92, 157, et Greg. Tur., *Hist. Franc.*, II, 7 et 8, éd. Arndt, p. 69 à 72 : « Aetius patricius ».

[2] Mar. Av., *Chron.*, éd. Mommsen, p. 236 : « Belesarius patricius » « Belesarius dux », p. 235 : « Hypatius patricius » « Belesarius patricius ». Grégoire n'emploie pas « patricius », *Hist. Franc.*, V, 19, éd. Arndt, p. 216 : « Narsis ille dux Italiæ », VII, 36, p. 316 : « Narsiti præfecto Italiæ ».

[3] Un texte curieux est celui de A de Frédégaire, IV, 5, éd. Krusch, p. 125, après la fuite de Mummolus, 585 : « Syagrius comex Constantinopole iusso Gunthramni in legatione pergit ; ibique fraude patricius ordenatur. Ceptum quidem sed ad perfectione hæc fraos non peraccessit. » Magliari, *op. cit.*, p. 193, a vu dans cette tentative du comte Syagrius un essai de la cour de Byzance de faire rentrer le royaume franc sous son hégémonie ; Syagrius recevait ainsi une souveraineté effective sur la Gaule mérovingienne. C'est une bien grande prétention pour un aussi mince personnage ; l'explication nous semble plus facile : le comte Syagrius étant parvenu, par ruse, à se faire donner par l'empereur le titre de patrice, espérait à son retour jouir des prérogatives de ce titre en Burgondie. Il échoua d'ailleurs.

les chefs d'armée de Clotaire Ier et de Gontran. A partir de la fin du VIme siècle, les textes nous signalent de nombreux patrices ; mais ils les caractérisent de telle façon qu'ils marquent un changement définitif dans le sens du mot. L'évolution dont nous avons pu retrouver les premiers effets en Provence, en Italie, à Byzance, et qui, par l'usage, attache l'idée d'une fonction, au titre, à l'origine purement honorifique, de « patricius », est arrivée à son terme. Elle est consacrée par l'apparition dans le royaume franc d'une nouvelle institution, celle du « patriciatus », d'une nouvelle fonction celle du « patricius ».

Dès la fin du VIme siècle, les textes que nous pouvons appeler officiels, en l'espèce, les lois, les formules et les diplômes, ne nous permettent plus de faire du « patricius » un titre seulement honorifique, un commandement seulement militaire ; ils nous forcent, d'autre part, à distinguer les fonctionnaires appelés « patricii » des autres « duces ».

Déjà, dans la deuxième moitié du VIme siècle [1], la loi des Ripuaires place le patrice, comme le comte, le duc et le roi à la tête d'un tribunal, et dans son énumération des chefs de la justice, le cite directement après le roi [2]. Le recueil de formules de Marculf, composé d'après des

---

[1] La deuxième partie de la loi des Ripuaires est de la seconde moitié du VIme siècle, légèrement antérieure à 575 pour Viollet, *Hist. du Droit*, p. 117-118, en tous cas pas postérieure à 596, pour Brunner, *D. Rechtsgeschichte*, I, 2me édit., p. 447. Nous avons dit plus haut (p. 335) que c'était par une simple confusion, que la chancellerie pontificale avait attaché le sens de leurs fonctions, au titre de patrice des administrateurs francs de la Provence. La date du texte ripuaire semble nous contredire. Nous ferons cependant observer que la transformation de sens du mot « patricius » a été le résultat d'un usage définitivement établi au VIIme siècle, mais non d'une décision dont il soit possible de déterminer l'époque exacte. Les textes contradictoires peuvent donc se chevaucher chronologiquement, montrant, ici une signification, là l'autre. D'ailleurs au VIIe siècle la Provence est le « patriciatus Provinciæ » non le « patriciatus Galliarum. »

[2] *Lex Ribuaria*, L, 1, éd. Sohm., p. 238 : « Si quis testis ad mallo ante centenario vel comite seu ante duce, patricio vel regi necesse habuerit... » Il ne faut pas conclure de ce texte, à l'existence de patrices chez les Ripuaires, en Austrasie ; en vertu du principe de la personnalité des lois, un Ripuaire, garde l'exercice de sa loi en dehors des limites de son pays ; il peut donc venir devant le tribunal d'un patrice burgonde ou provençal, pour être jugé selon sa loi.

modèles authentiques à la fin du VIIme siècle, en Neustrie (diocèse de Paris ou de Meaux)[1], nous donne de plus amples renseignements sur les fonctions du patrice.

La formule du diplôme par lequel le roi confère des fonctions administratives, est la même pour le comte, le duc ou le patrice ; elle leur impose de semblables attributions et de semblables devoirs, fidélité au roi, gouvernement équitable des hommes de races différentes qui lui sont confiés, Francs, Romains et Burgondes, selon la loi de chacun, protection des veuves et des orphelins, répression des crimes et perception des impôts du fisc[2]. De plus, la fonction du patrice, le « patriciatus », qui dans l'ordre apparaît comme supérieure à celle du duc, « ducatus », s'exerce dans une région déterminée, un « pagus »[3].

Le préambule d'un « judicium » du roi énumère les grands qui siègent à son tribunal ; nous y trouvons mentionnés, après le maire du palais et les ducs, les patrices[4]. Ainsi au VIIe siècle il y a, à l'occasion, plusieurs patrices qui, de passage à la cour ou sans circonscriptions administratives, siègent parmi les assesseurs royaux[5]. Enfin la formule d'un diplôme royal confirmant toutes les possessions d'un monastère, est adressée au seul patrice, tous les autres fonctionnaires étant compris dans l'appellation générale d'« agentes »[6].

---

[1] Zeumer, *Mon. Germ.*, *Formulæ*, p. 32.

[2] *Marculfi Formulæ*, I, 8, éd. Zeumer, p. 47 : *Carta de ducato et patriciatu et comitatu.*

[3] *Ibid.* : « Ergo dum et fidem et utilitatem tuam videmur habere conpertam, ideo tibi accionem comitiæ, ducatus aut patriciatus, in pago illo, quem antecessor tuos illi usquæ nunc visus est egisse, tibi agendum regendumque commissemus. »

[4] *Marculfi Form.*, I, 25, éd. Zeumer, p. 58 : *Proloco de regis iuditio, cum de magna rem duo causantur simul.*, p. 59 : « Ergo cum nos in Dei nomen ibi in palatio nostro ad universorum causas recto juditio terminandas una cum domnis et patribus nostris episcopis vel cum plures obtimatibus nostris, illis episcopis, illi majorem domus, illis ducibus, illis patriciis, illis referendariis, illis domesticis, illis siniscalcis, illis cobiculariis et illi comes palatii... »

[5] Cf. Waitz, *D. Verf. Gesch.*, II, 2^3, p. 100 et 101 et notes.

[6] *Marculfi Form.*, I, 35, éd. Zeumer, p. 65 : *Confirmatio de omni corpore facultatis monasterii.* « Ille rex illo patritio atque omnibus agentibus. »

Parmi ses *chartæ pagenses*, le recueil de Marculf nous
a conservé le modèle d'une lettre de recommandation d'un
pélerin se rendant à Rome ; elle s'adresse aux « inlustribus viris » aussi bien qu'au pape, aux évêques et aux abbés,
et parmi les « viri inlustres » les patrices viennent en premier lieu, avant les ducs [1].

Le supplément du recueil, complété vers les derniers
temps des rois mérovingiens [2], conserve un exemple de
diplôme royal adressé à des patrices : c'est un diplôme
d'immunité, ou plutôt d'exemption des droits de douanes
et de passage, en faveur d'un évêque ou d'un monastère.
Les deux formes sous lesquelles il peut être expédié ont
la même adresse, et, chose curieuse, dans toutes les deux
la mention des ducs manque ; le roi donne ses ordres aux
patrices, aux comtes et aux agents des douanes. Dans la
première des deux versions, l'exemption douanière porte
sur tous les points du royaume où des droits peuvent
être perçus, mais le texte énumère un certain nombre de
stations de péages, qui appartiennent toutes à la Provence
ou à la Burgondie méridionale [3]. La seconde est générale
et ne fait mention d'aucun poste douanier [4].

On ne peut conclure de l'absence des ducs dans l'adresse
de ces deux diplômes, que partout en Provence et en
Burgondie, les « patrices » ont remplacé les ducs [5] ; il n'y

---

[1] *Marculfi Form..* II, 49, éd. Zeumer, p. 104 : *Indeculum generali ad
omnes homines.* « Domno nostro ortodoxo, Romanæ sedis apostolicæ a Deo
instituto illo pape, vel omnibus apostolicis domnis et patribus seu abba-
tibus vel Deo decatas cœnobiis elegentibus nec non et inlustribus viris,
patriciis, ducibus, comitibus vel omnibus christianæ cultu divine religione. »

[2] Zeumer, *Mon. Germ.*, *Formulæ*, p. 32.

[3] *Suppl. Form. Marculfi*, éd. Zeumer, p. 101 : *Immunitas.* « Ille rex
Francorum viris inlustribus, patriciis, comitibus, tollonariis vel omnibus
curam publicam agentibus » « ipsa Massilia, Telloneo, Fossis, Arlato,
Avennione, Suggione, Valentia, Viennia, Lugdone, Cabillono, vel reliquas
civitates aut pagos ubicumque in regno nostro telloneus exigitur. » Marseille, Toulon, Fos, Arles, Avignon, Sorgues (?), Valence, Vienne, Lyon,
Chalon-s.-Saône.

[4] *Additamenta e codicibus Marculfi*, éd. Zeumer, p. 111 : *Privilegium
de omni negotium.*

[5] Outre les nombreux ducs de Burgondie de la chronique de Frédégaire, la *Vita Sancti Boniti* signale un duc à Lyon. V. ci-dessus,
p. 291, n. 4.

a pas non plus de raison pour exclure les ducs de la perception des droits fiscaux sur les routes et les péages,
et l'attribuer seulement aux compétences des patrices et
des comtes. C'est une cause fortuite qui a privé les modèles
qui ont servi au second auteur du recueil, de l'adresse
aux ducs, peut-être le fait que les stations douanières étant
nombreuses en Provence, le roi s'adressait d'abord aux
patrices de cette région, et que pour les autres cités, le
comte, très souvent indépendant d'un duc, suffisait à assurer l'exécution de la mesure.

Les diplômes conservés ne donnent que deux adresses
à des patrices. Thierry III, le 15 septembre 677, adoucit
les peines portées par le synode de Mâlay le Roi contre
Chramlinus évêque intrus d'Embrun; l'évêque déposé
pourra conserver ses biens propres et se retirera au monastère de Saint-Denis; le diplôme est adressé aux patrices Audobercthus et Rocco, et à tous les ducs, comtes
et fonctionnaires publics [1]. Ces deux personnages, cités en
premier, sont donc considérés comme supérieurs aux ducs;
leur titre de « patricii » est, sans contredit, celui d'une
fonction : la mesure dont ils ont à assurer l'exécution
consiste à laisser l'évêque dans la paisible possession de
ses biens [2]; ses propriétés peuvent fort bien être autre
part que dans la cité d'Embrun, et rien ne prouve que
Chramlinus fut originaire de cette ville; le roi s'adresse à
tous ses agents de Neustrie et de Burgondie, sur lesquelles
il règne alors; les mesures qu'il ordonne ne doivent pas
avoir de valeur que pour la seule cité d'Embrun; les patrices dont les noms figurent à la tête de l'adresse, ont
été nommés soit à cause de la haute position qu'ils occu-

---

[1] Pertz, *Diplomata*, I, p. 48, n° 44, Pardessus, II, p. 178, n° 388 :
« Theudericus rex Francorum. Viris inlustribus Audoberctho et Rocconi
patriciis et omnebus ducis seu comitebus vel actorebus publicis. »

[2] *Ibid.* : « Proinde per præsente præceptum specialiter decernemus
ordenandum, ut res suas neque vos neque iunioris seu successoris vestri
nec quislibet contradicere nec minuare, nec contangere nec infiscare non
præsummatis nisi per hanc auctoretati plinius in Dei nomene confirmatus
liciat ei per nostro permisso res suas ubi et ubi voluerit donare aut dele-
gare, vel quicquid exinde facere voluerit, liberam et firmissemam in
omnebus habiat potestatem. »

pent, soit parce que dans leur « patriciatus » se trouvent
des domaines de l'évêque condamné [1].

En 727, dans un diplôme de Thierry IV pour Murbach,
l'adresse, rédigée en termes généraux, est libellée au nom
des ducs, des patrices et des comtes, les patrices figurant
après les ducs [2].

L'examen de ces trop rares textes législatifs et diplomatiques nous amène aux conclusions suivantes : Aux
VIIme et VIIIme siècles, le titre de « patricius » est attaché
à une fonction ; le patrice, comme le duc et le comte, est
à la tête d'une circonscription territoriale, et ses attributions ne semblent guère différentes de ces deux autres
représentants du roi dans les « pagi ». Sauf deux cas, le
patrice est toujours nommé avant le duc et dans la hiérarchie mérovingienne, il lui apparaît comme supérieur.

Le titre n'est pas simplement équivalent à celui de duc
en Burgondie, l'existence de plusieurs ducs à côté de patrices est certaine ; ce n'est donc pas seulement la dénomination du duc, dans cette région de la monarchie
franque, ce n'est pas non plus le nom seul des administrateurs de la Provence ; les textes nous révèlent un plus
grand nombre de patrices qu'il n'en faut pour gouverner

---

[1] Kiener faisant de Audobercthus et de Rocco, des patrices de Provence, doute de l'authenticité du diplôme, car il lui paraît étrange que le
roi de Burgondie et de Neustrie donne des ordres au patrice austrasien,
op. cit., p. 263, n° 34. Nous avons dit pourquoi ces patrices ne doivent
pas être cherchés plus en Provence qu'ailleurs ; la mesure prise par le roi
s'applique aux biens de l'évêque, non à sa personne épiscopale, au sujet
de laquelle le synode a déjà décidé, et, contrairement à Kiener, *op. cit.*,
p. 22 à 26, nous ne plaçons pas Embrun parmi les cités provençales : un
moment occupée par les Ostrogoths, elle avait été rendue aux Burgondes
peu avant la conquête franque ; elle ne faisait donc pas partie de la Provence ostrogothique, cédée en 536, v. ci-dessus, p. 94 ; d'ailleurs, c'est
en tous cas une cité du royaume de Burgondie, la souscription de son
évêque Aetherius au concile de Chalon-s.-Saône, tenu sous Clovis II
(639-654) en fait foi ; cf. Maassen, *Concilia*, p. 213. Cf.
Tardif, *Chartes mérovingiennes*, p. 51, n. 2 ; Longnon, *Géogr.*, p. 191.

[2] Pertz, *Diplom.*, I, p. 85, n° 95 ; Pardessus, II, p. 351, n° 542 : « Theudericus rex Francorum. Viris apostolicis, patribus episcopis nec non
inlustribus viris : ducibus patriciis, comitibus vel omnibus agentibus tam
presentibus quam futuris. »

la « Provincia Massiliensis » ou la « Provincia Arelatensis ». Le patrice est en outre distinct du duc, au moins par le
rang qu'il occupe et l'importance de ses fonctions. Bornés
à ces seules indications, nous ne saurions en dire plus sur
les patrices, si, aux textes déjà passés en revue, nous ne
pouvions ajouter quelques textes narratifs.

Les trois auteurs de la chronique dite de Frédégaire
ont connu beaucoup de « patricii »; sous leurs plumes ce
mot a, comme dans les textes diplomatiques, le sens d'une
fonction territoriale et que parfois ils localisent. Ainsi en
ont-ils usé avec les patrices byzantins, qui sont pour eux
les chefs militaires et civils de telle ou telle province [1].
Ainsi aussi, pour les patrices de Provence que l'auteur A
a trouvés dans Grégoire de Tours, sous des termes plus
vagues [2]; il marque le changement qui s'est produit dans
l'essence même de l'institution, en plaçant à la tête de la
Provence, un fonctionnaire dont le titre est « patricius ».
Aucun passage de la chronique ne peut faire croire à
l'identité du patrice et du duc; au contraire, la distinction
y est toujours nettement observée, et l'idée de supériorité,
qui s'attache au mot de « patricius », est rendue par l'auteur A en ce sens que, c'est par lui qu'il traduit, en parlant

---

[1] *Chron. Fredeg.*, A, II, 62, éd. Krusch, p. 86 : « Bellesarium... patricium partibus Africæ... » B, IV, 63, p. 151 : « Aeraclius cum esset patricius
universas Africæ provincias. » B, IV, 69, p. 155 : « patricius Romanorum »
(l'exarque de Ravenne); en d'autres passages, pas de nom de province.
A, IV, 23, p. 129 : « Fogas dux et patricius reipublicæ. » C, IV, 81, p. 162 :
« Afreca tota vastatur et a Saracines possedetur, paululom; ibique Gregorius patricius a Saracinis est interfectus. » B, IV, 69, p. 155 : « ad
Isacium patricium » (l'exarque). B, IV, 64, p. 152: « patricium quidam »,
un grand Perse.

[2] Greg. Tur., *Hist. Franc.*, VIII, 30, éd. Arndt, p. 345 : « Hæc audiens
rex, Leudeghyselum in loco Calomniosi cognomento Aegilanis ducem
dirigens, omnem ei provinciam Arlatensim commisit. » *Chron. Fredeg.*,
A, IV, 2, éd. Krusch, p. 124 : « Gunthramnus Leudisclum comestaboli et
Aeghylaneum patricium cum exercito contra ipsum direxit. » A, IV, 5,
p. 125 : « Anno 27 eiusdem regno Leudisclus a Gunthramno patricius
partibus Provenciæ ordenatur. » Pour les quatre patrices Agricola,
Amatus, Celsus, Mummolus, A, l'auteur de l'*Historia Epitomata*, n'a pas
changé le texte de Grégoire; il les nomme « patricius » et « patricius
Gunthramni », leur fonction « patriciatus ». *Chron. Fredeg.*, III, 55, 62,
67, 75, 85, 89.

de Syagrius, le « rex » de Grégoire [1]. Comme les textes diplomatiques, la chronique de Frédégaire ne connaît plus de patrices, généraux d'armées, comme ceux de Gontran ; tous sont attachés à une circonscription administrative et comme dans les formules, mis à la tête d'un « patriciatus », aussi bien qu'un duc à la tête de son « ducatus ».

Le patriciat ne désigne plus seulement la fonction de patrice, mais s'applique, maintenant, au territoire dans lequel s'exerce son gouvernement, et rien ne nous permet d'étendre ce « patriciatus » à toute la Burgondie ou à un district spécialement militaire qui fournit le contingent de la défense des frontières [2].

Un passage de A de Frédégaire nous fait connaître l'étendue d'un de ces patriciats, et du même coup nous laissera au clair sur la distinction établie entre le duc et le patrice. Protadius, le favori de Brunehaut, Gallo-Romain qu'aucune fonction ne distingue, est d'un seul coup nommé « patricius »; le gouvernement qu'on lui donne est spécialement vaste, il se composait du « pagus ou ducatus Ultrajuranus » où le duc Wandalmarus venait de mourir, territoire comprenant déjà plusieurs « pagi » administrés

---

[1] *Chron. Fredeg.*, A, III, 15, éd. Krusch, p. 98 : « Syagrius Romanorum patricius. » Cf. *Hist. Franc.*, II, 27, éd. Arndt, p. 88.

[2] *Chron. Fredeg.*, A, IV, 29, éd. Krusch, p. 132, 607-608 : « Vulfos patricius... Fauriniaco villa, jobente Teuderico, occidetur et in patriciatum eius Ricomeris Romano generis subrogatur. » Fauriniacum étant Faverney s. la Lanterne (Hte-Saône). *SS. rer. Mer*, II, p. 132, n. 2, peut-être faut-il chercher de ce côté ce patriciat. Le patrice Willibad, mandé auprès de Clovis II en 642, et prévoyant un complot contre lui, s'entoure d'une troupe armée. B, IV, 90, p. 166-167 : « ...colligens secum plurema multetudinem de patriciatus sui termenum, etiam et pontevecis seu nobelis et fortis quos congrecare potuerat, Augustedunum gradiendum iter adrepuit. » Parmi eux, l'évêque de Valence, qui peut avoir été, d'après le contexte, étranger au patriciat de Willibad. Celui-ci reste ainsi indéterminé. Le passage souvent cité de la *Chronique de Frédégaire*, B, IV, 78, éd. Krusch, p. 160 : « Quod cum decem docis exercetebus, id est Arinbertus, Amalgarius, Leudebertus, Wandalmarus, Waldericus, Ermeno, Barontus, Chairaardus ex genere Francorum, Chramnelenus ex genere Romano, Willibadus patricius genere Burgundionum, Aigyna genere Saxonum, exceptis comitebus plurimis qui docem super se non habebant... », ne prouve pas que Willibad est un duc ; il y a en effet dans l'armée de Dagobert dix « duces » sans compter le patrice.

par des comtes [1]. A ce « ducatus Ultrajuranus » est joint
encore un démembrement de la cité de Besançon dans le
Jura, le « pagus Scotingorum » autour de Salins [2].

Le « ducatus Ultrajuranus » et ses ducs nous étant bien
connus par d'autres textes, il faut admettre que cette
réunion extraordinaire du « pagus Scotingorum » à un
duché déjà très important, est faite pour favoriser Protadius ; il ne suffit plus, pour administrer cette imposante
réunion de « pagi », d'un duc, il lui faut un patrice [3]. D'où
la conclusion qui s'impose, l'essence du pouvoir du « patricius » réside, comme celui du duc, dans le gouvernement de plusieurs « pagi » ; [4] seulement lorsque ces
« pagi », qui ont chacun leur comte, sont particulièrement
nombreux et particulièrement importants, le fonctionnaire
placé à leur tête prend le titre de « patricius ». Ses attributions sont les mêmes que celles du duc, il lui est pourtant hiérarchiquement supérieur ; il administre une région
plus grande et plus importante que ne l'est ordinairement
un « ducatus », et commande la levée militaire. Toutefois s'il compte sous lui des comtes, aucun duc ne lui est
soumis. Le texte de Frédégaire indique clairement que
Protadius succède à un duc, tout en prenant un titre supérieur.

Le « patriciatus » formé par la réunion des « pagi Ultrajuranus et Scotingorum » fut éphémère. Par contre la
Provence où ce titre de « patricius » est apparu en premier lieu, forme à elle seule un « patriciatus » Le titre
honorifique de ses gouverneurs est devenu le titre de leur
fonction ; un patrice représente le roi dans le « patriciatus

---

[1] V. plus loin § 4.

[2] *Chron. Fredeg.*, A, IV, 24, éd. Krusch, p. 130 : « Cum iam Protadius genere Romanus vehementer in palatium ab omnibus veneraretur,
et Brunechildis stubre gratiam eum vellit honoribus exaltare, defuncto
Wandalmaro duce, in pago Ultraiorano et Scotingorum Protadius patricius ordenatur instigatione Brunechilde. » Sur le « pagus Scotingorum »
voir plus loin.

[3] C'est ce que n'a pas compris Kiener, *op. cit.*, p. 255, n° 3, qui fait
délivrer à Protadius le titre de patrice comme un honneur personnel.

[4] Cf. Waitz, *D. Verf. Gesch.*, II, 2 [3], p. 57.

Provinciæ » [1]. Divisée en deux parts, austrasienne et neustrienne, elle forme deux patriciats et c'est ainsi que nous connaissons le « patriciatus Massiliæ [2] », distinct de celui d'Arles. Des documents du midi de la France, font jusqu'au VIIIme siècle mention de patrices [3].

---

[1] *Vita S. Leodegarii,* C. (A), 11, éd. Bouquet, p. 619 : « Desideratus vero cognomine Diddo, una cum Bobbone et cum Adalrico Duce, quem ipsi volebant Patricium esse Provinciæ, ad Patriciatum subjugandum perrexerunt usque ad Lugdunum. » Thierry III est alors seul roi ; la Provence n'est pas partagée après 675.

[2] *Vita S. Leodegarii,* C. (A), 5, éd. Bouquet, p. 614 : « Affuit tunc in illis diebus vir quidam nobilis Hictor vocatus nomine, qui tunc regebat in fascibus patriciatum Massiliæ. » Un peu avant la mort de Childéric II, roi de Neustrie et de Burgondie, survenue en 675. *Vita S. Præjecti,* éd. Mabillon, p. 643 : « His ita transactis erat quidam infamis, Hector nomine, qui apud Massiliam patriciatus honorem adeptus fuerat. »

[3] La liste des fonctionnaires francs de la Provence a été dressée par Kiener, *op. cit.,* p. 256. Nous y proposerons quelques corrections. D'après la *Vita Desiderii Cadurcæ Urbis Episcopi,* (vie qui ne date que de la fin du VIIIme siècle, mais dont l'auteur puise à de bonnes sources, Krusch, *SS. rer Mer.,* IV, p. 556), Siagrius avait administré le comté d'Albi et la Provence entre les années 613 et 629-630 ; son frère Didier, plus tard évêque de Cahors, alors « thesararius » du roi Dagobert, lui succède dans cette fonction que l'hagiographe qualifie de « judiciaria potestas », « gubernacula Massiliæ », « Massiliæ administratio », « præfectura », et la garde jusqu'en avril 630. Cf. *Vita Desiderii,* 1, 2, 4, 7, 8, éd. Krusch, *Mon. Germ., SS. rer. Mer.,* IV, p. 563, 564, 566, 568 ; cf. Kiener, *op. cit.,* p. 262-263, n°s 31 et 32. Krusch, *op. cit.,* p. 547, croit que, sur ce point, le biographe de Didier a exagéré les services de son héros. Didier ne reste que peu de temps à Marseille et revient à la cour reprendre ses fonctions de trésorier ; *Vita Desiderii,* 7, p. 568. Pour Krusch, le patriciat de Provence est occupé alors par un certain « Philippus patricius » que nous fait connaître la lettre d'un abbé Bertegyselus, au même Didier, alors à la cour de Dagobert. Cette lettre qui se date de 629 à 630, 8 avril, demande l'appui du futur évêque de Cahors, dans un procès que l'abbé Bertegyselus va avoir à soutenir devant le roi contre un patrice Philippe. *(Epist. Desiderii, Cad. Ep.,* II, 2, éd. Gundlach, *Mon. Germ. Ep.,* III, p. 203-204 : « Et licet placitum cum Phylippo patricio illuc ante ipso domno habemus... ») Krusch, *loc. cit.,* fait de Bertegyselus un abbé de Saint Victor de Marseille. Philippe serait ainsi patrice en Provence. Une autre lettre de Didier *(Mon. Germ. Ep.,* II, 1, éd· Gundlach, p. 195, 630, avril) tendrait à établir qu'il n'a pas pu alors quitter le palais. Nous avouons que nous ne savons pas où Krusch a pu trouver un document qui prouve que Bertegyselus est vraiment abbé de Saint Victor. (Cf. *Cartulaire de St-Victor,* éd. Guérard, *Docum. Inédits,* VIII, 1, *Préface,* p. xxii.) Il n'y a donc pas de quoi corriger sur ce point la liste de Kiener.

Nous ne voyons pas qu'il y ait eu des « patricii » en dehors de la Provence et de la Burgondie. Dans ce dernier royaume, ils apparaissent sporadiquement dans les textes, et le groupement de plusieurs « pagi » en « patriciatus », dut être plutôt éphémère et rare. Mais nous pouvons tenir pour certain qu'il n'y a pas dans cette magistrature, une survivance d'une prétendue autonomie des Burgondes; de plus, à part Protadius, nous ne connaissons au delà du Jura, dans la Suisse actuelle, aucun patrice qui ait gou-

Par contre, pour les patrices Audobercthus et Rocco du diplôme de Thierry III, de 677, nous serons moins affirmatifs que lui, et nous pensons, pour les raisons ci-dessus indiquées (p. 348), que nous pouvons reconnaître, en eux, aussi bien des patrices provençaux que de telle autre partie de la Burgondie. Enfin nous écartons absolument de sa liste le « patricius Agnaricus » (Kiener, op. cit., p. 204, nᵒ 36), mentionné par la charte connue sous le nom de testament du patrice Abbon et datée du 5 mai 739. Ce document conservé dans le Cartulaire de Grenoble (Bibl. Nat. Paris, lat. 13879, fᵒ 38, du XIIᵐᵉ siècle), sous la forme d'un diplôme confirmatif de Charlemagne, qui reproduit tout au long la liste des donations faites par Abbon au monastère de Novalaise, est suspect. Le diplôme de Charlemagne est faux. (V. Mon. Germ., Diplomata Karolinorum, I, p. 466-467, nᵒ 310.) Les éditeurs des diplômes carolingiens des Monumenta, ont également rejeté le document confirmé comme n'étant qu'une pancarte des biens du monastère, beaucoup trop importants pour le VIIIᵐᵉ siècle. Leur démonstration est un peu sèche et l'inauthenticité du diplôme n'entraîne pas d'emblée la fausseté de l'acte confirmé. Quoiqu'il en soit, le passage du testament qui a conservé le nom d'un patrice est le suivant. Abbon énumère les biens qu'il donne à l'abbaye ; entr'autres dans le « pagus Viennensis », Carlo Cipolla, Monumenta Novalicensia, I, p. 23, nᵒ 2 (cf. Pardessus, II, p. 372, nᵒ 555) : « item quam in pago Viennense Maconiano quem de alode parentum meorum nobis obvenit et quod de Siagra conquisivimus, et colonica in ipso pago Viennense, Baccoriaco super fluvium Carusium, ubi faber noster Maioranus mansit, et filius ejus Ramnulfus de Blaciaco, quem in contra Ardulfo per iudicio Agnarico patricio evindicavimus. » Toutes ces localités, identifiées par Cippola, sont donc dans le « pagus Viennensis » (op. cit., II, p. 327, 333, 357). Abbon a récupéré par suite d'un jugement du patrice Agnaricus rendu contre un certain Ardulf, son serf Ramnulfus de « Blaciacum ». (La Blache ou Flassieu Balésien près Chaponnay ; cf. Cippola, op. cit., p. 329), tandis que son père Maioranus réside à « Baccoriaco super fluvium Carusium » (Bas Cuirieu sur la Bourbre, affluent du Rhône, non loin de la Tour du Pin ; cf. Cippola, op. cit., p. 327 ; mais, p. 337, « Carusium » le Chéruis ?; Bason, pour Pardessus). Agnaricus devant qui le procès a été porté ne peut être patrice en Provence, mais en Burgondie, il réunit dans son « patriciatus », le « pagus

verné les « pagi » réunis de l'Ultrajurane et des régions
alpines.

Les textes du commencement du VIIIme siècle rapportent encore les noms de quelques patrices ; alors la signification exacte du terme n'est plus très présente à l'esprit des chroniqueurs et des hagiographes. Au VIIme siècle déjà, « patricius » a été employé dans un sens plus large et moins défini, pour désigner simplement de grands personnages ; de même le terme de duc prenait souvent la signification de chef d'armée [1]. Dans la seconde partie du

Viennensis. » Abbon, en 726, est « rector » de Maurienne et de Suse (Cipolla, *op. cit.*, I, p. 7) ; il devient ensuite patrice en Provence, et est redevenu, en 739, simple particulier (Cf. Kiener, *op. cit.*, p. 264, n° 37). Aguaricus doit donc être placé au commencement du VIIIme siècle. La discussion du système de Kiener relativement au patriciat provençal, nous entraînerait hors des limites du présent travail. Pour nous, les « patricii » de la Provence sont analogues aux autres patrices, supérieurs aux ducs, par l'importance de leur gouvernement. Pour Kiener, *op. cit.*, p. 56 et s., le patrice provençal a ceci de particulier, qu'il a sous ses ordres, au lieu de « comites » des « vicedomini », dépendant directement de lui et s'occupant des affaires de moindre importance. Le patrice garde son pouvoir entier comme juge, agent du fisc, commandant de l'armée. Kiener estime sa thèse prouvée par l'absence de toute mention de « comites » en Provence, et par la présence de « vicedomini » dans un document marseillais. Un passage de Grégoire de Tours, *Hist. Franc.*, VI, 24, éd. Arndt, p. 264, cite un « comes » qui est le gardien de l'évêque Théodore, jeté en prison par Gontran Boson, pour avoir aidé au débarquement de Gondovald : « Quadam vero nocte, dum adtentius oraret ad Dominium, refulsit cellula nimio splendore, ita ut comes, qui erat custus eius ingente pavore terreretur. » Kiener traduit « comes » par compagnon, et estime qu'un comte ne garde pas lui-même son prisonnier. Cette interprétation ne nous a pas convaincu. (Cf. Waitz, *D. Verf. Gesch.*, II, 2³, p. 32, n. 2 et Weyl, *Bemerkungen*, p. 96). D'autre part le document sur lequel il s'appuie pour trouver, sous le patrice, des « vicedomini », est un rapport des « missi » royaux, à Digne en 780, sur un procès pendant entre Saint Victor de Marseille et les patrices de Provence, et relatif à la propriété d'une « villa ». (*Cart. de S. Victor*, I, 31, éd. Guérard, p. 43-46.) Kiener semble avoir mal compris ce texte qui ne ferait mention que d'un « Ansemundus vicedominus Massiliensis », c'est à dire de l'évêque de Marseille, non du patrice. Cf. Krusch, *SS. rer. Merov.*, IV, p. 548, n. 2. Nous avons dit plus haut, p. 334 n. 3.) pourquoi, au VIme siècle, nous ne distinguions guère les « rectores » de la Provence, des autres « duces » ; le raisonnement de Kiener manque trop de solides prémices, pour que nous puissions l'admettre sur la foi de deux interprétations discutées et discutables.

[1] *Chron. Fredeg.*, B, IV, 64, éd. Krusch, p. 152 : « patricium quidam »

VIIme siècle, l'auteur de la vie de saint Fursy, abbé de Lagny, donne le titre de « patricius » à Erchinoald, que nous connaissons bien pour avoir été maire du palais de Neustrie et de Burgondie [1]. L'auteur est très probablement un moine irlandais du monastère qui s'élève à Péronne, auprès de l'importante église construite par Erchinoald sur le tombeau du saint [2]. Quoique contemporain de la translation de son corps, quatre ans après sa mort, on s'explique aisément qu'un moine irlandais, vivant en Neustrie, ait pu employer l'un pour l'autre, des termes qui n'étaient pas synonymes [3].

Au commencement du VIIIe siècle, le narrateur d'un des miracles de saint Martial de Limoges, donne également le nom de « patricius » à Félix, qui gouverne les cités d'Aquitaine et la nation des Wascons [4]. A ce Félix succède Lupus, qui, en 673, dirige dans le midi un mouvement peut-être hostile à Ebroin [5]. Or Félix et Lupus sont tout bonnement des ducs d'Aquitaine, personnages très puis-

---

(un grand Perse); *Vita S. Leodegarii*, 9, éd. Bouquet, p. 617 : « ...postquam Episcopi vel Patricii cum Optimatibus de Neustrico vel præsentia Theoderici partibus rediissent Burgundiæ... »

[1] *Vita Sancti Fursei abbatis Latiniacensis*, éd. Krusch, 9, p. 438-439. Saint Fursy vient en Gaule sous Clovis II (639-655).

[2] Krusch, *SS. rer. Mer.*, IV, p. 423 et s. De la vie de Saint Fursy, l'expression a encore passé à Bède, *Hist. Eccl. Angl.*, III, 19, dans Migne, *Patrol. lat.*, XCV, col. 149, et aux *Gesta Abb. Fontanellensium*, I, 5, éd. Löwenfeld, p. 13. Cf. Krusch, *op. cit.*, p. 438, n. 2.

[3] Le qualificatif impropre de « patricius », appliqué à Erchinoald, se retrouve aussi dans deux autres compositions hagiographiques de même origine et qui ont comme auteurs des moines irlandais. Les *Virtutes* de Saint Fursy écrites au commencement du IXme siècle, à Péronne ; l'*Additamentum Nivialense*, récit du martyr et de la mort d'un frère de Saint Fursy, Fuilanus, qui passe à Nivelles, après 652. L'auteur vivait en ce dernier monastère au temps de Grimoald et de Dagobert II. Cf. *Virtutes S. Fursei*, 5, éd. Krusch, p. 441, *Additamentum Nivialense*, éd. Krusch, p. 449. Cf. Krusch, *op. cit.*, p. 423 et s.

[4] *Miracula S. Martialis*, II, 3, *Mon. Germ. SS.*, XV, p. 281 : « ad Felicem nobilissimum et inclitum patricium ex urbe Tholosanensium, qui et principatum super omnes civitates usque montes Pireneos (et) super gentem nequissimam Wascorum obtinebat. »

[5] Cf. Bladé, *L'Aquitaine et la Vasconie Cyspyrénéenne, Annales de la Faculté des lettres de Bordeaux*, 1891, p. 57; Tardif, *Chartes de Noirmoutiers*, p. 47, n. 1.

sants, qui ont peut-être bien sous leurs ordres le duc de
la Vasconie cyspyrénéenne [1], mais dont le véritable titre
est celui de duc [2].

Enfin, vers 726-727, l'auteur neustrien du *Liber Historiæ Francorum*, commet une faute encore plus grossière,
en donnant à deux personnages du VIme siècle, les ducs
Wintrio et Gondovald le titre de « patricii [3] ». Wintrio
est un duc de Champagne, plusieurs fois mentionné par
Grégoire de Tours [4]. Gondovald est également nommé
« dux » par l'évêque de Tours et par l'auteur même du
Liber, lorsqu'il le paraphrase [5].

En dehors des chroniqueurs qui furent en rapports
avec la Burgondie, les auteurs mérovingiens ne connaissent guère les caractéristiques qui différencient le duc du
patrice ; au VIIIme siècle, la signification du titre est très
vague ; elle sort de l'usage, d'ailleurs ; dans la seconde
partie du siècle, après l'avènement des Carolingiens, on
ne trouve plus de patrices.

L'idée de faire du « patrice » le chef des Burgondes et
comme le représentant du roi en Burgondie, n'a-t-elle
aucun fondement dans les textes ? — Il y a pourtant une
vie de saint qui fait mention d'un « patricius Burgundiæ »,
analogue semble-t-il au « patricius Provinciæ. » La biographie de saint Éloi, évêque de Noyon, longtemps attribuée à son disciple saint Ouen [6], parle en ces termes de

---

[1] Bladé, *op. cit.*, p. 139-140.

[2] *Concilia*, éd. Maassen, p. 216, *Concilium Burdegalense*, 663-675 :
« Unde mediante viro inlustri Lupone duce... » Cf. Bladé, *op. cit.*,
p. 140 et s.

[3] *Liber Hist. Franc.*, 16, éd. Krusch, p. 304 : « cum Gundoaldo et
Wintrione patriciis. »

[4] *Hist. Franc.*, V, 1, éd. Arndt, p. 191, VIII, 18, p. 337, X, 3, p. 410.
Chron. Fredeg., A, III, 72, p. 112, IV, 14, éd. Krusch, p. 127.

[5] *Hist. Franc.*, IV, 47, éd. Arndt, p. 183. V, 1, p. 191. *Chron. Fredeg.*,
A, III, 72, éd. Krusch, p. 112. *Lib. Hist. Franc.*, 32, éd. Krusch, p. 297.
Kiener, *op. cit.*, p. 256, n. 7, qui a, avec raison, écarté ce dernier passage
comme faussé, semble avoir maintenu ceux de la vie de St-Fursy et des
miracles de St-Martial, pour donner à Erchinoald et à Félix le titre
honorifique de « patricius ». Cf. *op. cit.*, p. 256, nos 5 et 7 et son tableau.

[6] Cf. Molinier, *Sources*, I, p. 136, no 425.

Willibad, dont elle raconte le meurtre par Flaochat [1].
L'auteur n'est cependant qu'un faussaire carolingien et
son écrit n'est pas une source contemporaine de l'histoire
mérovingienne ; si une vie ancienne et perdue repose à
la base de sa compilation, la chronique de Frédégaire lui
a fourni les éléments de son récit sur le maire du palais
Flaochat [2], et ce n'est assurément pas là qu'il a pu trouver
un « patricius Burgundiæ »; ce texte corrompu ne peut
donc entrer dans notre discussion [3].

Nous pouvons ainsi conclure, en résumant les résultats
successifs auxquels nous a amené l'examen des textes. Le
titre de « patricius », comme honneur personnel, pratiqué
à Rome et à Bysance, pénètre en Gaule avec les institutions ostrogothiques de la Provence ; il subsiste aussi
comme un souvenir de l'empire d'Occident et comme un
usage de l'empire d'Orient. Au VIme siècle, il est porté
par les magistrats ostrogoths puis par les fonctionnaires
francs de la Provence ; hors de cette région il semble que
les rois mérovingiens l'aient aussi décerné à d'autres de
leurs agents, mais toujours comme un honneur personnel.
Par une confusion naturellement établie par l'usage, le
titre honorifique passe à la fonction de celui qui en est revêtu. Ainsi les quatre chefs de l'armée de Burgondie qui
portent le titre de patrices.

Au VIIme siècle, le « patricius » est un fonctionnaire
provincial, analogue au duc, mais supérieur à lui par
l'importance de sa circonscription administrative. Il n'y a

---

[1] *Vita Eligii Episc. Noviomagensis*, II, 28, éd. Krusch, p. 715 : « Cum
præfactus tyrannus (Flavadus) Willibadum christianissimum virum Burgundiæ patricium innoxie interfecisset... »

[2] Krusch, *SS. rer. Mer.*, IV, p. 651 et 654, n. 5.

[3] Kiener, *op. cit.*, p. 258, n° 14, a utilisé ce passage de la vie de
Saint Éloi, comme contemporain. Paul Diacre, qui séjourne en Gaule entre
781 et 787, utilisant le ch. 42 du livre IV, de l'*Historia Francorum*, parle
d'« Amatus patricius Provinciæ, qui Gunthramno regi Francorum paret. »
Hist. Langob., III, 3, éd. Waitz, p. 94. Cf. Kiener, *op. cit.*, p. 257-258.
Au VIIIme siècle, le souvenir des patrices de Provence seul subsiste.
L'auteur de la vie de Saint Éloi, trouvant dans ses sources un patrice
appartenant sûrement au royaume de Burgondie, n'imagine pas une autre
fonction que celle qu'il sait avoir existé en Provence.

plus de patrices militaires comme ceux de Gontran ; l'institution, telle qu'elle est officiellement définie par les textes diplomatiques, n'a rien que de normal et de régulier. Naturellement la Provence a ses « patricii » et forme un « patriciatus » ; en Burgondie, également, plusieurs « patricii » dans des « patriciatus » probablement éphémères et qu'il ne nous est guère permis de localiser.

Dans la deuxième partie du VIIIme siècle, il n'y a plus de patrices, le mot reste dans l'usage avec un sens indéfini, l'institution a disparu.

C'est là tout ce qu'il faut garder de la légende érudite du « patriciatus Burgundiæ ».

Nous pouvons ainsi dresser une liste des patrices qui ont appartenu au « regnum Burgundiæ », en modifiant sensiblement les résultats de Kiener.

1° VIme Siècle. — Patrices militaires.

« Agricola patricius, 561 [1].
Celsus patricius, 561-570 [2].
Amatus patricius, 570-570-71 [3].
Eunius Mummolus patricius et patricius Guntchramni regis, 570-71-581 [4]. »

2° VIme et VIIme Siècles. — Patrices fonctionnaires provinciaux en Burgondie.

« Quolenus patricius, 599-600, genere Francus [5].

---

[1] V. ci-dessus, p. 337 et s.

[2] Ibid.

[3] Ibid.

[4] Ibid.

[5] Chron. Fredeg., A, IV, 18, éd. Krusch, p. 128 : « Anno 4 regni Theuderici Quolenus genere Francus patricius ordenatur. » Quolenus, oublié par Kiener, ne peut être placé qu'en Burgondie, contrairement à ce que propose Krusch, SS. rer. Mer., II, Index, p. 548 : « Provincia ». Entre 599-601, la Provence administrée en commun par Thierry et Théodebert a comme patrice Asclipiodotus ; (cf. Kiener, op. cit., p. 262, n° 30.) Par contre, Aeghyla « patricius » (Kiener, op. cit., p. 257, n° 10, cf. p. 261, n° 26) doit être placé parmi les patrices de Provence. A de Frédégaire le signale en 584, dans l'armée que Gontran envoie contre Gondovald. Chron., IV, 2,

Protadius patricius in pago Ultrajorano et Scotingorum genere Romano, 603-4-604-5 [1].

Vulfos patricius
Ricomeris patricius genere Romano } 607-608 [2].

Aletheus patricius genere Burgundionum. 613-614 [3].

Willibadus patricius genere Burgundionum, 629-30-642 [4].

Philippus patricius, 629-630 [5].

éd. Krusch, p. 124 : « Guntchramnus Leudisclum comestaboli et Aeghylanem patricium cum exercito contra ipsum direxit. » En 585, à la suite d'une invasion, Gontran le remplace à la tête de la « provincia Arelatensis » par le duc Leudeghyselus. *Hist. Franc.*. VIII, 30, éd. Arndt, p. 345 : « Hæc audiens rex, Leudeghyselum in loco Calomniosi, cognomento Aegilanis ducem dirigens, omnem ei provinciam Arelatensim commisit, » *Chron. Fredeg.*, A, IV, 5, p. 125 : « Anno 27 eiusdem regni, Leudisclus a Guntramno patricius partibus Provenciæ ordenatur. » En 602-603, c'est assurément le même Aeghyla qui a conservé son titre de « patricius » et qui est mis à mort, selon A, sur l'instigation de Brunehaut. *Chron. Fredeg.*, IV, 21, p. 129 : « Anno 7 regni Theuderici... Aegyla patricius, nullis culpis extantibus, instigante Brunechilde, legatus interficetur, nisi tantum cupiditatis instincto, ut facultatem eius fiscus adsumerit. »

[1] V. ci-dessus, p. 351. Kiener en fait à tort un patrice personnel *op. cit.*, p. 255, n° 3 ; il devient maire du palais de Burgondie en 604-605. *Chron. Fredeg.*, A, IV, 25, p. 131.

[2] *Chron. Fredeg.*, A, IV, 29, éd. Krusch, p. 132 : « Vulfos patricius... Fauriniaco villa, jobente Teuderico occidetur, et in patriciatum eius Ricomeris Romano generis subrogatur. »

[3] En 613, il trahit Thierry pour Clotaire II, *Chron. Fredeg.*, A, IV, 42, éd. Krusch, p. 141 : « Sic iam olim tractaverat, consencientibus Aletheo patricio, Roccone, Sigoaldo et Eudilanæ ducibus » (la distinction entre le patrice et les ducs est nettement marquée). Descendant de la race royale des Burgondes, il prend part, avec l'évêque de Sion Leudemundus, à la révolte qui coûte la vie au comte franc de l'« Ultrajoranus pagus », Herpo. *Chron. Fredeg.*, B, IV, 43, p. 142. Il conspire contre le roi Clotaire II et est mis à mort à Malay-le-Roi. *Id.*, 44, p. 142-143. V. ci-dessus, p. 207 et s.

[4] Sur l'ordre de Dagobert il prend part au meurtre de Brodulf, oncle de Caribert, 629. *Chron. Fredeg.*, B, IV, 58, p. 150 : « Brodulfo... ab Amalgario et Arneberto ducibus et Willibado patricio interfectus est. » On le retrouve, *id.*, IV, 78, p. 159, dans l'expédition contre les Wascons. Enfin, IV, 89-90, p. 167 : sa lutte contre le maire Flaochat et sa mort à Autun en 642. V. ci-dessus, p. 231 et s.

[5] V. ci-dessus, p. 353, n. 3. Patrice de Provence ou en Burgondie ? Il subsiste un certain doute. En tous cas nous n'avons pas besoin de l'explication de Kiener, *op. cit.*, p. 255, n. 4, qui en fait un patrice à titre personnel. Au VIIme siècle, le patrice est un fonctionnaire. Nous supprimons donc, dans le tableau de Kiener, la colonne du patriciat personnel.

Auderadus patricius, 654 [1].

Audobercthus et Rocco patricii, ? 677 [2].

Agnaricus patricius, (in pago Viennensi [3] ?) VIIIme siècle, init. »

Un coup d'œil sur notre liste montrera que les patrices appartiennent aux trois races, franque, romaine et burgonde. A part Protadius, et plus vaguement Agnaricus, nous ne pouvons délimiter ni même localiser leurs « patriciats », soit leurs circonscriptions administratives.

§ 4. — *Géographie historique de la Suisse burgonde à l'époque mérovingienne. — Le « Pagus Ultrajoranus ».*

Les deux auteurs A et B de la chronique dite de Frédégaire, désignent le pays d'où ils sont probablement originaires, sous le nom de « pagus Ultrajoranus » et placent cette circonscription administrative sous l'autorité d'un « dux ». Le territoire confié au commandement d'un duc se nomme généralement, dans les textes mérovingiens, « provincia » ou « ducatus [4] ». On trouve cependant le mot « pagus » employé dans une acceptation plus large que comme synonyme de « civitas », et correspondant aussi à

---

[1] Diplôme de Clovis II pour Saint Denis, 22 sept. 654, parmi les souscriptions : « † Auderadus (vir in) luster atque patricius consinsi et subscripsi. ». Havet, *Origines de Saint Denis, Quest. mérov., OEuvres*, I, p. 52; Pertz, *Diplomata*. I, p. 19, n° 21; « patricus » est bien la fonction du personnage, cf. les autres souscriptions :
Signum † vir inluster Radoberto maiordomus
Signum † vir inluster Ermenrico domesticus
Signum † vir inluster Aigulfo comes palatii.
Auderadus peut-être alors sans patriciat territorial, parmi les grands qui entourent le roi; mais il n'est pas un patrice personnel au sens de Kiener, *op. cit.*, p. 256, n. 6.

[2] V. ci-dessus, p. 348.

[3] V. ci-dessus, p. 353, n. 3.

[4] Brunner, *Deutsche Rechtsgeschichte*, II, p. 143, n. 3.

un « ducatus[1] ». En effet, l'essence même du pouvoir du duc, fonctionnaire du roi franc, est de réunir, sous son administration, plusieurs « pagi » administrés par des comtes[2].

La division territoriale qui est à la base de l'administration franque est l'ancienne « civitas » romaine, analogue au « pagus » et gouvernée par un comte ; malgré le sens trop élastique du mot « pagus » dans les textes[3], on peut se persuader que la règle générale d'un comte par cité a été pratiquée exclusivement, jusque dans le cours du VIIme siècle. Les démembrements de cités, antérieurs à cette date, sont des exceptions qui s'expliquent par des causes particulières à chaque cas ; la plus fréquente est le partage arbitraire de la monarchie franque entre les fils des rois[4].

Dans le cours des VIIme et VIIIme siècles, l'unité administrative subit de multiples atteintes, le territoire de la cité se démembre en plusieurs « pagi », administrés également par des comtes. Mais ce fractionnement de la circonscription comtale n'a lieu qu'au nord de la Gaule, au delà d'une ligne que l'on pourrait tirer du mont St-Michel à Lyon ; elle se produit notamment dans les vallées du Jura, dans la cité de Besançon, dans celle de Toul[5]. Avant donc de tenter de définir, à l'époque mérovingienne, le « pagus Ultrajoranus », il faut rechercher les cités com-

[1] « Pagus Ribuarius = provincia et ducatus. » Lex Ripuar., XXXI, 3, 5, éd. Sohm, p. 224 ; Greg. Tur., Hist. Franc., VIII, 18, éd. Arndt, p. 337 : les « pagenses » du « ducatus Campaniæ » renversent le duc Wintrio. »

[2] Brunner, op. cit., p. 154 ; Sohm, Die Fränkische Reichs- u. Gerichtsverfassung, p. 456 ; Waitz, D. Verf. Gesch., II, 2 [3], p. 51-56.

[3] Cf. Jacobs, Géographie de Grég. de Tours, à la suite de la traduction Guizot de l'Historia Francorum, p. 187 ; Géographie de Frédégaire, p. 4.

[4] Longnon, Géographie de la Gaule au VIme siècle, p. 24 et s.; Fustel de Coul., La Monarchie franque, p. 185 et s. et p. 196 et s.; Waitz, D. Verf. Gesch., II, 2 [3], p. 21 et s.

[5] Pfister, dans Lavisse, Hist. de France, II, p. 178 ; Longnon, Géogr., p. 33 : presqu'exclusivement dans la partie de la Gaule où les rois francs séjournaient habituellement, Belgiques et Lyonnaises peuplées par les Germains.

tales qui, selon la règle générale, ont pu en faire partie, c'est-à-dire pour la Suisse et les régions avoisinnantes, les « pagi » qui doivent correspondre aux anciennes cités romaines, et aux VIIme et VIIIme siècles, les démembrements de ces cités.

L'institution du comte, gouverneur de la cité romaine et de son territoire, remonte aux derniers temps de l'empire, et est commune aux Burgondes et aux Francs. L'évêque Grégoire de Langres avait été quarante ans comte d'Autun, après 466-467 [1]. La loi des Burgondes parle à plusieurs reprises des « comites », qui peuvent être aussi bien Gallo-Romains que Burgondes et qui sont nettement définis par les mots de « civitatum aut pagorum comites vel judices deputati » [2].

Après la conquête franque, ces comtes n'ont pu être que maintenus à la tête de leurs cités, et sont dès lors les véritables agents du pouvoir royal ; choisis et nommés par le roi sans distinction de races, Gallo-Romains ou Germains, ils cumulent les principales fonctions d'un gouverneur ; juges et chefs militaires pour le « pagus », ils font rentrer dans le trésor royal les impôts de la province et y maintiennent la paix et le bon droit. En un mot, rien en Burgondie ne les distingue de leurs collègues de telle ou telle autre partie du royaume franc.

Les textes ne nous disent guère quels furent les comtes des cités helvétiques. A de Frédégaire nous donne deux noms, sans les localiser dans un « pagus [3] ». Il faut donc procéder par analogie, et attribuer un comte à chaque ancienne cité romaine qui nous soit connue.

Pagus Aventicensis. L'ancienne cité d'Avenches [4] a donné naissance, à l'époque mérovingienne, au « pagus

---

[1] Greg. Tur., *Liber Vitæ Patrum*, VII, 1, éd. Arndt, p. 687.

[2] *Lex Burgund.*, éd. Salis, p. 31 : *Prima Constitutio*, 5. Cf. la Table, p. 175-176 et Jahn, *Gesch. der Burg.*, I, p. 86-87, surtout Dahn, *Könige*, XI, 1, p. 124-126.

[3] V. ci-dessus, p. 195.

[4] *Notitia Galliarum.* éd. Mommsen, p. 595 : « IX, Provincia Maxima Sequanorum : 3 civitas Helvetiorum id est Aventicus (civitas Lausanna quæ prius Aventicus et vocata est civitas E.). »

Aventicensis ». Le siège épiscopal fut un temps à Windisch, le « castrum Vindonissense » de la Notice des Gaules [1], par suite du pillage d'Avenches par les Alamans du IIIme siècle ; il fut transféré, après 549, à l'ancien chef-lieu, Avenches, puis passa définitivement entre 585 et 650 à Lausanne [2].

Mais Avenches, jusqu'au commencement du VIIme siècle, n'avait pas perdu toute importance, puisque c'est encore elle qui donne son nom au « pagus » mérovingien que les Alamans ravagent en 609-610. Ce « pagus » était limité au nord-est par la Reuss, où s'arrêtaient également les anciennes frontières du royaume burgonde [3]. Mais nous avons une preuve certaine qu'il s'étendait encore au delà de l'Aar ; le chroniqueur A de Frédégaire, racontant l'invasion des Alamans en 609-610, nous dit que ceux-ci avaient pénétré dans le « pagus Aventicensis » et l'avaient déjà ravagé, lorsque les comtes du « pagus Ultrajoranus » marchèrent contre eux pour les repousser.

La rencontre eut lieu à Wangas ; et nous avons dit plus haut [4] que, quelle que soit l'identification de ce nom de lieu, il ne peut s'appliquer qu'à une localité de la rive droite de l'Aar ou très proche de la rive gauche. Dans le texte de Frédégaire [5], Wangas n'est pas placé à la fron-

---

[1] *Notitia Galliarum*, éd. Mommsen, p. 595.

[2] Besson, *Origines*. p. 145 et s. et cf. ci-dessus, p. 67 et s. Le comte dut très probablement suivre l'évêque dans ses pérégrinations.

[3] Cf. ci-dessus, p. 68.

[4] Cf. ci-dessus, p. 198.

[5] *Chron. Fredeg.*, A, IV, 37, éd. Krusch, p. 138 : « His diebus et Alamanni in pago Aventicense Ultraiorano hostiliter ingressi sunt ; ipsoque pago predantes, Abbelenus et Herpinus comitis cum citeris de ipso pago comitebus cum excercitu pergunt obviam Alamannis. Uterque falange Wangas iungunt ad prelium. Alamanni Transioranus superant, pluretate eorum gladio trucedant et prosternunt, maximam partem territurio Aventicense incendio concremant, plurum nomirum hominum exinde in captivitate duxerunt ; reversique cum predam, pergunt ad propriam. » Du texte peut-être altéré de A, qui utiliserait alors X des Annales burgondes, on pourrait conclure que le « pagus Aventicensis Ultrajoranus » possède un grand nombre de comtes, Abbelenus, Herpo et d'autres encore. Il est absolument impossible de conclure pour la simple cité d'Avenches à un démembrement si multiple de « pagi » de seconde formation, au VIIme siècle ; mais les comtes dont il s'agit sont, sans doute, ceux des diverses cités

tière, mais c'est après avoir pénétré bien avant dans le « pagus Aventicensis » que les Alamans infligent une sanglante défaite aux comtes ultrajurans, et qu'ils achèvent la dévastation du territoire de la cité d'Avenches.

Ainsi que nous l'avons dit plus haut, le pays compris entre l'Aar et la Reuss est rattaché à la Burgondie ; encore au VII[mo] siècle cette région n'est pas encore démembrée de la primitive cité des Helvètes. Les Alamans y envoient déjà de nombreux colons et avancent leur pénétration vers le sud-ouest ; mais ce n'est que plus tard, au VIII[mo] siècle, que la frontière entre la Bourgogne et l'Alamannie sera définitivement la ligne de l'Aar, comme celle des évêchés de Lausanne et de Constance[1]. Dans la seconde moitié du VIIIme siècle, une circonscription divisionnaire du « pagus Aventicensis » apparaît entre l'Aar et la Reuss, c'est l'Aargau, très probablement alors presque entièrement alamannique[2]. Mais il faut aller jusqu'au IX[mo] siècle pour trouver dans le « pagus Aventicensis », devenu alors « le pagus Lausannensis » et borné à l'Aar, d'autres démembrements ou comtés de seconde formation, le « pagus Waldensis » ou comté de Vaud, et le « comi-

qui forment le « pagus Ultrajoranus ». La cité d'Avenches en est une : elle forme le « pagus Aventicensis » ou « territorium Aventicense ». L'un des deux comtes est probablement le sien. Mais, nous le verrons dans la suite, le terme de « Ultrajoranus » implique une vaste étendue de pays et le fait qu'un duc est placé à sa tète, prouve qu'il comprend plusieurs cités primitives. A de Frédégaire ne nomme pas les vaincus des Alamans « Aventicenses » mais « Transjorani » et ce n'est que le « territurium Aventicense » qui est ravagé. Le « pagus Aventicensis » n'est donc qu'un des « pagi » du « pagus Ultrajoranus » et ne lui est pas identique. Cf. Jacobs, *Géographie de Frédégaire*, p. 10 et Oechsli, *Zur Niederlassung*, p. 264.

[1] Cf. ci-dessus, p. 70, et non pas déjà en 561, comme le veut Oechsli, *op. cit.*, p. 266.

[2] Neugart, *Codex Diplomaticus*, I, p. 42, n° 39, 762, 13 mars : « In Argouwe etiam regione omnes basilicas, omnes decimas scilicet in Spiets et in Scartilinga seu in Biberussa. » (Spiez et Schertzlingen sur le lac de Thoune, Biberist sur l'Aar près Soleure). Cf. *Fontes rer. Bern.*, I, p. 213, n° 32. Neugart, *Codex Dipl.* 5, p. 65, n° 69. 778, 13 mars : « ...in alio pagello Aragougense monasteriolum, quod dicitur Werith super fluvium Araris et est ipsa insula Grechchinbach quod Rapertus episcopus a novo opere edificavit. » (Schönenwerth, canton d'Argovie).

tatus Pipincensis [1] ». Aucun d'eux ne peut remonter à
l'époque mérovingienne, l'organisation carolingienne,
l'avance des Alamans, et les partages de l'empire ayant
profondément modifié l'état de choses des contrées d'au
delà le Jura [2].

Pagus Equestricus. La « Civitas Equestrium (id est
Noiodunus) » de la *Notitia* [3] tombée beaucoup de son
importance dans les derniers siècles de l'empire, n'a jamais été le siège d'un évêché [4] ; au point de vue ecclésiastique, son territoire fut de bonne heure rattaché au diocèse
de Genève. Il est cependant très probable qu'à l'époque
mérovingienne, le territoire de l'ancienne « Colonia Equestris » formait un « pagus » administré par un comte.

Les textes sont silencieux à cet égard. Au commencement du VIme siècle cependant, donc à l'époque burgonde,
l'auteur de la Vie des Pères du Jura [5] connaît encore le
« territorium Equestre » et qualifie « Noiodunum » de
« municipium [6]. » Or « territorium » est dans les textes
antérieurs à l'an mil, l'équivalent de « pagus » et Grégoire
de Tours l'emploie pour désigner le territoire de la « civi-

[1] Cf. Poupardin, *Royaume de Bourgogne*, p. 271 et s. : *Divisio Imperii* an. *839, Annales Bertiniani.* Pertz, *SS.*, I, p. 434-435. Cf. *Ann. Bertin.*, an. 859, *Ibid.*, p. 453.

[2] Le « pagus Waldensis » est pourtant mentionné dans une charte de Saint Maurice, de l'année 765. Cf. M. Besson. *La plus ancienne mention du Pays de Vaud, Revue hist. Vaudoise*, 1909, p. 113 à 115. Nous le retrouvons dans de nombreux textes des IXme et Xme siècles, mais toujours semble-t-il, comme synonyme de « pagus Lausannensis ». Cf. Hidber, *Schweiz. Urkundenreg.*, I, n°s 880, an. 896, 939, an. 906, 948, an. 908, 998, an. 929, 1015, an. 937-993, 1023, an. 944, 1032, an. 948, 1069, an. 963, 1091, an. 968, 1114, an. 976, 1150, an. 993-996. Il faut aller jusqu'à la fin du Xme siècle, pour relever une distinction très nette entre le « pagus Lausannensis » et le « comitatus Waldensis. Cf. Hidber, *op. cit.*, n°s 1114, an. 976, 1195, an. 1002, 1250, an. 1017.

[3] *Notitia Galliarum*, éd. Mommsen, p. 595.

[4] Cf. Besson, *Origines*, p. 61 et s., et notre *Castrum Argentariense, Anz. f. schweiz. Geschichte*, 1907, p. 189.

[5] V. ci-dessus, p. 45.

[6] *Vita Patrum Jurensium*, I, 1, éd. Krusch, *Mon. Germ., SS. rer. Mer.*, III, p. 132 : « Ceterum si quis solitudinem ipsam inviam contra Equestris territorii loca ausu temerario secare deliberet... » *Id.*, I, 3, p. 133 : « duo quidam iuvenes Noiudinensis municipii clerici. »

tas[1] ». « Municipium » est au moyen âge un terme d'origine savante assez vague et dont le sens semble s'être
élargi de siècle en siècle. Au Xme siècle il s'applique à de
simples châteaux, mais au VIme, il se trouve deux fois dans
Grégoire de Tours, comme synonyme de « civitas »[2].

A l'époque burgonde, le territoire de Nyon forme
une circonscription bien définie qui, pour n'être pas
diocésaine, n'en est pas moins administrative et comtale. Un argument très concluant, en outre, en faveur de
la persistance de Nyon comme chef-lieu de « pagus » à
l'époque franque, est la réapparition du terme de « pagus
Equestricus », au Xme siècle ; il s'applique alors au comté
Équestre qui s'étend sur la rive droite du lac de Genève
et du Rhône, depuis l'Aubonne au nord, jusqu'au delà
du Jura au sud[3]. Or, comme l'a fait remarquer M. Longnon, il est assez extraordinaire qu'on ait exhumé au commencement du Xme siècle le nom de la colonie romaine,
oublié au moins depuis quatre siècles, pour en former
celui d'un pagus démembré vers la fin du IXme siècle, du
« pagus Genavensis[4] ».

---

[1] Longnon, *Géogr.*, p. 33.

[2] *Id.*, p. 13, cf. Besson, *Origines*, p. 63-64 et n. 5 ; pour lui « municipium » s'oppose à « urbs », employé par l'auteur de la *Vita Patrum*
pour désigner Besançon, et s'applique à une localité secondaire. La différence de sens en tous cas est assez petite et « municipium » chef-lieu de
« territorium » pour n'avoir pas été le siège d'un évêché, peut du moins
avoir été la résidence d'un comte.

[3] Il faut en effet au Xme siècle, étendre le « pagus Equestricus » au
sud jusque vers Seyssel et lui faire comprendre la Michaille qui rentre
dans le diocèse de Genève. V. *Reg. Genevois*, Carte ; Longnon, *Atlas Hist.*,
Planche VII ; Poupardin, *Royaume de Bourgogne*, p. 268, n. 3. C'est là,
pour nous l'étendue de la « civitas Equestrium » romaine et du « pagus »
burgonde et franc. Nous ne saisissons pas les raisons qui décident
M. Longnon à porter beaucoup plus au sud les limites de la cité de Nyon,
et à faire de l'évêché de Belley et de deux doyennés de celui de Lyon
(Ambournay, Morestel) ses démembrements. Cf. Longnon, *Atlas Hist.*,
Pl. III, *Texte Explicatif*, p. 135 et n. 3 ; Poupardin, *op. cit.*, p. 269, n. 22.
Cette grande extension ne se réclame d'aucun texte ni d'aucune inscription romaine (v. *C. I. L.*, XIII, II, p. 1) et ne peut être admise, même
par hypothèse, si l'on ne croit plus au transfert du siège épiscopal de
Nyon à Belley. Cf. Poupardin, *loc. cit.* et *Anz. f. schweiz. Gesch.*,
1907, p. 189.

[4] Ainsi le voulait Gingins la Sarraz, *Hist. de la cité et du canton*

La persistance du terme de « pagus Equestricus » est une preuve de la persistance de la circonscription administrative qu'il désigne ; au commencement du VIme siècle, ce « pagus » est encore signalé dans un texte ; comme pour beaucoup d'autres « pagi » dont l'existence ne peut guère être mise en doute, on cherche en vain des textes diplomatiques ou narratifs qui le mentionnent, à l'époque mérovingienne ; il faut aller jusqu'au Xme siècle pour le retrouver avec un sens nettement défini. Il n'a donc pas disparu dans l'intervalle. Nous pouvons, presque avec certitude, placer un comte mérovingien à Nyon aux VIme et VIIme siècles [1].

Pagus Vallensis. La « civitas Vallensium [2] » est aussi à l'époque mérovingienne le siège d'un évêque et d'un comte. La résidence de l'évêque passa, avant 585, d'« Octodurum » (Martigny) à « Sedunum » (Sion) [3]. Le comte suivit très probablement l'évêque ; en tous cas, jusqu'au IXme siècle, et au-delà, on ne peut signaler aucun démembrement de la cité du Valais, qui, dans la *Divisio imperii*

---

des Equestres, *M. D. S. R.*, XX, p. 76. Cf. Longnon, *Atlas Hist., Texte,* p. 89 et Poupardin, *op. cit.*, p. 268, n. 5.

[1] Il faut remarquer cependant qu'au IXme siècle le « pagus Equestricus » de même que le « pagus Bellicensis » semblent ne pas avoir constitué des comtés ; dans la *Divisio Imperii* de 839, *Ann. Bertiniani,* éd. Pertz, p. 434-435, on ne fait pas mention d'eux ; mais dans le lot attribué à Lothaire on cite : « comitatum Waldensem usque ad mare Rhodani, ac deinde orientalem atque aquilonalem Rhodani partem usque ad comitatum Lugdunensem. » Sur la rive droite du Rhône le comté de Vaud s'étend donc jusqu'au comté de Lyon. Cette annexion du « pagus Equestricus » au « comitatus Waldensis » peut expliquer l'inscription EQVESTR qui se trouve sur des monnaies de Lausanne du XIme et du XIIme siècles, tandis qu'au point de vue ecclésiastique, le « pagus Equestricus » rentre dans le diocèse de Genève. Cf. Poupardin, *Royaume de Bourgogne*, p. 268, n. 5. p. 269, n. 1. Cependant on ne peut être certain que si, en 839, il n'y a pas de comté à Nyon, il n'y en eut pas à l'époque mérovingienne. Sous les Carolingiens, la géographie historique du pays est bouleversée, et d'autre part, au VIIme siècle, il y a de nombreux comtés dans le « pagus Ultrajoranus ».

[2] *Notitia Galliarum*, éd. Mommsen, p. 599 : « Provincia Alpium Graiarum et Pœninarum, 2, civitas Vallensium id est Octodoro, Sedunis, Verusager. »

[3] Besson, *Origines*, p. 44.

de 839 est qualifiée de « comitatus Vallissorum »[1] ; au VIme siècle, Marius d'Avenches le nommait « territorium Vallense »[2].

Pagus Genavensis. La « civitas Genavensis » de la *Notitia*[3], elle aussi, évêché aux Vme et VIme siècles, donne naissance au « pagus Genavensis », gouverné par des comtes[4], dont aucun nom ne nous est conservé par les textes mérovingiens. Aucun morcellement de la cité primitive ne peut remonter au temps des rois francs de la première race, puisque ce n'est qu'au milieu du Xme siècle qu'on peut signaler dans sa partie méridionale, le « pagus Albanensis », l'Albanais[5]. Mais tandis que le diocèse de Genève, par conséquent le « pagus Genavensis » employé au sens ecclésiastique du mot, comprend certainement déjà le territoire de l'ancienne cité de Nyon, le comte du « pagus Genavensis » n'était très probablement pas le même que le comte du « pagus Equestricus », dont nous avons dit plus haut l'existence distincte, au haut moyen âge.

Nous avons ainsi défini les circonscriptions comtales de la Suisse burgonde, à l'époque mérovingienne. Les cités voisines étaient également des « pagi » administratifs ; ainsi, Belley, dont le premier évêque apparaît au concile de Lyon (567 ou 570)[6] ; ainsi la Tarentaise, la « civitas

---

[1] *Ann. Bertin.*, au. 839. Cf. Poupardin, *Royaume de Bourgogne*, p. 276-277.

[2] Mar. Av., *Chron.*, an. 563 et 580, éd. Mommsen, p. 237 et 239. Cf. *Chron. Fredeg.*, A, III, 68, éd. Krusch, p. 111 : « in Sidouense territurio ».

[3] *Notitia Galliarum*, éd. Mommsen, p. 600 : « Prov. Viennensis ».

[4] 739, 5 mai. Testament du patrice Abbon (suspect) : « genitrix mea Rustica de pago Genevense fecit venire. » *Reg. Genev.*, p. 25, n° 79. *Divisio Imperii*, 839, *loc. cit.* : « Comitatum Genavensem ».

[5] Poupardin, *Royaume de Bourgogne*, p. 266.

[6] *Concilia*, éd. Maassen, p. 141. Nous avons exposé autre part, *Anz. f. schweiz. Gesch.*, 1907, p. 189, les raisons qui nous faisaient admettre, après M. Philippon, *Les origines du diocèse et comté de Belley*, p. 1 à 28, que Belley fut une création épiscopale particulière au VIme siècle. Dans la *Divisio Imperii*, 839, le territoire de Belley semble appartenir au comté de Vaud. Cf. Poupardin, *op. cit.*, p. 268, n. 5, et ci-dessus p. 368, n. 1.

Ceutronum id est Tarantasia »[1], Grenoble, « civitas Gra-
tianopolitana »[2]. Aoste, acquise en 574 par Gontran sur
les Lombards[3]. Quant à la « civitas Vesontiensium »[4], qui
se rencontrait avec celles de Nyon et d'Avenches dans le
Jura, nous verrons dans la suite que, dès le VIIe siècle,
elle était démembrée en « pagi » de deuxième formation[5].

[1] *Notitia Galliarum.* éd. Mommsen, p. 599.
[2] *Ibid.*
[3] *Ibid.* : « civitas Augusta Prætoria ». *Chron. Fredeg.*, IV, 45, p. 143 :
« Agusta civitas ».
[4] *Notitia Galliarum.* éd. Mommsen, p. 595. Au point de vue ecclésiastique, Genève, Grenoble, la Tarentaise, Aoste, le Valais, relèvent
de la métropole de Vienne, jusqu'au VIIIme siècle. Au VIIIme siècle,
Aoste, le Valais, la Tarentaise forment, avec la Maurienne, une province
spéciale. Cf. Besson, *Origines,* p. 10 ; Duchesne, *Fastes,* I, 2me édit.,
p. 243. Belley et Avenches-Lausanne dépendent de Besançon, devenu
métropolitain vers l'an 600 et auparavant dépendaient du siège de Lyon.
Besson, *op. cit.,* p. 166 à 169. Il ne semble pas que ce groupement ecclésiastique ait eu quelque influence sur le groupement administratif.
[5] Jahn, *Gesch. der Burg.,* II, p. 419-421, cherche des comtés dans
l'ancienne Burgondie, en des localités qui n'eurent pas rang de « civitas ».
Le concile d'Epaône lui donnant 23 cités du royaume, les souscriptions
de la *prima Constitutio* de la *Lex Burg.,* les noms de 31 « comites »,
il s'est efforcé de trouver encore huit localités qui pourraient être la
résidence d'un comte. S'appuyant sur la *Notitia Galliarum,* qui donne,
à côté des cités, quelques « castra » et localités de moindre importance,
il met un comte, à Mâcon, Nyon, Yverdon, Port-sur-Saône, Dijon, Sion,
Soleure, Mandeure, (cette dernière localité se trouve dans l'Anonyme
de Ravenne). C'est là une hypothèse générale qui ne se confirme pas
pour chaque cas particulier. Mâcon est au VIme siècle une « civitas »,
Nyon peut-être un chef-lieu de « pagus ». Yverdon ne donne son nom
qu'au Xme siècle au « pagus Everdunensis », qui est plus une région
naturelle, « vallis Everdunensis », qu'une circonscription administrative ;
cf. Poupardin, *op. cit.,* p. 272, n. 5. Dijon, ville importante et résidence
habituelle des évêques de Langres, n'est pourtant pas le chef-lieu de la
« civitas », c.-à-d. une ville épiscopale et comtale. Grégoire de Tours
qui décrit la situation du « castrum Divionense », s'étonne qu'il n'ait pas
rang de « civitas ». *Hist. Franc.,* III, 19, éd. Arndt, p. 129, cf. Longnon,
Geogr., p. 210. Soleure, station des itinéraires romains et mentionné
dans la chronique de Frédégaire, n'a aucun droit à posséder un comte
particulier. Sion devient ville épiscopale après Martigny ; mais alors il
n'y a pas plus de comte que d'évêque à « Octodurum ». Il faut donc
renoncer à caser autre part, en Suisse, les huit comtes vacants de la
Lex Burg. Jahn, *op. cit.,* II, p. 421 et Binding, *Gesch. des burg. rom.*
Königr., I, p. 324, admettent que ces « comites », souscripteurs, sont bien
les « comites civitatum et pagorum ». Mais ce titre s'applique chez les

Les termes de « dux Ultrajoranus » et de « pagus Ultrajoranus » dont le sens était sans doute nettement défini
au VIIᵉ siècle, indiquent une circonscription ducale, qui
devait comprendre plusieurs cités ou « pagi » comtaux,
situés à l'est du Jura. Le texte plus haut rapporté de
Frédégaire montre que le « pagus Aventicensis » en faisait
partie; l'auteur A y place également la « villa » d'Orbe où
Brunehaut est faite prisonnière[1]. Mais d'autres indications
géographiques font défaut.

Il semble bien que l'on puisse y faire rentrer le « pagus
Vallensis »; en 574, lorsque les Lombards pénètrent en
Valais, deux ducs du roi Gontran les arrêtent à Bex; l'un
d'eux est Teudofredus « dux Ultrajoranus[2] ». En 613-614,
lorsque le nouveau « dux Ultrajoranus », institué par Clotaire II, Herpo, s'efforce de maintenir la paix dans son
« pagus », un parti contraire se forme, qui suscite une
révolte des « pagenses »; le duc est tué à l'instigation du
patrice Aletheus, d'un comte Herpinus et de l'évêque de
Sion, Leudemundus[3]. Le duc des pays transjurans intervient donc en Valais et, selon toutes apparences, comptait
le « pagus Vallensis » dans son commandement. A part ces
rares passages de la chronique de Frédégaire, aucun autre
texte ne donne quelque éclaircissement sur l'étendue et
la formation du duché d'outre Jura.

Burgondes à d'autres fonctionnaires de la cour. (Jahn, *op. cit.*, I, p. 87);
parmi ces 31 noms, aucun n'est romain; en conséquence, Brunner, *D.
Rechtsgesch.*, II, p 163, n. 14, doute qu'il s'agisse vraiment là des comtes
des cités.

[1] *Chron. Fredeg.*, B, IV, 42, éd. Krusch, p. 141 : « Brunechildis
ab Erpone comestaboli de pago Ultraiorano ex villa Orba una cum
Theudilanæ, germana Theuderici, producitur... »

[2] *Id.*, A, III, 68, éd. Krusch, p. 111 : « Baccis villa nec procul ab
ipso monasterio et duces et eorum exercitus a Wiolico et Teudofredo
ducibus Gunthramni sunt interfecti. » *Id.*, IV, 13, p. 127 : « Anno 31 regni
Guntramni Teudefredus dux Ultraioranus moritur. »

[3] *Chron. Fredeg.*, B, IV, 43, éd. Krusch, p. 142. Herpinus est avec
Abbelenus un des comtes ultrajurans battus à Wangen par les Alamans;
Chron. Fredeg., A, IV, 37, p. 138. Aletheus est, en raison de ses hautes
fonctions, étranger au « pagus »; peut-être patrice dans une région voisine
ou grand personnage à la cour, ayant des biens et des familiers dans la
Suisse burgonde.

Il ne reste d'autre moyen de nous renseigner que de nous représenter géographiquement les contrées qui, pour les rois francs de Burgondie et leurs contemporains, étaient situées au delà du Jura.

Un duc mérovingien pouvait réunir, sous son autorité, de deux à douze « pagi », peut-être même plus [1]. Mais nous pouvons être certains que le « pagus Ultrajoranus » ne se bornait pas aux seules cités d'Avenches et du Valais ; le récit de la défaite des comtes du « pagus » par les Alamans, en 609-610, par l'auteur A de Frédégaire, nous donne deux de ces comtes qui commandent la levée du pays, Herpinus, peut-être comte du Valais, Abbelenus, peut-être comte d'Avenches ; il parle en outre des « citeri comites » qui se joignent à eux [2]. Le « pagus Ultrajoranus » comptait donc au moins quatre comtes. Il faut chercher à les localiser en nous représentant la valeur et l'importance du Jura, dans la géographie du haut moyen âge.

Le Jura, plus alors qu'à l'époque moderne, formait une limite naturelle, qui séparait nettement du reste de la Gaule, la partie de la Suisse actuelle, occupée par les Burgondes ; il était constitué, non seulement par la suite de hauteurs qui bornent aujourd'hui la Suisse de la France, mais par un large territoire boisé, désert et difficile d'accès [3].

Au commencement du VIme siècle c'est pour l'auteur de la Vie des Pères du Jura, une large étendue de forêts inextricables, de hautes montagnes et de vallées abruptes, qu'un homme valide et bien équipé aurait de la peine à traverser en un long jour d'été, de Condatisco (St-Claude) au « territorium Equestre » [4]. C'est au milieu de ces forêts encore vierges, que saint Romain est venu fonder les pre-

---

[1] Brunner, *D. Rechtsgesch.*, II, p. 143.

[2] *Chron. Fredeg.*, A, IV, 37, éd. Krusch, p. 138 : « Abbelenus et Herpinus comitis cum citeris de ipso pago comitebus cum exercito pergunt obviam Alamannis. »

[3] Poupardin, *Royaume de Bourgogne*, p. 6 à 9. M. Poupardin a le premier reconnu et défini l'importance géographique du Jura, et sa signification dans les textes du haut moyen âge ; c'est grâce à son étude que nous pouvons développer les quelques considérations qui suivent.

[4] *Vita Patrum Jur.*, I, 1, éd. Krusch, p. 132.

miers des monastères du Jura[1]. En longueur, la chaîne de ces montagnes est si étendue et sur des terrains si inaccessibles qu'il est impossible de la franchir du Rhin, au nord, au « paginem Mausatis », région inconnue du sud[2], Grégoire de Tours définit assez vaguement le Jura comme un désert, séparant la Burgondie de l'Alamannie et proche de la cité d'Avenches, aux lieux ou les solitaires se retirent[3].

Ce « desertum Jorense », ce « saltus Jorensis »[4], prend naissance à l'ouest, dans les départements actuels de l'Ain et du Jura, là où commençait la forêt, à peine défrichée ; il s'étend sur toute une partie du pays de Vaud et de la Suisse romande actuelle[5]. Il reste longtemps dans l'idée des chroniqueurs et des hagiographes comme une frontière naturelle, comme un désert pénible à franchir[6]. Au XIme siècle, Ekkehard l'étend assez loin au nord, puisque les Hongrois le traversent, pour se rendre de l'Alsace, qu'ils viennent de ravager, à Besançon[7]. Au VIImе siècle(?) l'auteur des actes de saint Rambert, place aux confins du « pagus Lugdunensis », du côté du « pagus Bellicensis », le désert proche du Jura où le saint est martyrisé[8].

---

[1] *Vita Patrum Jur.*, I, 1, éd. Krusch, p. 132 : « Relicta quoque matre sorore vel fratre, vicinas ville Jurensium silvas intravit. »

[2] *Ibid.*; cf. n. 6.

[3] *Liber Vitæ Patrum*, I, 1, éd. Arndt, p. 664 : « ...et accedentes simul inter illa Iorensis deserti secreta, quæ inter Burgundiam Alamanniamque sita Aventicæ adiacent civitati... » Cf. ci-dessus, p. 46.

[4] « saltus », dans l'antiquité indique une région boisée difficile d'accès et sauvage, parfois le mot est pris dans le sens de montagne. Cf. *Lexiques*, de Forcellini-De Witt, et Corradini. Au moyen âge, région boisée : « saltus Pertici », la Perche, pays boisé ; cf. Du Cange, *Glossarium* ; on ne trouve guère le sens de défilé que lui attribuent Reymond, *Origines du prieuré de Baulmes*, Revue Hist. Vaud., 1905, p. 340, et Besson, *Origines*, p. 213.

[5] *Vita S. Wandregisili*, II, 15, (vita sincera), *AA. SS., Jul.*, IV, p. 268 : « quod est constructum ultra Juranenses partes, monasterium cognominatum Romanum » ; vie du VIIme siècle, par un moine probablement de Romainmôtier ; cf. Molinier, *Sources*, I, p. 158, no 565. Jonas de Bobbio, *Vita Columbani*, I, 4, éd. Krusch, p. 80, parle du même monastère : « in saltum Jorensem super Novisona fluviolum. »

[6] Cf. Poupardin, *Royaume de Bourgogne*, p. 6 et 7.

[7] Ekkehard IV, *Casus S. Galli*, 3, éd. Pertz, *Mon. Germ., SS.*, II, p. 110.

[8] *Actus S. Ragneberti*, dans Bouquet, *Hist. de France*, III, p. 620 :

Les contrées d'outre-Jura n'étaient cependant pas fermées à tous rapports avec le reste de la Gaule ; au contraire, elles sont sur une des routes les plus importantes pour les pèlerinages et les expéditions guerrières, la voie romaine, qui, de Langres et Besançon, traverse le Jura et conduit en Italie, à travers le Grand Saint-Bernard ; sur cette route, le Jura s'élevait comme une étape difficile du voyage ; la voie principale, partant d'« Ariorica » (Pontarlier), le franchissait par Ballaigues et les Clées, passait à Orbe et rejoignait à Vidy, près de Lausanne, la voie qui longeait la rive droite du lac, venant de Genève et de Nyon[1]. Un autre passage, sans doute de moindre importance, partait également de Pontarlier et conduisait, probablement par Sainte-Croix et les gorges de Covatannaz à Yverdon et de là à Avenches[2]. De Vidy, près Lausanne, la route romaine suivait la rive droite du lac Léman ; à Vevey arrivait la route qui, de l'ancienne province de Germanie menait en Italie, de Mayence par Strasbourg, Augst, Soleure, Avenches[3]. Ainsi l'on parvenait au « Summo Poenino », le Grand Saint-Bernard, par Villeneuve et Martigny, pour redescendre par la vallé d'Aoste en Italie[4].

Le pays compris entre le Jura et le lac Léman possédait donc tout un réseau de voies romaines, dont la plus importante était la route ordinaire des pèlerins et des voyageurs se rendant de Langres et Besançon en Italie[5] ; elle reliait directement la cité d'Avenches à la cité du Valais. Celle du nord, arrivant de l'Alsace et d'Avenches, pouvait

« ...duxerunt eum per quoddam desertum in confinio videlicet Lugdunensis territorii Juræ vicinum. » C'est à « quemdam locum Bebronne vocabulo », auj. St-Rambert en Bugey, que le saint est mis à mort.

[1] *Table de Peutinger*, éd. Desjardins, *Géogr. de la Gaule Romaine*, IV, p. 143 et 153, cf. Carte, p. 77. *Itinér. d'Antonin*, op. cit., p. 45, cf. Carte, p. 39, Reymond, *Origines de Baulmes*, p. 340.

[2] *Table de Peutinger*. éd. Desjardins, op. cit., p. 143. Reymond, *loc. cit.*, et *C. I. L.*, XIII, II, 2, p. 696 et n⁰ 9068.

[3] *Itin. d'Antonin*, éd. Desjardins, op. cit., p. 47.

[4] *Table de Peutinger*, éd. Desjardins, op. cit., p. 143.

[5] Poupardin, *Royaume de Bourgogne*, p. 6. Sur le détail des routes romaines secondaires du pays, voir Maillefer, *Les Routes Romaines en Suisse, Revue Hist. Vaud.*, 1900, p. 129-139, et *C. I. L.*, XIII, II, 2, p. 693-696.

avoir perdu un peu de son importance à cause de la décadence de la cité des Helvètes et des incursions des Alamans.
On voit donc les raisons géographiques et économiques
qui amenèrent l'union des provinces ultrajuranes ; d'une
part une frontière naturelle à l'ouest, infranchissable et
profonde, depuis l'Alsace au nord, jusqu'aux confins de la
cité de Lyon au sud ; d'autre part, un passage qui traverse
ce désert par une voie romaine fréquentée et qui relie
directement Avenches au Valais, pour aboutir au Grand
Saint-Bernard. Les territoires de Nyon et de Genève sont
d'une orientation géographique pareille : celui de Belley
est pour les contemporains également au delà du Jura, et
traversé par la voie romaine de Genève à Vienne et à
Lyon [1].

Plus au sud, la Tarentaise semble appartenir à une autre région, la région des Alpes ; une voie romaine relie,
il est vrai, Genève à Moutiers en Tarentaise, par le passage de la Chaise [2]. Mais elle se greffe à « Ad Publicanos »,
près d'Albertville, sur une route qui a gardé toute son importance au moyen âge, comme voie d'accès de Gaule en
Italie. C'est la route du Petit Saint-Bernard, qui conduit
directement de Vienne, dans la vallée d'Aoste, par la Tarentaise [3]. La cité de Tarentaise devait donc être en rapports
plus étroits et plus faciles avec Vienne, la vallée du Rhône,
et d'autre part avec les cités alpines de Maurienne et de
Grenoble ; sa situation géographique la met en dehors des
régions qui peuvent être groupées sous le terme de ultrajuranes. Il en est de même d'Aoste, encore que, par le
Grand Saint-Bernard elle soit assez proche du Valais ;
mais ce n'est qu'en 574 qu'elle est rattachée aux états de
Gontran [4], et avant 573, il dut déjà y avoir un « dux Ultrajoranus [5] ».

Le « pagus Ultrajoranus » du VIIe siècle peut donc se

[1] Cf. *C. I. L.*, XII, Carte ; Longnon, *Atlas*, Pl. II et Pl. VI ; *C. I. L.*,
XIII, II, 2, p. 693 et n° 9055.

[2] *Itin. d'Antonin*, éd. Desjardins, *op. cit.*, p. 45.

[3] *Loc. cit.*

[4] *Chron. Fredeg.*, B, IV, 45, éd. Krusch, p. 143.

[5] Cf. ci-dessous, p. 379.

délimiter, d'après les indications que nous venons de réunir : il faut trouver au moins quatre « pagi » gouvernés par des comtes à y incorporer ; nous avons ainsi le « pagus Aventicensis » [1] et le « pagus Vallensis » qui sont certains ; le « pagus Equestricus », le « pagus Genavensis », le « pagus Bellicensis » qui sont infiniment probables ; en tout cinq comtes. Sans doute, cette définition reste hypothétique ; on peut donner au « pagus » une plus grande extension, il est plus difficile d'en donner une plus petite ; mais il est impossible d'arriver à des conclusions plus catégoriques [2].

La situation géographique des « pagi » ultrajurans explique d'elle-même leur groupement sous le commandement d'un « dux », la formation d'un « ducatus Ultrajoranus ». L'origine du duc mérovingien est surtout militaire ; le roi réunit plusieurs « pagi » sous un fonctionnaire supérieur aux comtes, dans les contrées frontières exposées aux incursions du voisin, et dans les pays où il importe de maintenir la paix. En Burgondie, les ducs sont nombreux, de race romaine comme de race franque ; ils peuvent être établis pour un temps limité sur tels ou tels « pagi » et l'institution d'un « ducatus » est souvent passagère. Dans le « pagus Ultrajoranus », la suite des ducs

---

[1] L'« Aargau » semble avoir été constitué lorsque le pays est entièrement rattaché à l'Alamannie. Alors c'est une région frontière, où l'autorité d'un comte du « regnum Burgundiæ » aurait été difficilement reconnue.

[2] Jacobs, *Géogr. de Frédégaire*, p. 30, donne simplement au « pagus Ultrajoranus » les cités les plus orientales de la Séquanaise (Orbe, Avenches). Gisi, *Scotingi und Warasci*, *Anz. f. schweiz. Gesch.*, 1884, p. 283, fait rentrer dans le dit « pagus » les « pagi Aventicensis et Equestricus » ; mais, se méprenant sur le sens de « pagus Scotingorum » dans Frédégaire et sur un passage de la Vie de St-Colomban (v. plus loin p. 381), il y joint toute la « civitas Vesontiensium ». Le « pagus Ultrajoranus » serait un reste de la « Maxima Sequanorum » comprenant les « Sequani », les « Raurici », les « Helvetii » moins la « civitas Basiliensis » appartenant à l'Alsace. Pour Poupardin, *Royaume de Provence*, p. 288, la Viennoise n'est pas comprise dans l'« Ultrajorensis Burgundia » ; mais, à l'époque mérovingienne, tous les pays burgondes soumis aux Francs au-delà du Jura, les diocèses de Belley, Genève, Sion, Tarentaise, Aoste. Dans son *Royaume de Bourgogne*, p. 5, M. Poupardin n'y place plus, avec quelque certitude, qu'Avenches et Sion.

se prolonge pendant près de deux siècles, jusqu'au temps
où les Carolingiens mettent un terme à ces grands com-
mandements.

Les fonctions du « dux » sont du reste analogues à
celles du comte ; il gouverne selon le bon droit, les populations qui lui sont soumises, il exerce la justice, il rassemble les impôts[1]. Surtout il exerce un pouvoir supérieur de surveillance sur les comtes, placés réellement
sous ses ordres[2]; il rassemble les contingents des divers
« pagi » pour les mener à l'armée[3].

On s'explique aisément l'établissement d'un duc au
delà du Jura, dans des contrées assez éloignées du centre
de l'administration franque, exposées, par le nord, aux
incursions des Alamans, par le Valais, à celles des Lombards. Un fort pouvoir militaire était nécessaire pour
assurer de ce côté la frontière[4].

Faut-il croire, d'autre part, que la race burgonde ait
fait craindre à ses conquérants quelques tentatives de
rébellion, dans cette extrême Burgondie? C'est possible,
la révolte contre le duc Herpo serait un indice de ces
velléités de résistance, et le plus grand nombre des ducs,
relevés dans les textes, en Burgondie qu'en Neustrie,
s'expliquerait par la même raison. Toutefois, il faut considérer le « pagus Ultrajoranus » plus comme une unité

---

[1] *Marculfi Formul.*, I, 8, éd. Zeumer, p. 47 : *Carta de ducatu et
patriciatu et comitatu.*

[2] R. Sohm, *Die Fränkische Reichs- u. Gerichtsverfassung*, p. 437 et s.,
considère le pouvoir ducal comme un second pouvoir comtal, mais laissant les comtes directement soumis au roi. L'autorité des ducs sur les
comtes apparaît réellement dans l'armée et devait aussi s'étendre sur
l'administration. Cf. Waitz, *D. Verf. Gesch.*, II, 2³, p. 53, n. 1.

[3] Voir sur les ducs mérovingiens, Sohm, *loc. cit.*; Waitz, *op. cit.*,
p. 51 et s.; Fustel, *Monarchie franque*, p. 216 et s.; Brunner, *Deutsche
Rechtsgeschichte*, II, p. 154 et s. Le tribunal reste l'affaire du comte;
beaucoup de textes parlent de la justice de certains ducs ; il faut supposer
qu'ils pouvaient siéger à la place du comte au tribunal, ou que dans l'un
ou l'autre des « pagi », ils exerçaient directement les fonctions comtales; mais l'existence de comtes, sous les ducs, ne peut être mise en
doute.

[4] Rien ne nous dit, comme le veut Oechsli, *Zur Niederlassung*, p. 259,
que la création du duché remonte à Gontran.

géographique[1] que comme le résultat d'un groupement
ethnique[2]. C'est comme tel qu'il se maintient dans l'histoire,
bien au delà de l'époque mérovingienne ; les limites naturelles, les voies romaines, font l'importance et l'unité des
contrées qui le compose.

Vers 855-857, Lothaire II, donne à son beau-frère Hubert,
abbé de Saint-Maurice en Valais, un duché compris entre
le Jura et le Grand Saint-Bernard[3]. Le duché de Transjurane reparaît ainsi, sans qu'on puisse exactement le définir ; l'organisation carolingienne a trop modifié l'administration provinciale pour que l'on puisse y reconnaître
exactement le « pagus Ultrajoranus » mérovingien.

D'ailleurs, ce terme qui avait un sens nettement défini
pour les auteurs de la Chronique de Frédégaire, est remplacé, dans les textes carolingiens, par les expressions
vagues de « ultra Jurum », « ultrajoranæ partes »[4] qui n'indiquent plus une circonscription administrative fixe.
Quoiqu'il en soit, c'est ce nouveau duché carolingien où
l'abbé Hubert, frère de la reine Thiberge, était richement
possessionné, qui passant, en 861, aux mains de Conrad
le Welf, comte d'Auxerre, devient, en 888, le noyau et le
centre du royaume de Bourgogne de son fils Rodolfe Ier[5].

Le « pagus Ultrajoranus » mérovingien est donc un
groupement administratif d'anciennes cités romaines, qui
répond, pour les rois mérovingiens, à des besoins de
gouvernement et de défense militaire. Il résulte de la
situation géographique des contrées qui forment aujour-

---

[1] Poupardin, *Royaume de Bourgogne*, p. 9.

[2] Cf. Lehuérou, *Instit. Carol.*, p. 555 et 556 ; rien ne prouve, en effet, que
les Burgondes s'établissent plus nombreux là qu'ailleurs, comme le conclut
Jean de Muller, *op. cit.*, p. 131, n. 12, de son interprétation du mot de
« patricius ».

[3] Poupardin, *Royaume de Provence*, p. 48-49. Cf. Reginon, *Chronicon*,
an. 859, éd. Kurze, p. 78 : « Lotharius Hucberto abbati ducatum inter
Jurum et montem Jovis commisit. »

[4] Poupardin, *Royaume de Bourgogne*, p. 7, n. 9 et p. 8, n. 1.

[5] Poupardin, *Royaume de Provence*, p. 48 et s.; *Royaume de Bourgogne*, p. 8 et s., surtout p. 10, où M. Poupardin caractérise la création
accidentelle de ce royaume, dû à des circonstances diverses et non à « un
éveil ou un réveil d'un vague sentiment national. »

d'hui la Suisse romande, placées entre les Alpes et le Jura sur une grande route de l'histoire, et séparées à la fois de la France et de l'Italie.

Ce pays qui s'ouvre vers le nord-est, à l'élément alamannique encore peu civilisé, devra à ses circonstances topographiques beaucoup des événements de son histoire et de sa formation particulariste.

§ 5. — Liste des ducs du « pagus Ultrajoranus ».

Le premier « dux Ultrajoranus » que l'on puisse signaler est Væfarius, le « dux Francorum » de Marius d'Avenches, qui meurt en 573[1] et auquel succède Teudofredus ou Teodofridus (Theudfried), que A. de Frédégaire désigne comme « dux Ultrajoranus »[2].

En 574, Teudofredus conduit l'armée du roi Gontran contre les Lombards, à Bex[3]. Wandalmarus lui succède en 591 ; en 585, ce dernier était « camararius » de Gontran, auquel il avait amené Sidonie, femme de Mummolus, avec tous les trésors du patrice rebelle[4].

Lorsqu'il meurt, en 604-605, le Gallo-Romain Protadius, favori de Brunehaut, reçoit le « pagus Ultrajoranus ». L'auteur A. de Frédégaire, qui donne toujours à ces vocables

---

[1] Mar. Av., Chron., an. 573, éd. Mommsen, p. 238 : « Eo anno Væfarius dux Francorum obiit et ordinatus est Theodofridus in loco eius dux. » Peut-être est-ce déjà un « dux Ultrajoranus » qui meurt en 555. Id., p. 237 : « Eo anno transit Magnacarius dux Francorum. » Cf. note suivante.

[2] Chron. Fredeg., IV, 13, éd. Krusch, p. 127 : « Anno 31 regni Guntramni Teudefredus dux Ultraioranus moritur, cui successit Wandalmarus in honorem ducati. »

[3] Chron. Fredeg., III, 68, éd. Krusch, p. 111 : « Baccis villa... et duces et eorum exercitus a Wiolico et Teudofredo ducibus Gunthramni sunt interfecti. »

[4] Id., IV, 4, p. 125 : « Anno 25 regnum Guntramni... Uxorem eius (Mummoli) Sidoniam una cum omnes thinsauris eius Domnolus domesticus et Wandalmarus camararius Gundramno presentant. »

géographiques un sens précis, lui adjoint alors le « pagus
Scotingorum » et donne à Protadius le titre de « patricius »[1]. Le « pagus Scotingorum », certainement distinct du
« pagus Ultrajoranus », est le produit d'un démembrement
de la « civitas Vesontiensum »; il se place au sud du diocèse de Besançon, autour de la vallée de Salins, et correspond, dans l'ordre ecclésiastique, aux doyennés de Lons-le-
Saulnier et des Montagnes; en français, c'est le pays
nommé Escuens[2]. Protadius ne reste que peu de temps à
la tête de cet important gouvernement, puisque en 605-606
il devient maire du palais et est tué la même année[3].

Le duc Eudila, qui nous est signalé parmi les grands
qui firent défection à Brunehaut, et qui avec Warnachaire
livrèrent la Burgondie et l'Austrasie à Clotaire II[4], lui
succéda probablement. Il n'était pourtant que « dux Ultrajoranus », car c'est dans ce pagus que Clotaire II, prenant
possession de ses nouveaux états, en 614-615, établit
le Franc Herpo à sa place[5], avec le titre de duc. Herpo
voulant pacifier le pays tombe victime d'une révolte fomen-

---

[1] *Chron. Fredeg.*, IV, 24, éd. Krusch, p. 130 : « ...defuncto Wandalmaro
duci, in pago Ultraiorano et Scotingorum Protadius patricius ordenatur... »
A marque bien l'élévation inusitée de Protadius, homme influent au palais
et favori de Brunehaut, qui, d'un seul coup, reçoit non seulement le « pagus Ultrajoranus » du duc Wandalmarus, mais un autre « pagus » qui
n'en faisait pas partie, avec le titre de patrice.

[2] Longnon, *Atlas Hist., Texte*. p. 134; Jacobs, *Géogr. de Frédégaire*,
p. 26; Poupardin, *Royaume de Bourgogne*, p. 201; Krusch, *SS. rer. Mer.*,
II, p. 130, n, 1. Gisi, dans *Anz. f. schweiz. Gesch.*, 1884, p. 288 (cf.
Oechsli, *Zur Niederlassung*, p. 263, n. 1 et p. 259), fait du « pagus
Scotingorum » l'équivalent du « pagus Vesontiensis » tout entier, en
reconnaissant qu'au début du IXme siècle, il n'en désigne qu'une partie. La
cité de Besançon ne peut cependant pas rentrer dans les contrées dites
ultrajuranes. D'ailleurs cette réunion de l'Escuens au « pagus Ultrajoranus » ne fut que temporaire.

[3] *Chron. Fredeg.*, A, IV, 19, éd. Krusch, p. 128.

[4] *Chron. Fredeg.*, A, IV, 42, éd. Krusch, p. 141 : « Sic iam olim
tractaverat, consencientibus Aletheo patricio, Roccone, Sigoaldo et
Eudilanæ ducibus. »

[5] *Id.*, B, IV, 43, éd. Krusch, p. 142 : « Cum anno 30 regni sui in Burgundia et Auster regnum arepuisset, Herpone duci genere Franco locum
Eudilanæ in pago Ultraiorano instituit. » Herpo très probablement
identique au « Erpone comestaboli », qui enlève Brunehaut à Orbe. Cf.
p. 371, n. 1.

tée par le patrice Aletheus, l'évêque de Sion, Leudemundus, et le comte Herpinus[1].

Dès lors, nous ne trouvons plus dans les textes de « dux Ultrajoranus ». Très probablement les Carolingiens les ont supprimés ; le « pagus Ultrajoranus » subsiste cependant encore au VIIIme siècle. Le continuateur de Frédégaire mentionne, en 753, un Fredericus « Ultrajoranus comes », qui, avec le comte de Vienne, arrête en Maurienne le rebelle Grifon et le tue, comme il tentait de passer en Lombardie[2]. Ce Fredericus doit être considéré, soit comme le chef de l'ancien « ducatus », supérieur aux autres comtes du pays, soit comme le comte d'une des cités ultrajuranes que le continuateur de la chronique mérovingienne désigne sous le qualificatif général d'« Ultrajoranus », au lieu de donner le nom particulier de son « pagus ».

Jonas de Bobbio, dans la vie de saint Colomban, parle de deux ducs qui gouvernent les pays compris entre les Alpes et le Jura, et qui en même temps semblent résider à Besançon. Ainsi l'union des « pagi » ultrajurans et de la cité de Besançon sous l'administration d'un seul duc, n'apparaîtrait pas seulement comme purement accidentelle et partielle, sous le patriciat extraordinaire de Protadius, et justifierait jusqu'à un certain point la situation du « ducatus Ultrajoranus » de Gisi[3], à cheval sur le Jura et comprenant le « pagus Ultrajoranus » proprement dit et le « pagus Scotingorum », analogue au « pagus Vesontiensis ». Pendant le séjour de Colomban à Luxeuil, l'efficacité de ses prières accorda une nombreuse postérité au duc Waldelenus qui gouvernait les populations qui habitent entre

---

[1] *Chron. Fredeg.*, B. IV, 43. Cf. ci-dessus, p. 207 et s.

[2] *Contin. Fredeg.*, 35, éd. Krusch, p. 183 : « Gripho..., ad Theudoeno comite Viennense seu et Frederico Ultraiurano comite, dum partibus Langobardie peteret et insidias contra ipso prædicto rege pararet, Maurienna urbem super fluvium Arboris interfectus est. Nam et ipse superscripti comites in eo prœlio pariter interfecti sunt. »

[3] Gisi, *Pagus Aventicensis, Anz. f. schweiz. Gesch.*, 1886, p. 235 et s.; *Scotingi und Warasci, Anz. f. schweiz. Gesch.*, 1884, p. 283 et s. Cf. Oechsli, *Zur Niederlassung,* p. 259.

les Alpes et le « saltus Jurani »[1]. Celui-ci était venu de
Besançon avec sa femme Flavia pour implorer le secours
du saint, car ils étaient sans enfants. Colomban leur pro-
mit une nombreuse postérité, s'ils consacraient leur premier né au Seigneur, et à peine rentrée chez elle, Flavia
se sentit enceinte. L'enfant qui naquit fut un fils, auquel
Colomban donna le nom de Donatus et qui, après avoir été
élevé à Luxeuil, devint évêque de Besançon et l'était encore au temps de Jonas[2]. Il construisit dans cette ville un
monastère qui devint l'abbaye Saint-Paul[3].

Un second fils naquit à Waldelenus et à Flavia, Chramnelenus, qui, après la mort de son père, lui succéda dans
sa charge[4]. Nous le retrouvons en 636-637, parmi les ducs
de Burgondie envoyés par Dagobert combattre les Wascons[5], et en septembre 642, parmi les ennemis du patrice
Willibadus[6]. Il fonde un monastère, dans le Jura, sur la
rive du Nozon, lui donne la règle de Colomban et un certain Syagrius comme premier abbé[7]. A Besançon même,
Flavia, demeurée veuve, fonde un troisième monastère de
femmes, aujourd'hui l'église Sainte-Marie[8].

[1] *Vita Columbani*, I, 14, éd. Krusch, p. 79 : « Eratque enim tunc temporis dux quidam nomine Waldelenus, (var : Waldalenus) qui gentes qui
intra Alpium septa et Iurani saltus arva incolent regebat. »
[2] *Ibid.* : « Qui post alitus in eodem monasterio, sapientia inbutus,
Vesontionensis pontifex præfectus, nunc usque superest, eandem cathe-
dram regens. »
[3] Krusch, *SS. rer Mer.*, IV, p. 80, n. 1.
[4] *Vita Columbani*, 14, éd. Krusch, p. 80 : « Addiditque post eum boni-
tatis largitor famuli sui promissum alium filium Chramnelenum nomine,
qui nobilitate et sapientia pollens, post patris obitum in eius honore est
suffectus,... »
[5] *Chron. Fredeg.*, B, IV, 78, éd. Krusch, p. 160.
[6] *Id.*, IV, 90, p. 166-167.
[7] *Vita Columbani, loc. cit.* : « Nam et ipse in amore beati viri in saltum
Iorensem super Novisona fluviolum monasterium ex eius regula construxit,
in quo Siagrium abbatem præfecit. » Il s'agit, évidemment, d'une restauration de Romainmôtiers. V. Besson, *Origines*, p. 210 et s. Le monastère
de Baulmes, certainement différent du « monasterium super Novisona »
dut aussi ses origines à une fondation d'Ermentrudis, femme de Chramnelenus. Cf. *Annales Flaviniacenses et Lausannenses*, éd. Pertz, *Mon.
Germ. SS.*, III, p. 150, et Reymond, *Des origines du prieuré de Baulmes, Revue Hist. Vaudoise*, 1905, p. 335 et s.
[8] *Vita Columbani, loc. cit.*, et Krusch, *SS. rer. Mer.*, IV, p. 80, n. 3.

Nous avons donc affaire à une importante famille de la région du Jura ; son origine est Besançon et c'est là que Waldelenus réside ; sa femme et lui-même y font deux importantes fondations monastiques ; leur fils, Donatus, est évêque de Besançon ; Chramnelenus, aussi devenu duc, étend ses bienfaits aux monastères du Jura. Si l'on admet que Waldelenus et Chramnelenus sont des ducs ultrajurans, suivant le texte de Jonas, on ne s'explique guère pourquoi ils résident à Besançon ; d'autre part, si le duc de cette ville est identique au « dux Ultrajoranus », ce terme n'a plus aucun sens, puisque le duché ainsi constitué est à cheval sur le Jura et n'a plus rien de transjuran. Il y a donc d'emblée une contradiction difficile à expliquer entre ce que nous savons du « pagus Ultrajoranus » et la vie de saint Colomban.

M. Krusch l'a dissipée à l'aide d'un habile calcul chronologique. Donat, évêque de Besançon, est mentionné parmi les souscripteurs des actes du concile de Clichy (626 ou 627)[1], parmi les évêques présents au concile réuni par l'évêque de Reims, Somnatius (627-630)[2], enfin parmi ceux qui approuvent les décisions du concile de Chalon-sur-Saône (639-654)[3] ; son année de naissance ne peut guère être placée après 596-597, puisqu'un évêque ne pouvait être ordonné avant l'âge de 30 ans[4]. D'autre part, le séjour de Colomban dans les Vosges, dure de 591 à 610[5]. Donat est donc né entre 591 et 596-97, et c'est entre ces deux dates que le duc Waldelenus alla réclamer l'intercession du saint de Luxeuil. Or, à cette époque, les pays situés entre le Jura et les Alpes avaient leur duc, le « dux Ultrajoranus » Wandalmarus, qui est en charge de 591 à 604-605.

Waldelenus et son fils Chramnelenus ne peuvent donc être des ducs transjurans. Jonas de Bobbio, qui écrit en Italie, a commis à leur sujet une erreur topographique ;

[1] *Concilia*, éd. Maassen, p. 201.

[2] *Id.*, p. 203.

[3] *Id.*, p. 213.

[4] Krusch, *SS. rer. Mer.*, IV, p. 79, n. 3.

[5] Krusch, *op. cit.*, p. 9.

ces deux ducs devaient réunir sous leur autorité des « pagi » situés à l'ouest du Jura et dont le centre était la cité de Besançon, où ils résident[1]. Mais il faut les exclure de la liste des «duces Ultrajorani »[2].

Nous ne pouvons savoir rien de plus sur le « pagus Ultrajoranus » et ses ducs. La tradition qui veut faire résider ces derniers, trop souvent confondus avec des patrices, à Orbe, manque de données historiques[3]. La « villa » d'Orbe dut sans doute avoir de l'importance au haut moyen âge[4]. Station des itinéraires romains[5], florissante

[1] Krusch, SS. rer. Mer., IV, 79, n. 1 et p. 4 et 5.

[2] Reymond, Prieuré de Baulmes, p. 342, et Gingins la Sarraz, Hist. de la ville et du château d'Orbe, p. 10 et 11, les considèrent encore comme des « duces Ultrajorani ». Poupardin, Royaume de Bourgogne, p. 6, pense que peut-être Waldelenus et Wandalmarus sont un seul et même personnage ; les noms sont trop différents pour permettre une confusion semblable. (Cf. les variantes données par les manuscrits de l'édition de Frédégaire par Krusch, p. 125 et 130 : Wandelmarus, Waldalmarus, Waldemaro, Waldalmare.) La liste traditionnelle des ducs ultrajurans les confond avec tous les patrices des textes burgondes. Jean de Muller, op. cit., p. 131 et s. et p. 144, n. 67, fait entrer dans les Patrices du Jura : Welf (Wulfo patricius), Theudilane, dans les Patrices du Valais : Egila, Richomer, Aletheus. Bridel, Notices sur Orbe, p. 303 et s. : Mummolus, Wandelenus, identique à Wandalmarus, Welf, Theudelinde ou Theudelane sœur de Thierry II, Arnobert (Arnobertus dux, Chron. Fredeg., IV, 54, 58, 78), Ramnelène, Willibad. Gelpke, Kirchengesch. der Schweiz, II, p. 5 et s., confond Waldelenus avec Eudilanus et Theudelanus et embrouille les patrices et les ducs. Gingins la Sarraz, Hist. d'Orbe, p. 4 à 11 et p. 208, n. 35, a rétabli un peu d'ordre dans cette confusion de noms et de dignités ; il écarte de la liste de Bridel la légende qui met Theudelane ou Theudelinde, sœur de Thierry II, à la tête du « pagus Ultrajoranus » de 606 à 614, par une confusion avec « Eudila dux ». Mais il conserve Waldelenus et Chramnelenus (Wandelin et Ramnelène) et un patrice Norbert (? p. e. le fidèle de Pépin II).

[3] Gingins la Sarraz, Histoire d'Orbe, p. 8 et p. 207, n. 20, signale des traditions, dites populaires, qui attribuent aux ducs ou patrices de la Transjurane la construction du château d'Orbe. Il en fait le lieu de leur fréquente résidence ; de même les auteurs cités à la note précédente et en outre, Verdeil, Hist. du pays de Vaud, I, p. 20, et Martignier et De Crousaz, Dictionnaire historique, p. 679.

[4] Entre le VIIIme et le Xme siècle, un annotateur de la Notitia Galliarum, a indiqué la situation du « Castrum Ebrodunense » (Yverdon), par les mots « juxta Urbem super lacum », éd. Mommsen, p. 597. Cf. notre Castrum Argentariense, loc. cit.

[5] Itinér. d'Antonin, éd. Desjardins, Géographie, IV, p. 46; sta-

encore au IVme siècle [1], c'est là que Brunehaut cherche un refuge, après la défaite de son arrière-petit-fils Sigebert II, en 613-14 [2]. Elle demeure dans la suite un palais carolingien, un lieu de réunion des rois de la deuxième race et de résidence des Rodolfiens [3]. Il est bien possible qu'elle appartenait déjà au fisc mérovingien ; mais ce n'est que par une hypothèse gratuite qu'on en a fait le chef-lieu du « pagus Ultrajoranus », alors qu'elle dût céder certainement en importance aux villes épiscopales du pays.

tion de la voie romaine de Gaule en Italie (d'Aoste à Strasbourg et Besançon).

[1] Gingins la Sarraz, *Hist. d'Orbe*, p. 5.

[2] *Chron. Fredeg.*, A, IV, 42, éd. Krusch, p. 141 : « Brunechildis ab Erpone comestaboli de pago Ultraiorano ex villa Orba una cum Theudilanæ, germana Theuderici, producitur... » M. Poupardin, *Royaume de Bourgogne*, p. 5, conclut de ce texte que le « comestaboli » du même pays exerce son autorité à Orbe. Mais « de pago Ultraiorano » dépend de « producitur », non de « comestaboli ». Erpo, devenu peu après « dux Ultrajoranus » est alors « comestaboli » à la cour de Clotaire II. Cf. ci-dessus, p. 380, n. 5.

[3] Poupardin, *Royaume de Bourgogne*, p. 185, n. 7.

25

CHAPITRE II

L'Alamannie et la région alpine de la rive gauche du Rhin.

§ 1. — *La situation des Alamans cédés par les Ostrogoths, en 536, sous les rois mérovingiens. — L'armée alamannique. — Les impôts. — Le fisc royal et le fisc ducal. L'influence des rois francs dans la rédaction des lois nationales.*

Par la cession de 536, les Alamans qui occupent la Rhétie romaine, pour nous la Suisse orientale, passent sous la domination des rois francs ; ils sont réunis, alors, aux Alamans déjà soumis au commencement du VIme siècle et qui, depuis une génération d'hommes, obéissaient aux rois d'Austrasie. Comme pour les Burgondes, il nous faut rechercher dans quelles conditions s'établit la dépendance du peuple qui vécut dans les contrées suisses du Rhin et des Alpes, et qu'elle est, dans la monarchie franque, la situation de ces pays et de leurs habitants.

La base de cette étude nous est fournie par les passages de l'histoire d'Agathias qui se rapportent à l'acquisition de l'Alamannie ostrogothique, par Théodebert, roi d'Austrasie. Théodebert, nous dit-il brièvement, succédant à son père, soumit les Alamans et les autres nations voisines [1] ;

---

[1] Agathias, *Hist.*, I, 4, éd. Niebuhr, p. 20 : Παραλαβὼν δὲ τὴν πατρῴαν ἀρχὴν ὁ Θευδίβερτος τούς τε Ἀλαμανοὺς κατεστρέψατο καὶ ἄλλα πρόσοικα ἔθνη.

dans la suite, il entre dans plus de détails sur les événements qui amenèrent les rois ostrogoths à céder aux rois francs, la Provence et les régions alamanniques. Théodebert assujettit les Alamans abandonnés par les Goths; après sa mort, ils passent avec le reste de ses sujets à son fils Théodebald [1]. Les Alamans ont gardé les coutumes de leurs ancêtres; pour ce qui est de la chose publique, ils suivent la constitution des Francs; ils diffèrent de ceux-ci par leur religion, qui est encore païenne et que le byzantin décrit avec soin [2].

Tous les Alamans sont alors soumis aux Francs au même degré; ils gardent leur loi et leur religion, mais leur dépendance est assez étroite; on peut distinguer deux périodes dans leur histoire: de 536 à 638 environ, la domination franque sur l'Alamannie est absolue; de 638 à 700, elle n'est plus que nominale; le peuple a alors repris son entière indépendance, jusqu'à l'avènement des Carolingiens, qui, par une suite de guerres, mettent fin à ce duché particulariste qui leur résiste [3].

On peut d'emblée se rendre compte que l'histoire des Alamans, à l'époque mérovingienne, suit une évolution contraire à celle des Burgondes; leur autonomie se développe à mesure que le pouvoir central diminue; un sentiment national demeure dans ce pays qui conserve son organisation propre, dans l'ensemble des états soumis aux Francs: c'est que cette nation, encore barbare, au lieu de disparaître parmi les autres races du pays, constitue une unité ethnique, qui se civilise peu à peu, tout en résistant aux influences romaines; elle compte à la frontière orientale de l'Austrasie, parmi les autres peuplades germani-

---

[1] Agathias, *Hist.*, I, 6, éd. Niebuhr, p. 27 : οὕτω δὴ οὖν καὶ τὸ τῶν Ἀλαμανῶν ἔθνος ὑπὸ Γότθων ἀφειμένον Θευδίβερτος αὐτὸς ἐχειρώσατο · ἐκείνου τε διαφθαρέντος, ἥπέρ μοι ἤδη ἐρρήθη, ἐπὶ τὸν παῖδα Θευδίβαλδον τῇ λοιπῇ ἅμα ὑπηκόῳ καὶ οἵδε ἐχώρουν.

[2] Agathias, *Hist.*, I, 7, éd. Niebuhr, p. 28 : Νόμιμα δὲ αὐτοῖς εἰσι μέν που καὶ πάτρια, τὸ δέ γε ἐν κοινῷ ἐπικρατοῦν τε καὶ ἄρχον τῇ Φραγγικῇ ἕπονται πολιτείᾳ, μόνα δέ γε τὰ ἐς θεὸν αὐτοῖς οὐ ταὐτὰ ξυνδοκεῖ.

[3] V. surtout l'ouvrage capital de Dahn, *Die Könige der Germanen*, IX, I, *Die Alamannen*, p. 65 et s. Cf. Cramer, *Die Geschichte der Alamannen*, p. 224 et s.; Würstemberger, *Alte Landschaft Bern*, I, p. 261-265.

ques qui ont dû reconnaître l'hégémonie franque, mais qui se maintiennent cependant, en groupements nettement particularistes.

Le service militaire dû aux rois francs est naturellement une des premières conséquences de la conquête de la première Alamannie, vers 500, et de l'acquisition de la seconde, en 536. Chose curieuse, c'est au même titre que les Burgondes, que les Alamans, tout de suite après cette date, prêtent le concours de leurs bandes pillardes aux rois mérovingiens, Ceux-ci les lancent sur l'Italie, où ils apparaissaient, à l'époque impériale comme de rapides envahisseurs, qui dévastaient les provinces et qui s'en allaient chargés de butin, par les cols des Alpes[1].

L'expédition des ducs Leutharis et Buccelin est beaucoup plus importante, mais tout aussi irrégulière ; les deux frères agissent même à cette occasion contre l'aveu du roi[2]. Ce n'est pas par une levée légalement ordonnée qu'ils rassemblent une armée ; mais les 75,000 hommes courageux qui les suivent à la conquête de l'Italie sont un groupement occasionnel de Francs et d'Alamans, que l'historien grec désigne génériquement sous le nom de Francs[3].

Aux premiers temps de la domination franque, l'humeur guerrière des Alamans ne respecte donc guère les ordres royaux, et leur indiscipline restera toujours comme la marque distinctive de leurs bandes. Plus tard, les Alamans apparaissent, à plusieurs reprises, comme un contingent régulier de l'armée d'Austrasie ; jusqu'après 638, les ducs commandent la levée et fournissent au Mérovingien l'appoint de leur peuple[4]. A deux reprises, en 574 et 575, Sigebert Ier fait appel aux peuples d'outre-Rhin, dans la guerre qu'il soutient contre son frère Chilpéric, le roi de

[1] Cassiodore, *Variæ*, XII, 28, éd. Mommsen, p. 384. Cf. ci-dessus, p. 104, Cramer, *Gesch. der Alamannen*, p. 224-225 et sa critique par Dahn, *Könige*, IX, I, p. 66, n. 5.

[2] Agathias, *Hist.*, I, 6, éd. Niebuhr, p. 26 : εἰ καὶ τὸν βασιλέα σφῶν ἥκιστα ἤρεσκεν, ἀλλ' αὐτοὶ ἀνεδέχοντο τὴν ξυμμαχίαν.

[3] *Hist.*, I, 7, ci-dessus, p. 115, n. 5. Cf. *Hist.*, II, 5, p. 74; II, 7, p. 78.

[4] Dahn, *Könige*, IX, 1, p. 272-273.

Neustrie[1] ; sans doute les Alamans devaient être au nombre de ces bandes que le roi austrasien jette sur le royaume de l'ouest ; elles obéissent il est vrai à la levée qu'il ordonne, mais Sigebert est impuissant à contenir leur fougue pillarde ; la région de Paris est horriblement pillée, livrée aux flammes et ses habitants emmenés en captivité ; Sigebert supporte ces excès qu'il ne peut réprimer, tant que ses dangereux auxiliaires n'ont pas regagné leur pays. La paix faite, plusieurs même murmurent de se voir ainsi enlever le prix de leurs victoires ; le roi réussit à les calmer, et dans la suite en châtia beaucoup en les faisant lapider[2]. Cependant, l'année suivante, c'est aux mêmes « gentes » qu'il fait appel pour repousser l'attaque de son frère ; à leur tête, il pénètre à Paris, et pousse jusqu'à Rouen[3].

A en croire Paul Diacre, la discorde ayant éclaté entre Francs et Alamans, l'armée envoyée par Childebert II, en 585, contre les Lombards, dut revenir sans avoir combattu[4]. En 631-632, l'expédition de Dagobert Ier contre les Wendes de Samo, se forme en trois armées : celle des Austrasiens, qui est complètement défaite, celle des Alamans, commandés par leur duc Crodobert, celle des Lombards, stipendiés par le roi franc ; ces deux dernières sont victorieuses et font de nombreux captifs chez les Slaves[5]. En 641, Sigebert III voulant faire rentrer dans l'obéissance le duc rebelle des Thuringiens, Rudolf, arrive sur le Rhin à la tête de ses leudes d'Austrasie ; là il réunit son contingent à ceux des populations qui habitaient

[1] Greg. Tur., *Hist. Franc.*, IV, 49, éd. Arndt, p. 184 : « ...Sigiberthus rex gentes illas quæ ultra Renum habentur commovit, et bellum civili ordiens, contra fratrem suum Chilpericum ire distinat. »

[2] *Loc. cit.*

[3] *Hist. Franc.*, IV, 50, éd. Arndt, p. 185.

[4] Paul. Diac., *Hist. Lang.*, III, 22, éd. Waitz, p. 104 : « Franci et Alamanni dissensionem inter se habentes, sine ullius lucri conquestione ad patriam sunt reversi. » Cf. Greg. Tur., *Hist. Franc.*, VIII, 18, éd. Arndt, p. 337 : « Sed cum duces inter se altercarentur... » L'historien italien a dû tenir une autre source que Grégoire, ou s'est trompé sur ce point. Cf. Waitz, *SS. rer. Lang.*, p. 22, n. 4.

[5] *Chron. Fredeg.*, B, IV, 68, éd. Krusch, p. 154-155.

les « pagi » d'outre-Rhin [1]. Encore une fois il faut leur adjoindre les Alamans et même ceux qui occupent la rive gauche du fleuve.

A la fin du VIIme siècle, au commencement du VIIIme siècle, les Alamans, commandés par leur duc, font nominalement partie du ban du roi [2] ; en réalité, ils n'obéissent que de très loin aux ordres qui viennent du palais, et refusent de reconnaître l'autorité de la dynastie des maires austrasiens. Pépin doit diriger contre eux quatre campagnes, de 709 à 712 [3], et c'est seulement après lui, que Charles Martel et Pépin le Bref les firent rentrer dans l'ordre de la nouvelle organisation carolingienne.

A la fin de l'époque mérovingienne, les Alamans n'envoient plus leur contigent à l'armée du roi d'Austrasie ; c'est au contraire contre eux et contre les ducs rebelles, que les rois, ou mieux, les maires doivent combattre. Ainsi s'accentue, du VIme au VIIIme siècle, la différence capitale entre la situation militaire des Alamans et celle des Burgondes. Les Alamans suivent bien à la guerre les armées franques, mais sous le commandement de leurs ducs, et comme formant le contingent d'une « gens », d'un peuple ; c'est l'armée alamannique plutôt que l'armée du pays alamannique ; à la fin du VIIme siècle, cette armée nationale n'obéit plus aux ordres des maires de la race carolingienne.

Il est à peu près impossible de dire quelles furent les conséquences de la cession de l'Alamannie ostrogothique aux fils de Clovis, au point de vue fiscal. Quels sont les revenus que les rois mérovingiens tirent de l'Alamannie et les redevances que les Alamans, soit comme peuple vaincu, soit comme peuple sujet, ont payé au roi d'Austrasie ?

---

[1] *Chron. Fredeg.*, C, IV, 87, éd. Krusch, p. 164 : « Sigybertus Renum cum exercito transiens, gentes undique de universis regni sui pagus ultra Renum cum ipsum adunati sunt. »

[2] *Lex Alam.*, XXVI. 1, éd. Lehmann, p. 86 : « De his, qui in exercitu, ubi rex ordinaverit exercitum, si aliquis furtum fecerit... » 2. « Si autem dux exercitum ordinaverit... »

[3] Erchambert, *Breviarium*, éd. Pertz, *Mon. Germ.*, SS., II, p. 327, *Annales regni Franc.*, éd. Pertz, *Mon. Germ.*, SS., I, p. 22-23, XIII, p. 17, 64-67, XVI, 494, Cf. ci-dessus, p. 292-293.

Théodoric l'Ostrogoth, en acceuillant sur les frontières de l'Italie, les Alamans fugitis, les avait soumis à l'impôt[1]; ce φόρος d'Agathias est très probablement l'ancien impôt foncier, que tous les propriétaires romains ou germains paient dans le royaume d'Italie[2]. A-t-il été régulièrement perçu, a-t-il même été maintenu à l'époque franque ? Il est permis d'en douter, en connaissant le mauvais état des finances mérovingiennes; mais les textes nous renseignent trop mal, pour que nous puissions en dire plus.

Pour les Alamans du nord, vaincus au commencement du VIme siècle par Clovis, les conséquences de la défaite nous sont déjà mal connues. Ce ne sont que des sources franques et postérieures qui nous donnent de vagues indications sur un tribut qu'impose le roi franc à leurs terres et à eux-mêmes[3]. Leur témoignage est suspect; il est donc impossible de déterminer si cet impôt problématique s'exerça sur la terre ou sur les personnes, ou sur tous les deux à la fois; il est aussi téméraire de rattacher à cette origine, les impôts payés à l'époque carolingienne en Alamannie, « tributum », « census », « steora » ou « stopha », fréquemment cités dans les textes[4].

Pour les Alamans du sud, qui arrivent par une cession pacifique, sous l'hégémonie franque, nous ne pouvons même supposer une pareille imposition, résultant d'une défaite à la guerre; l'origine des revenus du fisc royal en Alamannie du sud, ne peut être cherchée que dans la persistance du φόρος; mais les renseignements manquant

---

[1] Agathias, *Hist.*, I, 6, éd. Niebuhr, p. 27 : τούτους δὲ πρότερον Θευέριχος ὁ τῶν Γότθων βασιλεύς... ἐς φόρου ἀπαγωγὴν παραστησάμενος, κατήκοον εἴχε τὸ φῦλον.

[2] Dahn, *Könige*, IX, 1, p. 581.

[3] *Liber Hist. Franc.*, 15, éd. Krusch, p. 262 : « Alamannosque cœpit, ipsos vel terra eorum sub iugo tributario constituit. » De là cette mention passe dans le *Vita S. Chrothildis*, 6, éd. Krusch, *Mon. Germ.*, *SS. rer. Mer.*, II, p. 344 : « Rex vero eos terramque eorum constituit sub tributo, » (vie écrite après 727 et probablement après Hincmar. Cf. Molinier, *Sources*, I, p. 107, nº 245), et dans la *Vita S. Remigii*, 13, d'Hincmar de Reims, éd. Krusch, *Mon. Germ.*, *SS. rer Mer.*, III, p. 294.

[4] Comme le veulent Merkel, *De republica Alamannorum*, p. 6 et 7, et Cramer, *Gesch. der Alam.*, p. 226 et s. Cf. à ce sujet Waitz, *D. Verf. Gesch.*, II. 2³, p. 253, et Dahn, *Könige*, IX, 1, p. 580 et s.

absolument à l'époque mérovingienne, rien n'autorise à
faire remonter si haut le « tributum » ou « census » que
des hommes libres payent au roi aux VIIIme et IX[ma] siècles[1].
Beaucoup d'événements se sont passés, entre deux, qui
ont pu amener des impositions nouvelles, comme les sou-
lèvements contre les rois et les maires, les guerres et les
victoires des Pipinnides ; les conditions diffèrent suivant
chaque cas, et la nature de ces redevances a plus un caractère privé que celui d'une institution de droit public[2].

La situation fiscale de l'Alamannie suisse nous demeure
inconnue, sous les rois de la première race ; l'impôt romain, s'il existe au début et sous les Ostrogoths, n'a guère
été maintenu longtemps dans la région. Les grandes difficultés qui empêchent de remonter des institutions
carolingiennes aux institutions mérovingiennes viennent,
surtout du fait qu'il est impossible de distinguer dans
les textes, les revenus du fisc royal de celui du fisc
ducal[3]. Si ces deux domaines fiscaux étaient nettement
séparés au début, il est plus que probable qu'ils le furent
moins dans la suite ; devenant toujours plus indépendants, les ducs usurpèrent les droits régaliens, et, à
la fin de l'époque mérovingienne, devaient avoir absorbé
entièrement les revenus du trésor royal[4]. Au début du
VIIIme siècle, la loi des Alamans reconnaît encore la part
du roi dans certaines amendes judiciaires[5] ; mais cette
reconnaissance, de pure forme, peut bien n'avoir pas
répondu à la réalité[6].

Une aussi grande incertitude règne sur les possessions
territoriales des rois mérovingiens, en Alamannie. En principe, leur fisc dut acquérir, lors de la défaite, les biens
du roi tombé. Dès le début du VIIIme siècle, on peut, en

---

[1] Cf. Cramer, *Gesch. der Alam.*, p. 228 et s.
[2] Dahn, *Könige*, IX, 1, p. 582 à 585.
[3] Dahn, *Könige*, IX, 1, p. 571.
[4] Waitz, *D. Verf. Gesch.*, II, 2[s], p. 330.
[5] *Lex Alam.*, XXXV et XLIV, éd. Lehmann, p. 93 et 104. (Quelques
manuscrits gardent une part au roi dans l'héritage du fils rebelle du duc.
Cf. *id.*, p. 93.)
[6] Dahn, *Könige*, IX, 1, p. 589.

effet, signaler des domaines royaux chez les Alamans. Leur loi parle des serfs du roi, de « coloni regis » de « curtis regis [1] ». Plus tard, les chartes permettent de donner une très grande étendue à de telles possessions [2]. Mais là aussi, la confusion s'est établie entre le domaine du duc et celui du roi [3].

Pour la Suisse, on ne peut guère assigner, dès le VIme siècle, de grands biens au roi mérovingien ; le pays n'avait été occupé qu'à la suite d'un accord avec les Ostrogoths ; le roi alaman n'y était guère possessionné, le roi franc devient maître du pays par une cession pacifique du roi d'Italie. Il n'y a aucune raison qui ait pu munir son fisc de domaines fonciers [4].

L'origine des propriété royales entre le Rhin et les Alpes doit plutôt être cherchée à l'époque carolingienne ; aux VIme et VIIme siècles, les rois et les ducs peuvent être devenus propriétaires, en suite de contrats privés ; après 746, et à la suite des guerres, les Carolingiens se sont emparés des biens de la dynastie ducale qui disparaît et de ceux des Alamans, tués ou réduits en servitude [5].

[1] *Lex Alam.*, VII (A), VIII (B), éd. Lehmann, p. 75, XXII (A), XXIII (B), p. 83, XXX (A), XXXI (B), p. 89.

[2] Peu de mentions de cette sorte, à l'époque mérovingienne. Cf. Waitz, *D. Verf. Gesch.*, II, 2 [3], p. 330 ; elles sont nombreuses pour le Würtemberg, à partir du IXme siècle ; v. Stälin, *Wirtemberg. Gesch.*, I, p. 346-366.

[3] Waitz, *loc. cit.*

[4] Cf. Dahn, *Könige*, IX, 1, p. 577 et p. 589, n. 10. Les mentions de donations des rois francs, relatives à la Suisse et sur lesquelles s'appuient Id. v. Arx, *Mon. Germ.*, SS., II, p. 62, n. 14, et Gelpke, *Kirchengesch. der Schweiz*, II, p. 280, sont postérieures au IXme siècle. Cf. Hidber, *Schweiz. Urkundenreg.*, I, p. 4 à 37. Le moine Ratpert, au IXme siècle, dans son *Casus S. Galli*, 4, éd. Meyer v. Knonau, p. 4, dit que le désert où se retire St-Gall, appartenait « ex parte ad regiam potestatem ». Cette mention d'une donation faite à St-Gall par un roi qui ne pourrait être que Clotaire II, se trouve déjà dans la vie de Wetti, 21, éd. Krusch, p. 268 : « Rex vero iussit scribere epistolam firmitatis, ut per regiam auctoritatem deinceps obtinuisset vir Dei cellulam suam. » Meyer v. Knonau, *Vita Galli*, p. 29, n. 107, admet la possibilité d'une telle donation, la forêt non défrichée appartenant au fisc, c.-à-d. au roi, ce qui est possible, en effet, au commencement du VIIme siècle. Les textes hagiographiques n'en sont pas moins suspects.

[5] Ainsi quelques « villæ regiæ » des bords du lac de Constance. « Bodmann palatium » : Neugart, *Codex Dipl.*, n° 292, an. 839 ; « villa

Quant aux impôts indirects, dont les revenus alimentent la caisse du fisc du roi ou du duc, nous n'en avons aucune mention, du VIme au VIIIme siècle; il est impossible de dire si Théodoric l'Ostrogoth maintint des droits de douane romains, comme ceux qui étaient perçus à la station de Zurich [1], et si les rois francs héritèrent, après lui, de cette source de revenus; en théorie, les bureaux auraient dû se maintenir ou être restaurés par l'organisation de l'Italie sous Théodoric, dans ce pays frontière, longtemps conservé par l'empire [2].

En résumé, les conséquences fiscales de la soumission des Alamans en Suisse nous échappent; le silence et le peu de précision des textes peuvent nous faire augurer que les droits financiers ne furent que bien mal exercés par les rois mérovingiens et que ceux qu'ils avaient pu percevoir à l'origine, tombèrent rapidement aux mains des ducs. Après eux, et sous les Carolingiens, ils sont restaurés et raffermis, et s'augmentent de revenus nouveaux, comme le domaine royal, de terres plus étendues. Au point de vue de l'imposition financière, la situation des Alamans marque également une beaucoup plus grande indépendance que celle des Burgondes.

Les Alamans, comme les Burgondes, sous la domination franque, et suivant le principe de la personnalité des lois, conservent leur droit national [3]. L'époque des rois mérovingiens a pourtant sur son développement une grande influence; les premières rédactions juridiques apparaissent, et à l'instigation des rois francs, les premières codifications de droit privé et de droit public se constituent.

regis » : *An. Bertin.*, an. 830; Ueberlingen, « villa publica » : *Cod. S. Galli.* nᵒ 56, an. 770, *SS. rer. Mer.*. IV, p. 264, n. 9, Neugart, *op. cit.*, nᵒ 53, an. 773, Wetti, *Vita S. Galli.* an. 816-823.

[1] Keller, *Römische Ansiedelungen, Zürch. Mitteil.*, XIII, p. 288-289.

[2] Cf. E. Wetzel, *Das Zollrecht der deutschen Könige*, p. 1 à 16; Fustel, *Monarchie franque,* p. 250-260. Nous ne savons pas si les douanes existaient sous les rois, si elles étaient affermées à des « thelonarii » ou si elles étaient tombées au pouvoir du duc.

[3] Agathias, *Hist.*, I, 7, éd. Niebuhr, p. 28 : Νόμιμα δὲ αὐτοῖς εἰσι μέν πού καὶ πάτρια,..

Sans vouloir entreprendre ici l'histoire interne du droit
des Alamans [1], nous voulons fixer les rapports du pouvoir
royal franc avec l'Alamannie, au point de vue juridique,
et retracer brièvement, à l'aide de travaux récents, les
phases successives de la rédaction des lois alamanniques [2].

Les Alamans vaincus vers 500, ou assimilés après 536,
conservent leurs lois nationales, leur droit pénal et civil
particuliers [3]. En arrivant sur les terres de l'empire, ils
possèdent un ancien droit coutumier, qui n'apparaît dans
aucun texte écrit ; les lois dont parle Agathias ne nous sont
guère mieux connues.

Plus tard, au moment de la plus grande puissance des rois
francs, le pouvoir législatif appartient aux Mérovingiens,
qui l'exercent dans l'assemblée de leurs grands. Ils prennent des mesures qui concernent les duchés dépendant de
leur monarchie ; ils réunissent, à ces lois de valeur générale, les codifications qu'ils font faire des droits des peuplades germaniques ; les lois qu'ils promulguent, les édits
qu'ils décrètent, peuvent avoir de la valeur pour toute
l'étendue de leur royaume ou pour telle ou telle province.
Ainsi ils ont modifié les institutions encore païennes des
Alamans ; l'influence des hommes savants, qu'ils chargent
de rédiger les droits coutumiers, se retrouve dans le droit
privé même. Dans l'assemblée du peuple alamannique, le
roi exerce l'autorité législative pour les affaires particulières à ce peuple.

Lors de la décadence du pouvoir mérovingien (638-700), le
duc, chef indépendant, est maître de l'autorité législative,
sans l'intervention du roi, et promulgue, après en avoir
délibéré avec les grands et le peuple, les lois des Alamans [4].
Ainsi, les Alamans conservant leur droit particulier, mais

---

[1] Voir à ce sujet Dahn, *Könige*, IX, 1, p. 279-378 ; Würstemberger,
Alte Landsch. Bern, I, p. 294-309 ; P.-Fr. Stälin, *Gesch. Wurtemb.*, p. 90
et s.; Chr.-Fr. Stälin, *Wirtemb. Geschichte*, p. 198 et s.

[2] Il nous faut tout spécialement fixer les dates des textes qui nous
servent pour l'histoire des institutions.

[3] Dahn, *Könige*, IX, 1, p. 66 et n. 5.

[4] Dahn, *Könige*, IX, 1, p. 215 et s.; Würstemberger, *Alt. Landsch.
Bern*, p. 294 et s.; Brunner, *Deutsche Rechtsgesch.*, I, 2me édit., p. 413
et s.

dépendant de la monarchie mérovingienne pour leurs ins-
titiutions de droit public, reprennent, au cours du VIIme
siècle, leur autonomie judiciaire et politique.

La plus ancienne œuvre législative, relative à l'Alamannie, peut être, avec les meilleures probabilités, attribuée à
Dagobert Ier ; elle était constituée par une loi royale, prise
et promulguée dans le « conventus » franc et destinée, non
seulement à être mise en vigueur au milieu des Alamans,
mais dans tous les duchés dépendants des Mérovingiens.

Le prologue légendaire de la loi des Bavarois conserve
le souvenir de cette œuvre importante de Dagobert Ier, en
un passage qui semble historique, par les noms des personnages cités comme ayant pris part à ce travail législatif[1]. La loi disparue de Dagobert traitait principalement
de la situation et de la protection de l'église, dans ces
pays nouvellement convertis, probablement aussi du pouvoir du duc, et de ses rapports avec le roi, comme chef de
l'armée et gouverneur du pays ; on peut se rendre compte
de son contenu par le parallélisme qui existe, entre les
deux premiers titres de la loi des Bavarois et les deux
premières parties de celle des Alamans ; mais dans cette
dernière, elle est très modifiée par la transformation des
institutions et la presque complète indépendance du duc
alaman, au moment de sa rédaction[2].

Ainsi, au milieu du VIIme siècle, on a une première loi
constitutive de l'Alamannie franque, émanée du roi qui
décrète, avec l'assistance de ses grands, les mesures relatives aux ducs des provinces germaniques encore très
dépendantes, et à l'église, qui se développe dans ces pays
récemment évangélisés[3].

---

[1] *Prologus Legis Baiuwariorum*, éd. Merkel, *Mon. Germ. Leges*, III,
p. 259 : « Hæc omnia Dagobertus rex gloriosissimus per viros illustres
Claudio, Chadoindo, Magno et Agilulfo renovavit. et omnia vetera legum
in melius transtulit, et unicuique genti scriptam tradidit, quæ usque
hodie perseverant. » Claudius, cf. *Chron. Fredeg.*, IV, 28, Chadoindus,
Id., IV, 40, 78, Agilulfus, *Id.*, IV, 90. Cf. Brunner, *D. Rechtsgesch.*, I,
2me édit., p. 422.

[2] Brunner, *Ueber ein verschollenes merovingisches Königsgesetz des
7. Jahrh.*, p. 932 et s. Id. *D. Rechtsgesch.*, I, 2me édit., p. 417 et s.

[3] C'est à cette loi perdue que se rapporterait, dans le prologue placé

A côté de ces constitutions de droit public, il nous est
parvenu les cinq fragments d'une rédaction contemporaine
du droit des Alamans, liste de peines pénales, de répa-
rations pécuniaires et de quelques cas de droit civil ; c'est
le recueil connu sous le nom de *Pactus Alamannorum* [1].
Cette codification porte également les marques de la
grande dépendance des Alamans, au temps de l'apogée de
la dynastie mérovingienne ; le droit salique influence les
coutumes alamanniques ; les symptômes de la très grande
transformation du peuple apparaissent dans les dispositions relatives à sa conversion chrétienne, cependant que
des superstitions païennes subsistent encore. L'ouvrage
n'est pas l'œuvre d'un particulier [2] ; peut-être doit-elle être
rattachée à l'entreprise de Dagobert, qui aurait compris,
en même temps que la promulgation de mesures nouvelles,
la mise au point des droits des nations germaniques ; en
tous cas elle date du commencement du VIIme siècle [3].

par un grand nombre de manuscrits en tête de la *Lex Alam.*, la mention
d'une assemblée de 33 évêques, 34 ducs, 72 comtes. *Lex Alam.*, éd.
Lehmann, p. 62 : « [Incipit Lex Alamannorum quæ temporibus Hlodharii
regis una cum principibus suis] *id sunt 33 episcopis et 34 ducibus et
72 comitibus* [vel cetero populo constituta est]. La loi étant du commencement du VIIIme siècle, on avait vu, dans cette assemblée d'un si grand
nombre de ducs, comtes et évêques, un synode de l'ensemble du royaume
franc tenu sous Clotaire IV et qui aurait confirmé la loi du duc Landfried.
Cf. Dahn, *Könige*, IX, 1, p. 221 ; Lehmann, *Mon. Germ., Leges*, V, 1, p. 6
et s. Brunner a prouvé qu'il n'y avait pas eu de « conventus generalis »
depuis 662, *Deutsche Rechtsgesch.*, I, p. 448, n. 17 ; il rapporte à la loi perdue
de Dagobert ce prologue qu'il croyait issu autrefois du *Pactus Alamannorum*. Cf. *Über das Älter der Lex Alamannorum*, p. 158 et s., *Deutsche
.Rechtsgesch.*, I, 2me édit., p. 448, n. 16 et *Verschollenes Königsgesetz*,
p. 942. Une idée déjà exposée par Esmein, *Études nouvelles sur la Lex
Alam.*, p. 689 et reprise par Seeliger, *Volksrecht und Königsrecht*, p. 22,
n. 2, fait remonter la loi disparue jusqu'à Clotaire II.

[1] *Mon. Germ., Leges*, V, 1. éd. Lehmann, p. 21 à 33.

[2] Les conclusions de Lehmann, *Zur Textkritik und Enstehungs-
geschichte des alam. Volksrechtes*, *Neues Archiv*, X, p. 469 et s., et
Mon. Germ., Leges, V, 1, *Præfatio*, p. 1 à 5, ont été critiquées sur ce
seul point par Brunner, *Deutsche Rechtsgesch.*, I, 2me édit., p. 448 et
Dahn, *Könige*, IX, 1, p. 219. Le début de la loi « Incipit Pactus Lex
Alamannorum et sic convenit » indique un travail officiel.

[3] Lehmann. *Mon. Germ., Leges*, V, 1. p. 5 ; Brunner, *D. Rechtsgesch.*, I,
2me édit., p. 449.

La compilation beaucoup plus importante et connue
sous le nom de *Lex Alamannorum*[1], est d'une époque
bien postérieure. Sa rédaction a été définitivement fixée,
au commencement du VIIIme siècle, sous le duc Landfried (709-730) et au temps de la plus grande indépendance du peuple alaman[2]. Ce n'est plus le roi franc,
qui, dans une assemblée de grands, rend la loi pour les
Alamans, mais le duc, dans une réunion d'optimates de
son peuple[3]. Les deux premières parties de la loi des

---

[1] Edit. Lehmann, *Mon. Germ.*, *Leges*, V, 1. On ne peut pas y trouver avec Stälin, *Gesch. Würt.*, I, p. 90 et 93, et Meyer v. Knonau,
Alaman. Denkmäler, p. 59, les formes anciennes des « νόμιμα πάτρια »
d'Agathias. Le christianisme y exerce une trop grande influence, de même
quelques termes de droit salique s'y rencontrent. Cf. Dahn, *Könige*, IX,
1, p. 218 et Lehmann, *Præfatio*, p. 5.

[2] L'ancien système de Merkel, *Mon. Germ. Leges*, III, p. 1 à 33, et *De
Republica Alamannorum*, p. 8 et s., datait le *Pactus* de l'époque de Clotaire Ier et distinguait dans la *Lex*, trois rédactions successives dont la
plus haute remontait à Clotaire II (613-623). Longtemps admis par les
historiens, en particulier par C.-F. Stälin, *Wirt. Geschichte*, I, p. 198-199,
P.-F. Stälin, *Gesch. Würt.*, I, p. 90-93, Meyer v. Knonau, *Alaman. Denkmäler*, p. 51 à 62, Würstemberger, *Alte Landschaft Bern*, I, p. 297, ce
système a été abandonné depuis les travaux de Lehmann, dans *Neues
Archiv*, X, p. 478-565, dans *Mon. Germ.*, *Leges*, V, 1, p. 6 à 10 et de
Brunner, dans *Sitzungsberichte der Berliner Akad.*, 1885, p. 158 et s.,
et *Deutsche Rechtsgeschichte*, II, 2me édit., p. 149 et s. Lehmann qui
d'abord avait admis le règne de Clotaire III, comme l'époque de l'unique
rédaction de la loi, est descendu, à la suite de Brunner, jusqu'au commencement du VIIIme siècle. Brunner, *Sitzungsberichte*, 1885, p. 164 et s.,
avait en effet prouvé que le titre XXXVIII de la *Lex* était issu du *Liber
Pænitentialis*, de Thierry de Cantorbéry, écrit entre 668 et 690 et importé
en Gaule par l'Irlandais Commeanus. Cf. Dahn, *Könige*, IX, 1, p. 221 à 242.

[3] C'est ce que prouve amplement les premiers mots du texte de
la loi de deux manuscrits, le *Cod. S. Gallensis*, nᵒ 731, d'oct. 793, et
le *Monacensis lat.* 4115 du VIIIme ou IXe siècle; *Lex Alam.*, éd. Lehmann,
p. 63 : « Convenit enim maioribus nato populo Allamannorum una cum
duci eorum Lanfrido vel citerorum populo adunato, ut si quis liber... » Ce
serait là le prologue original de la première rédaction. Postérieurement
on ajouta : « In Christi nomine incipit Textus Lex Allamannorum qui temporibus Lanfrido filio Godofrido renovata est. » *Id.*, p. 62. Les autres
manuscrits ont un deuxième prologue postérieur, qu'il faut rétablir comme
suit : « Incipit lex Alamannorum quæ temporibus Hlodharii regis una
cum principibus suis vel cetero populo constitutá est. » Les scribes,
écrivant après la destruction du duché, remplacent Landfried par le nom
du roi franc qui régnait alors, Clotaire IV; ils placent ainsi la rédaction

Alamans sont relatives à l'église et au duc [1] ; elles sont
issues de la loi perdue de Dagobert, mais ont considéra-
blement modifié ses dispositions, dans le sens d'un progrès de l'autonomie du duc et de l'organisation ecclésiastique. Le roi est le chef nominal du duc, qui conduit l'armée à son contingent ; mais le duc est, en Alamannie le
juge suprême ; il perçoit les amendes, condamne à la
mort ou à l'exil. Son pouvoir s'étend, tout en reconnaissant d'une manière formelle l'autorité du roi.

La deuxieme partie est, en outre, aussi influencée par-
tiellement, par la législation wisigothique d'Euric, tandis
que la troisième, qui traite des « causæ qui saepe solent
contingere in populo [2] » est issue de la compilation du
Pactus [3].

Avec cette dernière rédaction, qui contient en même
temps, les institutions de l'Alamannie au commencement
du VIIIme siècle, et le droit personnel, appliqué partout
à l'homme de race alamannique, nous avons une mine
précieuse d'informations sur la situation du duché, avant
sa soumission par les Carolingiens.

Ainsi sont constituées les sources de l'histoire des institutions et du droit de l'Alamannie à l'époque mérovingienne ; en outre, le rôle des rois francs dans la rédaction

de la loi entre les années 717 et 719. Brunner, *Sitzungsberichte*, 1885,
p. 266-268, *Deutsche Rechtsgesch.*, 2me édit., p. 451-452. Dans ce dernier
prologue la mention d'une assemblée de 33 évêques, 34 ducs et 72 comtes,
serait empruntée à la loi perdue de Dagobert (Brunner, *Deutsche Rechtsgesch.*, I, 2me édit. p. 449, n. 16, cf. *Sitzungsberichte*, 1885, p. 157-161
et 1900, p. 942), plutôt que relative à une confirmation postérieure de
la loi par un synode franc, sous Clotaire IV. (Lehmann, *Lex Alam.*, *Præf.*,
p. 6; Dahn, *Könige*, IX, 1, p. 222; Cramer, *Gesch. der Alam.*, p. 297;
Brunner, *Sitzungsberichte*, 1885, p. 166-168.) Cf. *Lex Alam.*, 41, éd.
Lehmann, p. 102 : « Sic convenit duci et omni populo in publico consilio. »
et B, 7, p. 97 : (B, 7) « post conventum nostrum quod conplacuit cunctis
Alamannis ».

[1] *Lex Alam.*, 1 à 22 : « causæ ecclesiasticæ », 23 à 43 : « de causis
qui ad duce pertinent. »

[2] *Lex Alam.*, 43.

[3] Brunner, *Deutsche Rechtsgesch.*, I, 2me édit, p. 453-454; Lehmann,
Lex Alam., *Præf.*, p. 6; Würstemberger, *Alte Landschaft Bern*, p. 297-
309; Dahn, *Könige*, IX, 1, p. 222-224.

de leur droit national, transparaît, au travers des textes, de même que l'évolution de la province en un état presque indépendant; au milieu du VIme siècle, les institutions sont franques, le droit privé alamannique; au commencement du VIIIme siècle, le pays se gouverne lui-même.

§ 2. — *Etendue de l'« Alamannia » du VIme au VIIIme siècle. — Les frontières ethniques des Alamans à la même époque.*

Le « ducatus Alamanniæ » du IXme siècle s'étend sur une grande partie des Alpes et du plateau suisse; à l'ouest, l'Aar le sépare de la Burgondie; au sud, les sommets des montagnes marquent la ligne frontière du duché et du royaume d'Italie; de ce pays, dont le centre est autour du lac de Constance, on peut bien dire que les frontières politiques sont en même temps les frontières ethniques [1]. Mais il faut se garder de faire remonter une situation aussi solidement établie, à l'époque mérovingienne. Les textes manquent en effet, pour marquer, sur la carte les lignes de délimitation des provinces et des peuples, si tant est qu'il y en ait eu alors de stables. Mais tout ce que nous savons de cette période de préparation, met en évidence deux faits dont on peut signaler l'importance, sans en retracer les progrès successifs : ensuite de leur défaite vers l'an 500, les Alamans reculent au nord et à l'ouest dans les pays où la colonisation franque se heurte à la leur; au sud, au contaire, en Suisse, leurs progrès sont continus, jusqu'aux temps modernes; ils poussent en avant vers l'Aar, les Alpes, la vallée du Rhin; ainsi ils prennent possession de contrées encore romanes ou burgondes. Aussi bien jusqu'au dernier siècle de la dynastie mérovingienne, les frontières politi-

[1] Schubert, *Unterwerfung*, p. 181. Schubert utilise aussi pour les VIme et VIIme siècles, des indications certainement postérieures, comme

ques ne sont-elles pas les frontières ethniques; il est certain qu'une grande partie du royaume de Burgondie est peu à peu gagnée par leur occupation, jusqu'à être complètement détachée de ses anciens colons et maîtres [1].

Il faut donc, en tenant compte de cette progression continue, essayer de définir approximativement l'Alamannie, province austrasienne aux VIme et VIIme siècles, et de délimiter en même temps le pays occupé par les Alamans.

L'« Alamannia [2] » au commencement du VIIIme siècle apparaît comme une « provincia » du royaume d'Austrasie [3] gouvernée par des ducs. Depuis la défaite des Alamans par Clovis, la fuite d'une partie de leur peuple sur le territoire ostrogothique, l'incorporation définitive de toute la nation après 536, jusqu'au temps de la rédaction de la *Lex Alamannorum*, un déplacement général des établissements alamanniques s'opère du nord au sud, entraînant une modification profonde dans le pays qu'ils gagnent ainsi. Au nord, après la victoire de Clovis, le pays occupé par les Alamans est colonisé par les Francs, qui, de la région du Main, pénètrent sur la rive droite du Rhin jusque dans les vallées de la Forêt-Noire; la frontière de ce qui devient, au moyen âge, les duchés de Franconie et d'Alamannie, les évêchés de Spire et de Constance [4], est reculée ainsi jusque vers Baden, entre le Leinthal et le Murgthal à l'ouest, Heimsheim, entre Stuttgart

celles de la *Vita S. Galli;* au point de vue géographique elles n'intéressent que le IXme siècle. La situation des Alamans est nettement établie par les textes du XIme siècle. Voir C.-F. Stälin, *Wirt. Geschichte*, I, p. 221.

[1] Cf. Oechsli, *Zur Niederlassung*, p. 266.

[2] Le terme géographique d'« Alamannia » ne se rencontre guère dans les textes, depuis Grégoire de Tours, *Liber in Gloria Martyrum*, I, 1 et 2, éd. Arndt, p. 664-665. Au VIIIme siècle, il réapparaît dans l'usage. *Contin. Fredeg.*, 23 (739), éd. Krusch, p. 179 : « Suavia, que nunc Alamannia dicetur. » *Ann. Regni Franc.*, éd. Pertz, *Mon. Germ., SS.*, I, p. 22-23, 64-67, 102, XIV, p. 17.

[3] *Lex Alam.*, VII (VIII), éd. Lehmann, p. 75, XXIV (XXV), p. 85, XXIX (XXX), p. 87, XXXIV, p. 91, XXXVI, p. 94, XXXVII, 1, 2, p. 97, XLV, XLVI, p. 105, XLVII-XLVIII, p. 107, XXXV, 1, p. 92. Cf. Dahn, *Könige*, IX, 1, p. 72; Cramer, *Gesch. der Alam.*, p. 297.

[4] Cf. le diplôme de Frédéric Ier de 1155, délimitant l'évêché de Constance, ci-dessus, p. 218.

26

et Pforzheim, et Hellwangen, à l'est [1]. Le pays qui s'étend
au nord de cette ligne est francisé et devient le « ducatus
Francorum » ; mais il ne s'agit pas là d'une conquête radicale, en suite de la victoire de Clovis, mais d'une colonisation progressive qui s'opère, comme une conséquence
de cette victoire, au cours des siècles [2].

Le même fait se retrouve à l'ouest, sur la rive gauche
du Rhin, dans l'Alsace, que les Alamans ont occupée
jusqu'aux Vosges. De ce côté-là, où leur élan d'invasion
n'est pas brisé d'un seul coup, puisque Jonas de Bobbio
nous les signale encore ravageant le pays où Colomban
cherche la solitude, en 591, près d'Annegray (canton de
la Voire, Hte-Saône [3]), les Francs arrivent peu à peu par
le nord. Ils ne chassent pas les Alamans devant eux ;
leur dialecte reste dans le pays, mais la colonisation pénètre et mélange ses établissements, à ceux plus anciens
des Alamans, jusqu'au sud à la frontière suisse actuelle ;
au VIIme siècle le mélange des deux races germaniques
est accompli [4].

[1] Chr.-Fr. Stälin, *Wirtemb. Geschichte*, I, p. 221-222 ; Schubert, *Unterwerfung*, p. 181-182 ; Dahn, *Könige*, IX, 1, p. 57.

[2] Dahn, *op. cit.*, p. 59, la date des années 496 à 650 et la fait ainsi
plus lente que Cramer, *Gesch. der Alam.*, p. 222.

[3] *Vita Columbani*, I, 8, éd. Krusch, p. 74.

[4] A en croire Arnold, *Studien zur deutschen Geschichte*, p. 110-113, et
Cramer, *Gesch. der Alam.*, p. 249-255, on peut relever cette fusion des
deux populations dans les noms de lieux des chartes et du pays actuel.
Arnold, *op. cit.*, p. 23 à 86, attribue les désinences toponomastiques
« hofen, weiler, ingen » à l'alamannique, celles de « heim, hausen, bach »
au francique. Cette règle ne peut guère subsister après les travaux de
Schiber, *Die fränkische und alamannische Siedelung in Gallien*, p. 1 à
35 et surtout de Witte, *Zur Geschichte des Deutschtums in Elsass*, p. 321-
344. « Heim, ingen weiler » ont été employées par les Francs comme par
les Alamans et d'autres races germaniques ; aucune distinction ethnographique ne peut être faite par ce moyen ; le groupement régional de ces
désinences ne se rapporte qu'aux diverses époques de la colonisation.
Les Francs se sont du reste bien établis en Alsace, mais en petite quantité ; leur colonisation est attestée par deux vers du poète aquitain
Ermoldus Nigellus, au IXme siècle. *Carmen in Laudem Pippini Regis*, éd.
Dummler, p. 82, vers 77-78 :
> « Terra antiqua, potens Franco possessa colono
> Cui nomen Helisaz Francus habere dedit ; »
Cf. C.-F. Stälin, *Wirtemb. Geschichte*, I, p. 223 ; Dahn, *Könige*, IX, 1, p. 57.

Au point de vue politique, dès le VIme siècle, l'Alsace suit d'autres destinées que celles de l'Alamannie ; tandis que celle-ci s'isole dans l'obscurité de son histoire, l'Alsace est le théâtre d'événements importants de l'histoire d'Austrasie ; en 589, le roi Childebert II réside dans le territoire de la cité de Strasbourg ; en 591 un émissaire de Frédégonde tente de l'assassiner dans sa villa de Marlenheim[1]. C'est en Alsace que son fils Thierry II a été élevé et c'est dans son lot que Childebert joint ce pays au « regnum Burgundiæ[2] », et jusqu'en 610-611, la détache de l'Austrasie. Théodebert la revendique ; il la ravage et après le coup de main de Selz il l'arrache bon gré mal gré à son frère[3]. En 613-614, Clotaire II réside lui aussi à Marlenheim, au moment de la révolte du « pagus Ultra-joranus[4] ».

Dès le VIme siècle, l'Alsace est donc une contrée particulière, rattachée étroitement à l'Austrasie et déjà distincte de l'Alamannie ; dans la première moitié du VIIme siècle, il n'y a rien d'étonnant à ce que nous y trouvions un duc spécial et, de 673 à 739 environ, une dynastie de fonctionnaires austrasiens plus ou moins indépendants[5]

La situation de l'Alsace est donc très différente de celle de l'Alamannie ; la population s'y mélange de Francs et d'Alamans ; les rois d'Austrasie y résident souvent et un duché austrasien s'y forme dès le VIIme siècle[6]. Du côté de l'ouest la « provincia » de l'Alamannie est bornée au Rhin[7]. En Suisse le duc d'Alsace étend son autorité sur

---

[1] Greg. Tur., *Hist. Franc.*, IX, 36, éd. Arndt, p. 391, X, 18, p. 430 ; cf. IX, 38, p. 393 et X, 19, p. 433.

[2] *Chron. Fredeg.*, A, IV, 37, éd. Krusch, p. 138.

[3] *Chron. Fredeg.*, loc. cit.

[4] *Chron. Fredeg.*, B, 43, éd. Krusch, p. 142.

[5] Pfister, *Duché mérovingien d'Alsace*, p. 6 à 13.

[6] Cf. Schubert, *Unterwerfung*, p. 183 ; Longnon, *Atlas Hist., Texte explic.*, p. 43, n. 3.

[7] Dans la *Vita S. Galli*, de Wetti, 21, éd. Krusch, p. 267, le duc d'Alamannie, Cunzo, amène en grande pompe sa fille, guérie par Saint Gall et fiancée au roi d'Austrasie Sigebert, jusqu'au Rhin ; là il la remet aux envoyés du roi. Les indications géographiques des vies de Saint Gall ne valent pourtant que pour le IXme siècle.

la cité de Bâle, où rien ne prouve pourtant que les Francs soient arrivés [1]; par cela même, les frontières du duché alamannique des VII[mo] et VIII[mo] siècles ne sont pas celles des établissements territoriaux du peuple des Alamans.

Au sud-ouest la frontière de la « provincia Alamannorum » et du « regnum Burgundiæ » est, au moins jusqu'au VIII[mo] siècle, à la Reuss ; jusque-là, en effet, s'étendait le « pagus Aventicensis [2] ». De ce côté, les Alamans qu'aucune résistance n'arrêtent, continuent leur avance progressive et leur colonisation. La limite politique de leur province ou duché n'est pas, vers la Burgondie, leur frontière ethnique ; tout le pays compris entre la Reuss et l'Aar, à l'origine burgonde, est envahi toujours plus par l'élément alamannique, jusqu'à ce qu'à la fin de l'époque mérovingienne, il soit détaché du « ducatus Ultrajoranus » pour devenir partie intégrante de leur patrie [3].

Cette pénétration qui s'accentue dans l'espace de deux siècles et au delà, ne peut être que signalée comme un fait accompli, sans que l'on en retrace les phases et que l'on en date les étapes. En 610-611, l'invasion des Alamans dans le « pagus Ultrajoranus » est un des symptômes de cette poussée vers le sud [4]; elle ne nous renseigne guère sur la situation des Alamans, à ce moment précis [5]. En tous cas, une conséquence de ce mouvement fut la germanisationd'une contrée autrefois romane ; de 600 à 900 le dialecte alamannique gagne vers l'ouest et traverse même l'Aar ; vers 900 des localités de la rive gauche de la rivière, comme Morat, Anet, Bienne, Bœsingen, Pfanfayon sont en-

---

[1] V. ci-dessous, p. 442.

[2] V. ci-dessus, p. 364.

[3] Cf. Würstemberger, *Alte Landschaft Bern*, I, p. 262-263.

[4] *Chron. Fredeg.*, A, IV, 37, éd. Krusch, p. 138.

[5] A moins que l'on puisse fonder un raisonnement historique sur la forme du nom de la localité où les comtes de Burgondie se font battre par les Alamans : « Wangas ». Pour Arnold, *Studien zur d. Kulturgesch.*, p. 37, la terminaison « Wang » est nettement caractéristique des établissements alamanniques; les Alamans seraient dans le pays au moins un siècle avant le moment où cette désinence apparaît dans l'usage, c.-à-d. vers 520. Mais nous avons vu (ci-dessus, p. 402, n. 4) que les théories d'Arnold manquent de solidité philologique.

core de parler roman. Au XIIIme siècle, la frontière des langues est à la Sarine et empiète ainsi sur un pays certainement burgonde[1].

Dans la première moitié du IXme siècle, Walafrid Strabon signale les Alamans établis sur l'Aar[2]. Au VIIIme siècle, cette grande rivière est déjà la frontière de l'Alamannie; on peut en être assuré par l'apparition, après 750, d'un « pagus » démembré du « pagus Aventicensis » et rattaché à l'Alamannie, l'Aargau. En 762, Spiez et Schertzligen sur le lac de Thoune, Biberist près de Soleure, sont situés « in Argowe »[3]. En 778 le monastère de Schönenwerd dans une île de l'Aar est dit « in pagello Aragougense[4] ». L'existence de ce nouveau « pagus » alamannique d'Aargau prouve l'occupation complète du pays jusqu'à l'Aar.

La création et le développement de l'évêché de Constance dont les limites correspondent assez bien à celles du peuple des Alamans, fait rentrer les pays situés entre l'Aar et la Reuss dans la circonscription d'un diocèse alamannique.

En suivant la liste traditionnelle et les mentions sujettes à caution des vies de saint Gall, on peut faire remonter l'existence d'évêques, dans cette ville, jusqu'au milieu du VIme siècle[5]. Ce n'est qu'en 736, cependant, que les textes nous donnent le nom d'un évêque certain de Constance, Audoenus[6]. Quoi qu'il en soit, rien ne prouve que, dès son

---

[1] Cf. Gröber, *Grundriss der roman. Philologie*, I, 2, p. 722.

[2] *Vita S. Galli, Prologus,* éd. Krusch, p. 282 : « ...mixti Alamannis Suevi partem Germaniæ ultra Danubium, partem Rhetiæ inter Alpes et Histrum, partem Galliæ circa Ararim obsederunt... »

[3] L'évêque de Strasbourg Eddo donne à l'église de Strasbourg, avec l'autorisation du roi Pépin, les églises et dîmes de Spiez, Scherzlingen et Biberist, 762, 13 Mars.. Neugart, *Codex Diplom.*, p. 41, n° 39; Hidber, *Schweiz. Urkundenregister,* I, p. 10, n° 47.

[4] L'évêque Remigius de Strasbourg donne à l'église Ste-Marie de cette ville, son patrimoine en Alsace, et, en Aargau, le petit monastère de Schönenwerd situé dans une île de l'Aar près de Grezenbach, 15 mars 778. Neugart, *op. cit.*, p. 65, n° 59; Hidber, *op. cit.*, p. 21, n° 108. Cf. Cramer, *Gesch. der Alam.*, p. 541.

[5] *Regesta Episcoporum Constant.*, p. 1 à 4.

[6] *Ibid.* et *Ann. Lauresh,* an. 763, éd. Pertz, *Mon. Germ., SS.,* I, p. 26. *Ann. S. Gall. breves, ibid.*, p. 24.

origine, le diocèse s'étendît jusqu'à l'Aar ; il dut y avoir de
ce côté une délimitation, en suite d'un accord avec l'évêché
de Lausanne, et à une époque où l'Alamannie s'étend
jusqu'à la rivière ; mais aucune date certaine ne peut indiquer le moment où l'Aargau est ainsi détaché de l'ancienne cité burgonde d'Avenches-Lausanne [1].

Dans l'organisation même du diocèse de Constance subsistent des traces de cette augmentation territoriale, aux
dépens de la Burgondie : ainsi l'existence, au diocèse de
Constance, d'un doyenné de Bourgogne sur la rive droite
de l'Aar [2]; de même, à en croire M. Egli, le maintien jusqu'au IXme siècle, peut-être au Xme, d'un chorévèque à
Windisch, qui demeure le centre ecclésiastique de l'ar-
chidiaconné d'Argovie [3].

Au sud, l'immigration alamannique se fait peu à peu
dans les hautes vallées des Alpes, pays sans doute colonisés par les Romains, mais où, au temps des incursions
barbares, la population romane était devenue peu dense,
sans pour cela disparaître complètement. Là aussi, l'établissement des Alamans, que l'on peut suivre dans les noms
de lieux, à la faveur des désinences en « ingen », s'opère
graduellement du VIme au IXme siècle ; il dut s'écouler
un assez grand espace de temps depuis l'occupation du
plateau suisse en tribus serrées, jusqu'à la prise de possession des Alpes, par pénétrations individuelles et particulières [4]. La frontière de la « provincia Alamannorum »
n'atteint donc pas, d'un seul coup, la chaîne des Alpes, qui
sépare le versant allemand du versant roman ou italien.
Au IXme siècle, le Gothard est gagné par la colonisation
alamannique, et sans doute déjà avant cette époque ; en 732,
la vallée d'Uri est très probablement un domaine du duc

---

[1] La tradition qui attribue à Dagobert Ier l'organisation des diocèses
suisses n'a aucune valeur. Cf. Muller, *Thurgauisches Urkundenbuch*, II,
n° 42. Cf. ci-dessus, p. 223. Cramer, *Gesch. der Alam.*, p. 537, semble
pourtant se servir du diplôme de Frédéric Ier pour le VIIme siècle.

[2] V. Nüscheler, *Die Gotteshäuser der Schweiz*, II, p. 4.

[3] Egli, *Kirchengesch. der Schweiz*, p. 127-128. Id., *Die christlichen
Inschriften der Schweiz*, p. 52-54.

[4] Oechsli, *Les Origines de la Confédération*, p. 17 à 26.

d'Alamannie, puisque le duc Theudbald y envoie en exil
l'abbé Eto de Reichenau, partisan de Charles Martel [1]. En
tout cas Urseren est, à ce moment-là, peuplé de ces immi-
grants germains, qui montent du plateau suisse [2]; mais ce
n'est qu'à partir du IXme siècle que les Waldstætten entrent vraiment dans l'histoire, comme une partie de l'Alamannie avancée vers le sud. Quant au haut Valais, il ne
fit jamais partie du duché alaman; ce n'est qu'au IXme siècle qu'il est germanisé, jusqu'à Brigg, par des colons venant du Hasli; en 700, il est encore entièrement roman [3].

Au sud-est, les Alamans occupent les bords du lac de
Constance au moment où Colomban, après 610, se retire
dans cette partie extrême de l'Austrasie [4]. Suivant la tradition de Saint-Gall, le missionnaire irlandais aurait déjà eu
auparavant à souffrir des païens qui habitent plus au sud,
sur les bords du lac de Zurich, et jusqu'à Tuggen, à son
extrémité orientale [5]. Ces païens devaient être les nouveaux
venus, les Alamans. Dans cette région, le mélange des
deux races, des anciens et des nouveaux occupants, ne
s'est pas encore accompli; à Arbon, Colomban et ses compagnons auraient trouvé un prêtre du nom de Willimar [6];
ainsi les communautés chrétiennes des villes fortes du lac
de Constance survivraient à l'invasion, et, avec elles, l'ancienne population romaine des bourgades.

Les habitants du « pagus Arbonensis » sont appelés,
au IXme siècle, par le moine Wetti, des « Romani [7] ». Au

---

[1] Hermann de Reichenau, *Chronicon*, éd. Pertz, *Mon. Germ.*, *SS.*,
V, p. 98 et Oechsli, *op. cit.*, *Régeste*, p. 3 et p. 27-28.

[2] Au delà du Gothard le canton actuel du Tessin fait partie du royaume
d'Italie et est occupé par les Lombards; rien n'atteste toutefois leur
arrivée vers 576-584, jusque dans la vallée d'Urseren comme le voudrait
Burckhardt, *Untersuchungen*, p. 55.

[3] Gröber, *Grundriss*, I, 2, p. 22; Morf, *Romanen u. Deutschen in der
Schweiz*, p. 12 à 16.

[4] *Vita Columbani*, I, 27, éd. Krusch, p. 102.

[5] Wetti, *Vita S. Galli*, 4, éd. Krusch, p. 259.

[6] *Id.*, 5, éd. Krusch, p. 260.

[7] C'est le terme que le moine Wetti place dans la bouche d'Erchanoald
qui, après la mort de Saint Gall, ravage le « pagus Arbonensis ». Walafrid
Strabon, *Vita Galli*, II, 7, éd. Krusch, p. 314, rend « Romani » par

VIIme siècle, il y a en tout cas beaucoup de Celto-Romains
entre les Alpes et le lac de Constance ; les Alamans, d'autre part, toujours plus nombreux, sont déjà au lac de
Zurich. De ce côté aussi, leur avance est une progression continuelle et lente. A l'époque mérovingienne,
la Rhétie de Coire est entièrement romane ; l'ancienne
population s'y maintient intacte. Au IXme siècle, les Alamans ont germanisé le pays de Gaster et arrivent au lac
de Wallenstadt ; ils attaquent ensuite la Rhétie de Coire.
Mais, au cours du IXme siècle, leur proportion, bien que
progressante, est encore assez faible dans le Vorarlberg,
le pays de Sargans, le Rheinthal[1]. Avant le XIIIme siècle,
la langue allemande y dominera : au XIIme, déjà, elle est
parlée à Glaris, mais au XIVme siècle seulement, elle gagne
Coire[2]. La colonisation de la Rhétie grisonne ne commence véritablement que sous les Carolingiens, lorsqu'elle
est réunie à l'Alamannie et que des grands, étrangers au
pays, y reçoivent des bénéfices.

   Plus au nord, et au delà de la frontière suisse, les Alamans se rencontrent, dès le VIme siècle, sur le Lech, avec
les Bavarois ; ces derniers sont déjà arrivés, au temps de
Théodoric, au Brenner (510-526), et, avant que les Lombards
aient mis le pied sur le sol italien, ils touchent à la vallée
de l'Adige ; là, leurs limites avec les Lombards varient
dans la suite entre Botzen et Trente. De cette façon, la population romane de la Rhétie de Coire est, à l'est, au delà
des Alpes des Grisons, voisine de cette nouvelle peuplade

« Rhetiani ». Cf. sur la signification de ce passage, ci-dessus, p. 246,
   [1] Cramer, *Gesch. der Alam.*, p. 555, a établi les proportions suivantes
d'après les noms propres des chartes. Dans le Vorarlberg :

800-807	1/6 Alamans,	5/6 Romans
817	1/4 »	3/4 »
820-850	1/3 »	2/3 »
870	la moitié.	

Dans le pays de Sargans et la vallée supérieure du Rhin, la germanisation
est plus lente :

847,	4 à 5 Alamans sur 17-18 Romans	
858,	3 à 4 » » 13-14 »	

   [2] Cramer, *loc. cit.;* Burckhardt, *Untersuchungen*, p. 59 à 65 ; Planta,
Das alte Rætien, p. 270-272 ; Fickler, *Quellen u. Forschungen*, p. XXIII-XXV.

germanique qui, plus tard, se rencontrera sur l'Inn avec
les Alamans venus de la Basse-Engadine [1].

Cette rapide esquisse du mouvement progressif des
Alamans en Suisse montre qu'à l'époque mérovingienne
les frontières de la « provincia » ne sont pas toujours et
partout les frontières ethniques du peuple : les unes et les
autres durent varier et s'étendre, au sud et à l'ouest, sur
des contrées romanes qui sont alors germanisées, sur des
provinces burgondes ou rhétiques qui, à l'époque carolingienne et plus tard encore, deviennent alamanniques.

§ 3. — *Les ducs mérovingiens de l'Alamannie.*

L'histoire de l'émancipation graduelle des Alamans de
la tutelle franque, se marque particulièrement, par les modifications successives de la dignité ducale. Avant de marquer les rapports de quelques-uns de ces ducs, avec la
Suisse, il nous faut rapidement rappeler les caractéristiques successives de ces fonctionnaires.

A l'époque mérovingienne, l'Alamannie est un duché
dépendant de la monarchie franque et plus spécialement du
royaume d'Austrasie, au même titre que la Bavière et la Thuringe. A la place du roi tombé dans la bataille [2], Clovis ins-
talle très probablement sur les Alamans, désormais ses
sujets et ses tributaires, un duc. A l'origine, ce fonctionnaire ne devait guère différer de ceux qui portaient ce titre
en Gaule et qui réunissaient, dans leurs circonscriptions
administratives, les territoires de plusieurs « pagi », gouvernés par des comtes [3]. La seule différence primordiale

---

[1] Dahn, *Könige*, IX, 2, *Die Baiern*, p. 22 à 32 et 60 à 63.

[2] Sur l'existence d'un seul roi des Alamans avant leur défaite par les
Francs, voir Dahn, *Könige*, IX, 1, p. 60-61.

[3] Dahn, *op. cit*, p. 238-239. Donc, à l'origine, pas de différence entre le
« Stammesherzog » et le « Amtsherzog » comme le voulait Sohm, *Altdeutsche Gerichtsverfassung*, I, p. 456. Cf. Waitz, *D. Verf. Gesch.*, I,
2³, p. 56, n. 2.

entre les ducs francs et les ducs d'Alamannie est que ces
derniers semblent avoir toujours été de race germanique,
et qu'en tout cas, plus tard, ils appartiennent à une même
famille d'outre-Rhin[1]. Les premiers ducs d'Alamannie
connus sont, au VIme siècle, Leutharis et Buccelin, qui,
en 553, vont en Italie combattre les Byzantins ; ils sont
de race alamannique, jouissent d'une grande puissance
auprès des Francs et ont reçu du roi Théodebert le gouvernement de leur peuple[2]. Il est vrai de dire qu'ils agissent d'une façon assez indépendante, en réunissant, même
contre le gré du roi, une bande mélangée de Francs et
d'Alamans, pour aller guerroyer au [delà des Alpes[3]. Ce
n'est pas l'armée de leur peuple qu'ils conduisent ; ils
agissent comme de simples particuliers, riches et puissants ; mais les textes s'accordent bien, d'autre part, pour
en faire, des ducs[4]. D'ailleurs, encore au VIme siècle, les
Burgondes, bien qu'assujettis aux Francs, gardent dans
l'armée leur formation particulière, en contingent, et rien
ne peut étonner de voir des ducs alamans, au début de
leur soumission, semblables encore à de petits rois.

Dès lors, et tant que la royauté mérovingienne est forte

[1] Dahn, *op. cit.*, p. 698.

[2] Agathias, *Hist.*, I, 6, éd. Niebuhr, p. 26-27 : τούτω δὲ τὼ ἄνδε
ἤστην μὲν ἀδελφώ, καὶ τὸ γένος Ἀλαμανώ, δύναμιν δὲ παρά Φράγγοις μεγίστην
ἐιχέτην, ὡς καὶ τοῦ σφετέρου ἔθνους ἡγεῖσθαι, Θευδιβέρτου πρότερον παρασόντος.
Leutharis et Buccelin ne peuvent pas être des rois régionaux ; après 500
il n'en subsiste point. V. sur ce point Cramer, *Gesch. der Alam.*, p. 225
et Schubert, *Unterwerfung*, p. 123, réfutés par Dahn, *Könige*, IX, 1. p. 67,
n. 3. Dahn, *op. cit.*, p. 698-699, reconnaît que l'expression ἡγεῖσθαι est
consacrée chez les Byzantins pour désigner le commandement civil et
militaire exercé simultanément ; la position très indépendante des deux
frères le fait douter pourtant qu'ils soient fonctionnaires du roi franc.

[3] V. ci-dessus, p. 115.

[4] On peut expliquer leur puissance, insolite pour de simples fonctionnaires, par la faiblesse de Théodebald ; au sens assez sûr d'ἡγεῖσθαι on
peut joindre les passages de Paul Diacre qui, à ce propos, n'utilise pas
seulement Grégoire de Tours comme source, *Hist. Lang.*, II, 2, éd. Waitz,
p. 72-73, cf. p. 73, n. 1 : « Bucceleno duci. Tertius quoque Francorum
dux nomine Leutharius... » et Marius d'Avenches, *Chron.*, an. 556, éd.
Mommsen, p. 237 : « Buccelenus dux Francorum. » Ils agissent bien en
Italie comme des sujets du roi franc en frappant des médailles à son
effigie. V. Dahn, *Könige*, IX, 1, p. 699 et n. 6.

et puissante, les rares mentions de ducs d'Alamannie,
dans les textes, établissent leur étroite dépendance du roi
d'Austrasie. Il est possible que, déjà alors, la dignité ducale se perpétua dans une même famille[1]; mais le roi reste
maître de déposer son fonctionnaire et de placer à la tête
de la province qui il entend. C'est ainsi qu'en 587, le duc
Leudfried, ayant encouru la disgrâce de Childebert II,
dut s'enfuir devant sa colère; le roi installa à sa place un
certain Uncelenus[2], qui, dans la suite, apparaît parmi les
grands de l'entourage de Thierry II. Lorsque l'armée se
rue sur la tente de Protadius, pour mettre à mort le maire
du palais, c'est à lui que le roi confie la tâche d'exhorter
la foule à cesser ses manœuvres contre le favori de sa
mère. Uncelenus traduit ses paroles dans le sens contraire
au sentiment du roi et annonce à l'armée un prétendu
ordre de tuer Protadius[3].

Cette félonie lui coûta bientôt sa charge et sa fortune.
Brunehaut se venge de lui, en 607-608, en le faisant punir
par le roi son petit-fils; on lui tranche un pied, on le dé-
pouille de son honneur[4]. En 631-632, sous Dagobert Ier,
un duc Crodobert conduit l'armée des Alamans contre
Samo et les Slaves-Wendes et remporte sur eux une victoire[5]. En 643, le duc Leutharis fait partie de la faction de
l'Arnufien Grimoald; plus tard ses successeurs sont les
plus dangereux ennemis des maires austrasiens; au contraire alors sous Sigebert III, c'est lui qui tue Otto le
rival de Grimoald et qui permet ainsi à ce dernier de
s'approprier la mairie du palais[6]. Sous Dagobert Ier, la
dépendance des ducs ultra-rhénans est encore presque

---

[1] Cf. Dahn, *op. cit.*, p. 699-700. C'est ce que Dahn augure du préfixe,
« Liut » qui se retrouve dans les noms des ducs « Liutfrid » et « Liutharis. »

[2] *Chron. Fredeg.*, A, IV, 8, éd. Krusch, p. 125. Il fut peut-être compromis dans le complot des grands Rauching, Gontran-Boson, Ursio
Bertefredus contre Childebert. Greg. Tur., *Hist. Franc.*, IX, 9, éd. Arndt,
p. 364-366.

[3] *Chron. Fredeg.*, A, IV, 27, éd. Krusch, p. 132.

[4] *Chron. Fredeg.*, A, IV, 28, éd. Krusch, p. 132. C'est du moins le
récit du chroniqueur A très hostile à Brunehaut. V. ci-dessus, p. 179.

[5] *Id.*, B. IV, 68, éd. Krusch, p. 155.

[6] *Id.*, C, IV, 88, éd. Krusch, p. 165. Cf. ci-dessus, p. 229.

absolue ; le roi règle, dans une loi destinée à toutes les provinces qui constituent ainsi des duchés ethniques, à côté de l'organisation de l'église, la position et les attributions des ducs [1]. Source de la loi des Bavarois et de la loi des Alamans, elle a été modifiée par cette dernière dans le sens d'une grande émancipation de ces anciens fonctionnaires ; mais on peut déduire de sa promulgation, la persistance de l'autorité du roi franc sur les nations germaniques d'outre-Rhin.

Dès 641 le duc de Thuringe, Rudolf, se rend réellement indépendant de tout contrôle ; une expédition de Sigebert II, contre lui, échoue piteusement ; dès lors il gouverne la Thuringe, comme un roi indépendant, s'alliant aux Wendes et aux nations voisines ; il ne se soustrait pas formellement à l'autorité de Sigebert, mais en fait, il résiste à sa domination [2]. Au commencement du VIIIme siècle, le duc Godfried d'Alamannie est dans une situation analogue ; avec les ducs de Bavière et de Thuringe, il est rebelle, non pas tant au roi franc, mais aux ducs carolingiens devenus maires du palais héréditaires [3]. Après sa mort en 709, Pépin dirige quatre campagnes, de 709 à 712, contre un duc Willari, sans pouvoir faire rentrer définitivement dans l'ordre le duc d'Alamannie [4]. Mais Charles Martel continue la lutte contre les ducs de la famille de Godfried [5]. A sa mort, en 741, et après le duc Landfried II, il n'y a plus de duc reconnu en Alamannie ; en 748, sous Pépin-le-Bref et à la place de Theudbald qui avait tenté de se maintenir, par la force des armes, deux comtes gouvernent le duché disparu pour un temps [6].

Dans la seconde moitié du VIIme siècle, les ducs d'Ala-

---

[1] V. Brunner, *Deutsche Rechtsgesch.*, I, 2me édit., p. 420-421, *Sitzungsberichte*, 1900, p. 948-949. Cf. ci-dessus, p. 396.

[2] *Chron. Fredeg.*, C, IV, 87, éd. Krusch, p. 165 : « In verbis tamen Sigiberto rigimine non denegans ; nam in factis forteter eiusdem resistebat dominacionem. »

[3] Erchambert, *Breviarium*, éd. Pertz, *Mon. Germ.*, SS., II, p. 327, cf. ci-dessus, p. 292.

[4] Cf. ci-dessus, p. 292-93.

[5] Dahn, *Könige*, IX, 1, p. 703.

[6] *Id.*, p. 703-706.

mannie, de fonctionnaires directement dépendants du roi, deviennent les chefs autonomes d'un peuple, des « Stammesherzoge ». Leur situation et leurs prérogatives sont clairement exposées dans la *Lex Alamannorum*, dont la rédaction date de la même époque, et qui modifie, en leur faveur, les dispositions autrefois prises par Dagobert Ier [1]. Le duc bien que sans exercer tous les droits d'un souverain est dans une position analogue à celle d'un vice-roi dans son gouvernement. Les textes le nomment « dominus » et ses biens « res dominicæ [2] ». Luimême se nomme dans les actes « vir illuster [3] » ; ses propriétés, de même que ses serviteurs, sont protégés contre les attentats par de fortes amendes infligées à l'agresseur [4] ; le complot contre sa vie est puni de mort [5].

Le roi reste cependant le « dominus » du duc ; un vol commis à l'armée commandée par le roi est puni trois fois comme celui commis lorsque le duc seul est chef militaire [6]. Le duc doit au roi la fidélité, l'obéissance à ses ordres ; il conduit l'armée sur son ordre et agit pour son utilité [7]. Le roi édicte pour tout le royaume des mesures qui ont leur valeur pour l'Alamannie ; il peut aussi rassembler les grands et le peuple de la province, mais en fait et en principe, c'est le duc qui préside cette assemblée et exerce, avec elle, le pouvoir législatif [8] ; il prend conseil

[1] Nous ne faisons ici que rappeler brièvement ce qui a déjà été dit sur les ducs alamans avec plus de détails par Conrad Bornhak, *Das Stammesherzogthum im fränkischen Reiche, Forsch. z. deutschen Geschichte*, XXII, p. 167-186 ; W. Sickel, *Das Wesen des Volksherzogthums, Historische Zeitschrift*. LII, p. 407-450 ; Dahn, *Könige*, IX, 1, p. 715-745.

[2] *Lex Alam.*, éd. Lehmann, XXVII (XXVIII), p. 87, XXVIII (XXIX), p. 88, XXXI (XXXII), p. 90.

[3] Wartmann, *St. Gall. Urkundenb.*, I, p. 1, an. 706 : « Godofridus dux vir inluster. »

[4] *Lex Alam.*, éd. Lehmann, XXX (XXXI), p. 89, XXXI (XXXII), p. 89, XXXII, p. 92, de même son « missus infra provintia » XXIX (XXX), p. 88-89, celui qui se rend à sa cour ou en revient, XXVIII (XXIX), p. 88.

[5] *Id.*, XXIII (XXIV), p. 84.

[6] *Id.*, XXVI (XXVII), p. 86 : « De his qui in exercitu, ubi rex ordinaverit exercitum... »

[7] *Id.*, XXXV, 1, p. 92.

[8] *Id.*, XL, 1, p. 102 : « ...quia sic convenit duci et omni populo in publico consilio. » Cf. Dahn, *Könige*, IX, 1, p. 729.

de ses grands laïques et ecclésiastiques ; avec l'aide des
hommes libres, il légifère, et le droit qui sort de ces délibérations n'a pas besoin de la confirmation du roi pour
être valable ; toutefois il ne peut s'opposer au droit du
royaume franc[1].

Au point de vue juridique, le duc est en Alamannie le
protecteur et le défenseur du droit ; il l'exerce lui-même
dans son palais, et dans le pays, le fait exercer par les comtes et les centeniers ; les amendes pénales constituent une
partie de ses revenus ; il est maître des décisions qui
entraînent la peine de mort ; pour son duché, il est la justice suprême et le tribunal de recours[2].

Au point de vue financier, le duc a, comme le roi, son
« fiscus » qui se confond avec ses biens personnels ; ses
propriétés et ses revenus sont nombreux, tandis que rarement il est fait mention de ceux qui appartiendraient
au roi en Alamannie[3]. C'est donc une véritable royauté
qu'il exerce à la tête de son peuple ; il n'en a pas tous les
attributs et toutes les prérogatives ; mais, en fait, il est libre
d'agir à sa guise, et, en droit, il ne reconnaît que la suprématie du roi légitime, pour refuser de se soumettre à celle
que s'arroge le maire du palais.

Le peuple des Alamans conserve ainsi dans la monarchie franque, son existence nationale ; il ne rentre pas,
comme le peuple burgonde, dans les cadres de l'administration ; il a un duc qui est l'intermédiaire entre lui et le
pouvoir central, qui préside son assemblée et fait avec
lui sa loi ; au VIIIme siècle, le duc est héréditaire et appar-

---

[1] *Lex Alam.*, éd. Lehmann, XXXVII, 2, p. 97 : « post conventum
nostrum, quod conplacuit cunctis Alamannis. » Cf. I, 1, p. 63, *Codex San-
gall.*, 731 (an. 793), et *Cod. Monacensis Lat. 4115* (VIIIme-IXme siècle). Cf.
Dahn, *Könige*, IX, 1, p. 729-730. Ces assemblées dateraient du moment
où les ducs se rendent indépendants et seraient tolérées par les maires
Pipinnides.

[2] L'appel peut se faire au roi dans les condamnations à mort. *Lex
Alam.*, XLIII, éd. Lehmann, p. 103. Cf. B, XLIV, p. 104. Un des manuscrits de la *Lex*, le *Vindobonensis, 601*, du XIIme siècle, signale dans le cas
d'accusation d'un crime capital la possibilité de récuser le tribunal du
duc ; l'affaire est alors portée au roi. Cf. Dahn, *op. cit.*, p. 735.

[3] Cf. ci-dessus, p. 393, et Dahn, *op. cit.*, p. 740.

tient à une puissante famille du pays. L'existence nationale et l'unité ethnique des Alamans sont ainsi maintenues
jusque sous les premiers Carolingiens.

Les Alamans de la Rhétie et de la Séquanaise, passés en
536 de la suprématie des Ostrogoths à celle des Francs,
ont été englobés dans la « provincia » austrasienne et
comme tels, gouvernés par les mêmes ducs que ceux qui
ont été soumis, vers 500, par Clovis. Les rares ducs alamans connus ont réuni dans leur administration les deux
rives du haut Rhin, de Bâle à Constance. Quelques-uns
ont été plus particulièrement en rapport avec la nouvelle
Alamannie de 536. En général, il ne dut y avoir qu'un seul
duc de tous les Alamans ; nous ne connaissons guère
plusieurs personnages revêtus simultanément de cette
dignité. Mais il est très probable que dans des cas spéciaux, un partage de la « provincia » ait eu lieu, et qu'un
duc ait été installé sur une de ces régions particulières.

Au commencement du VIIIme siècle, la loi des Alamans
dit que le fils du duc rebelle doit être privé de son « hereditas » ; ses frères, s'il en a, se la partageront de par la
volonté du roi ; s'il n'en a pas, le roi peut en disposer à
son gré, ou bien le restituer plus tard à ce rebelle re-
penti, ou bien le faire échoir à n'importe qui d'autre[1].
Cette « hereditas », pour le partage de laquelle, à la mort
du père, il faut l'autorisation du roi, semble bien désigner
la dignité ducale[2] ; la succession s'opérait ainsi par un
accord des membres de la famille ducale, mais sans que
tout droit des frères, au partage, soit supprimé. D'autre
part, nous relevons dans les textes quelques personnages
qui, bien que portant le titre de « dux », ne gouvernent
qu'une partie de l'Alamannie. Ainsi Willari, contre lequel

---

[1] *Lex Alam.*, XXXV, 1 et 2, éd. Lehmann, p. 92-93 : « Et si fratres
habuerit, ipsi fratres inter se per voluntatem regis dividant hereditatem
patris eorum ; ad illum autem, qui revellavit contra patrem suum, non
dent portionem inter ipsis. »

[2] Cf. Dahn, *Könige*. IX, 1, p. 726-727. Dahn ne tranche pas la question ; les termes « ducatus, provincia, terra » qui indiquent la dignité
ducale manquent dans le passage. On peut remarquer, cependant, qu'on
n'a pas si régulièrement un seul duc en Alamannie. V. la suite.

Pépin dirige quatre expéditions de 709 à 712[1]; les annales ne le disent pas duc. Mais, après la mort de Godfried, c'est contre lui que lutte Pépin, lorsqu'il veut faire
rentrer l'Alamannie dans l'ordre. Un texte hagiographique,
la vie de saint Dizier et de saint Régenfroid, le premier,
évêque de Rodez et martyr à Saint-Dizier, dans les Vosges, au temps de Childéric II (663-675)[2], parle du même
Wilari comme d'un duc de la région appelée Mortenau,
soit l'« Ortenau », « pagus » riverain du Rhin entre la
Bleiche et l'Oos[3]. Arrivé aux confins de l'Alamannie, saint
Dizier confond, devant le duc Willari, un évêque non-
orthodoxe[4]. Ainsi, à en croire l'hagiographe, nous tenons
un duc, vers 670, localisé dans un « pagus » de l'Alamannie, l'Ortenau[5]. Le partage de la dignité ducale en
Alamannie est ainsi rendu possible, et nous pourrons, par
une hypothèse, localiser deux ducs des Alamans dans le
pays situé entre le Rhin et les Alpes. Leudfried, qui tombe
en 587 en disgrâce, et son successeur Uncelenus, qui joue
un rôle parmi les grands de Thierry II et est mis à mort
en 607-608, à l'instigation de Brunehaut[6], ne peuvent être
des ducs de l'Alamannie de la rive droite du Rhin ; celle-ci,
en effet, dépend de l'Austrasie, où règne Théodebert II,
et, dans ce cas, la présence de son duc dans l'armée
neustro-burgonde est inexplicable ; il n'est guère possible
qu'ils soient, d'autre part, des ducs d'Alsace, démembrée
de l'Alamannie, pour entrer dans la part de Thierry II[7].

[1] *Ann. regni Francorum.* v. ci-dessus, p. 292.

[2] Trouillat, *Monuments*, I, p. 56. *Friedrich. Kirchengesch. Deutschl.*,
II, p. 548, n. 1735 : le biographe aurait écrit environ 80 ans après le
martyr de Dizier.

[3] Cf. Cramer, *Gesch. der Alam.*, p. 448.

[4] *Vita S. Desiderii episc.*, et *Regnifridi Archidiac.*, 3, AA. SS.
Sept. V, p. 790 : « Venit in fines Alamannorum, ad locum cujus vocabulum est Morvaugia, ubi dux prærat nomine Williarius. »

[5] Cf. Stälin, *Wirtemb. Gesch.*, I, p. 179, n. 5, hésite à le placer comme
duc sur toute l'Alamannie ou seulement sur l'Ortenau ; Dahn, *Könige*, IX,
1, p. 703, en fait un simple comte de l'Ortenau ; le texte dit bien « dux ».

[6] *Chron. Fredeg.*, A, IV, 8, éd. Krusch, p. 125, IV, 28, p. 132. Cf. ci-
dessus, p. 411.

[7] Comme le font Schnürer, *Die Chronik des sogen. Fredegars*, p. 397
et Dahn, *Könige*, IX, 1, p. 700. Cf. Oechsli, *Zur Niederlassung*, p. 263.

Le chroniqueur A. de Frédégaire les nomme « dux Alamannorum » ; ailleurs, il parle des « Alesaciones [1] », qui,
dans sa pensée, ne peuvent plus être analogues aux « Alamanni ». Par contre, les « Turenses », habitants du
Thurgau, que nous avons prouvé plus haut avoir appartenu aussi à Thierry II, jusqu'en 610-611 [2], font partie de
l'Alamannie proprement dite. Régulièrement, il ne devrait y avoir qu'un comte dans le pays ; mais, dans le cas
particulier, Leudfried et Uncelenus se placent tout naturellement dans le Thurgau, seule région de l'Alamannie
qui appartienne à Thierry II. Il est possible qu'ils aient été
ducs sur toute l'Alamannie. sous Childebert II, et que,
après sa mort, Uncelenus soit demeuré attaché à Thierry II
et n'ait conservé, de son duché, que les « Turenses », détachés des autres Alamans de 596 à 610-611.

Un autre « dux » ou « judex » est signalé vers 613, dans
la même région, par la tradition de Saint-Gall. Le moine
Wetti, qui écrit au commencement du IXme siècle, dépeint
un état de choses qui lui est contemporain ou très peu
antérieur. Ses personnages sont légendaires, mais le souvenir d'un duc alaman, en rapports avec Colomban et Gall
peut s'être perpétué autour du tombeau du saint, pour
former un des noyaux de la légende ; ce n'est peut-être
pas un personnage tout à fait fictif, et il vaut la peine d'en
parler.

Colomban et Gall prêchent aux Alamans païens habitant autour de Bregenz et d'Arbon ; ils renversent les
idoles et consacrent une église chrétienne ; quelques-uns
des Alamans non convertis, vont se plaindre au duc du
pays, Cunzo, en prétendant que les missionnaires irlandais
ravagent les chasses du domaine ducal ; le duc leur intime
l'ordre de quitter le pays [3]. Plus tard, le même Cunzo

Oechsli, doute que Uncelenus, duc d'Alamannie en 587, soit le même que
celui de Brunehaut.

[1] *Chron. Fredeg.*, A, IV, 37, éd. Krusch, p. 138.
[2] V. ci-dessus, p. 186.
[3] Wetti, *Vita S. Galli*, 8, éd. Krusch, p. 261 : « Illi vero, qui contemp-
serunt eorum prædicationes, conati sunt adfligere eos propter deorum
suorum contritiones. Nempe adierunt Cunzonem ducem partium ipsarum,
accusatorias fallacias ferentes. » 15, p. 265 : « judex ».

montre des dispositions plus favorables à l'égard de Gall,
qui est resté dans le pays après le départ de Colomban
pour l'Italie ; à la mort de l'évêque de Constance, le duc,
qui réside dans la « villa » d'Ueberlingen, au bord du lac,
le fait quérir avec le prêtre d'Arbon, Willimar[1]. Sa fille,
Fridiburga, était fiancée au jeune roi Sigebert[2], mais un
démon malin et muet la torturait ; le roi, son fiancé, avait
envoyé deux évêques, pour la guérir, deux évêques qui
furent insultés par l'esprit, sans pouvoir le faire sortir du
corps de la jeune fille. Cunzo promet alors à Gall, l'évêché de Constance, s'il réussit à rendre la santé à sa fille[3].
Celui-ci quitte le désert de la Steinach où il se trouvait
alors, va à Arbon et guérit Fridiburga[4] ; mais il refuse
l'épiscopat, car, du vivant de son maître Colomban, il ne
doit plus célébrer la messe. Le duc donne alors l'ordre au
« tribunus » du « pagus » d'Arbon de contribuer, avec les
habitants du pays à la construction de la « cella » du solitaire irlandais[5].

Le roi Sigebert envoie une nombreuse suite chercher
sa fiancée à la frontière de l'Austrasie sur le Rhin ; il
donne à son tour au duc l'ordre d'aider le sauveur de
Fridiburga dans l'édification de sa « cella »[6]. Cunzo ras-

---

[1] Welti, *Vita S. Galli*, 15, éd. Krusch, p. 264 : « Post hæc die septima
missa est præfato sacerdoti epistola, in qua continebatur, adesse cum
viro Dei super duodecim noctes ad Cunzonem ducem in villa nuncu-
pata Iburninga. »

[2] Il ne peut s'agir que de Sigebert II, fils de Thierry II, né en 601-
602 et tué sur l'ordre de Clotaire II en 613. (*Chron. Fredeg.*, A, IV, 21,
éd. Krusch, p. 129 et IV, 42, p. 141.) Il fut roi en 613 seulement. (*Chron.
Fredeg.*, A, IV, 39, éd. Krusch, p. 140 et n. 4.) Colomban ne quitte le
pays qu'après la défaite de Thierry par Clotaire II. Cf. *Vita Columbani*,
I, 30, éd. Krusch, p. 106-107. Entre la mort de son père et la défaite de
Brunehaut, Sigebert II a pu, à la rigueur, être fiancé à la fille du duc
d'Alamannie. Cf. Meyer von Knonau, *Vita Galli*, p. 20, n. 85.

[3] Wetti, *Vita S. Galli*, 16, éd. Krusch, p. 265. 17, p. 266.

[4] *Id.*, 18, éd. Krusch, p. 266. Cf. Meyer v. Knonau, *op. cit.*, p. 25,
n. 97 : ce ne serait que l'histoire légendaire et poétisée de la conversion
de la jeune fille.

[5] *Id.*, 19, éd. Krusch, p. 267 : « Præcipiebatur tamen a duce tribuno
Arbonensi ut ad ædificium cellæ cum cunctis pagensibus adiuvasset ei. »

[6] *Id.*, 21, éd. Krusch, p. 267-268 : « Cunzoni ergo duci præceptum est
a rege, ut viro Dei ad ædifium cellæ adiuvasset cum multitudine. » La

semble à Constance les évêques de Spire et d'Augsbourg, les prêtres et les diacres et le peuple de l'Alamannie ; il tient conseil avec les grands et pendant trois jours un synode au milieu d'une grande foule de peuple. Mais saint Gall persiste à refuser l'épiscopat et fait élire à sa place son disciple rhétique, le diacre Johannès[1].

Toutes ces histoires n'ont guère de valeur ; elles sont écrites à la gloire du monastère de Saint Gall, pour prouver son indépendance du pouvoir de l'ordinaire et ornent de détails anachroniques l'activité du duc Cunzo autour du lac de Constance. On peut cependant retenir de ces récits légendaires le nom du duc Cunzo ; ce fut, peut-être comme Uncelenus, un duc d'une partie seulement de l'Alamannie, le Thurgau[2]. Il réside successivement à Constance, à Arbon, à Ueberlingen ; mais le nom de cette dernière « villa » peut être également emprunté aux usages du VIIIme siècle[3].

§ 4. — *Géographie historique de l'Alamannie suisse aux VIIme et VIIIme siècles. — Le comte et le gau. — Le Thurgau. — Le centenier. — Le Zurichgau. — L'Arbongau.*

L'Alamannie à l'époque franque est subdivisée en

chronologie de ces faits légendaires est insoutenable. Sigebert doit être alors déjà mort. Lorsque Fridiburga arrive à Metz, (*Vita Galli*, 22, éd. Krusch, p. 268-269), elle devrait y trouver Clotaire II ; le récit de son voyage sur le Rhin ne serait encore que le souvenir de la séparation de l'Alsace du reste de l'Alamannie. Cf. Meyer von Knonau, *op. cit.*, p. 28, n. 104 et p. 31, n. 118.

[1] Wetti, *Vita Galli*, 24-25, éd. Krusch, p. 269-270.

[2] Dahn, *Könige*, IX, 1, p. 701, reste dans l'incertitude. Meyer von Knonau, *Vita Galli*, p. 12, n. 57, le considère seulement comme un « Gaugraf » puissant.

[3] Ueberlingen est alors le chef-lieu du Linzgau. Cf. Meyer v. Knonau, *op. cit.*, p. 12, n. 57 et Merkel, *De Republica Alaman.*, p. 35, n. 10 ; en 770 : « Iburinga villa publica », charte du comte Robert, fils du duc Nebi, dans Wartmann, *St. Gall. Urkundenbuch*, I, p. 56, n° 57.

« gaue » ou « pagi », à la tête de chacun desquels est placé un comte « comes » ou « graf ».

L'origine du comte alamannique est assez obscure; avant la soumission du peuple par Clovis, il y avait dans chaque « gau », sous l'autorité du roi, un chef militaire et judiciaire qui, à l'exemple des autres peuplades germaniques, se nommait peut-être aussi « graf »[1]; rien ne prouve d'ailleurs que l'institution de comtes dans les « pagi » alamanniques, soit une conséquence de la victoire de Clovis et une création d'origine purement franque[2]. Il faut pourtant aller jusqu'au commencement du VIIIme siècle pour rencontrer dans les textes quelques renseignements sur eux. Leurs attributions ne diffèrent pas alors de celles des fonctionnaires qui portent le même titre, en Neustrie, en Austrasie, ou en Burgondie; leur nomination dépend seulement du duc alors positivement indépendant[3]. Le comte est le chef de la justice, siège au tribunal, dans la centenie, ou s'y fait représenter par son « missus », concurremment avec le centenier; il maintient la paix dans le « pagus » et exécute les ordres du duc, les décisions judiciaires; il est le chef militaire de sa circonscription et procède à la levée de l'armée; celui qui se rend à son tribunal est protégé par un triple wehrgeld; de même une amende de six « solidi », la moitié de celle du duc, punit la désobéissance à ses ordres[4]. En fait, aucune attribution spéciale ne caractérise le comte en Alamannie; il est seulement fonctionnaire ducal au commencement du VIIIme siècle; probablement dès 638, il ne dépend plus directement du roi.

Les Alamans réfugiés en Helvétie, sous le protectorat

---

[1] Dahn, *Könige,* IX, 1, p. 242.

[2] Comme le voulait Merkel, *De Republ. Alam.,* p. 9 et 36. Cf. Dahn, *loc. cit.*

[3] *Lex Alam.,* XXXVIII, éd. Lehmann, p. 98 : « coram comite, ubi tunc dux ordinaverit,.. »

[4] *Lex Alam.,* XVII (XVIII), éd. Lehmann, p. 80, XXVII (XXVIII), p. 87, XXVIII (XXIX), p. 88, XXXVI, 1, 2, 3, p. 94, LXXXI (LXXXII), p. 145. Cf. Cramer, *Gesch. der Alam.,* p. 301 et Dahn, *Könige,* IX, 1, p. 242-249. On ne trouve guère de passages qui indiquent, avec Dahn, que le roi peut déposer le fonctionnaire du duc.

du roi des Ostrogoths, n'avaient pas de roi particulier ; le seul roi des Alamans est tombé dans la bataille ; Théodoric l'Ostrogoth leur laisse leurs chefs, qui, en l'espèce, pouvaient être des comtes ; sans doute à partir de 536, sous les rois francs descendants de Clovis, l'institution s'est régularisée ; dépendante d'abord du roi, elle devient, avec le temps, uniquement ducale ; telle elle apparaît, alors que des textes précis permettent autre chose que des hypothèses.

La circonscription administrative à la tête de laquelle se trouve placé le comte est, dans les pays germaniques, de formation un peu différente que dans la Gaule proprement dite ; le « pagus » ou le « gau » n'est pas l'équivalent de la « civitas » gallo-romaine et d'origine celtique. Les établissements alamanniques se groupent par anciennes peuplades, par familles, ou selon les conditions géographiques du pays ; les noms de leurs « gaue » indiquent ainsi leur formation, soit qu'ils désignent leur orientation, soit qu'ils s'inspirent d'un nom de montagne ou de fleuve, soit que, plus rarement, ils décèlent leurs rapports avec d'anciennes circonscriptions romaines, par un nom dérivé d'une ville ancienne.

Ainsi chaque « gau », formé par peuplade ou par région, possède à l'origine un chef guerrier, un roi ; puis plusieurs « gaue » sont réunis sous un seul roi ; au VIme siècle et dans la règle générale, un seul comte par « gau » ; plus tard le morcellement graduel amène plusieurs comtes dans chaque « pagus » primitif, qui ne demeure plus alors que comme une désignation géographique[1].

Les Alamans s'établissant dans l'Helvétie sous le protectorat osthrogothique n'ont pas respecté les limites des

---

[1] V. Brunner, *Deutsche Rechtsgesch.*, II, p. 144-145 ; Waitz, *D. Verf. Geschichte*, II, 1², p. 385 et 408-410 ; Dahn, *Könige*, IX, 1, p. 81-91 ; Cramer, *Gesch. der Alam.*, p. 308-310, cf. p. 34-49. M. Cramer a essayé en vain de maintenir une liaison continue entre le « pagus » à l'époque mérovingienne et l'organisation fictive qu'il veut trouver dans la Germanie de Tacite, politique et tactique en mille = « gau », en cent = « centena ». Cf. la réfutation de Dahn, *op. cit.*, p. 82-83, et déjà Fustel de Coulanges, *Monarchie franque*, p. 195.

cités romaines ; du reste celles-ci semblent avoir été peu
fixes dans un pays alpestre, colonisé il est vrai, mais que
les invasions avaient ravagé jusqu'à le rendre presque
désert. Ses institutions civiles et ecclésiastiques à l'époque mérovingienne montrent un bouleversement complet
dans l'ancienne organisation provinciale de la contrée ; le
pays, après l'arrivée des Alamans, s'organise à nouveau
sous la tutelle franque ; à l'ouest et à l'est, les évêchés de
Lausanne et de Coire succèdent bien, en une grande mesure, à d'anciennes cités romaines ; mais leurs frontières
sont modifiées, l'évêché de Constance, au centre, se fonde,
non sur les bases de la « civitas » romaine, mais en res-
pectant le groupement ethnique de la population alamannique. Rien ne peut nous étonner donc, si nous trouvons
en Suisse un grand « pagus » de formation nouvelle. Ce
« pagus » est le « Thurgau », qui tire son nom de la rivière Thur affluent de la rive gauche du Rhin et qui coule
entre les lacs de Constance et de Zurich.

Un passage de la chronique dite de Frédégaire nous le
signale déjà au commencement du VIIme siècle, car ce
sont ses habitants qu'il faut reconnaître dans les « Turenses » qu'en 610-611, Théodebert II enlève à son père
Thierry II ; il les revendiquait depuis longtemps, car,
comme l'Alsace, ce « pagus » avait été démembré de
l'Alamannie, à la mort de Childebert II, pour venir grossir
le lot du roi de Burgondie [1]. Il doit toucher aux frontières
du « regnum Burgundiæ » et s'étend ainsi à l'ouest jusqu'à la Reuss ; entre la Reuss et l'Aar se forme, au VIIIme
siècle, l'Aargau, lorsque les Alamans ont détaché complètement cette bande de territoire de la Burgondie. Mais
l'Aargau est bien indépendant du Thurgau ; aucun texte
n'en faisant un démembrement du primitif « pagus » de
la Thur ; au contraire, les limites du Thurgau, telles qu'on
peut les tracer à l'aide des chartes des IXme, Xme et XIme
siècles et alors qu'il n'est plus, dans sa grande extension,
qu'une désignation géographique, correspondent bien, à
l'ouest, avec la Reuss, de son embouchure dans l'Aar à

---

[1] *Chron. Fredeg.*, A, IV, 37, éd. Krusch, p. 138. Cf. ci-dessus, p. 194.

Lucerne ; en 1122 et 1124, Engelberg, au canton d'Unter-
walden est situé dans le Thurgau, qui s'étend, au sud
jusqu'aux Alpes, de la Furka au Gothard, au Tödi et
au Sentis, à l'est jusqu'au Rhin, près de Montlingen [1].
Mais ces frontières méridionales et orientales ne sont
que théoriquement celles du Thurgau à l'époque mérovingienne ; en fait, il s'arrête du côté des Alpes et de
la Rhétie de Coire, là où les établissements alamanniques s'arrêtent, et il avance avec eux son étendue ; il ne
dépassera jamais, du côté de Coire, le lac de Wallenstadt [2] ;
dans la vallée du Rhin, ses limites extrêmes ont été
modifiées dans la suite des temps [3].

Le Thurgau apparaît, aux IXme et Xme siècles, divisé en
plusieurs circonscriptions [4] ; l'une d'elles, le Zurichgau, citée dès 774 [5], est, au IXme siècle, un comté qui s'étend entre

---

[1] Cramer, *Gesch. der Alam.*, p. 543-544. A l'est, la vallée du Rhin, de
Montlingen à son embouchure dans le lac de Constance, forme au
IXme siècle un « pagus » administratif indépendant, qui s'étend, sur la
rive gauche du fleuve jusqu'à la Ober- et Unter-Schwarzenegg sur le versant ouest du Camor (canton d'Appenzell) ; sa frontière suit de là la ligne
de faîte des montagnes, jusqu'à Moudstein (canton St-Gall), et longe ensuite
le fleuve jusqu'au lac. Cf. Wartmann, *St-Gall. Urkundenbuch*, II, p. 281,
n° 680, an. 890, Cramer, *Gesch. der Alam.*, p. 547-548, et Meyer v. Knonau,
dans *St-Gall. Mitt.*, XIII, *Excurs.*, II, p. 92-95. Mais rien ne prouve que ce
« pagus » soit démembré du Thurgau, dont il aurait été à l'origine une
centenie, ni qu'il n'ait été, en 890, qu'une simple désignation géographique.
V. à ce sujet ainsi que sur l'identification de ses frontières les discussions
entre Meyer v. Knonau *(Zur Frage über die Grenze des Thurgaues gegen
den Rheingau, Anz. f. schweiz. Gesch.*, 1874, p. 17 à 20, J.-L. Mooser,
*Zur Grenzbestimmung des alten Rheingaus, Schriften des Vereins für
Geschichte des Bodensees*, VI, 1875, p. 71-116, J.-A. Pupikofer, *Die Grenze
zwischen dem Rheingau, Churrätien und Thurgau, Id.*, V, 1874, p. 58 et
71, et *Erwiderung, Id.*, VI, p. 117-122, et H. Wartmann, *Noch einmal die
Grenze zwischen dem Thurgau und Rheingau, Anz. f. schweiz. Gesch.*,
1889, p. 305-309. A l'est nous arrêtons donc le Thurgau, respectivement
l'Arbongau, à la chaîne des montagnes appenzelloises. Le Rheinthal,
fortement peuplé de Rhéto-Romans ne fut colonisé que plus lentement par
les Alamans.

[2] Schänis entre les lacs de Zürich et de Wallenstadt et Götzis sur le
Rhin, sont rhétiques. Wangen dans le canton de Schwyz est thurgovien.
Cf. Cramer, *op. cit.*, p. 543.

[3] V. ci-dessus, p. 408.

[4] Cf. Cramer, *op. cit.*, p. 544-546.

[5] Wartmann, *St-Gall. Urkundenb.*, I, p. 11, n° 10, an. 744 : « In pago

les lacs de Zurich et de Lucerne[1]; mais il n'y a pas de doute que ce comté ne soit un démembrement du Thurgau primitif qui, géographiquement parlant, comprend le pays alamannique jusqu'à la Reuss[2].

Suivant la règle générale, le Thurgau, à l'époque mérovingienne, dût avoir ses comtes; nous ne connaissons leurs noms qu'à partir du IXme siècle[3]; nous pensons cependant qu'Uncelenus, duc des Alamans, dût gouverner de 596 à 610-611, le Thurgau et non toute l'Alamannie[4], soit que Leudfried, à qui il succède soit improprement appelé duc par le chroniqueur B de Frédégaire[5], soit qu'il y ait eu, à cette époque, partage du pouvoir en Alamannie et maintien d'un duc sur un simple « pagus » par Thierry II[6].

Nous avons enfin dans les vies de saint Gall, un personnage important du Thurgau ou d'un « pagus » voisin; c'est cet Otwinus qui, vers 650, ravage le pays et brûle Constance et Arbon[7]. Wetti lui donne le titre de « præ-

---

Durgaugense, in sito, qui dicitur Zurihgauvia. » *Id.*, p. 13, n° 11, an. 745 : « in pago Durgauginse seu in sito Zurichgauvia. » *Id.*, I, p. 72, n° 74, an. 775 : « in pago Durgauginse in sito Zurihgauvia. » Cf. *Id.*, I, p. 74, n° 77, an. 775. Cf. Dahn, *Könige*, IX, 1, p. 101.

[1] Wartmann, *op. cit.*, II, p. 198, n° 586, an. 875 : « Zurigaugensis comitatus »; p. 328, n° 716, an. 898 : « In pago Thurico, comitatu Adalgozzi, » etc. Cf. Cramer, *op cit.*, p. 551.

[2] Cf. ci-dessus, p. 424, n. 5, an. 744; Wartmann, *op. cit.*, II, p. 162, n° 548, an. 870 : « In pago Durgeuwe, vel ut nunc dicitur, Zurichgeuve. » II, p. 290, n° 689, an. 893 : « In pago Durgouve et in Zurihgouve. » *Urkundenbuch der Stadt u. Landsch. Zürich*, I, p. 22, n° 68, an. 853, diplôme de Louis le Germanique pour le Fraumünster de Zürich : « curtem nostram Turegum (Zurich) in ducatu Alamannico et in pago Durgaugense cum omnibus adiacentiis vel aspicientiis ejus seu in diversis functionibus, id est pagellum Uroniæ cum ecclesia... »

[3] Wartmann, *Urkundenb.*, II, p. 185, n° 572, an. 873 : « sub Adalberto comite Durgaugensi. » *Id.*, II, p. 200, n° 585, an. 875, p. 207, n° 595, an. 876, p. 227-228, n° 617 et 618, an. 882, p. 318, n° 716, an. 898.

[4] V. ci-dessus, p. 416.

[5] *Chron. Fredeg.*, A, IV, 8, éd. Krusch, p. 125.

[6] Cf. ci-dessus, p. 417.

[7] Wetti, *Vita Galli*, 35, éd. Krusch, p. 276 : « Otwinus præses cum exercitu magno, crudelitate succensus, devastavit aliquam partem pagi Durgaugensis. Constantiam et Arbonam succendit igne; »

ses » qui indique bien un comte [1]; mais Walafrid se contente de termes vagues; c'était un homme puissant dans
le pays, à la tête d'une forte armée [2]. Le récit est d'ailleurs légendaire, mais on peut en tirer le nom d'un comte,
soit du Thurgau, soit du voisinage.

Au VIIIme siècle, et pour la première fois, apparaît dans
la loi des Alamans une subdivision du « gau » ou « pagus »
qui est la centenie [3]; à l'origine, groupement social et
juridique de cent familles [4], elle est alors, une circonscription administrative dirigée par un centenier; ce centenier fonctionne chez les Alamans comme juge à côté
du juge et de concert avec lui; comme lui il est un des
organes de l'administration du duc; son activité est surtout connue par son côté judiciaire, car c'est dans chaque
centenie que se réunit le tribunal [5]; la désobéissance aux
ordres du centenier entraîne également une amende de
trois « solidi »[6]. L'origine de cette fonction subalterne à celle
du comte est aussi obscure que celle du comte lui-même;
de même, la division du « pagus » en centenies; il faut
renoncer à la trouver dans l'organisation des peuples germaniques primitifs [7]. Mais on ne peut dire, avec certi-

[1] Cf. Waitz, *D. Verf. Gesch.*, II, 2 [3], p. 26, n. 2.
[2] Walafr. Strabo, *Vita Galli*, II, 1, p. 313 : « ...venit Otwinus partium
earundem potestate præditus cum exercitu magno, et ira intolerabili
concitatus, »
[3] *Lex Alam.*, XXXVI, 1, éd. Lehmann, p. 94 : « Ut conventus secundum consuetudinem antiquam fiat in omni centena coram comite aut suo
misso et coram centenario. »
[4] Dahn, *Könige*, IX, 1, p. 255.
[5] *Lex Alam.*, XXXVI, 1, 2, 3, éd. Lehmann, p. 94-95.
[6] *Id.*, XXVII (XXVIII), éd. Lehmann, p. 87.
[7] Sohm., *Altdeutsche Gerichtsverf.*, p. 181 et s., Waitz, *D. Verf.
Gesch.*, II, 1 [3], p. 401-402; l'ancienne théorie de la division du peuple
germanique en mille, centaines et dizaines, dès l'époque de Tacite, a été
reprise par Cramer, *Die Gesch. der Alam.*, p. 308-310. Mais déjà combattue par Fustel de Coul., *Monarchie franque*, p. 194-195 et 220-225,
elle est en partie abandonnée par Brunner, *Deutsche Rechtsgesch.*, I,
2me édit.. p. 181-182; cf. II, p. 145-148 et 174-186 et par Dahn, *Könige*,
IX, 1, p. 98 à 106. Le texte cité de la *Lex Alam.*, est le premier qui
parle de la « centena »; dans les textes mérovingiens on trouve bien auparavant le « centenarius » comme chargé de la justice et de la police d'un
canton; mais la subdivision en centenies territoriales n'est régulière qu'au
VIIIme siècle. Cf. Fustel, *Monarchie franque*, p. 198 et 220; Pfister, dans

tude, qu'elle soit d'origine franque et qu'elle fasse partie des institutions imposées par Clovis aux Alamans vaincus. Un texte législatif du commencement du VIIIme siècle, prouve son existence déjà au siècle précédent ; pour l'Alamannie suisse, nous ne pouvons pas davantage dire si elle date de la cession aux Francs de 536, ou si cet organe judiciaire et administratif, comme ce groupement géographique, se développèrent et s'établirent au cours du VIme ou du VIIme siècle. Il suffit de marquer qu'ils existent à la fin de l'époque mérovingienne, et de rechercher quelles ont pu être alors les centenies du Thurgau.

Dès 774 on peut signaler une circonscription divisionnaire qui tire son nom de l'ancienne bourgade romaine de Zürich (castrum Turicum), le Zurichgau, nommé d'abord, « situs » puis « pagus », enfin au IXme siècle, « comitatus »[1]. Il est bien probable qu'elle existait déjà au VIIme siècle. Une autre bourgade romaine Arbon (Arbo Felix) sur les bords du lac de Constance, donne son nom à une centenie qui, dans les chartes de Saint-Gall, au VIIIme siècle, sert de désignation topographique, tantôt seule, tantôt comme subdivision du Thurgau ; elle est désignée par les noms de « pagus, situs, finis [2] ».

Lavisse, *Hist. de France*, II, p. 181, n. 71. Il faut pourtant admettre avec Waitz, *loc. cit.*, au moins pour les Alamans, que le centenier remonte beaucoup plus haut.

[1] Wartmann, *St-Gall. Urkundenbuch*, I, p. 11, n° 10, an. 744 : « In pago Durgaugense, in sito qui dicitur Zurihgauvia. » *Id.*, II, p. 162, n° 548, an. 870 : « In pago Durgeuve vel, ut nunc dicitur, Zurihgeuve. » *Id.*, II, p. 290, n° 689, an. 893 : « In pago Durgouve et in Zurihgouve. » Les expressions qui désignent la centenie sont très variables ; on trouve tantôt employées comme synonymes tantôt avec des acceptions diverses : « centena, pagus, marca, situs, huntare. » Cf. Dahn, *op. cit.*, p. 102. Le Zurichgau est, au VIIIme siècle, une désignation géographique d'une partie du Thurgau, mais pas une centenie ; il dût comprendre dès l'origine au moins deux centenies ; au IXme siècle c'est une circonscription politique nettement distincte. Cf. Meyer v. Knonau, *St-Gall. Mitt.*, XIII, *Excurs*, II, p. 208-217 ; *Ueber den Zürichgau, Anz. f. schweiz. Gesch.*, 1876, p. 219-220, et *Nochmals der Zürichgau*, p. 248, contre E. v. Muralt qui y voyait une centenie, *Anz. f. schweiz. Gesch.*, 1876, p. 210-212, *Der Zürichgau.*

[2] Wartmann, *op. cit.*, I. p. 11, n° 10, an. 744 : « Sacrasancta ecclesia sancti Galloni confessoris, quod in Arbonense pago constructa est. » Cf. p. 13, n° 11, an. 745. *Id.*, p. 14, n° 12, an. 745 : « in sito Durgaunense et in

Aussi haut que nous remontons dans les textes, elle fait partie du Thurgau [1]; sa description et sa situation dans les vies de saint Gall ne laissent aucun doute sur ce point [2]. Il ne faut pas hésiter à la considérer comme une centenie du « Thurgau », qui, au VIIIme siècle, prend dans l'usage le nom de « pagus », mais qui n'arrive pas, comme le Zurichgau, à le démembrer d'un comté [3].

L'étendue du « pagus Arbonensis » a varié avec le défrichement du pays ; au XIIme siècle, dans le diplôme de Frédéric Ier pour Constance, ses limites sont décrites en détail sous le nom de « forestis Arbonensis » [4]. Mais au VIIIme siècle, il s'étend seulement entre le lac et les premiers contreforts des Alpes ; c'est là que les chartes de saint Gall placent la plupart de ses localités [5] et c'est de

pago Arbonense castro. » Cf. p. 40, n° 38, an. 763. *Id.*, p. 71, n° 73, an. 775 : « in pago Thurgaugia, in Arbonense pago. » *Id.*, p. 80, n° 85, an. 779 : « in pago Arbonensi vel in sito Durgogensi. » *Id.*, p. 112, n° 119, an. 788 : « in pago Durgaugense vel in sito Arbonense. » *Id.*, p. 110, n° 117, an. 788 : « in pago Durgaugense et in situ Arbunense. » *Id.*, p. 135, n° 144, an. 797, p. 153, n° 162, an. 800 : « in paco Thurgauensi vel in Arbonensi. » *Id.*, p. 139, n° 147, an. 797, p. 140, n° 148, an. 797, p. 146, n° 154, an. 798 : « In pago Turgauensi sibi Arbonensi. » *Id.*, p. 142, n° 150, an. 797 : « in pago, qui dicitur, Arbonense, urbis Constantiæ, in ducato Alamanniæ. » *Id.*, p. 122, n° 130, an. 791 : « in pago Turgaugense et in fine Arboninse. » *Id.*, p. 89, n° 94, an. 781 : « in Durgauia in Arbunense pago. » Cf. p. 48, n° 47, an. 765 ; p. 49, n° 48, an. 765 ; p. 52, n° 52, an. 769 ; p. 60, n° 66, an. 771 ; p. 66, n° 67, an. 772 ; p. 97, n° 103, an. 786 ; p. 125, n° 131, an. 792 ; p. 36, n° 33, an. 762 ; p. 92, n° 97, an. 782 ; p. 130, n° 138, an. 795 ; p. 123, n° 131, an. 792.

[1] Les désignations topographiques des chartes de Saint-Gall sont donc infiniment variables ; le « pagus Arbonensis » est tantôt seul tantôt partie du Thurgau au VIIIme siècle ; on ne peut pas conclure de ce qu'il est seul dans les premières chartes de 744-745, qu'à l'origine il était indépendant du Thurgau, comme semble l'admettre Meyer v. Knonau, *Vita Galli*, p. 26, n. 99.

[2] Wetti, *Vita Galli*, 35, éd. Krusch, p. 276 : « Otwinus... devastavit aliquam partem pagi Durgaugensis. Constantiam et Arbonam succendit igne. » Walafrid, *Id.*, II, 1, éd. Krusch, p. 313 : « ...devastavit non minimam partem pagi, qui ab interfluente fluvio Durgewi nominatur ; Constiense quoque territorium et Arbonensis pagi confinia depopulari cœpit et igni succendere. »

[3] Dahn, *Könige*, IX, 1, p. 161, n. 6.

[4] *Wirtemberg. Urkundenbuch.*, I, n° 352, p. 96.

[5] Meyer v. Knonau, *loc. cit.*

cette manière que le définit, au commencement du IXme siècle, l'hagiographe Wetti [1].

Les vies de saint Gall rédigées successivement entre 816 et 824 par Wetti, et vers 834. par Walafrid Strabon, parlent à plusieurs reprises de ce « pagus Arbonensis »; sans doute ils décrivent les institutions et la géographie administrative du pays, telles qu'elles sont à leur époque, en les attribuant à des temps beaucoup antérieurs; mais, malgré le caractère légendaire et tendancieux de leur tradition, il faut pourtant mentionner ce que les moines ont tiré du souvenir de leurs aînés [2], en conservant à leur témoignage un caractère hypothétique. Wetti place à Arbon un « tribunus » auquel le duc Cunzo donne l'ordre de travailler à la construction de la « cella » de Gall, avec le concours de tous ses « pagenses » [3]; aux VIIme et VIIIme siècles, le « tribunus » est différent du centenier; c'est un « schultheiss », officier local, délégué militaire et civil du comte [4]; mais dans la langue qu'écrit Wetti, sans souci d'archaïsme ni d'exactitude, il faut simplement reconnaître en lui le centenier qui dans une localité où la population romaine se maintient a gardé un nom latin [5].

Vers 650, Erchanoald qui ravage le pays où se trouve le tombeau de saint Gall, et où ont fui les « Arbonenses »

---

[1] La fille du duc Cunzo indique que la retraite du saint est dans la forêt proche du « pagus Arbonensis », lequel est situé entre le lac et les Alpes. *Vita S. Galli*, 21, éd. Krusch, p. 268 : « In silva coniuncta Arbonensi pago, qui est inter lacum et Alpem, » Dans les chartes du VIIIme siècle, cette forêt est déjà comprise dans le « pagus ».

[2] Cf. Meyer von Knonau, *Vita Galli*, p. xiii. Le récit relatif au « pagus Arbonensis » à Otwin et à Erchanoald « tribunus » ne se retrouve pas dans les fragments conservés de la plus ancienne vie de St-Gall (fin du VIIIme siècle, après 771). Cf. Krusch, *SS. rer. Mer.*, IV, p. 231 et 251-256.

[3] Wetti, *Vita Galli*, 19, éd. Krusch, p. 267 : « Præcipiebatur tamen a duce tribuno Arbonensi, ut ad ædificium cellæ cum cunctis pagensibus illis adiuvant ei. »

[4] Cette différence est nettement marquée dans des gloses alamanniques du temps. Cf. Brunner, *Deutsche Rechtsgesch.*, II, p. 181, n. 15 et Waitz, *D. Verf. Geschichte*, II, 2 [3], p. 6 à 10.

[5] Meyer von Knonau, *Vita Galli*, p. 26, n. 98; Brunner, *Deutsche Rechtsgesch.*, II, p. 184, et Dahn, *Könige*, IX, 1, p. 258, n. 6. Walafrid Strabon le nomme, *Vita Galli*, I, 19, éd. Krusch, p. 299 : « Arbonensi præfecto », terme vague.

devant l'invasion du « præses » Otwin, est aussi, pour Wetti,
un « tribunus » [1], encore un centenier ou un officier local
d'un comte voisin d'Arbon.

Les deux vies de saint Gall de Wetti et de Walafrid
font d'Arbon un « castrum » important, où a dû se maintenir
une population romaine, et où siège un officier du comte,
le « tribunus », qui, dans leur idée, est un centenier ; ces
renseignements, sûrs pour la fin du VIIIme siècle, ne sont
pas invraisemblables pour la fin du VIIme siècle. L'histoire
du monastère écrite en 884 ou 885 par le moine Ratpert
représente une tendance beaucoup plus suspecte que celle
de ses prédécesseurs ; elle accentue encore leur intention
de donner à l'abbaye des origines illustres, de la mettre en
rapports avec les rois et de la faire considérer comme indépendante du pouvoir épiscopal ; le compilateur arrange à sa
façon les sources dont il dispose et, ainsi, invente de toutes
pièces [2] une généalogie de grands personnages, protecteurs du monastère, et qui auraient été des comtes ou des
centeniers d'Arbon. Cette généalogie commence à l'époque
de Dagobert, par Talto, chambrier d'un roi Dagobert et
contemporain de saint Gall, personnage complètement
ignoré de tous les anciens biographes du saint et entièrement imaginaire [3]. Après six générations, elle se termine

---

[1] *Vita Galli*, 35, éd. Krusch, p. 277 : « Quæ per diligentiam Erchanoldi cuiusdam tribuni sunt prodita, cui propter vicinitatem omnia ipsius
heremi fuerunt nota. » Walafrid, *op. cit.*, II, 1, p. 313, le nomme
« Erchonaldus autem præfecti vicarius » ; il n'attache d'ailleurs aucun sens
bien précis à ces termes, puisqu'il rend « tribunus » de Wetti à la fois
par « præfectus » et par « præfecti vicarius ». « Præfectus » désigne souvent un comte, cf. Waitz, *op. cit.*, II, 2 [3], p. 26, n. 2 ; le « vicarius præfecti » de Walafrid serait ainsi un centenier d'une centenie du Thurgau.
Cf. Meyer v. Knonau, *op. cit.*, p. 51, n. 166.

[2] Meyer von Knonau, *Ratperti Casus S. Galli*, St-Gall. Mitteil., XIII,
p. 5, n. 9.

[3] *Ratperti Casus S. Galli*, 5, éd. Meyer v. Knonau, p. 5 : « At postquam de corpore spiritum transmisit ad astra, a successoribus istorum
locus iste ob amorem sancti similiter augmentatus est, usque ad tempora
Caroli. Taltonis vero filius fuit Thiotolt, cujus filius Pollo, Pollonis
autem filius Waldpertus qui genuit Waldrammum. » Cf. *Id.*, 4, p. 5 :
« Religiosos etiam viros, qui eundem sanctum in sua susceperunt ejusdem-
que heremi jus hereditarium illi potestativa manu concesserunt, subter-

à Waldram qui, est un personnage plus historique ; c'est lui qui, suivant Walafrid, en 720, établit sur la « cella » de saint Gall le prêtre Othmar, qu'il a obtenu du comte de Rhétie, Victor ; il lui remet toutes les dépendances du sépulcre miraculeux, car la forêt déserte où le missionnaire irlandais s'est retiré, faisait partie de son patrimoine [1] ; il en cède la propriété à Charles Martel qui la transmet à son tour à Othmar, afin qu'il y mène dès lors une vie monastique [2]. Encore que ce récit de la seconde fondation du monastère de saint Gall soit suspect, l'existence de Waldram, ou tout au moins d'une famille importante du pays qui a porté ce nom, est certaine. La veuve d'un « Waldramnus tribunus » fait, en 779, une donation à saint Gall [3]. Entre 830 et 860, une centenie du Thurgau prend le nom de « Waldrhramnishuntari » et correspond au « pagus Arbonensis » [4] très probablement.

notare curavimus, quorum nomina hæc sunt : Willibertus videlicet presbyter et Talto vir inlustris, Tagoberti regis camararius et postea comes ejusdem pagi,.. »

[1] Walafrid, *Vita Galli*, II, 10, éd. Krusch, p. 319 ; cf. Meyer v. Knonau, *Vita Galli*, p. 66, n. 206 et p. 96 ; Walafrid dans la *Vita S. Otmari*, 1, éd. Meyer v. Knonau, *St. Gall. Mitteil.*, XII, p. 96, place l'élévation d'Otmar sous le roi Pépin.

[2] Pour Wetti, *Vita Galli*, 21, éd. Krusch, p. 268, le désert où s'élève la « cella » du saint était « publici juris », Gall en reçoit la propriété du roi. Pour Walafrid, *Vita Galli*, II, 10, p. 319, il appartient à la famille de Waldram. Ratbert concilie ces deux versions en partageant ce territoire en deux, l'un du fisc royal, l'autre de la famille de Waldram. *Casus S. Galli*, 4, éd. Meyer von Knonau, p. 4 : « ex parte ad regiam potestatem, aliunde vero ad possessionem nobilium virorun pertinere heremum. » Cf. Krusch, *SS. rer. Mer.*, IV, p. 238-239.

[3] Wartmann, *St-Gall. Urkundenb.*, I, p. 80-81, 85, Waldrada veuve de Waldram et son fils Waldbert donnent leurs propriétés à Romanshorn, les églises qui s'y trouvent et un serf, au monastère de St-Gall. St-Gall, 779, 2 février : « Ego itaque in Dei nomine Waldrata, filia Theotuni condam, qui fuit uxor Waldramno tribuno talis mihi decrevit voluntas... » Ce Waldram ne serait que le petit-fils de celui d'Otmar, Meyer v. Knonau, *Ratperti Casus*, p. 6, n. 9. M. Krusch, *SS. rer. Mer.*, IV, p. 319, n. 1, semble admettre que ce fut bien le même.

[4] Wartmann, *St. Gall. Urkundenb.*, II, p. 40, n° 420, an. 852 : « in pago Turgaugensi, quod specialiter Waldhramnishuntari vocatur... » Cf. Wartmann, *op. cit.*, p. 39, n° 419, an. 852, p. 62, n° 444, an. 855, p. 94, n° 478, an. 860. Cf. Meyer v. Knonau, *Anz. f. schweiz. Gesch.*, 1871, p. 119 ; Cramer, *op. cit.*, p. 544-545.

Il y eut donc au IXme siècle, déjà à la fin du VIIIme, des Waldram centeniers à Arbon ; leur famille dut certainement être en rapport avec le monastère naissant [1] ; on peut admettre que le Waldram qui, selon Walafrid restaura le monastère en 820, en fut le premier représentant [2]. En tous cas, il faut rejeter d'emblée la généalogie fictive de Ratpert et renoncer à placer, dès le VIIme siècle, dans une simple centenie, une dynastie de comtes [3].

§ 5. — *Le duché mérovingien d'Alsace. Son étendue en Suisse. — L'Augstgau ou Baselgau. — L'Elsgau, circonscription divisionnaire de la cité de Besançon.*

L'Alsace à l'époque mérovingienne s'est étendue sur une partie importante de la Suisse actuelle. Occupée par les Alamans, qui, à la fin du Vme siècle lui donnent son nom [4], elle se sépare dès le VIme siècle de l'Alamannie ; elle apparaît alors, non pas tant comme une dépendance, mais comme une partie intégrante du royaume d'Austrasie [5] ; au VIIme siècle, elle acquiert son unité politique par la réunion des deux cités qui la composent, Strasbourg et Bâle, sous l'autorité d'un duc, et par la création d'un premier duché d'Alsace, qui se maintient jusqu'à l'avènement des Carolingiens. Il nous reste donc à étudier brièvement la constitution de ce nouveau duché, distinct de celui d'Alamannie et à fixer son étendue en Suisse.

---

[1] Meyer von Knonau, *Casus Ratperti,* p. 9 et 36.

[2] Dahn, *Könige*, IX, 1, p. 258, place sans grande raison ce premier Waldram en Rhétie.

[3] Cramer, *Gesch. der Alam.*, p. 545, admet des comtes dans l'Arbongau ; Dahn, *op. cit.*, p. 242, garde Talto comme comte dans le même « pagus » ; Würstemberger, *Alte Landschaft Bern*, I, p. 264-265, place également des comtes dans les centenies.

[4] V. sur l'origine du nom d'Alsace dérivé du gothique « alis » (autre) et « sazo » (habitant), Pfister, *Le duché mérovingien d'Alsace*, p. 6, n. 1.

[5] V. ci-dessus, p. 403.

Le premier duc d'Alsace connu est Gondoïn, au temps de Sigebert III (634-656) [1]. Saint Walbert, abbé de Luxeuil (629-670) [2] cherche une région propice à l'établissement d'une colonie de moines, dépendant du monastère créé par Colomban ; Gondoïn le fait venir près de lui et lui donne un lieu favorable à une nouvelle fondation monastique, dans une vallée du Jura, profonde et difficile d'accès ; c'est sur les bords de la Sorne, affluent de la Birse, que Fridoald conduit quelques moines de Luxeuil et que Germain, issu d'une noble famille de Trèves, devient abbé du monastère de Moutiers-Grandval au diocèse de Bâle [3]. Les moines colonisent le pays et le nouvel abbé fait construire une route qui, au travers de rochers à pics, donne accès aux deux extrémités de la vallée [4].

A Gondoïn, succède Boniface, dont le nom nous est en outre connu par un diplôme de Childéric II en faveur de l'abbaye de Munster au val Saint-Grégoire, diocèse de Strasbourg, vers l'année 660 [5].

Après Boniface, Adalric ou Atic devient duc d'Alsace, il est déjà en charge en 675, date à laquelle Childéric II lui adresse un nouveau diplôme en faveur de Munster au val Saint-Grégoire [6], ainsi qu'au comte Robert. Cet Adalric est le même que le redoutable adversaire de Léger qui

[1] Pfister, *Duché d'Alsace*, p. 12. Nous avons ici constamment suivi cette excellente étude.

[2] Krusch, *SS. rer. Mer.*, IV, p. 24.

[3] *Vita S. Germani Grandivallensis*, 4 et 5, éd. Trouillat, *Monuments de l'hist. de l'ancien évêché de Bâle*, I, p. 51-52.

[4] *Vita S. Germani*, 5, éd. Trouillat, p. 52. Germain réunit en outre sous son autorité la « cella » de Saint Ursanne sur le Doubs et le petit monastère de Schönenverd, dans une île de l'Aar.

[5] *Vita S. Germani*, 6, éd. Trouillat, p. 53 : « Contigit autem ut moreretur Gundoinus dux et Bonifacius dux, Chatalricus sive Caticus in loco ejus succederet. » Trouillat, *Monuments*, II, p. 47, n° 28 ; Pardessus, II, p. 121, n° 342 ; Pertz, *Mon. Germ.*, *Dipl.*, I, p. 26, n° 26. Childéric II, roi d'Austrasie donne les revenus du fisc à l'abbaye de Munster au val St-Grégoire : « Hildericus rex Francorum Bonifacio duci. » Cf. pour la date Pfister, *Le duché d'Alsace*, p. 13, n. 5.

[6] Trouillat, *Monuments*, I, p. 60, n° 31 ; Pardessus, II, p. 158, n° 368 ; Pertz, *Dipl.*, I, p. 29, n° 30, 4 mars 675 : « Childericus rex Francorum v. iul. Chadicho duce Radeberto comite. »

échoue dans une tentative contre le patriciat de Provence, et qui, dans la suite, s'associe aux grands qui mettent, pour quelques années, Dagobert II, sur le trône d'Austrasie [1]. Vers 675, il ravage le Sorngau où s'élève le monastère régi par Germain, en y lançant deux bandes d'Alamans; le pays fut dévasté et l'abbé subit le martyr de la main de quelques soldats impies [2]. Dans la suite il se rallie très probablement aux Pépins et se rend célèbre par des fondations pieuses, en Alsace, Hohenbourg où sa fille Odile devient abbesse, et Ebersheimmunster; il est encore en vie en 682 [3].

Après lui, Adalbert qui fut comte en Alsace, porte le titre de duc, au temps de Charles Martel, en 722 [4]. Au moins pendant deux générations, une même famille dispose du gouvernement de l'Alsace. Liutfrid, peut être aussi d'abord comte, a déjà succédé à son père Adalbert, le 11 décembre 722, tandis que son frère Eberhard, avec le titre de « domesticus » administre les « villæ » royales du duché [5]. Liutfrid est cité dans de nombreuses chartes, jusqu'en 739 [6]. Son frère Eberhard, encore « domesticus » entre 723 et 726 [7] porte le titre de comte en 728 [8]. Il fonde pour saint Pirmin, fuyant, en 727, la colère du duc d'Alamannie Theutbald, le monastère de Murbach dans la haute Alsace [9] et

[1] V. ci-dessus, p. 285.
[2] *Vita S. Germani*, 6, 7, éd. Trouillat, p. 53 à 55. Cf. ci-dessus, p. 284.
[3] Pfister, *Duché d'Alsace*, p. 14. Diplôme de Thierry III en faveur du monastère de Honau. Pardessus, II, p. 195, n° 402, 9 février 672 : « Theudericus rex Francorum v. ill. Attico duci et Adelberto comiti ceterisque fisci nostri exactoribus. » Pertz, *Dipl.*, I, *Dipl. Spuria*, p. 188-189, n° 72. L'authenticité du diplôme a été défendue par Pfister, *op. cit.*, p. 18, n. 4.
[4] Très probablement le même que le comte Adalbert du diplôme précédent. Pfister, *op. cit.*, p. 17, n. 3, admet selon la tradition qu'il était fils d'Atic; nous avons vainement cherché un texte à l'appui de cette hypothèse.
[5] Cf. Pardessus, II, p. 337, n°s 524-525.
[6] Pfister, *Le duché d'Alsace*, p. 20-21.
[7] Pardessus, II, p. 344, n° 534; Pertz, *Dipl.*, I, *Dipl. Sp.*, p. 205, n° 91. Cf. Pfister, *op. cit.*, p. 21, n. 1.
[8] Pardessus, II, p. 352-355, n° 543; Trouillat, *Monuments*, I, p. 69, n° 34.
[9] Cf. Pfister, *op. cit.*, p. 24-25.

meurt en 747 [1]. Après Liutfrid, aucun autre duc d'Alsace
n'apparaît quelque part ; Charles Martel ou Pépin le Bref
durent supprimer cette dignité dangereuse et déjà héréditaire, et, dès lors, des comtes se partagent l'administration de l'Alsace ; l'expression de « pagus » et « ducatus
Helisacensis » demeure cependant au IXme siècle en usage,
en tant que désignation géographique [2].

Aux VIIme et VIIIme siècles, on peut suivre ainsi la succession des ducs en Alsace ; au VIIIme siècle, une même
famille dispose des fonctions ducales et des fonctions
comtales ; l'autorité de ces ducs est aussi bien reconnue
dans la haute que dans la basse Alsace ; elle s'exerce
dans la cité de Bâle, aussi bien que dans celle de Strasbourg, à Murbach, plus au sud dans le Jura bernois
actuel, près de Delémont dans la vallée de la Sorne. Suivant la règle générale, les deux cités sont ainsi réunies en
un duché qui se maintient sans interruption pendant au
moins un siècle. Cependant la constitution du duché mérovingien d'Alsace est assez différente des autres groupements administratifs analogues. Les comtes qui, en principe, devaient être à la tête de chacune des cités semblent
alors avoir disparu. Le duc partout où il apparaît est accompagné d'un seul comte ; Strasbourg et Bâle ont ainsi eu,
non seulement un duc, mais un même comte [3] peut-être aussi
un seul « domesticus » administrateur des biens du fisc [4].

[1] *Annales Alamannici*, éd. Pertz, *Mon. Germ., SS.*, I, p. 26. *Ann. Nazariani, ibid.*, p. 27.

[2] Pfister, *op. cit.*, p. 23 ; Dahn, *Könige*, IX, 1, p. 78-80.

[3] Cf. Pfister, *op. cit.*, p. 10. Adresse du diplôme de Childéric II en
faveur de Munster au val St-Grégoire. Trouillat, *Monuments*, I, p. 60,
n° 31, an. 675 : « Chadicho duce Rodeberto comite. » *Vita S. Germani*, 6,
éd. Trouillat, p. 53 : « (Germanus) invenit eum (Caticum) in basilica Sancti
Mauritii cum Erico comite, consiliantes invicem. » Adresse du diplôme de
Thierry III pour Ebersheimmunster, 9 février 682, Pardessus, II, p. 195,
n° 102 : « Attico duci et Adelberto comiti ceterisque fisci exactoribus. »
Confirmation par Widegerne évêque de Strasbourg, de la fondation de
Murbach, 3 mai 728, Pardessus, II, p. 355, n° 543 : « Ego Ebrehardus
comis subscripsi. » Donations d'Eberhard et de sa femme Emeltrude en
faveur de Murbach, 12 février 731, Trouillat, *Monuments*, I, p. 74-75,
n° 36, Pardessus, II, p. 363, n° 500.

[4] Pfister, *op. cit.*, p. 11. Ceci se produirait au moins lorsque la
famille d'Adalbert occupait les fonctions comtales et ducales. Eberhard

Le duché d'Alsace occupe une situation intermédiaire
entre l'Austrasie et l'Alamannie ; il ne représente pas,
comme cette dernière, une circonscription ethnique et positivement indépendante, puisque les Francs se mélangent
aux Alamans alsaciens ; le pays constitue pourtant une unité
géographique, à cause, précisément, de ce mélange des
deux races et de sa situatton topographique ; à l'origine,
presque noyé dans le reste de l'Austrasie, il reçoit des ducs,
pour des raisons d'administration ou de défense militaire ;
ainsi l'union des deux cités de Bâle et de Strasbourg
devient plus étroite ; de puissants ducs s'affranchissent de
la tutelle royale, puis maintiennent dans leur famille l'administration du duché, même celle des biens et des revenus du roi. Riches et indépendants, ils constituent une
dynastie dangereuse pour le pouvoir central et que les
Carolingiens se hâtent de faire disparaître.

La cité de Bâle rentra toute entière dans le duché d'Alsace ; la fondation de Moutier-Grandval, le ravage du
Sorngau, ne laissent aucun doute à cet égard-là. Il nous
reste cependant à délimiter le territoire de la cité, aux
VIIme et VIIIme siècles et à rechercher jusqu'où pouvait
s'étendre l'administration des ducs alsaciens en Suisse.

La cité de Bâle donne naissance au « pagus Augustin-

fut en tous cas « domesticus » avant d'être comte, en 721 et 722; cf.
Pardessus, II, p. 338, n° 525, p. 344, n° 534. Dirons-nous aussi avec
M. Pfister, *op. cit.*, p. 10 et 12 qu'il y eut alors un seul évêque pour les deux
cités, l'évêque de Strasbourg. Entre : « Ragnacharius Augustanæ et Basiliæ
(episcopus) » (*Vita S. Columbani,* II, 8, éd. Krusch. p. 123), élevé à Luxeuil
sous Saint Eustase (613-614 à 629), en même temps qu'Aigahardus qui
est évêque de Noyon en 626-627 (Krusch, *Id.*, p. 123, n. 1), et Walaus,
évêque de Bâle sous Grégoire III, 731-741 (Trouillat, *Monuments,* I,
p. 75), nous n'avons aucune mention d'évêques occupant le siège de Bâle ;
de plus c'est l'évêque de Strasbourg Widegerne qui, en 728, confirme à
l'abbaye de Murbach les donations qui lui ont été faites et renonce à tout
droit de juridiction sur elle. Cf. Pardessus, II, p. 352. Murbach qui appartient à la cité de Bâle y est en outre, dit : « in parochia nostra » par
Widegerne. A moins d'expliquer cette intervention et cette désignation
topographique par des dispositions inconnues et particulières à la fondation de Murbach par Eberhard, (Trouillat, *Monuments,* I, p. lxiii), on
est forcé de reconnaître qu'alors, au moins la partie actuellement alsacienne de la cité épiscopale de Bâle, relève du diocèse de Strasbourg.

sis » ou Augstgau, qui tire son nom de l'ancien chef-
lieu des Rauraques « Augusta Rauricorum ». Il comprend,
au moins, sur la rive gauche du Rhin toute la partie suisse
de l'ancienne cité [1]. C'est, en effet, lui seul que nous trouvons dans les chartes du VIIIme siècle pour désigner ce
pays ; deux chartes de saint Gall de 752 et de 794 y placent
des localités voisines d'Augst et de Liestal [2]. L'Augstgau
encore employé comme désignation topographique en 825 [3]
est assurément identique au Baselgau, cité en 870 dans
l'acte de partage du royaume de Lothaire II, entre Louis
le Germanique et Charles le Chauve [4].

---

[1] Il est possible qu'alors, et pour un temps, la cité de Bâle ne s'étendit
plus au nord jusqu'au Landgraben, dans la Haute Alsace. Cf. la note
précédente.

[2] Wartmann, *St-Gall. Urkundenbuch*, I, p. 18, n° 15, an. 752 : « ...hoc
est in fini Augustinse et in fine Prisegauginsi quantum de germano meo
mihi ad partem provinit, hoc est in villa Anghoma, et in villa Corberio
et in Lollincas,.. » La seule identification sûre est celle de Nollingen au
grand duché de Bade, sur la rive droite du Rhin. Mais l'Augstgau est mis
sur le même pied que le Brisgau, ce qui indique un « pagus » de première formation et non une circonscription divisionnaire de la cité de
Bâle. Trouillat, *Monuments*, I, p. 83, n° 43, an. 794 : « in pago Augusttaun-
ginse et in fine Methimise et in fine Strentze... » Les identifications proposées par Trouillat sont douteuses... Il s'agit en tous cas de localités proches
de Möhlin, canton d'Argovie. Cf. Burckhard, *Gauverhältnisse*, p. 5.

[3] Wartmann, *St-Gall. Urkundenb.*, I, p. 271, n° 291, an. 825 : « in pago
Auguscauginse et in villis denominatis in Firinisvilla et in Munciaco...
Actum in Augusta civitate puplici. » Munzachtal près Liestal. Cf. Cramer,
Gesch. der Alam., p. 538.

[4] *Divisio regni Hlotharii II*, an. 870, II, éd. Boretius, *Mon. Germ.*, *Capitularia*, p. 195 ; dans l'énumération des « pagi » qui reviennent à Louis le
Germanique : « Basalchowa, in Elisatio comitatus II... » L'identité de
l'Augstgau et du Baselgau, (cf. Burckhardt, *Die Gauverhältnisse im alten
Bisthum Basel, Beiträge zur vaterl. Geschichte*, XI, p. 27), est attestée par
le fait que dans cette description des parts des rois de Germanie et de
« Francia », le Baselgau est la seule circonscription divisionnaire citée, du
territoire de la cité de Bâle en Suisse ; le nom du « pagus » est celui du
nouveau chef-lieu de la cité, tandis qu'Augst perd toujours plus de son
importance ; le « pagus » comprend toute l'étendue primitive de la cité
romaine en Suisse. Cette synonymie est indiquée également, par le titre
donné à Ragnacharius par Jonas de Bobbio (cf. ci-dessus, p. 434, n. 4) :
« Augustanæ et Basiliæ (episcopus) ». La haute Alsace, démembrée à
cette époque de la cité de Bâle, est comprise dans les « comitatus II in
Elisatio » ; le comté du sud est le « Sundgau in pago Helisacensi » de 898,
(Cramer, *op. cit.*, p. 535). Ce Sundgau que nous avons prouvé ailleurs

L'Augstgau, devenu en 870 le Baselgau, s'étend entre
le Rhin, l'Aar et le Jura ; il comprend déjà alors des
« pagi » secondaires, qui plus tard deviennent les comtés
du Frickgau et du Sisgau [1]. Au sud-est, il ne devait pas dé-
passer la chaîne du Jura ; en 1080, pour la première fois, le
terme de Buchsgau désigne la contrée comprise entre l'Aar
et la montagne, sur la rive gauche de la rivière, et qui, au
moins au XIIIme siècle, forme un décanat du diocèse de
Bâle [2]. Par sa situation géographique, ce petit pays est en
dehors de la Rauracie romaine. Si, en 1155, l'évêque de
Bâle y a déjà la juridiction temporelle [3], dans le fameux
diplôme de Frédéric Ier, qui fixe les frontières du diocèse
de Constance, c'est, le long de l'Aar, le diocèse de Lausanne
qui s'étend sur la rive gauche. La description des limites
orientales indique bien nettement qu'alors le Rhin sépare
les diocèses de Constance et de Bâle, depuis la Bleich au
nord, à travers la Forêt Noire, jusqu'au confluent de l'Aar ;
plus loin c'est cette rivière qui sépare, non plus le diocèse
de Bâle, mais celui de Lausanne, de l'évêché de Constance [4].

Ainsi encore en 1155 et au plus tard vers 1228, époque
de la rédaction du Cartulaire de Conon d'Estavayer,
qui n'indique plus, dans ses pouillés, les paroisses du

(ci-dessus, p. 194), être fort différent des « Suggentenses » de Frédégaire,
dut devenir une circonscription administrative à l'époque carolingienne,
alors que, la dignité ducale supprimée. des comtes furent envoyés en
Alsace. Ce n'est du reste qu'au IXme siècle et peut-être par suite d'une
erreur de deux diplômes du roi Arnulf de Germanie (Wartmann, *St-Gall.
Urkundenb.*, II, p. 284, n° 682, p. 295, n° 694, an. 891), qu'Augst est désigné
comme étant situé dans l'Aargau. Cf. Burckhardt, *op. cit.*, p. 10-12. Ces
deux mentions exceptionnelles ne suffisent pas à prouver que le Baselgau
est une circonscription divisionnaire de l'Aargau comme le veulent
Longnon, *Atlas hist., Texte expl.*, p. 136-137, et Meyer von Knonau, dans
St-Gall. Mitteil., XII, p. 65, n. 201 et XIII, p. 153.

[1] Trouillat, *Monuments*, I, p. LXVI ; Longnon, *loc. cit.;* Cramer, *Gesch.
der Alam.*, p. 532.

[2] Trouillat, *Monuments*, I, p. 203, n° 136.

[3] Trouillat, *Monuments*, I. p. LXVII.

[4] *Wirtemberg. Urkundenb.*, II, p. 95-96 : « Inter Basiliensem vero
episcopatum, ubi fluvius prædictus Bleichaha cadit in Rehnum, et sic
perripam Rheni inter pretaxatam silvam Swarzwalt usque ad flumen Are
ac deinde inter Lausanensem episcopatum, per ripam Are usque ad lacum
Tunse inde ad Alpes... »

du Buchsgau, toute la rive gauche de l'Aar, depuis Los-
torf jusqu'à Soleure est encore lausannoise. Nous incli-
nons donc avec Trouillat [1], à considérer le décanat du
Buchsgau, comme un démembrement de l'évêché de Lausanne ou mieux de l'ancienne cité de Windisch-Avenches,
et à arrêter, pour les VIIme et VIIIme siècles, au Jura, la
frontière orientale de l'Augstgau, qui représente la cité
de Bâle issue de l'ancienne cité romaine des Rauraques [2].

Au sud, le duché d'Alsace s'étend sur la vallée de la
Sorne et sur celle de la Birse; la fondation de Moutier-
Grandval par le duc Gondoïn en est la preuve [3]. Déjà
dans la vie de saint Germain par son disciple Bobbolène,
la vallée, prend le nom de Sorngau [4]. Il semble pourtant
que ce n'est là qu'une désignation géographique; il n'y a
qu'un comte en Alsace et, à en croire le moine de Moutier,
ce petit « gau » ou « pagus » était assez peuplé pour former
déjà plusieurs centenies [5]. Au IXme siècle, le « pagus Sorn-
gaudiensis » est un « pagus » secondaire de la cité de Bâle,
c'est-à-dire de l'Austgau ou Baselgau [6]. Il correspond
ensuite au décanat de Salsgau au diocèse de Bâle [7]. Mais

[1] Trouillat, *Monuments*, I, p. LXVII.

[2] Cramer, *Gesch. der Alam.*, p. 540, le considère comme une centenie
démembrée de l'Augstgau; de même Burckhardt, *Gauverhältnisse*, p. 8,
Longnon, *Atlas hist.*, *Texte expl.*, p. 137, en fait un des « pagi » secondaires de l'Aargau bâlois, avec le Sisgau, le Frickgau, l'Augstgau.

[3] V. ci-dessus, p. 432; au IXme siècle, Moutiers-Grandval, est encore
dit : « situm in ducatu Helisacensi » : Trouillat, *Monuments*, I, p. 108,
n° 56, an. 849.

[4] *Vita S. Germani*, 6, éd. Trouillat, p. 53 : « tandem excitatus est
Caticus in scelus contra homines Sornegaudienses. »

[5] *Ibid.* : « Tunc jubens ad se venire centenarios illius vallis et eos in
exilium ire præcepit. » « Orto jam sole, ingressus est super vallem, » donc
Sornegau = vallée de la Sorne.

[6] « in pago Sornegaudiense » : Trouillat, *Monuments*, I, p. 112, n° 61,
an. 866 et p. 120-121, n° 67, an. 884; « in pago Sorengeuve » : Trouillat,
Monuments, I, p. 126, n° 71, an. 896; en 870, dans le partage du royaume
de Lothaire II, il ne figure pas dans la liste des « pagi ». Alors il n'est
pas un comté et est compris dans le « Basalchowa ».

[7] Trouillat, *Monuments*, I, p. LXXII, et non comme le dit Longnon, *Atlas
hist.*, *Texte expl.*, p. 136-137, aussi au décanat de Soleure du diocèse de
Lausanne.

aux VIIme et VIIIme siècles, il est encore nettement compris dans le « pagus Augustinsis » [1].

A l'ouest de l'Augttgau, dans le bassin du Doubs et de la Halle, s'étend l'« Alsegaudia », le « pagus Alsegaugensis » ou « Elisgowe ». La seconde vie de saint Wandrille le signale déjà entre 680 et 690 [2]. Nous le retrouvons en 870, dans l'acte de partage du royaume de Lothaire II, distinct du Baselgau [3] et, en 866, sous le nom de « comitatus Alsegaugensis » [4].

C'est le pays d'Ajoie qui, dans l'ordre ecclésiastique, a donné naissance au décanat d'Elsgau, au diocèse de Bâle et au décanat d'Ajoie au diocèse de Besançon [5]. Toutefois, il ne fit pas partie de l'ancienne Rauracie et de la cité primitive de Bâle. En 870, il n'est pas compris dans le Baselgau ; Saint-Ursanne, en 999, passe sous la juridiction temporelle de l'évêque de Bâle, mais en 1096 appartient encore à l'archevêché de Besançon [6]. Ce n'est qu'après cette date et avant 1139, que par un accord entre les deux diocèses, l'abbaye passa avec toutes ses dépendances au pouvoir

---

[1] Burckhardt, *Gauverhältnisse*, p. 8, le fait dès l'origine distinct de l'Augstgau.

[2] *Vita S. Wandregesili (vita inerpolata), AA. SS. Jul.*, IV, p. 274 : « (Wandregesilus) in Elisgaugium territorium commigravit ubi et Monasterium construxit. » Wandrille fonde en Ajoie le monastère de Ste-Ursanne. Cf. Molinier, *Sources*, I, p. 158, n° 565. La *Vita S. Himerii*, qui parle pour le VIIme ou VIIIme siècle, de « (Himerius) ex provincia Alsgaugiæ exortus », utilisée par Cramer, *Gesch. der Alam.*, p. 535, n'est qu'un texte du IXme siècle. Cf. Besson, *Contribution à l'histoire du diocèse de Lausanne*, p. 81, 118 et 165; cf. Trouillat, *Monuments*, I, p. 35.

[3] *Divisio regni Hlotharii II,* éd. Boretius, *Mon. Germ., Capitularia*, II, p. 193 : « ...Elischone, Warasch, Scudingum, Amaus, Basalchowa in Elisatio comitatus II. » L'Elsgau de même que les autres « pagi » secondaires de la cité de Besançon, le Varais, l'Escuens, l'Amou, est distinct du Baselgau et de l'Alsace.

[4] Trouillat, *Monuments*, I, p. 112, n° 61 ; cf. p. 120-121, n° 67, an. 884.

[5] Longnon, *Atlas hist., Texte expl.*, p. 135, cf. Trouillat, *Monuments*, I, *Introduction* passim.

[6] Trouillat, *Monuments*, I, *Introd.*, p. LXIII-LXIX et p. 139, n° 85. Dans la bulle d'Urbain II de 1096, qui confirme dans toutes ses possessions, l'église de Besançon, St-Ursanne est au nombre des « abbatias quas Bisuntina ecclesia antiqua jure possedisse dignoscitur. » Trouillat, *Monuments*, I, p. 211, n° 143.

spirituel de l'évêque de Bâle et qu'ainsi fut formé le chapitre rural d'Elsgau au diocèse de Bâle [1]; on peut donc
être certain que la partie du « pagus Alsegaugensis » qui
donne un décanat, à partir du XIIme siècle, au diocèse de
Bâle, ne faisait pas partie de la cité primitive.

A plus forte raison, la partie suisse du décanat d'Ajoie
au diocèse de Besançon, et qui ne s'est que bien postérieurement jointe au diocèse de Bâle. Le plateau des Franches
Montagnes, autour de Tramelan, au sud de la prévôté de
Saint-Ursanne, (au sud d'une ligne tirée des Montbovets à
Pierre-Perthuis), domaine propre de l'évêque de Bâle,
n'est réuni qu'au XIVme siècle au décanat de Salsgau [2].
Enfin le pays de Porrentruy, l'Ajoie actuelle, dont les
19 paroisses ne viennent grossir les pouillés du diocèse de
Bâle qu'au XVIIIme siècle, à la suite d'un échange, et pour
former le nouveau décanat d'Ajoie au diocèse de Bâle [3].
L'Elsgau est ainsi, à l'origine, un « pagus » démembré de
la cité de Besançon; ce n'est que par suite de modifications
de frontières que sa partie orientale est devenue bâloise et
par là, suisse [4].

Aux VIIme et VIIIme siècles, l'Elsgau ne faisant pas partie de la cité de Bâle, n'appartient pas non plus au duché
mérovingien d'Alsace. Aucun texte diplomatique ne permet d'ajouter d'autres « pagi » aux deux cités primitives
du duché franc. En 731, le comte d'Alsace Eberhard et sa
femme Emeltrude cèdent à l'abbaye de Murbach les égli-

---

[1] Trouillat, *Monuments, Introd.*, p. LXIX; en 1139 dans une bulle
d'Innocent I, *op. cit.*, p. 276, n° 183, St-Ursanne est dit : « in subiectione
Basiliensis Episcopi tam in temporalibus quam in spiritualibus. » Entre
ces deux dates le transfert a dû s'opérer ; l'acte ne nous est pas parvenu;
mais les anciens droits de Besançon sur St-Ursanne sont encore attestés
par certains usages très postérieurs. Cf. Trouillat, *loc. cit.* et p. 211, n. 11.

[2] Trouillat. *Monuments*, I, p. LXXI-LXXII.

[3] Trouillat, *Monuments*, I, p. LXXXIX. L'évêque de Bâle n'a jusqu'en 1779
la juridiction spirituelle que dans l'enceinte de son château de Porrentruy
et sur les églises de Miécourt, Miserez, Charmoille. Sur les autres paroisses, à partir du XIIIme siècle, il a la juridiction temporelle.

[4] L'« Alsegaudia » a donné naissance aux comtes féodaux de Montbéliard et de Ferrette; elle comprend en outre le pays autour de Mandeure au diocèse de Besançon. Longnon, *loc. cit.*, partage le « pagus »,
selon ses doyennés, entre les cités de Besançon et de Bâle.

ses élevées en l'honneur de sainte Marie et de saint Dizier ou de saint Andoce au lieu nommé « Petrosa [1] ». Il s'agit de Pfetterhausen (franç. Pérouse, canton d'Hirsingen, Haut-Rhin) que la charte situe bien « in pago Alsacinse [2] ». Mais c'est le point le plus méridional où se montre avec certitude la souveraineté des ducs d'Alsace ; l'Elsgau toute entier semble devoir être exclu des pays soumis à leur pouvoir [3]. Il appartient à la cité de Besançon, partant au « regnum Burgundiæ ».

L'« Augstgau » seule circonscription administrative issue

---

[1] Montmacq (arr. de Compiègne, Oise). 13 février 731 : Pardessus, II, p. 363, n° 350, Trouillat, *Monuments*, I, p. 74-75, n° 36.

[2] *Ibid.* : « basilicas in honore S. Mariæ et S. Desiderii seu S. Andocii in loco nuncupante Petrosa, quem ex alode in portione contra germano meo Leudefrido duce accipimus in pago Alsacins... » Cf. Pfister, *Duché d'Alsace*, p. 28. Pfetterhausen à la frontière suisse, fait plus tard partie du décanat d'Elsgau au diocèse de Bâle ; mais sa situation géographique, dans le bassin de l'Ill, le met au nombre des localités très probablement démembrées du décanat de Sundgau, pour former celui d'Elsgau avec les villages de la prévôté de Saint Ursanne. Cf. Trouillat, *Introd.*, p. LXIX, n. 3. Aucun texte en outre ne le place dans l'« Alsegaudia », ce qui nous empêche d'étendre avec Pfister, *op. cit.*, p. 8, l'évêché de Bâle, à l'ouest, jusqu'au Doubs.

[3] Roget de Belloguet, *Carte du premier royaume de Bourgogne*, p. 357-376, Cramer, *Gesch. der Alam.*, p. 530, et même Trouillat, *op. cit.*, p. 76, n. 2, adjoignent toute l'« Alsegaudia » au duché d'Alsace, sur la foi de chartes fausses ou mal comprises. Ainsi la prétendue charte de fondation de Murbach par le comte Eberhard, 728, faux du XIme siècle, (Pfister, *op. cit.*, p. 29), qui place Delle (canton de Berne) « in ducatu Alsacensi... in pago Alsegaugensi. » Trouillat, *Monuments*, I, p. 70, n° 35. Le faux diplôme de Charlemagne pour Luxeuil, fabriqué au XIIme siècle et daté de 815, place Bethoncourt (canton d'Audincourt, Doubs, près Montbéliard) : « in pago Alsacense et in pago Algagense. » *Mon. Germ., Diplom. Karol.*, I, p. 451 n° 360. De plus une donation de Boronus au monastère d'Honau, 16 août 748, est datée de Mandeure : « Actum Mandouro castro publice. » Trouillat, *Monuments*, I, p. 76, n° 38. Mais c'est à tort que ce Boronus a longtemps été tenu pour un petit-fils d'Atic duc d'Alsace, (résultat d'une combinaison généalogique d'un chanoine de Saint Pierre-le-Vieux de Strasbourg au XVme siècle, Pfister, *op. cit.*, p. 116-124). Enfin le récit de l'invasion des Alamans dans le Sorngau a aussi été utilisé dans ce but ; mais c'est près de Courtetelle au val de Delémont et non à Saint Ursanne que Saint Germain reçoit le martyr. V. Trouillat, *op. cit.*, p. 53, n. 5 et *Vita S. Germani*, 6, *ibid.* Cramer fait ainsi à tort de l'Elsgau une centenie du Sundgau, et Roget y cherche, sans aucune apparence de raison, les « Campanenses » de Frédégaire.

de la cité d'Augst ou de Bâle appartient donc à l'Alsace mérovingienne. Les Alamans et les Burgondes s'y rencontrent, sur une ligne que l'on peut approximativement placer à l'ancienne frontière des langues. Tout semble indiquer que les Francs ne s'établirent guère dans le pays [1].

---

[1] La colonisation franque de l'Alsace ne fut pas très étendue ; on n'a aucune raison sûre de lui attribuer les désinences toponomastiques très fréquentes dans le Jura Bernois de « velier, vilier, court et mont ». Cf. Zimmerli, *Die Deutschfranzösische Sprachgrenze in der Schweiz*, III, p. 107 et 117, et Jaccard, *Toponymie*, p. xii.

CHAPITRE III

La Rhétie de Coire.

§ 1. — *Les Rhéto-Romans.* — *Les Victorides.* — *Etendue de la cité de Coire.* — *Ses institutions à l'époque méro-vingienne.*

Dans la partie orientale de la Suisse actuelle, la popula-tion romane se maintient dans les vallées alpines de l'an-cienne province de Rhétie Ire. La haute Rhétie ou la Rhétie de Coire [1] est encore au IXme siècle dépourvue de tout élément alamannique [2]. Les habitants sont les descendants des anciens provinciaux de l'Empire [3]. Au nord, les Ala-mans les refoulent et se substituent à eux, sur le pla-teau qui monte du lac de Constance aux premiers con-treforts des Alpes, et le long du cours du Rhin. Plus haut, au pied des montagnes rhétiques, ils se maintiennent in-tacts, durant les siècles du haut moyen âge [4], gardant leurs

---

[1] « Rhetia Curiensis », nom usité jusqu'aux XIVme et XVme siècles. Cramer, *Gesch. der Alam.*, p. 555; cf. Walafrid, *Vita Galli*, I, 15, 25, II, 11, éd. Krusch, p. 296, 303, 321.

[2] Cf. Cramer, *loc. cit.;* Dahn, *Könige*, IX, 1, p. 133 et ci-dessus, p. 408.

[3] Walafrid, *Vita Galli*, II, 1, éd. Krusch, p. 314, traduit le « Romani » de Wetti, *Vita Galli*, 35, éd. Krusch, p. 277, par « Rhetiani ».

[4] La *Lex Romana Rætica Curiensis*, III, 14, éd. Zeumer, *Mon. Germ.*, *Leges*, V, p. 336-337, défend encore le mariage entre le « Romanus » et une barbare, et réciproquement, disposition surrannée et rendue inexécutable grâce au principe de la personnalité des lois. Cf. Dahn, *Könige*, IX, 1, p. 134.

coutumes et leurs lois et conservant à leur petit coin de terre enclavé entre la Bavière, l'Alamannie et la Lombardie, de nombreux souvenirs de la colonisation romaine. Dès le VIIme siècle, leur langue apparaît comme un idiome distinct du latin [1] et se conserve jusqu'à nos jours comme un rameau isolé des langues romanes. Il convient dès lors de rechercher quelle est, à l'époque mérovingienne, la situation politique de ce territoire si particulier, et d'étudier les liens qui le rattachent à la monarchie franque.

Les Alamans, établis en Rhétie sous le protectorat des Ostrogoths, furent cédés en 536, par Vitigès au roi d'Austrasie Théodebert Ier. L'Austrasie s'augmenta alors, non seulement de toute la nouvelle Alamannie transrhénane, mais aussi de toute l'ancienne province romaine de Rhétie Ire et de sa population romaine.

L'histoire du Grec Agathias fait déjà allusion à cette conquête, par Théodebert, de peuplades certainement différentes des Alamans. « Théodebert, dit-il, héritant de la royauté de son père, soumit les Alamans et quelques autres peuples voisins [2]. Ces « peuples voisins » ne peuvent guère être entendus que des Bavarois, dont la suprématie passe à une époque incertaine à un Mérovigien qui semble bien avoir été Théodebert [3], et des Rhétiens, voisins des Alamans dans l'ancienne province qui porte leur nom [4]. La présence d'un évêque de Coire, Victor, au synode réuni en 614 par Clotaire II, à Paris [5], confirme cette interprétation du texte d'Agathias, et prouve d'une façon indubitable la possession de la Rhétie romaine par les Francs, à l'époque mérovingienne [6].

---

[1] Gröber, *Grundriss der rom. Philol.*, I, p. 436-437.

[2] Agathias, *Hist.*, I, 4, éd. Niebuhr, p. 20-21 : Παραλαβὼν δὲ τὴν πατρῴαν ἀρχὴν ὁ Θευδίβερτος τούς τε Ἀλαμάνους κατεστρέψατο καὶ ἄλλα ἄττα πρόσοικα ἔθνη.

[3] Cf. Schubert, *Unterwerfung*. p. 121-124.

[4] Cf. Planta, *Das alte Rätien*, p. 258.

[5] Maassen, *Concilia*, p. 192 : « Ex civitate Cura Victor episcopus. »

[6] L'annexion de Coire au royaume mérovingien admise aussi par Juvalt, *Forsch. über die Feudalzeit im Curischen Rætien*, II, p. 14, n'aurait eu, selon M. Longnon, *Atlas historique, Texte expl.*, p. 40, qu'un caractère temporaire, en 614. L'évêché de Coire est un des suffragants d'une province ecclésiastique italienne, celle de Milan, jusqu'en 842. En 847 il

. Il est plus difficile de dire comment les rois d'Austrasie l'ont administrée. Les deux provinces romaines de Rhétie étaient depuis le IIIme siècle, époque où les pouvoirs civils et militaires furent séparés, sous le commandement d'un « dux Rætiæ », chef des corps de troupes cantonnés à la frontière [1]. Chacune des deux Rhéties a, d'autre part, son gouverneur civil dépendant de l'administration du diocèse d'Italie et qui porte le titre de « præses » [2].

L'organisation ostrogothique de Théodoric respecte les cadres de l'administration romaine ; le système militaire des deux Rhéties est maintenu [3]. Entre 507 et 511, un nommé Servatus commande les garnisons de ce district alpin [4], pour autant que la plaine, qui s'étend au nord du Rhin, jusqu'au Danube, est encore libre d'Alamans [5]. Les chefs civils des provinces « judices provinciarum » divisés en trois classes hiérarchiques, les « consulares », « cor-

apparaît rattaché à l'archevêché de Mayence, fondé au milieu du VIIIme siècle par Boniface (cf. Planta, *Alte Rætien*, p. 393). Au traité de Verdun, 843, l'Allemagne et la Rhétie sont attribués à Louis le Germanique, l'Italie à Lothaire Ier. C'est probablement alors que Coire fut ecclésiastiquement soumis à Mayence. Mais ces dispositions de la géographie religieuse ne suffisent pas à prouver que, jusqu'en 843, Coire suivit les destinées politiques de l'Italie. Dans les partages de la monarchie carolingienne, par Louis le Pieux, la Rhétie avait déjà été séparée de l'Italie en 817 et lors de la formation, pour le jeune Charles, d'un duché, devenu royaume en 835. Cf. Longnon, *Texte expl.*, p. 68-70, *Atlas*, Pl. 6. D'autre part le récit de Paul Diacre sur la fuite d'Ansprand, protecteur du jeune roi Liutpert, devant l'armée d'Aribert, qui s'empare de la royauté lombarde en 700, n'indique rien, quant à la possession de Coire par les Francs ou les Lombards, *Hist. Lang.*, VI, 21, éd. Waitz, p. 171 : « Quo conperto, Ansfrand fugiit Clavennam; deinde per Curiam Retorum civitatem venit ad Theutpertum Bajoariorum ducem... »

[1] *Notitia Dignitatum*, éd. Böcking, I, p. 101 : « Dux Rætiæ. Sub dispositione viri spectabilis Ducis Provinciæ Rætiæ Primæ et Secundæ. »

[2] *Notitia Dignitatum*, éd. Böcking, I, p. 65 : « B. Præsides, 2. Rætiæ Primæ, Rætiæ Secundæ. »

[3] Cassiodore, *Variæ*, VII, 3, éd. Mommsen, p. 203 : « Formula Ducatus Rætiarum. »

[4] *Id.*, I, 11, éd. Mommsen, p. 20, (507-511) : « Servato Duci Rætiarum Theodericus Rex. »

[5] Baumann, *Die Alamannische Niederlassung in der « Rætia Secunda »*, *Zeitschrift des hist. Vereins für Schwaben und Neuburg*, II, p. 172-187, l'attribue encore entière aux Ostrogoths, mais concède pourtant que les Romains n'habitent plus que les villes. Cf. ci-dessus, p. 65.

rectores » ou « rectores » et « præsides », gardent les mêmes compétences judiciaires et fiscales que les anciens
gouverneurs romains [1].

Un certain nombre de documents d'origine rhétique
attestent la persistance de ce titre de « præses » et nous
donnent les noms de quelques personnages qui en sont
encore revêtus, sous les Mérovingiens. Il faut citer en premier lieu le texte connu sous le nom de testament de
l'évêque Tello et daté de Coire le 15 décembre 765 [2]. C'est
en réalité l'acte par lequel l'évêque fait une série de donations à l'abbaye de Disentis, pour le pardon de ses péchés
et de ceux des membres de sa famille. L'énumération qu'il
nous fait, à ce propos, de ses ancêtres et de ses parents
nous donne de précieux renseignements sur sa généalogie, qui est celle d'une grande famille du pays. Son
père était un certain Victor « illuster præses », son oncle
l'évêque Vigilius et son grand-père un certain Jactatus.
Tello avait en outre trois frères, Zacco, Jactatus et Vigilius, une sœur Salvia ; l'un d'entre eux était le père d'un
second Victor, d'une Teusinda et d'une Odda [3]. Il semble
bien qu'alors tous ces personnages sont morts, et que
l'évêque Tello est le dernier survivant de sa famille, car
aucun d'eux n'a souscrit l'acte de donation ni donné son

---

[1] Mommsen, *Ostgoth. Studien, Neues Archiv*, XIV, p. 460-461.

[2] Cf. R. Thommen, *Urkunden zur Schweizer Geschichte aus öste-
reichischen Archiven*, I, n° 1. L'original conservé à Disentis disparut dans
l'incendie de l'année 1799 ; cf. Planta, *Alte Rätien*, p. 284, n. 1.

[3] Planta, *Alte Rätien, Beilage*, V, p. 444 : « ...ac si peccator Tello
episcopus possidere videor, et impensis meis plusquam debeo, utor, seu
pro peccatis meis multis abluendis vel parentum meorum, dono, et ad
ipsam ecclesiam sanctæ Mariæ, seu sancti Martini, seu sancti Petri trans-
fundo, hoc est avi mei Jactati et aviæ meæ Salvæ et genitoris mei Victoris
vel illustris præsidis, et genitoris meæ Teusindæ, seu avunculi mei Vigilii
episcopi, et germanorum meorum Zacconis, Jactati Vigilii et nepotis mei
Victoris, et germanæ meæ Salviæ, seu neptis meæ Teusindæ et Oddæ. »
D'où l'arbre généalogique suivant :

Jactatus ux. Salviæ

Vigilius episc.	Victor præses ux. Teusinda		
Zacco	Tello episc.	Jactatus II	Vigilius	Salvia
Victor	Teusinda	Odda	

assentiment aux dispositions qui en résultaient[1]. En tous cas, un seul d'entre eux est qualifié du titre de « præses » et de « vir inluster », Victor, le propre père de l'évêque Tello[2].

Ce Victor « vir inluster », « præses » nous est connu, d'autre part, par deux inscriptions funéraires, non datées, et qui, jusqu'au XVIme siècle, pouvaient se lire dans la crypte de la cathédrale de Saint-Lucius à Coire. Toutes deux relatent que les dalles de marbre sur lesquelles elles sont gravées ont été amenées, l'une du Trentin et l'autre de la « vallis Venosta », le Wintschgau dans le Tyrol, sur l'ordre de Victor « vir inluster præses ». L'une marque la sépulture d'un inconnu[3], l'autre celle de l'arrière-grand-père d'un « Victor Episcopus » et du « dominus Jactadus »[4].

---

[1] Juvalt, *Feudalzeit*, II, p. 72.

[2] *Testamentum Tellonis*, éd. Planta, *ibid.* : « ...hoc est terra vel hereditas patris mei Victoris vel illustris Præsidis, quæcumque acquisivit... » Nulle part nous ne voyons que Tello fut aussi « præses », comme le veulent Juvalt, *Feudalzeit*, II, p. 14 et J.-G. Mayer, *Geschichte des Bistums Chur*, p. 82.

[3] Egli, *Die christlichen Inschriften*, p. 40, n° 39. (*C. I. L.*, XIII, II, 1, n° 5253) :

```
      HIC  SVB  ISTA  LABIDE
            MARMOREA
      QVEM  VECTOR  VER  IN
            LVSTER  PRESES
      ORDINABIT  VENIRE
            DE  VENOSTES
            HIC  REQVIESCIT
                 DOMINVS...
```

Juvalt, *op. cit.*, p. 71, reconnaît sous ce dominus anonyme, Jactatus lui-même. Planta, *Alte Rætien*, p. 263 et Mohr, *Cod. Diplom.*, I, n° 6, p. 9, ont mal compris l'inscription en la considérant comme l'épitaphe même du « Præses » Victor.

[4] Egli, *op. cit.*, p. 39, n° 38. (*C. I. L.*, XIII, II, 1, n° 5252) :

```
      HIC · SVB  ISTA  LABI
        DEM · MARMOREA
          QVEM · VECTOR
      VER  INLVSTER  PRESES
      ORDINABIT · VENIRE
        DE · TRIENTO ·
      HIC  REQVIESCIT
          CLARESIMVS...
            PROAVVS
      DOMNI · VECTORIS
              EPI
      ET  DOMNI  IAC ta DI
```

Cette dernière épitaphe du « claressimus proavus » de Jactatus et de l'évêque Victor II de Coire, que la tradition considère comme le fondateur du monastère de Cazis près Thusis[1], augmente d'un personnage la généalogie de la famille de l'évêque Tello[2]. Mais les documents du VIIIme siècle ne nous donnent toujours qu'un seul membre de cette famille nettement qualifié du titre de « præses », Victor, le père de Tello et le fils de Jactadus.

Un dernier texte beaucoup postérieur complète cette généalogie, encore qu'il ne soit qu'une compilation de documents plus anciens. C'est une liste des évêques de Coire, provenant d'un polyptyque des dernières années du XIVme siècle[3]. Elle accuse une tendance qui se développe de plus en plus, au cours des siècles, dans les compilations historiques de la Rhétie de Coire, celle de donner à la plupart des membres de la famille de l'évêque Tello, le titre de « præses ». Jactatus, le père du « præses » Victor, et Zacco, son fils, le frère de Tello, ne peuvent avoir été des « præsides », puisqu'aussi bien, ils ne portent pas ce titre dans le testament de Tello et dans les inscriptions de Saint-Lucius. Sans aucun doute, la liste des évêques de Coire du XIVme siècle ne peut avoir raison, contre des textes aussi précis ; mais au point de vue généalogique, elle peut avoir recueilli un renseignement digne de foi, sur le père de l'évêque Victor et de Jactatus, qui se serait nommé Zacco, mais qui ne porte pas le titre de « præses »[4].

Planta, *Alte Rätien*, p. 203 et Mohr, *Cod. Dipl.* I, n° 3, p. 6, considèrent aussi cette seconde inscription comme l'épitaphe d'un « Victor præses ».

[1] Cf. Egli, *Die christlichen Inschriften*, p. 42 et Mayer, *Gesch. des Bistums Chur*, p. 62-63.

[2]
```
        N   « Proavus Claressimus »
        |
        N
        |
        N
   ┌────────┴─────────┐
Victor Episc.   Jactatus, ux. Salvia
   ┌──────────────┴──────────────┐
Vigilius Episc.   Victor Præses, ux. Teusinda
```

[3] Cf. Juvalt, *Die Victoriden, Anz. f. schweiz. Gesch. u. Alterthumsk.*, 1867, p. 69, 1868, p. 140.

[4] *Ibid.* : « Zacco fuit attavus Vigilii tribuni cujus uxor sancta fuit cum nomine Episcopina. Illi ambo genuerunt Victorem episcopum memoratum,

Les éléments de la généalogie de cette puissante famille sans doute rhétho-romane et que l'on désigne généralement sous le nom de Victorides, ne doivent pas être cherchés ailleurs [1]. C'est à l'aide de ces seuls textes, que l'on complétera la parenté de l'évêque de Coire, Tello [2]. De toute la famille des Victorides, trois évêques de Coire

qui Cacias construxit et cujus spiritualis pater Pascalis episcopus fuit, et dominum Jactatum presidem cui uxor Salvia fuit, qui ambo genuerunt Vigilium episcopum et illustrem presidem Victorem cui uxor Teusenda fuit, qui ambo Tellonem episcopum et Zacconem presidem et Jactum et Vigilium et filium nomine Salviam genuerunt.» «Attavus» signifie trisaïeul ou ancêtre; le Vigilius «tribunus» est ainsi, non pas le fils de Zacco (Egli, *Christl. Inschr.*, p. 42), mais le Vigilius frère de Tello. C'est Zacco qui eut pour femme Episcopina et pour fils, l'évêque Victor et Jactatus. (Cf. Juvalt, *Feudalzeit*, II, p. 70-72 et Diener, *Die Victoriden, Genealogisches Handbuch*, p. 85.) Sur le sens de « tribunus » v. ci-dessus, p. 428.

[1] Il faut laisser de côté une inscription de l'église de Cazis qui ne date que de la fin du XVme siècle et qui contient une faute évidente, provenant d'une mauvaise lecture du texte du polyptique de Coire. Cf. Egli, *Christl. Inschr.*, p. 42. De même les données beaucoup trop complètes et trop précises pour n'être pas suspectes du *Synopsis Annalium Desertinensium*. Le premier « præses » fut, selon lui, Zacco, qui martyrisa Placidus à Disentis, vers 621 ; mais cette partie du récit est trop légendaire pour être retenue sans plus ample informé (f° 10). Le *Synopsis* renchérit encore sur la liste de Juvalt, en faisant de Zacco un « præses » et décèle son caractère de compilation tardive, en répétant l'erreur de l'inscription de Cazis, qui fait d'un évêque Paschalis, le père de l'évêque Victor, fondateur du monastère. (Cf. *Mns. Disentis*, f° 16-17-18.) A la suite du *Synopsis* il faut abandonner les généalogies des « Victorides » qu'en ont tirées, Planta, *Alte Rätien*, p. 264, n. 1. Conr. v. Moor, *Die Grafen von Currätien*, 1, *Die Victoriden. Rätia*, I, p. 81-98, et encore Mayer, *Gesch. des Bistums Chur*, p. 52, n. 1.

[2]

```
            Victor ep. Cur. 613   N « Clarissimus proavus »
                                  |
                                  N
                                  |
                      Zacco I, ux. Episcopina
          ┌───────────────────────────┴──────────────┐
      Victor II ep. Cur.       Jactatus I, ux. Salvia
      fondat. de Cazis (?)
                      ┌───────────────────────┴────────────┐
                  Vigilius I ep. Cur.       Victor III præses,
                                                ux. Teusinda
      ┌───────────┬───────────┬──────────────┴────────┐
  Tello ep. Cur.  Zacco II  Jactatus II   Vigilius II    Salvia
                                          tribunus
                      ┌────────────┬──────────┐
                  Victor IV   Teusinda   Odda
```

nous sont connus et un seul « præses » [1]. L'aïeul, dont le nom nous est resté inconnu et qui reposait sous la dalle de marbre, que le « præses » Victor avait fait venir de Trente, était qualifié de « clarissimus », désignation honorifique qui ne se retrouve pas chez les Francs. Chez les Ostrogoths, au contraire, il est très probable qu'il était porté par le « præses Rætiæ Primæ » [2]. L'ancêtre commun des Victorides peut donc avoir gouverné la province au nom du roi ostrogoth, avant 536, avec le titre de « præses » [3].

C'est tout ce que l'on peut dire des fonctions revêtues par les Victorides, du VIme au VIIIme siècle ; sous les Mérovingiens, un seul fut « præses », ce qui exclut d'emblée toute idée d'hérédité des charges administratives au sein d'une grande famille du pays [4].

Il reste maintenant à établir quelle était la nature des

Cf. Juvalt, *Feudalzeit*, II, p. 70. Diener, *Genealog. Handbuch*, p. 55. On peut joindre à la famille, Victor, évêque de Coire en 613. Cf. ci-dessus, p. 444. Tello assiste au concile d'Attigny 761-762, (Egli, *Kircheng. der Schweiz*, p. 107, n. 2), et meurt en 765, selon Diener, *loc. cit.*, vers 773, selon Mayer (*Bistum Chur*, p. 85). Victor III « præses » est en charge vers 720. Cf. Walafrid, *Vita Galli*, 15, éd. Meyer v. Knonau, p. 65. Les autres dates sont incertaines.

[1] Juvalt, *loc. cit.*, donne encore à Zacco I, le titre de « præses », Diener, *loc. cit.*, à Jactatus I.

[2] L'organisation de Théodoric conserve les qualifications romaines d'« illustres », « spectabiles », « clarissimi ». Cf. Mommsen, *Ostgoth. Studien*, p. 509 et Cassiodore, *Variæ*, VII, 38 ; le « dux Rætiarum » est « vir spectabilis » : Cassiodore, *Variæ*, I, 11, éd. Mommsen, p. 20 ; de même les chefs civils des provinces « consulares » et « correctores » ; cf. Cassiodore, *Variæ*, éd. Mommsen, *Index*, p. 595 et XII, 8, p. 366, XII, 5, p. 361. Le « cancellarius », chef de bureau de la province, est « clarissimus » ; cf. Mommsen, *Ostgoth. Studien*, p. 478-479 et 490 ; le « præses », hiérarchiquement inférieur au « rector », et supérieur au « cancellarius », pouvait, ainsi, être honoré du titre de « clarissimus ».

[3] Tello est évêque en 765, Victor III « præses » en 720 ; en comptant 45 ans, entre chaque génération, on obtient pour le N « proavus clarissimus », l'année 540. Il peut donc avoir vécu sous le régime ostrogoth et y avoir été « præses » ou tel autre fonctionnaire revêtu de la qualité de « clarissimus ».

[4] Ainsi Juvalt, *Feudalzeit*, II, p. 14 et 69-75, Conr. v. Moor, *Grafen v. Currätien*, p. 81-93 ; pour ce dernier les Victorides seraient d'origine franque, ce qui est incompatible avec les noms romains qu'ils portent. V. encore Planta, *Alte Rätien*, p. 272-278 et Mayer, *Bistum Chur*, p. 52, pour qui les Victorides sont des dynastes à peu près indépendants.

fonctions de ce « præses », fonctionnaire tout romain égaré
à l'époque franque. Il n'y a pas de doute que dans les deux
Rhéties occupées par les Germains, ce titre ne soit une
survivance de l'organisation provinciale, et que son sens,
à l'époque franque, ne soit exactement synonyme de celui
de « comes ». On le trouve avec cette signification dans les
textes bavarois [1], et, surtout, dans des documents du pays
alamannique voisin de Saint-Gall [2]. Dans cette région où
survit l'ancienne population provinciale, les rédacteurs de
chartes et les hagiographes ne font aucune distinction entre
ces deux termes. Au milieu du IXme siècle, Victor le « præses » est considéré comme un simple comte par Walafrid
Strabon [3]. C'est donc sous son titre romain, un simple fonctionnaire mérovingien qu'il faut chercher ; la qualification
de « vir illuster » l'indique d'autre part. La Rhétie de Coire,
comme toutes les « civitates » de la monarchie, a à sa tête
un comte qui, par une survivance de l'organisation impé-

---

[1] Cf. Waitz, *D. Verf. Geschichte*, II, 2 [3], p. 26.

[2] La vie la plus ancienne de St-Gall (fin du VIIIme siècle) parle dans
le « pagus qui vocatur Bertoltespara », (dans la Forêt Noire), d'un « pre-
ses » du nom de Birthilone ; *Vita Galli vetustissima*, 10, éd. Krusch,
p. 255. Une charte de St-Gall, Wartmann, *St-Gall. Urkundenbuch*, I,
p. 55, n° 56, de l'année 770, est datée du temps de « Pirahtilone comite ».
Dans un récit de miracle de la même vie, et qui s'opère dans le même
« pagus », l'anonyme raconte comment, un pauvre homme de Rotweil
entra, pour voler, « in atrium præsidis » ; *Id.*, 11, éd. Krusch, p. 256.
Une autre charte de St-Gall relative au Nibelgau et datée de Legau (?)
en Bavière près de Leutkirch (Wartmann, *St-Gall. Urkundenb.*, I, n° 49,
p. 49), juin 766, établit la synonymie des deux termes de « præses » et de
« comes » : « consentiente Cozperto comite, ante pagensis nostros... ante
Cozperto præside et ante pagensis nostros. » L'« Otwinus præses », de la
Vita Galli de Wetti, 35, éd. Krusch, p. 276, est probablement aussi un
comte, cf. ci-dessus, p. 424.

[3] C'est en effet Victor qui, vers 720, cède à Waldram, le prêtre
Othmar qui opère une restauration de la « cella » de Saint Gall. Walafrid, *Vita Galli*, II, 10, éd. Krusch, p. 319 : « Waltramnus quidam...
religiosum quendam presbyterum... a Victore tunc Curiensium comite
impetravit... » Cf. Meyer v. Knonau, *Vita Galli*, n. 205, 206 et 208. *Id.*, II,
11, éd. Krusch, p. 321 : « Victor Curiensis Rhetiæ Comes. » Walafrid,
Vita S. Otmari, 1, éd. Meyer v. Knonau, p. 95 : « Otmarus... a fratre
suo Retiam Curiensem perductus et in servitio Victoris earundem partium comitis multo tempore constitutus. » Cf. Ratpert, *Casus S. Galli*, 5,
éd. Meyer v. Knonau, p. 6.

riale et ostrogothique, garde l'appellation particulière de
« præses » [1]. La situation du pays rhéto-roman ne marque
rien d'exceptionnel dans l'administration des provinces
franques, et sa soumission au roi mérovingien n'est pas
moins marquée que pour telle ou telle autre partie du
royaume [2].

L'ancienne province de Rhétie Ire, bien diminuée d'ailleurs par l'avance des Alamans, ne conserve donc pas son
administration romaine. Elle est réduite à n'être plus
qu'une simple « civitas », celle de Coire, la « Rhetia Curiensis » qui, bien avant Charlemagne, rentre dans le cadre de
l'organisation franque [3]. La « civitas Curiensis » devait
comprendre toute la partie de l'ancienne province de Rhétie,
que, du VIme au IXme siècle, les Alamans n'occupent pas
encore. Ses limites peuvent être approximativement données par la comparaison de tous les renseignements que
nous pouvons tirer, soit de l'étendue de l'ancienne province
romaine, soit de celle du diocèse de Coire, soit de l'avance

---

[1] La *Lex Romana Rætica Curiensis*, n'a pas gardé le souvenir des
« præsides » mais parle encore du « rector provinciæ » romain; VIII, II,
éd. Zeumer, p. 360.

[2] Juvalt, *Feudalzeit*, II, p. 14, Planta, *Alte Rätien*, p. 264 et 273 et
Mayer, *Bistum Chur*, p. 52, conservent un sens particulier d'institution
romaine au titre de « præses ». Dahn, *Könige*, IX, 1, p. 261, continue la
série des « præsides », de Servatus qui est « dux Rætiarum » à Victor.
Fickler, *Quellen u. Forschungen*, p. xvii et xxvii, voit des comtes et des
évêques indépendants dans les Victorides. Béguelin, *Les fondements du
régime féodal*, p. 21, renonce à fixer les rapports de dépendance des
« præsides » rhétiques et des rois francs.

[3] Ainsi rien ne subsiste de l'ancienne théorie de la persistance, en
Rhétie, des fonctions romaines et de l'introduction par Charlemagne de
la « Gauverfassung », théorie encore défendue par Juvalt, *Feudalzeit*, II,
p. 69; Planta, *Alte Rätien*, p. 273 et 302. Cf. Zeumer, *Ueber Heimath und
Alter der Lex Romana Rætica Curiensis*, *Zeitschrift der Savigny Stiftung,
Germ. Abth.*, IX, p. 12 et 13. Dans la *Lex Rom. Ræt. Cur.*, les comtes
ne sont autres que les « judices provinciarum » ou « judices publici »,
I, VI, 5, éd. Zeumer, p. 308, II, I, 9, p. 314, XI, III, 2, p. 383-384,
XI, IV, p. 384, XVI, I, 3, p. 393, III, XI, p. 335, IX, 1, p. 366, I, IX, 1, p. 319,
II, I, 2, p. 312, II, I, 5, p. 313, II, XVI, 2, p. 321, V, V, p. 356, VIII, I,
p. 360, XVI, IV, 1, p. 393, XVIII, XI, p. 402, III, I, 3, p. 328, IX, XXXII,
2, p. 378, XII, I, 1, p. 387, XII, II, 3, p. 389. « Judices Fiscales » : I, VIII,
p. 309, IV, XII, p. 347, XVI, I, 4, p. 392. Cf. Béguelin, *Fondements du
sytème féodal*, p. 24.

progressive des Alamans. Au nord, la frontière est, à peu de chose près, celle du diocèse. Dans le Rheinthal elle passe au XIIme siècle à Montlingen (cant. de St-Gall) ou près de là, au Hirschensprung [1], suit à l'ouest la chaîne de montagnes qui borne aujourd'hui le canton d'Appenzell, par le Camor et le Sentis, et, parallèlement au lac de Wallenstadt et à la Linth, arrive à l'extrémité orientale du lac de Zurich. Là, près de Wangen, dans le Thurgau (cant. de Schwytz) se trouve, encore au IXme siècle, la « marca Rhetiæ [2] ». Ainsi les comtes de Rhétie administrent, au nord du lac de Wallenstadt, le pays de Sargans, le haut-Toggenbourg et le pays de Gaster, germanisé au IXme siècle [3]. A l'est, sur la rive droite du Rhin, la cité de Coire va jusqu'à Gözzis, en face de Montlingen [4]. Elle comprend la principauté actuelle du Lichtenstein et, dans le Vorarlberg, la « vallis Drusiana », le Montafonerthal [5].

A l'ouest, le canton actuel de Glaris faisait partie de l'ancienne province de Rhétie. Il reste plus tard en dehors des limites du diocèse de Coire pour être rattaché à celui de Constance. Mais, avant le XIIme siècle, où il parle allemand, la population romane dut s'y maintenir, du VIme au IXme siècle, comme dans le Gaster et le pays de Sargans [6]. Il faut donc le considérer comme appartenant encore à son ancien chef-lieu de Coire [7]. Jusqu'au XVme siècle, la Rhétie

---

[1] Diplôme de Frédéric Ier pour Constance, 1155, *Wirtemb. Urkundenbuch*, II, p. 96, n° 352. Cf. Meyer v. Knonau, dans *St-Gall. Mitteil.*, XIII, *Excurs*, II, p. 95 et n. 39 et Pupikofer, *Die Grenze zwischen dem Rheingau, Churrätien u. dem Thurgau*, *Schriften des Vereins für Gesch. des Bodensee*, V, 1871, p. 67.

[2] Neugart, *Cod. Dipl.*, n° 306, an. 844. Au IXe siècle, le comte Hunfried fonde le monastère de femmes de Schännis, en Rhétie de Coire, sur la Linth entre les deux lacs. Cf. Planta, *Alte Rätien*, p. 270.

[3] Cf. ci-dessus, p. 408.

[4] Planta, *Alte Rätien*, p. 270, Mayer, *Bistum Chur*, p. 65.

[5] Cf. Planta, *op. cit.*, *Beilage*, X, p. 518-519 : liste des revenus de l'évêché de Coire au XIme siècle.

[6] Cf. Cramer, *Gesch. der Alamannen*, p. 555.

[7] Mayer, *Bistum Chur*, p. 64-65, pense qu'il fut rattaché au diocèse de Constance au moment de la délimitation légendaire de Dagobert Ier. Planta, *Alte Rätien* (carte), le met hors de la Rhétie franque mais pas Burckhardt. *Untersuchungen*, p. 59-63.

s'étend en outre sur le massif du Saint-Gothard et la vallée d'Urseren [1]. A l'est, le Wintschsgau tyrolien, la « Vallis Venosta » appartient bien au diocèse de Coire. Mais vers 717, elle est déjà aux mains des Bavarois et de leur duc Grimoald [2]. Leurs possessions s'étendent, en remontant l'Inn, aux Xme et XIIme siècle, jusqu'à Pontalta et comprennent ainsi la basse Engadine au canton des Grisons [3].

Au sud, les limites sont assez incertaines. Un texte lombard, antérieur à Paul Diacre, arrête la Rhétie aux Alpes [4]. Il semble bien qu'à la fin de l'époque romaine, la frontière de la province suivait la chaîne des Alpes du Saint-Gothard à la Maloja, de là, à la Bernina et au Wormserjoch, et que les vallées grisonnes du versant méridional étaient alors italiennes. De bonne heure, aux VIIIme et IXme siècles, elles relèvent de comtes et d'évêques italiens [5] et la langue qu'on y parle indique bien l'influence des Lombards.

Ce pays, ainsi délimité [6], peuplé d'anciens provinciaux rhéto-romans, attaqué au nord par l'invasion alamannique et gouverné par le comte ou « præses » de Coire, suit par sa situation géographique les destinées du duché d'Alamannie. Comme lui, il dépend des rois d'Austrasie et change de maître, au gré des partages des Mérovingiens.

---

[1] Planta, *op. cit.*, p. 57, Mayer et Burckhardt, *loc. cit.*

[2] *Vita S. Corbiniani*, III, 19, *AA. SS. Sept.*, III, p. 295, cf. Dahn, *Könige*, IX, 2, p. 63.

[3] Planta, *op. cit.*, p. 272 et n. 1, Juvalt, *Feudalzeit*, II, p. 94-95.

[4] *Catalogus Provinciarum Italiæ*, *Mon. Germ. SS. rer. Lang.*, I, p. 188 : « Secunda provincia Liguria; in qua est Mediolanum, Ticinum quæ alio nomine Papia appellatur. Hæc usque ad Langobardorum fines protenditur. Inter hanc et Alamanorum patriam due provincie sunt, id est Reptia prima et Reptia secunda, inter Alpes consistunt; in quibus proprie Reti habitare noscuntur. »

[5] Cf. Planta, *op. cit.*, p. 63-65. Juvalt, *op. cit.*, p. 94-97, les sépare à la fin du Xme siècle seulement de la Rhétie de Coire. Le Val Bregaglia est déjà à l'époque romaine rattaché au territoire de Còme. Cf. Heierli und Oechsli, *Urgeschichte Graubündens, Zürch. Mitteil.*, XXV, p. 17. Quant au Tessin et au Mesocco. rhétiques au IVme siècle (cf. Heierli und Oechsli, *op. cit.*, p. 69), l'invasion lombarde dut les enlever sûrement aux VIIme et VIIIme siècles, à la cité de Coire.

[6] Cf. la carte I de Planta, *op. cit.*, celle du diocèse de Coire en 1818, par Gerster, dans Mayer, *Bistum Chur*, p. 193, et celle de Juvalt, *op. cit.*, p. 248.

A l'origine, le pays des « Retii » est soigneusement distingué de la contrée peuplée par les Alamans [1]. Survivance
de l'ancienne province, que les Alpes séparent de l'Italie,
une fois cédé par les Ostrogoths, il semble bien qu'il reste
indépendant de la « provincia Alamannorum » et de son
duché ethnique [2]. Les documents ne nous renseignent pas
exactement sur les rapports du « præses Curiensis Rhetiæ »
et du « dux Alamannorum ». Lors de la fondation d'un
nouveau duché d'Alamannie par Conrad Ier, en 916, les nouveaux ducs du Xme siècle sont en même temps comtes en
Rhétie [3]. Entre temps, il n'y eut plus que des comtes en
Alamannie et l'usage variable tantôt sépare, tantôt confond
l'Alamannie et la Rhétie [4]. Pourtant la survivance des lois
et des coutumes romaines, le maintien presque intact de
la population ancienne, et sa distinction marquée d'avec
le peuple germanique voisin, tout nous porte à croire qu'à
l'époque mérovingienne, la Rhétie de Coire est une « civitas », enclavée au milieu de pays devenus barbares, et indépendante du duc voisin des Alamans.

La situation particulière de ces hautes vallées alpines
se marque jusqu'à nos jours par le maintien de la langue
romane ; au haut moyen âge, elle est bien caractérisée par
la persistance plus ou moins durable de la civilisation
romaine. Le droit qui y est en vigueur, tout au moins pour
les personnes de race romaine, est un droit romain vulgaire,
influencé par les coutumes germaniques et les lois franques. Il apparaît dans la rédaction d'un clerc du diocèse
de Coire au milieu du VIIIme siècle [5]. Le Bréviaire d'Ala-

---

[1] Agathias, *Hist.*, I, 6, cf. ci-dessous, p. 444, n. 2 et *Catalogus Prov.
Italiæ*. ci-dessus, p. 454, n. 4.

[2] Schubert, *Unterwerfung*, p. 178, admet que la Rhétie de Coire prit
une place indépendante au dedans du « ducatus », Cramer, *Gesch. der
Alam.*, p. 298, qu'à l'origine, réunie à l'Alamannie, la Rhétie en est dès le
VIIme siècle séparée.

[3] Cf. Planta, *Alte Rätien*, p. 395-397.

[4] Cf. Dahn, *Könige*, IX, 1, p. 76-77.

[5] Le lieu d'origine et l'époque de rédaction de la *Lex Romana Rætica
Curiensis*, semblent avoir été définitivement établis, après une longue
discussion, par les travaux de Zeumer, *Ueber Heimath u. Alter der Lex
Romana Rætica Curiensis, Zeitschrift der Savigny Stiftung*, IX, p. 1 à

ric a servi de modèle au compilateur, qui le reproduit souvent assez inintelligiblement, et le modifie, d'autre part, dans le sens de l'usage courant de la Rhétie. Ainsi il reproduit souvent des termes archaïques et surannés, et parle d'institutions disparues ; le droit public qu'il nous décrit n'est pas nécessairement celui qui régit la province francisée du VIIIᵐᵉ siècle [1].

Aussi lorsque la *Lex Romana Curiensis* reproduit les dispositions de la *Lex Wisigothorum* relatives à l'organisation municipale et à la situation des « curiales », faut-il se garder d'en conclure d'emblée que Coire garde, jusqu'au VIIIᵐᵉ siècle, son administration urbaine. Le titre de « curiales » se conserve en tout cas, puisque sept témoins du testament de l'évèque Tello, en 765, en sont revêtus [2]. Mais ce ne sont plus guère alors que des habitants de l'ancien territoire municipal, qui conservent un certain rôle juridique [3] ou, peut-être seulement, des tenanciers astreints à certains services et à certaines redevances, des employés de l'administration royale des domaines [4].

En tous cas on peut être certain que Coire ne maintient pas longtemps ses prérogatives municipales, à l'époque mérovingienne et que sa circonscription urbaine disparaît vite dans celle du « gau », gouverné par le « præses ». D'autre part, l'organisation du fisc romain, qui forme la base du système des impôts à l'époque mérovingienne, a peut-être été plus facilement maintenue que dans telle autre partie de la Gaule, et en tous cas qu'en Alamannie. Les biens de l'état, la fortune municipale, passent aux

---

52 et *Mon. Germ. Leges*, V, p. 289-303. Cf. Brunner, *Deutsche Rechtsgeschichte*, I, 2ᵐᵉ édit., p. 517-522 ; Dahn, *Könige*, IX, 1, p. 224-227 ; Béguelin, *Les fondements du régime féodal dans la Lex Romana Curiensis*, p. 1 à 15.

[1] Cf. Dahn, *op. cit.*, p. 227 et 261.

[2] *Testamentum Tellonis*, Planta, *Alte Rätien*, p. 448, Beilage, V.

[3] Béguelin, *Fondements du système féodal*, p. 32-34 et n. 89.

[4] Zeumer, *Ueber Heimath und Alter der Lex*, p. 19, Salis, *Lex Rom. Cur.*, *Zeitschrift der Savigny Stiftung*, VI, p. 161. Cf. Dahn, *Könige*, IX, 1, p. 264-268 et Planta, *op. cit.*, p. 273 et p. 341-342.

mains du roi franc [1]. C'est lui, le « princeps », le « rex » de la *Lex Romana Curiensis*, qui dispose des biens du fisc, qui distribue les « beneficia » et les « honores [2] ». L'origine des possessions des rois et des empereurs en Rhétie de Coire, remonte ainsi au système romain [3].

L'impôt foncier romain, le « tributum », le « census », confondus, existe également dans la même loi [4]. Perçu par des employés spéciaux, sous la surveillance du comte, « judex publicus », il entre dans le trésor royal [5]. Le cadastre romain peut avoir disparu [6]; mais la *Lex Romana* ne copie pas textuellement le Bréviaire lorsqu'elle parle de l'inscription des redevances dans le « polyptique » [7]. Au VIIIme siècle, l'impôt foncier romain persiste, tout en prenant le caractère, plus ou moins germanique, de la rente [8]. Le système fiscal a donc dû fonctionner facilement sous les Mé-

---

[1] Béguelin, *Fondements du système féodal*, p. 61.

[2] *Lex Rom. Ræt. Cur.*, éd. Zeumer, X, V, p. 381, X, IV, 2, p. 381, I, II, 2, 3, p. 306, VI, I, p. 359, I, VII, p. 309. Cf. Zeumer, *op. cit.*, p. 38 et Béguelin, *op. cit.*, p. 18-19.

[3] V. dans Planta, *Alte Rätien*, p. 375-376, la liste des domaines royaux à l'époque carolingienne.

[4] *Lex Rom. Ræt. Cur.*, éd. Zeumer, IV, 12, p. 347, XI, III, 1, p. 383, XVII, 10, p. 397.

[5] *Id.*, III, I, 8, éd. Zeumer, p. 328, V, II, p. 355, XI, II, 2, et III, 2, p. 383, XI, V, p. 384, XII, II, 3, p. 389, XIII, II, 2, p. 390, XVIII, IX, p. 401. Cf. Béguelin, *op. cit.*, p. 65.

[6] C'est ce que Planta, *Alte Rätien*, p. 338, n. 1 et Béguelin, *loc. cit.*, concluent du fait que dans la *Lex Rom. Ræt. Cur.*, l'acquisiteur d'une terre doit notifier son achat aux « exactores fiscales », tandis que dans le *Bréviaire* le nouveau propriétaire doit faire inscrire son nom au cadastre, les « publici libri ». *Lex Rom. Ræt. Cur.*, XI, II, 2, p. 383. Cf. *Brev. Alaric*, XI, II, 1, 2, Planta, *loc. cit.*

[7] *Lex Rom. Ræt. Cur.*, XI, V, p. 381 : « Nullus judex vel exactor a provintiales homines plus exactare non debent, nisi quantum ipsi per rationem dare debent, aut quod in pollitico scriptum habent. » Cf. Béguelin, *loc. cit.*

[8] Béguelin, *Fondements du système féodal*, p. 66-67 ; Planta, *Alte Rätien*, p. 338. Cf. Dahn, *Könige*, IX, 1, p. 580 et n. 1. Dahn veut reconnaître dans les « quadrarii » d'un diplôme d'Otton II pour Coire, les redevanciers de l'impôt foncier romain. Le sens des expressions de « quadrariis » et « quartanis » dans les diplômes d'Otton Ier, *Mon. Germ.*, *Dipl.*, I, p. 219, n° 139, an. 951 d'Otton II, *Id.*, II, p. 140, n° 124, an. 976, et d'Otton III, *Id.*, p. 449, n° 48, an. 988, ne se rapporte pas aussi clairement qu'il l'affirme aux usages financiers romains. Cf. Waitz, *D. Verf. Gesch.*, VIII, p. 380, n. 2 et Planta, *op. cit.*, p. 405, n. 3.

rovingiens, jusqu'au moment où la désorganisation financière a délaissé les droits du fisc romain.

D'autre part, nous sommes très mal informés sur les
impôts indirects que les rois mérovingiens ont pu percevoir
sur les importantes routes romaines de la Rhétie. La *Lex
Romana Curiensis* parle encore, comme son modèle, du «cur-
sus publicus», la poste, et des impositions qui en résultent
en chevaux et en véhicules [1]. Mais il est bien clair que son
fonctionnement, aussi perfectionné, ne s'est pas maintenu
au temps des invasions et de la décadence impériale [2].

Nous ne savons rien de plus certain sur les postes douaniers placés par Rome sur les cols qui mènent en Italie.
Coire, par sa position stratégique, a pu être une station
douanière romaine [3]. Au Xme siècle, l'empereur Otton Ier
donnant à l'évêque de Coire, Hartbert, le tonlieu des voyageurs et des commerçants passant en ce lieu, dit que le
droit en fut toujours perçu et qu'il avait déjà été attribué à
l'église de Coire par des préceptes royaux [4]. C'est tout ce
que l'on peut savoir sur son exercice au haut moyen âge.

En résumé, la Rhétie de Coire occupe donc une situation toute particulière, à l'extrémité méridionale de l'Alamannie, à la frontière lombarde. Elle est comme une autre
partie de la Gaule, organisée en une « civitas » et gouvernée
par un comte. Mais sa population encore toute romaine
conserve sa langue et ses lois. Les institutions provin-
ciales persistent peut-être un temps, sous les Ostrogoths,
et laissent, au moins, au VIIIme siècle, leur souvenir dans
le pays et l'usage de quelques termes surannés, qui changent de sens, pour désigner des organes nouveaux de
l'administration franque.

[1] *Lex Rom. Ræt. Cur.*, VIII, II, éd. Zeumer, p. 360 : « De cursu
publico, angariis et parangariis. »

[2] V. Dahn, *Könige*, IX, 1, p. 484-485 et Planta, *op. cit.*, p. 274.

[3] Cf. Planta, *op. cit.*, p. 408-409.

[4] Diplôme d'Otton Ier pour Coire, Ernstein, 12 mars 952, *Mon. Germ.*,
Dipl., I, p. 228, n° 148 : « ...omnem teloneum ab iterantibus et undique
confluentibus emptoribus atque de omni negotio in loco Curia peracto, de
quo semper consuetudo fuerat teloneum exactandum, firmiter in proprie-
tatem donamus, quod olim iam totum ad ipsam ecclesiam ex integro cum
preceptis regalibus fuerat contraditum. »

CONCLUSION

Au terme de cette série de recherches, bien souvent trop étendues pour l'importance des sujets que nous y avons traités, il nous faut résumer les résultats auxquels nous sommes arrivé, et dégager du fouillis de nos notes et de nos disgressions, quelques idées générales. Pendant ces deux siècles où les rois Francs sont les maîtres des anciennes provinces de l'Helvétie romaine, quels sont les faits principaux qui marquent le lent développement de notre pays ?

I. — Le trait dominant de l'époque mérovingienne est l'achèvement de l'invasion germanique en Suisse. Le pays se partage alors entre ses nouveaux occupants qui, du nord au sud, suivent un mouvement progressif de colonisation.

Les Alamans, qui n'ont franchi le Rhin, en masses imposantes, pour s'installer dans la Rhétie Ire, qu'au commencement du VIme siècle, apportent sur cette frontière de l'Italie ostrogothique un élément ethnique nouveau et vigoureux. Ils submergent l'ancienne population romaine des quelques bourgades de la ligne fortifiée du fleuve. Ils sont les seuls occupants du plat pays et des hautes vallées abandonnées par les Romains, au cours des guerres et des invasions ; d'étapes en étapes, en petites bandes, ils montent jusqu'aux derniers plateaux des Alpes. A l'est, ils réduisent les anciens habitants au seul territoire de la Rhétie de Coire qui, sans cesse, s'amoindrit et se resserre. A l'ouest, ils entrent dans la « Maxima Sequanorum » et refoulent jusqu'à l'Aar, les Burgondes moins nombreux et affaiblis par la romanisation.

Cette avance continue se prolonge à travers tout le

moyen âge et jusqu'aux temps modernes. Elle sépare le
pays qui deviendra la Suisse, non pas en plusieurs races
nettement distinctes, mais en plusieurs langues et en plusieurs cultures. On peut alors distinguer, parmi les pays
soumis aux Francs, la Burgondie transjurane, qui sera la
Suisse romande, l'Alamannie de la rive gauche du Rhin,
qui sera la Suisse allemande, la Rhétie de Coire, qui sera
la Suisse rhéto-romane. Au delà des Alpes, les Lombards
sont les maîtres de l'Italie du nord.

II. — La Burgondie et l'Alamannie suisses sont dirigées vers des états sociaux dissemblables, par les destinées différentes des peuples qui s'y sont établis.

L'existence nationale des Burgondes est bien finie avec
leur indépendance politique. Peu nombreux, atteints
depuis longtemps dans leurs forces originelles par la romanisation ambiante, ils s'assimilent rapidement aux Gallo-
Romains, avec lesquels ils partagent le sud-est de la Gaule.
Ils laissent leur nom à ce pays, sans qu'il corresponde à
une signification ethnique marquée. La « Burgundia »
mérovingienne n'a pas d'institutions particulières ; le gouvernement des rois francs n'a pas recours, pour s'établir
fortement dans ce royaume, à une administration spéciale,
qui tienne compte d'un sentiment national encore vivant,
ou qui résiste à des velléités insurrectionnelles d'indépendance.

C'est en vain que l'on chercherait à expliquer les guerres
civiles, les révoltes locales et les compétitions des hauts
personnages de la cour mérovingienne par un antagonisme
de races, où l'élément burgonde tiendrait une place importante.

III. — La « Transjurane » même, ne correspond guère
à un groupement ethnique. Les Burgondes n'ont pas, là
plus qu'ailleurs, échappé à la romanisation. La situation
géographique de ce pays lui assure, sous les Mérovingiens,
une individualité administrative qui se retrouve au temps
de la dynastie carolingienne. Son unité demeure avec son
importance stratégique, sur les grandes routes d'Italie ;
resserré entre les Alpes et le Jura, ouvert du côté du
nord-est à la poussée alamannique, son histoire sera désor-

mais celle d'une marche du monde latin du côté de la Germanie ; sur les anciennes voies romaines se rencontreront les influences opposées, les armées ennemies et les dominations rivales du nord et du midi.

IV. — Au contraire, l'existence nationale des Alamans se reforme sous la domination franque, qui réunit l'ensemble du peuple en un duché ethnique, bientôt indépendant et rebelle à leur administration, mais qui n'échappe pas, pour cela, à l'influence de la civilisation mérovingienne, de ses missionnaires et de ses législateurs. Tout en gardant son caractère germanique, l'Alamannie deviendra rapidement une terre de culture chrétienne et d'importantes fondations monastiques.

La Suisse alamannique s'avance au sud, vers la Transjurane et l'Italie, jusqu'aux confins du monde germanique. Sur son sol, les Barbares ont trouvé les ruines nombreuses de l'empire romain, des villes closes de murs et des communautés chrétiennes.

En Rhétie, ils assimilent les anciens habitants sans atteindre, encore, les provinciaux de la cité de Coire. Ils occupent pacifiquement cette ancienne frontière de l'empire, pour lui donner leur langue et leurs mœurs. Mais, au sommet des cols des Alpes, déjà dans les larges vallées rhétiques, ils sont les voisins de la culture latine.

V. — Les groupements territoriaux en Suisse ne sont guère influencés par les partages des rois francs, qui ne tiennent pas toujours compte des conditions géographiques et des nationalités.

L'administration mérovingienne, chez les Burgondes et les Rhéto-romans, garde les bases de l'ancienne cité romaine, devenue le « pagus » gouverné par un comte. Plusieurs de ces « pagi » sont réunis sous l'autorité d'un duc, dans les pays frontières et qu'il faut défendre contre les invasions des voisins. Ainsi, ceux qui sont situés à l'est du Jura deviennent le « ducatus Ultrajoranus ». La cité de Bâle, occupée par les Alamans à la limite des établissements francs et burgondes, est rattachée au duché mérovingien de l'Alsace, contrée séparée de bonne heure de l'Austrasie et mélangée de Francs et d'Alamans. Dans la Rhé-

tie Ire, les Alamans ne trouvent plus guère de circonscriptions romaines à respecter; la partie dont ils prennent
possession devient le Thurgau; au VIIIme siècle, ils l'augmentent de l'Aargau pris sur les Burgondes de la Séquanaise.

Au VIIIme siècle, le « pagus » et le « gau » primitifs se
morcellent en circonscriptions divisionnaires qui deviennent à leur tour des comtés administratifs. En Alamannie
on trouve déjà alors dans le « gau », la centenie.

VI. — Au fond, l'histoire interne de notre patrie nous
reste alors presque inconnue. Les premiers temps de
l'occupation germanique, sa colonisation et son défrichement, la situation des anciens et des nouveaux propriétaires, les conflits multiples des races encore ennemies
ne laissent que peu de traces dans les textes historiques.

Une nouvelle civilisation s'annonce; mais nous ne pouvons connaître les détails de la lente transformation du
pays, ni établir des règles générales suivant lesquelles
elle s'opère.

On tentera, avec plus de chances de succès, de déterminer les origines de chaque contrée particulière et de
faire sa topographie rétrospective, en ayant recours aux
données, souvent incertaines, de sciences encore en formation, comme la philologie et la toponomastique, l'archéologie, l'ethnographie.

VII. — L'histoire des temps mérovingiens renferme
cependant quelques faits dont les conséquences sont com-
munes à tous les pays aujourd'hui suisses.

Les expéditions en Italie, la marche des armées, les
pèlerinages se font par les routes des Alpes qui gardent
l'importance des voies romaines; dans les hautes vallées,
les migrations des peuples et les invasions heurtent leurs
forces militaires; les passages des montagnes se fortifient,
et, des deux côtés, on lutte pour s'en assurer les faciles
accès. Les causes historiques, qui sont à la base de l'état
social et politique de la région alpestre, tiendront toutes
à son caractère particulier de frontière stratégique des
peuples et de lieu de rencontre des civilisations.

L'administration franque ne peut s'exercer au delà du

désert du Jura qu'en créant un duché dans cette extrême Burgondie. L'Alamannie de la rive gauche du Rhin reste quelques temps après la défaite du peuple, aux mains des Ostrogoths; elle est en grande partie dans la montagne et bien éloignée aussi du pouvoir central. La Rhétie de Coire doit à ces mêmes conditions de se maintenir comme un îlot latin, entre deux duchés fondés par des nations germaniques. Ainsi et dès l'abord, la situation géographique de nos contrées se montre favorable aux groupements particularistes.

Enfin, les routes des montagnes dirigent les invasions pillardes et les incursions dévastatrices des peuples qui continuent leurs migrations au travers de l'Europe centrale. Les vallées, de nouveau florissantes, les monastères naissants de la Suisse sont menacés par les Lombards, peut-être par les Huns Avares. Au moment où les grandes invasions semblent terminées, l'insécurité des temps annonce la misère et la désolation du haut moyen âge. Les Alpes ne seront débarrassées de leurs dangereux assaillants du sud et de l'est, que pour voir arriver, quelques siècles plus tard, les Hongrois et les Sarrasins.

On peut donc conclure, en disant qu'aux origines de notre petit pays, le milieu géographique influe sur ses destinées bien plus que les races qui s'y rencontrent et s'y mélangent.

ADDITIONS ET CORRECTIONS

P. 6, l. 16, 17, 19 et 20, lire « Rætia », au lieu de « Rhetia ».

P. 17, n. 1, lire *C. I. L.*, XII... p. 163, au lieu de *C. I. L.*, XV...
p. 165.

P. 18, n. 2, lire Jahn, *Gesch. der Burg.*, II, p. 214-219, au lieu
de *Gesch. der Burg.*, p. 214-219.

P. 26, n. 1, lire Binding, *Gesch. des burg. rom. Königr.*, I, p. 65
et s., au lieu de *Gesch. des burg. rom. Königr.*, p. 65 et s.

P. 69, n. 2, lire Wurstemberger, au lieu de Wurstemberg.

P. 89, l. 11, lire Thierry, au lieu de Théodoric.

P. 92, l. 7, lire Childebert, au lieu de Clotaire.

P. 135, l. 19, lire 563, au lieu de 564.

P. 174, n. 4, lire Verdeil, *Hist. du Canton de Vaud*, I, p. 20, au
lieu de *Hist. du Canton de Vaud*, p. 20.

P. 188, l. 1, lire Théodebert, au lieu de Théodebal.

P. 191, l. 5, lire « Suggentensis », au lieu de « Suggetensis ».

P. 199, n. 1, lire Egli, *Die christlichen Inschriften der Schweiz*,
au lieu de *Die Christliche Inschriften*.

P. 213, titre, lire *Sigebert III roi en Austrasie (634)*, au lieu de
(633-634); de même *Dagobert Ier seul roi en Burgondie et
Austrasie (629-630 à 634)*, au lieu de *(629-630 à 633-634)*.

P. 220, n. 5, lire *AA. SS. April*, III, p. 426, au lieu de *AA. SS.
April*, IV, p. 421.

P. 266, l. 15, lire compétitions, au lieu de complications.

P. 292, l. 9, lire Godfried, au lieu de Gotfried.

P. 351 et 352 passim, lire « Ultrajoranus » au lieu de « Ultrajuranus ».

P. 398, n. 2, lire *Deutsche Rechtsgeschichte*, I, 2me édit., p. 449
et s., au lieu II, 2me édit., p. 149 et s.

P. 430, n. 2, lire Ratpert, au lieu de Ratbert.

P. 431, n. 1, lire *Casus S. Galli*, au lieu de *Casus Ratperti*.

P. 433, n. 3, lire 9 Février 682, au lieu de 672.

M. Bruno Krusch a donné de la *Vita Columbani discipu-lorumque ejus,* de Jonas de Bobbio, une seconde et meilleure édition dans les *Scriptores Rerum Germanicarum in usum scholarum,* Hannovre et Leipzig, 1905, in-8°, p. 144 à 294. Nous aurions dû l'utiliser préférablement à celle des *Scriptores rerum Merovingicarum,* T. IV.

TABLE DES MATIÈRES

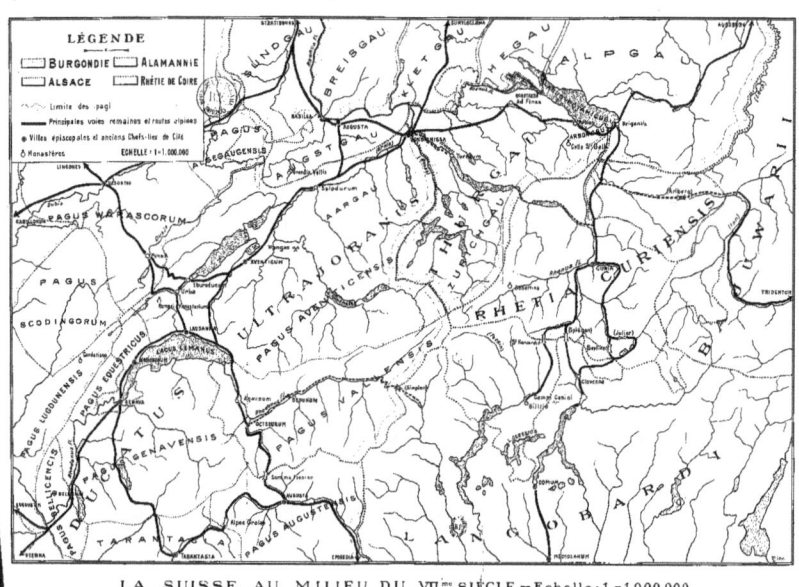

LA SUISSE AU MILIEU DU VIIme SIÈCLE — Echelle : 1 = 1.000.000